2 Romane in einem Band

Philippa Carr,
besser bekannt als
Victoria Holt

Die Dame und der Dandy
Die Erbin und der Lord

WILHELM HEYNE VERLAG
MÜNCHEN

HEYNE TIP DES MONATS
23/67

DIE DAME UND DER DANDY/The Drop Of The Dice
Copyright © 1981 by Philippa Carr
Copyright © der deutschen Ausgabe 1985 by
Wilhelm Heyne Verlag GmbH & Co. KG, München
Aus dem Englischen übersetzt von Hilde Linnert
(Der Titel erschien bereits in der Allgemeinen Reihe
mit der Band-Nr. 01/6557.)

DIE ERBIN UND DER LORD/The Adultress
Copyright © 1982 by Philippa Carr
Copyright © der deutschen Ausgabe 1986 by
Wilhelm Heyne Verlag GmbH & Co. KG, München
Aus dem Englischen übersetzt von Hilde Linnert
(Der Titel erschien bereits in der Allgemeinen Reihe
mit der Band-Nr. 01/6623.)

Copyright © dieser Ausgabe 1991 by
Wilhelm Heyne Verlag GmbH & Co. KG, München
Printed in Germany 1991
Umschlagillustration: ZEFA/Weir, Düsseldorf
Autorenfoto: Mark Gerson
Umschlaggestaltung: Atelier Ingrid Schütz, München
Satz: Compusatz GmbH, München
Druck & Bindung: Presse-Druck, Augsburg

ISBN: 3-453-05070-3

Inhalt

Die Dame und der Dandy
Seite 7

Die Erbin und der Lord
Seite 319

Die Dame und der Dandy

1

In der Familie geborgen

Es gehört zu den Widersprüchen des menschlichen Wesens, daß Dinge, die wir leidenschaftlich begehren, in dem Augenblick, in dem wir sie bekommen, ihre Anziehungskraft verlieren; eines Tages ist es dann so weit, daß wir nur noch einen Wunsch haben, nämlich sie wieder loszuwerden. So erging es auch mir. Als Kind hatte ich mich – offensichtlich infolge der Wechselfälle meines Lebens – verzweifelt nach Sicherheit gesehnt. Als ich im Jahre 1715 dreizehn Jahre alt war, sehnte ich mich danach, aus dem behaglichen Kokon zu entkommen, den meine Familie um mich gesponnen hatte, und als sich mir die Gelegenheit dazu bot, ergriff ich sie.

Ich muß ungefähr vier Jahre alt gewesen sein, als mich Tante Damaris und Onkel Jeremy nach England brachten. Diese ersten vier Jahre meines Lebens waren äußerst dramatisch verlaufen, obwohl mir das damals nicht bewußt war. Wahrscheinlich hielt ich es für selbstverständlich, daß ein Mädchen von seinem Vater entführt wird, mit seinen Eltern in einem anderen Land in größtem Luxus lebt, dann in die Armut der Pariser Seitenstraßen gestoßen wird, von wo es gerettet und wieder in eine englische Familie verpflanzt wird. Das alles ertrug ich mit dem philosophischen Gleichmut, den Kinder besitzen.

Eines der Ereignisse, die sich mir unauslöschlich eingeprägt haben, ist die Heimkehr nach England. Ich erinnere mich genau daran, wie ich von Bord ging und auf den Kiesstrand trat, und werde nie den glücklichen Ausdruck in Tante Damaris' Augen vergessen. Ich liebte sie seit dem Tag innig, an dem ich sie kennengelernt hatte; sie war für mich der rettende Engel, den mir ein gütiger Himmel geschickt hatte. Verwirrt stand ich vor ihr. Ich wußte, daß ich keine Mutter hatte, denn sie war unter mysteriösen Umständen zugleich mit meinem Vater gestorben, und ich war sehr besorgt, denn anscheinend mußte jeder Mensch eine Mutter haben – und auch einen Vater. Deshalb hatte ich gefragt: »Tante Damaris, wirst du jetzt meine Mutter sein?«, und sie hatte geantwortet: »Ja, Clarissa.« Ich weiß noch, wie sehr mich diese Worte beruhigten.

Onkel Jeremy hatte Damaris die ganze Zeit über genau beobachtet, und da ich meinen gut aussehenden, unvergleichlichen Vater verloren hatte, war ich bereit, ihn als Ersatz zu akzeptieren. Ich fragte ihn also, ob er mein Vater sein wolle, und er erwiderte, das hinge von Damaris ab.

Erst heute weiß ich, was damals in den beiden vorgegangen ist. Sie waren zwei unglückliche, vom Leben enttäuschte Menschen, die sich vor neuen Enttäuschungen schützen wollten. Damaris war sanft, liebevoll und liebebedürftig, aber Jeremy war anders. Er war immer auf der Hut und mißtraute den Beweggründen der Menschen. Sein Wesen war düster, während Damaris von sonnigem Gemüt war.

Als Kind hatte ich das nicht begriffen. Mir war nur klar gewesen, daß ich Sicherheit suchte und daß diese beiden sie mir bieten konnten. So jung ich auch war, wußte ich dennoch in diesem Augenblick auf dem Strand, daß ich mich an sie klammern mußte. Damaris verstand meine Gefühle, denn trotz ihrer scheinbaren Ahnungslosigkeit war sie sehr weise – wesentlich weiser als zum Beispiel Carlotta, meine strahlende, genußsüchtige Mutter.

Die Tage in England waren für mich eine einzige freudige Offenbarung. Ich entdeckte, daß ich eine Familie besaß, die sich auf mich freute und bereit war, mich in ihrem magischen Kreis aufzunehmen. Ich gehörte zu ihnen, sie liebten mich – und infolge des tragischen Schicksals meiner Mutter war ich ein Trost für sie. In jenen Tagen hatte ich das Gefühl, auf einer Wolke von Liebe zu schweben, und ich genoß diesen Zustand. Gleichzeitig dachte ich immer wieder an den Augenblick, als Damaris den Kellerraum betreten hatte, in dem ich mit Jeannes Mutter und Großmutter wohnte. Ich erinnerte mich an die Feuchtigkeit und an den Geruch der welkenden Blätter, der immer im Raum lag und der daher kam, daß die unverkauften Blumen in Kannen mit Wasser aufbewahrt wurden, damit man sie vielleicht am nächsten Tag an den Mann bringen konnte. Ich hörte noch ihre Stimme, als sie fragte: »Wo ist das Kind?« Ich hatte mich in ihre Arme gestürzt, und sie hatte mich fest an sich gedrückt und leise gemurmelt: »Danke, lieber Gott, o danke.« Das hatte mich sehr beeindruckt, denn ich fand, daß sie mit Gott sehr gut stehen müsse, wenn sie so mit ihm sprechen konnte.

Sie hielt mich fest, als fürchte sie, ich würde davonlaufen; das hatte ich aber keineswegs vor. Ich war froh, daß ich den Keller verlassen konnte; denn obwohl Jeanne gut zu mir war, hatte ich Angst vor Maman, die immer die wenigen Sous nahm, die Jeanne für ihre Blumen bekommen hatte, und sie, fieberhaft vor sich hin murmelnd, zählte. Ich hatte immer gewußt, daß sie mich nicht wollte und mich nur Jeannes wegen nicht auf die Straße setzte. Noch schrecklicher als Maman war Grand'mère, die immer muffige schwarze Kleider trug; sie hatte eine große Warze auf dem Kinn, aus der Haare wuchsen, und dieser Anblick faszinierte mich und stieß mich zugleich ab. Mir war sehr bald bewußt geworden, daß die beiden Frauen mich nicht mochten, und Jeanne mußte mich immer vor ihnen in Schutz nehmen. Manchmal durfte ich mitgehen, wenn sie Blumen verkaufte, aber ich weiß nicht, ob mir das lieber war, als zu Hause zu bleiben. Es war natürlich schön, dem Keller, Maman und Grand'mère für eine Weile zu entgehen, aber mir war immer so kalt, wenn ich neben Jeanne auf der Straße stand und den Vorübergehenden Veilchensträuße oder andere gerade in Blüte stehende Blumen anbot. Die Blumen waren naß, damit sie frisch blieben, und meine Hände wurden rot und rissig.

Es war eine dramatische Heimkehr gewesen, die sich mir bis ins kleinste Detail eingeprägt hatte. Wir fuhren an dem großen, Eversleigh Court genannten Haus vorbei, in dem, wie mir Damaris erklärte, meine Urgroßeltern lebten, und hielten vor dem Dover House, dem Heim von Damaris und meinen Großeltern. Sie waren so aufgeregt, meine Großmutter kam herausgelaufen, stieß einen Freudenschrei aus, als sie Damaris sah, und umarmte sie, als wolle sie sie nie wieder loslassen. Dann wandte sie sich mir zu und hob mich weinend in die Höhe.

Dann kam ein Mann heraus, der Damaris und mich immer wieder küßte. Danach gingen wir in das Haus, und alle sprachen gleichzeitig. Jeremy stand verlegen im Hintergrund, und da die anderen ihn anscheinend vergessen hatten, trat ich zu ihm und ergriff ihn bei der Hand – worauf sie sich wieder um ihn kümmerten. Meine Großmutter sagte, wir seien sicherlich hungrig und sie würde uns etwas zum Essen bringen lassen.

Damaris erklärte zwar, daß sie zu glücklich sei, um an Essen zu denken, aber ich meinte, daß ich gleichzeitig glücklich und hungrig sein konnte, worauf alle lachten.

Bald darauf saßen wir um einen Tisch herum und aßen. Es war ein schöner Raum – ganz anders als Jeannes Keller –, und ich hatte das Gefühl, in Wärme und Glück eingehüllt zu sein. Soweit ich begriff, war dieses Haus von nun an mein Daheim. Ich fragte Damaris danach, und sie sagte: »Bis...«, und sah dabei sehr glücklich aus.

»Natürlich«, stimmte Großmutter zu. »Es ist wunderbar, daß du wieder hier bist, mein Liebling, und daß du Clarissa mitgebracht hast. Du wirst eine Weile bei uns bleiben, mein geliebtes Kind.«

»Bis...«, wiederholte ich unglücklich.

Damaris kniete neben mir nieder: »Onkel Jeremy und ich werden bald heiraten, und dann wirst du in unser Haus übersiedeln und bei uns wohnen.«

Damit gab ich mich zufrieden, denn sie freuten sich offensichtlich alle darüber, mich wiederzuhaben.

Jeremy ritt heim, und ich blieb im Dower House. Man wies mir ein kleines Zimmer neben Damaris an. »Damit wir nahe beisammen sind«, meinte sie, und das war sehr beruhigend, denn gelegentlich träumte ich, daß ich wieder in Jeannes Keller war, daß sich die alte Grand'mère in eine Hexe verwandelte und daß die Haare, die aus ihrer Warze wuchsen, zu einem Wald wurden, in dem ich mich verirrte.

Dann lief ich zu Damaris und erzählte ihr von dem Wald, in dem die Bäume das Gesicht von Grand'mère trugen; ihre Äste waren wie braune Finger, die immerzu Geld zählten.

»Nur ein Traum, mein Liebling«, beruhigte mich dann Damaris. »Träume können dir nichts anhaben.«

Es war herrlich, daß ich mich in Damaris' Bett flüchten konnte, wenn die schlimmen Träume kamen.

Dann besuchten wir Eversleigh Court, wo weiter Verwandte lebten, die sehr alt waren. Es handelte sich um meine Urgroßmutter Arabella und um meinen Urgroßvater Carleton, einen grimmigen alten Mann mit buschigen Augenbrauen. Aber er mochte mich. Er sah mich streng an, aber ich stellte mich vor ihn hin, verschränkte die Hände hinter dem Rücken und starrte ihn an, um ihm zu zeigen, daß ich keine Angst vor ihm hatte. Schließlich war er nicht annähernd so schrecklich wie Grand'mère, und ich wußte, daß Damaris, Jeremy und die anderen ihm nicht erlauben würden, mich fortzujagen. »Du bist wie deine Mutter«, stellte er fest. »Eine der kämpferischen Eversleighs.«

»Das stimmt«, antwortete ich und versuchte, genauso grimmig auszusehen wie er, worauf alle lachten und meine Urgroßmutter bemerkte: »Clarissa hat Carleton im Sturm erobert.«

Es gab noch einen Zweig der Familie, der in Eyot Abbas lebte und uns aufsuchte. Ich erinnerte mich undeutlich an Benjie, weil er vor Hessenfield mein Vater gewesen war. Es war sehr verwirrend, und ich konnte es überhaupt nicht begreifen. Ich hatte einen Vater gehabt, dann war Hessenfield gekommen und hatte gesagt, er würde mein Vater sein; jetzt war er tot, und Jeremy nahm seine

Stelle ein. Ein solches Übermaß an Vätern war bestimmt sehr ungewöhnlich.

Der arme Benjie sah sehr traurig aus, aber als er mich erblickte, leuchteten seine Augen auf. Er hob mich hoch und drückte mich gerührt an sich.

An seine Mutter Harriet konnte ich mich kaum erinnern; sie hatte die blauesten Augen, die ich je gesehen hatte. Außerdem gab es noch Benjies Vater Gregory, einen ruhigen, freundlichen Mann. Das war also noch ein Paar Großeltern. Ich war von Verwandten umgeben und begriff sehr rasch, daß es Streit in der Familie gab und daß es dabei um mich ging. Benjie wollte, daß ich mit ihm kam, weil er irgendwie doch mein Vater war und einen größeren Anspruch auf mich hatte als Damaris. Großmutter Priscilla meinte, daß Damaris das Herz brechen würde, wenn man mich ihr wegnahm, und daß schließlich sie es gewesen war, die mich geholt hatte.

Es war für mich sehr angenehm, daß alle mich haben wollten, aber ich war traurig, als Benjie heimfuhr. Beim Abschied sagte er zu mir: »Liebe Clarissa, wenn du willst, wird Eyot Abbas immer dein Zuhause sein. Wirst du dir das merken?« Ich versprach es ihm, und Harriet fügte hinzu: »Du mußt oft zu uns kommen, Clarissa, weil du uns damit große Freude machst.«

Auch das versprach ich, und dann fuhren sie fort. Kurz danach heirateten Damaris und Jeremy, und Enderby Hall wurde mein Zuhause. Jeremy hatte allein dort gelebt, und als Damaris ihn heiratete, war sie entschlossen, eine Menge zu ändern. In den Tagen vor der Hochzeit fuhr ich oft mit ihr hinüber; ich war von dem Haus fasziniert. Es gab dort einen Mann namens Smith, der ein Gesicht wie eine Reliefkarte mit Flüssen und Bergen hatte; es war voller Runzeln, und überall hatte er kleine Warzen; seine Haut war braun wie die Erde. Wenn er mich sah, verzog sich sein Gesicht, und ein Mundwinkel ging in die Höhe. Das faszinierte mich, denn irgendwann hatte ich begriffen, daß das Smiths Art war zu lächeln.

Außerdem gab es Damon, einen mächtigen Neufundländer, der so groß war wie ich. Er hatte ein dichtes, gewelltes, schwarzweißes Fell und einen buschigen Schwanz, der am Ende nach oben gebogen war. Wir sahen einander an und liebten einander.

»Vorsichtig«, warnte Damaris, »er kann sehr angriffslustig sein.«

Aber nicht mir gegenüber – nie mir gegenüber, denn er wußte, daß es Liebe auf ersten Blick war. Wir hatten im *hôtel* keine Hunde gehabt, und schon gar nicht in Jeannes Keller, und ich war so glücklich, weil ich mit Damon, Damaris, Jeremy und Smith in einem Haus leben würde. Smith sagte: »Er hat sich noch nie so rasch an jemanden angeschlossen.« Ich legte Damon einfach die Arme um den Hals und küßte ihn auf die feuchte Schnauze. Die anderen sahen besorgt zu, aber Damon und ich wußten, wie es um uns stand.

Jeremy freute sich darüber – überhaupt freuten sich damals alle über eine Menge Dinge. Der einzige Wermutstropfen in diesem Freudenbecher war die Erinnerung an Carlotta, und wenn ich an sie und den lieben, schönen Hessenfield dachte, wurde ich ebenfalls traurig. Damaris versicherte mir, daß ich an meinem neuen Aufenthaltsort ebenfalls glücklich sein durfte, ohne ein schlechtes Gewissen zu haben.

Enderby Hall war zunächst ein finsteres Haus, bis man einige Büsche entfernte und Rasenflächen und Blumenbeete anlegte. Damaris nahm einen Teil der schweren Vorhänge ab und ersetzte sie durch leichtere Stoffe in hellen Farben. Die Halle war großartig; sie hatte eine gewölbte Decke und eine schöne Holztäfelung; an einem Ende befand sich die Zwischenwand, hinter der die Küche lag, und am anderen Ende eine elegante Treppe, die zur Galerie hinaufführte.

»Wenn wir eine Gesellschaft geben, werden dort oben die Musiker spielen«, erklärte mir Damaris.

Ich hörte ihr andächtig zu, nahm jede Einzelheit meines neuen Lebens in mich auf und genoß es rückhaltlos.

Es gab ein Schlafzimmer, das Damaris nur ungern betrat; ich bemerkte es bald und fragte sie direkt danach, wie eben Kinder sind. Sie sah erstaunt aus, weil ihr nicht bewußt gewesen war, daß sie ihren Widerwillen zeigte.

Sie sagte nur: »Ich werde alles ändern, Clarissa. Das Zimmer wird nicht wiederzuerkennen sein.«

»Aber ich mag es«, widersprach ich, »es ist hübsch.« Ich trat ans Bett und fuhr mit der Hand über die Samtbespannung. Sie sah es voller Abscheu an, als erblicke sie etwas, das ich nicht sehen konnte. Ich verstand erst später – viel später –, was der Raum für sie bedeutete.

Jedenfalls veränderte sie ihn, und er hatte dann wirklich ein ganz anderes Aussehen. Statt des roten Samts kam weiß-goldener Damast an die Wand, und an die Fenster dazu passende Vorhänge. Sie wechselte sogar den Teppich aus, und sie hatte recht damit. Der Raum sah jetzt viel freundlicher aus, aber sie benützte ihn nicht, obwohl es das schönste Zimmer im Haus war. Die Tür war immer verschlossen, und ich glaube, sie betrat es nicht oft.

Das war also mein neues Heim: Enderby Hall, jeweils zehn

Reitminuten vom Dower House und von Eversleigh Court entfernt, so daß ich inmitten meiner Familie lebte.

Zweifellos waren Damaris und Jeremy miteinander glücklich. Was mich betraf, war ich so froh darüber, dem Pariser Keller entronnen zu sein, daß ich in den ersten Monaten einfach alles schön fand. Ich pflegte mich in die Mitte der großen Halle zu stellen, zur Galerie hinaufzusehen und zu sagen: »Ich bin hier.« Und dann versuchte ich, mich an den Keller mit dem Steinfußboden und an die Ratten zu erinnern, die nachts kamen und mich aus bösen, in der Dunkelheit gelblich schimmernden Augen ansahen. Ich wollte niemals vergessen, was hinter mir lag, und niemals, niemals dorthin zurückkehren. Deshalb konnte ich auch Schnittblumen in Vasen nicht ausstehen, weil sie die Erinnerung in mir wachriefen. Damaris liebte sie und brachte sie körbeweise aus dem Garten herein. Es gab ein eigenes Zimmer, das Blumenzimmer, in dem sie die Blumen in die Vasen ordnete. Am Anfang forderte sie mich auf: »Komm, Clarissa, laß uns ein paar Rosen holen«, aber sie bemerkte bald, daß ich dann still und traurig wurde und oft in der darauffolgenden Nacht einen Alptraum hatte. Deshalb hörte sie auf, Blumen abzuschneiden. Damaris war sehr feinfühlend, mehr als Jeremy. Wahrscheinlich mußte er zu oft daran denken, wie das Leben ihm mitgespielt hatte, bevor er Damaris kennenlernte, um sich über andere den Kopf zu zerbrechen. Damaris dachte immer zuerst an die anderen und stand auf dem Standpunkt, daß es meist ihre Schuld gewesen war, wenn sie im Leben Pech gehabt hatte, und nicht eine Laune des Schicksals.

Als die Veilchen blühten, nahm sie mich zu den Hecken mit, und wir pflückten sie dort büschelweise. Sie rief mir ins Gedächtnis: »Weißt du noch, daß wir einander dank der Veilchen gefunden haben? Deshalb werden Veilchen immer meine Lieblingsblumen bleiben. Deine auch?«

Natürlich wurden sie daraufhin auch meine Lieblingsblumen, und danach machte es mir auch bald nichts mehr aus, andere Blumen zu pflücken. Um Damaris meine Sinnesänderung zu zeigen, brachte ich ihr eines Tages Rosen aus dem Garten mit; sie begriff sofort und drückte mich an sich, wandte dabei aber das Gesicht ab, damit ich nicht die Tränen in ihren Augen sah.

In der ersten Zeit sprachen alle immerzu über mich – nicht nur in Enderby, sondern auch im Dower House –, und in Eversleigh Court wurden wahre Konferenzen abgehalten. Wie oft hörte ich damals den Satz: »Ja, aber was wäre für das Kind das Beste?«

Sie spannten mich in einem ganz dichten, schützenden Kokon

ein. Mein Leben war bisher in überaus seltsamen Bahnen verlaufen, deshalb brauchte ich besondere Fürsorge.

Vielleicht fühlte ich mich deshalb bei Smith so wohl. Ich sah ihm oft zu, wenn er im Garten arbeitete oder das Silber putzte. Bevor Damaris die Führung des Haushaltes übernommen hatte, war er für alle Arbeiten zuständig gewesen, aber jetzt sandte Großmutter Arabella Diener aus Eversleigh Court herüber. Jeremy war mit diesem Arrangement nicht einverstanden, genausowenig wie Smith.

Smith ging mit mir sozusagen »rauh« um. »Steh nicht so müßig herum«, pflegte er zu sagen. »Müßiggang ist aller Laster Anfang.« Und dann ließ er mich Messer und Gabeln in Laden einordnen, oder ich mußte Zweige und welke Blumen einsammeln und in den Schubkarren legen. Damaris war oft dabei, und wir drei verbrachten glückliche Stunden miteinander. Bei Smith fühlte ich mich wohl; ich war für ihn nicht ein Kind, auf dessen Wohlergehen man ununterbrochen bedacht sein mußte – was meinen Verwandten wahrscheinlich gelegentlich Schwierigkeiten bereitete –, sondern eine nicht sehr brauchbare Arbeitskraft. Es war merkwürdig, daß ich mich danach sehnte, nicht ständig im Mittelpunkt zu stehen, aber es war natürlich ein Hinweis darauf, daß ich bereits gegen das Eingesponnensein im Kokon revoltierte.

Die Familie beriet lange darüber, ob ich eine Gouvernante bekommen sollte, bis Damaris sich bereit erklärte, mich selbst zu unterrichten.

»Du darfst dich nicht überanstrengen«, warnte Großmutter Priscilla besorgt ein.

Damaris lächelte. »Es ist ein Vergnügen für mich, Mutter, und ich werde dabei die ganze Zeit sitzen.«

Urgroßmutter Arabella überlegte, ob man für mich eine französisch sprechende Gouvernante aufnehmen sollte. Ich hatte bei meinen Eltern im *hôtel* außer Englisch auch Französisch gelernt, und später im Keller hatten wir nur noch Französisch gesprochen.

»Es wäre schade, wenn sie es vergißt«, meinte Arabella.

»Das wird nie der Fall sein«, erklärte Urgroßvater Carleton. »Wenn man eine Sprache einmal beherrscht, verlernt man sie nie wieder. Das Kind braucht nur ab und zu die Möglichkeit, sie zu sprechen. Aber solange zwischen unseren Ländern Krieg herrscht, wirst du nie eine französische Gouvernante für Clarissa bekommen, meine Liebe.« Daher wurde beschlossen, daß Damaris mich vorläufig unterrichten sollte, und das Problem einer Erzieherin wurde auf später verschoben.

Durch die vielen Diskussionen über meine Französischkenntnisse mußte ich oft an Jeanne denken. Ich hatte sie damals in der schweren Zeit sehr geliebt, weil sie das einzige Bollwerk zwischen mir und den gnadenlosen Straßen von Paris gewesen war. Sie hatte mir Sicherheit gegeben, und ich fragte mich oft, was wohl aus ihr geworden war. Ich wußte, daß Damaris ihr angeboten hatte, sie nach England mitzunehmen, aber wie konnte sie Maman und Grand'mère allein lassen? Ohne sie mußten sie ja verhungern.

Damaris hatte ihr damals erklärt: »Wenn Sie die Möglichkeit haben, zu uns zu kommen, werden Sie uns immer willkommen sein.«

Dieses Angebot von Damaris hatte mich gefreut, und ich wußte auch, daß sie Jeanne für ihre Mühe reichlich entschädigt hatte. Jeanne konnte gut haushalten und würde mit dem Geld lange auskommen.

So ging das Jahr vorbei. Ich bekam ein Pony, und Smith lehrte mich reiten. Wenn ich in der Koppel an der Longe ritt, die Smith hielt, und Damon laut bellend hinter mir herlief, fühlte ich mich so glücklich wie nie zuvor. Das war noch schöner, als auf Hessenfields Schultern zu sitzen.

An den langen Sommertagen saß ich zuerst mit Tante Damaris im Schulzimmer und lernte, dann ritt ich aus – jetzt nicht mehr an der Longe –, oder ging mit Damon spazieren oder lag mit Damon im Gras oder fuhr nach Eversleigh Court oder Dower House, wo man mir Limonade und kleine Bäckereien vorsetzte. Im Winter gab es dampfenden Glühwein und frisch gebackene Pasteten. Ich liebte alle Jahreszeiten: Aschermittwoch und den Beginn der Fastenzeit; den endlosen Gottesdienst am düsteren Karfreitag und die Korinthenbrötchen hinterher; Ostern, wenn überall die Narzissen blühten und der köstliche Kranzkuchen auf dem Tisch stand, wenn ich neben Damaris in der Kirche saß und zählte, wie viele rote und blaue Farbflecken sich in den Glasfenstern befanden oder wie viele Leute ich sehen konnte, ohne den Kopf zu wenden, oder wie viele Ahs, Hms und Sosos Pastor Renton in seine Predigt einflocht. Es gab das Erntedankfest, bei dem die Kirche mit Obst und Feldfrüchten geschmückt war, und vor allem Weihnachten mit Krippe, Efeu, Stechpalmen, Mistelzweigen, Weihnachtsliedern, Geschenken und Erwartung. Alles war herrlich, und ich stand immer im Mittelpunkt, denn für sie war »das Kind« das wichtigste.

»Das Kind sollte mit Gleichaltrigen zusammenkommen.« Daraufhin wurden Kinder eingeladen, aber es gab in der Umgebung nur wenige, und ich machte mir nicht viel aus ihnen. Am liebsten war ich mit Damaris, Smith und Damon beisammen. Dennoch befriedigte es mich, »das Kind« und damit der Gegenstand der allgemeinen Aufmerksamkeit zu sein. Als ich älter wurde, begann ich, durch die Diener, die von Eversleigh Court herüberkamen, auch andere Dinge zu lernen. Die Dienstboten gingen nur ungern nach Enderby, da es für sie ein Abenteuer war. Die Bediensteten, die es dennoch wagten, wurden von ihren Kollegen bewundert und hatten nach ihrer Rückkehr viel zu erzählen. Ich interessierte mich immer für Menschen und vor allem für das, was in ihren Köpfen vorging. Ich fand bald heraus, daß die Menschen nur selten wirklich das meinen, was sie sagen, und daß Worte oft dazu dienen, um Gedanken zu verschleiern, statt sie klar auszudrücken. Zu meiner Entschuldigung kann ich allerdings anführen, daß ich eine sehr bewegte Kindheit hinter mir hatte und daß mir meine Verwandten gewisse Dinge verschwiegen hatten. Es war ganz selbstverständlich, daß ich mehr über mich erfahren wollte.

Einmal befand ich mich oben auf der Galerie, als zwei Dienstmädchen unten in der Halle miteinander plauderten. Sie sahen mich nicht, und ich verstand jedes Wort, das sie sprachen.

»Dieser Jeremy war immer ein komischer Kauz.«

Zustimmendes Brummen.

»Hat immer allein mit einem Diener gehaust. Nur er und dieser Smith... und der Hund, der jeden Besucher verjagte.«

»Das hat sich ja zum Glück geändert, sei Miß Damaris hier ist.«

»Daß sie so allein nach Frankreich gereist ist...«

»Das war sehr tapfer von ihr.«

»Allerdings. Diese Miß Clarissa ist ein kleiner Fratz.«

Meine Aufregung nahm zu. Ich war also ein kleiner Fratz!

»Es würde mich nicht wundern, wenn sie ihrer Mutter nachgerät. Miß Carlotta hatte es ja faustdick hinter den Ohren. Sie war so schön, daß ihr kein Mann widerstehen konnte. Aber es war eine Schande, daß sie den armen Mr. Benjie verließ. Gewaltsam entführt – daß ich nicht lache!«

»Na ja, das ist alles vorbei, und sie ist jetzt tot. Ein sehr früher Tod, nicht wahr?«

»Hm, das ist der Lohn der Sünde, könnte man sagen.«

»Und die kleine Clarissa gerät ihr nach, du wirst noch an meine Worte denken.«

»Es heißt ja, die Sünden der Väter... und so weiter.«

»Du wirst schon sehen, hier werden noch die Funken fliegen. Warte nur ab, bis sie ein bißchen älter ist. Putzt du jetzt die Galerie?«

»Ich muß wohl, aber ich bekomme dort immer eine Gänsehaut.«

»Das ist der Teil des Hauses, in dem es spukt. Man kann zwar neue Vorhänge aufhängen und neue Tapeten anbringen, aber was nützt das schon? Neue Vorhänge haben noch nie Gespenster vertrieben.«

»Wenn es einmal in einem Haus spukt, hört das angeblich nie mehr ganz auf.«

»Das stimmt. In diesem Haus hat es immer Schwierigkeiten gegeben, und sie werden wiederkommen, trotz Rasen, Blumenbeeten, neuen Vorhängen und Teppichen. Wenn du willst, gehe ich mit dir in die Galerie; aber hilf mir zuerst hier unten.«

Damit bot sich mir die Möglichkeit, rechtzeitig zu verschwinden.

Meine schöne Mutter hatte sich also schamlos betragen und Benjie wegen meines Vaters verlassen. Ich erinnerte mich undeutlich an eine Nacht im Gestrüpp, durch das mich starke Arme trugen, an den Geruch des Meeres und daran, wie aufgeregt ich war, weil ich auf einem Schiff fuhr. Ja, ich war in dieses schändliche Abenteuer verstrickt; ich war ja eigentlich seine Folge.

Erst später erfuhr ich den vollen Umfang der Geschichte; damals reimte ich sie mir aus dem Tratsch und aus meinen Erinnerungen zusammen.

Innerhalb der Familie kam es auch zu Spannungen; Jeremy litt unter sogenannten »Stimmungen«, die nicht einmal Damaris immer vertreiben konnte. Dann wirkte er sehr traurig; es hing mit seinem kranken Bein zusammen, das in irgendeiner Schlacht verwundet worden war und das ihm immer wieder Schmerzen verursachte. Auch Damaris hatte Tage, an denen sie sich nicht wohl fühlte. Sie versuchte, es vor mir geheimzuhalten, aber ich spürte das Unbehagen hinter ihrer fröhlichen Miene.

Sie sehnte sich nach einem Kind.

Und dann erzählte sie mir, als wir eines Tages beisammen saßen, daß sie nun ein Kind erwarte. Ich hatte schon geahnt, daß sich etwas Außergewöhnliches ereignet hatte, denn Jeremy sah aus, als würde er nie wieder eine seiner Stimmungen haben, und Smith lächelte dauernd vor sich hin.

Ich freute mich auf das Baby und versprach, daß ich mich mit ihm befassen und ihm französische Lieder vorsingen würde, die Jeanne mich gelehrt hatte. Im Haus wurden eifrig Vorbereitungen getroffen; Großmutter Priscilla machte sich Sorgen wegen Damaris, Großvater Leigh benahm sich, als wäre sie aus Porzellan, Urgroßmutter Arabella erteilte ungefragt gute Ratschläge, und Urgroßvater Carleton murmelte immer wieder: »Weiber!«

Irgendwann fiel mir auf, daß ich nach der Geburt des Babys nicht mehr »das Kind« sein würde, und daß Damaris ihr eigenes Kind natürlich mehr lieben würde als ihre adoptierte Nichte. Der Gedanke bedrückte mich, aber ich schob ihn beiseite und beteiligte mich an dem allgemeinen aufgeregten Treiben.

Den Tag werde ich nie vergessen. Die Wehen setzten um Mitternacht ein; Großmutter Priscilla und die Hebamme wurden geholt, und einige Diener aus Eversleigh Court kamen herüber.

Durch die Unruhe wurde ich wach, kletterte aus dem Bett und lief zu dem Zimmer von Damaris. Dort fing mich die besorgte Priscilla ab. »Geh sofort wieder auf dein Zimmer«, befahl sie mir so streng, wie sie noch nie mit mir gesprochen hatte. Ich gehorchte, schlüpfte aber nach einer Weile wieder hinaus; diesmal sagte mir einer der Diener: »Steh uns nicht im Weg herum, du hast hier nichts verloren.«

Ich kehrte also in mein Zimmer zurück und wartete dort angsterfüllt, denn ich merkte, daß etwas nicht in Ordnung war. Es war so wie damals im Keller, eine Veränderung bereitete sich vor, und ich bangte um meine Sicherheit.

Das Warten schien überhaupt kein Ende zu nehmen, und als es endlich vorbei war, war die Freude aus dem Haus verschwunden, das jetzt womöglich noch düsterer und trauriger wirkte als zuvor. Es war eine Totgeburt gewesen, und Damaris war sehr krank. Niemand kümmerte sich um mich. Die Großeltern sprachen miteinander; diesmal wurde ich nicht erwähnt, sondern es ging immer nur um die arme Damaris und was das für sie bedeutete. Außerdem schwebte sie in Lebensgefahr; Jeremy war in eine seiner Stimmungen versunken und hatte einen bitteren Zug um den Mund. Sicherlich glaubte er, daß Damaris ihrem Kind nachfolgen würde.

Großmutter Priscilla wollte eine Weile in Enderby bleiben, um ihre Tochter zu pflegen. Dann kam Benjie und bot an, mich für einige Zeit nach Eyot Abbas mitzunehmen. Zu meinem Kummer versuchte niemand, ihn davon abzubringen.

Ich fuhr also nach Eyot Abbas mit, wo mir die gleiche liebevolle Fürsorge zuteil wurde wie in Enderby.

Benjie liebte mich innig und hätte mich gern als Tochter bei sich behalten. Merkwürdigerweise tauchten aber in Eyot Abbas längst vergessene Erinnerungen wieder auf. Ich wußte plötzlich wieder, daß ich unter der Aufsicht meiner Nurse im Garten gespielt hatte. Und vor allem erinnerte ich mich an den Tag, an dem Hessenfield mich entführt, auf das Schiff und in das *hôtel* gebracht hatte – und an das Ende im kalten, bedrohlichen Keller, in dem Jeanne meine einzige Beschützerin gewesen war.

Beinahe wider Willen fühlte ich mich zu Harriet hingezogen, und da auch ihr Mann Gregory sanft und freundlich war, hätte ich in Eyot Abbas vollkommen glücklich sein können, wenn ich mich nicht nach Damaris gesehnt hätte.

Diese Dinge müssen sich um das Jahr 1710 abgespielt haben, denn ich war damals acht Jahre alt. Wahrscheinlich war ich aber durch alles, was ich mitgemacht hatte, frühreif – jedenfalls war Harriet dieser Auffassung.

Harriet und ich waren einander ähnlich. Wir interessierten uns beide für Menschen und erfuhren dadurch sehr viel über sie.

Sie war eine erstaunliche Frau, deren Schönheit unzerstörbar schien. Sie muß damals schon sehr alt gewesen sein – sie verriet uns nie ihr wahres Alter –, aber die Jahre schienen spurlos an ihr vorübergegangen zu sein. Sie ließ sich einfach nicht von ihnen unterkriegen. Ihre Haare waren immer noch schwarz. »Bevor ich sterbe, werde ich dir mein Geheimnis verraten, Clarissa«, versprach sie mir mit übermütigem Lächeln, als wäre sie noch ein junges Mädchen. Ihre leuchtendblauen Augen bildeten einen faszinierenden Gegensatz zum dunklen, gewellten Haar, und angesichts ihres jugendlichen Feuers vergaß man die Krähenfüße in ihren Augenwinkeln.

Sie nahm sich meiner an und verbrachte viel Zeit mit mir, wobei sie mir oft Fragen über die Vergangenheit stellte.

»Du bist alt genug, um die Wahrheit über dich zu erfahren«, meinte sie. »Ich nehme an, du hast sowieso Augen und Ohren aufgesperrt, um möglichst viel aufzuschnappen.«

Das gab ich zu. Man konnte Harriet gegenüber lässliche Sünden eingestehen, weil man davon überzeugt war, daß sie in der gleichen Lage wahrscheinlich die gleichen, wenn nicht ärgere begangen hätte. Obwohl sie alt war und man sie deshalb mit Respekt behandeln mußte, war sie anders als meine Familie. Sie war zwar geistig jung geblieben, verfügte aber über die Erfahrungen eines langen Lebens, aus denen ich lernen konnte.

»Ja«, wiederholte sie, »es ist besser, wenn du die ganze Wahrheit erfährst. Ich nehme an, daß deine liebe Großmutter nie ein Sterbenswörtchen darüber verlieren würde. Ich kenne die gute Priscilla – und Damaris ist eine brave Tochter, die immer tut, was ihre Mutter will. Nicht einmal deine Urgroßmutter würde darüber sprechen, davon bin ich überzeugt. Ach, du meine Güte, also muß die arme, alte Harriet wieder einmal in die Bresche springen.«

Dann erzählte sie mir, daß meine Mutter im Gasthaus einige Jakobiten kennengelernt hatte, deren Anführer Lord Hessenfield war. Sie verliebten sich ineinander, und die Folge war ich. Aber sie waren nicht verheiratet, sie hatten keine Zeit dazu gehabt, denn Hessenfield mußte nach Frankreich fliehen. Ich kam auf die Welt, und Benjie erklärte sich bereit, Vaterstelle an mir zu vertreten, deshalb heiratete meine Mutter ihn. Hessenfield kehrte nach einiger Zeit heimlich zurück und holte meine Mutter und mich nach Frankreich, so daß der arme Benjie, der sich schon als mein Vater fühlte, einsam zurückblieb.

»Deshalb mußt du besonders lieb zu Benjie sein«, meinte Harriet.

»Darauf kannst du dich verlassen«, versicherte ich ihr.

»Der arme Benjie. Er sollte noch einmal heiraten und deine Mutter vergessen, aber er bringt es nicht fertig. Sie war so schön, Clarissa.«

»Ich weiß.«

»Aber sie machte weder sich noch andere glücklich.«

»Sie machte Hessenfield glücklich.«

»Ja, sie waren vom gleichen Schlag. Deine Eltern, Clarissa, waren außergewöhnliche Menschen, und du kannst auf sie stolz sein. Ich frage mich, ob du ihnen nachgeraten bist, denn dann müßtest du aufpassen. Du müßtest auf deine Neigung zur Unüberlegtheit achten und lernen zu denken, bevor du handelst. Ich habe mich immer an diesen Grundsatz gehalten und bin gut dabei gefahren. Ich habe ein schönes Haus, einen guten Mann und den liebevollsten Sohn der Welt, und ich kann meinen Lebensabend in Frieden und Glück verbringen. Aber das alles fiel mir nicht in den Schoß, Clarissa, ich bemühte mich darum, mein ganzes Leben lang. Du hast die besten Voraussetzungen, ein glückliches Leben zu führen, mein Kind. Du hast zwar deine Eltern verloren, aber du hast eine Familie, die dich liebt. Jetzt weißt du die Wahrheit über dich und mußt die Lehren daraus ziehen. Sei kühn, aber nicht unüberlegt, gehe einem Abenteuer nicht aus dem Weg, aber handle nie voreilig. Glaub mir, ich habe ein langes Leben hinter mir und weiß, wovon ich spreche.«

Ich saß oft mit ihr beisammen und hörte ihr fasziniert zu. Sie erzählte mir viel über die Vergangenheit, über ihr Leben als Schauspielerin und über ihr Zusammentreffen mit meiner Urgroßmutter Arabella kurz vor der Restauration Karls II. Sie sprach lebhaft, spielte mir die einzelnen Szenen förmlich vor, und ich erfuhr von ihr mehr über meine Familie als je zuvor.

Sie hatte recht; seit ich über meine Eltern Bescheid wußte, schwand langsam mein Bedürfnis nach Sicherheit. Wenn ich hörte, was die Mitglieder meiner Familie alles erlebt hatten, fühlte ich mich selbstbewußt und sicher.

Wahrscheinlich erwachte damals der Wunsch nach Unabhängigkeit in mir – aber ich war erst acht Jahre alt.

Eines Tages rief mich Harriet zu sich. Sie hielt einen Brief in der Hand.

»Eine Botschaft von deiner Großmutter; sie möchte, daß du nach Enderby zurückkommst. Damaris geht es besser, und sie sehnt sich nach dir. Damit ist dein Besuch bei uns zu Ende, denn wir müssen dem Wunsch deiner Familie nachkommen. Ich war sehr glücklich darüber, daß du bei uns warst, und Benjie war selig. Er wird traurig sein, wenn du uns verläßt, aber ich darf nicht vergessen, daß Damaris dich aus Frankreich geholt hat und daher den ersten Anspruch auf dich hat. Ich weiß, daß du ungern weggehst, aber daß du dich auch darauf freust, deine liebe Damaris wiederzusehen.«

Natürlich wollte ich Damaris wiedersehen, aber ich verließ Harriet, Gregory und Benjie ungern. Ich liebte Eyot Abbas, und mir fiel zu meinem Kummer ein, daß ich nun nicht mehr auf die kleine Insel übersetzen würde, die ich von meinem Schlafzimmerfenster aus sehen konnte. Ich war richtig hin- und hergerissen.

Harriet sagte: »Gregory, Benjie und ich werden dich in der Kutsche heimbringen. Dadurch können wir noch eine Weile beisammensein.«

Die Vorstellung, in Gregorys Kutsche zu fahren, begeisterte mich. Es war ein großartiges Fahrzeug, hatte aber keinen Platz für unser Gepäck. Das wurde in den Satteltaschen mitgeführt. Zwei Reitknechte begleiteten uns – einer saß auf dem Kutschbock, der andere ritt hinterher, und von Zeit zu Zeit tauschten sie die Plätze.

Es war eine gemächliche, genußvolle Reise; wir hielten immer wieder bei Wirtshäusern. In mir erwachte undeutlich die Erinnerung daran, daß ich schon einmal in dieser Kutsche gereist war. Ich war damals noch sehr klein und hatte bei dieser Gelegenheit Hessenfield zum ersten Mal gesehen. Er hatte einen Räuber gespielt und die Kutsche aufgehalten. Während wir dahinrumpelten, sah ich zum Fenster hinaus, und die einzelnen Bilder tauchten wieder vor meinem geistigen Auge auf. Der maskierte Hessenfield, der die Kutsche anhielt, uns befahl auszusteigen und meine Mutter und dann mich küßte. Ich hatte keine Angst gehabt, denn ich fühlte, daß auch meine Mutter sich nicht fürchtete. Ich gab dem

Räuber den Schwanz meiner Zuckermaus. Dann ritt er fort, und ich sah ihn erst wieder, als er mich von Eyot Abbas auf das Schiff brachte.

Ich wurde langsam schläfrig. Harriet und Gregory dösten vor sich hin; Benjie saß neben ihnen, und wenn sein Blick dem meinen begegnete, lächelte er mir zu. Er sah sehr traurig aus, und ich dachte: Wenn du Hessenfield wärst, würdest du mich nicht fortlassen.

Ich verglich jeden Menschen mit Hessenfield, denn er war größer gewesen als alle Leute, die ich kannte. Er hatte sie in jeder Beziehung überragt. Ich war davon überzeugt, daß er, wenn er am Leben geblieben wäre, König Jakob auf den Thron gesetzt hätte.

Wir kamen nur langsam voran, weil die Straßen so schlecht waren. Es hatte geregnet, und wir fuhren immer wieder durch Pfützen, so daß das Wasser hoch aufspritzte. Das gefiel mir, und ich lachte jedesmal darüber.

»Für den armen, alten Merry ist es nicht so lustig«, sagte Benjie. Merry saß gerade auf dem Kutschbock.

Plötzlich gab es einen Ruck, und die Kutsche hielt an. Gregory riß erschrocken die Augen auf, und Harriet fragte: »Was ist los?«

Die beiden Männer stiegen aus. Ich blickte aus dem Fenster und sah, daß sie die Räder betrachteten. Dann streckte Gregory den Kopf herein. »Wir sitzen in einer Rinne neben der Straße fest«, erklärte er. »Es wird eine Weile dauern, bis wir wieder hinauskommen.«

»Hoffentlich nicht zu lange«, antwortete Harriet. »In einer Stunde ist es finster.«

»Wir gehen sofort an die Arbeit«, beruhigte sie Gregory. »Das Wetter ist schuld daran; die Straßen sind in einem erbärmlichen Zustand.«

Harriet sah mich an und zuckte die Schultern. »Wir müssen uns eben in Geduld fassen. Freust du dich schon auf die warme Gaststube? Was möchtest du denn gern essen? Zuerst eine heiße Suppe, dann ein Spanferkel und eine Rebhuhnpastete?«

Wenn Harriet sprach, sah man das, was sie schilderte, zum Greifen deutlich vor sich.

Plötzlich sagte Harriet: »Du bist vor langer Zeit schon einmal in dieser Kutsche gefahren, kannst du dich daran erinnern, Clarissa?«

Ich nickte.

»Ein Räuber hielt euch auf«, fuhr sie fort.

»Es war in Wirklichkeit kein Räuber, sondern Hessenfield, der Spaß machte.«

Ich spürte, wie mir Tränen in die Augen stiegen, weil ich ihn nie wieder sehen würde.

»Er war ein *Mann*, nicht wahr?« meinte Harriet ruhig.

Ich verstand, was sie damit sagen wollte, und dachte: Es wird nie wieder jemanden wie Hessenfield geben. Dann fiel mir ein, daß neben einem wunderbaren Menschen wie ihm alle anderen so unbedeutend aussahen, daß es ein Jammer war.

Harriet beugte sich zu mir. »Sobald ein Mensch tot ist, wirkt er viel besser, als er zu Lebzeiten eigentlich war.«

Ich dachte noch über diese Feststellung nach, als Gregory wieder den Kopf in die Kutsche steckte. »Noch zehn Minuten, und wir sind wieder unterwegs.«

»Gut«, rief Harriet, »dann kommen wir noch vor Einbruch der Dunkelheit zum ›Eber‹.«

»So wie die Straße aussieht, haben wir Glück, wenn wir es überhaupt schaffen«, antwortete Gregory.

Etwas später nahmen er und Benjie ihre Plätze in der Kutsche wieder ein. Nach der Ruhepause waren die Pferde unruhig und trabten bald lustig dahin.

Die Sonne war beinahe hinter dem Horizont verschwunden, und es wurde rasch dunkel. Dann erreichten wir den Wald, und ich hatte das seltsame Gefühl, daß ich diesen Ort genau kannte: Wahrscheinlich hatte uns Hessenfield seinerzeit hier überfallen.

Wir bogen in den Wald ein und waren erst ein kurzes Stück gefahren, als zwei Reiter aus dem Gebüsch brachen und neben uns herritten. Ich konnte einen von ihnen deutlich erkennen; er war maskiert und trug eine Flinte.

Räuber! Die Straßen wimmelten von ihnen. Mein erster Gedanke war: Diesmal ist es nicht Hessenfield, sondern es sind wirkliche Räuber.

Gregory hatte die Gefahr ebenfalls erkannt und griff nach der Büchse unter unserem Sitz. Harriet ergriff meine Hand und hielt sie fest. Merry rief etwas. Er gab den Pferden die Peitsche, so daß sie in Galopp fielen und wir in der Kutsche hin- und hergeworfen wurden.

Benjie zog den Degen, der vorsichtshalber in der Kutsche für solche Fälle bereitlag.

»Merry will anscheinend versuchen, ihnen zu entkommen«, murmelte Gregory.

»Das wäre am besten«, antwortete Benjie. Er sah Harriet und mich an; offensichtlich wollte er uns nicht durch einen Kampf gefährden.

Die Kutsche ratterte weiter. Wir schwankten wild – und dann geschah es plötzlich. Ich flog von meinem Sitz und prallte an das Verdeck der Kutsche.

Ich hörte noch, wie Harriet flüsterte »Gott schütze uns«, dann wurde es dunkel um mich.

Als ich wieder zu mir kam, lag ich in einem fremden Bett. Damaris und Jeremy standen neben mir.

Damaris sagte: »Ich glaube, jetzt ist sie wach.«

Langsam kehrte die Erinnerung zurück. »Wir waren in der Kutsche...«, flüsterte ich.

»Ja, mein Liebling, du bist jetzt in Sicherheit.«

»Was ist denn geschehen?«

»Es kam zu einem Unfall... denk aber jetzt nicht darüber nach.«

»Wo bin ich?«

»Im ›Eber‹. Wir werden bald mit dir nach Hause reisen, sobald du kräftig genug bist.«

»Du bleibst also hier?«

»Ja, bis wir dich heimnehmen können.«

Ich erholte mich rasch; ein Bein war gebrochen, und ich hatte zahlreiche Prellungen.

»Junge Knochen heilen schnell«, erklärte man mir.

Zwei Tage danach erfuhr ich die ganze Wahrheit. Die Kutsche konnte nicht mehr verwendet werden, und die Pferde waren so schwer verletzt worden, daß man sie erschießen mußte.

»Man konnte nichts anderes tun«, erklärte mir Damaris.

»Was ist aus den Räubern geworden?« fragte ich.

»Sie machten sich aus dem Staub, als die Kutsche umstürzte. Merry und Keller hatten die Pferde angetrieben, um ihnen zu entgehen, und übersahen dabei den umgestürzten Baumstamm. So passierte es.«

»Befinden sich auch Benjie, Harriet und Gregory hier im Gasthaus?«

Darauf folgte längeres Schweigen, und ich hatte plötzlich Angst.

»Clarissa, es war ein sehr schwerer Unfall. Du und Benjie, ihr habt Glück gehabt...«

»Was meinst du damit?«

Damaris sah Jeremy an, der nickte. Das hieß: Sag es ihr, es hat keinen Sinn, ihr die Wahrheit zu verschweigen.

»Harriet und Gregory wurden getötet, Clarissa.«

Ich wußte nicht, was ich darauf antworten sollte, ich war wie betäubt. Ich war wieder einmal mit dem Tod konfrontiert. Er schlug immer dann zu, wenn man es am wenigsten erwartete. Meine stolzen Eltern... der liebe, freundliche Gregory... die schöne Harriet mit den blauen Augen und dem schwarzen Lockenhaar... alle tot.

»Ich werde sie nie wiedersehen«, stammelte ich.

Dann schloß ich die Augen; vielleicht konnte ich einschlafen und alles vergessen.

Damaris und Jeremy verließen das Zimmer, und ich hörte, wie sie vor der Tür miteinander flüsterten.

»Vielleicht hätten wir es ihr nicht sagen sollen, sie ist ja noch ein Kind.«

»Nein«, antwortete Jeremy. »Sie muß erwachsen werden und lernen, wie das Leben ist.«

So lag ich im Bett und dachte an die Dahingegangenen.

An diesem Tag hatte ich das Gefühl, kein Kind mehr zu sein. Aber es stimmt, daß junge Knochen schnell heilen; und wenn man jung ist, überwindet man auch den psychischen Schock bald.

Der arme Benjie sah aus wie ein Gespenst. Das Leben war immer grausam mit ihm umgesprungen, und dabei war er so herzensgut und hatte bestimmt nie jemandem ein Leid zugefügt. Trotzdem hatte er meine Mutter an Hessenfield abtreten müssen und mich an Damaris, und jetzt hatte er seine Eltern verloren, an denen er mit so selbstloser Liebe gehangen hatte.

Damaris und Jeremy bestanden darauf, daß er mit uns nach Eversleigh kam.

Jeremy trug mich in Enderby ins Haus, wo Smith und Damon mich schon erwarteten. Smiths Gesicht war noch faltiger als gewöhnlich, weil ich endlich wieder da war, und Damon sprang immer wieder hoch und winselte leise, um mir zu zeigen, wie sehr er sich über meine Rückkehr freute.

Jeremy trug mich jeden Tag aus meinem Zimmer hinunter und am Abend wieder herauf, bis mein Bein in Ordnung war, und Arabella, Carleton und Leigh besuchten mich häufig, um mir die Zeit der Genesung zu verkürzen.

Arabella trauerte sehr um Harriet.

»Sie war eine Abenteurerin, aber sie war eine einmalige Persönlichkeit. Ich habe das Gefühl, daß ich mit ihr einen Teil meiner selbst verloren habe.«

Sie wollten, daß Benjie blieb, aber er mußte sich um den Besitz kümmern. Außerdem meinte er, daß die Arbeit eine Ablenkung bedeuten würde.

Er forderte mich nicht auf, ihn in Eyot Abbas zu besuchen, weil er fürchtete, daß es für mich ohne Harriet und Gregory dort sehr traurig sein würde.

Trotzdem beschloß ich, oft zu ihm zu kommen, um ihn zu trösten.

2

Ein Besuch aus Frankreich

Etwa ein Jahr nach dem Unfall wurde beschlossen, daß meine Erziehung vervollständigt werden müsse, und zwar durch eine Gouvernante.

Großmutter Priscilla übernahm es, eine zu suchen. Sie fand, daß man sich dabei am besten auf Empfehlungen verließ, und als der Rektor von Eversleigh, der über unser Problem im Bild war, nach Dower House geritten kam, um meiner Großmutter zu sagen, saß er jemanden Geeigneten kannte, war sie begeistert.

Bald darauf stellte sich Anita Harley vor und wurde sofort aufgenommen.

Sie war etwas dreißig Jahre alt, die verarmte Tochter eines Pfarrers, die ihren Vater bis zu seinem Tode betreut hatte, und jetzt ihren Lebensunterhalt selbst verdienen mußte. Sie verfügte über eine gute Bildung; ihr Vater hatte die Kinder der Landedelleute unterrichtet und sie an den Stunden teilnehmen lassen. Da sie wesentlich rascher lernte als ihre Mitschüler, hatte sie schon mit zweiundzwanzig Jahren die Dorfkinder unterrichtet, war also sehr gut geeignet, meine Erziehung in die Hand zu nehmen.

Ich mochte sie. Sie war würdevoll, ohne boniert zu sein, und machte keine großes Aufheben um ihr Wissen; sie hatte Sinn für Humor; sie bevorzugte Englisch und Geschichte und vernachlässigte die Mathematik ein bißchen – also stimmten unsere Vorlieben überein. Sie sprach auch ein bißchen Französisch, und wir konnten Geschichten in dieser Sprache lesen. Meine Aussprache war besser als die ihre, weil ich im *hôtel* immer mit den Bediensteten geplaudert hatte; ich sprach französisch so fließend wie eine Französin. Überhaupt kamen wir gut miteinander aus. Wir ritten, spielten Schach und unterhielten uns ununterbrochen; sie war wirklich eine glückliche Ergänzung unseres Haushalts.

Damaris war entzückt. »Sie wird dir mehr beibringen, als mir je möglich gewesen wäre«, gab sie ganz offen zu.

Anita wurde wie ein Familienmitglied behandelt. Sie aß mit uns und begleitete uns, wenn wir Dower House oder Eversleigh Court einen Besuch abstatteten.

»Ein wirklich reizendes Mädchen«, bemerkte Arabella. »Das Kind« wuchs rasch und lernte viel. Ich wußte um meine Herkunft, ich hatte gehört, wie Diener mich als vorlaut bezeichneten; außerdem waren sie der Ansicht, daß man kein Wahrsager sein müsse um zu erkennen, wie sehr ich meiner Mutter nachgeriet.

Wie ich mir vorgenommen hatte, besuchte ich Benjie bald. Damaris war damit einverstanden, bestand aber darauf mitzukommen, weil sie sonst, wie sie sagte, keinen ruhigen Augenblick hätte.

Auf diesen Fahrten achteten wir darauf, daß wir den Schauplatz des Überfalls immer bei Tageslicht erreichten; außerdem waren wir von Bewaffneten begleitet. Für mich war es ein aufregendes Abenteuer, wieder durch diesen Wald zu fahren, obwohl er mich jetzt nicht nur an meinen Vater, sondern auch an Harriet und Gregory erinnerte.

Anita begleitete uns, weil Damaris meinte, daß ich meinen Unterricht nicht unterbrechen sollte, und ich war froh darüber. Ohne Harriet wirkte Eyot Abbas ganz anders, und es war deprimierend, überall im Haus auf die Spuren ihrer Tätigkeit zu stoßen.

Damaris meinte, daß Benjie die Einrichtung ändern sollte. Es war das beste Mittel, die Erinnerung an traurige Ereignisse zu verdrängen. Als sie das sagte, war sie sehr ernst, und ich dachte an das Schlafzimmer in Enderby.

»Vielleicht können wir ihm ein paar Ratschläge geben«, meinte Damaris. »Fallen Ihnen denn gar keine Vorschläge ein, Anita?«

Es hatte sich herausgestellt, daß Anita sehr gut Blumen anordnen und die Einrichtung farblich abstimmen konnte. Sie erzählte mir, daß sie gern das alte Pfarrhaus, in dem sie gelebt hatte, neu eingerichtet hätte, aber es war nie genug Geld dafür dagewesen.

Wir fuhren also nach Eyot Abbas, und Benjie freute sich über den Besuch, aber man konnte nicht übersehen, wie kummervoll und niedergeschlagen er war.

Er bemerkte, daß er eigentlich froh darüber sei, daß sein Vater seine Mutter nicht überlebt hatte, weil er ohne sie so fürchterlich einsam gewesen wäre. Das hieß natürlich, daß Benjie selbst sich fürchterlich einsam fühlte.

»Du mußt alles tun, was du kannst, um ihn aufzuheitern«, erklärte mir Damaris. »Du kannst das besser als jeder andere.«

»Vielleicht sollte ich zu ihm ziehen«, meinte ich.

Damaris sah mich ernst an. »Möchtest du das?«

Ich schlang die Arme um ihren Hals. »Nein, nein. Ich möchte immer bei dir bleiben.«

Sie war sichtlich erleichtert, und ich dachte wider Willen daran, wie wichtig ich war. Dann fiel mir ein, daß diese Menschen mich ja nur als Ersatz wollten – Damaris, weil sie kein eigenes Kind bekam und weil Jeremy seine Stimmungen hatte; Benjie, weil er Carlotta und jetzt seine Eltern verloren hatte. Obwohl ich mich geschmeichelt fühlte, mußte ich mir darüber klar sein, daß sie alle eigentlich etwas anderes als mich wollten.

Anita, Benjie und ich ritten oft aus. Damaris begleitete uns manchmal, aber sie wurde müde, wenn sie zu lang im Sattel saß, also blieben wir drei allein. Auf diesen Ritten vergaß Benjie seine Trauer und lehrte mich eine Menge über die Forstwirtschaft. Anita verfügte auch auf diesem Gebiet über beachtliche Kenntnisse. Ich begann, die einzelnen Bäume voneinander zu unterscheiden, und Benjie hielt mir begeisterte Vorträge über die Eichen.

»Sie sind echt englische Bäume«, erklärte er, »die seit urdenklichen Zeiten hier wachsen. Wußtest du, daß die Druiden besondere Achtung vor ihnen hatten? Sie vollzogen ihre religiösen Riten unter Eichen; unter ihren Ästen wurde auch Recht gesprochen.«

»Ich glaube«, ergänzte Anita, »daß manche dieser Bäume zweitausend Jahre alt werden.«

»Das stimmt. Und unsere Schiffe werden aus den Brettern dieser Bäume gezimmert. Deshalb heißt es, daß unsere Schiffe Eichenherzen haben.«

Anita wollte wissen, worüber die Weiden trauerten, und erzählte uns, daß die Espe deshalb zittere, weil das Kreuz Christi aus ihrem Holz gemacht worden war, und sie seither keine Ruhe mehr finde. Anita sprach auch über die Mistel, die als einzige nicht versprochen hatte, Baldur, dem schönsten der nordischen Götter, kein Leid zuzufügen. Deshalb konnte der böse Loki ihn mit einem Pfeil aus Mistelholz töten.

»Wie ich sehe, Miß Harley«, meinte Benjie, »stehen Sie der Natur sehr romantisch gegenüber.«

»Ich finde nichts Schlechtes daran«, meinte Anita.

Benjie lachte zum erstenmal seit dem Unfall und dem plötzlichen Tod seiner Eltern.

Wir machten in Gasthäusern Rast, tranken Apfelwein und aßen frisches Brot mit Käse und warme Pasteten. Benjie redete meist über seinen Besitz, für den er jetzt allein verantwortlich war. Er suchte offensichtlich etwas, das ihn beschäftigte, so daß er seinen Verlust leichter ertragen konnte.

Ich sprach mit Anita über ihn.

»Er ist anders als Jeremy«, stellte ich fest. »Jeremy hätschelt seinen Kummer, und obwohl seine Ehe mit Damaris glücklich ist, kann er nicht vergessen, daß er im Krieg verwundet wurde.«

»Der Schmerz erinnert ihn immer wieder daran.«

»Ja, während Benjie durch die Räume, in denen seine Eltern gelebt haben, daran erinnert wird. Solche Dinge kann ein Mensch überwinden, während Jeremy dem Schmerz in seinem Bein nie entrinnen kann.«

Nach einiger Zeit fand ich, wir sollten nach Hause fahren, weil der arme Jeremy ohne Damaris sicherlich sehr unglücklich war. Ich wußte, daß ich ihm ein Trost war, denn wenn er mich ansah, erinnerte er sich daran, wie er und Damaris mich aus dem Keller geholt hatten. Ohne seine Hilfe hätte es Damaris nie geschafft, und dieses Bewußtsein hob Jeremys Stimmung.

»Benjie«, fragte ich, »warum kommst du nicht zu uns nach Enderby?«

»Ich würde gern kommen, aber ich muß mich um den Besitz kümmern.« Er wollte nicht davonlaufen, sondern mit seiner Einsamkeit fertig werden.

Wir kehrten Ende September zurück, als die Blätter sich färbten und die ersten Früchte reif wurden. Anita und ich kletterten im Obstgarten auf Leitern, um Äpfel zu pflücken, während Smith die Schubkarren belud und Damon den Kopf schief legte und uns zusah.

Priscilla kam herüber und half Damaris beim Einkochen; wenn nicht die ständige leise Trauer gewesen wäre, hätte es ein ganz normaler Herbst sein können. Arabella vermißte Harriet sehr, was mich wunderte, denn sie war ihr gegenüber oft schroff gewesen, und ich hatte immer den Eindruck gehabt, daß vieles an Harriet sie störte.

Sogar Urgroßvater Carleton schien um sie zu trauern, und dabei hatte er nie ein Hehl daraus gemacht, daß er sie nicht mochte.

»Einmal muß jeder von uns gehen«, meinte Arabella, »früher oder später trifft es jeden.«

Damaris lehnte solche Aussprüche ab. Sie hielt sie für Unsinn und versprach, dafür zu sorgen, daß ihre Großmutter so alt wird wie Methusalem.

Wieder ging ein Jahr vorbei. Ich war jetzt zehn, und überall wurde über den Waffenstillstand geredet, der den Krieg beenden sollte.

Priscilla fand, daß es wirklich an der Zeit war. Sie konnte nicht begreifen, was es uns kümmerte, wer auf dem spanischen Thron saß.

Urgroßvater Carleton sah sie an, schüttelte den Kopf und sagte nur ein Wort: »Weiber!«

»Wenn es wirklich zum Frieden kommt«, stellte Damaris fest, »wird man frei zwischen Frankreich und England hin- und herreisen können.« Sie sah Jeremy an. »Ich möchte nach Paris fahren.«

»Eine sentimentale Reise«, meinte. Jeremy lächelnd. Ich liebte dieses Lächeln an ihm, denn dann wußte ich, daß er im Augenblick keine Schmerzen verspürte und das Leben genoß.

»Ich frage mich, was aus Jeanne geworden ist«, sinnierte Damaris, »hoffentlich geht es ihr gut.«

»Sie gehört zu den Menschen, die sich zu helfen wissen«, bemerkte Jeremy.

»Ach ja, ich werde nie vergessen, wie sie sich Clarissa annahm.«

»Auch ich nicht«, stimmte Jeremy zu.

Dann wurde Damaris wieder schwanger und war sehr glücklich darüber. »Diesmal«, meinte sie, »werde ich sehr vorsichtig sein.«

Der Doktor verordnete ihr viel Bettruhe und erinnerte sie daran, daß ihre Gesundheit seit dem schweren Fieber, unter dem sie vor einigen Jahren gelitten hatte, geschwächt war. Eine Schwangerschaft war selbst für eine gesunde Frau sehr anstrengend.

Damaris und Jeremy strahlten vor Glück, denn der Schatten schien aus ihrem Leben zu verschwinden. Ihr Kind war auch für mich überaus wichtig, denn es würde mich von meiner Verantwortung ihnen gegenüber befreien. Es war merkwürdig, daß ich mich für sie verantwortlich fühlte, aber ich wußte jetzt, daß die Reise nach Frankreich zu einer neuen Beziehung zwischen ihnen geführt hatte. Ich war froh darüber, daß ich eine so positive Rolle in ihrem Leben gespielt hatte, aber sie belastete mich auch mit einer gewissen Verantwortung. Und jetzt kam auch noch Benjie dazu, den ich, allerdings unwissentlich, verlassen und ihm damit seine Tochter genommen hatte.

Weihnachten stand bevor. Arabella bestand darauf, daß wir alle, auch Benjie, zur Weihnachtsfeier nach Eversleigh Court kamen.

Damaris meinte, wir müßten uns besonders um Benjie bemühen, denn zu Weihnachten war die Erinnerung an die Verstorbenen besonders schmerzlich. Meinem Gefühl nach gaben sich alle ein bißchen zu fröhlich; sie taten so, als wäre es ein Weihnachtsfest wie alle anderen.

Anita und ich sammelten im Wald Stechpalmen, Efeu und Mistelzweige, und Smith brachte das Weihnachtsscheit. Arabella bestand darauf, daß wir alle bis Dreikönigsabend blieben, auch wenn wir es nicht weit nach Hause hatten.

Obwohl wir den Weihnachtsabend nicht in Enderby Hall verbringen würden, hatten wir das Haus geschmückt. Ich hörte, wie ein Dienstmädchen sagte: »Ich möchte wissen, was die Gespenster davon halten werden.«

»Es wird ihnen nicht gefallen«, prophezeite ein anderes.

Sie glaubten anscheinend fest daran, daß ein böser Geist in Enderby sein Unwesen trieb.

»Es ist eine Schande, daß wir nicht hierbleiben«, sagte ich zu Damaris. »Es sieht zu hübsch aus.«

»Deine Urgroßmutter will nichts davon wissen. Um so schöner wird es sein, in das geschmückte Haus zurückzukommen, und außerdem bleibt Smith hier, der es ja auch weihnachtlich haben soll.«

»Smith und Damon. Ich werde am Christtag hinüberreiten und ihnen ihre Geschenke bringen.«

»Das ist lieb von dir.«

Ich wies darauf hin, daß ich es aus Eigennutz tun wollte, weil ich bestimmt Sehnsucht nach den beiden haben würde. Außerdem befürchtete ich, daß die Stimmung in Eversleigh ohne Harriet und Gregory gedrückt sein würde.

Damaris verscheuchte die trüben Gedanken, indem sie mir durch das Haar fuhr und sagte: »Stell dir nur vor, beim nächsten Weihnachtsfest wird mein Kind schon dabeisein. Ich kann den April kaum mehr erwarten.«

»Ich hoffe, daß es ein Mädchen wird, ich wünsche es mir so sehr.«

»Aber Jeremy möchte einen Jungen.«

»Männer wollen immer Jungen, wahrscheinlich haben sie das Gefühl, in ihren Söhnen wiedergeboren zu werden.«

Wir fuhren also nach Eversleigh und feierten Weihnachten. Benjie traf am Abend ein und freute sich sehr über das Wiedersehen mit mir.

In der Weihnachtsnacht gingen wir wie immer um Mitternacht zur Mette in die Kirche von Eversleigh. Für mich war das stets der schönste Teil von Weihnachten gewesen – wenn wir die Weihnachtshymne und -lieder sangen, und dann über die Felder nach Eversleigh Court gingen, wo uns heiße Suppe, Toast, Glühwein und Rosinenkuchen erwarteten. Wir sprachen über den Gottesdienst, verglichen ihn mit dem vom Vorjahr und waren fröhlich und hellwach. In den vergangenen Jahren hatten wir auch über Harriets Scharaden gesprochen, denn sie hatte sie arrangiert und die Rollen verteilt.

In den Schlafzimmern brannten in den Kaminen lodernde Feuer, und die Dienstmädchen hatten Wärmepfannen unter die Bettdecken geschoben. Anita und ich teilten uns ein Zimmer, was uns nicht im geringsten störte. Als wir nach der Mitternachtsmesse endlich schlafen gingen, lagen wir noch lange wach und plauderten. Anita erzählte mir von den Weihnachtsabenden im Pfarrhaus mit einer alten Tante, die bei ihnen wohnte, und wie sie mit allem knausern mußten. Als ihr Vater starb, war sie bei der Vorstellung entsetzt, daß sie jetzt allein bei der alten Tante bleiben sollte, und hatte deshalb versucht, eine Anstellung zu finden, um sich ihren Lebensunterhalt selbst zu verdienen.

»Du wirst bei uns immer ein Zuhause haben, Anita«, sagte ich.

Sie war mir dafür dankbar, daß ich sie beruhigen wollte, aber sie hielt ihre Stellung für unsicher und hatte immer Angst davor, daß sie vielleicht jemanden verärgerte und dann entlassen wurde.

»Damaris ist nicht so leicht verärgert«, versicherte ich ihr. »Und sie würde dich nie auf die Straße setzen. Du malst dir Situationen aus, die nie eintreten werden.«

Der Weihnachtsmorgen war klar und glitzernd, denn auf dem Rasen und auf den Zweigen der Eichen und Birken lag Rauhreif und verwandelte die Landschaft in ein Märchenland. Die Teiche waren zugefroren, aber die Sonne würde die Eisdecke bald zum Schmelzen bringen. Am Vormittag kamen die Weihnachtssinger und wir baten sie ins Haus, und als sie gesungen hatten, bekamen sie Rosinenkuchen und Punsch, den wir für sie vorbereitet hatten. Anita und ich füllten die Gläser, und der Tag unterschied sich in nichts von den Weihnachten, die ich seit meiner Rückkehr nach England erlebt hatte.

Dann kam das große Weihnachtsessen mit Puter, Hühnern, Schinken und Rindsbraten, mit Pasteten in allen möglichen Formen, so daß der Tisch sich unter den Speisen bog. Es gab Plumpudding und Rosinenporridge – letzteres kannte ich noch nicht. Es war wie eine Suppe mit Rosinen und Gewürzen.

Nachher spielten wir alle möglichen Spiele, auch Verstecken. Wir machten auch ein paar Scharaden, aber das erinnerte uns an Harriet. Dann spielten die Fiedler, und wir tanzten und sangen. Ein paar Nachbarn waren auch zu Besuch gekommen, so daß wir eine große Gesellschaft waren; ich war davon überzeugt, daß ein Teil der Familie sehr froh darüber war, als die letzten Gäste sich endlich verabschiedeten.

In dieser Nacht lagen Anita und ich wieder wach, und ich erzählte ihr von Harriet.

»Sie war ein außergewöhnlicher Mensch. Leute wie sie beeinflussen ihre Umgebung, ob sie es wollen oder nicht.«

Schließlich schliefen wir doch ein und standen am nächsten Tag erst spät auf. Die übrigen Mitglieder des Haushaltes waren schon auf den Beinen, und als wir zum Frühstück hinuntergingen, war es bereits neun Uhr.

Einer der Diener berichtete uns, daß Damaris nach Enderby gegangen war. Sie wollte sich davon überzeugen, daß alles in Ordnung war.

Anita und ich saßen noch beim Frühstück, als Benjie hereinkam. Wir erzählten ihm, daß wir nach Enderby reiten wollten, und daß Damaris schon zu Fuß vorausgegangen war. Sie ritt nicht mehr, um sich zu schonen, aber sie ging gern spazieren.

Benjie plauderte eine Weile mit uns, und dann ritten wir zu dritt nach Enderby. Wir banden unsere Pferde an und traten ins Haus. Die Tür stand offen, aber da wir wußten, daß Damaris da war, wunderten wir uns nicht darüber.

Mir fiel sofort auf, wie ruhig es im Haus war. Für gewöhnlich bellte Damon, wenn ich hereinkam, und sprang mir entgegen, oder Damaris rief etwas. Die Stille jagte mir einen Schauer über den Rücken, ohne daß ich hätte sagen können, warum. Das Haus schien sich verändert zu haben, und ich sah es plötzlich mit den Augen der Dienerschaft – ein Haus, in dem Böses geschehen konnte.

Das Gefühl ging vorbei. Smith war offensichtlich ausgegangen, wie er es oft tat. Er unternahm mit Damon lange Spaziergänge über die Felder.

»Tante Damaris!« rief ich. Keine Antwort. Wahrscheinlich ist sie oben und hört dich nicht, sagte ich mir.

Ich sah die beiden anderen an – sie hatten offensichtlich nichts von meiner Angst bemerkt. »Gehen wir weiter«, meinte ich, »wir werden sie schon finden.« Ich stieg die Treppe hinauf, und dann sah ich einen von Damaris' Schuhen auf einer Stufe liegen.

Ich lief weiter und erblickte Damaris; sie lag in der Galerie, und ihr Gesicht war weiß.

Anita kniete neben ihr nieder. »Sie atmet.«

Ich kniete ebenfalls nieder, und in diesem Augenblick stöhnte Damaris auf.

Benjie sagte: »Wir müssen sie von hier fortbringen.«

»Tragen wir sie in ein Zimmer«, meinte Anita, und Benjie hob sie hoch. Sie stöhnte, und ich nahm an, daß mit dem Kind etwas nicht in Ordnung war. O Gott, betete ich, nicht auch dieses.

Benjie trug sie sehr vorsichtig; ich stieß eine Tür auf, und er legte sie auf das Bett. Es war das Zimmer, das sie erst kürzlich neu eingerichtet hatte.

»Ich hole einen Arzt«, machte sich Anita erbötig.

»Nein«, widersprach Benjie, »überlaßt das mir. Ihr bleibt bei ihr und kümmert euch um sie, bis ich mit dem Arzt hier bin.«

Anita hatte etwas Erfahrung in der Krankenpflege, weil sie ihren Vater bis zu seinem Tod betreut hatte. Sie deckte Damaris zu und befahl mir, Wärmepfannen zu holen. Ich lief in die Küche, in der zum Glück ein Feuer brannte. Ich machte die Wärmepfannen zurecht, trug sie hinauf, und Anita legte sie neben Damaris unter die Decke. Dann sah sie mich traurig an. »Ich fürchte, sie wird das Kind verlieren.«

Damaris schlug die Augen auf, erblickte mich und Anita und sah uns verwirrt an.

»Wir kamen herüber und fanden dich in der Galerie«, erklärte ich.

»Ach ja, ich bin gestürzt.« Dann schaute sie sich um und erkannte, in welchem Zimmer sie sich befand. »O nein, nein«, stöhnte sie. »Nicht hier, niemals.«

Anita legte ihr die Hand auf die Stirn, und obwohl Damaris wieder die Augen schloß, trug ihr Gesicht einen verstörten Ausdruck.

Es dauerte lang, bis Benjie mit dem Arzt kam.

Nachdem der Arzt Damaris untersucht hatte, erklärte er: »Sie wird das Kind verlieren.«

Es folgten traurige Tage in Enderby. Damaris erholte sich zwar bald, war aber verzweifelt.

»Anscheinend werde ich nie ein Kind bekommen«, jammerte sie.

Priscilla kam immer wieder zu Besuch, aber Anita pflegte Damaris und kümmerte sich um den Haushalt. Benjie blieb, denn er wollte uns erst verlassen, wenn Damaris außer Gefahr war.

Wieder hörte ich die Diener flüstern.

»Es ist das Haus, es steckt voller Gespenster. Wieso ist die Mistreß gestürzt? Sicherlich hat sie jemand – *etwas* – gestoßen.«

»In diesem Haus kann es kein Glück geben. Das war immer schon so und wird so bleiben.«

Ich begann mich zu fragen, ob an diesem Aberglauben etwas Wahres war. Wenn es im Haus still war, stand ich unterhalb der Galerie und stellte mir vor, daß die Schatten Gestalt annahmen, die Gestalt der Menschen, die vor langer Zeit hier gelebt hatten.

Benjie ritt während dieses Frühjahrs und Sommers oft herüber, und nach einem seiner Besuche kam Anita strahlend zu mir in den Schulraum.

»Eine große Neuigkeit: Clarissa: Ich werde heiraten.«

Ich starrte sie verblüfft an, dann begriff ich. »Benjie!« rief ich.

Sie nickte. »Er hat um meine Hand angehalten, und ich habe ja gesagt. Ich bin ja so selig, er ist der beste Mann, den es gibt, ich kann mein Glück noch gar nicht fassen.«

Ich schloß sie in die Arme. »Ich freue mich so sehr. Du und Benjie, ihr paßt so gut zueinander.«

Damit war ich eine schwere Verantwortung los. Ich schuldete Benjie nichts mehr – er hatte Carlotta und mich verloren und bekam jetzt statt dessen Anita.

Arabellas Kommentar lautete: »Harriet wäre damit einverstanden gewesen.«

»Natürlich«, meinte Priscilla, »müssen wir eine neue Gouvernante für Clarissa suchen.«

»Wir werden nie wieder jemanden wie Anita finden«, seufzte Arabella.

Damaris erklärte sich bereit, mich inzwischen zu unterrichten; außerdem bestand sie darauf, Anitas Hochzeit in Enderby auszurichten, denn hier war sie schließlich zu Hause.

Damaris setzte ihren Willen durch und war geraume Zeit mit den Hochzeitsvorbereitungen beschäftigt. Sie gab sich große Mühe, weil sie Anita zeigen wollte, daß sie zur Familie gehörte. Benjie war ein anderer Mensch geworden; seine Traurigkeit war verflogen, er lachte und war glücklich, und wir freuten uns mit ihm.

Dann heirateten sie, und Anita verließ Enderby Hall, um in Eyot Abbas einen eigenen Hausstand zu gründen.

Kurz nach meinem elften Geburtstag wurde der Vertrag von Utrecht unterzeichnet. Ein allgemeines Gefühl der Erleichterung war die Folge, denn damit war der Krieg zu Ende. Urgroßvater Carleton sprach beim Abendessen über nichts anderes, schlug dabei mit der Faust auf den Tisch, wetterte über die Schandtaten der Jakobiten und erklärte, daß sie jetzt für immer besiegt seien.

»Etwas Besseres hätte gar nicht geschehen können, denn das wird diesen Verrätern eine Lehre sein. Ludwig muß sie jetzt aus Frankreich ausweisen, es bleibt ihm gar nichts anderes übrig, und sie werden nach England zurückgekrochen kommen.«

»Jeder Mensch hat das Recht auf seine eigene Meinung, Vater«, widersprach Priscilla.

Seine Augen unter den buschigen Brauen blitzten. »Nicht, wenn es sich um einen heimtückischen Jakobiten handelt.«

»Ganz gleich, um wen es sich handelt«, beharrte Priscilla.

»Weiber!« brummte Urgroßvater Carleton.

Wir waren alle froh darüber, daß der Krieg vorbei war; da jetzt Philipp von Anjou auf dem spanischen Thron saß, war das ganze ohnehin sinnlos gewesen. Arabella und Carleton freuten sich schon darauf, daß jetzt Priscillas Bruder Carl, der einen hohen Rang in der Armee innehatte, nach Hause kommen würde.

Das Jahr verlief friedlich. Während des Sommers besuchte ich Eyot Abbas und freute mich darüber, wie sehr sich alles zum Guten gewendet hatte und wie glücklich Anita und Benjie aussahen.

An einem kühlen, nebligen Septembertag, an dem die Sonne überhaupt nicht zum Vorschein gekommen war, ritt ich nach Eversleigh Court hinüber. Ich hatte mir angewöhnt, an den Sonntagen das Dinner im Kreis der Familie einzunehmen.

Nach dem Essen blieben wir noch eine Weile sitzen, tranken Holunderwein, den Arabella selbst gebraut hatte, und plauderten. Carleton war schon wieder bei seinem Lieblingsthema – den Jakobiten –, wobei es ihn nicht im geringsten störte, daß mein Vater einer ihrer Anführer gewesen war. Wenn er an sie dachte, wurde sein Gesicht noch röter, als es von Natur aus war, und seine Augenbrauen zitterten vor Empörung.

Ich fühlte mich immer verpflichtet, die Jakobiten zu verteidigen, denn seine Angriffe weckten bei mir die Erinnerung an Hessenfield. Manchmal fragte ich mich, ob Carleton das wußte, denn er war boshaft und pflegte junge Leute, die er mochte, besonders ausdauernd zu necken. Auch diesmal ruhte sein Blick auf mir, obwohl er sich eigentlich mit Leigh und Jeremy unterhielt. Sicherlich hatte er nicht übersehen, daß mir die Röte in die Wangen gestiegen war und daß meine Augen blitzten.

»Ha, ha!« sagte er gerade. »›Verschwindet!‹ befahl ihnen der König von Frankreich. Hof von Saint-Germain! Wie konnte sich Jakob anmaßen, sich eine eigene Hofhaltung zuzulegen, wenn man ihn von dort, wo er darauf Anspruch gehabt hätte, verjagt hatte.«

»Der König von Frankreich hatte es gestattet«, warf Jeremy ein.

»Der König von Frankreich, der der Feind Englands ist! Natürlich tat er alles, was er konnte, um England zu reizen.«

»Selbstverständlich«, stimmte Leigh zu, »er befand sich ja im Kriegszustand mit uns.«

»Das ist aber vorbei«, stellte Carleton triumphierend fest. »Und was wird jetzt aus unseren kleinen Jakobiten?«

Ich hielt es nicht mehr aus, denn ich dachte an den tapferen, starken, großen Hessenfield. Im Laufe der Zeit war das Bild, das ich mir von ihm machte, immer schöner geworden; ich hob seine Tugenden hervor, übersah seine Fehler, und schließlich hielt ich ihn für den vollkommenen Mann schlechthin. Es gab niemanden, der ihm gleichkam, und wenn er ein Jakobit gewesen war, dann mußte das die einzig richtige politische Einstellung sein.

»Sie sind nicht klein«, platzte ich heraus. »Sie sind groß – größer als du.«

Carleton starrte mich an. »Ach, wirklich? Diese Verräter sind also lauter Riesen, was?«

»Ja, das stimmt! Und sie sind tapfer und...«

»Hört euch das nur an!« Carleton riß die Augen auf, so daß die buschigen Augenbrauen in die Höhe gingen, und sein Mund zuckte, was darauf hinwies, daß er sich im geheimen amüsierte. Trotzdem schlug er scheinbar empört mit der Faust auf den Tisch. »Wir haben eine *kleine* Jakobitin unter uns. Weißt du denn, Mädchen, was mit Jakobiten geschieht? Sie werden aufgehängt, und sie verdienen nichts anderes.«

»Hör auf, Carleton«, unterbrach ihn Arabella. »Du jagst dem Kind ja Angst ein.«

»Stimmt gar nicht!« widersprach ich. »Er sagte gerade, daß Jakobiten klein sind, und das sind sie nicht.«

So schnell gab Carleton aber nicht auf.

»Wie ich sehe, müssen wir auf der Hut sein. Wir müssen dafür sorgen, daß sie hier in Eversleigh keine Verschwörung anzettelt. Ich halte sie sogar für fähig, höchst persönlich eine Revolution in Gang zu setzen.«

»Rede keinen solchen Unsinn«, wies ihn Arabella zurecht. »Nimm dir von diesen Süßigkeiten, Clarissa. Jenny hat sie eigens für dich gemacht, weil du sie magst.«

»Du sprichst von Süßigkeiten, während unser Land in Gefahr ist«, rief Carleton, aber ich wußte, daß er sich nur auf meine Kosten lustig machen wollte; ich war zufrieden, weil ich bewiesen hatte, daß die Jakobiten groß waren und weil ich Hessenfield verteidigt hatte. Also befaßte ich mich mit den Süßigkeiten und nahm ein Plätzchen, das nach Mandeln schmeckte und das ich besonders liebte.

Carletons Aufmerksamkeit wandte sich jetzt wieder den anderen zu, aber er sprach noch immer über die Jakobiten.

»Angeblich protegiert die Königin ihren Bruder. Das kommt davon, wenn Weiber etwas zu sagen haben.«

Ich sah ihn scharf an. »Das ist Hochverrat an der Königin. Es ist ärger, als wenn man behauptet, daß die Jakobiten groß sind.«

Wieder zuckte sein Mund.

»Ihr werdet schon noch sehen, daß sie uns alle verraten wird.«

»Das tust du, indem du gegen die Königin sprichst«, erklärte ich.

»Jetzt reicht's aber, Clarissa«, mischte sich Priscilla ein, die keine politischen Diskussionen mochte. »Ich habe genug von diesem Gerede, und wenn die Männer nicht einmal bei Tisch aufhören, ihre kindischen Dispute auszutragen, werden wir sie allein lassen. Ich hatte angenommen, daß der Friedensschluß und die Opfer, die wir während des Krieges gebracht haben, lauter sprechen als Worte.«

Manchmal gelang es der für gewöhnlich sanften Priscilla besser als allen anderen, Carleton zum Schweigen zu bringen. Meine Großmutter war eine ungewöhnliche Frau, und das mußte sie wohl sein, sonst hätte sie nie meine Mutter im geheimen in Venedig zur Welt bringen können. Ich erfuhr die ganze Geschichte zu gegebener Zeit, denn die weiblichen Familienmitglieder pflegten Tagebücher zu führen, in denen sie alles, was sie erlebten, wahrheitsgemäß vermerkten. Sobald eine von uns achtzehn war – oder auch früher, wenn es sich aus einem besonderen Anlaß ergab – erhielt sie die Erlaubnis, die Aufzeichnungen ihrer Vorfahrinnen zu lesen.

Wir wollten uns gerade vom Tisch erheben, als einer der Diener hereinkam; er sah verwirrt aus.

Arabella fragte: »Was ist geschehen, Jess?«

»O Mylady, vor der Tür steht eine Weibsperson. Sie ist anscheinend eine Ausländerin und kann nicht ordentlich sprechen. Sie redet nur Kauderwelsch und sagt immer wieder Miß Clarissa und Miß Damaris.«

Damaris war aufgestanden. »Wir wollen sie uns einmal ansehen. Sie hat mich erwähnt?«

»Ja, Mistreß. Sie und Miß Clarissa.«

Ich folgte Damaris in die Halle, Arabella und Priscilla schlossen sich ebenfalls an. Die große Eichentür war offen, und in ihrem Rahmen stand eine schwarzgekleidete Gestalt, eine Frau, die eine Reisetasche umklammerte. Sie sprach in schnellem Französisch, und als ich sie hörte, fielen mir alle die Worte wieder ein.

Als ich auf sie zulief, sah sie mich ungläubig an, weil ich mich in den fünf Jahren sehr verändert hatte. Aber ich erkannte sie.

»Jeanne!« rief ich.

Sie ließ die Tasche fallen, breitete die Arme aus, und ich stürzte mich hinein.

Dann trat Damaris neben uns. Jeanne ließ mich los, sah sie furchtsam an und begann rasch und unzusammenhängend zu reden.

Wir hatten immer gesagt, daß sie uns willkommen sein würde. Wir hatten sie schon damals aufgefordert mitzukommen, aber sie konnte ihre Mutter und ihre Großmutter nicht allein lassen. Aber sie hatte unsere Einladung nicht vergessen, und jetzt war Grand'mère tot, Maman hatte wieder geheiratet, und Jeanne war frei. Also war sie zu ihrer kleinen Clarissa gereist, die sie gerettet hatte, als sich niemand anderer ihrer annahm. Und sie wollte bei ihr bleiben... und Damaris hatte gesagt...

Hier schrie Damaris in ihrem sehr englischen Französisch dazwischen, daß Jeanne willkommen sei.

Arabella, die recht gut Französisch sprach, weil sie in den Tagen vor der Restauration in einem französischen Schloß gelebt hatte (sie hatte darauf gewartet, daß König Karl II. den Thron wiedererlangte), stimmte Damaris zu.

Und ich rief: »Verstehst du, was sie sagen, Jeanne? Du bleibst bei uns. Du bist zu uns gekommen und bist jetzt hier zu Hause.«

Jeanne weinte, umarmte mich noch einmal und sah mich dann erstaunt an, als wäre es mein Verdienst, daß ich gewachsen war.

Wir führten sie zum Tisch, wo sie ungläubig das viele Essen anstarrte. Damaris stellte sie vor, und Urgroßvater Carleton erhob sich schwerfällig, denn er wurde allmählich alt und steif, und erklärte ihr in einem sehr englisch klingenden Französisch, daß jeder, der seiner Familie einmal einen Dienst erwiesen hatte, seiner Dankbarkeit gewiß war. Obwohl Jeanne nur einen Bruchteil seiner Worte verstand, konnte sie doch den herzlichen Ton, in dem sie gesagt wurden, nicht mißdeuten.

Damaris bemerkte, daß sie sicherlich hungrig sei, und ließ ihr Suppe und Rindsbraten bringen, auf die sie sich heißhungrig stürzte. Sie erzählte uns, daß sie schon seit langem nach England kommen wollte, daß es aber während des Krieges nicht möglich gewesen war. Aber jetzt war endlich ein Vertrag abgeschlossen worden, die Kämpfe waren zu Ende, und sie hatte ein Schiff gefunden, das sie über den Kanal brachte. Es hatte sie viel Geld gekostet, aber als sie ihre Großmutter und ihre Mutter nicht mehr erhalten mußte, hatte sie Geld zurücklegen können – und da war sie nun.

So kam Jeanne nach England.

3

Sir Lancelot

Es ist erstaunlich, in welchem Ausmaß bedeutende Ereignisse, die sich fern von uns abspielen, unser Leben beeinflussen können. Hätte es nicht die große Revolution gegeben, durch die der katholische Jakob vom Thron gejagt und durch die Protestanten Wilhelm und Maria ersetzt wurde, wäre ich nie auf die Welt gekommen. Auch meine Abenteuer in Frankreich waren eine Folge dieser politischen Umstände. Während der friedlichen Jahre in Eversleigh hatte ich jedoch diese Konflikte vergessen, und erst Urgroßvater Carletons Brandreden gegen die Jakobiten erinnerten mich daran, daß der Kampf noch nicht zu Ende war.

Ein weiteres wichtiges Ereignis war der Friedensschluß; in seiner Folge war Jeanne zu uns gekommen, und er sollte noch eine weitere wesentliche Auswirkung haben.

Jeanne hatte sich selig bei uns eingerichtet und befand sich in einem ununterbrochenen Glücksrausch. Manchmal war es für sie so, als wäre sie noch im *hôtel* bei Lord und Lady Hessenfield. In den ersten Wochen empfand sie es schon als Wunder, daß sie immer genug zu essen bekam. Sie plauderte unermüdlich, und ich stellte fest, daß ich mich mühelos mit ihr unterhalten konnte, denn dank der Grundkenntnisse der französischen Sprache, die ich in Paris erworben hatte, konnte ich mich jetzt ohne Schwierigkeiten auf französisch verständigen. Jeanne hatte von meiner Mutter und mir ein wenig Englisch gelernt, das sie jetzt eifrig verbesserte, so daß die Verständigung zwischen uns immer besser klappte.

»Im Winter, wenn es nur wenige Blumen gab, litten wir sehr«, erzählte sie mir. »Ich scheuerte Fußböden... wenn ich überhaupt Arbeit bekam... und was verdiente ich dabei? Nur ein paar Sous. Im Frühjahr und im Sommer brachte ich uns mit dem Verkauf von Blumen durch. Diese Arbeit gefiel mir, weil ich dabei eine gewisse Freiheit hatte. Aber für Geschäftsleute arbeiten... oh, *ma chérie*, du hast ja keine Ahnung, was das heißt. Die Zeit in dem *hôtel*, als ich bei Mylord und Mylady im Dienst war, die war himmlisch. Da warst ja auch du, *ma petite*!

Einen Winter arbeitete ich für den Apotheker und Gemischtwarenhändler. Die Arbeit war schwer, aber ich liebte den Duft, der im Laden herrschte. Manchmal, wenn viele Kunden zu bedienen waren, half ich auch beim Verkauf aus. Ich lernte, Zimt, Zucker, gemahlenen Pfeffer abzuwiegen... und auch Arsen. Das erstanden elegante Damen, weil es ihnen zu einem schönen Teint verhalf. Aber wir sagten ihnen immer, daß sie vorsichtig sein müßten. Wenn sie zuviel nahmen... *mon dieu*, dann verhalf es ihnen nicht zu einem schönen Teint, sondern zu einem Sarg.«

Jeannes Konversation, die je zur Hälfte aus englischen und französischen Wörtern bestand, war entzückend. Sie versetzte mich wieder nach Paris, nicht nur in die Tage in dem dunklen, feuchten Keller, sondern auch in die Zeit, als meine schöne Mutter gelegentlich ins Kinderzimmer hereinschwebte und ab und zu auch der wunderbare Hessenfield bei mir auftauchte.

Jeanne brachte frischen Wind nach Enderby. Sie zeigte mir, welche Frisuren jetzt in Mode waren. Sie hatte selbst schönes Haar und war einige Male von einem Friseur zum Erproben neuer Frisuren benützt worden. Wenn sie daran dachte, schüttelte sie sich vor Lachen. Sobald sie fertig war, trug sie ein paar Pfund Mehl und Pomade auf dem Kopf und sah oben herum wie eine elegante Dame und sonst wie eine Blumenverkäuferin aus. Aber es trug ihr ein paar Sous ein, obwohl sie viel Mühe hatte, das Zeug wieder aus den Haaren herauszubekommen.

Das größte Glück, das ihr widerfuhr, war aber die Stelle bei dem Apotheker gewesen. Man war mit ihr zufrieden gewesen und hatte ihr angeboten, ständig dort zu arbeiten, was sie auch annahm. Das hatte ihr die Möglichkeit gegeben, das Geld für die Überfahrt nach England zusammenzusparen.

Sehr amüsant war es, wenn sie über die Pariser Damen sprach und im Zimmer herumstolzierte, um sie nachzuahmen. Sie tranken Essig, um schlank zu bleiben, und nahmen Arsen, um einen zarten Teint zu bekommen. Auch die Frau des Apothekers hatte versucht, eine Dame zu sein. Sie nahm regelmäßig Arsen, trank täglich einen Viertelliter Essig, und ihre Frisur war ein wahres Wunderwerk. Nachts wurde das erstaunliche Kunstwerk in Mullbinden gewickelt, so daß es doppelt so groß wurde. Wenn sie zu Bett ging, ruhten falsche Haare, Mehl und Pomade auf einer Art hölzerner Stütze, die eine Ausnehmung für ihren Hals hatte; diese Unbequemlichkeit nahm die Dame jedoch gern für ihre Schönheit in Kauf.

Eines Tages kam ein Bediensteter von Eversleigh Court mit einer Botschaft von Arabella herübergeritten. Sie hatten einen Besucher, der von der Field-Familie von Hessenfield Castle im Norden Englands kam. Offensichtlich wünschte der jetzige Lord Hessenfield, seine Nichte kennenzulernen.

Diese Nachricht versetzte mich natürlich in Aufregung, während Damaris eher etwas ängstlich wirkte. Wahrscheinlich fürchtete sie, daß die Familie meines Vaters versuchen würde, mich ihr wegzunehmen.

Wir ritten sofort nach Eversleigh, wo uns Arabella erwartete. »Der Mann ist ein Neffe des jetzigen Lords«, erklärte sie uns, während sie uns ins Haus führte. »Er wird dir wahrscheinlich Vorschläge unterbreiten, Clarissa, aber du darfst keine voreiligen Versprechungen machen. Zuerst müssen wir alle diese Angelegenheit durchbesprechen.«

Ich hörte sie kaum, denn ich dachte nur daran, daß ich jetzt mehr über die Familie meines Vaters erfahren würde.

Er war groß, wie Hessenfield; seine Haare waren blond und hatten einen rötlichen Stich. Er hatte das gleiche kühn geschnittene Gesicht wie mein Vater und leuchtendblaue Augen.

»Das ist Clarissa«, sagte Arabella, indem sie mich vorwärtsschob.

Er trat rasch auf mich zu und ergriff meine Hände.

»Ja, ich sehe die Familienähnlichkeit. Du bist eine Field, meine liebe Clarissa, nicht wahr?«

»Ja, so heiße ich. Wie heißt du?«

»Ralph Field. Mein Onkel, Lord Hessenfield, möchte deine Bekanntschaft machen.«

»Er ist ein Bruder meines Vaters?«

»Genau. Seiner Meinung nach dürfen so nahe Verwandte einander nicht fremd bleiben.«

»Oh.« Ich sah Damaris an.

Sie hatte die Stirn gerunzelt; die Vorstellung, daß dieser Mann mich mitnehmen wollte, machte sie besorgt.

»Eigentlich sollte dieses Zusammentreffen möglichst bald stattfinden«, fuhr er fort. »Du möchtest doch sicherlich die Familie deines Vaters kennenlernen.«

Ich versuchte, Damaris nicht anzusehen. »Ja, selbstverständlich.«

»Ich hoffte, daß du mit mir zurückreiten würdest.«

»Du meinst, daß ich gleich auf Besuch kommen soll?«

»Natürlich.«

Damaris griff rasch ein. »Wir brauchen Zeit, um Clarissa für den Besuch auszustatten. Außerdem ist es sehr weit nach Hessenfield Castle.«

»Das stimmt, es liegt am anderen Ende Englands. Ihr befindet euch hier im Süden, und wir ganz im Norden, dicht an der Grenze.«

»Ist das Gebiet dort oben nicht sehr unsicher?«

Er lachte. »Nicht unsicherer als anderswo, würde ich meinen. Sie können mir glauben, daß die Fields verstehen, sich Geltung zu verschaffen.«

»Davon bin ich überzeugt. Aber ein Kind...«

Ich war verärgert. Wann würden sie endlich aufhören, mich als Kind zu bezeichnen? In solchen Augenblicken empfand ich besonders stark, wie erstickend die Liebe war, in die sie mich einhüllten. Sie war eine große Decke – warm, weich und schwer auf mir lastend.

»Tante Damaris«, unterbrach ich sie entschlossen, »ich *sollte* die Familie meines Vaters besuchen.«

Im gleichen Augenblick bereute ich meine Worte, weil sie so unglücklich aussah. Ich trat zu ihr und ergriff ihre Hand.

»Es wäre ja nur für kurze Zeit«, betonte ich.

Jetzt mischte sich Arabella ein. »Solche Reisen wollen gut überlegt und vorbereitet sein. Vielleicht in einem Jahr...«

»Wir alle brennen darauf, unsere Verwandte kennenzulernen. Ihr Vater war das Oberhaupt der Familie, und wir waren sehr erschüttert, als er so plötzlich in der Blüte seiner Jahre starb.«

»Das ist schon so lange her«, wandte Damaris ein.

»Deshalb ist es für uns nicht weniger tragisch, Madam. Wir möchten seine Tochter kennenlernen, und Lord Hessenfield wünscht dringend, daß sie für einige Zeit auf Besuch kommt.«

Damaris und Arabella warfen einander einen Blick zu. »Wir werden es überdenken«, antwortete Arabella. »Sie werden nach der weiten Reise sicherlich müde sein. Ich werde Ihnen ein Zimmer zurechtmachen lassen, denn Sie können unmöglich heute schon zurückreiten.«

»Das ist überaus gütig von Ihnen, Madam, und ich mache gern Gebrauch von Ihrer Gastfreundschaft. Vielleicht kann ich Clarissa dazu überreden, mit mir zurückzureiten; wenn sie wüßte, wie sehr wir uns auf sie freuen, würde sie bestimmt nicht zögern.«

»Sie ist etwas zu jung, um selbst solche Entscheidungen zu treffen«, meinte Arabella.

Wieder ärgerte mich der Hinweis auf meine Jugend und wahrscheinlich entschloß ich mich in diesem Augenblick endgültig zu dem Besuch bei der Familie meines Vaters.

Die arme Damaris war vollkommen verzweifelt. Sicherlich

glaubte sie, daß ich aus dem Norden nie wieder zurückkommen würde.

Dann folgten Familienkonferenzen. Urgroßvater Carleton war strikt gegen diese Reise. »Die verdammten Jakobiten«, knurrte er. »Jetzt herrscht zwar Frieden, aber sie haben doch noch lange nicht aufgegeben. Sie trinken immer noch auf den König jenseits des Meeres. Nein, Clarissa darf nicht weg.«

Aber Urgroßvater Carleton war nicht mehr die unumstrittene Autorität innerhalb der Familie, und Arabella stellte schließlich fest, daß mir die Reise nicht schaden konnte. Es handelte sich ja nur um einen Verwandtenbesuch.

Priscilla war dagegen, weil ich ihrer Meinung nach zu jung für ein solches Abenteuer war.

»Sie soll ja nicht allein reisen«, erklärte Arabella. »Wir würden ihr ein paar Bedienstete mitgeben, und auch Jeanne könnte sie als Zofe begleiten.«

»Und was ist mit Damaris?« fragte Priscilla. »Ohne Clarissa wird sie ganz unglücklich sein.«

»Meine liebe Priscilla, das Kind wird ihr natürlich fehlen, so wie es uns allen fehlen wird. Aber Damaris kann sie nicht für immer bei sich behalten, nur weil Clarissa ein Trost für sie ist. Clarissa muß auch ihr eigenes Leben führen.«

»Du willst doch nicht andeuten, daß Damaris egoistisch ist, Mutter? Damaris ist das sanfteste...«

»Das weiß ich, aber sie hängt zu sehr an Clarissa. Sie kann dem Kind nicht verbieten, die Familie ihres Vaters zu besuchen, nur weil sie ihr so sehr fehlen wird.«

Priscilla schwieg daraufhin. Aber die Familie diskutierte weiter über dieses Thema. Leigh fand, ich sollte die Einladung annehmen, Jeremy war dagegen, aber wahrscheinlich nur deshalb, weil Damaris sich so aufregte.

Jetzt hatte ich wirklich das Gefühl, daß sie mich einsperren wollten, und beschloß, die Angelegenheit selbst in die Hand zu nehmen.

Ich erklärte Damaris: »Tante Damaris, ich reite zur Familie meines Vaters, ich *muß* sie kennenlernen.«

Sie sah mich traurig an, dann setzte sie sich und zog mich zu sich. »Natürlich sollst du reisen, mein Liebes. Du wirst mir nur sehr fehlen, denn ich erwarte wieder ein Kind.«

»Oh... Tante Damaris!«

»Du wirst für mich beten, nicht wahr? Du wirst darum beten, daß es mir diesmal glückt.«

Meine Feindseligkeit war verflogen; ich schlang ihr die Arme um den Hals.

»Ich bleibe hier, Tante Damaris, ich kann jetzt nicht fort, ich würde mir solche Sorgen um dich machen. Aber es gibt eine Lösung... ich bleibe hier, bis dein Baby auf der Welt ist, dann besuche ich die Hessenfields.«

»Nein, Liebes, du darfst dich nicht durch mich aufhalten lassen.«

»Aber ich könnte nicht glücklich sein, wenn ich dich jetzt allein lasse. Ich will bei dir sein, will sicher sein, daß es dir gutgeht.«

Damit war die Entscheidung gefallen. Ich würde die Familie meines Vaters besuchen, aber erst in einigen Monaten, wenn das Kind von Damaris auf die Welt gekommen und dabei alles gut abgelaufen war.

Großmutter Priscilla war mit dieser Lösung einverstanden. Sie küßte mich zärtlich. »Es ist das Beste, was du tun konntest. Damaris ist überglücklich, weil du sie nicht im Stich läßt.«

Ralph Field ritt also mit der Botschaft nach Hause, daß ich in wenigen Monaten nachkommen würde.

Dann widmeten wir uns alle den Vorbereitungen für das Kind. Zuerst hatte Damaris solche Angst, sie könnte es wieder verlieren, daß sie kaum darüber sprechen wollte. Aber damit räumte ich bald auf; ich fand, daß man das Böse nur heraufbeschwor, wenn man stets daran dachte, und steckte alle mit meiner festen Überzeugung an, daß das Baby diesmal am Leben bleiben würde. Ich betreute Damaris mit um so größerer Liebe und Sorgfalt, als ich das Gefühl hatte, daß ich mich ihr gegenüber beinahe treulos verhalten hätte.

In dieser Zeit machte sich Jeanne sehr nützlich. Ich war erstaunt, wie sehr sie sich verändert hatte. In Frankreich war sie unter ständigem Druck gestanden; zuerst wollte sie im *hôtel* unbedingt das Wohlwollen meiner Eltern erringen, und später mußte sie im Keller um das nackte Überleben kämpfen. Die ständige Sorge hatte sie zermürbt und ihr von Natur aus heiteres Wesen gedämpft.

Sobald ihr aber bewußt war, daß sie sich in diesem ausgeglichenen Haushalt in Sicherheit befand, gab sie sich so, wie sie wirklich war. Die Art, wie sie Englisch sprach, war eine ständige Quelle der Heiterkeit für uns, und ich glaube, daß sie es manchmal absichtlich darauf anlegte, uns zum Lachen zu bringen. Außerdem machte sie sich sehr nützlich und nahm die Stellung meiner Zofe ein. Sie frisierte mich, kümmerte sich um meine Kleidung und war ständig um mich.

»Clarissa wird eine elegante Dame«, war Arabellas Kommentar.

»Wir brauchen diesen französischen Firlefanz nicht«, brummte Urgroßvater Carleton, aber auch er meinte es nicht ernst.

Jeanne war über die Aussicht auf ein Neugeborenes entzückt. Sie liebte kleine Kinder und kannte sich gut mit ihnen aus. Außerdem konnte sie sehr geschickt mit Nadel und Faden umgehen und fertigte reizende Babysachen an.

Es ist nicht erstaunlich, daß wir uns angesichts der Entwicklung in der Familie nur wenig um die Ereignisse draußen in der großen Welt kümmerten.

Das galt natürlich nicht für Urgroßvater Carleton, Leigh und Jeremy. Es war amüsant zu sehen, wie verschieden sie auf die politische Entwicklung reagierten. Carleton war ein überzeugter Gegner der Katholiken und haßte die Jakobiten um so mehr, als er nicht mehr fähig war, selbst in den Kampf einzugreifen, falls sie wirklich versuchten, die Herrschaft zu übernehmen. Leigh war der Meinung, daß sich im Lauf der Zeit alles beruhigen würde und war bereit, jeden Monarchen zu akzeptieren, der den Thron eroberte. Jeremy befürchtete das Schlimmste, nämlich, daß die Jakobiten versuchen würden, Jakob auf den Thron zu setzen und daß es daraufhin zum Krieg zwischen der katholischen Splitterpartei und den Anhängern der hannoveranischen Kurfürstin kommen würde.

»Die Königin unterstützt ihren Halbbruder«, erklärte Carleton. »Sie läßt sich von Gefühlen beeinflussen, und das ist bei Staatsangelegenheiten das Verkehrteste, das man tun kann.«

»Das Volk wird Jakob nie anerkennen«, meinte Jeremy. »Falls er in England an Land geht, kommt es zum Krieg.«

»Die Stimmung im Land ist für den Hannoveraner«, stellte Leigh fest, »weil er Protestant ist.«

»Angeblich will die Königin die Kurfürstin nicht nach England einladen«, sagte Jeremy.

»Aber einige Regierungsmitglieder drohten, daß sie eben das tun werden«, widersprach Leigh.

So redeten sie immerzu über dasselbe Thema. Wir Frauen hörten ihnen gar nicht mehr zu, weil wir Damaris ständig umsorgten. Priscilla meinte zwar, daß es Damaris offensichtlich besser gehe als bei den vorhergehenden Schwangerschaften, aber dennoch sehnten wir den Juli herbei – und fürchteten ihn gleichzeitig.

Die politischen Ereignisse interessierten uns ebensowenig wie der Gesundheitszustand der Königin, die an Gicht litt und kaum noch gehen konnte. Die Namen Harley und Bolingbroke fielen öfter, denn sie schienen erbitterte Feinde zu sein. Carleton wieder regte sich über »diesen Besen Abigail Hill« auf, die anscheinend das Land regierte, denn die Königin tat alles, was diese Dame ihr riet.

»Sie ist genauso arg wie Sarah Churchill«, behauptete Carleton. »Weiber... das ist das Übel. Eine Regierung in Unterröcken hat dem Land noch nie etwas Gutes gebracht.«

Arabella erinnerte ihn daran, daß das Land unter der Herrschaft von Königin Elisabeth eine Zeit des Friedens und Wohlstandes erlebt hatte. »Bilde dir nur nicht ein«, fuhr sie fort, »daß die Männer allein regieren; die Frauen müssen euch manchmal als Strohmänner benützen, aber sie sorgen schon dafür, daß sie in der Politik mitzureden haben.«

Am achtundzwanzigsten Juli setzten bei Damaris die Wehen ein. Es wurde eine lange und schwere Geburt, denn das Kind kam erst am dreißigsten zur Welt. Zum Glück war es ein kräftiges, gesundes Mädchen, und obwohl Damaris erschöpft war und Pflege brauchte, erholte sie sich rasch. Jeremy saß an ihrem Bett und hielt ihre Hand, und ich werde nie den glücklichen Ausdruck in Damaris' Gesicht vergessen, als ihr das Baby in die Arme gelegt wurde.

In der Familie folgten erregte Debatten darüber, wie das für uns alle so wichtige Kind heißen sollte. Carleton war für Arabella, aber Arabella schlug Priscilla vor. Leigh hielt das für eine großartige Idee, aber Jeremy fand, daß Namensgleichheit innerhalb einer Familie nur zu Verwirrung führte – und dann legte sich Damaris auf Sabrina fest. Ihr war der Name plötzlich eingefallen, und Jeremy schlug sich auf ihre Seite, weil ihm der Name ebenfalls gefiel.

Sie wurde also Sabrina Anna genannt – nach der Königin.

Ein paar Tage danach starb Königin Anna. Obwohl sie schon längere Zeit krank war, kam ihr Tod für alle wie ein Schock. Sie war wohl keine sehr kluge Frau gewesen, aber während ihrer Regierung hatte das Land an Bedeutung gewonnen. Sie hatte sich mit geschickten Politikern umgeben, und in ihren Diensten hatte einer der erfolgreichsten Generäle aller Zeiten gestanden – John Churchill, Herzog von Marlborough. Niemand konnte ihr nachsagen, daß sie sich nicht bemüht hätte, einen Thronerben zur Welt zu bringen, denn sie hatte siebzehn Kinder geboren, von denen allerdings nur eines das Säuglingsalter überlebte. Aber auch dieses, der arme kleine Herzog von Gloucester, war im Alter von elf Jahren gestorben. Deshalb schlitterte das Land durch ihren Tod in eine Krise.

Kurfürstin Sophie war die Enkelin Jakobs des Ersten gewesen und hatte darauf ihren Thronanspruch begründet; leider war sie zwei Monate vor dem Tod von Königin Anna während eines Spaziergangs tot zusammengebrochen.

Damit avancierte ihr Sohn Georg zum protestantischen Thro[n]
ben. Anna hatte Georg nie gemocht und ihn immer als den »d[eut]
schen Bauern« bezeichnet; das war auch einer der Gründe d[a]
gewesen, warum sie ihren Halbbruder Jakob Stuart aus Frankrei[ch]
zurückgeholt hatte.

Diese Komplikationen führten zu neuerlichen Debatten zwischen den männlichen Familienangehörigen; die Frauen beteten darum, daß die unvernünftigen Herren der Schöpfung keinen Krieg darüber vom Zaun brechen würden, ob der Deutsche Georg oder Jakob Stuart König werden sollte.

»Ich begreife einfach nicht, warum wir nicht in Frieden leben können«, rief Priscilla zornig. »Kriege stürzen nur die Menschen ins Elend, die durchaus bereit waren, sich mit ihrem Nachbarn zu vertragen.«

Carleton freute sich über die plötzliche Wendung der Lage. Der Tod der Königin hatte den Erzjakobiten Bolingbroke überrascht; er hatte damit gerechnet, gemeinsam mit seinen Freunden die Thronbesteigung Jakobs in Ruhe in die Wege leiten zu können. Die Whigs waren besser vorbereitet; sie nahmen die Jakobiten, die einflußreiche Positionen innehatten, fest und riefen einfach Georg von Hannover als Georg I. zum König von England aus.

Sabrina Anna wurde im September getauft. Wir wollten die Taufe wegen des herannahenden Winters nicht länger aufschieben, also wurde gegen Monatsende, als das Wetter noch mild war und die Blätter der Bäume sich rotgolden färbten, die Zeremonie in Anwesenheit der ganzen Familie in der Kirche von Eversleigh vollzogen.

Damaris war zwar blaß, aber sie strahlte vor Glück und Zufriedenheit. Jeremy hatte seit den ersten Tagen seiner Ehe nicht mehr so glücklich ausgesehen. Auch ich war froh und vor allem erleichtert, denn ich fühlte mich nicht mehr für Damaris verantwortlich.

Nach der Zeremonie fuhren wir nach Eversleigh Court zurück, und ich hörte, wie Priscilla mahnend zu Carleton sagte: »Bitte, tue mir den Gefallen und laß bei diesem Anlaß einmal die Jakobiten aus dem Spiel.«

»Meine liebe Frau«, brummte Carleton, »du kannst nicht etwas aus dem Spiel lassen, das aufzieht wie schwarze Unwetterwolken und uns alle bedroht.«

Sabrina war ein braves Kind, das nur weinte, wenn es naß war oder Hunger hatte; also war es nicht schwer, es zu beruhigen. Es trug das schöne Taufgewand aus weißer Seide und Brüsseler Spitzen, das sich seit Generationen auf Eversleigh befand und

befinden würde. Vielleicht würde der nächste Täufling mein
sein, dachte ich. Ich war jetzt zwölf und würde vielleicht in
oder sogar schon drei Jahren in den Stand der Ehe treten. Ob
Familie schon Heiratspläne für mich schmiedete? Ich war
jedenfalls entschlossen, mir meinen Mann selbst auszusuchen.

Als wir nach Enderby zurückkehrten, brachte Jeanne Sabrina in das Kinderzimmer, und Damaris zog sich auf ihr Zimmer zurück, um etwas zu ruhen. Sie bat mich mitzukommen, weil sie etwas mit mir zu besprechen hatte.

Als wir allein waren, sagte sie sehr ernst: »Da du jetzt vorhast, deine Verwandten in Hessenfield zu besuchen, haben Jèremy und ich beschlossen, dich über einen wichtigen Umstand zu informieren. Deine Mutter war eine reiche Frau, und du bist ihre Erbin. Wir sagten es dir nicht früher, weil die Familie der Ansicht war, daß es für junge Menschen besser ist, nicht zu wissen, wie reich sie sind.«

Ich war verblüfft. Ich war reich – daran hatte ich nie gedacht.

»Ja«, fuhr Damaris fort, »deine Mutter hat väterlicherseits eine bedeutende Erbschaft gemacht. Das Vermögen ist gut angelegt und daher im Lauf der Jahre größer geworden. Du kannst darüber verfügen, sobald du achtzehn bist. Wir wollten es dir erst an deinem siebzehnten Geburtstag sagen, aber die Umstände zwingen uns, schon jetzt darüber zu sprechen.«

»Bin ich sehr reich?«

»Man kann nur schwer abschätzen, wie groß deine Erbschaft ist, denn sie ist in Wertpapieren und ähnlichem angelegt. Dein Großonkel war ein ausgezeichneter und sehr vorsichtiger Geschäftsmann und hat gut vorgesorgt. Und es kommt noch etwas dazu. Dein Verwandter aus dem Norden erzählte uns, daß auch dein Vater dir Geld hinterlassen hat. Ein Großteil davon befand sich in Frankreich, denn es war ihm gelungen, den größten Teil seines Besitzes hinüberzuschaffen, als er am Hof von Saint Germain und in Paris lebte. Damit bist du eine reiche Erbin, Clarissa.«

»Wie merkwürdig. Ich fühle mich gar nicht verändert.«

»Mein liebes Kind, deine Großmutter und ich machen uns deinetwegen Sorgen. Du verläßt uns jetzt; es gibt überall Mitgiftjäger, und du bist noch so unerfahren. Aber sieh nicht so erschrocken drein; die meisten Menschen würden sich über eine solche Nachricht freuen.«

»Ich kann es mir noch gar nicht vorstellen... ich bin eine Erbin.«

Damaris schloß mich in die Arme und küßte mich zärtlich. »Diese Tatsache wird doch zwischen uns nichts ändern... oder?«

»Wie sollte es denn?« fragte ich erstaunt.

»Jetzt weißt du es also, und jetzt müssen wir uns mit deinen Reisevorbereitungen beschäftigen, Clarissa. Es war lieb von dir zu bleiben, bis Sabrina auf der Welt war.«

»Ich konnte gar nicht anders, ich hätte mir sonst schreckliche Sorgen um dich gemacht.«

»Wirst du mir etwas versprechen, Clarissa?«

»Natürlich, wenn ich es kann.«

»Falls Jeremy und mir etwas zustoßen sollte... wirst du dich dann Sabrinas annehmen?«

»Was sollte euch denn zustoßen?«

»Wir leben in einer gefährlichen Zeit. Leute werden auf der Straße ermordet. Ich hörte erst gestern von einer Familie, die in ihrer Kutsche unterwegs war und von Wegelagerern überfallen wurde. Sie leisteten Widerstand, und dabei wurde die Frau erschossen. Ich mußte dabei natürlich auch an Harriet und Gregory denken... Falls uns etwas zustoßen sollte, solange Sabrina noch nicht selbständig ist, würdest du dich ihrer um meinetwillen annehmen?«

»Natürlich, liebste Tante Damaris.« Ich fühlte mich plötzlich großartig. Zum erstenmal behandelte man mich nicht wie ein Kind. Ich war jemand, der fähig war, Verantwortung zu übernehmen, und das war den anderen klar geworden.

Mein Großonkel Carl, den ich nur flüchtig kannte, war heimgekommen. Er hatte während des Krieges unter dem Herzog von Marlborough in Frankreich gekämpft, an den Schlachten von Blendheim, Oudenarde und Malplaquet teilgenommen und war so etwas wie ein Held. Urgroßvater Carleton war offensichtlich sehr stolz auf ihn.

Ich hörte, wie Priscilla zu Damaris sagte: »Dein Großvater hatte Carl immer am liebsten von uns. Als ich klein war, stand ich stets an zweiter Stelle – nein, noch viel schlimmer, er bemerkte mich kaum.«

»Aber jetzt bemerkt er dich«, antwortete Damaris.

Onkel Carl war braungebrannt und sah gut aus; er mußte ungefähr Mitte Vierzig sein. Er kam nicht allein, sondern brachte Sir Lance Clavering mit, der viel jünger war als Carl und unter ihm ebenfalls am Krieg teilgenommen hatte. Für Arabella war er noch ein Kind, aber er war bereits zwanzig, um beinahe acht Jahre älter als ich. Er sah sehr gut aus und war auch elegant gekleidet. Da er nicht Berufsoffizier war wie Onkel Carl, trug er keine Uniform mehr.

Lance bot überhaupt einen Anblick, der Aufmerksamkeit erregte. Seine gesunde Gesichtsfarbe wurde durch die schneeweiße Perücke betont, die über der Stirn glatt zurückgekämmt und an den Seiten toupiert war. Hinten war sie zu einem von schwarzen Seidenbändern gehaltenen Zopf geflochten. Die Manschetten seines Rocks waren mit zarten Spitzen besetzt; der Rock reichte bis zu den Knien, so daß er die Kniehosen verdeckte, aber er stand vorn offen und gab den Blick auf eine schön gestickte Weste frei. Die Strümpfe waren weiß und auf den schwarzen Schuhen saßen silberne Schnallen. An einem der Goldknöpfe des Rocks hing ein Spazierstock. Ich hatte noch nie solche Eleganz gesehen und war tief beeindruckt. Lance sollte eine Zeitlang bei Carl in Eversleigh Court bleiben und dann mit ihm nach York reiten, wahrscheinlich in einer politischen Mission.

In Enderby lieferte Lance reichlich Gesprächsstoff. Jeremy hielt ihn für einen Gecken, aber Damaris war eher tolerant.

»Onkel Carl scheint viel von ihm zu halten«, meinte sie. »Schließlich nimmt er ihn in einer anscheinend wichtigen Angelegenheit nach York mit.«

»Das verstehe ich nicht«, murmelte Jeremy.

»Er ist sehr jung; er muß beinahe noch ein Kind gewesen sein, als er in die Armee eintrat. Das spricht für ihn, denn er hätte in London bleiben und es sich gutgehen lassen können. Soviel ich weiß, stammt er aus einer reichen Familie.«

Jeremy brummte. Natürlich konnte er Lance Clavering nicht leiden, denn die beiden waren ausgesprochene Gegensätze. Lance war immer guter Laune und schien das Leben für einen einzigen großen Spaß zu halten. Er war sehr höflich und interessierte sich immer für das, was man ihm erzählte. Mit Priscilla sprach er über die Herstellung von Obstwein, mit Damaris über Hunde und Pferde, und mit den Männern über den Krieg; was das Militär betraf, bewies er beinahe genausoviel Sachkenntnis wie Großonkel Carl. Lance und ich ritten ein paarmal gemeinsam aus; er bemühte sich sehr herauszubekommen, wofür ich mich interessierte, und dann unterhielt er sich so eingehend darüber, als wäre es für ihn das Wichtigste auf der Welt. Er besaß Charme, Grazie, Eleganz und vor allem das zwingende Bedürfnis zu gefallen.

»Er ist ein Gewinn für jede Gesellschaft«, stellte Arabella fest.

Jeanne sagte: »Oh, was für ein hübscher Gentleman.« Als ich ihm von dem Ausruf erzählte, war er nicht im geringsten beleidigt. Er begann zu lachen und meinte, er werde sich bemühen, für Jeanne sein hübsches Aussehen zu bewahren.

Seine unerschütterlich gute Laune wirkte ansteckend, und in

seiner Gesellschaft lachten wir viel. Bei einer Jagd legte es einer unserer Nachbarn – Carleton nannte ihn nur einen »Bauerntölpel« – darauf an, so durch einen schlammigen Bach zu reiten, daß das schmutzige Wasser Lances perlgrauen Reitrock bespritzte. Lance wischte es gleichgültig weg, worauf er die Lacher auf seiner Seite hatte.

Immerzu schloß er Wetten ab. Sein Lieblingsausdruck war: »Ich wette, daß...«

Eines Abends saßen wir alle in Eversleigh Court beim Abendessen am Tisch, als man auf die Ankunft des neuen Königs zu sprechen kam. Urgroßvater Carleton fand, es sei eine Schande, daß wir uns unseren König aus Deutschland holen mußten.

Die gesamte Familie war streng protestantisch. Ich war die einzige, die schwankte, und das auch nur deshalb, weil Hessenfield Jakobit gewesen war. Mir war natürlich klar, daß ich von der ganzen politischen Auseinandersetzung nur wenig wußte, und ich hatte in Eversleigh soviel über die Mißstände in der katholischen Kirche gehört, daß ich mit einem protestantischen König durchaus einverstanden war.

»Der neue König ist nicht einmal bei den eingefleischten Protestanten beliebt«, stellte Arabella fest.

»Anna nannte ihn den deutschen Bären, und diese Bezeichnung paßt genau auf ihn«, bemerkte Großonkel Carl.

»Aber wir wollen doch die Jakobiten nicht zurückhaben«, rief Carleton, »und da ist Georg der einzige Ausweg.«

»Er hat wenigstens nach der Erbfolge Anspruch auf den Thron«, warf Arabella ein. »Als ich ein Kind war, sprach man immer wieder über seine Großmutter. Sie war die Schwester von König Karl, der enthauptet wurde, und soll sehr schön gewesen sein. Sie heiratete den Kurfürsten von der Pfalz. Aus dieser Ehe stammte ihre Tochter Sophia, die Mutter von Georg. Somit ist er ein legitimer Thronerbe.«

»Die Jakobiten wären mit dieser Interpretation sicherlich nicht einverstanden, weil Jakobs Sohn unbedingt König werden will«, stellte Lance lachend fest, als handle es sich um einen Heidenspaß. »Natürlich wird er es nie schaffen, weil ihn das Volk ablehnt. Aber er wird es bestimmt versuchen.«

Onkel Carl warf ihm einen zurechtweisenden Blick zu.

Lance rieb sich übertrieben heftig die Nase, um zu zeigen, daß er begriffen hatte, und fuhr lächelnd fort: »Der alte Georg soll gar nicht so schlecht sein. Er ist ein guter Freund... seinen Anhängern gegenüber, und er vergißt Beleidigungen rasch. Er ist gutmütig und unglaublich geizig; er dreht jeden Penny dreimal um, ehe er ihn ausgibt. Von Literatur und Kunst versteht er überhaupt nichts und hat auch nicht die Absicht, sich damit zu beschäftigen. Sein Englisch ist fürchterlich. Der arme, alte Kerl hat wahrscheinlich überhaupt keine Lust gehabt, hierher zu kommen.«

»Das Volk wird einen Deutschen ablehnen«, behauptete Arabella.

»Sie werden sich schon an ihn gewöhnen«, widersprach Priscilla.

»Die Menschen gewöhnen sich wahrscheinlich mit der Zeit an alles«, stellte Lance fest, »sogar an die Mesdemoiselles Kielmansegge und Schulemberg.«

»Wer ist das?« fragte ich.

»Nimm dir doch noch vom Roastbeef«, unterbrach uns Priscilla.

»Meiner Meinung nach war der Schlehenwein heuer besonders gut«, fügte Arabella hinzu.

Das war wieder ein Beispiel für die Art, wie sie mich behüteten. Ich wußte sofort, daß ich etwas Schockierendes über die von Lance erwähnten Damen erfahren könnte und daß man das vermeiden wollte, deshalb sah ich Lance an und wiederholte: »Wer ist das? Ich möchte es wissen.«

»Die Mätressen des Königs«, antwortete er lächelnd.

»Clarissa ist... hm...« Damaris wurde rot.

»Lady Clarissa ist welterfahrener, als ihr annehmt«, erklärte Lance und eroberte damit mein Herz im Sturm. Zu mir gewandt fuhr er fort: »Es sind deutsche Damen... die eine ist unglaublich dick, die andere entsetzlich dürr. Wie du siehst, liebt seine deutsche Majestät die Abwechslung. Sie sprechen kaum englisch, genau wie er, und sind die beiden unattraktivsten Frauen Europas. Man hält es für einen Witz, daß sie die ersten Importe aus Deutschland sein werden, die unser Land kennenlernt.«

»Das Ganze klingt ein bißchen wie ein Witz«, meinte ich.

»Das ist es auch, wie das meiste im Leben. Bist du nicht auch meiner Meinung?«

So plauderten und scherzten wir, und die Familie begriff endlich, daß ich nicht mehr das kleine Kind war, für das sie mich hielten. Lance hatte ihnen gezeigt, daß ich beinahe erwachsen war, und damit meine Zuneigung gewonnen.

Dann ging das Gespräch auf die Reise nach York über, die Großonkel Carl und Lance in Kürze antreten sollten. Damaris hatte einen Einfall. »Clarissa soll nach dem Norden zur Familie ihres Vaters reiten. Vielleicht könntet ihr sie bis York mitnehmen; es liegt ja auf dem Weg. Es wäre für uns eine große Erleichterung, wenn sie wenigstens bis dorthin euren Schutz genießen könnte.«

Lance stimmte ihr sofort begeistert zu, und nach kurzer Überlegung meinte auch Carl, daß es sich machen ließe. Das bedeutete allerdings, daß ich mich etwas früher auf den Weg machen mußte als vorgesehen, aber Damaris tröstete sich mit dem Gedanken, daß ich dafür unter männlichem Schutz reisen würde.

Wir stürzten uns sofort in fieberhafte Reisevorbereitungen, und während des Packens fragte Damaris plötzlich: »Würde es dir etwas ausmachen, wenn ich Jeanne hierbehalte? Sie kann am besten von uns mit Sabrina umgehen.«

Ich war enttäuscht, weil ich an Jeanne hing und weil ihr lustiges englisch-französisches Kauderwelsch so unterhaltend war. Ich wußte jedoch, daß sie Damaris eine große Hilfe bedeutete, und weil ich mich ohnehin durch die Aussicht auf die Reise gehobener Stimmung befand, verzichtete ich sogleich bereitwillig auf Jeannes Begleitung.

Es war ein warmer Tag Ende September, als wir aufbrachen. Damaris verabschiedete sich unter Tränen von mir, und Jeremy sah mich etwas vorwurfsvoll an, weil ich mich so offensichtlich auf die Familie meines Vaters freute. Jeanne schwankte zwischen Tränen und wortreichen Ermahnungen; einerseits wollte sie Damaris' Kind betreuen, anderseits wollte sie mich begleiten, weil sie mich als ihr persönliches Eigentum betrachtete.

Ich war froh darüber, daß ich Enderby verlassen konnte, und schämte mich gleichzeitig über meine Freude. Jedenfalls nahm ich mir vor, nach Möglichkeit vor Weihnachten zurückzukommen, um der Familie ein Weihnachtsfest ohne mich zu ersparen.

Ich ritt zwischen Carl und Lance Clavering, und sobald ich die Landstraße erreicht und den Abschiedsschmerz überwunden hatte, waren wir alle bester Laune.

Der Morgen war herrlich. Es war noch sommerlich warm, obwohl die Eichenblätter schon eine rotbraune Färbung angenommen hatten und die Ahornbäume an den Hecken orange und rot leuchteten. Im zarten Dunst, der über der Landschaft hing, lag der leichte Geruch des Meeres; die fernen Wälder schimmerten bläulich.

Hinter uns ritten zwei Bedienstete und zwei Reitknechte, die die Packpferde führten; die Eskorte war groß genug, um etwaige Wegelagerer abzuschrecken.

»Ich breche gern zu einer Reise auf«, sagte Lance. »Schon das ist ein Abenteuer, findest du nicht, Clarissa? Die Sonne wird jeden

Augenblick durchbrechen, und das ist schade, denn ich liebe diesen leichten Dunst, du nicht auch, Clarissa? Nebel wirkt immer irgendwie geheimnisvoll... und abenteuerlich, bist du nicht auch meiner Meinung, Clarissa?«

Seine Fragen waren rein rhetorisch, denn er wartete nie die Antwort ab. »Es ist genau der richtige Morgen für ein Lied«, fuhr er fort, »nicht wahr?« Und schon sang er:

> Es kamen sieben Zigeuner daher,
> Sie sangen so klar und so rein,
> Daß die Frau des Grafen hinunterstieg,
> Die Dame vom Schloß gar so fein.
> Sie schenkten ihr Muskatnüsse zuhauf
> und Ingwer als Liebespfand.
> Und bekamen dafür sieben Ringe aus Gold
> Aus der Dame eigener Hand.

»Du wirst alle Leute in der Gegend aufwecken«, sagte Carl.

»Um diese Zeit sollten sie ohnehin schon längst wach sein«, erwiderte Lance. »Es ist eine so rührende Geschichte. Weißt du, wie sie weitergeht, Clarissa?«

»Ja, die Frau des Grafen zog mit den Zigeunern davon.«

»Du kennst das Lied also.« Und Lance sang fröhlich weiter.

> Heute nacht lag ich noch im Federbett
> Mit dem Mann, dem ich vermählt.
> Kommt der Abend, werd ich unterm Himmel ruhn
> Bei Zigeunern, den Freien der Welt.

»Sie hat den Zigeunern zuliebe ein Schloß aufgegeben. Was hältst du von der Frau des Grafen, Clarissa, war sie klug oder töricht?«

»Töricht«, antwortete ich, ohne zu zögern. »Sie wird bald von dem Nachtlager im Freien und den Zigeunern genug haben und sich nach ihren hochhackigen spanischen Schuhen sehnen, darauf kannst du Gift nehmen.«

»Was für ein kühl überlegendes Mädchen du bist! Ich hätte angenommen, daß du romantisch veranlagt bist, so wie die meisten Mädchen.«

»Ich bin nicht wie die meisten Mädchen, ich bin ich.«

»Oh, du bist ja eine kleine Individualistin.«

»Ich halte die Dame nicht nur für töricht, sondern auch für herzlos.« Ich sang die letzte Strophe des Liedes.

Der Graf von Casham liegt im Krankenbett,
Doch ich küsse den Freier so hold.
Was kümmert es mich, ob er sterben wird,
Was schert mich sein Geld und sein Gold.

»Und du hältst diese Gefühle für töricht?« fragte Lance.
»Und ob.«

Mit solch leichtfertigem Geplauder vertrieben wir uns die Zeit, bis wir bei einem Wirtshaus Rast machten, um etwas zu essen und den Pferden Ruhe zu gönnen. Nach kurzer Zeit machten wir uns wieder auf den Weg.

Wir kamen durch Dörfer und Städte, und ich bemerkte, daß Carl sich aufmerksam umsah, als suche er etwas. Ich wußte zwar, daß sie in geheimer Mission nach York ritten, aber das war mir gleichgültig, ich genoß nur Lances Gesellschaft.

Als es dunkel wurde, erreichten wir den Gasthof, in dem wir die Nacht verbringen wollten.

Man machte Zimmer für uns zurecht und servierte uns ein großartiges Abendessen, das aus Fisch in einer köstlichen Sauce, Hammelbraten und einem Punsch bestand, der die Spezialität der Wirtin war. Ich bekam Apfelwein. Während wir noch bei Tisch saßen, betrat ein Mann das Eßzimmer, der mir irgendwie auffiel. Er trug einen dunkelbraunen Friesmantel mit schwarzen Knöpfen, braune Schuhe und schwarze Strümpfe. Auf seiner sorgfältig in Locken gelegten Perücke saß ein Dreispitz, den er abnahm, als er hereinkam.

Er setzte sich in unsere Nähe, und ich hatte den Eindruck, daß wir seine Aufmerksamkeit erregten. Wahrscheinlich war es Lance Claverings Eleganz, die überall auffiel, denn Onkel Carl sah ohne Uniform nicht besonders eindrucksvoll aus, und ich war ja nur ein sehr junges Mädchen. Der Mann blieb ruhig sitzen, und nach einer Weile vergaß ich ihn.

Nach einem im Sattel verbrachten Tag war ich müde, und die frische Luft hatte mich schläfrig gemacht, deshalb schlief ich sofort ein, als ich endlich im Bett lag. Der Morgen kam viel zu schnell; ich wachte auf, weil es im Gasthaus lebendig wurde. Ich stand auf und sah aus dem Fenster; Lance stand im Hof, schaute herauf und entdeckte mich.

»Hast du gut geschlafen, schönstes aller Mädchen?« fragte er.
»Den Schlaf der Erschöpfung.«
»Was hat dich denn so müde gemacht, doch nicht meine Gesellschaft, will ich hoffen?«

»Nein, die war eher anregend. Ich dachte beim Einschlafen noch an die Frau des Grafen.«

»Ach, das törichte Weib. Du mußt dich nicht beeilen, wir können noch nicht aufbrechen. Eines der Pferde hat ein Hufeisen verloren und muß zum Schmied gebracht werden.«

»Oh ... wann ist das geschehen?«

»Ich bemerkte es soeben. Wir werden gegen elf Uhr weiterreiten; dadurch haben wir die Möglichkeit, noch den Jahrmarkt zu besuchen.«

»Den Jahrmarkt? Was für einen Jahrmarkt?«

»Da ich immer bemüht bin, für deine Zerstreuung zu sorgen, habe ich mich hier ein wenig umgesehen. Dabei stellte sich heraus, daß in dem Dorf Langthorn... oder heißt es vielleicht Longhthorn?... jedenfalls, in diesem Dorf findet zweimal im Jahr ein Jahrmarkt statt, und wir sind zufällig gerade zurechtgekommen. Ein Glücksfall, möchte ich meinen. Die himmlischen Mächte sind anscheinend fest entschlossen, diese Reise für uns alle unterhaltsam zu gestalten.«

»Was sagt mein Großonkel dazu?«

»Er hat sich damit abgefunden. Er hat hier einiges zu erledigen, also fragte er mich: ›Würden Sie sich ein oder zwei Stunden lang meiner kleinen Nichte widmen, Clavering?‹ Ich antwortete: ›Das werde ich mit dem größten Vergnügen tun, Sir. Wenn Sie nichts dagegen haben, werden Ihre kleine Nichte und ich den Jahrmarkt besuchen.‹ Daraufhin erteilte er seine Einwilligung.«

»Bist du immer so überschwenglich und gesprächig?«

»Nur, wenn ich ein sachverständiges Publikum habe.«

»Du findest, daß ich sachverständig bin?«

»Ich finde, daß du immer genau das bist, was ich mir wünsche, und zwar immer in dem Augenblick, in dem ich es mir wünsche. Und das, liebe Clarissa, ist die Definition einer attraktiven Frau.«

»Ich habe den Verdacht, daß du die Schmeicheleien, die du von dir gibst, gar nicht wirklich meinst.«

»Eine sachliche Feststellung ist doch keine Schmeichelei, oder? Man lobt jemanden, weil man das Bedürfnis dazu verspürt. Man spricht das aus, was einem in dem Augenblick einfällt, und wenn einem sehr viel Gutes einfällt, dann ist es um so besser, aber deshalb ist es noch lange keine Schmeichelei. Dir sage ich die Wahrheit, und wenn sie dir überschwenglich erscheint, so nur deshalb, weil Bescheidenheit ebenfalls zu deinen Tugenden zählt.«

»Ist es jemals vorgekommen, daß du nicht wußtest, was du sagen sollst?«

»Gelegentlich. Am Spieltisch, zum Beispiel wenn ich mehr verlor, als ich mir leisten konnte.«

»Das muß entsetzlich sein.«

»Na ja, es gehört eben zum Spiel. Wenn man jedesmal gewinnt, ist das Spiel nicht mehr aufregend, nicht wahr? Aber ich darf mit dir nicht über Glücksspiele sprechen, deine Familie wäre entschieden dagegen. Also, was meinst du, wollen wir auf den Jahrmarkt gehen?«

»Es wäre herrlich.«

»Dann sieh zu, daß du dein Frühstück bekommst, und wir machen uns auf den Weg. Ich verspreche dir einen anregenden Vormittag.«

»Ich werde mich beeilen.«

Ich trat vom Fenster zurück, zog am Klingelstrang und verlangte heißes Wasser. Nachdem ich mich gewaschen hatte, ging ich in die Wirtsstube hinunter. Während ich heißen, knusprigen Schinken und frisches Brot aß und Ale dazu trank, kam der Mann im Friesmantel herein und sprach mit dem Wirt über sein Pferd. Er war offensichtlich bereits reisefertig und hatte es eilig aufzubrechen.

Als ich die Gaststube verließ, erwartete mich Lance bereits und sagte mir, daß wir ein paar Stunden Zeit hätten. Wir gingen also ins Dorf und hörten schon von fern den fröhlichen Lärm. Der Jahrmarkt fand auf einem weiten Anger statt; zwischen den mit grellen Farben bemalten Buden drängten sich so viele Menschen, daß ich annahm, die gesamte Umgebung sei hier versammelt.

Lance faßte mich am Arm. »Bleib dicht bei mir, denn auf solchen Jahrmärkten wimmelt es von Taschendieben. Halte dein Geldtäschchen fest, und wenn jemand versucht, es dir zu entreißen, so schrei, ich werde dann schon den Räuber verjagen. Und vor allem, halte dich an mich und verlasse deinen Beschützer nicht.«

»Wie Ihr meint, Sir Lancelot.«

»Ich muß dir etwas gestehen – ich heiße wirklich Lancelot. Sobald ich begriff, was das bedeutet – ich war damals sieben Jahre alt, denn ich war ein sehr intelligentes Kind, wie du sicherlich bemerkt hast, und habe mir diese Eigenschaft in meine reiferen Jahre hinübergerettet – änderte ich meinen Namen. Stell dir nur mal vor – Lancelot! Lance paßt viel besser, denn es erinnert an eine Lanze, also an eine Kriegswaffe, etwas Aggressives.«

»Ich glaube, der gute Lancelot war gelegentlich reichlich aggressiv. Außerdem hatte er doch Schwierigkeiten mit Guinevere.«

»Dennoch möchte ich nicht als Ritter durch das Leben gehen.«

Ich lachte.

»Was kommt dir dabei so komisch vor?«

»Wir diskutieren anscheinend immer über Dinge, die vollkommen unwichtig sind.«

»Mein Name ist für mich überaus wichtig... und ich hoffe, er wird es auch für dich werden. Was übrigens die spanischen Lederschuhe betrifft, deretwegen du dir solche Sorgen machtest, hat mir deine Einstellung zur Haltung der Frau des Grafen etliches über dich verraten, und das ist für mich sehr interessant, meine liebe Clarissa.«

»Mir scheint, du hast doch etwas von Sir Lancelot an dir. Wonach riecht es hier?«

»Nach einem Ochsen, der am Spieß gebraten wird. Bei solchen Anlässen unumgänglich notwendig. Er wird portionsweise verkauft.«

»Ich glaube nicht, daß ich darauf Appetit habe.«

»Aber du wirst dir von mir etwas schenken lassen? Darauf bestehe ich.«

»Ich fürchte, du wirst dich nicht anstrengen müssen, um mich dazu zu überreden.«

Der Jahrmarkt faszinierte mich, denn ich hatte noch nie etwas Ähnliches gesehen. Ich hatte das Gefühl, ein Abenteuer zu erleben, aber vielleicht war mehr die Tatsache dafür verantwortlich, daß Lance Clavering mich begleitete.

Die Herbstsonne tauchte die in den Buden ausgestellten Waren in warmes Licht. Ein Teil des Marktes war den Rindern und Pferden vorbehalten, aber mich zogen die Verkaufsstände unwiderstehlich an. Lance und ich musterten gemeinsam Sättel, Stiefel, Kleidung, Töpfe, Pinsel, Schmuck, Kartoffeln, die mit der Schale in einem Kohlebecken gebraten wurden; neben ihnen lagen Kastanien. Lance kaufte ein paar, und wir gingen kauend weiter.

Es war ein besonders großer Jahrmarkt, erklärte mir Lance. Es gab Wachsfigurenkabinette, Zwerge und Wahrsager. Vor einer Bude standen eine überaus dicke und eine sehr magere Frau, die bei den Vorübergehenden große Heiterkeit hervorriefen, denn sie stellten die beiden Mätressen des Königs dar, die er aus Deutschland mitgebracht hatte. Meiner Meinung nach bezeugten die Leute ihrem neuen Herrscher gegenüber wenig Respekt.

In einem Zelt sahen wir eine Marionettenaufführung und applaudierten begeistert gemeinsam mit dem übrigen Publikum. Lances Kleidung erregte zwar Aufsehen, aber die Leute waren daran gewöhnt, daß auch die Landedelleute den Jahrmarkt besuchten, also kümmerten sie sich nicht allzusehr um ihn.

Dann führte er mich zu einer Bude mit Geschenken und forderte mich auf, mir etwas auszusuchen. Es gab Süßigkeiten, um die rosa oder blaue Bänder geschlungen waren – meist stellten sie Herzen oder ein Tier dar. Eines der Tiere war ein Hund, der aussah wie Damon, und ich überlegte schon, ob ich ihn mir aussuchen sollte. Aber dann entdeckte ich eine Maus aus Zuckermasse mit leuchtend rosa Augen, einem langen Schwanz und einem blauen Band um den Hals. Ich mußte sofort an den Schwanz der Zuckermaus denken, den ich Hessenfield geschenkt hatte, als er die Kutsche überfiel.

Lance sah, daß die Maus es mir angetan hatte, und kaufte sie, und dazu ein Herz aus rosa Marzipan. Dann wollte er wissen, was ich an der Maus fand, und ich erzählte es ihm.

»Ach ja«, sagte er, »Hessenfield.« Zum ersten Mal, seit ich ihn kannte, war sein Gesicht ernst.

Wir wanderten weiter über den Jahrmarkt, und ich hätte am liebsten die Zeit angehalten. Es war ein zauberhafter Morgen, und ich war glücklich und aufgeregt.

Aber dann kamen wir zu dem Stand, bei dem sich Leute als Arbeitskräfte verdingten.

Als ich die armen Leute sah, die dort standen, wünschte ich mir, wir wären nicht vorbeigekommen. Es handelte sich um Menschen, die keine Arbeit finden konnten; ein alter Mann, dessen Augen verzweifelt blickten, war darunter, und ein Mädchen in meinem Alter. Meiner Meinung nach mußte es zutiefst demütigend sein, sich auf diese Art anbieten zu müssen. Manche dieser Menschen hatten ihr Handwerkszeug bei sich, um zu zeigen, für welche Arbeit sie geeignet waren. Ich hatte noch nie soviel Verzweiflung auf einmal gesehen.

Lance bemerkte mein Entsetzen, ergriff meinen Arm und führte mich rasch weg.

Ich hatte keine Augen mehr für die Töpfe und Pfannen und die über dem Feuer brutzelnden Gänse; ich achtete nicht mehr auf die Quacksalber, die laut die wunderbare Wirkung ihrer Pillen und Mixturen anpriesen. Ich sah immerzu den verzweifelten alten Mann und das Mädchen vor mir.

»Du hast ein weiches Herz, kleine Clarissa«, sagte Lance, »und du hast die Gabe, dich in die Lage der anderen zu versetzen. Sieh zu, daß du sie nicht verlierst.«

Er kann also auch ernst sein, dachte ich, er ist gar nicht so oberflächlich, wie ich angenommen habe.

Dann kamen wir zu dem Zelt, in dem geboxt wurde.

»Gehen wir hinein«, schlug Lance vor, und ich sah, daß seine Augen vor Erregung glänzten.

In der Mitte des Zeltes war ein Boxring aufgestellt, in dem zwei Männer gegeneinander kämpften. Wir setzten uns auf eine der Bänke, die um den Ring standen.

Im Zelt war es warm. Ich sah, daß auf den nackten Oberkörpern der Boxer der Schweiß glitzerte. Meiner Meinung nach handelte es sich um eine abstoßende Schaustellung, und ich wollte schon gehen, aber als ich mich Lance zuwandte, bemerkte ich den verzückten Ausdruck, mit dem er die beiden Männer beobachtete.

Nach einer scheinbar endlos langen Zeit ging der eine zu Boden. Das Publikum jubelte, und ein Mann trat vor und hielt den Arm des Siegers in die Höhe. Der Boxer lächelte ins Publikum, obwohl seine Stirn blutete.

Dann rief jemand: »Machen Sie Ihre Wetten«, und Lance stand auf und ging zu einem Tisch hinüber, an dem ein Mann saß und Geld von den Leuten entgegennahm, die sich um ihn drängten.

Dann kamen zwei andere Männer in den Ring und begannen zu boxen. Mir wurde bei dem Anblick beinahe übel, aber ich konnte meinen Blick nicht von Lance lösen, der offensichtlich vom Kampf hingerissen war und mich anscheinend vergessen hatte. Als das Match vorbei war, zuckte er die Schultern; ich schlug ihm vor, zu gehen, und er folgte mir zögernd aus dem Zelt.

»Du machst dir nicht viel aus dem Sport der Könige«, meinte er.

»Ich habe geglaubt, Pferderennen sind der Sport der Könige.«

»Das hängt vom jeweiligen König ab, jedem gefällt etwas anderes. Ich weiß nicht, was unser edler Georg vorzieht.«

»Was tatest du an dem Tisch? Wir hatten das Eintrittsgeld ja schon bezahlt.«

»Ich placierte eine Wette.«

»Was für eine Wette?«

»Auf den Sieger.«

»Du hast also darauf gewettet, welcher der Männer gewinnen würde?«

»Ja... und setzte auf den falschen.«»

»Du hast also Geld verloren.«

»Leider.«

»O Gott, hoffentlich nicht zuviel.«

»Fünf Pfund.«

Ich war entsetzt, denn für mich waren fünf Pfund viel Geld. »Das ist ja schrecklich.«

»Sei nicht so traurig, süße Clarissa. Stell dir vor, was geschehen wäre, wenn mein Mann gesiegt hätte.«

»Dann hättest du wahrscheinlich viel Geld bekommen.«

»Fünfzig Pfund... für fünf. Wäre das nicht wunderbar gewesen?«

»Aber du hast verloren.«

»Ich hätte ja auch gewinnen können.«

Ich schwieg eine Weile, dann sagte ich: »Du bist ein Risiko eingegangen und hast verloren.«

»Dadurch ist es ja so aufregend. Wenn man sicher wäre, daß man jedesmal gewinnt, wo bliebe dann der Reiz?«

»Es wäre sicherlich sehr reizvoll, jedesmal zu gewinnen.«

»Ich merke schon, du bist keine Spielernatur.«

Ich gab ihm keine Antwort. Ein leichter Schatten hatte sich über unseren Ausflug gelegt. Zuerst war ich so selig gewesen, dann hatte ich die Menschen gesehen, die sich verdingten, und jetzt hatte Lance fünf Pfund verloren. Der Tag war nicht mehr so strahlend schön wie an seinem Anfang.

Außerdem mußten wir ohnehin zum Wirtshaus zurück. Zu meiner Überraschung war der Mann im braunen Friesmantel immer noch dort, und dabei hatte er zuerst so darauf gedrängt, daß sein Pferd rechtzeitig gesattelt wurde.

Kurz danach waren wir wieder unterwegs.

4

Intrige

Großonkel Carl und Lance Clavering blieben in York zurück, und erst in diesem Augenblick wurde mir bewußt, wie sehr ich Lances Gesellschaft genossen hatte. Die lebhafte Konversation mit ihm war äußerst anregend gewesen, und vor allem hatte mir gefallen, daß er mich als Erwachsene behandelte.

Für die letzte Strecke der Reise hatte ich nur die Diener als Begleitung, und da das Wetter gut blieb und wir bei Morgengrauen aufbrachen und bis Sonnenuntergang ritten, mußten wir nur zweimal übernachten, und zwar in jenen Gasthäusern, die man uns empfohlen hatte.

Wir ritten über Moore und am Meer entlang. Ich war aufgeregt und begeistert – dieses wilde nördliche Land war die Heimat meiner Vorfahren.

Endlich kamen wir nach Hessenfield Castle. Es lag nicht weit vom Meer – etwa eine Meile entfernt, meiner Schätzung nach – und war ein schönes Gebäude aus gelbem Stein, das einen viereckigen Hof umschloß; an seinen Ecken erhoben sich vier hohe, quadratische Türme. An den Kanten dieser Türme sprangen achteckige, mit Pechnasen versehene Türmchen vor, die offensichtlich dazu dienten, daß die Bogenschützen von ihnen aus auf eine angreifende Armee hinunterschießen konnten.

Das überdachte Portal mit dem Türmchen und dem zinnenbewehrten Laufgang war überaus beeindruckend. Das Wappen der adligen Familie Field, die den Titel Hessenfield führte, war über ihm in den Stein gemeißelt. Ich betrachtete die durch Längspfosten unterteilten Fenster und empfand tiefen Stolz bei dem Gedanken, daß dies das Stammschloß der Familie meines Vaters war.

Während wir durch das Eingangstor ritten, liefen Stallknechte heraus, um zu sehen, wer da kam. Sie wußten sofort, wer ich war, und daraus schloß ich, daß man mich schon sehnlich erwartete.

»Seine Lordschaft hat uns vor zwei Tagen befohlen, Ausschau zu halten«, sagte einer von ihnen. »Ich werde Sie unverzüglich zu ihm bringen.«

Ich saß ab, ein Stallknecht übernahm mein Pferd, und zwei

Diener kümmerten sich um meine Begleiter und um die Satteltaschen.

Als ich das Schloß betrat, erkannte ich erst, wie großartig die Anlage war. Ich war an den prächtigen Herrensitz Eversleigh Court gewöhnt; Enderby war ein schönes altes Haus; aber das hier war ein richtiges Schloß. Seine Ursprünge waren normannisch – Eversleigh war elisabethanisch und daher verhältnismäßig modern. In jenem Teil des Schlosses, der wie eine Festung aussah, fielen mir die dicken Steinmauern und die Wendeltreppen auf, bei denen Seile als Geländer dienten. Wir gelangten in die große Halle – viel größer als die in Eversleigh; an den Wänden hingen Waffen aus einem anderen Zeitalter; ich blickte zur hohen, gewölbten Decke empor, bemerkte die Galerie und mir fiel wieder Enderby ein.

»Seine Lordschaft befindet sich in seinem Wohnzimmer«, sagte der Diener. »Ich werde ihm melden, daß Sie hier sind.«

Kurz darauf führte er mich eine breite Treppe hinauf und dann durch eine Gemäldegalerie. Ich warf rasch einen Blick auf die Bilder und stellte fest, daß die Männer und Frauen einander sehr ähnlich sahen. Ich nahm an, daß sich mein Vater unter ihnen befand, hatte aber keine Zeit, ihn herauszusuchen. Der Diener drängte mich weiterzugehen.

Wir verließen die Galerie und gelangten in einen langen Korridor. Hier lagen Teppiche auf dem Boden, die dem Raum ein modernes Aussehen verliehen. Die Behaglichkeit hatte über die Tradition gesiegt.

Der Diener klopfte an eine Tür, und ich betrat ein Zimmer. Es war nicht sehr groß, wirkte aber überaus wohnlich. Die schweren blauen Vorhänge an den Fenstern paßten zum Blau des Teppichs; im großen Kamin brannte ein Feuer, und der Mann, der vor ihm saß, hatte eine Decke über den Knien. Ihm gegenüber saß eine junge Frau.

Der Mann begann sofort zu sprechen, stand aber nicht auf.

»Du bist Clarissa«, sagte er. »Endlich bist du da. Ich habe schon geglaubt, du würdest nie mehr kommen.«

Ich ging schnell auf ihn zu, und er ergriff meine Hand. Erst jetzt begriff ich, daß er krank war.

»Verzeih, wenn ich nicht aufstehe«, sagte er. »Aber ich kann es nicht. Ich muß mein Leben in diesem Stuhl verbringen. Aimée, meine Liebe, begrüße Clarissa.«

Die junge Frau hatte sich erhoben. Sie war nur um wenige Jahre älter als ich ... sie war etwa achtzehn. Sie trug ein schönes Kleid aus dunkelgrünem Samt, das vorn aufgeschlagen war, so daß man das grauseidene Unterkleid sah.

Sie ergriff meine Hand, lächelte mir zu und sah mich forschend an. Sie bemerkte zweifellos, daß mein Haar zerrauft war und meine Hände infolge der Kälte gerötet waren.

»Du bist sicherlich müde und willst dich ausruhen«, meinte mein Onkel. »Vielleicht willst du dich auch waschen, umziehen und dann etwas essen. Wie wäre es mit einer warmen Mahlzeit? Ich wollte dich unbedingt sofort nach deiner Ankunft sehen und habe dich gar nicht gefragt, was du eigentlich möchtest? Willst du dich zuerst frisch machen? In der Küche werden sie inzwischen das Essen zubereiten, so daß wir einander bei der Mahlzeit näher kennenlernen können.«

»Es tut so gut, mit dir zu sprechen...«, begann ich.

»Onkel«, ergänzte er. »Ich bin dein Onkel Paul. Dein Vater war mein ältester Bruder. Ich wußte, daß es dich gibt, erfuhr aber erst jetzt, wo du lebst. Ich sehnte mich so sehr danach, dich kennenzulernen. Sag jetzt, was du zuerst tun willst.«

Mir war bewußt, wie elegant das Aimée genannte Mädchen gekleidet war, und deshalb sagte ich, ich wollte mich waschen und umziehen. Das Essen konnte warten, bis alle zu Tisch gingen. Wir hatten, kurz bevor wir das Schloß erreichten, in einem Gasthof kalten Schinken, Brot und Käse gegessen.

»Dann wird dich Aimée in dein Zimmer geleiten. Du kannst Clarissa erklären, wer du bist, Aimée. Ihr werdet viel Gemeinsamkeiten finden. Wenn du fertig bist, Clarissa, werden wir beide ebenfalls ein langes Gespräch führen. Aber das Wichtigste zuerst. Ich weiß, wie sich Damen nach einem langen Ritt fühlen, und unser Klima hier oben ist nicht so mild wie bei euch im Süden.«

Ich fand ihn reizend. Er ähnelte ein wenig meinem Vater, aber das beeindruckende an Hessenfield war seine Größe gewesen. Daß sein Bruder, mein Onkel Paul, an einen Stuhl gefesselt war, hatte mich sehr überrascht.

Aimée lächelte mir zu. »Ich freue mich so sehr, daß du gekommen bist. Du kannst dir nicht vorstellen, wie sehr wir uns danach gesehnt haben, dich kennenzulernen. Komm mit, mach es dir bequem und dann können wir miteinander plaudern.«

Sie führte mich aus dem Zimmer, durch ein Labyrinth von Korridoren und mehrere Treppen hinauf, bis wir zu einem Zimmer in einem der Türmchen gelangten. Von dem schmalen Fenster aus konnte ich das Moorland meilenweit überblicken, und in der Ferne lag das Meer.

Aimée trat neben mich. Sie duftete schwach nach einem Parfum – es roch nach Moschus und wirkte ein bißchen verführerisch. Ich betrachtete sie. Sie hatte dunkles, beinahe schwarzes Haar, schöne, längliche, dunkelbraune Augen und schwarze Wimpern. Ihre Haut war blaß, ihre Lippen leicht gerötet. Damals wußte ich noch nicht, daß sie Hilfsmittel verwendete, um noch schöner zu wirken. Ich fand sie faszinierend, wenn auch ein wenig beunruhigend, und war sehr neugierig zu erfahren, wer sie war und ob wir verwandt waren.

»Onkel Paul hat dieses Zimmer für dich ausgesucht«, erklärte sie. »Er nahm an, daß dir die Aussicht gefallen würde.« Ich bemerkte, daß sie mit leicht französischem Akzent und Tonfall sprach, die zu ihrer exotischen Ausstrahlung beitrugen. »Der Wind heult über das Moor, wenn er von Osten weht. Huh!« Sie schauerte. »Er dringt in das Schloß ein, und dann ist es so schwierig, es warm zu halten. Es ist sehr kalt hier im Norden.« Ich bemerkte, daß sie die R rollte, und mir fiel Jeanne ein.

»Sag mir«, fragte ich, »bist du meine Kusine... oder sind wir auf andere Art verwandt?«

Sie trat einen Schritt näher und sah mich beinahe amüsiert an.

»Keine Kusine... Näher, viel näher... kannst du es nicht erraten?«

»Nein.« Ich fragte mich schon, ob Onkel Paul vielleicht eine junge Frau geheiratet hatte.

Ihre nächsten Worte erschreckten mich so sehr, daß ich zu träumen glaubte. »Wir sind Schwestern«, sagte sie.

»Schwestern! Aber wie...«

Sie lächelte. »Wie nennt ihr es? *Demi-sœur*. Was ich dir erklären will, ist... dein Vater war auch mein Vater.«

»Hessenfield!«

»Ach ja«, sie bemühte sich sehr, das H auszusprechen. »Ja, Hessenfield.«

»Aber wie...?«

»Sehr einfach, wie es so üblich ist, du verstehst ja?«

Ich wurde rot, und sie fuhr fort. »Ich sehe, du hast begriffen. Unser Vater war ein sehr liebevoller Mann. Er liebte meine Mutter sehr. Er liebte auch mich sehr. Er war ein sehr liebevoller Mann.«

»Du willst damit sagen, daß du seine uneheliche Tochter bist?«

»Diese Ehre teilen wir. Er war mit deiner Mutter nie verheiratet... genausowenig wie mit meiner. Deine Mutter war schon verheiratet. Meine...« Sie zuckte mit einer typisch gallischen Bewegung die Achseln. »Na ja, er war ein Mann, der nicht für die Ehe taugte. Aber wir, du und ich, kamen dennoch zur Welt. Wir sind *bâtards*, nicht wahr? *Bâtards* des gleichen liebevollen Vaters.«

»Meine Schwester«, murmelte ich.

Sie legte mir die Hände auf die Schultern, zog mich an sich und küßte mich auf beide Wangen. Ich empfand eine gewisse Abneigung gegen sie. Meine Mutter hatte als Lady Hessenfield gegolten; sie hatte mit meinem Vater in seinem *hôtel* gelebt, und die ganze Zeit über hatte es dieses Mädchen gegeben, das um vier oder fünf Jahre älter sein mußte als ich. Vielleicht war das die Erklärung. Er hatte ihre Mutter gekannt, bevor er meine kennenlernte.

Ich lernte schnell. Der König hatte seine deutschen Mätressen mitgebracht. Hessenfield war wie ein König gewesen; er hatte Mätressen gehabt. Meine Mutter war eine von ihnen gewesen, genau wie Aimées Mutter.

»Nun«, fuhr sie fort, »wie ist es, wenn man plötzlich eine Schwester bekommt?«

»Es kommt natürlich sehr unerwartet. Aber es ist aufregend.«

»Du hieltest dich für seine einzige Tochter, nicht wahr?« fragte sie ein bißchen verschlagen.

»Ich bin in diesem Glauben aufgewachsen.«

»Bei einem Mann wie Mylord war es kaum zu erwarten.«

»Wie lange bist du schon hier?«

»Etwa ein Jahr. Ich konnte erst kommen, als wieder Frieden war. Es war für uns in Paris nicht leicht. Und außerdem hielt ich es für richtig, hierherzukommen, denn es ist schließlich mein Heim. Mein Vater hatte die Absicht, uns hierherzubringen, sobald er König Jakob den Thron verschafft hatte. Das pflegte er jedenfalls meiner Mutter zu versprechen; immer wieder erklärte er ihr: ›Wenn das erledigt ist, kehren wir heim nach Hessenfield Castle.‹«

»Und du wußtest von mir?«

»Natürlich.«

»Du wußtest auch, daß Tante Damaris mich nach England geholt hatte?«

»Nein.«

»Woher wußte dann mein Onkel... unser Onkel..., wo ich mich befand?«

»Er hat so seine Methoden, um etwas herauszubekommen. Vielleicht wird er es dir einmal erzählen.«

»Das alles kommt für mich so überraschend; ich werde einige Zeit brauchen, um mich daran zu gewöhnen.«

»Es wird dir nicht schwerfallen; ich halte es für gut und amüsant. Wir werden einander viel zu erzählen haben.«

»Ich möchte so viel wissen. Bist du einfach hierhergekommen und hast meinen Onkel gesagt, wer du bist?«

»Glaubst du vielleicht, daß ich lüge?« Sie schien plötzlich zornig zu sein. »Ich bin genauso seine Tochter wie du.«

»Nein, nein, du hast mich mißverstanden. Ich frage mich nur, wie du hierhergelangt bist und was unser Onkel dachte, als er dich so plötzlich kennenlernte.«

»Ich hatte Beweise in der Hand.« Das hatte sie heftig hervorgestoßen; dann lächelte sie. »Oh, ich konnte beweisen, wer ich bin. Ich besaß seinen Wappenring. Den Ring, den alle Inhaber des Titels tragen. Ich brachte ihn unseren Onkel, der ihn jetzt am Mittelfinger der rechten Hand trägt. Unser Vater trug ihn am kleinen Finger.«

Ich nickte, denn ich erinnerte mich an den Ring. Er war aus Gold, mit einem Bezoar genannten Stein. Ich konnte seine Stimme hören, wie er es mir erklärte, als ich ihn danach fragte.

»Unser Vater war ein großer Mann. Der Ring paßte nur auf seinen kleinen Finger. Ich brachte auch seine Uhr mit, und außerdem den Brief. All diese Dinge konnte ich hierherbringen, weil Lord Hessenfield sie meiner Mutter für den Fall gegeben hatte, daß ihm etwas zustieße. Er liebte seine Töchter sehr, das muß man unserem Vater lassen. Er wollte, daß für uns gesorgt wird. Das betonte er immer wieder. Er wollte, daß für *mich* ebenso gesorgt ist wie für dich.«

Ein Dienstmädchen kam mit Kannen voll heißem Wasser herein, und Aimée sagte, sie würde mich jetzt allein lassen, damit ich mich waschen könne. Wenn ich fertig wäre, sollte ich am Klingelstrang ziehen, dann wüßte das Personal in der Küche, daß jemand mich wieder zu meinem Onkel bringen mußte. Wir könnten uns dann unterhalten, bis das Abendessen aufgetragen würde.

Ich war wie betäubt, während ich mir den Staub der Reise von Händen und Gesicht wusch. Man brachte mir meine Satteltaschen herauf, und ich war froh, daß ich mich meiner Reitkleidung entledigen und ein rotes Kleid anziehen konnte, das mir stand. Ich wollte möglichst gut aussehen, um im Vergleich zu Aimée nicht zu schlecht abzuschneiden.

Als ich fertig war, läutete ich die Glocke und wurde in das Zimmer geführt, in dem mein Onkel ungeduldig auf mich wartete.

»Ah«, sagte er, »endlich bist du bereit.«

Ich sah mich nach Aimée um, und er fuhr fort: »Ich gab ihr zu verstehen, daß es besser ist, wenn wir beide einander zunächst allein näher kennenlernen. Warst du davon überrascht, daß du eine Halbschwester hast?«

»Allerdings.«

»Mein Bruder war immer ein lebenslustiger Mann. Alle Hessenfields sind so... ausgenommen diejenigen, die außer Gefecht gesetzt sind.« Er sprach ohne Bitterkeit. Er hatte ein sehr freundliches Gesicht, und ich begann, Zuneigung für ihn zum empfinden.

»John – das heißt, dein Vater – war immer ein Abenteurer. Er war der älteste von uns Brüdern. Wir waren alle wagemutig, ich sagte ja schon, daß es in der Familie liegt. Aber er war immer der Anführer – John führte, wir folgten. Manchmal nahmen wir an seinen Abenteuern teil. Er war in so vieler Beziehung ein wunderbarer Mensch. Ich habe immer das Gefühl, daß er noch am Leben ist, und irgendwie ist er es ja auch in euch beiden. Merkwürdig, daß er *Mädchen* hinterlassen hat. Ich hätte geglaubt, daß er nur Söhne haben würde.«

»Hättest du sie vorgezogen?«

»Nicht, nachdem ich euch beide kennengelernt habe.«

»Woher wußtest du, wo ich mich befand?«

Er zögerte einen Augenblick. »Ach... man erzählte es mir. Der Freund eines Freundes... einer dieser Zufälle.«

Zum ersten Mal verlor sein Gesicht den offenen Ausdruck, und ich merkte, daß ihn meine Frage in Verlegenheit brachte. Ich beschloß, für den Augenblick nicht weiterzuforschen und ein anderesmal herauszubekommen, wer der Freund war.

»Mein Bruder sandte aus Frankreich Botschaften an mich. Weißt du, daß er einer der führenden Jakobiten war?«

Ich nickte.

»Wenn er noch lebte...«

»Du willst sagen, daß er den Georgsritter nach England bringen würde.«

»Ich bin davon überzeugt.«

»Und du teilst seine Ansichten?«

Er wich aus. »Wir leben in einer gefährlichen Zeit«, war alles, was er erwiderte. Nach einer kurzen Pause fuhr er fort: »Ich möchte dir erzählen, was mir dein Vater über dich schrieb. Seiner Meinung nach warst du das entzückendste Kind, und er war stolz auf dich. Er hatte dich sehr lieb, mußt du wissen.«

»Ich wußte es. So etwas spürt man, auch wenn man noch sehr klein ist. Ich erinnere mich noch immer daran.«

»Er liebte auch deine Mutter und bedauerte, daß er sie nicht heiraten konnte, weil sie bereits verheiratet war. Es war eines der vielen Abenteuer, in die er verstrickt wurde.«

»Und was ist mit Aimée?«

»Das muß einige Zeit vorher gewesen sein. Ich weiß nicht viel über Aimées Mutter, aber er muß sie gern gehabt haben, weil er ihr die Uhr und den Ring gab... vor allem den Ring. Wahrscheinlich wußte er, daß deine Mutter im Sterben lag. Weißt du, dieser Ring hat in unserer Familie eine besondere Bedeutung. Er wird immer vom Oberhaupt des Hauses getragen, denn er verfügt über besondere Eigenschaften.«

»Bringt er Glück?«

»Darum geht es nicht. Hier, sieh ihn dir an.« Er zog den Ring vom Finger. Ich erinnerte mich undeutlich an ihn, er gefiel mir nicht sonderlich. Er war aus schwerem Gold und hatte einen Stein von undefinierbarer Farbe in einer komplizierten Fassung. »Es hat mir sehr viel bedeutet, daß ich ihn bekam«, fuhr mein Onkel fort. »Der Ring ist für die Familie sehr wichtig. Als dein Vater wußte, daß er an der gleichen Krankheit sterben würde wie deine Mutter, rief er Aimées Mutter zu sich, gab ihr den Ring und die Uhr und trug ihr auf, sie mir zusammen mit dem Brief zu bringen. Ich glaubte, daß wir den Ring für immer verloren hatten und daß er infolge der Krankheit deines Vaters mit ihm begraben worden war. Als Aimée dann mit ihm hier auftauchte, brachte sie mir damit das Erbstück der Hessenfields zurück. Es bewies mir, daß sie seine Tochter ist. Ich wußte, daß er sich nie vom Ring getrennt hätte, wenn er nicht im Sterben gelegen wäre – und ihn auch nicht deiner Mutter geben konnte. Natürlich verstrich infolge des Krieges eine lange Zeit, ehe sie hierher kommen konnte.«

»Wann erfuhrst du von seinem Tod?«

»Ein paar Monate danach. Unsere Freunde konnten nicht sofort herüberkommen, um mir davon zu berichten. Wir hörten, daß auch deine Mutter gestorben war. Ich wollte wissen, was aus dir geworden war und erkundigte mich nach dir, konnte aber nichts erfahren. Niemand wußte, wo du dich befandest.«

»Jeanne, eines der Stubenmädchen im *hôtel*, nahm sich meiner an. Sie behielt mich bei sich, bis mich meine Tante Damaris – die Halbschwester meiner Mutter – holte.«

»Ja, jetzt weiß ich das, aber damals wußte ich es nicht. Sobald ich deinen Aufenthaltsort erfuhr, schickte ich meinen Neffen zu dir; er sollte dich hierher einladen. Es hätte mich gefreut, wenn du früher gekommen wärst.«

»Das hätte ich auch getan, wenn meine Tante nicht ein Baby erwartet hätte.«

»Die gute Tante Damaris. Erzähl mir mehr über sie. Aimée behauptet, daß ihre Mutter versuchte, dich zu finden, aber keinen

Erfolg hatte. Sie sagt, daß nach dem Tod deines Vaters und deiner Mutter Chaos im Haus herrschte. Natürlich weiß Aimée das alles nur vom Hörensagen. Sie weiß nur, was ihre Mutter ihr erzählt hat. Das Ganze kam ihr sehr geheimnisvoll vor, bis sie endlich die Möglichkeit hatte, nach England zu reisen. Darauf hatte ihre Mutter nur gewartet. Sie bestand darauf, daß Aimée die Familie ihres Vaters aufsuchte – und Ring und Uhr zurückbrachte. Wahrscheinlich hoffte sie, daß Aimée hier ein Zuhause finden würde. Wie mir Aimée erzählte, hat ihre Mutter vor kurzem geheiratet und sich mit ihrem Mann außerhalb von Paris niedergelassen. Ich kann mir vorstellen, daß in einem solchen Haushalt eine erwachsene Tochter als störend empfunden wird. Aimée freute sich so sehr darüber, daß ich sie mit offenen Armen empfing, daß ich ganz gerührt war, und als ich ihr vorschlug, so lange zu bleiben, wie sie will... sich sogar hier niederzulassen..., war sie überglücklich.«

»Das ist alles so verwirrend. Ich hatte keine Ahnung von diesen Dingen.«

»Wie solltest du auch? Wie alt warst du damals, fünf oder sechs?«

»Ich weiß nur noch, daß ich mit meinen Eltern in einem vornehmen Haus lebte, und dann waren sie fort, und ich befand mich in einem feuchten, dunklen Keller, hatte Angst, war unglücklich und verstand nicht, was geschehen war.«

»Mein armes, armes Kind. Aber du warst bestimmt tapfer, denn du siehst deinem Vater sehr ähnlich. Welch ein Irrtum des Schicksals, daß er sein Leben lassen mußte! Ich hätte an seiner Stelle sterben sollen, denn ich bin für den Rest meines Lebens an diesen Stuhl gefesselt... Das ist Selbstmitleid, und davor sollte man sich hüten. Man gibt seinem Kummer dadurch nur immer wieder neue Nahrung, hätschelt ihn, statt daß man ihn in einen dunklen Schrank schließt und vergißt – was am klügsten wäre.«

»Es tut mir leid. Ist es lange her...?«

»Vierzehn Jahre; als ich fünfundzwanzig war. Mein Pferd warf mich ab, als ich an einer Jagd teilnahm. Ich wußte, daß es die Hecke nicht nehmen konnte, sie war zu hoch. Die anderen bogen ab und machten einen Umweg. Aber ich *mußte* es versuchen. Ich wollte angeben, sonst nichts, und stürzte. Meine Stute fiel auf mich... sie mußte erschossen werden. Manchmal denke ich, es ist ein Jammer, daß sie mich nicht ebenfalls erschossen haben. Da hast du wieder das Selbstmitleid.«

»Was sehr begreiflich ist.«

»Niemand glaubte, daß ich je wieder gesund werden würde. Ich war mit einem schönen Mädchen verlobt. In den ersten Wochen besuchte sie mich und sagte, daß sie mich selbstverständlich heiraten würde... aber mein Selbstmitleid war stärker. Ich wußte, daß es unmöglich war, ich grollte dem Schicksal. Die Mitglieder unserer Familie waren immer so aktiv gewesen. Ich konnte es nicht ertragen, und außerdem kam der Schmerz dazu, der immer wiederkehrende Schmerz. Die Schwierigkeit war, daß ich nie wußte, wann er wieder einsetzen würde. Ich bekam Wutanfälle. Schließlich sah sie genau wie ich ein, daß es sinnlos war. Ich konnte sie nicht zu einem solchen Leben verurteilen. Sie heiratete später jemand anderen.«

»Es tut mir so leid. Jetzt wirkst du so ruhig und ausgeglichen... so in dein Schicksal ergeben.«

»Das hat die Zeit bewirkt, Clarissa. Die Zeit ist der große Lehrmeister, der große Heiler. Ich sage mir, wie tragisch es ist, daß John in Paris an einer unbekannten Krankheit gestorben ist und daß ich, sein Nachfolger, ein Krüppel bin, der seine Tage in einem Rollstuhl verbringt. Man könnte es als Fluch der Fields bezeichnen, wenn man an solche Dinge glaubt.«

»Gibt es denn einen solchen Fluch?«

»Nein. Wir sind immer stark und unternehmungslustig gewesen und haben unser Land und unseren Besitz gegen plündernde Schotten verteidigt, wenn sie Beutezüge über die Grenze unternahmen. Es ist einfach einer der Unglücksfälle, die manchmal eine Familie treffen. Aber ich habe die ganze Zeit über mich gesprochen, und ich möchte mehr von dir erfahren.«

Ich erzählte ihm vom Leben in Enderby, von dem nahegelegenen Dower House, dem Heim meiner Großmutter Priscilla, und von Eversleigh Court, wo meine Urgroßeltern lebten.

»Du hast doch auch einen Onkel, nicht wahr? Er ist in der Armee, oder?«

»Er ist eigentlich mein Großonkel. Er heißt in Wirklichkeit Carleton, aber wir nennen ihn immer Carl, zum Unterschied zu meinem Urgroßvater.«

»Du stammst aus einer langlebigen Familie.«

»Meine Großmutter war sehr jung, als meine Mutter geboren wurde, und meine Mutter war jung, als ich geboren wurde.«

»Ich verstehe. Dadurch wird der Abstand zwischen den Generationen kleiner. Warst du eigentlich viel mit deinem Onkel Carl zusammen?«

»Nein, erst in letzter Zeit. Er begleitete mich nach York.«

Er nickte und schwieg eine Zeitlang; dann klopfte es, und Aimée trat ein. Sie hatte sich umgezogen und trug jetzt ein Kleid aus blauem Brokat. Das Mieder war tief ausgeschnitten und ihre Haut schimmerte wie Perlmutt. Sie trug am Hals und an den Ohren Granaten, die ihr sehr gut standen. Ich erfuhr später, daß diese Granaten ein Geschenk Onkel Pauls an seine Verlobte gewesen waren. Als sie die Verlobung löste, schickte sie ihm alle seine Geschenke zurück. Er mußte Aimée sehr gern haben, wenn er ihr die Juwelen gab, die er seiner Verlobten zugedacht hatte.

Vor dem Abendessen kamen weitere Besucher aufs Schloß, und zwar der Neffe, der uns in Enderby aufgesucht hatte, und sein Vater. Matthew Field erinnerte mich an meinen Vater – er war groß und imponierend. Er schien sich sehr darüber zu freuen, daß er mich kennenlernte.

»Du bist genauso hübsch, wie mein Sohn Ralph behauptet hat«, erklärte er mir.

Ralph begrüßte mich wie einen alten Freund. »Es ist schön von dir, daß du die weite Reise nicht gescheut hast. Ich hoffe, das Baby ist ohne Schwierigkeiten zur Welt gekommen.«

»Allerdings, und es blüht und gedeiht. Ich mußte bleiben, bis es geboren war, das verstehst du hoffentlich.«

»Natürlich.«

Das üppige Abendessen verlief gemütlich. Es gab viele Gänge, und einige von ihnen kannte ich nicht.

»Wir hier oben im Norden lieben ein herzhaftes Essen«, erklärte Onkel Paul. »Anders als ihr im Süden.«

»Und zwar wegen des Klimas«, fügte Ralph hinzu. »Es kann hier oben bitterkalt werden, und wir brauchen heiße Suppen, dunkle Puddings und viel heißes Roastbeef, um die Kälte zu vertreiben.«

Nach dem reichlichen Essen und dem ungewohnten Wein war ich erschöpft; der lange Ritt und die Entdeckung, daß ich eine Halbschwester hatte, trugen das ihre dazu bei. Anscheinend merkte man es mir an, denn Onkel Paul sagte: »Clarissa braucht jetzt vor allem einen langen, erquickenden Schlaf. Aimée, bring sie in ihr Zimmer, sonst verirrt sie sich vielleicht im Schloß.« Dann wandte er sich an mich. »Das stößt Gästen gelegentlich zu, weißt du, bis sie sich hier auskennen. Dieses Gebäude war zuerst eine Festung, aber im Lauf der Jahrhunderte wurde so viel hinzugebaut, daß ich manchmal finde, es ähnelt mehr einem Labyrinth als einer Behausung.«

Aimée erhob sich gehorsam, lächelte mich an und fragte mich, ob ich jetzt mitkommen wolle. Ich stand ebenfalls auf, denn ich hatte vor allem das Bedürfnis, allein zu sein und das Erlebte zu verdauen. »Es ist ein bißchen... wie heißt das noch?... unheimlich bei *la chandelle*.« Wie Jeanne flocht auch sie gelegentlich ein französisches Wort ein, was der Unterhaltung einen besonderen Reiz verlieh.

»Ja«, bestätigte ich, »auch in unserem Haus ist es so ähnlich.«

Sie nickte. »Aber du fürchtest dich nicht vor der Dunkelheit.«

»Ich versuche jedenfalls, tapfer zu sein.«

»Mehr kann man ohnehin nicht tun, als es versuchen.«

Als wir bei meinem Zimmer anlangten, stieß sie die Tür auf und wir traten ein. Im Kamin brannte ein Feuer, so daß der Raum gemütlicher wirkte. »Ich habe ihnen gesagt, daß sie Feuer machen sollen«, erklärte Aimée. »Es ist so kalt, wenn der Wind weht.« Die schweren Vorhänge waren zugezogen, die Bettdecke zurückgeschlagen und das Himmelbett sah sehr einladend aus.

»Du wirst sehen, daß sie auch eine Wärmepfanne unter die Decke geschoben haben.«

»Sie wollen unbedingt, daß ich mich wohlfühle.«

»Wir... Onkel Paul und ich... wollen dir zeigen, daß du dich bei deiner Familie befindest.«

»Das ist euch ja auch geglückt.«

»Gibt es noch etwas, das du für die Nacht brauchst?«

»Ich glaube nicht, danke.«

»Wenn du doch etwas benötigen solltest...« sie machte eine weitausholende Armbewegung... »mußt du nur läuten.« Sie zeigte auf den Klingelzug. »Oder wenn ich etwas für dich tun kann... ich bin ganz in der Nähe. Wir schlafen beide im Türmchen. Mein Zimmer geht nach Westen, aufs Land hinaus, deines aufs Meer.«

»Danke, ich werde daran denken.«

»Gute Nacht, *ma sœur*, schlaf gut.«

Sie verließ leise das Zimmer. Ich betrachtete die Tür einige Sekunden lang; sie bestand aus kräftigen Eichenbrettern und hatte eine Klinke und einen Riegel, der vorgeschoben werden konnte. Einem plötzlichen Impuls gehorchend verriegelte ich sie.

Dann wunderte ich mich über mich. Warum hatte ich das getan? Es sah beinahe aus, als hätte ich Angst. Und wenn Aimée aus irgendeinem Grund zurückkam, klopfte und dann hörte, daß ich die Tür entriegelte? Dann hätte sie einen sehr schlechten Eindruck von mir. Ich schob den Riegel zurück und zog mich aus. Das Feuer warf flackernde Schatten in das Zimmer. Es war warm, gemütlich, und dennoch... an dem Raum war etwas Merkwürdiges, wie eine Warnung, und obwohl ich müde war, war ich nicht davon überzeugt, daß ich hier gut schlafen würde.

Ich schob den Vorhang zur Seite, als wollte ich die Außenwelt hereinlassen. Der Halbmond stand am Himmel, die Nacht war klar. Ich konnte in der Ferne deutlich das Meer erkennen. Die Luft war still, kein Windhauch bewegte das Gras auf dem Moor. Das Portal des Schlosses lag im Mondlicht majestätisch vor meinen Augen.

Ich wandte mich dem behaglichen Feuer zu und ging zu Bett.

Wie ich angenommen hatte, konnte ich nicht einschlafen. Ich wußte, daß es in alten Häusern alle möglichen ungewohnten Geräusche gibt. Wenn die Dunkelheit hereinbricht, ist es, als würden alle jene, die in diesen Mauern gelebt haben und keine Ruhe finden können, wieder durch die Räume wandeln. So war es auch in Enderby gewesen, aber ich hatte mich dort an das Knarren des Holzes gewöhnt. Ich wußte, welche Stufe jedesmal protestierte, wenn man auf sie stieg, und ich wußte auch, daß das Knarren bis in die frühen Morgenstunden anhielt. Hier war es ebenso, aber vorläufig waren mir die Geräusche noch nicht vertraut.

Ich lag etwa eine Stunde lang wach, ohne einschlafen zu können. Einmal nickte ich ein und träumte, daß Aimée hereinkam. Sie lächelte mich zuerst an und lachte mich dann aus, weil ich nicht so elegant war wie sie. Sie sagte: »Ich bin deine Schwester, *ma sœur, ma petite sœur.*«

Ich wachte in Schweiß gebadet auf, obwohl der Traum eigentlich nichts Erschreckendes an sich hatte. Beinahe erwartete ich, daß sie neben dem Bett stand und mich auslachte. Natürlich war niemand da, aber ich stand auf und verriegelte die Tür, weil ich das Gefühl hatte, daß ich dann ruhiger sein würde.

Vor Müdigkeit schlief ich schließlich doch ein, aber plötzlich wurde ich durch Stimmen geweckt, die aus dem Hof kamen. Erschrocken setzte ich mich auf.

Ich glaubte, den Hufschlag von Pferden zu hören, lauschte eine Weile und trat dann ans Fenster. Der Mond schien hell auf das Moor, und obwohl ich unterhalb meines Fensters nichts erkennen konnte, vernahm ich immer noch Geräusche.

Endlich ging ich wieder zu Bett. Das Feuer war ausgegangen, der Raum war kühl, ich hatte kalte Füße. Ich wickelte sie in das Nachthemd und sah auf die Uhr, die ich auf das Nachttischchen gelegt hatte. Es war drei Uhr. Ich versuchte einzuschlafen, aber es hatte keinen Sinn, ich war hellwach.

Während meine Füße langsam warm wurden, überdachte ich alles, was ich seit meiner Ankunft auf dem Schloß erlebt hatte, vor allem meine Gespräche mit Onkel Paul und Aimée. Was sie mir erzählt hatte, würde jedem Menschen den Schlummer rauben, versicherte ich mir, und da ich normalerweise einen gesunden

Schlaf hatte, würde mir eine durchwachte Nacht bestimmt nicht schaden. Außerdem war es die erste Nacht in einem neuen Bett, an das ich mich erst gewöhnen mußte.

Ich dachte daran, wie kompliziert das Leben war, wie Taten, die jemand in der Vergangenheit vollbracht hatte, die Zukunft beeinflußten, und wie ihre Auswirkungen sich durch viele Generationen hindurch bemerkbar machten.

Dann hörte ich plötzlich Stimmen... leise, flüsternde Stimmen. Ich stand auf und trat ans Fenster. Einige Männer, die aus dem Pförtnerhäuschen gekommen waren, verließen soeben das Schloß. Ich erkannte Onkel Matthew und Ralph; von den drei anderen Männern wirkte einer irgendwie vertraut. Er trug einen braunen Wollmantel, schwarze Strümpfe und einen Dreispitz. Ich versuchte, mir ins Gedächtnis zu rufen, wo ich ihn bereits gesehen hatte. Dann verschwanden die Männer aus meinem Blickfeld, und ich nahm an, daß sie zu den Ställen gingen, wo sie wahrscheinlich ihre Pferde eingestellt hatten. Ich hatte richtig vermutet, denn nach kurzer Zeit tauchten sie zu Pferd auf. Der Mann im braunen Wollmantel befand sich unter ihnen.

Ich blieb am Fenster stehen und blickte ihnen nach, bis sie außer Sicht waren. Dann kroch ich wieder ins Bett; mir war kalt und mich fröstelte ein bißchen. Lange Zeit dachte ich darüber nach, wieso ich eigentlich auf die Idee kam, daß seltsame Dinge vor sich gingen. Warum sollten mein Onkel und mein Vetter nicht in den frühen Morgenstunden das Schloß verlassen, und zwar mit Freunden, die erst eingetroffen waren, als ich mich schon auf meinem Zimmer befand? Daß ich mich zeitig zurückgezogen hatte, bedeutete noch lange nicht, daß auch sie es tun mußten. Aber die drei Fremden konnten erst sehr spät gekommen sein. Und was war dagegen einzuwenden?

Ich stellte mir alle möglichen seltsamen Ereignisse vor. Warum? Weil ich soeben entdeckt hatte, daß ich eine Schwester besaß, und weil ich die ruhige Welt der Familie meiner Mutter verlassen hatte. Der Schmetterling war aus dem Kokon geschlüpft und nun auf Abenteuer aus. Ich war in den Machtbereich der stolzen Hessenfields geraten, hatte bereits etliches über meinen faszinierenden Vater erfahren und wußte, daß ich noch viel zu lernen hatte.

Der Himmel wurde allmählich hell. Ich stand wieder auf und schob den Riegel zurück, denn ich wollte nicht, daß das Dienstmädchen, das das heiße Wasser brachte, vor einer verriegelten Tür stand. Niemand sollte merken, daß ich beunruhigt war.

Während ich auf den Morgen wartete, fiel es mir plötzlich ein.

Der Mann, den ich unten gesehen hatte, war der gleiche, den ich im Wirtshaus bemerkt hatte.

Wie seltsam! Er hatte sich für unseren Trupp interessiert, und jetzt tauchte er im Schloß auf. Was hatte das zu bedeuten?

Das tröstende Tageslicht drang ins Zimmer und vertrieb die nächtlichen Bilder.

Wie viele Männer in England trugen braune Wollmäntel, schwarze Strümpfe und Dreispitze? Tausende.

Ich würde am Morgen über mich selbst lachen.

Die ersten Tage auf Schloß Hessenfield prägten sich mir unauslöschlich ein. Da waren die Gespräche mit Aimée – leichtfertiges, frivoles Geplauder –, die mich bezauberten, weil sie die Vergangenheit wachriefen und Erinnerungen weckten, die lange begraben gewesen waren. Dann gab es die Unterredungen mit Onkel Paul, mein Interesse am Schloß, und die merkwürdige Spannung, die in der Luft lag, und die ich damals nicht deuten konnte. Unterdrückte Erregung und Unbehagen schienen alle Anwesenden mit Ausnahme von Aimée zu beherrschen. Ich nehme an, daß sie es ebenfalls bemerkte und darüber gleichzeitig amüsiert und wohl auch ein wenig deprimiert war.

Sie hatte sich selbst zur Schloßherrin ernannt, und es war nicht zu übersehen, daß Onkel Paul sie ins Herz geschlossen hatte. Sie konnte ihn zum Lachen bringen, und wahrscheinlich würde er jeden gern haben, der das zuwege brachte.

Er sprach mit mir über sie. »Sie besitzt echt gallischen Charme«, meinte er. »Den hat sie von ihrer Mutter. Ich muß sagen, daß wir im Schloß viel fröhlicher sind, seit sie hier ist.«

Ich brachte ihn dazu, mir zu erzählen, wie sie aufs Schloß gekommen war.

»Als der Krieg vorbei war und man frei von einem Land ins andere reisen konnte, traf sie hier ein. An einem schönen Sommermorgen tauchte sie im Schloß auf und erklärte, wer sie war. Sie gab mir den Ring, sagte, daß er gemäß dem Wunsch deines Vaters an mich gelangen sollte, brachte mir seine Uhr, die er wahrscheinlich ihrer Mutter hinterlassen hatte, und außerdem seinen Brief.«

»Wann hatte er ihn geschrieben?« fragte ich.

»Es muß kurz vor seinem Tod gewesen sein. Wahrscheinlich gab er ihn Aimées Mutter als eine Art Garantie dafür, daß für das Kind gesorgt werden würde. Er starb plötzlich, aber er hatte immer ein gefährliches Leben geführt. Er wußte von einem Tag zum anderen nicht, ob er nicht in einen Hinterhalt geraten oder ermordet werden würde. Auf seinen Kopf war ein Preis ausgesetzt, wie du weißt!«

»Könntest du mir den Brief meines Vaters zeigen? Ich habe nie etwas gesehen, das von seiner Hand stammt.«

»Natürlich. Er erklärt darin eindeutig, daß seine Tochter anteilmäßig von seinem Besitz erben soll.«

»Erwähnt er mich?«

»Nicht in diesem Brief. Er hatte mir wegen dir geschrieben, als deine Mutter zu ihm nach Frankreich zog. Damals verfügte er, daß du seine Erbin sein sollst.«

»Und er schrieb erst später wegen Aimée?«

»Er hatte den Brief offensichtlich Aimées Mutter gegeben, damit sie ihn mir im Fall seines Todes bringt.« Er nahm einen Schlüsselbund aus der Tasche und reichte ihn mir. »Öffne den Schreibtisch dort drüben. Du wirst zuoberst ein paar Papiere finden. Würdest du sie mir bitte bringen?«

Ich tat, wie er mich geheißen hatte, und kehrte mit den Papieren zu ihm zurück. Er blätterte sie durch und gab mir dann einen Brief. Die rechte obere Ecke trug die geprägte Adresse des *hôtel*. Ich las:

Lieber Paul,

wir hatten heute ein unangenehmes Erlebnis. Es brachte mich zu der Einsicht, daß ich jeden Augenblick sterben kann. Ich weiß, daß das für alle Menschen gilt, aber bei einigen ist die Wahrscheinlichkeit größer – und ich gehöre zu jenen, denen plötzlich etwas zustoßen kann.

Ich habe gewisse Verpflichtungen auf mich genommen und ich möchte, daß diese meine Tochter Anteil an meinem Vermögen hat. Ihre Mutter wird Dir diesen Brief irgendwie zukommen lassen. Ich werde später näher darauf eingehen, aber für den Fall, daß mir etwas zustoßen sollte, bevor ich dazu komme, möchte ich sicher sein, daß für dieses Mädchen genauso gesorgt wird, wie meine übrigen Verbindlichkeiten geregelt werden.

Ich werde später alles genau festlegen. Dieses Kind gehört zu uns, Paul, und ich weiß, daß ich Dir vertrauen kann. Ich werde Dir wieder schreiben, wenn ich mir zurechtgelegt habe, wie das Geld aufgeteilt werden soll.

Dein Dich liebender Bruder
John

»Und er gab diesen Brief Aimées Mutter?« fragte ich.

»Ja. Ich glaube es jedenfalls.«

»Er trägt kein Datum.«

»Aimée sagt, er schrieb ihn ein paar Tage vor seinem Tod, als hätte er eine Vorahnung gehabt oder sich nicht wohl gefühlt.«

»Dann muß er mit Aimées Mutter bis zu seinem Tod zusammengekommen sein.«

»Das darf dich nicht kränken, mein Kind. Er war eben so... polygam. Er hatte immer Frauen, obwohl er deine Mutter ganz besonders liebte, und dich auch, weil du ihre Tochter warst. Aber er hatte Aimées Mutter offensichtlich auch gern gehabt, genau wie Aimée. Er war ein Schürzenjäger, aber er hatte eine sentimentale Ader. Sein Ehrgefühl war sehr ausgeprägt, und er drückte sich nie vor Verantwortung.«

Ich studierte seine Handschrift. Kühn und schwungvoll, typisch für ihn.

»Du kannst dir vorstellen, wie gerührt ich war, als Aimée zu uns kam«, fuhr Onkel Paul fort. »Sie erzählte mir, daß ihre Mutter den Brief, den Ring und die Uhr aufbewahrt und die Absicht gehabt hatte, sobald wie möglich nach England zu kommen. Als sich aber endlich Gelegenheit dazu bot, war Aimée alt genug, um selbst zu reisen, und ihre Mutter hatte geheiratet. Es war nur natürlich, daß sie ihren Ehemann nicht mit einer alten Liebesgeschichte belasten wollte, daher machte sich Aimée allein auf den Weg. Ich hoffe, du freust dich darüber, daß du eine Schwester hast. Sie ist ein reizendes, lebhaftes Mädchen, wie bei der Tochter meines Bruders nicht anders zu erwarten war. Du verfügst über die gleichen Eigenschaften, meine Liebe, und du solltest sie dir bewahren. Ich hoffe, ihr beide werdet Freundinnen, wie es sich für Schwestern gehört.«

Ich gewann meinen Onkel immer lieber.

Aimée und ich ritten oft aus, und sie zeigte mir die Gegend. Onkel Paul bestand darauf, daß uns dabei ein Reitknecht begleitete, weil die Zeiten unruhig waren. Aimée sorgte meist dafür, daß wir vor dem Bediensteten herritten, und dann versuchte sie, ihn abzuschütteln. Ich machte dabei nicht mit, weil der arme Teufel einen Verweis erhielt, wenn er uns nicht im Auge behielt, aber ich bemühte mich, eine gewisse Distanz zwischen uns und ihm einzuhalten, so daß wir ungestört unsere für mich so faszinierenden Gespräche führen konnten.

Wir unterhielten uns teils auf französisch, teils auf englisch, und ich erfuhr viel über das Leben in Paris und auch über das Haus, in dem ich damals gewohnt hatte. Das weckte Erinnerungen in mir. Ich konnte beinahe die Pariser Straßen riechen. »Der Geruch von frischem Brot«, sagte sie, »ist einer der köstlichsten Düfte der Welt. Wenn die Bäcker mit Körben voll heißen Brots in die Rue Gonesse kamen, erfüllte er die Straße. Außerdem gab es die Bauern mit den ländlichen Produkten... Hühner, Eier, Obst und Blumen.«

Ich erinnerte mich an die Bäcker, die von Kopf bis Fuß mit Mehl bestäubt waren, Perücken trugen und Zangen in den Händen hatten, und an die Marktstände mit Fischen und Äpfeln.

»Für gewöhnlich ging ich mit dem Einkaufskorb am Arm in die Halles«, erzählte Aimée. »Maman sagte, daß ich besser handeln konnte als sie. Ich war schnell... ich war... wie heißt das noch?«

»Skrupellos?« schlug ich vor.

»Skrupellos«, wiederholte sie. »Ich konnte den Preis drücken und mit dem *bon marché* heimkommen.«

»Das kann ich mir gut vorstellen.«

»Du glaubst also, daß ich... *adroit*... bin, kleine Schwester?«

»Ich glaube es nicht, ich weiß es.«

»Warum sagst du das?« fragte sie scharf.

»Es ist mir aufgefallen.«

Sie neigte dazu, rasch beleidigt zu sein. Wahrscheinlich, weil sie des Englischen noch nicht vollkommen mächtig war. Ich hatte gedacht, sie würde sich darüber freuen, daß ich bemerkt hatte, wie klug sie war.

»Wir waren arm«, verteidigte sie sich. »Wir mußten jeden Sou dreimal umdrehen. Als unser Vater starb, änderte sich viel.«

»Das trifft auf uns alle zu«, stellte ich fest. Ich wußte von der Armut in den Pariser Straßen ein Lied zu singen.

Ich erzählte ihr vom Keller, und während ich sprach, erlebte ich diese entsetzliche Zeit noch einmal.

»Aber du hattest doch die liebe Tante Damaris, die dich rettete.«

»Und du hattest deine Mutter.«

»Aber wir machten schwere Zeiten durch. Ist es nicht angenehm, in einem reichen Haushalt zu leben, wenn man so arm gewesen ist, daß man nicht wußte, wovon man die nächste Mahlzeit bezahlen soll? Wenn man einmal in dieser Lage gewesen ist, vergißt man es nie wieder.«

»Das stimmt.«

»Man genießt den Reichtum, man fühlt sich wohl. Geld bringt Sicherheit. Man ist bereit, viel dafür zu tun, daß man es bekommt... und behält.«

»Es wäre entsetzlich für mich, wenn ich wieder in den Keller zurückkehren und wie damals leben müßte.«

»Jeanne nahm dich zu sich und sorgte für dich, nicht wahr?«

»Ich kann mir nicht vorstellen, was ich ohne sie angefangen hätte. Ich wäre immer noch dort... Oder vielleicht wäre ich längst an der Kälte oder aus anderen Ursachen gestorben.«

»Du hast dadurch gelernt, was Armut ist, und das war eine gute

Lehre. Jetzt wirst du Verständnis für die haben, die ebenfalls arm waren.«

»Da hast du recht. Erzähl mir von meinem Vater. Hast du ihn oft gesehen?«

»Ja, er besuchte uns oft.«

»Meine Mutter wußte nicht...«

»Meine liebe Schwester, ein Mann erzählt seiner Geliebten nie, daß er daneben noch eine andere Frau hat.«

»Ich bin sicher, daß meine Mutter keine Ahnung davon hatte.«

»Das stimmt. Aber wir wußten, daß er mit ihr zusammenlebte. Das war unvermeidlich, denn sie war die *maîtresse en titre*. Weißt du, Hessenfield war wie ein König. Er verhielt sich in solchen Angelegenheiten, wie es ihm paßte.«

Ich versuchte, mich an meine Mutter zu erinnern, und obwohl die Bilder verschwommen waren, konnte ich mir nicht vorstellen, daß sie je wissentlich eine solche Situation hingenommen hätte.

Aimée hielt es anscheinend für eine amüsante Situation.

»Ich bin um vier Jahre älter als du, deshalb kann ich mich an vieles erinnern. Er wirkte... wie sagte man noch?... in unseren Zimmern in der Rue Saint-Jacques ein bißchen deplaciert. Wir wohnten dort viele Jahre über einem Bücherladen.« Sie zog die Nase kraus. »Ich kann immer noch die staubigen Bücher riechen. Einige von ihnen waren nicht sauber, nicht appetitlich. Hessenfield füllte unser kleines Zimmer ganz aus, wenn er da war. Er sah so großartig aus, daß wir uns neben ihm armselig fühlten, aber er bemerkte es anscheinend nicht. Er war so glücklich, wenn er mit uns zusammen war. Er pflegte mich auf die Knie zu nehmen und zu sagen, daß ich eine kleine Schönheit sei. Ich war so... *désolée*, als er starb. Dann folgten böse Jahre, wir waren arm. Aber der Bücherhändler war gut zu uns. Meine Mutter arbeitete in seinem Laden, und ich half ihr. Wir hätten Uhr und Ring verkaufen können, aber meine Mutter sagte: ›Nein, niemals. Einmal fährst du nach England, wenn der Krieg vorbei ist...‹ Dann heiratete sie, und ich ging nach England. Als sie verheiratet war, wollte sie mich nicht mehr bei sich haben, weil sie eine neue Familie gegründet hatte. Und ich habe auch eine gefunden, nicht wahr? Onkel Paul ist gut zu mir. Wenn ich nicht seine Nichte wäre, würde ich ihn heiraten. Und jetzt habe ich auch noch eine kleine Schwester bekommen.«

Es machte ihr Spaß, mich aus der Fassung zu bringen. Sie erinnerte mich ständig daran, daß ich ein Bastard war; aber sie war es ja auch.

»Uneheliche Kinder sind Kinder der Liebe«, meinte sie einmal.

»Das klingt romantisch, nicht wahr? Es macht mir überhaupt nichts aus, ein Kind der Liebe zu sein... solange eine Familie für mich sorgt.«

Sie gab zu, daß sie die Damen und Herren, die in ihren Kutschen vorüberfuhren, beneidet hatte. Aber die alten Witwen in den Sänften, die am Morgen für gewöhnlich in die Kirche getragen wurden, die beneidete sie nicht so sehr, weil sie alt waren und weil es schrecklich war, alt zu sein. Sie hatte sich immer gewünscht, eine Dame in einer Kutsche zu sein – mit Schönheitspflästerchen, gepudertem Gesicht, Perücke und nach Parfum duftend. Sie wollte durch die Straßen fahren, die Vorbeigehenden mit Pariser Schlamm bespritzen, die Aufmerksamkeit ebenso eleganter junger Männer in anderen Kutschen erregen, sich einholen lassen, im geheimen ein Stelldichein ausmachen, das Theater besuchen, von den Männern im Zuschauerraum bewundert und von den Damen beneidet werden. Das Leben in Paris war viel aufregender gewesen als in Hessenfield, aber Paris war gleichbedeutend mit Armut, und Hessenfield mit Wohlstand.

Es kam mir vor, als wäre ich immer schon eine Hessenfield gewesen, dabei war ich erst vor einer Woche angekommen. Durch meine Gespräche mit Onkel Paul und Aimée fühlte ich mich zum Schloß gehörig. Onkel Matthew und Ralph kamen oft zu uns, und es gab auch andere Besucher, meist Männer. Manchmal speisten sie mit uns, und dann bemerkte ich, daß sie bei ihren Gesprächen vorsichtig waren. Ich hatte den Eindruck, daß die Spannung, die ich bei meiner Ankunft gespürt hatte, eher zu- als abnahm.

Als ich eines Tages das Wohnzimmer meines Onkels betrat, saß er in seinem Stuhl, hatte den karierten Plaid über die Knie gelegt, und ich bemerkte, daß einige Papiere zu Boden geglitten waren. Er war eingeschlafen und hatte sie fallen lassen. Ich zögerte. Es waren ungefähr sechs Bogen, und einige waren in ziemlicher Entfernung von seinem Stuhl gelandet. Ich trat leise näher und hob einen auf.

Erstaunt betrachtete ich ihn, denn auf ihm befand sich das Bild eines sehr gut aussehenden Mannes, unter dem »Jakob der Dritte, König von England« stand. Ich überflog die Seite. Sie enthielt eine Aufzählung der Tugenden des wahren Königs und die Feststellung, daß er bald zurückkehren und den Thron beanspruchen würde. Wenn es soweit war, mußte sein Volk bereit sein, ihm den Treueid zu leisten.

Ich fühlte, wie ich rot wurde – das war Hochverrat an unserem gekrönten König Georg.

Als ich aufblickte, sah ich in Onkel Pauls Augen.

»Du scheinst von deiner Lektüre gefesselt zu sein, Clarissa.«

»Ich fand das auf dem Fußboden...« Ich begann die Bogen aufzuheben, und bemerkte dabei, daß alle gleich waren.

»Sie sind mir vom Schoß geglitten, als ich einnickte«, meinte er.

»Sie sind hochverräterisch«, flüsterte ich.

»So könnte man sie allerdings bezeichnen. Dennoch gehen sie an gewissen Orten von Hand zu Hand.«

Ich schauderte. »Wenn sie jemand entdeckt...«

Er sagte langsam: »In Schottland hat Jakob viele Anhänger. Es gibt sogar Parlamentsmitglieder, hochgestellte Persönlichkeiten, die ihn unterstützen.«

»Ja, das habe ich gehört. Mein Urgroßvater sprach oft über Bolingbroke und Ormonde und ihresgleichen.«

»Gib mir die Bogen. Es wäre besser, sie in den Schreibtisch zu sperren, findest du nicht? Würdest du das tun, bitte? Danke.«

Er begann, über andere Dinge zu sprechen, aber ich wußte, daß etwas sehr Gefährliches im Gang war. Natürlich gab es Jakobiten in Hessenfield. Mein Vater war einer ihrer Führer gewesen. Deshalb hatte er in Frankreich gelebt und daraufhingearbeitet, daß König Jakob den Thron wieder bestieg. Dieser Jakob war inzwischen gestorben, aber es gab noch einen, seinen Sohn, den Georgsritter.

Ich wollte mit meinem Onkel darüber sprechen, aber er hatte offensichtlich nicht die Absicht, diese Angelegenheit mit mir zu erörtern. Ich fragte mich, was mein Urgroßvater Carleton sagen würde, wenn er erfuhr, daß Hessenfield Castle eine sogenannte Brutstätte des Verrats war. Natürlich war er intolerant. Er gab nie zu, daß es außer seinem Standpunkt auch noch einen anderen geben konnte.

Ich war der gleichen Meinung wie meine Großmutter Priscilla – keine der Parteien hatte vollkommen recht. Mein einziger Wunsch war, daß sie sich einigten.

Mein Onkel sagte plötzlich: »Als ich dich einlud, plante ich alle möglichen Zerstreuungen für dich.«

»Was für Zerstreuungen?«

»Ich möchte, daß du die Menschen aus dieser Gegend kennenlernst. Vielleicht sollten wir ein paar Bälle geben. Du bist zwar sehr jung dafür, aber wir hätten wenigstens den Versuch gemacht, dir zu zeigen, daß das Leben hier oben im Norden nicht ganz so langweilig ist, wie es dir vielleicht scheint.«

»Aber ich finde es gar nicht langweilig. Ich erlebe viel Interessantes.«

»Es ist ein Glück, daß deine Schwester hier ist und du Gesellschaft hast. Sonst würdest du dich bestimmt sehr langweilen. Aber es ist nicht immer so. Im Augenblick befinden sich meine jüngeren Brüder in Schottland, und nur Matthews ist hiergeblieben.«

»Etwas geht vor«, platzte ich heraus. »Ihr bereitet etwas vor.« Ich dachte an die Papiere, die ich auf dem Fußboden gefunden hatte und an Urgroßvater Carleton, der mit der Faust auf den Tisch schlug und von jakobitischen Verschwörern sprach.

Er antwortete mir nicht, sondern sagte nur: »Vielleicht werden wir später, falls du bei uns bleibst, etwas feiern. Dann wirst du sehen, wie man sich auf einem Schloß unterhalten kann. Aber derzeit...«

»Ich verstehe. Man kann nicht etwas feiern, was sich noch nicht ereignet hat.«

»Wir werden ja sehen. Jetzt suche aber bitte Harper und sage ihm, daß ich meine Bouillon möchte.«

Nachdenklich ging ich zum Anrichteraum des Butlers, wo Harper bereits die Suppe wärmte, die mein Onkel täglich um diese Zeit zu sich nahm. Mir war jetzt klar, woher die Spannung im Haus kam. Sie bereiteten einen *coup* vor, das heißt, sie wollten Jakob nach England zurückbringen, und es war nur natürlich, daß Hessenfield Castle – das Heim der treuesten Anhänger des Chevaliers – das Zentrum der Verschwörung war.

Ich dachte an meinen Urgroßvater, an meinen Großonkel Carl und an Lance Clavering. Meiner Meinung nach konnten die Verschwörer ihr Ziel nie erreichen, und ich wußte, daß es zum Krieg kommen würde.

Ich wollte allein sein und darüber nachdenken, was das bedeutete. Wie Priscilla gesagt hatte – was spielte es für eine Rolle, welcher König auf dem Thron saß? Aber für verbissene Protestanten und vielleicht noch verbissenere Katholiken spielte es eine Rolle. Anscheinend wurden Kriege immer nur aus religiösen Gründen geführt. Warum wollten Menschen, die etwas für richtig hielten, diesen Glauben unbedingt anderen aufzwingen?

Onkel Paul war normalerweise sanft und freundlich, aber er hatte sehr fanatisch ausgesehen, als er von der Rückkehr Jakobs sprach.

Ich fragte mich, was die Familie in Eversleigh tun würde, wenn es zum Krieg kam und ich mich noch immer im Norden befand. Ich nahm an, daß man dieses Gebiet als jakobitisch bezeichnen konnte, denn die Schotten würden wahrscheinlich das Geschlecht der Stuarts unterstützen und nicht die Hannoveraner, obwohl sie keinesfalls dem katholischen Glauben angehörten – außer vielleicht im Hochland.

Später am Nachmittag kehrte ich in das Wohnzimmer meines Onkels zurück. Ich hatte mich entschlossen, ihn zu bitten, mir mehr über diese Vorgänge zu erzählen. Ich wußte, daß es eine Gruppe von Jakobiten gegeben hatte, die Jakob auf dem Thron sehen wollten, obwohl wir während der Regierung der Königin Anne nicht viel von ihnen gehört hatten; vielleicht hatte ich mich auch nur zu wenig dafür interessiert. Allerdings war von Zeit zu Zeit von ihnen die Rede gewesen, und auf dem Kontinent hatte es immer eine Kolonie von Jakobiten gegeben; ich verstand auch, daß sie jetzt, da ein neuer Zweig der königlichen Familie nach England gekommen war, fanden, daß die Zeit für einen Aufstand reif war.

Als ich das Wohnzimmer betrat, stellte ich fest, daß mein Onkel nicht anwesend war. Ich wollte es gerade wieder verlassen, als ich im anschließenden Vorraum Stimmen hörte. Der dicke Teppich dämpfte das Geräusch meiner Schritte, als ich zur Tür ging. Dann hörte ich eine unbekannte Stimme meinen Namen nennen. Ich blieb stehen und lauschte.

»Aber ist es nicht seltsam, daß sie ausgerechnet jetzt hergekommen ist? Ich bin davon überzeugt, daß sie eine Spionin ist. Dieser Verdacht kam mir in dem Augenblick, in dem ich sie auf der Straße traf. Sie befand sich in Begleitung von Eversleigh – General Eversleigh –, obwohl er sich als gewöhnlicher Bürger verkleidet hatte, und der dritte im Bunde war ein Stutzer, der vielleicht gar kein solcher Stutzer ist, nämlich Clavering. Sie begleiteten das Mädchen und instruierten es. Deshalb ist sie hier. Wer würde ein Mädchen dieses Alters verdächtigen... sie ist beinahe noch ein Kind.«

»Nein, nein.« Das war mein Onkel. »Sie kam, weil ich sie einlud.«

»Warum haben Sie sie ausgerechnet jetzt eingeladen?«

»Es geschah, bevor wir dies planten. Ihr Besuch verzögerte sich.«

»Verzögerte sich! Natürlich verzögerte er sich. Ich sage Ihnen, daß sie von der Sache Wind bekommen haben. Deshalb ist sie hier... und zwar gerade jetzt. Sie wird überall ihre Nase hineinstecken. Sie stellt eine Gefahr dar, hören Sie auf mich. Sie ist ein Sicherheitsrisiko für uns.«

Ich war zu verblüfft, um zu reagieren, obwohl ich wußte, daß die Tür jeden Augenblick aufgehen, jemand herauskommen und mich entdecken konnte.

Dennoch hatte ich das Gefühl, daß ich weiter zuhören mußte.

Andererseits fragte ich mich, was sie tun würden, wenn sie mich entdeckten.

»Sie machen viel Lärm um nichts, Frenshaw«, sagte mein Onkel. »Sie ist jung und unschuldig, sie weiß nichts von diesen Dingen. Sie denkt an ihre Ausritte, zerbricht sich den Kopf darüber, welche Schärpe sie tragen soll, will die Familie kennenlernen, die sie eben erst entdeckt hat.«

»Sie haben sie zur Hannoveranerin erzogen, Hessenfield. Sehen Sie das denn nicht? Sie ist hier, um zu spionieren. Ich wäre nicht überrascht, wenn...«

Ich machte kehrt, aber es war zu spät. Die Tür ging plötzlich auf, und ich drehte mich um. Der Mann mit dem braunen Wollmantel und den schwarzen Strümpfen stand vor mir, und während dieser ersten Sekunden der Begegnung jagte mir sein Gesichtsausdruck Angst ein, denn er war triumphierend und bösartig. Es hatte sich herausgestellt, daß er recht hatte, und gleichzeitig hatte er jemanden vor sich, den er für einen Spion aus dem feindlichen Lager hielt.

»Ich wollte mit meinem Onkel sprechen«, sagte ich so entschieden wie möglich. »Ich war überrascht, als er nicht hier war.«

»Er ist mit Freunden zusammen«, antwortete der Mann und trat auf mich zu.

Mein Herz klopfte so wild, daß er meiner Meinung nach merken mußte, wie es an mein Mieder pochte. Ich verschränkte die Hände hinter dem Rücken, weil ich Angst hatte, er könne sehen, wie sehr sie zitterten.

»Dann darf ich ihn jetzt nicht stören«, meinte ich.

»Warten Sie schon lange?« Seine Augen waren grau und durchdringend.

Ich fühlte, daß er versuchte, meine Gedanken zu lesen, um sich davon zu überzeugen, daß sein Verdacht gerechtfertigt war.

»Nein, ich bin gerade erst gekommen.«

»Sie müssen uns sprechen gehört haben; daraus hätten Sie entnehmen können, daß er Besuch hat.«

»Es war mir eben klargeworden.«

Er zögerte, und einen Augenblick glaubte ich, daß er mich packen und davonschleppen würde. Falls es je einen Fanatiker gegeben hatte, so war er einer.

Mein Onkel rief: »Wer ist da?«

»Ihre Nichte«, antwortete der Mann.

»Sagen Sie ihr, daß ich in etwa einer Stunde Zeit für sie haben werde.«

Der Mann sah mich an, ich nickte und ging. Ich lief, immer noch zitternd, in mein Zimmer. Es war nicht angenehm, beim Lauschen ertappt zu werden, aber daß ich etwas gehört hatte, das gefährlich sein konnte, erschreckte mich zutiefst.

Ich zweifelte jetzt nicht mehr daran, daß ich in eine Intrige geraten war. Ausgerechnet in dem Augenblick, in dem sich etwas Wichtiges ereignen sollte, mußte ich hierherkommen. Jetzt wußte ich, was es war, und daß sie planten, Jakob nach England zurückzubringen und ihn zum König zu krönen. Aber Georg von Hannover würde nicht stillschweigend zusehen, es würde zum Krieg kommen. In Eversleigh würden sie treu zu Georg halten, während sich hier in der Familie meines Vaters die Anführer der Verschwörung befanden, die Jakob auf den Thron heben wollten.

Als Aimée in mein Zimmer kam, lag ich auf dem Bett, weil mich die Begegnung ziemlich mitgenommen hatte.

»Fühlst du dich nicht wohl?« fragte sie erstaunt.

»Kopfschmerzen«, erklärte ich ihr. Ich wollte nicht mir ihr über das Gehörte und über alles, was ich wußte, sprechen. Jedenfalls vorläufig noch nicht – bis ich meine Gedanken geordnet hatte.

»Ich möchte ausreiten und hatte gehofft, daß du mitkommst.«

»Heute nicht, danke, Aimée.«

»*Ça va. Au revoir.* Ich komme später noch mal bei dir vorbei.«

Ich war froh darüber, daß sie nicht blieb, um sich mit mir zu unterhalten.

Etwa eine Stunde später hörte ich draußen Pferdegetrappel. Ich trat ans Fenster und sah, daß eine Gruppe Männer fortritt.

Dann ließ mich mein Onkel holen.

Als ich sein Zimmer betrat, saß er wie immer in seinem Stuhl.

»Clarissa«, sagte er und streckte mir die Hand entgegen. Ich ging zu ihm, ergriff seine Hand und kniete neben dem Stuhl nieder.

»Mein liebes Kind«, fuhr er fort, »es ist so schwierig für mich. Ich habe mich so darüber gefreut, daß du hier bist – aber die Zeiten sind gefährlich.«

»Ich weiß«, antwortete ich. »Ich habe begriffen, daß eine Verschwörung im Gang ist, daß ihr Jakob wieder auf den Thron bringen wollt.«

»Das durchzusetzen war immer unser sehnlichster Wunsch, wir haben all die Jahre an nichts anderes gedacht. Wie du weißt, hat sich auch dein Vater für dieses Ziel eingesetzt, man könnte sogar sagen, daß er sein Leben für diese Idee gelassen hat. Wäre er nicht in Angelegenheiten des Königs in Paris gewesen, hätte er nicht sterben müssen. Ja, wir haben es nie vergessen, und diesmal werden wir es schaffen. Es ist ein unglücklicher Zufall, daß dein Besuch gerade in diese Zeit fällt, es wäre viel besser gewesen, wenn du meiner Einladung sofort gefolgt wärst. Damals war dieses Ereignis nicht so nahegerückt, wie es jetzt der Fall ist.«

»Onkel Paul, als ich in deinem Zimmer war und du dich im Vorzimmer unterhieltest, hörte ich wider Willen, was dieser Mann... Frenshaw... über mich sagte. Er glaubt, ich bin hier, um zu spionieren. Glaubst du das auch, Onkel?«

»Natürlich nicht.«

»Bevor ich hierher kam, wußte ich von alldem nichts. Es stimmt, daß mich mein Großonkel Carl und Sir Lance Clavering bis York begleiteten, aber nur, weil sie denselben Weg hatten und weil Tante Damaris wollte, daß sie mich unterwegs beschützen. Glaubst du mir?«

»Ja, ich glaube dir so sehr, daß ich dir vollkommen vertrauen will. Ein jakobitischer Aufstand steht bevor. Es gibt viele Schotten, die auf unserer Seite sind, deshalb wird er in Schottland ausbrechen. Lord Kenmure hat Jakob in Moffat bereits zum König ausgerufen. Lord Mar sammelt eine Armee, und die Lords Nithsdale, Wintoun und Carnwath werden ihn unterstützen. Sie machen sich bereit, die Grenze zu überschreiten, und Jakob ist unterwegs nach England.«

»Onkel, es wird zu einem Krieg kommen... zu einem Bürgerkrieg!«

»Hör mir jetzt gut zu. Du mußt nach Eversleigh zurückkehren. Meine Freunde halten dich für eine Spionin, und wenn sich für uns Schwierigkeiten ergeben sollten, würden sie erbarmungslos vorgehen. Ich möchte, daß du dich morgen bei Tagesanbruch auf den Weg machst. Deine Diener werde ich entsprechend instruieren. Pack deine Sachen, aber laß es niemanden wissen. Am Morgen werde ich allen erzählen, daß du zurückgerufen wurdest.«

»Darf ich auch Aimée nicht auf Wiedersehen sagen?«

Er zögerte. »Ich glaube, daß wir ihr vertrauen können, aber warte bis zum letzten Augenblick damit.«

Ich ergriff seine Hand und küßte sie. »Es tut mir sehr leid, daß ich dich verlassen muß. Wir haben nicht genügend Zeit für einander gehabt. Ich hätte über so vieles mit dir sprechen wollen.«

»Wir werden ein andermal Zeit haben. Wenn alles vorbei ist, wird das Land endlich zur Ruhe kommen, und sobald der wahre König auf dem Thron sitzt, kann der Deutsche nach Hannover zurückkehren. Soviel ich weiß, zieht er es ohnehin England vor.«

»Glaubst du wirklich, daß die Auseinandersetzung so ausgehen wird?«

»Ich weiß es. Und bedenke, Clarissa, wenn wir siegen, ist es die Krönung unserer Bemühungen. Dein Vater lebte und starb für dieses Ziel. Um seinetwillen solltest du auf unserer Seite stehen und unsere Absichten unterstützen.«

Ich dachte in diesem Augenblick an Eversleigh und an die warme, beschützende Liebe, die mir meine Verwandten mütterlicherseits entgegengebracht hatten. Plötzlich erfüllte mich Zorn, weil es all diese Unruhe gegeben und so viele Menschen sterben würden, nur damit ein anderer Mann den Thron besteigen konnte. Ich war jetzt völlig gleichen Sinnes mit meiner Großmutter Priscilla, die immer leidenschaftlicher gegen den Krieg gewesen war als alle anderen.

»Du wirst in glücklicheren Zeiten wieder hierherkommen«, fuhr mein Onkel fort. »Es ist nicht richtig von mir, dich fortzuschicken, aber ich kenne die Männer, mit denen ich zusammenarbeite. Ich kann sie nicht so gut im Zaum halten wie dein Vater. Du verstehst mich doch?«

Ich küßte ihn zärtlich und sagte ihm, wie sehr ich mich gefreut hatte, ihn kennenzulernen, und daß ich sobald wie möglich zurückkommen würde.

Er runzelte die Stirn. »Du mußt vorsichtig sein«, meinte er. »Wir wissen nicht, wie sich die Lage später entwickeln wird, aber in den nächsten Tagen müßtest du noch sicher sein. Reite so schnell nach Süden wie möglich. Die Bediensteten sind brave Burschen, und ich habe ihnen eingeschärft, wie wichtig äußerste Vorsicht ist. Ich werde sie gut bezahlen und habe ihnen im Namen deiner Familie in Eversleigh versprochen, daß man sie reich entlohnen wird, wenn sie dich wohlbehalten abliefern. Wirst du dafür sorgen, daß deine Familie mein Versprechen einlöst?«

»Natürlich, Onkel.«

»Dann mache dich bereit, im Morgengrauen aufzubrechen.« Er zögerte, dann fuhr er fort: »Bevor du mich verläßt, möchte ich dir noch etwas geben. Fahr mich in den Vorraum.«

Ich gehorchte und mußte ihn zu seinem Schreibpult schieben. Er sperrte es auf und entnahm ihm eine Schatulle, die er eine Weile nachdenklich in der Hand hielt. Er öffnete sie mit einem kleinen Schlüssel und holte einen Ring aus ihr hervor.

»Dieser Ring hier«, sagte er, »befindet sich seit der Zeit Elisabeths im Besitz unserer Familie. Er ist deshalb so wertvoll, weil sie ihn einem unserer Vorfahren gab, einem ihrer Höflinge, den sie sehr gern hatte. Weißt du...« Er hatte den Ring aus der Schatulle genommen, und ich bemerkte, daß er dem glich, den er selbst am Finger trug. »Er ist nicht mit Diamanten, Saphiren oder Smaragden geschmückt, aber wegen seines Alters und wegen seiner Bedeutung ist er wertvoller als jedes andere Schmuckstück. Steck ihn an.«

Ich steckte ihn an den Ringfinger meiner rechten Hand. Er war viel zu groß.

»Du mußt noch ein wenig wachsen«, meinte er lächelnd. »Probiere es mit einem anderen Finger.«

Auf dem Zeigefinger saß er endlich richtig.

»Na also. Er gehört dir, und du wirst ihn deiner ältesten Tochter geben. Er wird immer von der ältesten Tochter der Familie getragen.«

Ich sah ihn scharf an und wandte ein: »Aber Aimée...«

Er runzelte die Stirn. »Ja, ich nehme an, daß er eigentlich ihr zusteht, aber ich habe es mir genau überlegt. Dein Vater wollte deine Mutter heiraten und hätte es auch getan, wenn sie nicht schon verheiratet gewesen wäre. Er betrachtete sie als seine rechtmäßige Frau und dich als sein rechtmäßiges Kind. Aimée und ihre Mutter bedeuteten ihm nicht so viel, denn er erwähnte sie mir gegenüber nicht... ausgenommen in seinem letzten Brief. Ich nehme an, daß es in seinem Leben viele Frauen gegeben hat, die ihm nicht so sehr am Herzen lagen. Aber bei deiner Mutter war es etwas anderes. Deshalb gebe ich den Ring dir, ein instinktives Gefühl treibt mich dazu. Bewahre ihn gut auf, er ist ein kleines Vermögen wert. Sieh dir die Fassung an; sie wurde von Elisabeths bevorzugtem Juwelier entworfen, wie mehrere Sachverständige festgestellt haben. Die Königin selbst trug ihn einmal.«

»Ich habe diesen Stein noch nie gesehen.«

»Nein, er ist heutzutage sehr selten, wurde aber seinerzeit viel von Königen getragen, weil sie stets in Gefahr waren, vergiftet zu werden. Angeblich saugt dieser Stein das in einer Flüssigkeit enthaltene Arsen auf, und deshalb trugen ihn Leute, die befürchteten, jemand wolle sie ins Jenseits befördern.«

»Das ist sehr interessant, aber ich glaube nicht, daß mir jemand Arsen in den Becher tun wird.«

Er lächelte. »Der Ring ist eine Art Talisman, wie so viele Dinge, die sich lange Zeit im Besitz einer Familie befinden.«

»Es ist ein sehr ungewöhnlicher Stein.«

»Ja, er bildet sich in den Verdauungsorganen der persischen Bergziegen.«

Ich stieß angewidert einen leisen Ausruf aus.

»Es ist schon in Ordnung«, meinte er lachend. »Er ist gereinigt, aber er entsteht wirklich so. Er wird aus verdauten Haaren gebildet und dadurch ist er ein so gutes Mittel gegen Gift. Im Persischen bedeutet Bezoar ›Gegengift‹, daher der Name des Steins.«

»Das ist wirklich interessant.« Ich streckte die Hand aus und musterte den Ring. Mein Onkel ergriff meine Hand und hielt sie kurze Zeit fest. »Jetzt siehst du aus, als wärst du wirklich eine Hessenfield.«

Ich bedankte mich gerührt, und als ich vor ihm kniete, nahm er mein Gesicht zwischen seine Hände und küßte mich.

»Viel Glück, kleine Clarissa. Komm bald zu uns zurück.«

Als wir uns am Abend in unsere Zimmer zurückzogen, sagte ich Aimée, daß ich mit ihr sprechen wolle. Sie nahm mich in ihr Zimmer mit.

Dort streckte sie sich auf dem Bett aus; ihr dunkles Haar umrahmte ihr Gesicht, ihre Augen waren wachsam. Ich saß neben dem Bett auf einem Stuhl, betrachtete sie und dachte, daß sie anziehend war, ohne eigentlich schön zu sein.

»Ich will mich von dir verabschieden, weil ich morgen früh abreise.«

Sie sah mich ungläubig an.

»Onkel Paul hält es für das Beste«, fuhr ich fort. »Die Zeiten werden unruhig.«

»Ach, diese Schufte! Jakobiten und Hannoveraner, nehme ich an.«

»Ja.«

»Onkel muß *triste* sein, weil du keine brave kleine Jakobitin bist.«

»Dazu ist Onkel zu klug. Er versucht nicht, jemanden zu etwas zu überreden, das er nicht will.«

»Bist du *gegen* die Jakobiten?«

Ich zuckte die Schultern. »Wir haben einen König, einen gekrönten König. Es wird nur Schwierigkeiten geben, wenn man dem Volk einen anderen Herrscher aufzwingt.«

»Hier auf Hessenfield sind sie anscheinend der Meinung, daß es für das Volk gut ist, wenn Jakob zurückkehrt.«

»Es ist immer schlecht, wenn man bestimmen will, was für andere gut ist, und es ihnen aufzwingt, nur weil es für einen selbst gut ist. Das Volk wird jedenfalls selbst darüber entscheiden, was es will.«

»Wie ich sehe, ist an dir ein Staatsmann verlorengegangen.«

»Wenn du damit sagen willst, daß ich über gesunden Menschenverstand verfüge, bin ich deiner Meinung.«

»Aber was hat das damit zu tun, daß du uns verläßt?«

»Unser Onkel hält es für besser, wenn ich mich auf den Weg mache, bevor die Unruhen wirklich ausbrechen. Er möchte, daß ich nach Eversleigh zurückkehre.«

Sie nickte langsam. »Deine Familie steht auf der anderen Seite, was? Dann heißt es also für uns Abschied nehmen.«

»Nur für eine Zeit. Ich werde dich wiedersehen, Aimée. Du mußt mich in Eversleigh besuchen. Tante Damaris wird sich bestimmt freuen, dich kennenzulernen...«

Ich zögerte. Würden Damaris, Jeremy, Priscilla und Arabella sich wirklich freuen? Sie würden nur ungern zur Kenntnis nehmen, daß Hessenfield eine Geliebte ausgehalten hatte, während er mit ihrem Liebling Carlotta so gut wie verheiratet war. Aber Aimée war meine Schwester. Meine Verwandten verfügten über ausgeprägten Familiensinn und würden mich verstehen.

Sie bemerkte mein Zögern und lächelte heimlich. Manchmal hatte ich das Gefühl, daß Aimée meine Gedanken lesen konnte; sie war klug. Sie war sogar raffiniert, aber ich war vielleicht doch etwas schlauer, als sie annahm. Sie tat, als wäre sie über die Trennung sehr traurig, aber ich merkte ihr die Erleichterung an. Ich fragte mich, ob sie vielleicht auf meine Freundschaft mit Onkel Paul eifersüchtig und deshalb darüber froh war, daß ich ihr das Feld überließ.

Ich sagte ihr Lebewohl, versicherte ihr, daß wir einander sobald wie möglich wiedersehen würden, und ging auf mein Zimmer, um die letzten Reisevorbereitungen zu treffen. Als alles bereit war, ging ich zu Bett, aber ich konnte nicht schlafen; ich hatte Angst, nicht rechtzeitig aufzuwachen, obwohl Onkel mir gesagt hatte, daß er mir eine halbe Stunde vor Morgengrauen kalten Schinken, Brot und Ale aufs Zimmer bringen lassen würde. Das Essen für die ersten Reisetage war in den Satteltaschen verstaut worden, so daß wir erst dann in Wirtshäusern einkehren mußten, wenn wir weit von dieser Gegend entfernt waren.

Alles verlief planmäßig, und als der erste Streifen der Morgenröte am Himmel stand, verabschiedete ich mich von meinem Onkel. Ich war gerührt, weil auch Aimée heruntergekommen war, um mich noch einmal zu sehen.

So verließ ich am frühen Morgen mit meinen Dienern Hessenfield und begab mich auf die Reise nach dem Süden.

5

Die Gefangene

Als ich mein Pferd nach Süden lenkte, empfand ich unbändige Freude bei dem Gedanken an das Wiedersehen mit meiner Familie. Sicherlich wußten sie, was im Norden vor sich ging, und machten sich meinetwegen Sorgen.

An diesem Morgen bot die Gegend einen schönen Anblick. Auf dem Moor blühte der Stechginster; der Nebel hing tief herab und vereinzelte Bäume streckten die blattlosen Äste zum Himmel. Wir ließen das offene Land hinter uns, ritten über Wiesen und durch Wälder, und ich dachte, wie schön das kahle Astwerk sich vom Himmel abhob. Hier im Norden wurde es früher Winter als im Süden, aber dennoch würden wir Glück haben, wenn wir Eversleigh erreichten, bevor die Schneestürme einsetzten.

Im Schutz einer Hecke hielten wir Rast und machten uns über die Köstlichkeiten her, die man uns in Hessenfield eingepackt hatte. Wir aßen frisch gebackenes Brot und Kapaune, und spülten alles mit Ale hinunter. Die vier Diener stellten fest, daß es eine ausgezeichnete Wegzehrung sei und daß das Beste an den Leuten im Norden ihre Kochkunst wäre.

Die vier hießen Jim, Jack, Fred und Harry, und meiner Meinung nach hatten sie den Aufenthalt in Hessenfield vor allem deshalb genossen, weil es soviel zu essen gab. Natürlich wurden sie auch in Eversleigh ausreichend verköstigt, aber einer von ihnen behauptete, in Hessenfield gäbe es »wahre Berge von Nahrungsmitteln«.

Trotzdem freuten sie sich genauso wie ich darüber, daß es nach Hause ging; für sie war dieser Ausflug eine Art Abenteuer.

Wir ritten weiter und erreichten kurz vor Dunkelwerden das Wirtshaus, in dem wir gemäß den Anweisungen von Onkel Paul die Nacht verbringen sollten. Wir hatten den ersten Teil der Reise gefahrlos hinter uns gebracht; jetzt waren wir alle müde und hungrig und freuten uns auf das ausgezeichnete Mahl, das der Wirt im Eßraum auftischte – heiße Suppe, Roastbeef, Kalbspastete, Käse und Obst. Zum Glück hatte er Platz für uns alle, und wir beschlossen, zeitig schlafen zu gehen und bei Tagesanbruch weiterzureiten.

Nach der opulenten Mahlzeit suchte ich mein Zimmer auf, das

auf den Hof des Gasthauses hinausging; erleichtert schlüpfte ich aus dem Reitzeug und ging zu Bett. Weil ich die vorhergehende Nacht kein Auge zugetan hatte, schlief ich bald tief und fest.

Hufgetrappel im Hof weckte mich. Neuankömmlinge, nahm ich an, und lauschte eine Weile den Stimmen der Diener und des Wirts. Anscheinend wurden sie nicht einig, und ich konnte mir vorstellen, worin die Schwierigkeit bestand. Die Leute waren zu spät eingetroffen, um noch ein Zimmer zu bekommen. Ich und meine Begleitung hatten viel Raum beansprucht, obwohl wir nur zwei Zimmer belegt hatten – eines für die Diener, eines für mich. Unten ging die Debatte aber so lange weiter, daß ich aus dem Bett schlüpfte und aus dem Fenster sah.

Beinahe tat es mir leid, daß ich es getan hatte, denn es brachte mich um meine Nachtruhe. Einer der Reiter unten war Frenshaw, den ich im Geist immer noch als den Mann im braunen Wollmantel bezeichnete. Was tat er hier? Ich hatte das schreckliche Gefühl, daß er mich suchte.

Ich blieb am Fenster stehen, hielt mich aber hinter den Vorhängen verborgen. Der Wirt rang die Hände; sein Wirtshaus war voll, was sehr selten vorkam. Die »Sonne« war kein großes Wirtshaus, wie Mylord ja selbst sah, der Wirt konnte drei Personen unterbringen, aber die anderen mußten weiterreiten. Der »Hirsch« befand sich nur zwei Meilen weiter unten an der Straße. Es waren sehr viele Reisende unterwegs, was um diese Jahreszeit ungewöhnlich war.

Dann einigten sie sich. Frenshaw und einer seiner Begleiter blieben, die anderen ritten zum »Hirschen« weiter.

Ich legte mich nicht wieder hin. Wir mußten sehr zeitig aufbrechen, wahrscheinlich noch vor Tagesanbruch. Ich nahm an, daß Frenshaw nach uns Ausschau hielt, vor allem nach mir.

Hastig zog ich mich an und ging zu dem Zimmer, in dem die Diener untergebracht waren. Ich hatte mich entschlossen, sofort weiterzureiten – wir mußten uns davonschleichen, solange alles im Wirtshaus ruhig war.

Ich klopfte an ihre Tür, brauchte aber eine Weile, um sie aufzuwecken, weil sie alle tief schliefen. Als ich ihnen erklärte, daß sie sich sofort fertigmachen müßten, sahen sie mich unglücklich an.

»Die Pferde brauchen Ruhe, Mistreß«, meinte Jim.

»Ich weiß, auch wir brauchen Ruhe, aber wir müssen dieses Wirtshaus verlassen. Wir hatten es so eilig, aus Hessenfield fortzukommen, weil mein Onkel Angst um mich hatte. Ich weiß jetzt, daß man uns verfolgt hat, deshalb müssen wir uns sofort und möglichst leise aus dem Staub machen. Zum Glück habe ich dem Wirt die

Rechnung schon bezahlt, so daß wir ohne weitere Umstände fortkönnen. Aber wir dürfen keinen Lärm machen.«

Es dauerte eine Weile, bis sie begriffen, daß wir uns in Gefahr befanden, aber schließlich hatte ich es ihnen klargemacht. Aus ihren Gesprächen mit den Bediensteten von Hessenfield wußten sie, daß es im Norden zu Unruhen kommen würde, also rissen sie sich zusammen und versprachen mir, sofort die Pferde fertigzumachen.

Ich kehrte in mein Zimmer zurück, packte meine Sachen und ging in den Hof.

Es war eine sternklare Nacht, als wir um zwei Uhr früh aus dem Tor ritten, und ich war sehr erleichtert, als die »Sonne« etliche Meilen hinter uns lag. Wir waren am »Hirschen« vorbeigekommen, und ich hatte ihn besorgt beobachtet und mich gefragt, wie viele von Frenshaws Männern jetzt in ihm schliefen.

Als es hell wurde, hob sich meine Stimmung, und ich begann sogar, das Abenteuer zu genießen. Wir waren nach York unterwegs und würden dabei durch das kleine Dorf Langthorne kommen. Der Spaß, den wir auf dem Jahrmarkt gehabt hatten, schien so weit zurückzuliegen; ich hatte Lance Clavering beinahe vergessen, wahrscheinlich weil so viele neue Eindrücke die alten überlagert hatten. Falls er aber noch in York sein sollte, wäre es wunderbar, ihn wiederzusehen.

Es war Mittag. Ich hatte die Absicht gehabt, Lebensmittel aus dem Wirtshaus mitzunehmen, hatte aber keine Zeit mehr dazu gehabt. Wir hatten zwar Brot und Kapaun und auch Ale, aber die Sachen waren nicht mehr frisch und schmeckten nicht mehr so gut wie am ersten Tag.

Schließlich kamen wir zu einem Wald, durch den ein Bach floß. Wir waren sehr müde, und auch die Pferde brauchten eine Pause. Harry führte sie zum Wasser, dann streckten wir uns unter den Bäumen aus und waren bald eingeschlafen.

Ich fuhr mit einem Ruck hoch; mir war kalt, meine Muskeln waren verkrampft. Meiner Schätzung nach würde die Sonne in einer Stunde untergehen. Sie gab nur wenig Wärme, und ich ärgerte mich, weil wir so lange geschlafen hatten. Wir hätten jetzt schon ein Nachtquartier erreicht haben müssen.

Die vier Diener schnarchten noch, und die Pferde waren an Bäume gebunden. Ich hatte das Bedürfnis, mir ein wenig Bewegung zu verschaffen, bevor ich die Männer weckte, deshalb ging ich zum Bach hinunter. Mein Mund war trocken; vielleicht war das Wasser frisch und klar.

Ich wußte, in welche Richtung ich gehen mußte, und daß es nicht weit war. Dann sah ich den Bach vor mir, er war rein und hell.

Ich blickte mich um. Die Bäume nahmen mir die Sicht auf die Diener und Pferde. Ich durfte nicht lang ausbleiben, denn wenn sie erwachten und mich nicht fanden, würden sie erschrecken. Außerdem mußten wir uns bald auf den Weg machen, wenn wir noch vor Einbruch der Dunkelheit ein Wirtshaus erreichen wollten.

Ich wollte gerade beim Bach niederknien, als ich eine Bewegung hinter mir wahrnahm. Ich drehte mich um, aber im gleichen Augenblick umschlangen mich kräftige Arme; als ich aufschrie, legte mir jemand die Hand auf den Mund. Dann streifte man mir eine Art Kapuze über den Kopf, so daß ich nicht rufen konnte.

»Gut gemacht«, sagte eine Stimme. »Jetzt zu den Pferden.«

Ich versuchte, mich loszureißen, aber es war zwecklos. Der Mann, der mich festhielt, war viel kräftiger als ich; er klemmte mich unter seinen Arm und trug mich fort, als wäre ich ein Bündel Heu. Dann legte er mich über ein Pferd, und wir galoppierten davon.

Ich war erschrocken und hatte Angst. Obwohl ich nicht wußte, wer mich gefangengenommen hatte, fürchtete ich, daß es Frenshaws Leute waren. Sie waren mir zur »Sonne« gefolgt und mußten am Morgen entdeckt haben, daß wir weggeritten waren. Sie wußten, daß ich nur die nach Süden führende Straße eingeschlagen haben konnte, also war es ihnen nicht schwergefallen, mich zu finden.

Ich wußte nicht, was ich tun sollte. Es wäre Wahnsinn gewesen, wenn ich versucht hätte, mich bei dem Tempo, in dem wir dahingaloppierten, aus den Armen des Mannes zu befreien, der mich festhielt. Ich konnte nichts tun als abwarten, was sie mit mir vorhatten.

Ich hatte das Gefühl, daß Stunden vergangen waren, als sie endlich den Galopp verlangsamten; ich begriff, daß wir unser Ziel erreicht hatten. Wir trabten in einen Hof.

»Bravo!« sagte eine Stimme – es war Frenshaw.

Man hob mich vom Pferd und streifte mir die Kapuze ab. Einige Augenblicke lang konnte ich nichts erkennen, dann bemerkte ich ein Haus. Beiderseits der Tür brannten zwei Fackeln, und zwischen ihnen stand ein Mann – Frenshaw.

»Führt sie hinein«, befahl er. Jemand packte mich am Arm und schob mich hinter ihm ins Haus. Wir befanden uns in einer Halle; im Vergleich zu Enderby war sie nicht groß, aber die Decke wurde von schweren Balken getragen und im großen Kamin loderte ein Feuer.

Mir schwindelte, und meine Beine waren ganz steif, so daß ich ein wenig schwankte.

»Gebt ihr einen Stuhl«, sagte Frenshaw.

Jemand schob mir einen Stuhl hin, und ich setzte mich.

»Also«, begann er, »ich möchte, daß du uns unverzüglich erzählst, was du in Hessenfield erfahren und wem du darüber berichtet hast.«

Der Schock darüber, daß man mich entführt und hierher gebracht hatte, hatte mich betäubt. Ich hatte von dem Augenblick an Angst vor diesem Mann gehabt, als ich ihn im Schloß erblickte; aber schon vorher war ich das unheimliche Gefühl nicht losgeworden, daß er mir Böses antun würde.

Ich stammelte: »Sie irren sich, ich weiß überhaupt nichts, ich habe niemandem etwas berichtet. Ich habe mit diesen Angelegenheiten nichts zu tun, kenne mich mit ihnen nicht aus, und sie interessieren mich auch nicht.«

»Dein Onkel hat einen Fehler begangen, als er dich fortschickte. Er wird dafür zur Verantwortung gezogen werden. Ich habe ja selbst entdeckt, daß du an der Tür gelauscht hast. Du bist eindeutig zu uns gesandt worden, um zu spionieren; General Eversleigh hat dich über alles instruiert, was du zu tun hast. Er hielt es für genial, ein junges Mädchen in das feindliche Lager zu schicken. Für ihn war es ein Glücksfall, daß Hessenfield zufällig mit dir verwandt war.«

»Sie irren sich. Es war nie die Rede davon, daß ich etwas ausspionieren sollte. Der Versuch, einen anderen König auf den Thron zu setzen, wurde erst unternommen, nachdem ich ins Schloß gekommen war.«

»Glaub nicht, daß du uns mit kindischem Geschwätz zum Narren halten kannst. Du weißt genausogut wie wir, daß wir seit Jahren versuchen, den rechtmäßigen König auf den Thron zurückzuholen.«

»Daran habe ich nie gedacht.«

»Das soll ich dir glauben? Noch dazu, wo du mitten unter Anhängern des Hannoveraners gelebt hast. Wir alle wissen, daß General Eversleigh Georgs fähigster Befehlshaber ist. Sag uns, was du herausgefunden hast. Wir wissen, daß du deine Entdeckungen nach York an den General gemeldet hast.«

»Ich habe nichts dergleichen getan. Seit ich mich in York von ihm getrennt habe, bin ich nicht mehr in Verbindung mit ihm gestanden.«

»Nimmst du an, daß wir dir das glauben?«

»Ich habe keine Ahnung.«

Einer der Wächter schlug mich heftig ins Gesicht. Ich schrie auf, und Frenshaw sagte: »Das ist nicht notwendig... vorläufig nicht.«

»Sie war frech zu Ihnen, Sir.«

»Sie wird es uns mit der Zeit schon erzählen.«

»Wieviel Zeit haben wir denn?« fragte einer der Männer, den ich gerade erst jetzt bemerkt hatte. Ich war so müde, daß mich nur meine schreckliche Angst wach hielt. In der vergangenen Nacht war ich kaum zum Schlafen gekommen, und die eine Stunde im Wald vor meiner Gefangennahme hatte mir auch nicht viel genützt. Ich war hungrig, aber vor allem wollte ich schlafen.

»Wir werden von ihr erfahren, was wir wollen«, meinte Frenshaw. »Im Augenblick scheint sie zu benommen zu sein.«

»Sie kann letzte Nacht nicht geschlafen haben, wenn sie die ›Sonne‹ vor Tagesanbruch verlassen hat. Sieh doch, sie ist erschöpft.«

Ich begriff, daß es am besten war, wenn ich so tat, als würde ich einschlafen. Dadurch gewann ich ein bißchen Zeit um nachzudenken und herauszufinden, ob eine Fluchtmöglichkeit bestand.

Als Frenshaw aufstand und zu dem Stuhl trat, auf dem ich saß, schloß ich die Augen und ließ den Kopf zur Seite sinken. Er beugte sich über mich und schüttelte mich. Ich schlug schlaftrunken die Augen auf.

»Wo... bin ich?« fragte ich und schloß wieder die Augen.

»Du hast recht«, stellte er fest. »Sperrt sie für heute nacht ein. Wir werden uns morgen früh mit ihr beschäftigen; wir haben Zeit.«

Wieder rüttelte mich jemand und zwang mich aufzustehen. Ich gähnte.

Sie mußten mich durch die Halle zur Treppe schleppen. Während ich Schläfrigkeit vortäuschte, versuchte ich mir einzuprägen, wohin man mich brachte. Als wir die Halle verließen, nahmen die beiden Männer, die mich begleiteten, Kerzen von einem Bord an der Treppe, um den Weg zu beleuchten. Wir kamen zu einem Treppenabsatz mit mehreren Türen. Die beiden stießen mich eine weitere Treppe hinauf, die zu einer langen Galerie führte. Wir durchquerten sie und kamen zu einer hölzernen Tür, hinter der sich ein Korridor mit weiteren Zimmern befand. Dann stiegen wir ein paar Stufen zu einer Art Dachkammer hinauf. Sie war geräumig, und das Dach, in dem sich zwei Fenster befanden, fiel steil ab. Ich bemerkte ein Bett, einen Stuhl und einen Tisch. Man schob mich hinein, und ich hörte, wie der Schlüssel sich im Schloß drehte.

Mein Herz klopfte wild, als ich in der Mitte des Zimmers stehenblieb. Trotz meiner Erschöpfung war ich hellwach. Wie sollte ich hier herauskommen? Die Fenster befanden sich im Dach; ich mußte auf den Stuhl steigen, um hinausblicken zu können, und dann würde ich auch nur den Himmel sehen. Ein Ende des Raums war mit einem Vorhang abgeteilt; ich ging hinüber, zog ihn zur Seite und entdeckte eine Sitzbadewanne und einen kleinen Tisch. Ich kehrte zum Bett zurück und setzte mich.

Wie konnte ich entkommen? Selbst wenn ich ihnen alles erzählte, was ich wußte, würden sie nicht zufrieden sein, weil ich nichts Wichtiges wußte. Es war allgemein bekannt, daß die Jakobiten immer eine Bedrohung dargestellt hatten, schon seit Jahren. Und mehr konnte ich ihnen nicht erzählen.

Außerdem würden sie mir nicht glauben.

Ich legte mich auf das Bett, und trotz meiner Verwirrung und meiner Angst, trotz meiner wachsenden Besorgnis, schlief ich fast augenblicklich ein.

Als ich aufwachte, fiel helles Licht durch die Fenster in die Dachkammer. Ich war steif vor Kälte. Zuerst wußte ich nicht, wo ich mich befand, und dann kam die Erinnerung zurück und mit ihr das Entsetzen.

Ich stand auf, ging zur Tür und rüttelte an ihr. Das war natürlich sinnlos, denn sie war aus schweren Eichenbrettern, und ich hatte gehört, wie sie versperrt worden war. Ich fragte mich, was meine Entführer mit mir vorhatten, und mir fielen schreckliche Dinge ein. Ich erinnerte mich an die Gefangenen, die im Tower von London gefoltert worden waren. Ich stellte mir die Daumenschrauben, die Folterbank, die Eiserne Jungfrau vor, diesen fürchterlichen eisernen Schrank in Frauengestalt, der innen vor Nägeln starrte. Die Opfer wurden hineingestoßen und, wie die Folterknechte grausam scherzten, »umarmt«, bis die Nägel in ihr Fleisch drangen.

So etwas besaßen sie sicherlich nicht, tröstete ich mich. Aber es gab andere Grausamkeiten, die sie ohne so komplizierte Instrumente verüben konnten.

Je mehr Zeit verging, desto mehr wuchs meine Angst. Ich hatte mich nach Abenteuern gesehnt; jetzt sehnte ich mich nur noch danach, wieder in meinem friedlichen Zuhause zu sein.

Dann schrak ich zusammen, weil ich glaubte, Schritte zu hören.

Ich sah auf die Uhr, die immer noch an ihrer Kette an meinem Hals hing. Überrascht stellte ich fest, daß es neun Uhr war.

Ja, die Schritte kamen auf mein Zimmer zu; der Schlüssel drehte sich im Schloß, und die Tür ging knarrend auf. Ich begriff, daß die Dachkammer selten benützt wurde.

Ich hatte den Schurken Frenshaw erwartet, aber statt dessen stand ein Junge vor mir. Ich war überrascht, weil er anscheinend genausoalt war wie ich, und das beruhigte mich. Außerdem war ich ja auf Frenshaw oder einen seiner Männer gefaßt gewesen, und im Vergleich zu ihnen wirkte dieser Junge schön. Er trug keine Perükke, und sein gelocktes Haar war in Form einer Ponyfrisur geschnitten, so daß es wie eine schimmernde Haube sein Gesicht umrahmte. Seine Haut war blaß, seine Augen tiefblau. Ich glaubte zu träumen; oder vielleicht hatten sie mich getötet, und ich war im Himmel. Das Gesicht des Jungen trug einen so reinen Ausdruck, als wäre er ein Engel.

Er sah mich unverwandt an und fragte: »Bist du bereit, uns zu erzählen, was du dem Feind verraten hast?«

Also gehörte er doch zu ihnen. Das war merkwürdig, weil er so jung war und so unschuldig aussah.

»Ich habe ihnen nichts mitgeteilt«, sagte ich kurz angebunden. »Ich habe nichts zu erzählen. Es wäre besser für euch, wenn ihr mich freilaßt. Wenn meine Familie erfährt, wie ich behandelt wurde...«

Er hob die Hand. »Du wirst dieses Haus erst verlassen, wenn du uns alles erzählt hast, was du weißt.«

Ich schrie ihn verzweifelt an. »Wie kann ich euch etwas erzählen, wenn es nichts zu erzählen gibt! Auch wenn ihr mich hier festhaltet, bis ich vor Kälte und Hunger sterbe, kann ich euch nichts sagen... weil ich nichts weiß.«

»Bist du hungrig?«

»Ich habe seit längerer Zeit nichts mehr gegessen.«

»Warte!«

Er verließ das Zimmer, schloß die Tür hinter sich und versperrte sie gewissenhaft.

Meine Stimmung besserte sich. Er sah so jung aus; vielleicht würde er mir zuhören und vielleicht konnte ich ihn davon überzeugen, daß ich die Wahrheit sagte. Aber was war mit den anderen?

Er kam erst nach zehn Minuten wieder. Ich hörte seine Schritte, als er durch die Galerie ging, und dann die drei oder vier Stufen zur Dachkammer hinaufstieg. Er öffnete die Tür, kam herein und hielt mir ein Tablett hin, auf dem eine Schüssel mit Haferbrei stand.

»Hier«, sagte er, »iß das.«

Ich griff nach dem Tablett. Ich hatte einen Bärenhunger, und mir hatte noch nie eine Mahlzeit so gut geschmeckt.

Als ich aufgegessen hatte, fragte er: »Fühlst du dich jetzt besser, und bist du eher bereit zu reden?«

»Ich fühle mich besser und bin bereit zu reden, aber das, was du hören willst, kann ich dir nicht erzählen, weil ich es einfach nicht weiß.«

»Du bist eine gute Spionin«, stellte er beinahe bewundernd fest. »Aber du wirst schließlich doch nachgeben.«

»Wie lange wollt ihr mich hier festhalten?«

Er zuckte die Schultern. »Das hängt von so vielem ab.«

Ich saß auf dem Bett; er setzte sich auf den Stuhl und musterte mich aufmerksam. »Wann bist du geboren?«

»Im Februar 1702.«

»Ich wurde im November 1701 geboren, also bin ich älter als du.«

»Ungefähr drei Monate.«

»Drei Monate können eine sehr lange Zeit sein. Ich bin jetzt dein Kerkermeister, bis die Männer zurückkommen.«

»Von wo zurückkommen?«

Mein Herz schlug rascher. Seit dieser gut aussehende junge Mann in die Dachkammer getreten war, schaute alles viel freundlicher aus.

»Hast du den Lärm heute nacht gehört?«

»Nein.«

»Er ist wahrscheinlich nicht bis hier herauf gedrungen. Sie sind alle in größter Eile fortgeritten. Es wird bald vorüber sein, weil die loyalen Hochländer jetzt in England einmarschieren. Alle wurden aufgerufen, sich der siegreichen Armee der Hochländer anzuschließen und nach Preston zu marschieren.«

»Willst du damit sagen, daß sie in England eingefallen sind? Ist jetzt Krieg?«

»Es wird bald vorbei sein. Die Engländer weichen vor den tapferen Hochländern zurück. Jakob wird bald eintreffen und Anspruch auf den Thron erheben.«

»Du bist überzeugter Jakobit?«

»Natürlich. Und du bist in der falschen Überzeugung erzogen worden. Ich weiß über dich Bescheid, sie haben mir etliches erzählt, und den Rest habe ich mir zusammengereimt. Sie wußten nicht, was sie mit dir tun sollten; ein paar wollten dich töten.«

»*Mich* töten! Sie müssen verrückt sein.«

»Sie hielten meinen Onkel für verrückt, weil er dich am Leben gelassen hat.«

»Wer ist dein Onkel?«

»Sir Thomas Frenshaw.«

»Ach, du bist also *sein* Neffe?«

Er nickte. »Ich wohne hier bei ihm, er hat mich aufgezogen.

Natürlich sehe ich ihn nur selten, aber er ist ein tapferer, guter Mann.«

»Ich kann nicht behaupten, daß er mich gut behandelt hat. Und was seinen Mut betrifft – es gehört nicht sehr viel Mut dazu, ein unschuldiges Mädchen einzuschüchtern.«

»Du hast eine scharfe Zunge.«

»Eine scharfe Zunge ist oft eine gute Waffe. Sie ist nicht so wirkungsvoll wie ein Schwert, aber sie hat ihre Vorteile.«

»Du bist ein außergewöhnliches Mädchen. Du wirkst viel älter als du bist.«

»Vielleicht deshalb, weil du für dein Alter sehr jung wirkst.«

»Das stimmt nicht. Ich reite besser als die meisten Reitknechte, und mein Fechtlehrer sagt, ich könnte jederzeit erfolgreich ein Duell bestehen.«

»Wirklich großartig«, spottete ich. »Du kannst auch den Kerkermeister bei einem Mädchen spielen, das dich nicht einmal angreifen kann, außer mit ihrer scharfen Zunge.«

Er lachte. »Du bist anders als alle Leute, die ich bis jetzt kennengelernt habe.«

»Natürlich, ich bin ja eine Spionin.«

»Du gibst es also zu.«

»Du bist wirklich sehr jung, du bemerkst nicht einmal, wenn meine Zunge sich über dich lustig macht.«

»Vergiß nicht, daß du meine Gefangene bist. Bis die Männer zurückkommen, bin nur ich für dich verantwortlich.«

»Dann gib acht, sonst entfliehe ich.«

»Das kannst du nicht, die Diener sind ja auch noch hier. Sie wissen alle, daß du unsere Gefangene bist. Mein Onkel und seine Freunde werden bald zurückkehren.«

»Falls sie siegen, den armen Georg nach Hannover zurückschicken und James den Heiligen krönen, dann werden meine kleinen Sünden vielleicht nicht mehr so schwer wiegen.«

Er dachte darüber nach. »Es stimmt, das könnte deine Rettung sein. Du hoffst also, daß Jakob triumphiert?«

»Nein! Georg für immer!«

»Das ist Verrat.«

»Im Gegenteil, du begehst Hochverrat.«

»Du *bist* eine Spionin.«

Ich lachte ihn aus. Obwohl es merkwürdig kling, begann die Situation mir zu gefallen. Ich war zwar immer noch eine Gefangene, aber mein Kerkermeister war nur ein Junge, und ich war davon überzeugt, daß ich ihn überlisten konnte.

Er war böse auf mich. Er nahm das Tablett, verließ das Zimmer und versperrte die Tür sorgfältig. Das war unvernünftig von mir gewesen, ich hätte auf ihn eingehen sollen. Ich hätte versuchen sollen, mehr über die Anlage des Hauses zu erfahren, dann hätte ich jetzt schon Fluchtpläne schmieden können.

Ich saß auf dem Bett, als ich wieder Schritte hörte. Er kam mit einem erschreckten kleinen Dienstmädchen herein.

»Das ist Janet«, erklärte er mir. »Sie wird dich begleiten, damit du dich waschen kannst. Ich werde Wache halten, also versuch nicht erst zu entfliehen.«

Dankbar folgte ich Janet aus der Dachkammer die Treppe hinunter. Sie zeigte mir einen kleinen Raum, in dem ich mich waschen und Toilette machen konnte. Ich sah Kannen mit heißem Wasser, einen Krug und eine Waschschüssel. Janet sagte mir, daß sie draußen warten wolle, ließ mich allein und schloß die Tür hinter sich.

Als ich fertig war, folgte ich ihr hinaus, und sie führte mich zu meinem jungen Kerkermeister, der geduldig gewartet hatte. Wir kehrten in die Dachkammer zurück, und ich merkte, daß er immer noch ärgerlich war, denn er sprach nicht mit mir. Dennoch bedankte ich mich bei ihm. »Es war sehr freundlich von dir«, meinte ich. »Ich hätte nicht erwartet, daß ihr Spione so gut behandelt.«

»Wir sind ja keine Wilden«, antwortete er, verließ die Kammer und versperrte die Tür.

Ich fühlte mich jetzt besser, ja, ich geriet sogar in eine leicht gehobene Stimmung. Ich war in diesem Haus eingesperrt; die Männer, die mich gefangengenommen hatten, waren zu den Aufständischen gestoßen, um beim Sieg dabei zu sein, und mein Kerkermeister war ein Junge in meinem Alter. Die Lage sah gar nicht mehr so verzweifelt aus wie in dem Augenblick, als ich hier angekommen war.

Es war Mittag, als er wiederkam. Diesmal brachte er mir heiße Suppe und ein Hühnerbein. Es schmeckte wie Ambrosia.

»Das Essen schmeckt dir«, stellte er fest.

»Hast du schon jemals gehört, daß Hunger der beste Koch ist?«

»Meiner Meinung nach keine originelle Bemerkung.«

»Das ändert nichts daran, daß sie zutrifft. Dennoch, danke für die ausgezeichnete Mahlzeit.«

Er lächelte und wiederholte, daß sie keine Wilden wären.

»Wirklich?« fragte ich. »Danke für die Information. Wenn du es mir nicht gesagt hättest, hätte ich es vielleicht gar nicht bemerkt.«

»Du bist sehr unvernünftig. Eigentlich solltest du versuchen, dich bei mir einzuschmeicheln.«

Natürlich hatte er recht; durch meine spöttische Art erleichterte ich meine Lage keineswegs. »Das stimmt. Guter, lieber Herr, ich dankte Euch für die Wohltaten, die Ihr mir erwiesen habt. Es ist überaus gnädig von Euch, jemanden zu ernähren, der sich in meiner Lage befindet. Ich verneige mich vor Eurer Großmut.«

»Das ist ja noch schlimmer als vorher«, stellte er streng fest.

Ich begann zu lachen, und zu meiner Überraschung stimmte er ein.

Ich dachte: Ihm macht es ebenfalls Spaß, natürlich. Er hat jetzt die Verantwortung für mich, aber ich glaube, er mag mich.

Von diesem Augenblick an änderte sich unsere Beziehung. Gelegentlich hatte ich den Eindruck, daß wir ein Theaterstück spielten, in dem ich die Rolle des entführten Mädchens und er die des Wächters übernommen hatte. Die Situation hatte etwas Irreales an sich, und das gefiel uns beiden.

Er saß auf dem Stuhl und sah mich an.

»Erzähl mir von dir«, sagte er.

Ich begann ihm zu erzählen, wie ich meinen Onkel Hessenfield besucht und von meinem Heim im Süden nach dem Norden gekommen war, aber er unterbrach mich. »Hör auf damit, das kenne ich. Ich habe gehört, wie sie darüber gesprochen haben, daß du mit deinem Onkel, General Eversleigh, nach York und von dort allein weiter nach Hessenfield geritten bist. Ihrer Meinung nach war es eine gute Gelegenheit für dich, ein bißchen herumzuspionieren und...«

»Das mit dem Spionieren stimmt nicht, aber alles andere ist richtig.«

Ich erzählte ihm meine Lebensgeschichte, die sehr romantisch klang. Meine schöne Mutter und mein unvergleichlicher Vater, der große Hessenfield.

»Der große Hessenfield«, wiederholte er mit leuchtenden Augen. »Für uns war er immer ein Held. Man hat mir eingeschärft, daß ich genauso werden müsse wie er.«

»Er war wunderbar. Ich bin auf seinen Schultern geritten!«

»*Du* bist auf den Schultern des großen Hessenfield geritten!«

»Ich bin seine Tochter.«

»Und du hast es fertiggebracht, für die andere Seite zu spionieren!«

»Wie oft soll ich dir noch sagen, daß ich nicht spioniert habe?«

»Du bist eigentlich hierhergekommen, um für uns tätig zu sein?«

»Keineswegs. Ich will nichts mit euren Kriegen zu tun haben.

Ich will, daß der gute Georg dort bleibt, wo er ist, und daß ihr alle aufhört, seinetwegen herumzutoben.«

»Kann Hessenfields Tochter so sprechen?«

»Und ob.«

Ich erzählte ihm, wie meine Eltern gestorben waren, wie mich das treue Dienstmädchen bei sich aufgenommen hatte und wie Tante Damaris nach Paris gekommen war, um mich zu suchen.

»Ja«, meinte er und musterte mich bewundernd, »ich kann mir lebhaft vorstellen, wie du das alles erlebt hast.«

Dann erzählte er mir von sich. Im Vergleich zu meinen Abenteuern wirkte sein Leben nicht sehr aufregend. Als er fünf Jahre alt war, fiel sein Vater in der Schlacht von Blenheim.

»Doch nicht auf seiten der Jakobiten?« fragte ich.

»Nein, mein Vater war kein Jakobit. Aber kurz nach dem Tod meiner Mutter wurde ich zu meinem Onkel geschickt, und erfuhr hier alles über die gute Sache. Dadurch wurde ich Jakobit, und du kannst dich darüber lustig machen, soviel du willst, aber ich sage dir, daß König Jakob zurückkehren wird, um über uns alle zu herrschen.«

»Du solltest nie so fest behaupten, daß etwas geschehen wird. Du könntest dich nämlich auch irren.«

»Mein Onkel wird bald mit guten Nachrichten aus Preston zurückkehren.«

»Und was wird dann mit mir geschehen?«

»Das hängt davon ab, was alles erledigt werden muß.«

Mich schauderte. »Vorläufig sind sie jedenfalls noch nicht hier«, meinte ich.

Wir sprachen über andere Dinge, auch über Pferde und Hunde. Ich erzählte ihm von Damon, und er sagte, er besitze eine Bulldogge. Er wolle sie mir zeigen... dann unterbrach er sich. »Du bist ja eine Gefangene«, fiel ihm ein.

»Du könntest mich freilassen, damit ich die Hunde sehe.«

»Und wenn du davonläufst?«

»Du könntest mich einfangen und zurückbringen.«

»Du machst dich schon wieder über mich lustig.«

»Entschuldige, ich wollte es nicht.«

So verging der Tag recht angenehm, und als es dunkel wurde, brachte er mir eine Felldecke und zwei Kerzen.

Als ich darüber nachdachte, fiel mir auf, daß es ein sehr glücklicher Tag gewesen war.

Es fällt mir heute noch schwer, mir darüber Klarheit zu verschaffen, was während der Tage, die ich in der Dachkammer verbrachte, in mir vorging. Wenn ich sie mir vergegenwärtige, schienen sie in ein mystisches Licht getaucht zu sein. Er kam jeden Morgen mit dem Haferbrei, blieb den Vormittag über bei mir und brachte mir dann das Mittagessen. Schon am zweiten Tag machten wir uns nicht mehr vor, daß wir Feinde waren. Ich zeigte ihm deutlich, daß ich mich freute, ihn zu sehen, und er gab mir zu verstehen, daß er gern mit mir beisammen war.

Er hieß Richard Frenshaw, und er sagte mir, daß ihn seine Freunde Dickon nannten. Ich nannte ihn ebenfalls Dickon, weil ich fand, daß es zu ihm paßte. Er stellte fest, daß Clarissa zu mir paßte. Gelegentlich blickten wir einander schweigend an. Ich hielt ihn für den schönsten Menschen, den ich je gesehen hatte – von einer ganz anderen Schönheit als meine Eltern. Ich nehme an, wir verliebten uns ineinander, aber keinem von uns wurde es zunächst bewußt, vielleicht, weil es bisher keinem von uns widerfahren war.

Wir stritten ununterbrochen. Er ergriff begeistert Partei für die Jakobiten, ich lachte ihn aus und ärgerte ihn, indem ich ihm sagte, daß es mir vollkommen gleichgültig sei, welcher König auf dem Thron säße. Ich wollte nur, daß die Menschen rund um mich herum glücklich waren, ohne daß sie kämpften oder zornig wurden, weil ihre Nachbarn andere Ansichten hatten als sie.

Wahrscheinlich wäre es mir nicht schwergefallen, ihn dazu zu überreden, mich entfliehen zu lassen. Ich hätte ihm vorschlagen können, mir die Pferde zu zeigen; dann hätte ich mich auf eines geschwungen und wäre davongeritten. Er hätte mir sicherlich auch den Schlüssel zur Dachkammer gegeben. Aber ich tat es nicht, ich wollte nicht, daß er das Vertrauen seines Onkels mißbrauchte. Dickon war ein zutiefst ehrenhafter Mensch.

Er brachte mir seine Bulldogge und zeigte sie mir. Der Hund hieß Chevalier, wie der Möchtegernkönig. Das Tier mochte mich, und diese Tatsache verband uns noch enger. Das kleine Dienstmädchen Janet wußte, wie es um Dickon und mich stand. Sie war im Grunde ihres Wesens romantisch veranlagt und beobachtete wahrscheinlich voll Entzücken, wie unsere Liebe aufblühte. Ich bekam täglich besondere Leckerbissen aus der Küche – und mir wäre es am liebsten gewesen, wenn diese Episode nie zu Ende gegangen wäre. Es kam mir vor, als hätte ich ganze Ewigkeiten und nicht nur drei Tage in der Dachkammer verbracht. Dickon erzählte mir später, daß es auch ihm so gegangen war.

Wir konnten nicht genug voneinander erfahren, das kleinste Detail schien ungeheuer wichtig zu sein. Ich hatte noch nie etwas so Merkwürdiges und zugleich Schönes erlebt.

Als er am vierten Tag zu mir kam, wußte ich in dem Augenblick, in dem er das Zimmer betrat, daß etwas nicht in Ordnung war. Er war blasser als sonst und sein Haar war zerzaust. Ich wußte, daß er die Gewohnheit hatte, sich mit der Hand durch die Haare zu fahren, wenn er unruhig war.

Ich trat rasch zu ihm und legte ihm die Hände auf die Schultern. Es war das erste Mal, daß ich ihn berührte. Er reagierte sofort, indem er die Arme um mich legte und mich an sich drückte. Wir schwiegen beide, ganz in dem Glück versunken, so nahe beieinander zu sein.

Endlich löste er sich von mir, und ich merkte erst jetzt, daß er Angst hatte. Er sagte: »Du mußt fort, denn sie kommen zurück. Sie sind nur noch ein paar Meilen entfernt. Wir wurden bei Preston geschlagen, die meisten Hochländer haben sich ergeben und der Rest ist auf dem Rückzug. Mein Onkel wird bald eintreffen, und ich fürchte, daß er dich töten wird.«

Das rief mich in die Wirklichkeit zurück. Ich hätte wissen müssen, daß die Idylle nicht von Dauer sein konnte. Dickons Gesichtsausdruck hatte sich verändert – auch ihm war der Ernst der Lage bewußt geworden.

Er sah mich besorgt an. »Du darfst nicht hierbleiben, du mußt weg von hier.«

»Wir müssen einander Lebewohl sagen«, murmelte ich.

Er wandte den Kopf ab und nickte. Mich ergriff entsetzliche Verzweiflung. »Ich werde dich nie wiedersehen.«

»Nein, nein, das darf nicht geschehen.« Dann drückte er mich an sich und küßte mich. Er sagte »Clarissa!« und wiederholte meinen Namen immerzu.

Plötzlich riß er sich zusammen. »Wir dürfen keine Zeit verlieren. Du mußt sofort das Haus verlassen.«

»Du läßt mich gehen?«

Er nickte.

»Aber dein Onkel...«

»Wenn sie dich hier finden, töten sie dich vielleicht.«

»Sie werden aber merken, daß du mir zur Flucht verholfen hast.«

»Mir wird schon eine Ausrede einfallen«, murmelte er. »Komm jetzt. Sie müssen jeden Augenblick hier sein. Du mußt vorsichtig sein; bleibe hinter mir und sei leise.«

Er schloß die Tür hinter uns und versperrte sie sorgfältig. Er ging vor mir die Treppe hinunter und dann durch die Galerie, und wenn die Luft rein war, winkte er mir, ihm zu folgen. Wir gelangten ohne Schwierigkeiten in die Halle und gingen zu den Ställen hinüber. Rasch sattelte er mir ein Pferd.

»Hier«, sagte er, »reite nach York und schicke von dort aus eine Nachricht an deine Familie. Vielleicht hast du Glück und dein Onkel hat die Stadt noch nicht verlassen. Vom ›Schwarzen Schwan‹ in York fährt jeden Montag, Mittwoch und Freitag eine Postkutsche nach London ab. Die Reise dauert vier Tage, vorausgesetzt, daß alles glattgeht. Vielleicht kannst du sie benützen. Ich glaube nicht, daß sie dir so weit folgen werden. Sie müssen nach Schottland reiten und sich den Männern dort anschließen.«

»O Dickon, du tust soviel für mich. Ich werden nie vergessen...«

Im allgemeinen neige ich nicht dazu, in Tränen auszubrechen, aber jetzt waren meine Augen feucht. Auch Dickon hatte Mühe, seiner Rührung Herr zu werden.

»Für ein Mädchen ist es gefährlich, allein durch das Land zu reiten«, meinte er.

Dann begann er, noch ein Pferd zu satteln.

»Was soll das, Dickon?« fragte ich.

»Ich begleite dich. Ich kann dich nicht allein reiten lassen.«

Wir führten die Pferde in die kalte Morgenluft hinaus.

»O Dickon, das kannst du nicht tun. Überleg dir doch...«

»Wir haben keine Zeit zum Reden. Steig auf, setz dein Pferd in Galopp, wir müssen so rasch wie möglich von hier fort.«

Ich wußte, daß ich mich in Gefahr befand; meiner Meinung nach waren sie fähig, mich zu töten, wenn sie mich bei ihrer Heimkehr noch antrafen. Wir durften wirklich keine Zeit verlieren. Sie hatten eine Schlacht verloren und würden sofort nach Schottland weiterreiten wollen. Einerseits würden sie keine Lust haben, Zeit an mich zu verschwenden, anderseits würden sie nicht wagen, mich freizulassen. Ja, ich befand mich in großer Gefahr – und dennoch war ich noch nie im Leben so glücklich gewesen.

Die Hufe unserer Pferde klapperten auf dem gefrorenen Boden, und es war herrlich, neben Dickon zu reiten. Die Gegend wirkte noch schöner als im Frühjahr. Das schwarze Geflecht der Äste hob sich vom hellen Himmel ab, die grauen Quasten der Haselnußsträucher flatterten im leichten Wind, der Jasmin an der Tür einer Hütte zeigte schon gelbe Triebe – das alles empfand ich als zauberhaft. Ich hörte das Lied der Lerchen, die von den Feldern aufstiegen, und den schrillen Schrei der Spottdrossel. Es war merkwürdig, daß ich in einem solchen Augenblick auf diese Details achten konnte. Wahrscheinlich war Dickon daran schuld, die mir die Wunder der Natur vor Augen geführt hatte.

Jedenfalls war ich glücklich und weigerte mich, über den Augenblick hinaus zu denken. Dickon und ich waren zusammen geflohen, und er hatte mich gerettet – ich ahnte undeutlich, daß ihn sein Edelmut noch teuer zu stehen kommen würde.

Am frühen Nachmittag erklärte er mir, daß wir eine Rast einschalten müßten. »Nicht nur wir brauchen eine Stärkung«, meinte er, »sondern auch unsere Pferde.« Wir hielten bei einem Wirtshaus; über der Tür baumelte knarrend ein Schild, dem ich entnahm, daß es sich um die »Rote Kuh« handelte.

»Falls uns jemand fragt, sind wir Bruder und Schwester und leben in Thorley Manor«, erklärte er mir. »Niemand wird auf die Idee kommen, das anzuzweifeln, denn soviel ich weiß, gibt es kein Thorley Manor. Wir besuchen unseren Onkel in York; die Diener mit den Satteltaschen sind schon vorausgeritten. Du heißt Clara, und ich heiße Jack.«

Ich nickte; das Abenteuer wurde jeden Augenblick aufregender.

Dickon befahl dem Stallknecht herrisch, die Pferde zu füttern und ihnen Wasser zu geben. Dann gingen wir in die Wirtsstube; ich habe in meinem ganzen Leben keine glücklicheren Stunden erlebt als damals mit Dickon. Im großen Kamin brannte ein helles, wärmendes Feuer, und die Wirtin brachte uns Teller mit Erbsensuppe und frisches Gerstenbrot mit Schinken und Käse. Zum Trinken gab es Ale, und mir hatte noch nie eine Mahlzeit so gut geschmeckt, nicht einmal in den Tagen der Armut in Paris. Die Wirtsstube in der »Roten Kuh« an der Straße nach York war für mich das Paradies, das ich nie mehr verlassen wollte.

Ich sah Dickon bewundernd an. Wir waren so glücklich, weil wir beisammen waren, wir wollten nicht darüber nachdenken, welche Folgen dieser impulsive Entschluß haben würde. Für ihn konnten sie katastrophal sein, denn er hatte seinen Onkel, der gleichzeitig sein Vormund war, verraten; er hatte um meinetwillen sogar die jakobitische Sache verraten.

Die Uhr in der Wirtsstube zählte geräuschvoll die Minuten. Sie erinnerte mich ununterbrochen daran, daß die Zeit verging, und ich hätte sie am liebsten angehalten.

»Ich möchte mein ganzes Leben mir dir zusammen hierbleiben«, sagte ich.

»Mir geht es ebenso.«

Dann schwiegen wir, in unser Glück versunken.

»Wir müssen weiter«, meinte Dickon schließlich. »Wir hätten gar nicht so lange bleiben dürfen.«

»Glaubst du, daß sie uns verfolgen?«

Er schüttelte den Kopf. »Nein, sie müssen nach Norden zur Armee. Der Kampf gegen England geht weiter.«

»Und du, Dickon?«

»Ich werde mit ihnen gehen.«

»Bitte, bleiben wir noch eine Weile hier.«

Er schüttelte den Kopf, blieb aber sitzen. Ich blickte in die Flammen im Kamin und sah in ihnen Märchenbilder von Schlössern und Reitern.

Dann bemerkte ich plötzlich, daß der Himmel sich verfinstert hatte und daß ein paar Schneeflocken herabschwebten. Ich sagte nichts, denn ich wußte, daß Dickon sofort aufbrechen würde, sobald ich ihn darauf aufmerksam machte.

Die Wirtin kam herein; sie war rundlich, hatte ein rotes, freundliches Gesicht und trug eine weiße Haube auf den zerzausten Haaren.

»Der Wind frischt auf«, sagte sie. »Er weht aus Norden. Nordwind – Schneewind heißt es bei uns. Müßt ihr beide noch weit reiten?«

»Wir wollen nach York«, antwortete Dickon.

»O du meine Güte! Das schafft ihr nie vor Dunkelwerden. Wenn ihr jetzt aufbrecht, bleibt ihr im Schnee stecken.«

Dickon trat ans Fenster. Der Schnee fiel dicht, und er drehte sich verzweifelt zu mir um.

»Vielleicht könnten wir über Nacht hierbleiben?« meinte ich. »Haben wir genug Geld?«

Er nickte.

»Ach Gott«, meinte die Wirtin, »ich nehme an, euer Vater hat euch gut ausgestattet. Ihr lebt hier in der Gegend, was?«

»Thorley Manor«, erklärte Dickon unbekümmert.

»Den Namen habe ich noch nie gehört. Wie weit ist es bis dorthin?«

»Etwa zwanzig Meilen.«

»Dann kann ich es gar nicht kennen. Also, Master Thorley, wenn Sie sofort bezahlen, kann ich Sie unterbringen, das steht außer Frage.«

»Meine Schwester und ich werden uns überlegen, was wir tun sollen.«

»Überlegen Sie lieber schnell, junger Herr, denn ich höre, daß Pferde in den Hof kommen. In einer Nacht wie dieser werden noch mehr Leute hier Quartier suchen.«

Als sie den Raum verlassen hatte, sahen wir einander ängstlich an. Wer waren die Neuankömmlinge? Hatte vielleicht Sir Thomas

Frenshaw jemanden hinter uns hergeschickt, als er unser Verschwinden bemerkte – oder hatte er sich gar selbst auf den Weg gemacht?

Ich streckte die Hand aus; Dickon ergriff sie und streichelte sie beruhigend.

»Du hättest mich nicht begleiten sollen«, meinte ich. »Du hättest mich entkommen lassen und ihnen sagen können, daß dich keine Schuld trifft.«

»O nein, ich mußte mit dir reiten. Allein hättest du es nie geschafft.«

Wir sahen einander schweigend an, und in diesem Augenblick der Gefahr wurde uns deutlich bewußt, daß wir einander liebten und daß für jeden von uns ein Leben ohne den anderen leer und sinnlos sein würde.

Unsere Angst legte sich, als wir feststellten, daß es sich bei den Neuankömmlingen um eine Gruppe von Reisenden handelte, die angesichts des plötzlichen Wetterumschwungs beschlossen hatten, nicht weiterzureiten, sondern die Nacht in der »Roten Kuh« zu verbringen.

Sie betraten lärmend und ausgelassen die Wirtsstube, störten unsere Ruhe und brachen in die wunderbare Vertrautheit ein, die zwischen Dickon und mir geherrscht hatte. Wir saßen nebeneinander auf einem Sofa in der Ecke des Raums, während die drei Männer und die drei Frauen am Tisch Platz nahmen und die Wirtin heiße Erbsensuppe auftrug.

Die Frauen sahen uns neugierig und freundlich lächelnd an. Als sie begannen, Fragen zu stellen, waren wir darauf vorbereitet und erzählten ihnen, daß wir Geschwister wären, daß wir unseren Onkel in York besuchten und daß die Diener mit den Satteltaschen vorausgeritten waren.

»Zwei so junge Leute wie ihr allein auf der Straße!« rief eine ältere Frau. »Mein Gott! Ich hätte bestimmt etwas dagegen, wenn meine Kinder so unterwegs wären.«

»Mein Bruder kann gut mit dem Degen umgehen«, sagte ich.

»Und du bist stolz auf ihn, das kann man sehen. Nun, wir reiten auch nach York, und es wäre am besten, wenn ihr euch uns anschließt, was, Harry?«

Sie wandte sich einem der Männer zu.

Der mit Harry Angeredete musterte uns wohlwollend und nickte. »In der Zahl liegt Sicherheit«, meinte er und zwinkerte uns zu.

Die Wirtin kam geschäftig herein. »Also, bleiben Sie über Nacht?« fragte sie.

»Es wird uns nichts anderes übrigbleiben.«

»Das Wirtshaus ist voll«, erklärte sie befriedigt. Sie betrachtete uns der Reihe nach, schob die Haube zurück, kratzte sich am Kopf und schob die Haube dann wieder sorgfältig zurecht. »Ich muß Ihnen eben Strohsäcke in die Galerie legen. Wir nennen sie Behelfsgalerie.« Sie kicherte. »In solchen Nächten bekommt man oft mehr Gäste, als man Betten hat.«

Die Frau, die mit uns gesprochen hatte, stellte fest, daß man froh sein mußte, in einer Schneesturmnacht überhaupt ein Dach über dem Kopf zu haben. Die Wirtin sah uns an. »Die beiden Jungen müssen auch in die Galerie. Mehr können wir ihnen nicht bieten.«

Mein Glücksgefühl schwand; diese freundlichen, wohlmeinenden Reisenden waren in das Zauberreich, in dem wir uns befanden, eingebrochen. Wir waren jetzt Mitglieder einer Gruppe und nicht mehr zu zweit allein.

»Es hätte ärger kommen können«, flüsterte mir Dickon zu. »Genausogut hätte mein Onkel hier auftauchen und uns zurückholen können, und wer weiß, was uns dann erwartet hätte.«

Während des ganzen Nachmittags schneite es unaufhörlich, so daß sich eine weiße Decke über die Straße legte und der Schnee sich auf den Fensterbrettern türmte. Unseren Gefährten machte es überhaupt nichts aus, im Gegenteil, für sie war es ein unterhaltsames Abenteuer. Die Frau setzte sich zu uns und stellte uns Fragen. Ob wir gar nicht an unsere arme Mutter dachten? Sie würde sich sicherlich Sorgen um uns machen. Aber sie würde ja annehmen, daß die Diener bei uns waren. Waren wir vielleicht ein wenig schlimm gewesen und hatten sie absichtlich verloren?

Das war keine schlechte Idee, und ich versuchte, schelmisch und schüchtern zugleich dreinzusehen.

»Aber, aber«, sagte eine jüngere Frau und drohte uns mit dem Finger. Und wir kamen von Thorley Manor, wie? Landedelleute, nicht wahr? Das hatte sie sofort gesehen, so etwas mußte man ihr nicht erst sagen. Wir waren beide die typischen jungen Landedelleute. Na, wir sollten uns jedenfalls keine Sorgen machen, sie würde sich unser annehmen. Was für ein Glück, daß auch sie nach York unterwegs waren. Wir sollten uns ihnen anschließen, denn Strauchdiebe machten die Straßen unsicher. Sie waren imstande, um das Geld für einen Krug Ale einem Menschen den Hals durchzuschneiden. Aber wir hatten ja Glück gehabt, wir waren auf die Macksons und die Freelys gestoßen, die mit Wolle handelten. Sie waren Geschäftspartner und reisten mit ihren Familien nach York, um Wolle zu verkaufen.

Sie waren freundlich, meinten es gut mit uns, und wider Willen wurden sie uns sympathisch.

Dann begann sie zu singen. Ihre rauhen Stimmen erfüllten die Wirtsstube, und der Wirt oder die Wirtin kamen von Zeit zu Zeit herein und brachten frische Getränke. Zum Abendessen würde es Spanferkel geben, erzählen sie uns im Verschwörerton, die Wollhändler brüllten begeistert, und einer der Männer schrie: »Und viel Fülle, Missus.«

»Dafür werde ich schon sorgen«, antwortete die Wirtin.

Draußen schneite es, die Kerzen tropften, und die Gesellschaft sang. Einer der jüngeren Männer hatte eine gute Stimme und gab ein Lied zum besten.

Ihr Gentlemen von England
Sitzt warm am heimischen Herd
Wißt nichts von den tausend Gefahren
Wenn ein Schiff über Meere fährt...

Und dann stimmten alle in den Refrain ein:
Wenn die stürmischen Winde we-e-e-hn
Wenn die stürmischen Winde wehn.

Eine der Frauen sang ein Kinderlied, und ich wußte in diesem Augenblick, daß ich immer, wenn ich später einmal dieses Lied hörte, in Gedanken wieder in der Wirtsstube mit dem lodernden Feuer sitzen und zusehen würde, wie es draußen schneite.

Dann wurde das Spanferkel aufgetragen und alle Reisenden, die in der »Roten Kuh« übernachteten, schlossen sich zu einer fröhlichen Runde zusammen. Die Männer sprachen über die politischen Wirren.

»Angeblich ist der Prätendent unterwegs nach England... womöglich ist er schon gelandet.«

»Er sollte bleiben, wo er ist. Weiß er denn nicht, daß er unerwünscht ist?«

Ich drückte Dickon warnend die Hand, denn ich befürchtete, er würde sich verraten. Die Gesellschaft würde nicht begeistert sein, einen Jakobiten in ihrem Kreis zu haben.

»Sie sind bis nach Preston gelangt«, erzählte einer der Reisenden. »Wir haben sie schon erwartet und sie in die Flucht geschlagen... diese Hochländer aus Schottland. Wozu sind sie überhaupt in unser Land gekommen? Sie haben sicherlich nichts Gutes im Schild geführt.«

»Wir haben jedenfalls dafür gesorgt, daß sie die Beine in die Hand nahmen.«

»Sie glauben doch nicht, daß es zum Krieg kommen wird?«

fragte eine der Frauen. »Das wäre schrecklich. Ich erinnere mich noch, daß mir mein Großvater erzählt hat, wie es damals war, als Krieg im Land war.«

»Aber wir haben ja erst vor kurzem Krieg geführt«, meinte einer der Männer.

»Ach, das war doch nicht hier in der Heimat, das kann man nicht als Krieg bezeichnen. Mit Krieg meine ich, wenn sie hier kämpfen, auf englischem Boden, Engländer gegen Engländer, so daß Menschen, die heute noch Freunde sind, morgen zu Feinden werden. Das meine ich, und das will keiner von uns.«

»Soweit wird es auch nicht kommen. Die Jakobiten wurden geschlagen, bevor es überhaupt richtig begonnen hatte. Komm, Bess, sing uns ein Lied.«

Also sangen sie, und Dickon und ich hörten zu. Schließlich begaben wir uns alle auf die Galerie und legten uns auf die Strohsäcke. Dickon und ich lagen nebeneinander und hielten uns an den Händen, sprachen aber nicht, weil wir die übrigen nicht wecken wollten. Zwischen uns waren außerdem keine Worte nötig. Ich dachte an das Ungeheuerliche, das er für mich getan hatte. Er hatte die Loyalität seinem Onkel gegenüber, den Glauben an seine gerechte Sache beiseite geschoben, und das alles nur aus Liebe zu mir. Ich wußte nicht, wie ich das je wieder gutmachen konnte.

In dieser Nacht schlief ich nicht, und Dickon ging es ebenso. In der Nacht begann es zu regnen, und am nächsten Morgen war der Schnee weggetaut.

Wir standen zeitig auf und machten uns reisefertig. In Gesellschaft der Wollhändler verlief der Ritt ereignislos, und in der Abenddämmerung lagen die Türme und alten Mauern der Stadt vor uns.

»Sind eure Freunde hier?« fragte der Wollhändler Dickon.

»Ja. Wir danken Ihnen dafür, daß wir mit Ihnen reiten durften.«

»Ach, nicht der Rede wert, Junge. Das gehört sich einfach so. Zwei junge Leute wie Sie sollten nicht allein reiten. Wo wollen Sie in der Stadt hin?«

»Zum Haus des Bürgermeisters«, antwortete Dickon. Mir stockte der Atem. Ich hatte ihm erzählt, daß mein Onkel, Lance Clavering und ich bei unserem Aufenthalt in York im Haus des Bürgermeisters gewohnt hatten.

Die Gruppe war beeindruckt.

»Ich habe euch ja gesagt, daß es sich um Landedelleute handelt«, flüsterte die ältere Frau.

Über Goodramgate kamen wir zu den Shambles, und dort verabschiedeten wir uns von unseren Gefährten. Da ich schon einmal in York gewesen war, kannte ich den Weg zum Haus des Bürgermeisters. Das imposante Gebäude hob sich unübersehbar von den kleinen Häusern in der engen Straße ab.

Als wir näher kamen, begann mein Herz wild zu pochen, denn Lance Clavering trat soeben aus dem Haus. Er blieb überrascht stehen und starrte mich an.

»Clarissa!« rief er. Ich hatte ganz vergessen, wie gut er aussah. Er trug einen gestickten Rock, dessen Manschetten in zartestem Mauve und Blau schimmerten, und sah großartig aus. Seine Krawatte bestand aus Rüschen, und seine hellblauen Strümpfe waren über die Knie hinaufgerollt; ich erfuhr später, daß es sich dabei um den neuesten Modeschrei handelte. Auf seinen glänzenden schwarzen Schuhen mit den hohen Absätzen funkelten prächtige Schnallen. Er nahm den Dreispitz ab und verbeugte sich.

»Oh, Lance!« rief ich.

Er ergriff meine Hand und küßte sie.

»Wieso...?« Was bedeutet das? Er sah Dickon an, der ihn verblüfft betrachtete, als könne er nicht glauben, daß diese glitzernde Erscheinung Wirklichkeit war.

»Das ist, hm...« Ich zögerte, denn ich hatte auf einmal Angst. Gefahr lag in der Luft, und ich durfte Dickon nicht verraten. »Jack Thorley«, fuhr ich fort. »Er brachte mich hierher.«

»Einen guten Tag, Jack Thorley.«

»Das ist Sir Lance Clavering«, sagte ich, »ein Freund der Familie.«

Ich mußte Dickon keine weiteren Erklärungen geben, denn ich hatte ihm erzählt, wie mein Onkel Carl und Lance Clavering mich nach York begleitet hatten. Das war ja auch der Grund gewesen, warum man mich gefangengenommen hatte.

»Kommt lieber ins Haus«, meinte Lance. »Dann könnt ihr uns alles erzählen. Wir glaubten, daß du noch in Hessenfield bist, Clarissa, und machten uns deshalb große Sorgen... wegen der Entwicklung in letzter Zeit. Wir wollen die Pferde gleich in den Stall führen. Ich bin überrascht, daß dein Onkel dir erlaubt hat, Hessenfield zu verlassen.«

»Ich habe sehr viel zu erzählen, Lance. Ist Onkel Carl auch hier?«

»Er kommt heute abend zurück. Er hat sehr viel zu tun, denn seit deiner Abreise ist allerhand geschehen.«

»Ich weiß.«

Dickon hatte die ganze Zeit geschwiegen. Wahrscheinlich wußte er nicht, was er jetzt tun mußte, nachdem er mich sicher bei Lance Clavering abgeliefert hatte, und fragte sich, ob er nicht lieber gleich zurückreiten sollte.

»Seid ihr allein gekommen?« fragte Lance. »Nur ihr beide?«

»Ja, also... wir sind mit anderen Leuten gereist«, antwortete ich ausweichend.

»Ich hoffe, daß ihr eine gute Reise hattet.« Lance musterte Dickon.

»O ja, danke«, antwortete Dickon. »Überhaupt keine Schwierigkeiten.«

»Sie müssen müde sein. Ich werde dafür sorgen, daß Sie ein Abendessen und ein Bett für die Nacht bekommen. Wahrscheinlich werden Sie sobald wie möglich nach Hessenfield zurückreiten wollen.«

»Allerdings«, bestätigte Dickon.

»Sie werden keine Schwierigkeiten haben. Wir haben diese verdammten Hochländer davongejagt. So eine Frechheit! Stellen Sie sich vor, sie sind bis Preston gelangt. Aber jetzt sind sie glücklich jenseits der Grenze – jedenfalls die, die entkommen konnten.«

Ich sah, wie Dickon zusammenzuckte.

»Hoffnungslos!« fuhr Lance fort. »Ich kann mir nicht vorstellen, was sie sich davon versprochen haben. Aber was war mit dir los, Clarissa? Hattest du Heimweh?«

»Ich hatte das Gefühl, daß es für mich an der Zeit war, wieder nach Hause zu kommen.«

Lance lachte laut. »Sie ist eine resolute junge Dame«, sagte er zu Dickon. »Wahrscheinlich haben Sie das auch bemerkt.«

Dickon nickte.

Als wir das Haus betraten, begrüßte uns Laura Garston, die Frau des Bürgermeisters, herzlich und gab ihrer Verwunderung darüber Ausdruck, daß ich so bald wiedergekommen war.

»Die beiden jungen Leute sind erschöpft«, warf Lance ein. »Clarissa wird uns später alles erzählen. Inzwischen wollen sie sich sicherlich frisch machen, etwas essen und sich ausruhen. Der junge Mann ist Jack Thorley aus Hessenfield.«

Dickon benahm sich mit einem Anstand, der Lance sofort aufgefallen war. Zuerst hatte er ihn für einen Reitknecht gehalten, aber nach wenigen Sekunden hatte Lance, der Mann von Welt, Dickon als seinesgleichen behandelt. Das rechnete ich ihm hoch an, und obwohl ich mir Dickons wegen Sorgen machte, bereitete es mir Vergnügen, wieder Lances anregende Gesellschaft zu genießen.

Im Haus wurden uns Zimmer zugewiesen, und wir konnten uns endlich den Staub der Reise von Gesicht und Händen waschen.

Dann servierte man uns eine Mahlzeit, und Dickon und ich hatten dabei die Möglichkeit, in aller Eile ein paar Worte unter vier Augen zu wechseln.

»Ich kann nicht bleiben«, meinte er, »ich muß fort.«

»Werden wir einander wiedersehen?«

»Wir werden. Wir *müssen*. Mir wird schon etwas einfallen.«

»Sie werden mich nach Hause schicken, so daß wir meilenweit voneinander entfernt sind.«

»Ich sage dir ja, daß ich einen Weg finden werde. Aber wenn ich hierbleibe und sie erfahren, wer ich bin...«

»Ja, natürlich. Du bist hier genauso gefährdet wie ich es in Hessenfield war. Diese dummen, dummen Männer machen mich richtig wütend.«

»Wir haben keine Zeit, wütend zu sein, ich muß mich sofort auf den Weg machen.«

»Ja, das sehe ich ein. Wenn mein Onkel zurückkommt und beginnt, Fragen zu stellen...«

»Dann werden sie nicht mehr so freundlich zu mir sein. Ach, Clarissa, warum mußtest du bei ihnen aufwachsen? Du gehörst zu uns.«

»Ich gehöre mir selbst und ich habe mit diesen unsinnigen Streitigkeiten nichts zu tun. Mir ist es gleich, ob du für Georg oder für Jakob bist, und das weißt du.«

»Ich liebe dich«, sagte Dickon.

»Ich liebe dich«, antwortete ich.

Wir lächelten einander an. »Ich werde die Tage in der Dachkammer nie vergessen«, sagte er.

»Auch ich nicht. Ich würde so gern wieder dort sein, oder unterwegs auf der Landstraße oder in der Behelfsgalerie.«

»Ach, Clarissa, Clarissa.« Die Art, wie er meinen Namen wiederholte, rührte mich jedesmal von neuem. »Ich werde zu dir zurückkommen, ganz gleich, was geschieht. Ich schwöre es.«

»Ich glaube dir. Aber jetzt mußt du gehen, Dickon. Du bist ein großes Risiko eingegangen, und je länger du bleibst, desto gefährlicher wird es für dich. Ich werde dich vor mir sehen, wie du die Straße entlang zurückreitest. Willst du auch nach Schottland? Bitte, Dickon, tu's nicht. Laß sie doch ihre dummen Kriege alleine austragen, wenn sie unbedingt wollen, aber nimm nicht daran teil, bitte nicht. Denk lieber darüber nach, wie wir wieder zusammenkommen und dann zusammenbleiben können.«

»Wenn alles vorbei ist und der rechtmäßige König den Thron bestiegen hat, werde ich dich holen. Ich werde um deine Hand anhalten, dich mit mir nehmen, und wir werden bis ans Ende unserer Tage zusammenbleiben und glücklich sein.«

Wir sprachen nicht mehr, sondern hielten einander nur schweigend an den Händen. Dann stand er auf: »Ich werde jetzt zu unserer Gastgeberin gehen und ihr sagen, daß ich zeitig am Morgen aufbrechen muß. So ist es am besten. Wenn ich erst einmal fort bin, kannst du ihnen die Wahrheit erzählen... über alles. Dann hast du es leichter.«

Ich nickte unglücklich.

Damit endete der traurige Abend. Man führte uns in unsere Zimmer; Dickon teilte das seine mit einem der Kammerdiener, weil nichts anderes zur Verfügung stand. Ich hatte eine kleine Kammer für mich allein, blieb aber die ganze Nacht wach und dachte an ihn; und ich wußte, daß auch er an mich dachte.

Im Morgengrauen ging ich zu den Ställen hinunter.

Wir klammerten uns einige Augenblicke lang aneinander. Seine letzten Worte, bevor er davonritt, waren: »Ich werde zurückkommen, denk daran. Ich werde zu dir zurückkommen, Clarissa.«

Ich sah ihm nach, bis ich ihn im grauen Dämmerlicht des Morgens aus den Augen verlor.

Am nächsten Tag mußte ich sehr viel erklären, und als Onkel Carl und Lance meine Geschichte hörten, waren sie entsetzt.

»Wie konnte Lord Hessenfield dich so fortschicken?« rief Onkel Carl.

»Wie hätte er sie dortbehalten sollen?« fragte Lance. »Er tat das einzig Richtige. Mein Gott, was hätte Frenshaw ihr alles antun können!«

»Sie hielten mich für eine Spionin«, wiederholte ich.

»Eine schöne Bescherung!« meinte Onkel Carl. »Jetzt stellt sich das Problem, was wir mit dir tun sollen. Du weißt, was los ist, nicht wahr? Im ganzen Land herrscht größte Spannung. Die Tatsache, daß die Hochländer bis Preston gelangen konnten, hat uns alle ein bißchen aus dem Gleichgewicht gebracht. Wer hätte das für möglich gehalten? Der Norden ist eine Brutstätte des Verrats.«

»Sie behaupten dasselbe vom Süden.«

»Ach«, meinte Lance, »haben sie eine kleine Jakobitin aus dir gemacht?«

»Natürlich nicht! Meiner Meinung nach ist die ganze Geschichte idiotisch! Wen kümmert es schon...«

Lance ergriff meine Hand und küßte sie. »Deine weibliche Logik zeugt zweifellos von Weisheit, aber wir Männer werden das nie einsehen. Wir werden weiterhin Krieg führen, mit dieser Tatsache müssen wir uns abfinden. Außerdem führt es zu nichts Gutem, wenn Jakob König wird. Das Volk würde unter ihm nie zur Ruhe kommen. Er ist bigott. Er würde den Katholizismus im Land einführen, und wegen der Scheiterhaufen von Smithfield, die unter Bloody Mary brannten, sowie wegen der spanischen Inquisition, die einige unserer Seeleute kennenlernten, würde kein Engländer das dulden. Georg mag nicht gerade der Herrscher sein, den wir uns wünschen, aber er ist friedlich und mischt sich nicht allzuviel in die Angelegenheiten seiner Bürger ein. Du wirst sehen, daß unter seiner Herrschaft der Handel blühen und gedeihen wird. Er ist das, was wir brauchen, ein netter deutscher Bauer, kein wildromantischer, bigotter Chevalier.«

»Die wichtigste Frage ist, was wir mit Clarissa tun sollen«, unterbrach ihn Onkel Carl.

»Soviel ich weiß, verkehrt die Postkutsche von York nach London jeden Montag, Mittwoch und Freitag«, warf ich ein.

»Du bist gut informiert«, stellte mein Onkel fest, »aber ich würde nie zulassen, daß du allein in einer solchen Kutsche reist.«

»Und warum nicht? Andere tun es auch.«

»Andere schon, aber die Damen unserer Familie nicht. Lance...«

Lance lächelte ihn an, als wüßte er im voraus, was mein Onkel vorschlagen würde.

»Du reist in einigen Tagen nach London.«

»Das stimmt.«

»Du könntest Clarissa mitnehmen. Vielleicht können wir veranlassen, daß jemand sie in London abholt und nach Enderby bringt. Jeremy oder Leigh könnten das ganz bestimmt übernehmen.«

Lance erwiderte: »Es wird mir ein Vergnügen sein, Lady Clarissa nicht nur nach London, sondern sogar nach Enderby zu begleiten.«

Ich lächelte schwach, denn meine Gedanken waren bei Dickon.

In den darauffolgenden Tagen dachte ich immer wieder an Dickon, aber Lance Clavering war der beste Gesellschafter, den ich mir wünschen konnte. Die fröhlichen Gespräche mit ihm, seine Bemerkungen über das Leben und die Vorgänge um uns, lenkten meine Gedanken besser von meinem Liebeskummer ab als jede andere Zerstreuung.

Ich glaube außerdem, daß er wußte, was vorgefallen war. Er

war mir gegenüber freundlich und vielleicht ein wenig wehmütig; aber meist sprudelte er vor Ideen über und seine geistreichen Bonmots heiterten mich oft auf.

Wir hatten Glück mit dem Wetter, das immer milder wurde, je weiter wir nach Süden kamen. Der Himmel war sogar blau, und es war oft windstill. Wenn wir zeitig am Morgen aufbrachen, lag Reif auf den Ästen der Bäume und auf der Straße, aber wenn die Sonne am Vormittag höher am Himmel stand, verschwand er, und obwohl die Luft scharf war, fühlten wir uns wohl.

Lance sang, lachte und plauderte viel; er schien entschlossen zu sein, mich zu trösten. Nach ein paar Stunden in seiner Gesellschaft begann ich wirklich, mich besser zu fühlen. Er stand dem Leben mit unerschütterlichem Optimismus gegenüber, der ansteckend wirkte; ich glaubte gern daran, daß eines Tages dieser unsinnige Streit beigelegt sein und Dickon zu uns kommen würde. Ich war sicher, daß er Damaris und Jeremy gefallen würde; und sobald sie begriffen, daß ich ihn liebte, würden sie ihn in ihre Arme schließen.

Diese zuversichtliche Stimmung verdankte ich Lance. Das Leben war dazu da, damit man es genoß, und es gab immer etwas, worüber man lachen konnte. Während wir so dahinritten, stimmte ich sogar in seinen Gesang ein, weil er mich dazu drängte – und war ihm dann dafür dankbar.

Wir befanden uns in Begleitung von zwei Reitknechten, bildeten also einen ansehnlichen Trupp. Ein Räuber würde es sich überlegen, drei kräftige Männer anzugreifen.

Am Abend des ersten Tages gelangten wir zu einem Wirtshaus, das Lance kannte und in dem wir, wie er sagte, gut untergebracht sein würden.

Er hatte recht. Der Wirt begrüßte uns überschwenglich, stellte Lance und mir je ein Zimmer zur Verfügung und brachte die beiden Reitknechte zusammen in einem Raum unter, ein sehr zufriedenstellendes Arrangement. Als wir den Reisestaub von Gesicht und Händen gewaschen hatten, gingen wir zum Abendessen in die Gaststube hinunter. Die Mahlzeit war genauso köstlich, wie Lance vorhergesagt hatte. Man servierte uns dicke Scheiben saftigen Schmorbratens mit Klößen, und danach Taubenpastete und Süßigkeiten. Der Wirt brachte seinen besten Wein aus dem Keller, um Lances verwöhnten Gaumen zufriedenzustellen, und wenn ich nicht immer wieder in Gedanken bei Dickon gewesen wäre, hätte ich mich in Lances Gesellschaft sehr wohl fühlen können.

Wir sprachen die ganze Zeit über die Abenteuer, die Lance in der Armee erlebt hatte, und berührten die gegenwärtigen Wirren nicht, weil er fühlte, daß dieses Thema meine Unruhe steigern würde. Ich war ihm aufrichtig dankbar dafür, daß er auf dieser Reise mir gegenüber so rücksichtsvoll war.

Als wir mit dem Essen fertig waren, kam die Wirtin herein und fragte, ob Lance Portwein möchte. Lance bestellte ein Glas, und die Wirtin erwähnte, daß die Postkutsche jeden Augenblick eintreffen müsse.

»Die Fahrgäste sind jedesmal ganz ausgehungert, aber wir sind auf sie vorbereitet«, fuhr sie fort. »Diese Kutschen sind gut für das Geschäft, weil sie regelmäßig verkehren... mehr oder weniger. Ich habe eine ordentliche Portion Schmorbraten gekocht... er ist heiß, und ich kann ihn in dem Augenblick auftragen lassen, in dem die hungrige Meute aussteigt.«

Sie brachte den Portwein, und Lance schlürfte ihn gerade, als die Kutsche in den Hof rumpelte und die müden Passagiere herausquollen – ihnen war kalt, sie hatten Hunger und sie sahen blaß und erschöpft aus.

»Kommen Sie nur herein«, forderte sie der Wirt auf. »Im Kamin brennt ein Feuer, an dem Sie sich wärmen können, und bevor Sie sich's versehen, steht das Essen auf dem Tisch.«

Die Wirtin huschte zu uns herein. »Sie sind da«, meldete sie. »Ich glaube nicht, daß Sie mit den Leuten im gleichen Raum sitzen wollen. Ich werde dafür sorgen, daß niemand hereinkommt, bevor Sie Ihren Port getrunken haben, Mylord.«

Lance erhob sich lässig. »Nein, lassen Sie sie nur herein, ich kann den Port mit aufs Zimmer nehmen. Es ist ja wirklich kein Vergnügen, in so einer Kutsche zu reisen, sie rüttelt einem die Knochen durcheinander. Komm, Clarissa, wir wollen sie nicht bei der Mahlzeit stören.«

»Danke vielmals, Sir«, sagte die Wirtin. »Das ist wirklich freundlich und rücksichtsvoll von Ihnen.«

Ich lächelte Lance zu und dachte, daß er trotz seiner modischen Kleidung und seines dandyhaften Benehmens ein wahrer Gentleman war.

Als wir die Wirtsstube verließen, hörten wir Pferde in den Hof traben, und gleich darauf kamen drei Männer herein. Sie waren elegant gekleidet, und einer von ihnen, dem der Duft des Schmorbratens in die Nase stieg, rief: »Himmel, riecht das gut! Was ist es denn, Frau Wirtin?«

Die Wirtin, die instinktiv wußte, wann sie es mit vornehmen

Leuten zu tun hatte, knickste. »Es ist das Essen, das wir den eben angekommenen Passagieren der Postkutsche servieren wollen, Mylord.«

»Dann bringen Sie uns zuerst von dieser köstlichen Mahlzeit, bevor Sie sie den anderen vorsetzen.«

Hier griff der Wirt händereibend, aber offensichtlich verlegen ein.

»Mylord«, wandte er ein, »was wir haben, reicht gerade für die Insassen der Postkutsche. Es ist nämlich bestellt worden, und wir sind verpflichtet, für sie Vorsorge zu treffen. Das warme Essen reicht leider nicht für Sie, aber ich kann Ihnen feinen Käse, frisches Gerstenbrot und guten Wein bringen.«

»Feinen Käse! Mein guter Mann, wir wollen eine warme Mahlzeit. Die Leute aus der Postkutsche sollen sich das teilen, was wir übriglassen, oder den feinen Käse essen. Ich bin davon überzeugt, daß sie damit zufrieden sein werden. Bringen Sie uns eine warme Mahlzeit, und zwar sofort. Wir haben einen weiten Weg hinter uns und sind hungrig.«

Eine der Frauen aus der Kutsche hatte das Gespräch mit angehört. Sie war rund, hatte ein rotes Gesicht und ein kräftiges Kinn; offensichtlich war sie gewohnt, ihren Willen durchzusetzen.

»Nein, das werden Sie nicht tun, Herr Wirt«, rief sie. »Das Essen gehört uns, es wurde für die Kutsche bestellt. Versuchen Sie also nicht, uns hereinzulegen, Sie hochwohlgeborener Herr, denn ich und meine Begleiter lassen uns so was nicht gefallen.«

Der Sprecher der drei Reiter hielt sich das Lorgnon, das von seiner eleganten Jacke baumelte, vor die Augen und musterte die Frau erstaunt.

»Herr Wirt«, sagte er schließlich, »dieses Geschöpf beleidigt meine Augen. Lassen sie sie wegschaffen.«

Die Frau stützte die Hände in die Hüften und sah ihn herausfordernd an. »Hüten Sie Ihre Zunge, Sie Prahlhans«, fuhr sie ihn an, »oder Sie fliegen an meiner Stelle hinaus.«

»Das Weib wird auch noch frech.«

Er trat ein paar Schritte vor, und sie ging ihm entgegen. Er hob die Hand, als wolle er sie zur Seite schieben, versetzte ihr aber einen Schlag, der sie zurücktaumeln ließ.

Jetzt trat Lance vor.

»So behandelt man keine Dame, Sir«, sagte er.

Der Mann starrte ihn an und war verblüfft, weil er jemandem gegenüberstand, der offensichtlich dem gleichen Stand angehörte wie er.

»Sagten Sie Dame, Sir?« fragte er höhnisch grinsend.

»Allerdings. Ich habe den Streit mit angehört. Die warme Mahlzeit wurde für die Postkutsche vorbereitet, die um diese Zeit fällig war. Unerwartete Gäste können nicht etwas beanspruchen, was ihnen nicht zusteht.«

»Wirklich nicht, Sir? Darf ich fragen, ob Sie bereit wären, Brot und Käse als Abendessen zu akzeptieren?«

»Keineswegs, denn ich habe soeben einen ausgezeichneten Schmorbraten gegessen. Aber ich traf rechtzeitig ein, ich verlangte nichts, was mir nicht gebührt.«

»Sie mischen sich in Dinge, die Sie nichts angehen.«

»Ganz im Gegenteil, sie gehen mich sehr wohl an, und ich werde nicht zusehen, wie man diesen Leuten das wegnimmt, was sie von Rechts wegen zu bekommen haben.«

»*Sie* werden nicht zusehen?«

Lance zog lächelnd den Degen. Ich hatte Angst um ihn, denn er stand drei Männern allein gegenüber, aber gleichzeitig war ich stolz auf ihn.

»Verdammt«, meinte einer der Männer, »das ist ja Clavering.«

»Ach«, antwortete Lance, »du bist es tatsächlich, Timperly. Ich bin erstaunt darüber, daß du dich in solcher Gesellschaft befindest.«

»Sei ruhig, Clavering, was macht es dir denn aus? Es handelt sich ja nur um Reisende aus der Postkutsche.«

»Sie haben dieselben Rechte wie die Leute, die in Privatkutschen reisen. Meiner Meinung nach gehört das Abendessen ihnen, und ihr werdet mit frischem Brot und feinem Käse bestimmt zufrieden sein, denn das ›Dicke Rebhuhn‹ ist ein ausgezeichnetes Wirtshaus. Auch der Portwein ist erstklassig, er wird dir schmecken, Timperly.«

»Jetzt hören Sie doch, Clavering«, mischte sich der erste Mann ein. »Was macht es Ihnen wirklich aus? Warum kümmern Sie sich überhaupt darum?«

»Das ist unwichtig«, antwortete Lance, »nehmen Sie nur zur Kenntnis, daß ich es tue. Ich fordere jeden einzelnen von Ihnen zum Zweikampf heraus. Entscheiden wir es mit der Waffe.«

»Einverstanden«, sagte der erste Mann.

»Sei vorsichtig«, warnte ihn Timperly. »Du kennst Claverings Ruf als Fechter.«

»Haben Sie Angst?« fragte Lance. »Kommen Sie schon. Wer traut sich? Wir lassen die Waffen darüber entscheiden, wer Schmorbraten mit Klößen und wer Brot mit Käse ißt.«

»Ich nehme es mit Ihnen auf.« Der erste Sprecher zog den Degen.

»Gentlemen«, rief Lance, »darauf müssen wir eine Wette abschließen. Was setzen Sie? Zwanzig Pfund, die Sie nur zu dritt zahlen, wenn ich gewinne. Und wenn ich verliere... aber verdammt! Ich bin so sicher, daß ich gewinne, daß ich jedem von Ihnen zwanzig Pfund zahle, wenn er mich zuerst ankratzt.«

»Und beim ersten Kratzer ist das Duell zu Ende?« fragte Timperly, der erleichtert aufatmete.

»Ja.«

»Wann beginnen wir?«

»Hier und jetzt.«

Der Wirt und die Wirtin waren sichtlich verzweifelt, während einige Leute aus der Postkutsche erstaunt zusahen. Sie flüsterten miteinander über die Ursache des Kampfes und betrachteten Lance voll Bewunderung. Ich war stolz auf ihn und hatte doch gleichzeitig Angst, daß ihm etwas zustoßen könnte; aber ich wußte, daß er gewinnen würde. Einen anderen Ausgang des Duells konnte ich mir nicht vorstellen, und als ihre Degen aneinanderklirrten, steckte mich die allgemeine Aufregung an. Ich schickte ein Stoßgebet für Lance zum Himmel.

»Greif an, Lance, du mußt gewinnen«, flüsterte ich. Die übrigen Zuschauer waren lauter, sie schrien und tobten, während der Wirt danebenstand und die Hände rang.

Nach ein paar aufregenden Augenblicken war alles vorbei. Lance hatte gesiegt. Er hatte seinen Gegner erwischt und auf die elegante Manschette des Mannes tropfte Blut. Lance stieß einen Triumphschrei aus, als er den Degen in die Höhe hielt; er sah einen Augenblick lang wie ein mittelalterlicher Ritter aus, der für das Gute gekämpft und das Böse besiegt hat.

»Zwanzig Pfund für mich und warmes Essen für die Kutsche«, stellte er fest. »Eine sehr befriedigende Begegnung.«

Die drei Männer machten betrübte Gesichter, ergaben sich aber in ihr Schicksal. Das Geld wechselte den Besitzer, und sie traten in die Wirtsstube, während die Leute aus der Postkutsche in den Speisesaal marschierten und sich darüber unterhielten, was für Abenteuer man erleben kann, wenn man eine Reise macht.

Lance ergriff meinen Arm. »Es ist Zeit, zu Bett zu gehen. Wir müssen morgen zeitig aufbrechen.«

Wir stiegen die Treppe hinauf, und als wir bei unseren Zimmern angelangt waren, meinte er: »Was hältst du von diesem kleinen Raufhandel?«

»Ich war stolz auf dich.«

»Das rechne ich dir hoch an.«

»Aber das mit dem Geld störte mich, es hat das Ganze irgendwie verdorben.«

»Dadurch wurde es für mich und die Postkutschenleute erst interessant.«

»Es war ein Jammer. Bis zu diesem Augenblick hattest du die armen Leute edelmütig verteidigt, und dann sah es aus, als hättest du es aus Spielleidenschaft getan.«

»Ich lasse mir keine Gelegenheit zu einem Spielchen entgehen.«

»Ich weiß. Aber ohne Wette wäre es edler gewesen.«

Er nahm mein Kinn in die Hand und sah mir ins Gesicht. »Die Schwierigkeit mit dir ist, daß du immer die Vollkommenheit suchst. Hör damit auf. Du wirst sie nämlich nie finden.«

»Warum nicht?«

»Weil es sie auf dieser Welt nicht gibt.«

In diesem Augenblick mußte ich an Dickon denken. Dieses Erlebnis war doch vollkommen gewesen, oder? Ja, aber nur bis zum Augenblick der Trennung. Vielleicht hatte Lance recht, und es gab nichts Vollkommenes in diesem Leben. Man mußte sich wohl damit abfinden, nicht nach Vollkommenheit suchen, nicht auf sie hoffen, sondern sich mit dem zufriedengeben, was man bekam.

Lance lächelte mich nachdenklich an, dann beugte er sich vor und küßte mich leicht auf den Mund.

»Schlaf gut, meine Liebe, und steh zeitig auf. Wir müssen bei Morgengrauen schon unterwegs sein.«

6

Das Urteil

Wir verließen das Wirtshaus, als sich der erste Lichtschimmer am Horizont zeigte. Eigentlich war es gar nicht so zeitig, denn um diese Jahreszeit waren die Tage kurz. Lance meinte, wir würden jedenfalls früh genug zur Weihnachtsfeier eintreffen, und meine Familie würde sich bestimmt freuen, mich wiederzuhaben.

Wir hatten Timperly und seine Freunde nicht wiedergesehen, dafür aber einige Passagiere der Postkutsche, die ebenfalls sehr früh aufbrechen mußten.

Eine der Frauen sagte mit einem Blick auf Lance zu mir: »Sie haben einen sehr feinen Kavalier bei sich.«

Ich strahlte vor Stolz und pflichtete ihr bei.

Dann waren wir unterwegs, und Lance schien den Zwischenfall vergessen zu haben. Vielleicht gab es in dem aufregenden Leben, das er führte, viele solche Ereignisse. Er sang während des Ritts und forderte mich immer wieder auf, mitzuhalten. Ich tat es, und meine Stimmung besserte sich wider Willen. Er hatte offensichtlich einen wirklich guten Einfluß auf mich.

Gegen Abend erreichten wir den »Schwarzen Bären«, ein weiteres Wirtshaus, von dem Lance behauptete, daß man uns dort gut bedienen würde. Ich fragte ihn, woher er sich so gut mit Wirtshäusern auskannte.

»Ich bin ein erfahrener Reisender«, antwortete er.

Wir betraten die Gaststube, man brachte uns eine ausgezeichnete Mahlzeit, und wir kamen wieder mit den anwesenden Gästen ins Gespräch, diesmal aber auf angenehme Art und Weise.

Es handelte sich um zwei Männer, die mit ihren Frauen unterwegs waren, und es war nicht zu übersehen, daß sie dem Landadel angehörten. Wir plauderten freundschaftlich mit ihnen und erfuhren, daß sie sich auf dem Heimweg nach London befanden. Sie kannten Lance vom Hörensagen und freuten sich sichtlich, ihm persönlich zu begegnen.

Wir hatten zusammen gespeist, und im Laufe des Gesprächs stellte sich heraus, daß Lance und die beiden Herren gemeinsame Bekannte hatten.

»Ich erinnere mich an den alten Cherrington«, meinte einer von ihnen. »Er hat an einem Abend zwanzigtausend in dem Lokal verloren... wie hieß es noch? Ach ja, die ›Kokospalme‹.«

»Dort wurden ganze Vermögen gewonnen und verspielt«, stellte Lance mit funkelnden Augen fest. »Früher einmal war es die frequentierteste Spielhölle von London.«

»Wie wäre es denn jetzt mit einem kleinen Spielchen?« fragte einer der Männer.

»Eine ausgezeichnete Idee«, rief Lance.

Ich war deprimiert. Ich hatte gehofft, daß wir uns den ganzen Abend mit den netten Leuten unterhalten würden, weil ich mich in ihrer Gesellschaft wohl fühlte. Aber ich konnte sehen, daß die Spielleidenschaft von Lance Besitz ergriffen hatte und er bei der Aussicht auf ein Kartenspiel beinahe außer Rand und Band geriet.

Sie konnten es nicht erwarten anzufangen. Er wandte sich zu mir und erklärte mir, es wäre gut, wenn ich zeitig zu Bett ginge, da wir in aller Herrgottsfrühe weiterreiten mußten, wenn wir am nächsten Tag London erreichen wollten.

Ich verstand, daß ich damit entlassen war, verabschiedete mich von der Gesellschaft und ging hocherhobenen Haupts, Gleichgültigkeit heuchelnd, auf mein Zimmer.

Obwohl ich an Dickon dachte und mich fragte, wie es ihm ging, traf es mich, daß Lance die Gesellschaft dieser Fremden der meinen vorzog. Warum mußte er immer jede Gelegenheit ergreifen, um sein Geld aufs Spiel zu setzen? Außerdem hatte er mich fortgeschickt. Allerdings hatte er unseren neuen Bekannten erklärt, daß ich die Nichte General Eversleighs sei und daß er den Auftrag habe, mich nach London zu begleiten. Dann hatte er schnell hinzugefügt, daß dies eine der angenehmsten Pflichten sei, die er je zu erfüllen hatte.

Solche Schmeicheleien beeindruckten mich nicht; ich war zornig, weil er mich wegen eines Spiels mit seinen neuerworbenen Freunden so beiläufig verabschiedet hatte.

Ich zog mich aus und ging zu Bett, konnte aber nicht einschlafen. Ich dachte an die Tage, die ich mit Dickon verbracht hatte, erinnerte mich an jedes seiner Worte und an den wunderbaren Augenblick, als wir erkannt hatten, daß wir einander liebten. Es war wie ein Sonnenaufgang gewesen: zuerst ein paar Lichtstreifen am Himmel und dann das plötzliche Erscheinen und die strahlende Herrlichkeit, die das Leben mit mystischem Glanz erfüllte.

Je zorniger ich auf Lance war, desto poetischer malte ich mir meine Beziehung zu Dickon aus; es überraschte mich nur, daß ich trotz all meiner Sorge um letzteren immer noch so böse auf Lance sein konnte.

Er ist unheilbar dem Spiel verfallen, sagte ich mir, und das ist ein schwerer Charakterfehler. Natürlich wirkte er sehr edel, als er sich für die Leute aus der Postkutsche einsetzte, aber wahrscheinlich war auch das nur ein Spiel für ihn.

Stunden vergingen, und er war noch nicht heraufgekommen. Ich öffnete leise die Tür und sah hinaus. Alles war still. Auf Zehenspitzen schlich ich mich zu seinem Zimmer und sah vorsichtig hinein. Der Raum war leer und sein Bett unberührt. Er saß also noch immer unten und spielte mit diesen Leuten. Ich sah auf die Uhr – es war zwei Uhr. Ich ging wieder zu Bett und fragte mich, wieviel er inzwischen gewonnen oder verloren haben mochte.

Es war nach drei Uhr, als ich seine Schritte auf der Treppe hörte; er bemühte sich offensichtlich, leise zu sein. Ich sprang aus dem Bett, riß die Tür auf und stand vor ihm.

»Clarissa!« rief er.

»Hast du eine Ahnung, wie spät es ist?«

Er lachte. »Nach drei.«

»Und hast du die ganze Zeit unten gesessen und gespielt.«

Er trat näher. »Konntest du nicht schlafen?«

»Wie sollte ich? Ich machte mir Sorgen.«

»Meinetwegen?«

»Ich dachte an Dickon.«

»Ach ja. Nun, das war unvernünftig von dir, du hättest schlafen sollen. Ist dir klar, daß wir in wenigen Stunden schon wieder unterwegs sein müssen?«

»Ist es *dir* klar?«

»Ich komme mit sehr wenig Schlaf aus.«

»Hast du gewonnen?«

Er sah mich schuldbewußt an und schüttelte den Kopf. »Aber es war ein schönes Spiel.«

»Du hast also verloren!«

»Es ist ja ein Glücksspiel, nicht wahr?«

»Wieviel?«

»Nicht sehr viel.«

»Wieviel?« wiederholte ich.

Er lachte. »Du siehst so streng aus. Also schön, fünfzig Pfund.«

»Fünfzig Pfund?«

»Es war eine lange Sitzung.«

»Ich halte es für unvernünftig. Gute Nacht.«

»Clarissa.« Er trat einen Schritt vor und legte mir die Hände auf die Schultern. »Danke für deine Besorgnis«, sagte er. Dann zog er mich an sich und küßte mich.

Ich schob ihn verwirrt von mir.

»Gute Nacht«, wiederholte er ruhig. »Geh jetzt schlafen. Denk daran, daß wir zeitig hinausmüssen.«

Dann ging er in sein Zimmer, und ich kehrte in das meine zurück. Er hatte mich aus der Ruhe gebracht, denn er hatte mich mit seinem Kuß erschreckt. Mir war bewußt, daß ich nur dürftig bekleidet war, und außerdem spielten bei all dem meine Gefühle für Dickon ebenfalls eine Rolle.

Wütend redete ich mir ein, daß ich mich über Lance geärgert hatte und daß es nicht sehr höflich von ihm war, mich aufs Zimmer zu schicken, als wäre ich ein Kind.

Ich legte mich ins Bett; mir war kalt, und ich war noch immer nicht schläfrig. Schließlich fielen mir aber doch die Augen zu; wie mir schien, klopfte sofort danach jemand an meine Tür und sagte mir, es wäre Zeit zum Aufstehen.

Wir verließen das Wirtshaus so früh wie geplant. Lance schien die Nacht, die er sich um die Ohren geschlagen hatte, nichts auszumachen. Er war genauso fröhlich wie immer und bereit, mich mit Erzählungen von seinen Abenteuern zu unterhalten.

Ich konnte mir eine Bemerkung über seine Spielleidenschaft nicht verkneifen und tadelte ihn noch einmal, weil er soviel Geld verloren hatte.

»Du hast am Abend zuvor zwanzig Pfund gewonnen«, erinnerte ich ihn, »und die hast du wieder verloren, und noch einige dazu.«

»So geht es Spielern«, erklärte er. »Sie werden durch ihre Gewinne angespornt, wieder zu spielen, und verlieren dann nur um so mehr.«

»Dann ist es eine wirklich unsinnige Gewohnheit.«

»Da hast du natürlich recht. Aber im Laufe deines Lebens wirst du erkennen, daß viele Dinge zwar unsinnig, aber gleichzeitig von einer unwiderstehlichen Anziehungskraft sind. Das ist eben die Tragödie.«

»Meiner Meinung nach würde schon ein wenig Charakterstärke genügen...«

»Du hast vollkommen recht, nur braucht man nicht nur ein wenig, sondern sehr viel Charakterstärke.«

»Ich hatte mich so darüber gefreut, daß du die zwanzig Pfund auf so edle Weise gewonnen hast.«

»Es hat keinen Sinn, wenn du dir wegen solcher Dinge den Kopf zerbrichst, meine liebe Clarissa. Was ich im ›Rebhuhn‹ gewonnen habe, ist inzwischen in eine andere Tasche gewandert, und die Leute aus der Postkutsche haben das gute Abendessen auch schon längst vergessen.«

»Meiner Meinung nach werden sie sich sehr lange an dich erinnern. Sie werden noch in vielen Jahren ihren Kindern davon erzählen.«

»Es ist nur wie eine Kerze in einer dunklen Welt. Kerzen tropfen und gehen rasch aus, Clarissa. Was für ein trostloses Gespräch! Wir sind bald in London, wo wir eine Nacht in meinem Haus verbringen werden. Am nächsten Tag reiten wir nach Enderby weiter, so daß dein Abenteuer bald zu Ende geht. Ich danke dir dafür, daß ich daran teilnehmen durfte.«

»Ich muß mich bei dir bedanken.«

»Es war eine wunderbare Reise. Im ›Rebhuhn‹ eine Art Duell, vergangene Nacht ein Spielverlust von fünfzig Pfund, eine Strafpredigt wegen meines lockeren Lebenswandels – und vor allem, süße Clarissa, deine reizende Gesellschaft.«

Ich wurde schwach. Er hatte eine charmante Art, und vielleicht gefiel er mir gerade wegen seiner Schwächen so gut.

Wir ritten also weiter, und ich war gerührt, als ich die Steinmauern des mächtigen Towers von London und den Fluß erblickte, der sich wie ein Band zwischen Feldern und Häusern dahinzog. Es wurde schon dunkel, als wir in die Albemarle Street kamen, in der sich Lances Stadtwohnung befand. Sofort nach unserer Ankunft brach fieberhafte Geschäftigkeit aus, denn er hatte anscheinend unzählige Bedienstete. Er erklärte ihnen, daß sie ein Zimmer für die Nichte von General Eversleigh herrichten mußten, die er am nächsten Morgen zu ihrer Familie auf dem Land begleiten würde. Inzwischen wollten wir etwas essen; außerdem waren wir müde, weil wir einen weiten Ritt hinter uns hatten.

Es war ein sehr schönes, keineswegs altes Haus. Später erfuhr ich, daß es kurz nach dem Großen Feuer von Christopher Wren entworfen worden war, als der berühmte Architekt einen Großteil der Stadt wieder aufbaute. Im Vergleich zu Eversleigh war es nicht groß, zeichnete sich aber durch eine Eleganz aus, die vielen größeren Häusern fehlte. Die Täfelung war prächtig, die Treppe elegant geschwungen. Da ich Lance kannte, hatte ich keine prunkvolle Einrichtung erwartet; alles, was ich erblickte, zeugte aber von erlesenem Geschmack.

Der Haushalt war ausgezeichnet geführt, das war nicht zu übersehen. Unsere Zimmer waren im Handumdrehen bereit, und das Essen stand auf dem Tisch.

Wir saßen in einem Raum, dessen Fenster beinahe vom Boden bis zur Decke reichten, um möglichst viel Licht hereinzulassen. Auf dem Tisch stand ein silberner Leuchter, und in dem warmen Kerzenschein wirkte die Einrichtung sehr anheimelnd.

»Ich finde dein Haus schön«, erklärte ich ihm.

»Danke, Clarissa, auch ich fühle mich hier wohl. Ich verbringe sehr viel Zeit hier, viel mehr als auf dem Land. Du wirst selbst bemerkt haben, daß ich ein ausgesprochener Stadtmensch bin.«

»Natürlich, hier sind ja auch viele Spiellokale.«

»Ach, spielen kann man auf dem Land genausogut. Ich versichere dir, daß es dort sehr viele Möglichkeiten gibt, sein Geld zu verlieren.«

»Es zu behalten ist wahrscheinlich nicht so aufregend.«

»Natürlich nicht.«

»Für mich wäre es aufregend zuzusehen, wie es sich vermehrt.«

»Liebe, beispielhafte Clarissa! Ein Vorbild für uns alle, und vor allem für unvernünftige Spieler. Koste die Suppe, sie ist der Stolz meines Kochs. Soviel ich weiß, brodelt auf dem Küchenherd immer ein Kessel voll dieser Köstlichkeit.«

»Du wirst hier sehr gut versorgt.«

»Darauf lege ich großen Wert. Gut versorgt werden gehört zu den großen Leidenschaften meines Lebens... natürlich an zweiter Stelle nach meiner Spielleidenschaft.«

»Ich lerne dich allmählich sehr gut kennen.«

»O Gott, klingt das unheilverkündend! Ich lerne auch dich ein bißchen kennen.«

»Meiner Meinung nach ist es nicht gut, wenn man zuviel über jemand anderen weiß.«

»Das könnte eine tiefschürfende Feststellung sein.«

Mit derlei Geplauder vertrieben wir uns die Zeit.

Ich verbrachte die Nacht in einem entzückenden Zimmer. Im Kamin brannte ein Feuer, und kaum hatte ich den Kopf auf das Kissen gelegt, war ich auch schon eingeschlafen.

Ein Dienstmädchen, das mir heißes Wasser brachte, weckte mich. Es war noch finster, aber sie erklärte mir, daß wir laut Sir Lance aufbrechen würden, sobald es hell war.

Merkwürdigerweise bedauerte ich, daß das Abenteuer beinahe zu Ende war. Ich war von all dem, was ich erlebt hatte, noch immer betäubt, und mir wurde erst allmählich bewußt, wie sehr ich das Zusammensein mit Lance genossen hatte.

Wir verließen das behagliche Haus in der Albemarle Street und schlugen den Weg zur Straße nach Südosten ein. Unterwegs machten wir zweimal Rast; beim zweiten Mal in der historischen Stadt Canterbury. Bis Eversleigh war es nur noch ein Tagesritt.

Wenn wir in den Orten, durch die wir kamen, anhielten und mit jemandem ins Gespräch kamen, drehte sich die Unterhaltung immer um die Revolution, die der Georgsritter entfesseln wollte – oder der Prätendent, wie man ihn meist nannte.

Überall herrschte Angst vor einem Krieg, und ich war unglücklich, denn wenn es wirklich so weit kam, würden Dickon und meine Familie in verschiedenen Lagern stehen

Als wir Canterbury verließen, wirkte Lance etwas bedrückt.

Ich fragte ihn, ob er an den Märtyrer dachte, der in der Kathedrale ermordet worden war. Beschäftigte das Schicksal des heiligen Thomas seinen Geist und stimmte es ihn melancholisch?

»O nein«, widersprach er. »Ich muß gestehen, daß ich kaum einen Gedanken an ihn verloren habe. Du weißt sicherlich, daß es nur einen Grund für meine Melancholie geben kann, nämlich die Tatsache, daß ich bald von dir Abschied nehmen muß.«

Dieser Satz stimmte mich glücklich, und ich lachte vor Vergnügen; dann erinnerte ich mich an Dickon und schämte mich wegen meiner Leichtfertigkeit.

»Du hast die Gewohnheit, den Menschen zu sagen, was sie gerne hören«, stellte ich fest.

»Du mußt zugeben, daß es keine üble Gewohnheit ist.«

»Falls du wirklich meinst, was du sagst.«

»Das ist ein zusätzlicher Vorteil. Du kannst mir glauben, daß ich es wörtlich meine, wenn ich dir versichere, daß unsere kleine gemeinsame Reise mir mehr Spaß gemacht hat, als die meisten Dinge, die ich bis jetzt erlebt habe. Geliebte Clarissa, ich danke dir dafür, daß du mir zu einer so glücklichen Zeit verholfen hast.«

»Unsinn. Du weißt, daß ich diejenige bin, die dir zu danken hat. Ich fürchte, ich war keine sehr fröhliche Reisegefährtin.«

»O doch. Trotz allem, was geschehen ist, hatte ich das Gefühl, daß du unsere Reise genossen hast.«

»Ich war so glücklich, wie es mir angesichts der letzten Ereignisse und meines Kummers überhaupt möglich war.«

Gerührt ritten wir schweigend weiter.

An diesem Tag erreichten wir Enderby. Als Damaris begriff, daß ich es war, kam sie überrascht herausgestürzt. Sie drückte mich herzlich an sich, und dann schloß Jeremy liebevoll seine Arme um mich.

»Oh, Clarissa, wir haben uns solche Sorgen um dich gemacht

und hatten solche Angst um dich, seit die Unruhen ausgebrochen sind.«

Damon sprang um uns herum, und ich war froh darüber, daß er Lance sofort ins Herz schloß.

Ich mußte natürlich Sabrina sehen, die seit meiner Abreise ein gutes Stück gewachsen war; Diener wurden nach Eversleigh Court und zum Dower House geschickt. Die ganze Familie sollte in Enderby zusammenkommen, um das große Ereignis zu feiern.

Lance blieb über Nacht; jedes Familienmitglied bedankte sich einzeln bei ihm, weil er mich sicher nach Hause gebracht hatte. Sie lauschten fasziniert meiner Geschichte, die ich ihnen mit allen Details erzählte, denn ich hatte keinen Grund, etwas zu verschweigen – ausgenommen natürlich die Tatsache, daß Dickon und ich einander liebten.

»Ich danke Gott für diesen Dickon«, meinte Damaris. »Du hast dich wirklich in großer Gefahr befunden, mein Liebling.«

»Die verdammten Jakobiten«, knurrte Urgroßvater Carleton. »Ich würde sie alle aufhängen. Außer den Prätendenten... für den ist der Galgen noch zu gut.«

Ich war also in den Schoß der Familie zurückgekehrt, und es kam mir zuerst komisch vor, daß ich wieder in meinem eigenen Bett schlief.

Weihnachten kam heran. Damaris wiederholte immer wieder, wie sehr sie sich darüber freue, daß ich zur Weihnachtsfeier zurückgekommen war. Außerdem war die Zeit jetzt zu gefährlich, als daß man Reisen unternehmen konnte. Es würde zum Bürgerkrieg kommen, der katastrophale Folgen zeitigen würde, und das alles nur, weil ein paar Leute den Prätendenten auf den Thron setzen wollten. Sie war davon überzeugt, daß die loyale Armee unter Befehlshabern wie Onkel Carl mit diesem Unfug bald aufräumen würde – aber vorerst würde es vielleicht Schwierigkeiten geben.

Jeanne war glücklich, weil ich sicher heimgekehrt war. Sie weinte und herzte mich dabei.

»Ach, Mademoiselle Clarissa, du gehörst zu den Menschen, die immer etwas erleben, das gibt es. Da mußt du von England fort und kommst nach Frankreich, wo du zuerst in einem großartigen Haus und dann in einem Keller lebst. Dann rettet dich jemand von dort... und dann geht es hier weiter. Ach, wie glücklich bin ich, daß du wieder bei uns bist. ›Weihnachten‹, habe ich gesagt, ›was ist Weihnachten ohne die kleine Clarissa?‹ Ich habe *la petite Sabrina*, natürlich habe ich die Kleine. Aber du bist meinem Herzen am nächsten, weißt du.« Sie legte die Hand auf die Brust.

»Jeanne«, erklärte ich feierlich, »ich werde dich immer liebhaben.«

Dann weinten wir gemeinsam.

Ich konnte mich nicht unbeschwert auf Weihnachten freuen. Die ganze Zeit fragte ich mich, wo sich Dickon herumtrieb, und ob ich je wieder von ihm hören würde. Gelegentlich gab es Neuigkeiten über den Prätendenten. Er hatte seinen Wohnsitz Bar-le Duc verlassen – denn er war am französischen Hof nicht mehr gern gesehen –, hatte sich als Lakai verkleidet und war nach St. Malo geritten, wo er versucht hatte, auf einem Schiff eine Passage nach Schottland zu bekommen. Da ihm dies nicht gelang, war er nach Dünkirchen weitergeritten. Es war schon Mitte Dezember, aber dann schaffte er es, mit einigen Getreuen ein Schiff aufzutreiben, das ihn nach Schottland, übersetzte; drei Tage vor Weihnachten landete er in Peterhead.

Diese Neuigkeit versetzte mich in Verzweiflung, weil ich davon überzeugt war, daß es zu erbitterten Kämpfen kommen und Dikkon natürlich dabeisein würde.

Die nächste Zeit verstrich ohne weitere Nachrichten. Die Familie war sehr erstaunt darüber gewesen, daß ich eine Halbschwester hatte. Sie wollten nicht offen darüber sprechen, denn sie bedauerten sehr, daß meine Eltern nicht verheiratet gewesen waren und hielten es für schandbar, daß Hessenfield noch eine uneheliche Tochter gehabt hatte.

Ich dachte oft an die Tage in Paris, als Aimée wahrscheinlich in meiner Nähe gewohnt hatte, und bei meinen Gesprächen mit Jeanne wurden sie wieder lebendig. Natürlich erinnerte sie sich viel besser an diese Zeit als ich. Ich stellte ihr viele Fragen und hatte manchmal das Gefühl, daß ich alles noch einmal erlebte.

Ich ließ sie vom Leben im *hôtel* erzählen. »Hast du je von Aimée und ihrer Mutter gehört?«

»Nein, niemals. Wenn sich Mylord in Paris aufhielt, war er immer mit deiner Mutter beisammen. Natürlich ging er gelegentlich aus... das alles war sehr geheimnisvoll. Er pendelte zwischen Paris und dem Hof in Saint-Germain hin und her. Aber ich hörte nie etwas von einer anderen Frau.«

»Bist du sicher, Jeanne?«

Jeanne nickte entschieden. Sie schloß die Augen, legte den Kopf zurück und ließ ihren Geist in die Vergangenheit wandern.

»Ich erinnere mich ganz genau. Ich erinnere mich an Yvonne, Sophie, Armand... das war der Kutscher. Vor allem erinnere ich mich an Germaine, die sich für etwas Besseres hielt; man könnte beinahe sagen, daß sie größenwahnsinnig war. Germaine fand, daß sie nicht zu uns gehörte, sie sollte eigentlich eine Lady mit einer eigenen Kutsche sein statt ein Dienstmädchen in so einem Haus. Dann gab es noch Clos, der die Schuhe putzte und die Roste reinigte und überhaupt alles tat, was man ihm anschaffte. So ein fröhlicher Junge, er lächelte immer. Ja, und Claudine war auch noch da, sie benahm sich so ähnlich wie Germaine, nur war sie nicht ganz so hochnäsig. Oh, ich erinnere mich so gut an alles. Einmal waren Mylord und Mylady Hessenfield in Saint-Germain, und Germaine zog die Kleider von Mylady an. Wir konnten nicht aufhören zu lachen, so gut ahmte sie sie nach. Die einzige Schwierigkeit war, daß sie die Sachen nicht mehr ausziehen wollte, sie wollte nicht mehr an die Arbeit gehen.«

»Und ich war immer dabei?«

»Du warst entweder bei Mylord und Mylady, oder du warst im Kinderzimmer.«

»Ich erinnere mich an niemanden außer an dich, Jeanne.«

»*Mon Dieu!* Du warst ja noch ein Baby. Manchmal nahm ich dich mit, wenn ich ausging, zum Drogisten, wo ich etwas für Mylady kaufen mußte, meist ein süß duftendes Parfum, oder zum Handschuhmacher, um ein Paar Handschuhe abzuholen. Kleine Besorgungen. Ich hatte strikten Auftrag, nie mit dir durch die verbotenen Gassen zu gehen, zum Pont-au-Blad oder zur Rue du Poirer. Ich erinnere mich, daß einmal ein Mann in einer Kutsche vorbeifuhr – ein junger Dandy, der hinter der Kutsche seiner Geliebten herjagte –, und dich von oben bis unten mit Schlamm bespritzte. Ich mußte dich zu dem Kleiderputzer an der Straßenecke bringen, der dich säuberte. Du konntest doch nicht in so einem Zustand nach Hause gehen, und der Schlamm mußte sofort weggeputzt werden, sonst wäre er nie wieder aus deinem Kleid herausgegangen.«

»Wenn ich dir zuhöre, Jeanne, sehe ich alles wieder vor mir.«

»Ach, es gibt vieles, das man besser vergißt. Wir haben es überlebt, nicht wahr? Ich möchte wissen, was aus Germaine geworden ist. Sie hatte einen Geliebten, auf den sie sehr stolz war. Er lebte irgendwo am linken Seineufer. Ich erinnere mich, daß sie einmal über Nacht bei ihm blieb, und daß Clos sie zeitig am Morgen ins Haus ließ. Monsieur Bonton erfuhr nie davon. Erinnerst du dich an Monsieur Bonton? Man könnte sagen, daß er unser Vorgesetzter war. Angeblich war er einer der besten Köche von Paris, und es hieß, daß der König selbst ihn in seine Dienste nehmen wollte. Aber vielleicht war das auch bloßes Gerede.

Trotzdem hatten wir alle Angst vor ihm, denn er war sehr einflußreich. Ein Wort von ihm, und wir wurden entlassen, fortgejagt...«

»Jeanne, es kommt mir so seltsam vor, daß es diese Frau, Aimées Mutter, gegeben haben soll.«

»Wahrscheinlich hatte er zu dieser Zeit nichts mehr mit ihr zu schaffen.«

»Nein, das glaube ich nicht. Sie besaß einen Brief von ihm, in dem er bestimmte, daß die Familie für Aimée sorgen sollte. Er muß mit ihr zusammengekommen sein.«

»Wer kennt sich schon bei einem Mann aus? Auch der Beste von ihnen hat sein Geheimnis, und oft ist dieses Geheimnis eine andere Frau. So sind die Männer nun mal, *ma petite*. Wir dürfen uns nie über das wundern, was sie tun.«

Ich nahm an, daß sie recht hatte, fand mich aber nur schweren Herzens damit ab.

Zu Beginn des neuen Jahres hörten wir viel über den Prätendenten. Er sollte in Scone gekrönt werden, und die Jakobiten überredeten ihre Frauen dazu, ihren Schmuck herzuschenken, um daraus eine Krone für ihn zu machen.

Gerüchte, nicht mehr. Auf den Pamphleten, die in Umlauf gebracht worden waren, war Jakob schön wie ein Gott dargestellt – groß, gut aussehend, edel und voller Vitalität, entschlossen, sich sein Recht zu erkämpfen. Anscheinend sah die Wirklichkeit ganz anders aus. Jakob verfügte keinesfalls über einnehmende Manieren; er verstand es nicht, den Mann von der Straße für sich zu begeistern; er konnte keine Konversation machen; außerdem war er melancholisch und schien eher bereit, eine Niederlage hinzunehmen als den Siegeswillen der Seinen zu stärken.

Kurz gesagt, ihm fehlte die Fähigkeit, Menschen zu führen. Der Earl von Mar, der die treibende Kraft hinter diesem Aufstand war, versuchte vergebens, ihm diese Eigenschaften einzuflößen, die für den Erfolg des Unternehmens wesentlich waren. Es war hoffnungslos, und sogar Mar begriff schließlich, daß er für eine verlorene Sache kämpfte. Die einzigen, die bereit waren, Jakob zu unterstützen, waren die Hochländer, und bald war allen klar, daß es am klügsten war, sich zurückzuziehen, solange dies noch möglich war, und auf eine neuerliche Gelegenheit zu einem Aufstand zu warten.

Die loyalen Truppen König Georgs marschierten nach Norden, und Jakob blieb nur noch ein Ausweg – nach Frankreich zurückzukehren. In Montrose bestiegen er und der Earl von Mar ein Schiff, segelten nach Norwegen und dann die Küste entlang bis nach Gravelines, wo sie am zehnten Februar an Land gingen.

Das Unternehmen war zu Ende.

»Gott sei Dank«, erklärte Priscilla. »Hoffen wir, daß wir nie wieder eine so unbesonnene Expedition erleben.«

»Nun, wenigstens ist jetzt alles vorbei«, stimmte Damaris zu.

Aber leider war es noch nicht vorbei. Es gab viele Gefangene, und es war nicht anzunehmen, daß sie ein mildes Urteil erwartete. Man mußte den Leuten deutlich machen, welche Strafe auf Hochverrat stand.

Ein Teil der Gefangenen wurde nach London gebracht, um dort abgeurteilt zu werden. Meine Unruhe wuchs.

Dann kam Onkel Carl heim und sagte, daß er eine Zeitlang bleiben würde, da die Kämpfe im Norden vorbei waren.

»Dein Freund Frenshaw befindet sich unter den Gefangenen«, erzählte er mir. »Er wird der Hinrichtung nicht entgehen. Auch Hessenfield ist in Schwierigkeiten. Bei Gott, Clarissa, du befandest dich dort oben im Zentrum des Aufstandes.«

»Gott sei Dank ist sie davongekommen«, meinte Damaris.

Ich wollte um jeden Preis erfahren, wie es Dickon ergangen war. Auch um meinen Onkel Hessenfield machte ich mir Sorgen, denn ich hatte ihn liebgewonnen.

Ein paar Tage später traf Lance ein, der behauptete, daß er meinetwegen gekommen sei. Er führte ein langes Gespräch mit Onkel Carl, dann brachte er mir die schlimme Nachricht bei.

Er forderte mich auf, mit ihm in den Garten zu gehen. Es war ein warmer Februartag und in der Luft lag ein Hauch von Frühling.

Ich mußte nicht lang warten, um den wahren Grund für sein Kommen zu erfahren. »Clarissa«, sagte er, »was ich dir jetzt erzähle, wird dich traurig stimmen, aber ich finde, daß du es erfahren solltest.«

Ich flüsterte: »Es geht um Dickon, nicht wahr?«

»Er ist in London.«

»Kann ich...«

Er schüttelte den Kopf. »Er ist einer der Gefangenen. Er wurde zusammen mit seinem Onkel aufgegriffen, und es gibt keine Hoffnung für sie. Sie werden alle wegen Hochverrats verurteilt werden.«

»Aber er ist doch noch so jung.«

»Er war alt genug, um gegen die Truppen des Königs zu kämpfen.«

Ich faßte ihn am Arm und sah ihn bittend an. »Sicherlich kann man etwas tun... man *muß* etwas tun können. Denk daran, daß er mir das Leben rettete.«

»Ich denke daran, und wenn ich die Möglichkeit hätte, etwas für ihn zu tun, würde ich nicht zögern. Aber sie sind alle verloren. Die Leute können nicht Hochverrat an unserem König begehen und dann straflos davonkommen.«

»Dickon ist etwas anderes.«

»Ich weiß, daß Dickon für dich etwas anderes ist, Clarissa, aber für die Richter des Königs ist er es nicht. Ich habe mich gefragt, ob ich dir erzählen soll, was ihm bevorsteht, oder ob ich lieber schweigen soll.«

»Nein, nein, ich will wissen, was mit ihm geschieht. Lance, könntest du mich zu ihm bringen?«

»Das ist vollkommen unmöglich.«

»Kannst du denn gar nichts tun?«

Lance biß sich nachdenklich auf die Lippen, und ich faßte wieder Hoffnung.

»Lance, du könntest etwas tun, das weiß ich. Wenn jemand ihm helfen kann, dann bist du es.«

»Du schätzt meinen Einfluß zu hoch ein. Ich kann überhaupt nichts unternehmen. Dein Onkel Carl nimmt eine hohe Position bei der Armee ein...«

»Dann werde ich ihn darum bitten. Er ist ja jetzt zu Hause.«

»Bringe ihn aber nicht auf die Idee...«

»Was willst du damit sagen?«

»Es wäre am besten, wenn du den Eindruck erwecktest, daß du diesem jungen Mann das Leben retten willst, weil er das deine gerettet hat. Wenn dein Onkel Carl merkt, daß von deiner Seite ›romantischer Unsinn‹, wie er es nennt, im Spiel ist, ist er bestimmt nicht bereit, Dickon zu helfen. Sowohl Carl als auch deine Familie wären entschieden gegen eine Verbindung mit einer verfemten jakobitischen Familie. Vielleicht ist es besser, wenn ich mit ihm spreche.«

»Nein, nein, ich will dabeisein.«

»Schön, aber sei vorsichtig.«

Onkel Carl hörte mir nachdenklich zu.

»Siehst du, Onkel«, sagte ich, bemüht, meine Gefühle zu verbergen, »er hat mein Leben gerettet. Ich glaube, daß wir aus diesem Grund etwas für ihn tun sollten.«

»Das stimmt natürlich«, bestätigte Lance. »Könntest du etwas tun?«

»Das glaube ich keinesfalls«, antwortete mein Onkel.

»Aber du könntest es versuchen.« Lance ließ nicht locker.

»Dazu müßte ich nach London reiten.«

»Ich werde dich begleiten«, erklärte Lance.

In diesem Augenblick liebte ich Lance, weil er meine Sache zu der seinen gemacht hatte. Ich wußte, daß er auf meiner Seite stand, und dank dieser Unterstützung sah ich die Lage optimistischer.

»Wir müßten morgen aufbrechen. Man macht ihm einen fairen Prozeß.«

»Ein Wort von dir hätte großes Gewicht. Er ist ja wirklich noch sehr jung.«

»Ich bezweifle, daß man das in Betracht ziehen wird. Jeder, der alt genug ist, um zu kämpfen, ist auch alt genug, um den Preis für seinen Hochverrat zu bezahlen.«

»Wir können es wenigstens versuchen.«

Ich merkte deutlich, daß Onkel Carl es für aussichtslos hielt, und obwohl Dickon mich gerettet hatte, hatte er keine große Lust, seinetwegen nach London zu reisen. Aber Lance überredete ihn. Lance war gütig und hilfsbereit. Ich hatte es erkannt, als er sich für die Leute aus der Postkutsche einsetzte, denen man ihr Abendessen vorenthalten wollte. Er konnte sich in die Lage der anderen versetzen und die Dinge von ihrem Standpunkt aus sehen. Meiner Meinung nach war das eine seltene Fähigkeit, und die meisten Menschen, die über sie verfügen, sind zu egoistisch, um daraus Konsequenzen zu ziehen.

Am nächsten Morgen ritten Lance und Onkel Carl nach London. Ich hätte sie am liebsten begleitet, aber Lance meinte, daß sie ohne mich rascher vorwärtskommen würden, denn sie mußten London erreichen, bevor der Prozeß begann.

An die darauffolgenden Tage will ich mich nicht erinnern. Es war die schrecklichste Zeit meines Lebens.

Ich hatte fürchterliche Angst, denn Lances Haltung hatte mir gezeigt, daß nur wenig Hoffnung bestand. Jeden Tag wartete ich auf Nachricht; ich konnte weder essen noch schlafen, und Damaris machte sich meinetwegen Sorgen.

»Clarissa, mein Liebling«, sagte sie, »du darfst dich nicht so aufreiben. Es stimmt, daß er dich gerettet hat, aber er ist dann zu ihnen zurückgekehrt und hat an ihrer Seite gekämpft.«

»Er hielt es für richtig«, rief ich. »Du weißt doch, was es heißt, an etwas zu glauben.«

Niemand konnte mir Trost spenden, und eine ganze Woche lang war ich verzweifelt.

»Wenn du so weitermachst, wirst du noch krank werden«, meinte Damaris.

Dann kehrte Lance allein zurück, denn Onkel Carl hatte noch in

London zu tun. Als ich Lances Gesicht sah, wußte ich, daß nicht alles nach Wunsch gegangen war.

»Lance, Lance!« Ich warf mich in seine Arme. Er hielt mich ein paar Sekunden fest, dann riß ich mich los und sah ihn an.

»Sag mir die Wahrheit.«

»Er wird nicht hingerichtet, soviel konnten wir erreichen.«

»O Lance, Lance... ich danke dir.«

»Aber...« Er zögerte, und die Spannung machte mich wahnsinnig.

»Er wird nach Virginia deportiert.«

»Nach Virginia!«

Lance nickte. »Er ist wahrscheinlich schon unterwegs in die Kolonie, die dort gegründet wurde. Er ist nicht der einzige. Seine Jugend und Carls Bemühungen haben ihm das Leben gerettet.«

»Aber Virginia ist so weit weg... jenseits des Meeres.«

»Es ist ein weiter Weg«, bestätigt Lance.

»Und für wie lange...«

»Vierzehn Jahre.«

»Vierzehn Jahre... dann bin ich eine alte Frau.«

»Aber nicht doch«, meinte Lance beruhigend.

»Ich werde ihn vielleicht nie wiedersehen.«

Lance sah mich traurig an.

»Aber wir haben ihm das Leben gerettet«, sagte er.

7

Die Hochzeit

Es war ein heißer Tag im Juni. Morgen früh sollte ich heiraten. Ich versuchte, mir meine Zukunft vorzustellen, und sagte mir immer wieder: Es wird schon gutgehen, etwas Besseres konnte ich mir gar nicht wünschen. Alle freuen sich darüber und alle sind davon überzeugt, daß ich glücklich sein werde. Sie haben bestimmt recht.

Es war über drei Jahre her, daß Dickon nach Virginia deportiert worden war, aber manchmal schien mir, als wäre er noch bei mir. Ich hatte in den Wochen vor meiner Hochzeit oft von ihm geträumt. Ich sah ihn deutlich vor mir, erinnerte mich genau an sein Gesicht, als er mir Lebewohl gesagt hatte, und glaubte, in seinen Augen einen stummen Vorwurf zu lesen.

Wir waren damals noch Kinder, redete ich mir ein, die einander unter so seltsamen Umständen kennengelernt hatten. Es war nur natürlich, daß wir uns ineinander verliebten, obwohl wir einander nicht wirklich kannten – jedenfalls nicht so, wie ich jetzt Lance kannte.

In diesen drei Jahren war Lance immer wieder nach Eversleigh gekommen, und als mir bewußt wurde, daß ich der Grund dafür war, fühlte ich mich natürlich geschmeichelt. Ich begann, mich auf seine Besuche zu freuen, denn sie waren die Höhepunkte der Woche. Er brachte mir jedesmal kleine Geschenke aus London oder aus dem Teil des Landes mit, in dem er sich gerade aufgehalten hatte. Wir lachten viel miteinander, ritten, gingen spazieren, und die Familie sah wohlwollend zu. Und schließlich war es soweit – er hielt um meine Hand an.

Ich wies ihn ab, denn wie konnte ich jemand heiraten, solange ich auf Dickon wartete? Er wird hierher zurückkehren, um mich zu holen, redete ich mir ein, und wenn er kommt, muß ich für ihn bereit sein.

Die Familie war enttäuscht. Sie waren alle der Ansicht, daß Lance der ideale Partner für mich war. Er war zwar wesentlich älter als ich, aber Damaris stellte fest, daß ich einen älteren Mann brauchte. Er war finanziell gut gestellt und hatte ein sehr ausgeglichenes Wesen; er war ein ausgezeichneter Gesellschafter, den

Onkel Carl mochte, und daher ein willkommener Gast in Eversleigh.

Damaris versuchte, mich dazu zu überreden, daß ich mir meine Antwort noch einmal überlegte. Arabella fand, daß es für uns beide gut wäre, wenn wir ein Paar wurden, Onkel Carl hielt es für die ideale Ehe, und sogar Urgroßvater Carleton war der Meinung, daß der junge Mann der Richtige war.

Lance schien meine Weigerung gelassener hinzunehmen als alle anderen. Er kam weiterhin auf Besuch und ließ keinen Zweifel daran, daß er sich immer noch in meiner Gesellschaft wohl fühlte. Das war für mich sehr angenehm, denn ich hatte inzwischen begriffen, wie schwer es mir fallen würde, auf seine Freundschaft und seine Stippvisiten zu verzichten.

Er sagte, daß er meine Gefühle für Dickon begreife. Diese beinahe unheimliche Fähigkeit, sich in die Lage der anderen zu versetzen, war eine seiner anziehendsten Eigenschaften. Er war geduldig, freundlich und zärtlich und gab mir zu verstehen, daß er mich zwar nicht wieder mit seinen Anträgen belästigen würde, daß er aber sicher war, schließlich doch das Ziel seiner Wünsche zu erreichen.

Dann fuhr ich einmal mit Damaris und Jeremy nach London. Es ergab sich ganz unvermittelt, denn Jeremy mußte in die Stadt, und Damaris war auf die Idee gekommen, daß wir ihn begleiten könnten. Wir trafen am späten Nachmittag ein und begaben uns direkt in das Stadthaus der Familie, in dem wir die paar Tage, die wir in London zu verbringen gedachten, wohnen sollten.

Am nächsten Morgen wachte ich zeitig auf und hatte einen glänzenden Einfall: Es wäre bestimmt sehr amüsant, Lance jetzt aufzusuchen. Er würde sich sicherlich freuen, mich zu sehen und zu erfahren, daß wir einige Tage in der Stadt blieben.

Ich ließ mich in einer Sänfte zu dem Haus in der Albemarle Street bringen, obwohl es erst zehn Uhr war. Mir hatten die Londoner Straßen immer schon gefallen, und ich war jetzt entzückt, weil ich sie von meinem Stuhl aus so ganz aus der Nähe erlebte. Es war ein buntes Leben und Treiben, vor allem die Sänften, in denen selbst zu dieser frühen Stunde elegant gekleidete Damen und Herren durch die Gassen getragen wurden. An meinen Augen zog eine wahre Modenschau vorbei; die Männer machten den Frauen nicht nur in bezug auf Kleidung, sondern auch mit Perücken, Schminke und Schönheitspflästerchen Konkurrenz. Ein oder zwei Gentlemen musterten mich prüfend, und ich schrak zurück und fühlte mich wie ein echtes Provinzgänschen. Einen krassen Gegensatz zu diesen herausgeputzten Menschen bildeten die Bettler und Straßenhändler, die mich faszinierten. Überall herrschte ungeheurer Lärm; die Nachrichtenmänner bliesen in kleine Trompeten, um die Vorübergehenden darauf aufmerksam zu machen, daß sie die *Gazette* oder eine andere Zeitung feilboten; die Blasebalg-Flicker und die Messerschleifer kauerten auf dem Katzenkopfpflaster, während sie arbeiteten, und priesen dabei laut ihre Dienste an; der Colly-Molly-Puff-Mann, der Pasteten verkaufte, bot seine Ware Seite an Seite mit einem Milchmädchen an.

Ich lächelte und dachte daran, wie Lance sich freuen würde, mich zu sehen. Als wir bei seinem Haus ankamen, befahl ich den Trägern zu warten, für den Fall, daß er ausgegangen war und ich sofort nach Hause zurückkehren mußte.

Ich klopfte, und Lances ausgezeichneter Lakai öffnete die Tür.

»Hallo, Thomas«, sagte ich, »das ist ein überraschender Besuch, nicht wahr?«

Er starrte mich an, als traute er seinen Augen nicht. Es war das erste Mal, daß ich ihn sprachlos erlebte. Er kannte mich natürlich gut, denn ich hatte mit meiner Familie oft das Haus in der Albemarle Street aufgesucht.

»Ist Sir Lance zu Hause?« fragte ich.

Er verhaspelte sich ein bißchen, was merkwürdig war, denn für gewöhnlich sprach er sehr präzise. »Ja, natürlich, Miß Clarissa, aber...«

Inzwischen stand ich schon in der Halle. »Ich bin froh, daß er da ist, denn ich wäre sonst sehr enttäuscht gewesen. Ich werde zu ihm hinauflaufen, ich möchte ihn überraschen.«

Thomas streckte die Hand aus, als wolle er mich zurückhalten, aber ich war schon an ihm vorbei und lachte vor mich hin, weil ich mir Lances Gesicht vorstellte, wenn er mich erblickte.

Weil ich annahm, daß er beim Frühstück saß, öffnete ich die Tür zum Speisezimmer, aber er war nicht da.

»Aber Miß Clarissa, Sie können doch nicht!« Thomas stand hinter mir.

Ich kümmerte mich nicht um ihn, sondern lief, zwei Stufen auf einmal nehmend, die Treppe hinauf. Wahrscheinlich war er noch nicht aufgestanden, und ich konnte ihn mit seiner Faulheit necken. Es gehörte sich natürlich nicht, daß ich sein Schlafzimmer betrat, und Damaris wäre darüber sehr entrüstet gewesen, aber zwischen Lance und mir bestand eine besondere Beziehung. Ich wußte, daß ich gegen die Konventionen verstieß, aber Lance hatte selbst oft festgestellt, daß Konventionen nur für Fantasielose galten, und daß Individualisten sich über sie hinwegsetzen konnten, wenn es ihnen zweckmäßig erschien.

Und genau das tat ich jetzt.

Ich erreichte die Schlafzimmertür, hörte Thomas hinter mir heraufkeuchen und klopfte.

Eine Frauenstimme sagte: »Herein.«

Ich öffnete die Tür. Sie saß im Negligé am Toilettentisch und kämmte ihr langes, dunkles Haar.

»Stellen Sie das Tablett ab«, befahl sie, ohne sich umzusehen.

Ich war verblüfft. Was tat diese Frau in Lances Schlafzimmer?

Dann erschien Lance persönlich. Ich starrte ihn verwundert an. Er trug helle Kniehosen und kein Hemd, so daß sein Oberkörper nackt war.

»Ich würde jetzt gern frühstücken; wie steht es mit dir, Liebling?« fragte er. Dann unterbrach er sich, denn er hatte mich erblickt.

Mein Gesicht wurde purpurrot. Ich drehte mich um, lief aus dem Zimmer und stolperte beinahe über Thomas, der vor Verzweiflung außer sich war. Als ich die Stiegen hinunterrannte, hörte ich Lance rufen: »Clarissa, Clarissa, komm zurück.«

Ohne auf ihn zu hören, lief ich zur Tür hinaus und zur Sänfte, die zum Glück noch auf mich wartete.

Auf dem Rückweg sah ich weder die bunten Straßen noch hörte ich die rauhen Schreie der Straßenhändler. Ich sah nur Lance und die Frau in seinem Schlafzimmer vor mir. Lance, der um meine Hand angehalten hatte!

Ich will ihn nie wiedersehen, sagte ich mir empört. Ich war sehr aufgebracht und sehr unglücklich.

Natürlich ließ Lance die Sache nicht auf sich beruhen, sondern besuchte mich noch am gleichen Tag. Ich schützte Kopfschmerzen vor und weigerte mich, mein Zimmer zu verlassen. Aber er kam immer wieder, bis ich ihn endlich empfing.

»Ich möchte dir alles erklären«, sagte er.

»Die Situation sprach doch für sich.«

»Allerdings«, bestätigte er schuldbewußt.

»Wer ist diese Frau?«

»Eine Freundin, die mir sehr teuer ist.«

»Oh... du bist schändlich.«

»Und du, meine liebe Clarissa, bist sehr jung. Ja, deine Vermutung trifft zu, Elvira Vernon ist meine Mätresse, und zwar schon seit einiger Zeit.«

»Deine Mätresse! Aber du hast doch um meine Hand angehalten!«

»Und du hast mich abgewiesen. Gönnst du mir diesen Trost nicht?«

»Ich verstehe dich nicht.«

»Du mußt noch viel lernen, Clarissa.«

»Dich kenne ich sehr genau! Was würden die Leute sagen...«

»Meine Liebe, die meisten wissen es ohnehin. Diese Situation ist weder schrecklich noch ungewöhnlich. Es ist ein sehr freundschaftliches Arrangement. Elvira und ich vertragen uns sehr gut.«

»Warum heiratest du dann nicht *sie*?«

»Es ist nicht diese Art von Beziehung.«

»Es sah aber genauso aus. Oh, wie gut es war, daß ich dich abgewiesen habe. Wenn ich...«

»Wenn du dich bereit erklärt hättest, mich zu heiraten? Dann hätte ich mein Verhältnis mit Elvira beendet und mein Leben als ehrbarer Ehemann begonnen.«

»Du bist so... aalglatt.«

»Hör zu, Clarissa, ich mag Elvira in einer bestimmten Beziehung, aber ich habe ebensowenig die Absicht, sie zu heiraten, wie sie die Absicht hat, mich zu heiraten. Wir mögen einander, wir trösten einander. Dich liebe ich und will dich heiraten, das mußt du mir glauben.«

»Ich glaube dir nicht, und ich wünsche nicht, dich wiederzusehen. Ich halte es für entsetzlich; wahrscheinlich hast du schon eine Menge Mätressen gehabt.«

»Etliche«, gab er zu.

»Dann geh zu ihnen zurück und laß mich in Ruhe. Ich kann mich glücklich schätzen, daß ich nicht auf dich hereingefallen bin.«

»Du hast mich also doch in Betracht gezogen, oder?«

»Ich habe dir gesagt, daß ich jemand anderen liebe und auf ihn warte. Aber das geht dich nichts an, denn ich werde dich nie wiedersehen.«

Er sah mich mit einem halb liebevollen, halb spöttischen Lächeln an. Eine seiner Eigenschaften, die mich zur Verzweiflung trieb und gleichzeitig faszinierte, war seine Unfähigkeit, irgend etwas ernst zu nehmen. Sie verlieh ihm ein Format, als wäre er jederzeit fähig, mit jeder Situation fertig zu werden.

Als er fort war, wurde mir bewußt, wie zornig, wie verletzt, wie gedemütigt ich mich fühlte. Ich begriff nicht, warum ich so reagierte. Was er tut, betrifft mich nicht, sagte ich mir. Wenn er will, kann er sich ein ganzes Haus voller Mätressen halten.

Er besuchte meine Familie weiterhin. Wenn er mich sah, benahm er sich, als wäre nichts vorgefallen. Ich wunderte mich nach wie vor über ihn und sah immer wieder Elvira Vernon in seinem Schlafzimmer vor mir. Ich wußte nicht genau, worin eine Liebesbeziehung bestand, und begann, mich neugierig mit der Sache zu befassen. Gelegentlich sah ich auch Elvira Vernon, die immer beherrscht und ruhig wirkte. Sie ist ziemlich alt, dachte ich boshaft.

Wenn Lance mir nicht genügend Aufmerksamkeit widmete, reagierte ich darauf mit Eifersucht. Ich verstand mich selbst nicht mehr, denn ich dachte öfter an Lance als an Dickon. Lance schien sich über den Zwischenfall zu amüsieren, statt sich zu schämen.

Einmal sagte er mir: »Ich bin weder ein Heiliger noch ein Mönch. Elvira und ich brauchen einander derzeit.«

»Man könnte also sagen, daß Mätressen ebenso zu deinem Leben gehören wie Glücksspiele.«

»Wahrscheinlich. Und jetzt komme ich dir schrecklich verderbt vor. Aber trotzdem liebenswert, was, Clarissa?«

Dann nahm er mich in die Arme, drückte mich an sich und küßte mich.

Ich machte mich atemlos von ihm los und tat, als ob ich zornig wäre. In Wirklichkeit zitterte ich vor Erregung.

Danach stellte ich fest, daß das Leben sehr eintönig war, wenn er sich nicht in meiner Nähe aufhielt. Ich dachte darüber nach. Lance war infolge seiner Mätressen und seiner Spielleidenschaft keineswegs der ideale Gatte. Und wie konnte ich seine Frau werden, wenn ich jemand anderen liebte, der für mich verloren war?

Ich erzählte Lance sehr viel über Dickon, hob seine Unschuld, seine Tapferkeit, seine Lauterkeit hervor.

»Er muß auf Jahre hinaus in Übersee bleiben«, bemerkte Lance. »Nur wenige kehren zurück; willst du dein Leben als alte Jungfer verbringen und auf etwas warten, das vielleicht nie eintritt? Die Menschen ändern sich im Lauf der Jahre. Selbst wenn dein Dickon zurückkommt, ist er bestimmt nicht mehr der reine, edle Junge, der dich verließ. Und hast du dir schon überlegt, meine süße Clarissa, wie sich die Jahre auf dich auswirken werden? Ergreife das, was sich dir jetzt bietet. Bedenke doch, was jeder von uns beiden für den anderen tun kann. Du kannst mich von meinen Lastern fernhalten; ich kann dich dazu bringen, daß du einen unerfüllbaren Traum vergißt.«

Ich ließ mir das, was er sagte, immer wieder durch den Kopf gehen. Unsere Beziehung änderte sich. Wenn wir einander trafen, umarmte er mich und küßte mich leidenschaftlich. Manchmal glaubte ich, er lache mich aus, weil ich so ahnungslos war, daß ich eine Mätresse für etwas Schreckliches hielt.

»Wenn ich mich dazu entschließen könnte, dich zu heiraten«, sagte ich, »müßtest du deiner derzeitigen Mätresse den Laufpaß geben.«

»Abgemacht.«

»Du müßtest ein treuer Ehemann sein.«

»Das verspreche ich.«

Dann hob er mich hoch und küßte mich, und als Damaris ins Zimmer trat, verkündete er strahlend: »Es ist endlich soweit. Clarissa hat sich bereit erklärt, mich zu heiraten.«

Ich sagte mir, daß ich aufhören mußte, an Dickon zu denken. Das Zusammentreffen mit ihm war nur ein unbedeutender Zwischenfall in meinem Leben gewesen. Ich hatte jetzt Lance, meinen künftigen Ehemann, der freundlich, welterfahren, zärtlich war, das Leben so nahm, wie es kam, es genoß, nie zuließ, daß es ihn bedrückte. So wollte ich auch leben. Er war ein Spieler, der mit dem Leben spielte. Er ging Risiken ein, und wenn er verlor, zuckte er die Schultern und war davon überzeugt, daß er beim nächsten Mal ganz gewiß gewinnen würde.

Ich erfuhr, daß er das einzige Kind seiner Eltern gewesen war. Sein Vater war gestorben, als er noch klein war, und seine Mutter war ihm einige Jahre später ins Grab gefolgt. Lance hatte Güter an der Grenze zwischen Kent und Sussex geerbt, und wenn er kein so extravagantes Leben geführt und zuviel Geld an den Spieltischen verloren hätte, wäre er ein wohlhabender Mann gewesen. Natürlich war meine Familie an seiner finanziellen Lage interessiert. Ich weiß jetzt, daß meine Großmutter Priscilla in der Angst lebte, jemand könne mich meines Geldes wegen heiraten, denn ich war eine reiche Erbin.

Meine Mutter hatte ein Vermögen geerbt, und da ich ihre nächste Verwandte war, fiel es jetzt mir zu. Leigh, der sich in diesen Dingen auskannte, hatte es verwaltet, und das Vermögen war während des Aufenthaltes meiner Mutter in Frankreich und bis zu meiner Rückkehr ständig gewachsen. Ich konnte über das Geld verfügen, sobald ich achtzehn Jahre alt war oder heiratete.

Dazu kam die Erbschaft nach meinem Vater, die Lord Hessenfield als Oberhaupt der Familie zu gleichen Teilen zwischen Aimée und mir aufgeteilt hatte. Er hatte verfügt, daß uns beiden das Geld erst an meinem achtzehnten Geburtstag ausgehändigt werden sollte, was merkwürdig war, denn er hatte Aimée anerkannt und ließ sie jetzt dennoch auf ihren Anteil warten. Wenn eine von uns starb, beerbte sie die überlebende Schwester.

Ich dachte aber nur selten an das Geld. Meine Familie war davon überzeugt, daß es nicht der Grund war, warum Lance mich heiratete. Er verfügte selbst über ausreichende Mittel.

Somit stand ich jetzt nicht nur an der Schwelle zur Ehe, sondern war auch im Begriff, selbst eine vermögende Frau zu werden. Manchmal war ich sehr glücklich – bis mir Dickon wieder einfiel.

Der große Tag war angebrochen. Ich lag im Bett und hörte, wie das Haus langsam erwachte. Mein Brautkleid hing im Schrank; Lance und Onkel Carl hatten in Eversleigh Court übernachtet. Jeremy sollte bei der Zeremonie meinen Vater vertreten, denn Priscilla hatte sich eine Hochzeit nach altem Brauch gewünscht, wie sie sie aus der Vergangenheit kannte.

Während ich so vor mich hin grübelte, ging die Tür auf und eine zarte Gestalt huschte herein. Es war Sabrina – beinahe vier Jahre alt, ein lebhaftes, bezauberndes kleines Mädchen. Sie kletterte zu mir ins Bett und schmiegte sich an mich.

»Heute heiratest du«, flüsterte sie.

Ich hielt sie fest umschlungen, denn ich hatte Sabrina immer sehr gern gehabt. Sie war außergewöhnlich hübsch; angeblich ähnelte sie meiner Mutter Carlotta, die eine der Schönheiten der Familie gewesen war. Außerdem war sie sich ihres Reizes bewußt und setzte ihn unbedenklich ein, um zu erreichen, was sie wollte. Sie schoß immer im Haus herum; soeben war sie noch in der Küche, stand auf einem Stuhl, sah zu, wie Pasteten und Kuchen gebacken wurden, steckte naschhaft den Finger in den Teig, wenn niemand hinsah, und im nächsten Augenblick rannte sie zu den Ställen und überredete den Reitknecht dazu, sie in der Koppel auf dem jüngst gekauften Pony herumzuführen. Sie spielte mit den Schubkarren der Gärtner, versteckte sich auf der Galerie, erschreckte das Stubenmädchen Gwen, das an Gespenster glaubte, hatte immer den unwiderstehlichen Drang, genau das zu tun, was man ihr verboten hatte – so war Sabrina.

Aber sie besaß wirklich Charme, und sie hatte sehr bald entdeckt, daß ihr bezauberndes Lächeln in Verbindung mit einem schuldbewußten Augenaufschlag ihr aus den meisten Schwierigkeiten half.

Jetzt plapperte sie über Hochzeiten. Es war meine Hochzeit, nicht wahr? Wann würde denn ihre sein? Sie würde heute ein rosa Seidenkleid tragen, Nanny Curlew nähte noch daran. Sie würde

Blumen im Haar haben und neben mir stehen. Also war es eigentlich auch *ihre* Hochzeit.

Sie schlang mir die Arme um den Hals, so daß ihr Gesicht sich dicht vor dem meinen befand.

»Du gehst von hier fort«, stellte sie fest.

»Ich werde oft hierher zurückkommen.«

»Aber es ist nicht mehr dein Zuhause. Du ziehst ja in Onkel Lances Haus.«

»Na ja, er wird ja auch mein Mann sein.«

Sie zog ein Schmollmündchen. »Bleib hier«, flüsterte sie. Sie schlang die Arme fester um mich und bettelte: »Bleib hier bei Sabrina.«

»Die Frauen leben immer bei ihren Männern.«

»Dann soll Lance hierherziehen.«

»Wir werden oft hierherkommen, du wirst schon sehen.«

Sie schüttelte den Kopf; das war nicht das gleiche. »Ich will nicht, daß du heiratest.«

»Alle anderen wollen es.«

»Sabrina will es nicht.« Sie sah mich herausfordernd an, als wäre dies der triftigste Grund, um die ganze Sache abzublasen.

»Wenn du älter bist, kannst du zu uns kommen«, meinte ich.

»Morgen?« fragte sie strahlend.

»Das ist ein bißchen früh.«

»Aber dann bin ich schon älter.«

»Nur um einen Tag. Du mußt schon ein bißchen länger warten.«

»Zwei Tage? Drei Tage?«

»Vielleicht Monate. Geh zum Schrank, mach die Tür auf, und du wirst mein Brautkleid sehen.«

Sie sprang aus dem Bett. »Oooooh!« sagte sie und streichelte die seidenen Falten.

»Laß die Finger davon«, warnte ich sie.

Sie drehte sich um und sah mich an. »Warum?« fragte sie. Sabrina verlangte für alles eine Erklärung.

»Sie sind vielleicht schmutzig.«

Sie musterte ihre Finger und dann mich, lächelte sanft und berührte absichtlich das Kleid. Das war typisch für Sabrina. »Rühr es nicht an«, hieß für sie: »Ich muß es um jeden Preis berühren.«

»Nicht schmutzig«, stellte sie beruhigend fest. Dann stürzte sie sich auf meine Schuhe, die aus weißer Seide waren und silberne Schnallen und Absätze hatten. Sie nahm einen in die Hand, lächelte mich an und strich über den weißen Stoff. Ihre Augen glänzten boshaft, denn sie nahm wahrscheinlich an, daß sie die Schuhe ebensowenig berühren durfte wie das Kleid.

Es klopfte, und Nanny Curlew kam herein.

»Ich wußte, daß ich dich hier finden würde, Miß«, sagte sie. »Ich bitte um Entschuldigung, Miß Clarissa, aber das Kind ist nicht zu bändigen.«

»Es ist ein ganz besonderer Morgen, Nanny«, meinte ich. »Die allgemeine Aufregung hat auch sie angesteckt.«

»Es ist eigentlich meine Hochzeit«, verkündete Sabrina.

»Du kommst sofort mit«, erklärte Nanny Curlew entschieden. »Miß Clarissa hat jetzt an andere Dinge zu denken als an dich.«

Sabrina sah erstaunt aus. »An was für Dinge«, fragte sie, als wäre es unbegreiflich, daß etwas wichtiger sein konnte als ihre eigene, kleine Person.

Aber Nanny nahm sie fest bei der Hand, lächelte mir entschuldigend zu und zog das Kind mit sich fort. Sabrina schenkte mir noch rasch ihr bezauberndes Lächeln, ehe sie verschwand.

Der nächste Besucher war Jeanne, die tatendurstig an mein Bett trat.

»Ah, du bist also wach? Es ist soviel zu tun. Ich habe ein Tablett für dich zurechtgemacht, das wird dir guttun.«

»Ich kann keinen Bissen hinunterbringen, Jeanne.«

»Es gehört sich nicht, daß du so etwas sagst, Mylady. Du mußt essen, oder willst du deinem Ehemann ohnmächtig vor die Füße fallen? Ach, ist das ein herrlicher Tag. Ich bin so glücklich, Sir Lance ist ein guter Mann. Er ist ein bezaubernder Mann.« Sie schloß die Augen und schickte dem imaginären Lance eine Kußhand. »Ich sage zu mir: ›Das ist der Richtige für meine kleine *bébé*, das ist der Ehemann für Clarissa. Er ist so schön ... die Brokatjacke ... er ist angezogen wie ein Franzose.«

»Das ist wirklich das höchste Lob aus deinem Mund, Jeanne. Ich frage mich nur, ob Lance es würdigen kann.«

»Komm jetzt baden, dann essen und dann die Frisur. Ich werde dich heute schönmachen.«

»So schön wie Lance?« fragte ich.

»Ich sage dir, niemand wird so schön sein wie Mylady. Das ist ihr Tag, sie wird die schönste aller Bräute sein.«

»Dank Jeannes geschickten Händen.«

»Ja, ja«, murmelte sie.

Jeanne und ich hatten uns im Lauf der Jahre aneinander angeschlossen. Sie bedauerte immer, daß sie mich nicht bei meinem Besuch im Norden begleitet hatte. Außerdem mochte sie Sabrina.

»Das Kind hat echten Charme«, stellte sie oft fest. »Aber sie ist auch schlimm, man muß auf sie aufpassen. Du warst nicht so, als du klein warst.«

»Mir fehlte eben der Charme.«

»Das ist Unsinn. Du hast ebensoviel Charme, aber du warst ein braves kleines Mädchen. Vielleicht hast du auch mehr an die anderen gedacht, so wie die Ladys Priscilla und Arabella. Nicht wie deine Mutter und dein Vater, die dachten zuerst an sich selbst, wie die kleine Sabrina.«

»Sie ist ja noch ein Kind.«

»Ich kenne mich mit Kindern aus. Wie sie mit drei Jahren sind, sind sie auch mit dreißig.«

»Meine liebe, weise Jeanne.«

»So weise, daß ich dich jetzt aus dem Bett werfe. Wir haben genügend Zeit, dürfen sie aber trotzdem nicht verschwenden.«

Ich überließ mich ganz ihren Händen, saß ruhig vor dem Spiegel, während sie mich bediente, mein Haar bürstete und es um meinen Kopf schlang, so daß es voll zur Geltung kam. Mit dieser Frisur lieferte sie ihr Meisterstück.

Im Spiegel bemerkte ich, wie aufmerksam sie mich betrachtete und wie stolz sie auf mich war. Liebe Jeanne!

»Ich muß dir für so vieles danken«, sagte ich gerührt. »Wie kann ich dir nur zeigen, daß ich alles würdige, was du für mich getan hast?«

Sie fuhr mir mit der Hand leicht über die Schulter. »Man kann diese Dinge nicht messen. Du hast mein Leben verändert, du hast mich hierhergeholt, damit ich deine Zofe sein kann. Das wollte ich immer sein. Wir können das, was wir tun, nicht nach seinem Wert berechnen.«

»Natürlich nicht, Jeanne.«

»Ich werde bei dir bleiben, und mehr will ich nicht. Wir werden dieses Haus verlassen... du wirst zu deinem Mann ziehen, und ich werde dich begleiten. Darüber bin ich sehr froh. Ich möchte nicht ohne dich hierbleiben. Und du läßt mich nicht zurück, und Sir Lance sagt: ›Wie ich höre, kommen Sie zu uns, Jeanne, das ist gut, sehr gut.‹ Das hat er gesagt und dabei so freundlich gelächelt. Er ist ein schöner *gentilhomme*.«

»Ich freue mich, daß du mit meiner Wahl einverstanden bist, Jeanne.«

»Er ist der Mann, den ich für dich ausgesucht hätte. Hör auf, an diesen Dickon zu denken. Er ist ein Junge und weit weg. Er wäre nicht der Richtige für dich gewesen.«

»Woher willst du das wissen?«

»Mein Gefühl sagt es mir. Er bleibt vierzehn Jahre weg, dieser Junge. Vierzehn Jahre! *Mon Dieu!* Er wird in diesem fremden Land eine Frau finden, wahrscheinlich eine Schwarze. Nein, Sir Lance ist der richtige Mann für dich.«

»Du setzt dich wirklich für ihn ein, das muß man sagen.«

Sie nickte lächelnd.

»Macht es dir nichts aus, Enderby zu verlassen?« fragte ich.

Sie schwieg ein paar Minuten, hielt die Bürste regungslos über meinen Haaren und starrte sie an. Dann antwortete sie beinahe heftig: »Ich bin glücklich, denn ich gehe mit dir, und das ist gut. Enderby ist kein gutes Haus.«

»Kein gutes Haus! Was meinst du damit?«

»Schatten... Flüstern... Geräusche in der Nacht. Es gehen Gespenster um von Leuten, die längst gestorben sind und keine Ruhe finden.«

»Aber, Jeanne, das glaubst du doch selbst nicht. Was ist aus deinem sachlichen französischen Realismus geworden?«

»Es ist ein Haus, in dem das Glück nicht lang zu Gast ist. Vielleicht für kurze Zeit, aber dann verschwindet es. Ich bin froh, daß wir es verlassen, denn ich hätte es nie ertragen, dich allein ziehen zu lassen. Deshalb bin ich glücklich, weil ich das sein darf, was ich immer sein wollte, eine Kammerzofe. Ich erinnere mich an deine Mutter, die so schön war; Claudine war ihre Kammerzofe. Claudine nahm sich immer sehr wichtig, sie hielt sich für etwas Besseres. Und ich wäre so gern an ihrer Stelle gewesen... Haare kämmen, etwas Rouge auflegen, schwarze Schönheitspflästerchen aufkleben... davon träumte ich immer. Germaine war eifersüchtig auf Claudine, weil sie auch Kammerzofe sein wollte. Und jetzt habe ich es erreicht und darf bei dir und einem schönen Mann bleiben. Wir werden nach London ziehen, in diese großartige Stadt.«

»Gelegentlich werden wir auch auf dem Land leben.«

»Auch das wird schön sein.«

»Und wir werden auf Besuch nach Enderby kommen.«

»Auf Besuch, das ist nicht dasselbe, als wenn wir ständig hier leben.«

»Du sprichst, als entgingen wir einem Fluch.«

»Vielleicht«, meinte Jeanne mit einem Achselzucken.

Dann fielen ihr meine Hände auf. »Du wirst diesen Ring doch nicht bei deiner Hochzeit tragen?«

Ich spielte mit dem Ring, der jetzt auf meinen Mittelfinger paßte. Seit Lord Hessenfield ihn mir geschenkt hatte, war ich gewachsen.

»Es ist mein Bezoar-Ring, ein ganz besonderer Ring.«
»Er paßt aber nicht zu deinem Kleid.«
»Das macht nichts, ich werde ihn trotzdem tragen. Sieh ihn nicht so an, Jeanne, er ist sehr kostbar. Königin Elisabeth schenkte ihn einem meiner Vorfahren, und er verfügt über eine besondere Eigenschaft. Er ist ein Mittel gegen Gift.«
»Was willst du damit sagen?«
»Wenn mir jemand ein Getränk mit Arsen – oder einem anderen Gift – gibt, würde dieser Ring das Gift aufsaugen. Er wirkt wie ein Schwamm.«
Jeanne gab einen ärgerlichen Laut von sich. »Eine sehr unwahrscheinliche Geschichte«, meinte sie, ergriff aber meine Hände und musterte den Ring. »Königin Elisabeth, sagst du? Hat er ihr gehört?«
»Ja, und dadurch ist er so wertvoll. Auf der Innenseite sind ihre Initialen eingraviert.«
»Schön, in diesem Fall darfst du ihn tragen.«
»Danke, Jeanne.«
Ich war jetzt beinahe fertig. Bald würde ich in die Kirche gehen und Lance heiraten. Ich war aufgeregt und hatte Angst. Am liebsten hätte ich vergessen, wie ich damals Elvira vor dem Spiegel in Lances Schlafzimmer gefunden hatte; sie hatte so sorglos, so natürlich gewirkt. Ich muß noch so viel lernen. Ich konnte nicht anders, ich entschlüpfte Lances Aufsicht und warf einen Blick in das Brautzimmer, in dem ich heute nacht mit Lance schlafen würde. Es war der Raum, der einst mit rotem Samt ausgeschlagen gewesen war und den Damaris geändert hatte, als sie in Enderby einzog. Jetzt waren die Tapeten aus weißgoldenem Damast, und das Zimmer war für die Hochzeit mit blauen und grünen Bändern geschmückt worden. Zwei Dienstmädchen banden Rosmarinzweige an die Bettpfosten.
Sie kicherten bei der Arbeit, verstummten aber, als sie mich erblickten.
»Es sieht sehr hübsch aus«, sagte ich und bemühte mich, beiläufig zu klingen. Aus irgendeinem unerfindlichen Grund hatte ich dieses Zimmer nie gemocht. Vielleicht deshalb, weil ich als Kind Damaris sehr nahegestanden war und instinktiv gefühlt hatte, daß auch sie es nicht mochte. Sie betrat es sehr selten, aber es war das größte und schönste Schlafzimmer im ganzen Haus, und es war nur natürlich, daß es bei dieser Gelegenheit verwendet wurde.
»Es ist ein großer Tag, Miß Clarissa«, sagte eines der Mädchen.
Ich stimmte ihr zu.

Als ich in mein Zimmer zurückkehrte, suchte Jeanne in allen Winkeln einen meiner Schuhe.

»Ich weiß nicht mehr, wo ich noch nachsehen soll«, meinte sie. »Ich bin sicher, daß beide hier waren. Wo mag er nur sein; du kannst doch nicht mit nur einem Schuh zu deiner Hochzeit kommen.«

Ich beteiligte mich an der erfolglosen Suche, als Damaris eintrat.

»Du siehst wunderschön aus, mein Liebling«, sagte sie. »Ach, Clarissa, ich freue mich so für dich.«

Die liebe Damaris. Ich wußte, daß sie an den Tag dachte, als sie mich im Keller gefunden hatte. Sie küßte zuerst mich und dann Jeanne.

»O Madame«, protestierte Jeanne, »bitte heute keine Tränen. Sie verderben die Augen.«

Wir lachten, und Jeanne hatte glücklich einer rührseligen Szene verhindert.

»Aber wo ist dieser Schuh?« fuhr sie fort. »Wo kann er nur hingekommen sein?«

»Wir müssen ihn doch finden«, meinte ich. »Heute morgen kam Sabrina in mein Zimmer und bewunderte mein Kleid. Zu diesem Zeitpunkt waren beide Schuhe noch da.«

»Ach«, rief Jeanne, »jetzt fällt mir etwas ein. Einen Augenblick, bitte.«

Sie lief hinaus und kam bald zurück; mit einer Hand hielt sie Sabrina fest, in der anderen hatte sie den Schuh.

»Dieses schlimme Kind hatte ihn«, verkündete Jeanne.

»Aber Sabrina!« schimpfte Damaris.

»Ich wollte nur, daß Clarissa nicht heiraten kann«, erklärte Sabrina.

»Du hast uns sehr geärgert und solltest eine Tracht Prügel bekommen«, stellte Jeanne fest.

Sabrina verzog weinerlich das Gesicht. »Ich habe es nur getan, damit Clarissa nicht fortgehen und mich allein lassen kann.«

Damaris kniete nieder und legte die Arme um das Kind. »Liebling, Clarissa wird sehr glücklich sein, das möchtest du doch, nicht wahr?«

Sabrina nickte. »Aber ich will auch glücklich sein.«

Damaris war gerührt, aber ich war nicht so sicher, ob nicht die boshafte Ader in Sabrina ebenso an dem Diebstahl des Schuhs schuld war wie der Wunsch, meine Hochzeit zu verhindern. Die Hauptsache jedenfalls war, daß der Schuh wieder da war, meine Toilette jetzt komplett – und ich somit bereit war zu heiraten.

Lance wartete mit der Familie aus Eversleigh Court in der Kirche. Urgroßvater Carleton versuchte, seinen Stolz zu verbergen, was ihm aber nicht ganz gelang. Leigh war mit Benjie und Anita gekommen. Ich nahm an, daß alle an Harriet und George dachten, was nur natürlich war. Arabella und Priscilla schwankten zwischen Entzücken und Rührung, wie alle Frauen bei einer Hochzeit.

Wir wurden getraut, und als wir die Kirche verließen, versuchte ich, meine Bedenken zu unterdrücken und mich selbst davon zu überzeugen, daß ich richtig gehandelt hatte. Es wäre unsinnig gewesen, weiterhin von einem Jungen zu träumen, der in die Kolonie Virginia deportiert worden war und den ich erst wiedersehen konnte, wenn wir beide wesentlich älter waren. Im Lauf der Jahre konnte soviel geschehen, und selbst wenn wir einander einmal in ferner Zukunft wiedersahen, war es kaum wahrscheinlich, daß wir noch dieselben Menschen waren, die einander unter so romantischen Umständen kennengelernt hatten und so tragisch getrennt worden waren.

Die Feier fand in Enderby statt. Die Hochzeitsgäste hatten nach altem Brauch einen Rosmarinzweig angesteckt, und als alle am Tisch saßen, ging die große Punschschüssel im Kreis herum, so daß jeder auf das Wohl von Braut und Bräutigam trinken konnte. Jeder der Gäste tauchte seinen Rosmarinzweig in den Punsch und wünschte uns dadurch eheliches Glück.

Lance drückte mir fest die Hand, und ich wurde ruhiger; ich hatte das Richtige getan. Innerlich dachte ich sehnsüchtig: »Lebe wohl, Dickon, lebe wohl für immer.«

Es wurden Toasts ausgebracht, Reden gehalten und sehr viel geredet und gelacht. Dann begaben wir uns in die Halle, die als Ballsaal eingerichtet war, und auf der Galerie spielten uns Musikanten zum Tanz auf.

In dieser Nacht gingen keine Gespenster um.

Um Mitternacht zogen Lance und ich uns in das Schlafzimmer mit dem Brokatbettzeug und den Rosmarinzweigen zurück, und die Augenblicke, vor denen ich mich fürchtete, waren da. Ich hatte schreckliche Angst; ich war unaufgeklärt und unberührt. Zwar hatte ich eine ungefähre Vorstellung von der Beziehung zwischen Mann und Frau, denn ich hatte Diener in peinlichen Situationen überrascht, hatte Kichern gehört, gesehen, wie sie sich in dunklen Ecken knutschten, hatte einmal im Wald ein Paar ertappt, das unter einem Baum ineinander verschmolzen war und sich stöhnend bewegte. Ich wußte, daß eines der Küchenmädchen, wie die Köchin sich ausdrückte, »für jeden zu haben war«, und schließlich ein Kind bekommen hatte. Natürlich hatte ich von einer idyllischen Beziehung mit Dickon geträumt, und als wir in der Behelfsgalerie nebeneinander lagen, hatten wir beide bedauert, daß wir nicht allein waren. Wahrscheinlich wußten wir, daß unsere Gefühle uns andernfalls unwiderstehlich zur körperlichen Vereinigung gedrängt hätten. Wäre das eingetreten, hätte uns diese Tatsache unlösbar miteinander verbunden, und ich würde jetzt nicht mit Lance im Brautzimmer stehen.

Aber es war anders gekommen, und deshalb saß ich vor dem Spiegel und bürstete mein Haar immer wieder, weil ich Angst hatte aufzuhören.

Lance hatte den Rock ausgezogen und stand mit nacktem Oberkörper hinter mir. Wider Willen sah ich im Geist die andere Szene vor mir; Lance im gleichen Aufzug, aber eine andere Frau vor dem Spiegel. Sie war entspannt gewesen und hatte gelächelt – traumverloren wie eine zufriedene Katze. Ich war so ganz anders – unwissend und unzulänglich vorbereitet.

Lance lächelte mir im Spiegel zu. Er streifte mir das Kleid über die Schultern, so daß mein Oberkörper nackt war. Dann küßte er meine Lippen, meinen Hals und meine Brüste.

Ich drehte mich plötzlich um und klammerte mich an ihn.

»Hab keine Angst, Clarissa«, sagte er. »Es paßt nicht zu dir, Angst zu haben. Außerdem gibt es nichts, wovor du dich fürchten müßtest.«

Er zog mich in die Höhe, und mein Kleid glitt zu Boden. Ohne Kleidung fühlte ich mich schutzlos, aber Lance lachte leise, hob mich hoch und trug mich ins Bett.

Meine Hochzeitsnacht hatte also begonnen. Ich war verwirrt, denn ich fühlte, daß ich in ein neues Leben getreten war, in dem Lance mein Führer und Lehrer war. Er war sanft und mitfühlend, verstand meine Unwissenheit und wußte offenbar, daß ich an die Szene mit Elvira in seinem Schlafzimmer dachte. Er war entschlossen, unsere Beziehung auch für mich zu einem Vergnügen zu machen, nahm aber gleichzeitig auf meine Unberührtheit Rücksicht und wußte, daß ich erst allmählich zur Leidenschaft geführt werden mußte.

Als er schließlich einschlief, blieb ich wach und dachte an all die jungen Bräute, die ihre Hochzeitsnacht in diesem Zimmer verbracht hatten und jetzt tot waren; mir war, als weilten ihre Geister immer noch in diesem Raum. Ich glaubte, im Rascheln der Vorhänge und dem Rauschen des Windes in den Bäumen ihre Stimmen zu hören. Dann dachte ich: Ach Dickon, warum bist nicht du es gewesen; wir hätten damit unsere Liebe für immer besiegelt.

Die Vorhänge waren zurückgezogen, der Vollmond schien durch die Fenster ins Zimmer, und die Äste der Bäume warfen unruhige Schatten auf die Wände. Lance lag auf dem Rücken, so daß ich sein Gesicht im Mondlicht deutlich erkennen konnte – die schön gemeißelten Gesichtszüge mit den fein modellierten Knochen, die kühne Nase, die hohe Stirn und das dichte, wellige Haar. Während ich ihn so betrachtete, fiel ein Schatten auf sein Gesicht, und es schien sich zu verändern... er sah jetzt aus wie ein alter Mann. In dreißig Jahren wird er vielleicht so ausschauen, dachte ich; er wirkte dadurch so verwundbar – und plötzlich wußte ich, wie teuer er mir war.

Der Schatten verschwand; Lance war wieder jung und schön.

Ich muß ihn lieben, befahl ich mir, ich muß aufhören, an Dickon zu denken. Selbst wenn er zurückkommt, werden wir einander nichts mehr zu sagen haben. Lance ist mein Mann, das darf ich nicht vergessen.

So lag ich in dem großen Himmelbett schlaflos neben meinem Mann.

Ich war jetzt Lady Clavering, und die folgenden Tage waren voll neuer Erfahrungen. Lance war immer der zärtliche, überlegene Liebhaber, und sein tadelloses Benehmen ließ ihn im Schlafzimmer genausowenig im Stich wie anderswo. Er vertrieb meine Ängste und lehrte mich die Kunst der Liebe ebenso wie er mich seinerzeit, als wir von York hierherritten, die Kunst des Lebens gelehrt hatte. Ich war davon überzeugt, daß unser gemeinsames Leben immer angenehm verlaufen würde. Wir waren einander sehr nahe gekommen, und ich sagte mir immer wieder, daß ich ihn liebte. Jedenfalls war ich stolz auf ihn; er war charmant, gelassen und von untadeligem Betragen.

Jeannes Begeisterung wuchs täglich. Obwohl sie unverheiratet war, wußte sie über die Beziehung zwischen den Geschlechtern gut Bescheid; ihrer Meinung nach bildeten wir ein ideales Paar.

Alle Menschen in unserer Umgebung waren zufrieden. Das galt besonders für meine Großmutter Priscilla. Sie fand, ich solle die Tagebücher der Familie lesen und selbst von nun an eines führen.

»Du wirst daraus erfahren, wie deine Mutter war«, meinte sie. »Sie war von Anfang an ein unbeherrschtes Mädchen, außerdem war sie viel zu schön. Du bist ganz anders als sie; du hattest eine schwere Jugend, und das hat dich geprägt. Aber seit Damaris dich nach Hause geholt hat, bist du glücklich.«

»Damaris hat so viel für mich getan, wofür ich ihr immer dankbar sein werde.«

»Auch du hast sehr viel für sie getan, meine Liebe.«

An dem Tag, als Lance und ich nach London übersiedeln wollten, erhielt ich einen Brief von Aimée. In den vergangenen drei Jahren hatte sie immer nur zu Weihnachten geschrieben.

Ich wußte, daß man nach der Flucht des Prätendenten, als die Jakobiten gefangengesetzt und vor Gericht gestellt wurden, Hessenfield Castle genau unter die Lupe genommen hatte. Lord Hessenfield war verhört worden; eine Zeitlang war sein Schicksal ungewiß gewesen, aber dann hatte man ihn – zweifellos wegen seiner Behinderung – in Frieden gelassen.

»Meine liebe Schwester (schrieb Aimée),
Im Castle hat sich alles geändert, denn unser lieber Onkel ist gestorben. Du kannst Dir vorstellen, was für eine Umstellung sich daraus ergeben hat, und jetzt haben wir einen neuen Lord. Seither bin ich hier nicht mehr gern gesehen. Er ist der Sohn eines jüngeren Bruders von Lord Hessenfield. Du weißt sicherlich, daß alle Brüder von Lord Hessenfield hingerichtet wurden, deshalb sind Titel und Besitz an diesen Neffen gefallen.

Leider ist die Lage so, daß ich nicht hierbleiben kann. Mein ganzes Leben ist aus der Bahn geraten, denn ich kann auch nicht nach Frankreich zurückkehren. Meine Mutter würde mich sicherlich nicht bei sich aufnehmen wollen; sie hat sich in ihrer neuen Familie, zu der auch Stiefkinder gehören, eingelebt. Außerdem könnte ich mich dort bestimmt nicht wohl fühlen. Ich danke Gott – und unserem Vater – dafür, daß ich über genügend Geldmittel verfüge. Aber ich fühle mich ohne Familie und Freunde verlassen und allein. Ich denke oft an meine kleine Schwester... die einzige Verwandte, die ich in England habe. Darf ich zu Dir kommen, liebe Clarissa, und bei Dir bleiben, wenigstens so lange, bis ich weiß, was ich tun soll?«

Jeanne kam herein, während ich den Brief las.

»Was ist geschehen, *chérie*?« fragte sie. »Du siehst ein wenig *distraite* aus.«

»Ich habe einen Brief von meiner Schwester bekommen.«

Jeanne runzelte die Stirn. »Und?« murmelte sie.

»Sie möchte zu mir kommen und eine Zeitlang bleiben.«

»Aber du bist frisch verheiratet und willst mit deinem Mann allein sein.«

»Sie ist meine Halbschwester, Jeanne.«

»Warum will sie gerade jetzt kommen?«

»Oben im Norden hat sich viel verändert. Mein Onkel ist gestorben, und ein Neffe hat Titel und Schloß geerbt. Offensichtlich hat er Aimée zu verstehen gegeben, daß sie auf dem Schloß nicht erwünscht ist. In unserem Londoner Haus und auf dem Land haben wir sehr viel Platz. Es ist ganz selbstverständlich, daß sie kommt – und ich nehme an, daß sie bald heiraten wird, wenn sie in London lebt. Dort oben hat sie kaum Gelegenheit gehabt, jemanden kennenzulernen; die Männer dachten nur an eines... wie sie Jakob wieder auf den Thron setzen könnten.«

Jeanne schnalzte mit der Zunge. »Wie kann man nur seine Zeit mit dummen Verschwörungen verschwenden, wenn man heiraten und süße kleine Kinder bekommen kann.«

Ich lachte. »Ich werde mit Lance darüber sprechen, um zu sehen, wie er dazu steht.«

Ich wußte im voraus, was er sagen würde. »Natürlich muß deine Schwester kommen.«

Also schrieb ich ihr und teilte ihr mit, daß sie uns jederzeit willkommen wäre.

Etwa eine Woche nach unserer Hochzeit reisten Lance und ich nach London. Die Stadt bezauberte mich. Vor allem begeisterte mich Lances Stadthaus mit den großen Fenstern, durch die das Licht ungehindert hereinfiel, und den geräumigen, sparsam möblierten Zimmern. Nach Enderby wirkte es luftig und gastfreundlich – ein glückliches Haus.

Mein Entzücken über alles, was ich sah, war eine Quelle der Freude für Lance, und er widmete sich ausschließlich mir. Er wollte mir London zeigen, diese Stadt der Gegensätze, die ich mir nicht einmal in meinen kühnsten Träumen so vorgestellt hatte, denn ich hatte mich immer nur kurze Zeit hier aufgehalten. Das Nebeneinander von Reichtum und Glanz einerseits und Armut und Verwahrlosung andererseits setzte mich immer wieder in Erstaunen. Jedem Bettler, den ich sah, wollte ich ein Almosen geben, und wenn mir ein Blumenmädchen über den Weg lief, kaufte ich ihr den ganzen Korb ab. Blumenverkäuferinnen riefen immer bittersüße Erinnerungen in mir wach.

Wir gingen oft ins Theater. Es gab eines in der Drury Lane, dann eines in der Portugal Street, das das Neue Theater hieß, und schließlich das Theater- und Operngebäude auf dem Haymarket. Lance liebte Opern und war fest entschlossen, mir den Zauber dieser Kunstgattung nahezubringen. Für mich waren diese Tage ungeheuer aufregend, weil sie mir ständig neue Erfahrungen bescherten.

Im Theater nahmen wir in den für die Adligen reservierten Reihen Platz, und ich fand die Zuschauer oft unterhaltsamer als das Stück. Nach dem ersten Akt ging einer der Theaterbediensteten herum und kassierte das Geld für die Plätze, was für einen Teil der Zuschauer das Signal war, sich zu entfernen. Sie gaben zwar vor, daß ihnen das Stück nicht gefiel, in Wirklichkeit wollten sie aber einfach kein Eintrittsgeld bezahlen. Lance erzählte mir, daß es viele Leute gab, die immer nur zum ersten Akt kamen und dann in die Kaffeehäuser gingen, wo sie über die Theaterstücke sprachen, sich als Kenner aufspielten und als Förderer des Theaters bezeichneten.

Im obersten Rang saßen die Lakaien, die ihre Herren und Herrinnen in das Theater begleiteten, und Freiplätze hatten. Merkwürdigerweise waren sie es, die oft am lautesten schrien, um ihre Zustimmung oder – häufiger – ihr Mißfallen auszudrücken.

»Obwohl sie ihre Plätze nicht bezahlt haben«, meinte Lance, »halten sie sich für berechtigt, das Stück herunterzumachen. Was wieder einmal beweist, daß die Menschen alles, was man ihnen schenkt, als ihr verbrieftes Recht betrachten. Ich wundere mich nur, daß sie nicht den Preis für den Platz zurückverlangen, den sie gar nicht bezahlt haben.«

Lance interessierte sich für Menschen, aber seine Einstellung ihnen gegenüber war unbeschwert und oft zynisch. Er war immer bestrebt, hinter die Fassade zu sehen, und sein Urteil traf meist ins Schwarze. Wenn ich Mitleid für einen armen Bettler auf der Straße zeigte, erklärte er mir, daß der leidvolle Gesichtsausdruck nur Theater war.

»Ich kannte einmal einen Mann«, erzählte er mir, »der eine bekannte Erscheinung im Londoner Nachtleben war. Er ging, ohne nachzudenken, Wetten über tausend Pfund ein, und lebte in einer Luxuswohnung im elegantesten Viertel der Stadt. Dann sah ich ihn einmal in einer Verkleidung, in der ich ihn kaum erkannte. Er stellte sich eleganten Damen in den Weg, die aus ihren Häusern traten, und erzählte ihnen eine so mitleiderregende Geschichte, daß beinahe jede in die Börse griff und dem glaubwürdig wirkenden Gauner etwas gab. Daraufhin beschloß ich, mir einen Spaß mit ihm zu machen. Ich tat, als würde ich ihn nicht erkennen und gab ihm fünf Pfund unter der Bedingung, daß er sie mir dreifach zurückerstatten müsse, sollte er einmal dazu in der Lage sein. »Möge Gott Sie segnen, Sir«, sagte er. Er hatte sich die richtige Ausdrucksweise angeeignet, und obwohl er sonst sehr gepflegt sprach, fiel es ihm offenbar nicht schwer, den Gossenjargon nachzuahmen. »Das werde ich gern tun, edler Herr, ich vergesse nie jemanden, der einem armen Bettler in der Not geholfen hat.« Lance lachte, als er daran dachte. »Vierzehn Tage später traf ich ihn im Thatched-Kaffeehaus in der St. James's Street. Ich rief ihm zu: ›Hallo, Sie alter Schurke, Sie schulden mir fünfzehn Pfund.‹ Zuerst erschrak er, als ich ihm aber erklärte, daß ich ihn in seiner Verkleidung als zerlumpten Bettler erkannt hatte, wollte er sich schieflachen. Er bezahlte mir die fünfzehn Pfund und ließ mich schwören, niemandem von seiner Eskapade zu erzählen.«

»Ich bin sicher, daß es sich um einen Einzelfall gehandelt hat.«

»Vielleicht. Aber woher willst du wissen, wie viele Lebemänner sich hinter diesen Lumpen verbergen? Wie viele vornehme Damen den Vorübergehenden ihre rührende Lebensgeschichte erzählen? Wenn ich einen Bettler sehe, muß ich immer an ihn denken; er war mir eine gute Lehre.«

»Ich entnehme daraus, daß er nicht sehr viel Glück im Spiel gehabt hat, wenn er zu solchen Methoden greifen mußte. Ach ja, ich entnehme daraus, daß die Spielleidenschaft eine sehr unvernünftige Art ist, sein Geld loszuwerden.«

»*Touché*. Wenn ich gewußt hätte, daß die Geschichte dich auf dieses Thema bringt, hätte ich sie dir nicht erzählt. Aber er hatte eigentlich immer Glück am Spieltisch. Wahrscheinlich bettelte er nur aus Übermut.«

Ich muß zugeben, daß ich mir nach diesem Gespräch die Bettler genauer ansah und sie weniger großzügig bedachte.

Ich hatte eine Schneiderin, die ins Haus kam und mir eine vollkommen neue Garderobe anfertigte. Die Kleider, die ich in Enderby getragen hatte, paßten kaum für das gesellschaftliche Leben von London. Wie ich bald feststellte, kam die neueste Mode immer aus Frankreich – eine Tatsache, über die Jeanne entzückt war. Ein Modell, das in Versailles getragen wurde, besaß sozusagen ein Adelsprädikat. Meine Schneiderin brachte große Puppen mit, die ihr ihre Partnerin aus Paris sandte, und diese Puppen waren bis ins letzte Detail nach der neuesten Mode gekleidet. Das Oberteil lag eng an, die Ärmel reichten bis zu den Ellbogen und hatten kunstvolle Rüschen.

Brusttücher und große Kragen waren sehr beliebt, man trug Reifröcke, die durch ihre Weite die schlanke Taille betonten. Es gab eine neue, *sacque* genannte Art von Kleidern, und obwohl das Oberteil sehr knapp saß, war der Rock hinten weit geschnitten, was ich für sehr kleidsam hielt. Die Kleider waren aus Seide und Satin, Brokat und Samt. »Das Material ist von größter Wichtigkeit«, erklärte die Schneiderin Alison so ernst, als spräche sie über den Vertrag von Utrecht.

Das alles war sehr aufregend und amüsant, genau wie die Schönheitsmittel. Ich mußte wie jede elegante Dame gepuderte Haare und Schönheitspflästerchen tragen. Genausoschnell, wie Jeanne gelernt hatte, mich zu frisieren, lernte sie jetzt die Kunst des Schminkens.

»Ich werde doch keinen von diesen eingebildeten Friseuren an dein Haar lassen, Mylady«, stellte sie entschieden fest.

Ich war nur zu gern bereit, mich den geschickten Händen von Jeanne und Alison anzuvertrauen.

Lance erklärte ich: »Es wird nicht lange dauern, dann bin ich genauso elegant wie du.«

Etwa einen Monat, nachdem ich Aimées ersten Brief erhalten hatte, folgte ihm ein weiterer.

»Meine liebe Schwester,
mir ist etwas Wunderbares widerfahren – ich werde heiraten. Gerade als ich glaubte, ganz einsam und verlassen zu sein – ein paar Tage nach meinem letzten Brief an Dich –, lernte ich Ralph kennen. Er lebt in der Nähe von Hessenfield Castle in einem schönen alten Haus. Ist es nicht merkwürdig, daß wir einander nicht schon früher trafen? Er ging nicht viel in Gesellschaft – ehe er mich kannte. Wir schätzten einander, sahen einander immer wieder, und dann sagte er zu meiner Überraschung: ›Heirate mich!‹ Natürlich war ich zuerst verblüfft, aber dann sagte ich ja. Er ist ein bißchen älter als ich... um dreißig Jahre, um die Wahrheit zu sagen. Aber das stört mich überhaupt nicht, ich bin so glücklich. Liebe, kleine Schwester, Du mußt uns unbedingt besuchen. Du wirst es doch tun, nicht wahr? Ich bin jetzt die Herrin in einem schönen Haus und bin glücklich, weil mich jemand haben wollte. In Hessenfield war es anders, und sogar der liebe Onkel Paul war mir gegenüber immer etwas zurückhaltend. Er war ein sehr konventioneller Mann, und wahrscheinlich störte ihn der Umstand, daß wir unehelich geboren sind. Aber wie konnte es bei dem Temperament unseres Vaters anders sein!

Ich danke Dir für Deine herzliche Einladung, die mich sehr glücklich gemacht hat. Wir werden einander eines Tages wiedersehen...«

Ich schrieb ihr, daß ich mich aufrichtig über das Glück freue, das sie bei Ralph gefunden hatte. Ich sah sie vor mir – die Herrin eines großen Hauses, mit einem ältlichen Ehemann, der sie anbetete.

Die Sommertage vergingen wie im Flug, und ich war so jung und unerfahren, daß ich glaubte, es würde immer so bleiben.

Ich hätte mir keinen besseren Lebensgefährten als Lance wünschen können. Er fühlte sich in London vollkommen zu Hause – viel mehr als auf dem Land, wie mir klar wurde. Er liebte die Kaffeehausatmosphäre, und wir suchten oft Cafés auf; dann legten wir einfachere Kleidung an, um nicht aufzufallen. Das Calf's Head, das Apollo, das October, das Mughouse... ich kannte sie alle. Wir hörten den klugen, geistreichen Gesprächen zu, an denen sich Lance oft beteiligte.

»Das Kaffeehaus ist die beste Einführung, die es in London je gegeben hat«, sagte er oft.

Nach dem Theater pflegten wir in einem der Restaurants – die in der ganzen Stadt wie die Pilze aus dem Boden schossen – zu soupieren. Zu den exklusivsten gehörten Pontac oder Locket, aber manchmal gingen wir auch in weniger elegante – aus Lust am Abenteuer, wie Lance meinte. Wir aßen dann zum Beispiel im Salutation in der Newgate Street oder im Mitre in der Fleet Street.

Die Tage und Nächte brachten immer neue Erfahrungen, und ich stellte fest, daß die Ehe eine der wunderbarsten davon war. Ich konnte jetzt Lances Leidenschaft erwidern, was ihn entzückte. Ich war kein schüchternes, widerstrebendes Mädchen mehr, und obwohl man mich nicht als welterfahren bezeichnen konnte, wurde ich allmählich eine erwachsene, temperamentvolle Frau.

Obwohl die Straßen bei Nacht gefährlich waren und Taschendiebe – und schlimmeres Gelichter – im Dunkeln lauerten, fühlte ich mich bei Lance immer geborgen. Außerdem erwartete uns stets die Kutsche mit dem kräftigen Kutscher und dem Lakai.

»Gott sei Dank haben sie uns von den Mohocks befreit«, stellte Lance fest. »Das war ein wirklich skandalöser Klub. Niemand war vor ihnen sicher. Sie durchbohrten Sänften mit ihren Degen, und einmal rollten sie Frauen in Fässern den Snow Hill hinunter. Der Klub wurde schon vor einigen Jahren aufgelöst, aber die Leute sprechen immer noch von ihm. Obwohl die Straßen auch jetzt noch nicht vollkommen sicher sind, ist es viel besser geworden, seit diesen Männern das Handwerk gelegt wurde.«

Wir wurden oft eingeladen, weil Lance viele Freunde in der Londoner Gesellschaft besaß. Wir besuchten gemeinsam elegant möblierte Häuser und gaben selbst Partys, die mir keine Schwierigkeiten bereiteten, weil wir über gut geschultes Personal verfügten; meine Aufgabe bestand ausschließlich darin, daß Lance mit mir Ehre einlegte.

Ich wurde von der Londoner Gesellschaft gut aufgenommen, weil ich zu der Eversleigh-Familie gehörte und weil Lance überall gern gesehen war. Wir ließen uns nicht bei Hof einführen, obwohl Lance annahm, daß es uns nicht erspart bleiben würde.

»Der Hof ist zur Zeit unglaublich langweilig«, erklärte er mir. »Die deutschen Sitten finden hier überhaupt keinen Anklang. Der König ist langsam und schwerfällig, es gibt keine Königin, nur die gierigen Mätressen, die meiner Meinung nach Reichtum erwerben, indem sie Ämter verkaufen. Man kritisiert Georg, weil er die arme Sophie Dorothea verstoßen hat – angeblich soll sie jetzt wie eine Gefangene leben –, nur weil er sie verdächtigte, ein Verhältnis mit Graf Königsmarck zu haben. Falls es zutrifft, trat sie damit nur in die Fußstapfen ihres Gemahls.«

Das Londoner Leben nahm mich ganz in Anspruch, und ich war deshalb ein wenig enttäuscht, als Lance mir mitteilte, daß wir uns für einige Zeit auf seinen Besitz auf dem Land begeben müßten.

Clavering Hall war seit zweihundert Jahren der Wohnsitz der Familie, und ich hielt mich wieder einmal in einem Haus auf, das mich lebhaft an Eversleigh oder Enderby erinnerte. Nach den geräumigen, behaglichen Zimmern in dem modernen Haus in der Albemarle Street wirkte der Landsitz auf mich etwas bedrückend. Wie in allen diesen Häusern fühlte man in ihm den Hauch der Vergangenheit, als wären die Geister seiner früheren Bewohner noch gegenwärtig und mit ihnen ihre Freuden und Leiden – vor allem ihre Leiden.

Aber kein Haus, in dem Lance wohnte, konnte wirklich düster sein. Die Vorhänge, Teppiche und noch vieles andere wirkten elegant; nur die Schränke, Himmelbetten und großen Eßtische stammten aus einer vergangenen Zeit.

Die Halle war natürlich der Mittelpunkt des Hauses; von ihr gingen der Ost- und der Westflügel aus; zwei schön geschwungene Treppen, deren Geländer mit prächtigen Endpfosten versehen waren, führten in den ersten Stock. Die Holzarbeiten waren meisterlich ausgeführt, die Türen reich geschnitzt und die wirklich schönen Kamineinfassungen waren mit biblischen Szenen verziert. An den Wänden hingen große, in leuchtenden Farben gehaltene Wandteppiche. Es war ein elegantes, schönes Haus, auf das Lance mit Recht stolz war.

Der Besitz war groß und seine Leitung erforderte viel Arbeit, aber Lance beschäftigte mehrere Leute, die unter der Aufsicht eines tüchtigen Verwalters nach dem Rechten sahen. Diese Regelung sagte Lance zu, denn er wollte sich nie allzu lange mit einer Sache beschäftigen, wie ich schon oft festgestellt hatte. Während der ersten Tage befaßte er sich begeistert mit dem Besitz, aber einige Wochen später hatte die Begeisterung schon merklich nachgelassen.

Wir hatten oft das Haus voller Gäste aus der Nachbarschaft; sie kamen zum Abendessen und, wie ich zu meinem Kummer entdeckte, um nachher noch Karten zu spielen. Eines Abends hatte ich mich nach dem Essen nämlich mit den Damen in den Salon zurückgezogen, und als wir nach einer Weile zu den Herren zurückkehrten, waren sie gerade im Begriff, sich an die Spieltische zu setzen.

Ich sah die Erregung in Lances Augen und mir wurde bewußt, daß er ein anderer Mensch war, wenn ihn die Spielleidenschaft packte. Vorher hatte er mir bei gesellschaftlichen Anlässen immer zärtlich zur Seite gestanden. Er hatte sich immer um mich gekümmert, als ich seine Freunde kennenlernte, was mir sehr recht war. Er beschrieb mir die Leute, mit denen wir zusammenkamen, genau und mit amüsanten Details, erzählte mir von ihren Vorlieben und Abneigungen, warnte mich vor ihren Schwächen, und machte es mir dadurch leicht, mich überall beliebt zu machen. Seine liebevolle Fürsorge war mir immer bewußt gewesen, und ich war ihm dafür dankbar. Aber jetzt hatte er mich vergessen. Zum erstenmal lag das Leuchten in seinen Augen, das ich später noch so oft sehen sollte.

Das Spiel begann. Wer nicht daran teilnehmen wollte, mußte sehen, wo er blieb; zu meiner Überraschung beteiligten sich auch etliche Frauen daran, und ich bemerkte, daß sie mit der gleichen fieberhaften Verbissenheit spielten wie die Männer.

Als die Gäste, die nicht Karten spielen wollten, gegangen waren, zog ich mich in das Schlafzimmer zurück. Lance blieb am Spieltisch sitzen, und ich wartete auf ihn. Es war nach drei Uhr, als er endlich heraufkam. Er trat ans Bett und schaute auf mich hinunter.

»Noch wach?« fragte er. »Du solltest längst schlafen.«

»Du auch.«

Er beugte sich zu mir und küßte mich. »Ein erfolgreicher Abend, ich habe zweihundert Pfund gewonnen.«

»Du hättest sie genausogut verlieren können.«

»Was für ein düsterer Gedanke. Ich gewinne zweihundert, und du sprichst von Verlusten. Macht nichts, sobald wir wieder in London sind, kaufe ich dir ein neues Kleid.«

»Ich habe genügend Kleider.«

»Ach, komm, komm, eine Frau kann immer noch ein Kleid brauchen. Du klingst ein bißchen verärgert, Liebste, vielleicht, weil ich dich so lange allein gelassen habe?«

»Mir wäre es lieber, wenn du nicht so leidenschaftlich Karten spieltest.«

»Es ist lieb von dir, dir solche Sorgen um mich zu machen.«

»Eines Tages...« begann ich.

»Man soll sich nie den Kopf über das Morgen zerbrechen«, unterbrach er mich. »Dieser Grundsatz ist sehr vernünftig, und ich befolge ihn. Du solltest ihn auch beherzigen, Clarissa. Und jetzt Schluß damit, ich bin sofort bei dir.«

Ich wartete voller Unruhe auf ihn. Er schlüpfte in das Bett und nahm mich in die Arme.

»Ich will dir die Sorgenfalten wegküssen. Denk daran, ich bin der Mann, den du liebst, ich habe unzählige Fehler, aber du liebst mich dennoch.«

Er war in dieser Nacht so leidenschaftlich, daß ich vergaß, wie lange er mich allein gelassen hatte. Eine Stimme in meinem Herzen sagte mir, daß ich mich damit abfinden mußte, aber im Augenblick zog ich es vor, sie zu überhören.

8

Die Seifenblase

Das Weihnachtsfest kam heran, und Lance und ich fuhren nach Enderby. Jeanne begleitete uns natürlich, und es war wunderbar, sich wieder im Kreis der Familie aufzuhalten.

Damaris freute sich sehr über das Wiedersehen, und ich war gerührt, weil sie mich so ernsthaft musterte, um sich davon zu überzeugen, daß ich in meiner Ehe glücklich war. Jeremy begrüßte uns zurückhaltender, aber es war nicht zu übersehen, daß er sich über unser Kommen freute. Sabrina kam auf mich zugerannt und umarmte meine Knie.

»Du bist nach Hause gekommen«, rief sie, »Clarissa ist nach Hause gekommen. Wirst du jetzt für immer hierbleiben? Ich muß dir mein neues Pony zeigen. Es heißt Zigeuner, weil Großvater Leigh es von Zigeunern gekauft hat. Es kann meilenweit galoppieren und wird nie müde wie andere Ponys. Komm, sieh es dir an.«

»Nicht jetzt, mein Liebling«, widersprach Damaris. »Das hat später Zeit.«

»Nein, jetzt... *bitte*.«

»Ich möchte mich zuerst waschen und umziehen, Sabrina«, sagte ich.

Sabrina hatte sich nicht verändert; alles, was sie betraf, war so wichtig, daß nichts anderes daneben Platz hatte.

Sie lief mit uns in unser Zimmer. Es war das gleiche, in dem wir in unserer Hochzeitsnacht geschlafen hatten; jetzt, nachdem ich Damaris' Geschichte gelesen hatte, verstand ich erst, welche Erinnerungen für sie mit diesem Raum verknüpft waren. Durch die Lektüre war ich Damaris viel näher gekommen, weil ich jetzt wußte, wie sehr sie gelitten und daß sie erst durch Jeremy und mich das wahre Glück gefunden hatte. Uns beide vereinte ein ganz besonderes Band. Das würde ich nie vergessen, und obwohl ich mich nicht mehr in ihrer Obhut befand und mein eigenes Leben führte, stand ich ihr genauso nahe wie früher.

»Kann ich hier bei dir bleiben, Clarissa?« fragte Sabrina. »Das Zimmer ist viel hübscher als meines.« Sie schmiegte die Wange an die damastenen Bettvorhänge und sah mich bittend an.

Lance sagte: »Du kannst nicht bei Clarissa schlafen.«

»Warum denn?«

»Weil hier mein Platz ist.«

»Du kannst mein Bett haben.«

»Das ist sehr freundlich von dir, aber ich will lieber dieses Bett hier haben.«

Jetzt schmiegte sich Sabrina an ihn. »Es ist ein sehr angenehmes Bett, und Nanny Curlew kommt eigens, um dich zuzudecken.«

»Auf dieses Vergnügen werde ich verzichten müssen.«

Sie runzelte die Stirn, war aber nicht wirklich böse. Sie mochte ihn und warf ihm nur eines vor: daß er mich ihr weggenommen hatte.

Er hob sie hoch, und sie strampelte protestierend. Dann stellte er sie in den Korridor und schloß die Tür hinter ihr. Ich hörte, wie sie lachend den Korridor hinunterlief.

»Sie wird im Leben ihren Willen durchsetzen«, meinte Lance. »Und sie hat einen sehr ausgeprägten Willen.«

»Sie ist ein liebenswertes Geschöpf.«

»Aber sie wird von allen zu sehr verwöhnt – ausgenommen von der ehrenwerten Nanny Curlew.«

Dann drückte er mich innig an sich; genau wie ich, dachte auch er an unsere erste gemeinsame Nacht, die wir in diesem Zimmer verbracht hatten.

Es war ein schönes Weihnachtsfest. Wir besuchten alle Verwandten, aber die Feier fand traditionsgemäß in Eversleigh Court statt. Die Räume waren mit Stechpalmen und Efeu geschmückt, wir hatten ein Weihnachtsscheit, sangen Weihnachtslieder, gingen zur Christmette, küßten einander unter den Mistelzweigen, aßen Pasteten in Form von Särgen, die die Krippe von Bethlehem darstellen sollten. Sabrina liebte es, am zweiten Weihnachtsfeiertag Weihnachtspäckchen zu verteilen. An diesem Tag erschien jeder, der der Familie einen Dienst erwiesen hatte, um sein sogenanntes »Päckchen« in Empfang zu nehmen – das in Wirklichkeit ein Geldgeschenk war. Urgroßvater Carleton murrte und stellte fest, daß eigentlich er es war, der den Händlern einen Dienst erwies, indem er ihnen ihre Waren abkaufte, und daß es ihm schleierhaft war, warum er seine Diener belohnen sollte. Eigentlich sollten sie ihm ein Weihnachtspäckchen schenken.

»Unsinn«, erklärte Arabella. »Du weißt genau, daß du diesen Brauch nie abschaffen kannst.«

»Der arme Urgroßvater«, mischte sich Sabrina ein. »Niemand gibt ihm ein Weihnachtspäckchen.«

Kurz darauf tauchte sie mit einem glänzenden neuen Penny auf und drückte ihn Carleton in die Hand; der alte Mann, der eigentlich sehr sentimental war, erklärte, es wäre das schönste Weihnachtspäckchen, das er je bekommen habe. Er würde den Penny immer bei sich tragen, und man solle ihn mit ihm in den Sarg legen.

Das interessierte Sabrina sehr und paßte nicht ganz zu ihrer großzügigen Geste, denn es war nicht zu übersehen, daß sie es nicht mehr erwarten konnte, bis der Penny in Urgroßvaters Sarg gelegt wurde.

»Hör auf zu murren, Carleton«, befahl Arabella. »Wenn ich nicht auf dich aufpasse, bist du ein richtiger Spielverderber.«

In Eversleigh Court änderte sich scheinbar nie etwas. Ein Weihnachtsfest verlief wie das andere; aber natürlich änderte sich doch alles unmerklich. Sabrina war jetzt fünf Jahre alt; Urgroßvater Carleton kam schneller außer Atem, wenn er im Garten spazierenging; Arabellas Haare waren beinahe weiß; in Priscillas Haar tauchten weiße Strähnen auf; ich war seit ein paar Monaten eine verheiratete Frau. Ja, die Zeit verging.

Als wir nach London zurückkehrten, wurde Lance von dem allgemeinen Taumel erfaßt, der in der Stadt herrschte. Er kam eines Tages ganz aufgeregt nach Hause.

Es war ein kalter Januartag, am Spätnachmittag. Der Nordwind wehte, und es hatte begonnen zu schneien. Ich hatte mich im Salon zum Kamin gesetzt, als Lance ins Zimmer stürzte.

Er warf den schweren Mantel ab, trat zu mir, hob mich hoch und lachte zu mir hinauf.

»Wir werden reich sein... reicher, als du dir je erträumt hast. Bei Gott, das ist die größte Chance, die ich je hatte.«

Mich überlief ein kalter Schauder, denn ich stand Lances Spielleidenschaft sehr kritisch gegenüber. Das wußte er, und meist verschwieg er mir deshalb auch seine Betätigung auf diesem Gebiet. Gelegentlich erzählte er mir von einem fantastischen Gewinn, aber ich fragte mich jedesmal, wieviel er vorher verloren hatte.

»Laß mich los, Lance«, befahl ich, »und wenn es sich um ein neues Glücksspiel handelt...«

»Es ist das größte Glücksspiel, das es je gegeben hat.«

»O nein, Lance.« Er hatte mich auf die Füße gestellt; ich schob ihn von mir und sah ihm ins Gesicht.

»O ja, Clarissa.« Seine Augen leuchteten. »Hör mich zuerst an, bevor du mich verurteilst. Es handelt sich weder um Pferderennen noch um Roulette... man könnte es als Regierungsspekulation bezeichnen.«

»Ich bin immer mißtrauisch, wenn jemand versucht, durch Glücksspiele zu Geld zu kommen.«

»Das ist etwas anderes, warte doch, bis du alles gehört hast. Ich habe mich gründlich informiert und weiß genau, wie es vor sich geht. Wenn ich es dir erst einmal erklärt habe, wirst du einsehen, daß es vollkommen sicher ist. Die Südsee-Gesellschaft, eine große Handelsgesellschaft, hat dem Unterhaus vorgeschlagen, die unkündbaren Rentenpapiere aufzukaufen, die unter den Regierungen von Wilhelm, Maria und Anna ausgegeben wurden, und die gesamten öffentlichen Gelder zu einem einzigen Anleihekapital zu verschmelzen, so daß diese Gesellschaft der einzige öffentliche Gläubiger wird. Kannst du mir folgen?«

»Nein.«

»Das macht nichts, du wirst gleich begreifen. Die Bank von England hat sich in die Verhandlungen eingeschaltet, und die beiden begannen, einander zu überbieten. Jetzt wurde das Angebot der Südsee-Gesellschaft angenommen; sie wollen einen Betrag von siebeneinhalb Millionen aufbringen, um die Papiere anzukaufen. Die Leibrentner der Regierung beeilen sich, ihre Papiere gegen Aktien der Südsee-Gesellschaft einzutauschen – zwei Drittel von ihnen haben es schon geschafft. Offensichtlich wird die Gesellschaft ungeheure Dividenden ausschütten; es ist also eine Möglichkeit, innerhalb kürzester Zeit reich zu werden. Wir müssen uns sofort an der Sache beteiligen, Clarissa.«

»Werden nicht hunderte Menschen so denken?«

»Natürlich. Jeder wird versuchen, rasch reich zu werden, und wir dürfen diese Gelegenheit nicht versäumen. Die Fünfzig-Pfund-Aktien notieren schon bei hundert Pfund.«

»Das ist mir unverständlich. Wieso können sie soviel wert sein?«

»Wegen der Aussichten, Liebste. Angeblich wird die Dividende fünfzig Prozent betragen. Es kommt darauf an, daß man billig kauft und teuer verkauft.«

»Aber auf diese Idee werden auch andere kommen.«

»Man muß eben wissen, wann man kaufen und wann man verkaufen soll.«

»Und woher willst du das wissen?«

Er schloß mich in die Arme und zog mich an sich. »Meine liebe, vorsichtige Clarissa, vertraue deinem alten Lancelot.«

Ich schwieg, weil mich seine risikoreichen Unternehmungen verwirrten.

»Aber was ist, wenn die Entwicklung nicht so verläuft, wie du annimmst?«

»Liebste, glaubst du wirklich, ich weiß nicht, wann der richtige Augenblick zum Verkaufen gekommen ist?«

»Ich möchte mit solchen Geschäften eigentlich nichts zu tun haben.«

»Was – du willst dein Leben lang so weitermachen?«

»Es ist ein sehr angenehmes Leben.«

»Und rings um uns werden die Leute Vermögen scheffeln.«

»Selbst wenn es einigen glückt, werden andere ihr ganzes Vermögen verlieren.«

»Überlaß das mir, Liebste.«

»Lance, willst du wirklich groß in diese Südsee-Gesellschaft einsteigen?«

»Es hat nur dann Sinn, wenn man groß einsteigt. Ich habe geglaubt, Clarissa, daß du dich daran beteiligen wirst.«

»Ich?«

»Warum nicht? Du bist eine wohlhabende Frau.«

»Ich bin keine Spielerin, und ich bin mit dem zufrieden, was ich habe. Außerdem könnte ich gar nicht an meine Aktien und meinen Besitz heran, weil Leigh sie für mich verwaltet.«

»Das stimmt. Aber du hast noch das Geld, das dir dein Vater hinterlassen hat.«

»O nein, das würde ich nie anrühren.«

Er zuckte die Schultern und lachte mich aus, aber er sprach nicht mehr darüber. Bald darauf ging er aus, und ich sah ihn an diesem Tag nicht mehr.

Am Abend speisten wir allein, und während der Mahlzeit wirkte er zerstreut.

Ich sagte: »Ich glaube, du denkst noch immer an das Vermögen, das du mit dieser Südsee-Sache machen kannst.«

»Du wirst überwältigt sein, Clarissa.«

»Ich hoffe, daß du nicht zuviel investiert hast.«

»Genug, damit ich reich, sehr reich werde.«

Ich zuckte die Schultern. »Wir besitzen genügend Geld, wir können uns innerhalb vernünftiger Grenzen alles leisten, was wir wollen. Ich begreife nicht, warum wir so verzweifelt nach mehr streben sollten.«

»Warte nur, Clarissa, du wirst genauso außer dir sein wie ich, wenn du erfährst, wie groß unser Vermögen sein wird.«

Als wir im Bett lagen, merkte ich, daß er unruhig war. Er konnte nicht einschlafen, und mir ging es ebenso.

Plötzlich tastete er nach meiner Hand und ergriff sie.

»Du bist noch wach, Clarissa?«

»Ja. O Lance, ich mag diese Geschichte nicht. Ich habe ein ungutes Gefühl...«

»Du hältst es für ein Glücksspiel, und das ist es nicht. Es ist eine todsichere Sache.«

»Ich verstehe es einfach nicht. Warum sollte etwas, das man heute kauft, morgen plötzlich mehr wert sein? Sein Wert hat sich ja nicht verändert, oder?«

»Sein Wert hat sich verändert, weil so viele Leute es haben wollen.«

»Sie wollen es, weil auch sie glauben, daß es sie über Nacht reich machen wird.«

»Das wird auch der Fall sein.«

»Aber es können doch nicht *alle* so reich werden?«

»Oh, mit der Zeit wird sich der Wert der Papiere einpendeln. Deshalb ist es klug, jetzt zu kaufen. Das große Geschäft besteht jedoch in den Dividenden, die die Aktien ausschütten werden. Fünfzig Prozent! Stell dir das einmal vor!«

»Ich verstehe es nicht, und ich glaube es nicht.«

»Du Ungläubige.« Er zog mich an sich und begann mich zu liebkosen. Er sagte mir, wie sehr er mich liebe, wie sehr ich sein Leben verändert habe; wie er mich seit unserer gemeinsamen Reise nach York geliebt hatte; wie eifersüchtig er auf den armen Dickon gewesen war und wie glücklich er war, weil er sein Leben mit mir verbringen würde.

Lance konnte immer die Leidenschaft in mir erwecken. Er war gleichzeitig zärtlich, liebevoll und leidenschaftlich. Ich war glücklich, und das sagte ich ihm, und ich wollte ihn mein Leben lang glücklich machen.

Wie immer in solchen Augenblicken bat ich Dickon im Geist um Verzeihung. Unser Beisammensein war für mich immer noch etwas Besonderes, aber im Lauf der Zeit wurde es immer mehr zu einem Traum, zu etwas Unwirklichem.

Dann flüsterte Lance mir zu: »Clarissa, mein Liebling, ich konnte dich nicht von dieser großartigen Chance ausschließen. Du mußt daran beteiligt sein, ich wollte, daß du...«

Mein Herz schlug schneller. »Was?«

»Ich habe für dich gekauft. Du mußt dich daran beteiligen, niemand, der die Möglichkeit dazu hat, sollte sich ausschließen.«

»Was sagst du da?«

»Ich habe veranlaßt, daß fünftausend Pfund aus deiner Hessenfield-Erbschaft in die Südsee-Gesellschaft investiert werden.«

»Was hast du getan?« Ich wollte mich von ihm lösen, aber er

hielt mich fest und begann, mein Gesicht und meinen Hals zu küssen.

»Ich habe mit Grendall darüber gesprochen.« Grendall war der Anwalt, der die Hessenfield-Erbschaft verwaltete. »Er verlangte deine Zustimmung, begnügte sich jedoch mit meinem Wort, da ich dein Mann bin. Ich mußte es für dich tun, Clarissa.«

»Fünftausend Pfund«, stammelte ich. »O Lance, wie konntest du nur!«

»Ich konnte nicht anders. Hätte ich zusehen sollen, wie alle ein Vermögen machen, und nur meine kleine Clarissa leer ausgeht?«

Einige Augenblicke lang war ich sprachlos. Es war die Hälfte des Geldes, das mir mein Vater hinterlassen hatte. Ich war wütend – vor allem, weil ich seine Spielleidenschaft haßte, die ihm mehr bedeuten mußte als ich, denn sonst hätte er mich nicht vergessen können, wenn ihn das Fieber packte. Und zweitens, weil er gewagt hatte, einfach über meinen Besitz zu verfügen, ohne mich zu fragen.

Er versuchte, mich zu beruhigen, zog meinen zitternden Körper zärtlich an sich. Ich riß mich los und setzte mich auf.

»Wie konntest du es wagen!« rief ich. »Du kannst der Spielleidenschaft nicht widerstehen. Wenn du in Zukunft unbedingt Geld verspielen willst, dann beschränke dich auf deines.«

»Clarissa, mein Liebling, du bist wirklich böse, nicht wahr? Warte nur, bis du siehst, wieviel du dabei gewinnst.«

»Ich habe nicht die Absicht, mein Vermögen zu verzetteln, und du hast nicht das Recht, mich so zu behandeln, als gehörten ich und mein Besitz dir.«

»Ich liebe dich, ich wollte nur das Beste für dich.«

Ich sprang aus dem Bett, weil ich ihm entgehen wollte. Ich wollte nicht beruhigt und liebkost werden, bis meine Leidenschaft erwachte, so daß ich ihm vergab und die ganze Sache vergaß. Es war wichtig, daß er meine Beweggründe verstand; er mußte begreifen, wie sehr mich seine Handlungsweise empörte.

Er hatte sich auf den Ellbogen aufgestützt und sah mich mit der Nachsicht an, die ich so gut an ihm kannte. Er weigerte sich zuzugeben, daß ich ihn zu Recht verurteilte, er versuchte, die Angelegenheit als unwichtig abzutun. Für mich war sie jedoch sehr wichtig.

»Glaub nur nicht, daß du mich mit ein paar zärtlichen Worten versöhnen kannst«, sagte ich.

»Komm wieder ins Bett, damit wir vernünftig miteinander reden können. Du wirst dich erkälten, wenn du so herumstehst.«

»Ich komme nicht ins Bett zurück, ich will nachdenken. Ich will allein sein.«

Damit marschierte ich zum Toilettenzimmer, das so groß war, daß eine Couch in ihm Platz hatte.

»Du willst doch nicht dort drinnen schlafen?«

»Ich habe dir gesagt, daß ich allein sein will.«

»Auf der Couch ist es sehr kalt und scheußlich unbequem.«

Ich hörte nicht auf ihn, sondern ging ins Toilettenzimmer. Ich zitterte, aber nicht vor Kälte.

Beinahe sofort stand er neben mir und legte die Arme um mich. »Wenn du darauf bestehst, allein zu schlafen, bleibt mir eine einzige Möglichkeit... das heißt, zwei. Entweder muß ich dir das Bett überlassen und mich mit der Couch begnügen, oder meine Rechte als Ehemann geltend machen, und dich ins Bett zurücktragen. Wofür entscheidest du dich, Clarissa? Bitte wähle die zweite Möglichkeit, denn ich stelle mir die Nacht auf der Couch sehr unangenehm vor.«

Er begann zu lachen, und trotz meines Ärgers stimmte ich ein. Es war typisch für ihn, daß er eine ernste Situation ins Lächerliche verkehren konnte. Er hob mich hoch und trug mich ins Bett. Ich mußte an unsere Hochzeitsnacht denken, als er mich auch so getragen hatte. Damals hatte ich vor Angst gezittert; diesmal war es Wut.

Als wir wieder im Bett lagen, nahm er mich in die Arme. Ich wußte, daß er versuchte, in mir Verlangen zu wecken; der Liebesakt würde alles wieder in Ordnung bringen. Auf diesem Standpunkt stand er immer, auch wenn er nach einer Nacht am Spieltisch nach Hause kam. Aber diesmal ließ ich mich nicht so leicht herumkriegen.

»Schenk dir deine Überredungskunst, Lance«, sagte ich.

»Schön, ich verspreche dir, daß ich dich nicht überreden werde. Aber du mußt mir sagen, daß du nicht mehr böse auf mich bist.«

»Doch, ich bin sehr böse. Ich will darüber nachdenken.«

Damit rückte ich von ihm weg an den Rand des Bettes.

»Gute Nacht«, sagte ich entschieden.

Er seufzte. »Gute Nacht, Liebste. Morgen sieht alles ganz anders aus.«

Ich antwortete nicht, und er respektierte meinen Wunsch, in Ruhe gelassen zu werden.

Ich überlegte, was ich tun sollte. Daß er gewagt hatte, mein Geld anzugreifen, ärgerte mich. Mit dem Vermögen meiner Mutter konnte er das zum Glück nicht tun, denn da mußte er sich an Leigh wenden, und ich war davon überzeugt, daß Leigh nie auf so etwas eingehen würde.

Ich wußte, daß viele Ehemänner über das Geld ihrer Frauen verfügen. Lance hatte immer getan, als wäre mein Geld unwichtig, und hatte sich nie dafür interessiert – jedenfalls hatte ich das angenommen. Dennoch hatte er gewagt, zu Grendall zu gehen und in meinem Namen Aktien der Südsee-Gesellschaft zu kaufen.

Ich tat, als schliefe ich, aber in Wirklichkeit dachte ich darüber nach, was ich unternehmen sollte. Es war das erste Mal, daß ich wirklich böse auf Lance war. Natürlich hatte ich mich geärgert, wenn er stundenlang am Spieltisch saß und mich allein ließ, denn es verletzte meinen Stolz; aber ich hatte jedesmal meinen Ärger vergessen, wenn er heimgekommen war und mich auf seine unnachahmliche Art bezaubert hatte. Nur war es diesmal etwas anderes.

Ich fragte mich, ob er mich vielleicht doch wegen meines Geldes geheiratet hatte. Er hatte Elvira Vernon sicherlich gerngehabt, aber sie dennoch nicht zur Frau genommen. Warum nicht? Wahrscheinlich, weil sie kein Vermögen besaß. – Nein, das war nicht fair ihm gegenüber. Er hatte mir erklärt, was ihn mit Elvira verband, und ich war heute nicht mehr so einfältig wie damals. Ich wußte, daß Männer Liebesaffären hatten, bevor sie heirateten; und ich hatte wenigstens keinen Grund, anzunehmen, daß Lance mir untreu war – jedenfalls bis jetzt nicht.

Schließlich schlief ich ein und wachte so spät auf, daß er schon fort war. Ich hatte einen Entschluß gefaßt; ich wollte ihm zeigen, daß ich eine eigenständige Persönlichkeit war und daß niemand das Recht hatte, sich in meine Angelegenheiten zu mischen – nicht einmal der charmanteste aller Ehemänner.

Ich ließ mich in einer Sänfte zu Grendalls Büro in Cornhill bringen, wo man mich sofort zu Mr. Grendall führte.

Er begrüßte mich herzlich, und ich erklärte ihm, warum ich gekommen war. Infolge eines Mißverständnisses hatte mein Mann angenommen, daß ich ebenfalls Geld in die Südsee-Gesellschaft investieren wolle. Das war jedoch keineswegs der Fall, und ich wollte den Auftrag widerrufen.

Mr. Grendall sah mich verzweifelt an. »Aber, Lady Clavering, die Aktien wurden bereits gekauft. Bei solchen Transaktionen muß man immer sehr rasch handeln, und wir haben die Papiere vor zwei Tagen erstanden.«

Vor zwei Tagen! Er hatte es mir also nicht sofort erzählt. Mein Zorn regte sich wieder.

»Dann möchte ich, daß sie unverzüglich verkauft werden«, sagte ich. »Sie sehen so erstaunt aus. Ist es vielleicht nicht möglich?«

»Keineswegs, die Leute reißen sich um diese Aktien. Aber, Lady Clavering, sie sind eine ausgezeichnete Anlage.«

»Das weiß ich, und ich weiß auch, daß sie sehr schöne Dividenden abwerfen werden. Aber ich bin nicht daran interessiert und möchte die Aktien sofort verkaufen.«

»Ganz gleich, wie sie notieren?«

»Ganz gleich, wie sie notieren«, wiederholte ich.

»Wir werden Ihren Auftrag selbstverständlich ausführen. Ich werde Sie über den erzielten Preis unterrichten, sobald wir die Transaktion durchgeführt haben.«

»Danke, Mr. Grendall. Und in Zukunft wäre ich Ihnen verbunden, wenn Sie solche Aufträge nur von mir persönlich entgegennehmen. Sir Lance und ich wünschen beide diese Regelung.«

»Ich verstehe, Lady Clavering.«

Er begleitete mich zur Sänfte.

Als ich nach Hause kam, wartete Lance schon auf mich.

»Clarissa, ich habe mir deinetwegen Sorgen gemacht. Wo warst du?«

»In Cornhill; ich habe Mr. Grendall aufgesucht.«

»Ah!« Er lächelte.

»Ich habe ihm befohlen, die Aktien zu verkaufen, die du um mein Geld gekauft hast.«

»Verkaufen! Die Papiere steigen doch ständig!«

»Ich habe ihn beauftragt zu verkaufen und ihm erklärt, daß in Zukunft alle derartigen Transaktionen ausschließlich von mir veranlaßt werden.«

Wahrscheinlich wäre jeder andere Mann auf mich wütend gewesen. Nicht so Lance. Er sah mich einen Augenblick erstaunt an, dann lachte er. In seinem Blick lag tatsächlich so etwas wie Anerkennung.

»Clarissa, meine großartige Clarissa. Du hast mir vergeben, nicht wahr?«

Da ich ihm nicht widerstehen konnte, gab ich zu, daß ich ihm verziehen hatte.

»Es war anmaßend von mir, unrecht, unvernünftig. Aber glaub mir, ich dachte nur an die Freude, die ich dir damit machen konnte, daß du noch reicher wirst.«

»Ich bin mit dem zufrieden, was ich besitze.«

»Das achte Weltwunder: eine zufriedene Frau!«

»O Lance, bitte, gib doch die Glücksspiele auf. Was hat das denn für einen Sinn? Wir haben genügend Geld. Warum gehst du Risiken ein, nur um noch mehr Geld zu haben?«

»Es ist nicht eigentlich das Geld, sondern der Spaß, die Erregung. Das wirst du nie verstehen. Aber, geliebte Clarissa, du hast mir eine Lehre erteilt. Ich verspreche dir, daß ich nie wieder so unvernünftig sein werde. Hauptsache, du hast mir meine Sünden vergeben – das hast du doch?«

»Natürlich, denn ich weiß, daß du nur das Beste für mich wolltest.«

Wir waren wieder ein Herz und eine Seele.

Am nächsten Tag erschien ein Bote von Mr. Grendall. Er hatte meine Aktien verkauft. Sie waren um hundert Pfund das Stück gekauft und um tausend Pfund das Stück verkauft worden, so daß aus meinen fünftausend Pfund fünfzigtausend geworden waren.

Ich war über Nacht zu einer sehr reichen Frau geworden.

Die darauffolgenden Wochen werde ich nie vergessen. Die Spannung und Erregung in London stiegen genau wie die Aktien. Lance sagte nie »Siehst du«, aber er wies gelegentlich darauf hin, wie reich ich jetzt wäre, wenn ich die Wertpapiere nicht verkauft hätte.

Er hatte alles Geld, das er flüssig machen konnte, in Aktien investiert; manchmal war er nahe daran zu verkaufen, konnte sich dann aber doch nie dazu entschließen. Er glaubte immer, daß die Papiere noch weiter steigen würden.

Das Südseewunder war das allgemeine Gesprächsthema. Sir Robert Walpole verurteilte die Spekulation von Anfang an und warnte die Leute davor, zuviel zu investieren. Es stellte sich jedoch heraus, daß er selbst Aktien gekauft hatte – nur hatte er sie, genau wie ich, mit Gewinn wieder verkauft. Auch der Prinz von Wales hatte an den Aktien verdient. Das ganze Land war in Hochstimmung, und jeder, der ein paar Pfund zusammenkratzen konnte, rief nach Anteilen.

»Stell dir nur vor, wieviel du heute für die Aktien bezahlen müßtest, die du um hundert Pfund das Stück gekauft hast«, hielt mir Lance vor.

»Ich muß es mir nicht vorstellen, weil ich nicht die Absicht habe, noch welche zu kaufen.«

»Du verzichtest auf ein Vermögen.«

»Im Gegenteil, ich habe ein Vermögen gemacht.«

»Aber Clarissa, überlege doch nur, um wieviel reicher du wärst, wenn du alle Aktien behalten hättest.«

»Nur auf dem Papier. Und so habe ich Bargeld gewonnen.«

»Dank meiner Lasterhaftigkeit, wie du zuerst behauptet hast.«

Ich gab zu, daß er hiermit recht hatte. »Aber«, erklärte ich entschieden, »mein Geld bleibt, wo es ist.«

»Ist das endgültig?« fragte Lance bittend. Er hatte kein Geld mehr, das er anlegen konnte, und wollte um jeden Preis weiterspekulieren.

»Endgültig.«

Er ging mit mir in Kaffeehäuser, in denen nur über das Wunder der Südsee-Gesellschaft gesprochen wurde. Die Leute überlegten sich, wie sie das neu erworbene Vermögen anlegen würden. Sogar die Verkäufer von Lebkuchen und Wasserkresse sprachen über die Zeit, da alle reich sein würden.

Das Spekulationsfieber hielt den ganzen Sommer über an, und die ganze Zeit weigerte ich mich, mich mitreißen zu lassen.

Und dann verging der Traum so schnell, wie er gekommen war. Der August war heiß; wir sollten längst auf dem Land sein, aber Lance konnte sich nicht von London trennen. Täglich studierte er die Kurse und berechnete, wie reich ihn seine Anteile an der Südsee-Gesellschaft gemacht hatten.

Dann kam er eines Tages in das Wohnzimmer, wo ich ein Buch las, und sah mich verzweifelt an.

Ich fragte ihn, was geschehen war.

Er warf sich auf einen Stuhl. »Die Aktien sind auf achthundertfünfzig gefallen.«

»Achthundertfünfzig«, wiederholte ich. Ich hatte mich nicht für die Börsenkurse interessiert und mich geweigert, mit ihm darüber zu sprechen, wußte aber noch sehr gut, daß ich bei tausend verkauft hatte.

»Ich kann es nicht verstehen«, fuhr Lance fort. »Es ist innerhalb eines Tages passiert. Wahrscheinlich wegen der Scheingesellschaften, die aus dem Boden schießen und den Ruf der Südsee-Gesellschaft untergraben. Bei einigen hat sich herausgestellt, daß es Schwindelgesellschaften sind, und die Leute sind in Panik geraten. Es wird vorübergehen.«

Aber es ging nicht vorüber. Am nächsten Tag waren die Aktien auf achthundertzwanzig gesunken, und zwei Tage später auf siebenhundert.

Auf den Straßen hatte die Stimmung umgeschlagen. In den Kaffeehäusern saßen die Menschen mit düsteren Gesichtern herum, die Straßenhändler sahen besorgt aus, und die Geschäftsleute unterhielten sich leise.

»Es wird vorübergehen«, wiederholte Lance. »Es ist nur eine

kurze Baisse, dann werden die Aktien höher klettern als zuvor. Die Leute beginnen zu verkaufen. Wenn die Papiere steigen, werden sie wesentlich mehr bezahlen müssen, um sie wiederzubekommen.«

Mitte September waren die Aktien auf hundertfünfzig gefallen. Ich war darüber erstaunt, daß die gleichen Papiere, die ich um tausend verkauft hatte, jetzt so billig waren, und schauderte bei dem Gedanken daran, wie schnell Vermögen gewonnen und auch wieder verloren werden konnten.

Lances Stimmung wurde immer bedrückter. Ende September fielen die Aktien unter hundert. Ich erinnere mich genau an den Tag, denn ich hatte Lance noch nie so niedergeschlagen erlebt.

Als er aus der Stadt nach Hause kam, lief ich ihm bestürzt entgegen.

»Was ist geschehen, Lance?« rief ich.

»Frank Welling hat Selbstmord begangen.«

Ich wußte, wer Frank Welling war. Er war der erste von Lances Freunden gewesen, den ich nach unserer Heirat kennengelernt hatte – ein wohlhabender Mann mit Landbesitz und einem prächtigen Stadthaus in der St. James' Street. Er spielte genausogern wie Lance, und sie besuchten oft gemeinsam Spielklubs.

»Er hat sich erschossen«, sagte Lance. »Er hat alles verloren.«

»Wie schrecklich für seine Familie.«

»Ich fürchte, er wird nicht der einzige bleiben.«

Leidenschaftlicher Zorn überkam mich. Warum konnten sie der Spielleidenschaft nicht widerstehen? Sie wußten, welches Risiko sie eingingen. Wie konnten sie nur so tollkühn sein?

Ich dachte an Frank Wellings Frau; sie hatten drei Kinder. Die Tragödie hatte ihr Leben zerstört, das bis jetzt so angenehm verlaufen war, und nur, weil Frank der Verlockung nicht widerstehen konnte, schnell ein Vermögen zu erwerben.

Aber Frank Welling war nur ein Fall von vielen. Die aufgeregten Menschen, die sich in den Kaffeehäusern gedrängt hatten, versammelten sich jetzt in ihnen, um über die Katastrophe zu reden, die über sie hereingebrochen war. Sie nannten das Ganze »Die Südsee-Seifenblase«.

Nur wenige hatten bei dieser Spekulation profitiert – Leute wie Robert Walpole und der Prinz von Wales, die das Unheil vorhergesehen hatten, und meinesgleichen, die nichts aufs Spiel setzen wollten.

Ich hatte Angst um Lance, weil er sicherlich große Verluste erlitten hatte. Das traf auch zu, aber zum Glück war der Landbesitz nicht angegriffen worden. Ich hatte befürchtet, daß er Geld auf ihn aufnehmen würde, und wahrscheinlich hatte er auch mit diesem Gedanken gespielt, dann aber rechtzeitig gemerkt, wie sich die Angelegenheit entwickelte. Auch das Stadthaus war nicht belastet, aber sein Barvermögen war auf einen Bruchteil zusammengeschmolzen.

Einige Tage lang war er sehr verzagt; aber dann besserte sich seine Stimmung. Wahrscheinlich redete er sich ein, daß er seine Verluste bald wieder wettmachen würde. Schon nach kurzer Zeit behauptete er, das alles gehöre eben zum Spiel. Er hatte diesmal verloren und würde beim nächsten Mal gewinnen.

»Ein großer Einsatz und ein großer Verlust«, rief ich ihm ins Gedächtnis.

Das gab er zu. »Du, meine liebe Clarissa, warst diesmal die Vernünftige.«

»Wenn es vernünftig ist, seinen Besitz nicht um eines ungewissen Gewinns willen aufs Spiel zu setzen, dann bin ich wirklich vernünftig.«

»Und streng«, meinte er und küßte mich auf die Nasenspitze.

»O Lance, ich möchte so sehr, daß du dieser Spielleidenschaft widerstehst. Ich möchte...«

»Du möchtest, daß ich anders bin.«

»Nur in dieser einen Beziehung.«

Er sah mich nachdenklich an. »Es tut nicht gut, wenn man versucht, die Menschen zu ändern, Clarissa, das habe ich schon sehr früh gelernt. Du mußt mich nehmen, wie ich bin... und, geliebte Clarissa, laß dich in deiner Haltung mir gegenüber nicht durch meine Torheiten beeinflussen.«

»Wahrscheinlich habe auch ich Fehler.«

»Anbetungswürdige Fehler.«

Dann drückte er mich an sich und flüsterte: »Wenigstens ist einer von uns heil aus dieser traurigen Angelegenheit ausgestiegen – du, meine kluge Clarissa.«

9

Tragödie auf dem Eis

Die Nachwirkungen der Südsee-Seifenblase waren noch lange zu spüren. Es gab viele ruinierte Existenzen und Selbstmorde. Die Stimmung in der Stadt war gedrückt, und in den Zeitungen tauchten Karikaturen auf. Ich erinnere mich an eine, auf der Fortunas Wagen von Füchsen gezogen wurde, die die Gesichter der Agenten der Gesellschaft trugen; als Kutscher fungierte der Wahnsinn, und über dem ganzen schwebte der Teufel, der lachend Seifenblasen gegen den Himmel blies.

Niemand redete mehr davon, schnell reich zu werden, im Gegenteil, jeder versuchte verzweifelt, nicht in Armut zu verfallen.

Als Lance seine Verluste überblicken konnte, stellte er fest, daß er einen Teil seines Landbesitzes verkaufen mußte, um den Rest weiter bewirtschaften zu können. Ich hätte ihm Geld anbieten können, aber ich tat es nicht. Wahrscheinlich machte ich damals gerade eine erzieherische Periode durch, denn ich war entschlossen, es ihm eine Lehre sein zu lassen. Er mußte begreifen, daß die dauernden Glücksspiele Wahnsinn waren.

Dann fuhren wir aufs Land. Es war eine Erlösung, die Stadt zu verlassen; aber auch auf dem Land gab es Leute, die vor dem Ruin standen. Anscheinend konnte man nirgends den Folgen der Katastrophe der Südsee-Seifenblase entgehen.

Lance zeigte sogar einen Anflug von Reue. Er hatte die Londoner Spielklubs geraume Zeit nicht mehr besucht, und auch auf dem Land fanden nicht mehr jene Gesellschaften statt, bei denen die Leute bestrebt waren, sich so rasch wie möglich an die Spieltische zu setzen. Die Menschen waren nicht in der richtigen Stimmung – und hatten auch nicht mehr die Mittel dazu.

Lance hatte ein Vermögen verloren, aber seine gute Laune hatte nicht darunter gelitten, und er betrachtete dieses Vorkommnis bald nur noch als Pech im Spiel. »Es hätte auch anders kommen können«, meinte er. »Stell dir nur vor, ich hätte kurz vor der Baisse verkauft, was ja möglich gewesen wäre. Dann wäre ich jetzt ein reicher Mann.«

»Du hast ja nicht verkauft«, erinnerte ich ihn verzweifelt.

»Nein, aber ich hätte es tun können.«

Damit wußte ich, daß er nichts daraus gelernt hatte.

Ende Oktober traf ein Brief von Aimée ein, der diesmal einen echten Hilferuf darstellte.

»Liebe Schwester!

Ich schreibe dir in der Hoffnung, daß du mir infolge unserer engen Verwandtschaft helfen wirst. Ich befinde mich in einer schrecklichen Lage. Mein Mann ist gestorben – die Aufregung über die Seifenblase ist schuld daran. Wir waren beide groß in die Spekulation eingestiegen, und du kannst dir vorstellen, wie das Ergebnis jetzt aussieht. Wir verloren beinahe alles; ich muß das, was mir geblieben ist, verkaufen und versuchen, einen möglichst großen Erlös dafür zu erzielen. Wer hätte geglaubt, daß es soweit kommen würde, wir waren alle unserer Sache so sicher. Es war ein fürchterlicher Schock. Ich weiß, daß ich nicht die einzige bin, die sich in dieser Lage befindet, aber ich weiß überhaupt nicht, was ich tun soll. Ich könnte natürlich nach Frankreich zurückkehren, und vielleicht werde ich mich auch dafür entscheiden. Aber ich bin nicht sicher, damit richtig zu handeln, vor allem... es hat keinen Sinn, die Tatsachen zu verschweigen. Ich bin schwanger, Clarissa. Wir freuten uns so sehr darauf, ein Kind zu bekommen. Der arme Ralph, er war so glücklich... und jetzt ist er tot. Als er erfuhr, daß wir beinahe alles verloren hatten, erlitt er einen Herzanfall. Ich bin um so verzweifelter, als ich auch das von unserem Vater geerbte Geld in dieses Abenteuer investiert hatte.

Ich weiß nicht, wie es weitergehen soll. Ich würde ja Arbeit annehmen, aber das wird mit einem Kind kaum möglich sein. Würdest du, geliebte Schwester, so gut sein, mich – wie du mir einmal angeboten hast – bei dir aufzunehmen, bis meine Angelegenheiten geregelt sind? Ich verspreche dir, daß ich dir nicht zur Last fallen und daß ich im Haushalt helfen werde. Du verstehst sicherlich, daß ich dich nicht darum bitten würde, wenn meine Lage nicht aussichtslos wäre.

Falls du einverstanden bist, würde ich in etwa drei Monaten zu dir kommen. So lange werde ich brauchen, um hier Ordnung zu schaffen und zu retten, was noch zu retten ist. Wenn du mich nicht abweist, machst du mich so glücklich, wie es unter diesen Umständen überhaupt möglich ist.

Wenn ich die Reise im Januar antrete, sind es noch drei Monate bis zur Entbindung, also sollte ich durch die Schwangerschaft noch nicht allzusehr behindert sein. Ich erwarte sehnlichst deine Antwort, aber ich werde sofort mit den Vorbereitungen beginnen, denn ich kenne dich, meine liebe Schwester, und bin sicher, daß du mich in meiner Not nicht im Stich lassen wirst.

Deine Dich liebende Schwester
Aimée«

Ich zeigte Lance den Brief, und er sagte prompt: »Das arme Mädchen, sie muß sich fürchterliche Sorgen machen. Schreib ihr sofort und teile ihr mit, daß sie jederzeit kommen kann.«

Ich schickte den Brief unverzüglich ab und fragte mich, wie sich Aimées Anwesenheit auf unseren Haushalt auswirken würde.

Diesmal verbrachten wir Weihnachten in Enderby. Damaris war der Ansicht, daß die Urgroßeltern zu alt waren, um den Anstrengungen der Feiern gewachsen zu sein, Priscilla stimmte ihr zu, und so übersiedelten sie nach Enderby.

Auch hier hielten wir an den guten alten Traditionen fest, und die Tage vergingen wie im Flug. Am sechsten Januar kehrten wir nach London zurück. Aimée sollte Ende des Monats eintreffen.

Sie reiste über York und sollte von dort mit der Postkutsche nach London fahren. Wir wollten sie bei der Endstation der Kutsche erwarten und in die Albemarle Street bringen. Dort sollte sie bis zur Geburt des Kindes bleiben.

Wir warteten im Gasthaus, als die Kutsche eintraf – ein schweres Fahrzeug, mit Leder bespannt und mit großen Nägel beschlagen; vor den Fenstern hingen Ledervorhänge; das Dach war abgerundet, und oberhalb des Kutschkastens war eine Sitzbank angebracht.

Der bewaffnete Begleiter stieg zuerst ab, wobei ihn die Donnerbüchse störte, die er als Schutz gegen Wegelagerer mitführte; er besaß auch noch ein Horn, das er in den Dörfern oder Städten blies, durch die die Kutsche fuhr. Dann kam der Postillion, der auf dem ersten der drei Pferde ritt. Er trug einen grünen, goldverschnürten Mantel und einen Zweispitz.

Endlich tauchten auch die Reisenden auf, unter ihnen Aimée. Sie stach unter den übrigen hervor, denn nicht einmal eine lange, beschwerliche Reise über schlechte, schlammige Straßen konnte ihrer angeborenen Eleganz etwas anhaben. Sie trug einen marineblauen Wollmantel über einem Kleid aus demselben Material und einen Hut nach der neuesten Mode, einen blauen, rot eingefaßten Dreispitz. Ihre Kleidung war betont einfach, aber wirklich geschmackvoll. Ich konnte nie herausfinden, ob die Wirkung, die sie hervorrief, auf dem Schnitt ihrer Kleider oder auf ihrer Haltung beruhte. Später erfuhr ich, daß sie sich ihre Sachen selbst nähte, denn sie hatte als junges Mädchen in Paris bei einer *couturière* gearbeitet.

Sie umarmte mich zärtlich und dankbar, behandelte Lance mit zurückhaltendem Respekt und bedankte sich auch bei ihm. Sie hatte ihren Akzent nicht verloren, und ich bemerkte, daß Lance und sie einander auf den ersten Blick mochten.

Wir legten die kurze Strecke zur Albemarle Street in der Kutsche zurück; während der Fahrt erzählte Aimée von den Umständen, die ihr den Aufenthalt im Norden unmöglich gemacht hatten, und von ihren Verlusten durch die Aktien der Südsee-Gesellschaft.

»Du siehst einen Leidensgefährten von dir«, meinte ich.

»Auch du, Clarissa?« fragte sie erschrocken.

Ich schüttelte den Kopf. »Der arme Lance. Ich habe, ohne es eigentlich zu wollen, gut dabei abgeschnitten.«

Dann erzählte ich ihr alles.

Sie beugte sich zu mir und drückte mir die Hand. »Das freut mich für dich. Wie paradox, daß diese Südsee-Affäre sich für dich so einträglich ausgewirkt hat, obwohl du dich nie dafür interessiert hast.«

»Eben weil ich mich nicht dafür interessierte, stieg ich mit Gewinn aus.«

»Wie ungerecht vom Schicksal! Und wir«, sie warf Lance einen Blick zu, »bemühten uns so sehr, diese von Gott gesandte Gelegenheit zu ergreifen und hatten davon nur Schaden.«

»Das Schicksal der meisten Spieler«, meinte ich.

»Wie du siehst«, mischte sich Lance ein, »bin ich ein hoffnungsloser Spieler, was Clarissa zutiefst bedauert.«

»Mein Mann war auch so... und die Folgen sind katastrophal. Die Südsee-Seifenblase ist daran schuld, daß ich mich jetzt in einer solchen Notlage befinde.«

»Vergessen wir die Seifenblase«, schlug ich vor. »Wir haben viel Platz in unserem Haus, nicht wahr, Lance, und du kannst so lange bleiben, wie es dir gefällt. Ich freue mich ja schon so auf dein Kind – möchtest du lieber einen Jungen oder ein Mädchen? Wir müssen jetzt eine Hebamme engagieren, denn unserer Ansicht nach ist es am besten, wenn wir bis nach der Entbindung in London bleiben.«

Aimée sah mich aus tränenumflorten Augen an. »Du gibst mir das Gefühl, wirklich willkommen zu sein.«

Aimées Anwesenheit führte zu verschiedenen Veränderungen im Haushalt. Wir stellten eine Hebamme an, die uns von einem Freund Lances empfohlen wurde, und die ebenfalls in unser Haus übersiedelte. Bevor Aimée zu dick wurde, kauften wir gemeinsam Babysachen ein; wir suchten alle Kurzwarenhändler in Cheapside, Ludgate Hill und Gracechurch Street auf und wühlten in Bändern und Spitzen, denn ich wollte für meinen Neffen oder meine Nichte nur das Allerbeste.

Obwohl Jeanne gut mit Nadel und Faden umgehen konnte, stellten wir auch eine Weißnäherin ein, so daß die letzten drei Monate vor der Geburt mit reger Geschäftigkeit ausgefüllt waren.

Ich hatte geglaubt, daß Jeanne und Aimée sich gut vertragen würden, weil sie beide Französinnen waren und sich miteinander in ihrer Muttersprache unterhalten konnten. Obwohl ich recht gut Französisch sprach und jetzt auch noch Aimée hatte, um mich in dieser Sprache zu üben, war es bei den beiden natürlich ganz anders. Und dennoch herrschte von Anfang an eine gewisse Feindseligkeit zwischen ihnen.

»Jeanne neigt dazu, unverschämt zu sein«, beschwerte sich Aimée mehrmals bei mir.

»Das ist unmöglich«, widersprach ich. »Sie ist schon so lange bei mir und ist unter so ungewöhnlichen Umständen hierher gekommen, und sie war mir immer eine treue Freundin, die mir geholfen hat. Sie ist bestimmt nicht unverschämt... zwischen ihr und mir besteht nur ein ganz besonderes Vertrauensverhältnis.«

Jeanne drückte es anders aus. »Es wird schön sein, ein süßes kleines Kind im Haus zu haben. Aber Aimée ist hier nicht die Hausherrin, o nein, das bist du, Mylady Clarissa, und ich werde dafür sorgen, daß es so bleibt.«

»Aimée will mir sicherlich nicht diese Stellung streitig machen.«

»Stille Wasser sind tief«, mehr war aus Jeanne nicht herauszubringen.

Aimée und ich plauderten stundenlang miteinander, und allmählich erfuhr ich mehr über ihre Vergangenheit. Anscheinend war ihre Mutter sehr herrschsüchtig gewesen, und Aimée mußte ihr widerspruchslos gehorchen. Sie beschrieb den Bücherladen am linken Seineufer und erzählte, wie schwer ihre Mutter gearbeitet hatte, um ihr eine gute Erziehung zuteil werden zu lassen. Sie sprach über die Straßen von Paris, erwähnte, daß sie oft am Ufer der Seine gesessen und zugesehen hatte, wie die Schiffe den Strom entlangfuhren. Wie schon einmal, rief sie mir die Atmosphäre der Straßen von Paris ins Gedächtnis, ich sah wieder die lebhaft gestikulierenden Menschen, die Händler, die in den Kutschen vorüberfahrenden vornehmen Damen und den ewigen Schlamm vor mir.

Anfang April setzten bei Aimée die Wehen ein, und nach ein paar Stunden war das Kind auf der Welt.

Es war ein Sohn. Sofort nach der Entbindung ging ich in ihr Zimmer, um das rote, verrunzelte Geschöpf zu betrachten; es war ein kräftiges Kind mit kräftigen Lungen, die es auch kräftig betätigte.

Aimée war bald wieder auf den Beinen, und es machte uns beiden großen Spaß, einen Namen auszusuchen. Schließlich einigten wir uns auf Jean-Louis. Unser Haushalt umfaßte nun zwei zusätzliche Mitglieder.

Es ist erstaunlich, wie rasch ein Baby die Gewohnheiten seiner Umgebung verändern kann. Das ganze Haus widmete sich Jean-Louis; wo er auftauchte, stand er sofort im Mittelpunkt der Aufmerksamkeit. Als er den ersten Zahn bekam, litten wir alle mit ihm, und ich schickte einen Boten nach Eversleigh, um die Familie von diesem denkwürdigen Ereignis zu benachrichtigen.

Wir rissen uns darum, ihn in den Armen zu halten, und wenn er uns anlächelte, strahlten wir verzückt. Nicht einmal die männlichen Mitglieder unseres Hauses konnten Jean-Louis' Charme widerstehen. Sogar der Kutscher Jeffers, der seit fünfzig Jahren in Lances Familie diente – er hatte mit acht als Stalljunge angefangen – und ein mürrischer Junggeselle war, versuchte vergeblich, ein Lächeln zu unterdrücken, wenn er den Kleinen sah.

Sobald der Sommer kam, fuhren wir nach Clavering Hall, denn Jean-Louis sollte die gute Landluft genießen. Er wurde dort genauso verwöhnt wie in London, blieb aber dabei ein eher ernstes Kind.

»Das kommt daher, daß er einen alten Vater hatte«, behauptete Jeanne.

Sie beobachtete Aimée mißtrauisch, und ich fragte mich, ob sie vielleicht auf meine Schwester eifersüchtig war, weil sie mich als ihr Eigentum betrachtete. Jeanne war ein Mensch, der jemanden brauchte, um den er sich kümmern konnte. Sie hatte für ihre Mutter und ihre Großmutter gesorgt, und jetzt hatte sie mich in ihre Obhut genommen. Sie war der geborene Organisator und neigte dazu, die Zügel in die Hand zu nehmen, wenn man ihr die Möglichkeit dazu ließ, aber sie meinte es immer nur gut mit mir. Lance sagte von ihr: »Jeanne ist zum Dienen geboren.«

Wahrscheinlich war es ganz natürlich, daß sie Aimée nicht mochte, die sich in unseren Haushalt gedrängt hatte und ihn mit Hilfe des kleinen Jean-Louis zu beherrschen schien.

Jeanne behauptete immer wieder, daß Aimée sich aufführte, als wäre sie die Herrin des Hauses.

»Jeanne«, meinte ich, »du siehst Probleme, wo es keine gibt.«
»Sei nicht so sicher – sie ist eine Französin.«
Ich lachte. »Genau wie du.«
»Deshalb kann ich es ja so gut beurteilen.«

Dabei griff sie nach ihrem Hals – sie tat das oft, und ich hatte mich zuerst darüber gewundert, bis ich entdeckte, daß sie unter dem Kleid ein Medaillon an einer Goldkette trug. Sie hatte es mir einmal gezeigt; der heilige Johannes der Täufer war auf ihm eingraviert. Sie nannte das Medaillon ihren Jean-Baptiste; man hatte es ihr umgehängt, als sie noch ein Säugling war. Sie legte es nie ab; es war für sie ein Talisman, der sie vor Unglück beschützte.

Wir hatten sowohl in London wie in Clavering Hall Bedienstete, aber Jeanne als meine Zofe begleitete mich natürlich überallhin. Nach den Verlusten bei der Südsee-Seifenblase hatte Lance überlegt, ob er das Personal entlassen sollte, und sich deshalb große Sorgen gemacht. Schließlich beschloß er, lieber einen Teil des Grundbesitzes und einige Pferde zu verkaufen. Das war typisch für ihn. Er liebte seine Pferde und hing an dem Land, das sich seit Generationen im Besitz seiner Familie befand, aber das Wohlergehen seiner Untergebenen ging vor. Eine Zeitlang war er deshalb bedrückt, aber diese Stimmung hielt – wie immer bei Lance – nicht länger als eine Woche an.

Wir brauchten eine Nurse für Jean-Louis, und ich war entschlossen, sie aus meiner eigenen Tasche zu entlohnen. Ich erklärte Lance: »Aimée ist meine Schwester, und ich bin dir sehr dankbar dafür, daß du sie hier aufgenommen hast, aber ich bestehe darauf, wenigstens die Nurse zu bezahlen.«

Er war damit einverstanden, und Nanny Curlew, Sabrinas Kinderfrau, empfahl uns ihre Kusine, die wir gern einstellten. So kam Nanny Goswell in unser Haus und nahm Jean-Louis in ihre Obhut.

Die Tage vergingen, aber wir hatten keine Sehnsucht nach London. Wenn das Kind größer war, wollten wir mit ihm nach Eversleigh reisen. Ich schrieb Damaris oft und erzählte ihr von meinem Leben, und dann fiel mir auf, daß meine Briefe beinahe nur noch von Jean-Louis handelten.

In einem ihrer Antwortbriefe meinte Damaris: »Es wird Zeit, daß du selbst ein Kind bekommst.«

Ich wußte es auch und sehnte mich danach, genau wie Lance.

Aimée und ich ritten in diesem Sommer oft gemeinsam aus. Sie hatte erst in Hessenfield reiten gelernt und war deshalb nicht so geübt wie ich, denn seit meiner Rückkehr nach England hatte ich sehr oft im Sattel gesessen.

Dank unser langen Gespräche begann ich, sie besser kennenzulernen.

Sie hatte bestimmt darunter gelitten, daß sie unerwünscht war, denn ihre Geburt hatte ihren Eltern keine Freude bereitet. In Hessenfields Leben gab es unzählige Frauen, von denen ihm einige vielleicht etwas näher standen. Ich zweifelte nicht daran, daß meine Mutter – die unvergleichliche Carlotta, um deren Schönheit sich in der Familie Legenden rankten – die wichtigste Frau in seinem Leben gewesen war, denn er hatte seinem Bruder gesagt, daß er sie heiraten würde, wenn sie ungebunden wäre. Aimées Mutter stand ihm offensichtlich nicht so nahe, denn wenn er gewollt hätte, hätte er sie ohne weiteres heiraten können. Dennoch war er ein guter Vater gewesen und hatte versucht, für Aimée zu sorgen.

Aimées Leben war von Unsicherheit bestimmt gewesen, und deshalb sehnte sie sich so sehr danach, irgendwo zu Hause zu sein, Sicherheit für sich und ihr Kind zu finden.

Als wir an einem schönen Sommertag in einem Feld Rast machten, bevor wir nach Clavering zurückkehrten, gab sie das auch mehr oder weniger zu.

»Ich habe Ralph Ransome zum Teil deshalb geheiratet, weil ich ein Zuhause wollte und jemanden, der zu mir gehört. Ich habe ihn nie wirklich geliebt, aber er war sehr gut zu mir. Er war Witwer und hatte einen Sohn und eine Tochter, die verheiratet sind und in den Midlands leben. Da ich das Erbteil meines Vaters besaß, war ich nicht mittellos, aber diese Heirat war für mich eine einmalige Gelegenheit.

Ralph war Eigentümer eines schönen Hauses, dessen Herrin ich wurde. Erst nach unsere Heirat erfuhr ich, daß er schwer verschuldet war und große Sorgen hatte. Dann bot sich ihm die Chance mit dieser Südsee-Gesellschaft, und er riskierte beinahe sein ganzes Geld, um ein Vermögen zu erwerben, das seine Schwierigkeiten ein für allemal aus der Welt schaffen würde. Wir hätten glücklich sein können...« Sie sah mich eindringlich an. »Kein romantisches Glück, so wie bei dir und Lance, aber ein angenehmes Dasein... das richtige für ein Mädchen, das kein leichtes Leben gehabt hat.«

Sie riß einen Grashalm ab und steckte ihn zwischen die weißen, ebenmäßigen Zähne.

»Du hast Glück gehabt, *ma sœur*«, fuhr sie fort. »Du bist reich, hast einen gutaussehenden Mann und gehörst zu den wenigen, die von der platzenden Seifenblase nicht betroffen wurden.«

»Und du hast Jean-Louis«, rief ich ihr ins Gedächtnis.

»Der süße Kleine, ja, das stimmt, ich habe mein Kind. Aber es gehört genauso dir und der ganzen Familie.«

»Wir alle lieben ihn, aber du bleibst seine Mutter, Aimée.«

Sie strich mir über die Hand. »Ja, und dank deiner Güte hat sein Leben gut begonnen. Aber ich kann nicht ewig hier bleiben, ich muß mir überlegen, was ich unternehmen werde. Was tut eine Frau in meiner Lage, wenn sie kein Geld hat, um sich und ihr Kind zu erhalten? Vielleicht sollte ich Kinder, die diese Sprache gar nicht lernen wollen, in Französisch unterrichten? Oder Kammerzofe in einem vornehmen Haushalt werden?«

»Unsinn«, widersprach ich. »Das ist dein Zuhause, und du bleibst hier.«

»Ich kann nicht mein Leben lang von deiner Güte abhängig sein.«

»Du bleibst bei uns, weil du bei deiner Familie zu Hause bist. Hast du vergessen, daß wir Schwestern sind?«

»Halbschwestern. Nein, ich muß Pläne für die Zukunft machen.«

»Vielleicht wirst du jemanden kennenlernen, den du heiraten kannst. Wir werden öfter Gäste einladen. Lance kennt hier auf dem Land so viele Leute.«

»Der Heiratsmarkt?« fragte sie, und in ihren Augen lag ein Ausdruck, den ich nicht ganz deuten konnte. Es gab überhaupt vieles an Aimée, das ich nicht verstand.

»Du drückst es sehr direkt aus. Aber die Leute lernen einander dabei kennen und lieben.«

Sie sah mich lächelnd an, und ich dachte: Ich werde heute abend mit Lance darüber sprechen. Wir müssen öfter Gäste einladen, wir können es uns ja leisten, und ich muß einen Ehemann für Aimée finden.

Wir standen auf, streckten uns und gingen zu den Pferden. Auf dem Heimweg waren wir beide schweigsam.

Am Abend sprach ich mit Lance über Aimée.

»Das arme Mädchen ist unglücklich wegen ihrer Lage, und das verstehe ich. Sie hatte von unserem Vater Geld geerbt, es aber auch bei dieser unglückseligen Seifenblase verloren. Sie ist stolz, und es stört sie, daß sie von uns abhängig ist. Wenn wir öfter hier am Land Gesellschaften geben, könnten wir vielleicht einen Mann für sie finden.«

»Dann laß uns das tun, geliebte Kupplerin.«

Ein paar Tage später erzählte ich Jeanne, während sie meine Haare bürstete, daß wir öfters Partys geben wollten.

»Wird es dir Spaß machen?« fragte sie.

»Um die Wahrheit zu sagen, Jeanne, ich habe es selbst vorgeschlagen.«

»Sie werden wieder Karten spielen. Willst du das?«

»Natürlich nicht. Aber ich finde, meine Schwester sollte Leute kennenlernen.«

»Damit sie einen Mann einfängt?«

»Das habe ich nicht gesagt, Jeanne.«

»Nein, aber du sagst nicht immer, was du denkst.«

»Und wenn es so wäre, wäre es doch eine gute Idee, oder?«

»Eine sehr gute Idee. Madame Aimée ist nicht die Frau, für die du sie hältst.«

»Was meinst du jetzt schon wieder?« fragte ich leicht gereizt. Jeannes ständige Andeutungen über Aimée ärgerten mich allmählich.

»Wir dürfen sie nicht aus den Augen lassen. Sie versteht sich auf Männer. Und ein Mann ist und bleibt ein Mann... auch der beste von ihnen.«

Ich wußte, daß sie auf Lance anspielte, für den sie übertriebene Bewunderung hegte – weil er so gut aussah, weil er sich elegant kleidete, weil er sich so vornehm benahm.

»Manchmal erzählst du blühenden Unsinn, Jeanne.«

Sie riß heftig an einer Strähne, so daß ich protestierend aufschrie.

»Du wirst schon sehen«, prophezeite sie düster.

Ich bedauerte sehr bald, daß ich diese Partys vorgeschlagen hatte, denn damit begann ein fröhliches Treiben, und die gesellschaftlichen Zusammenkünfte endeten meist an den Spieltischen. Lance, den die kürzliche Katastrophe ziemlich ernüchtert hatte, wurde genauso heftig von der Spielleidenschaft erfaßt wie zuvor. Auch Aimée konnte sich dem Reiz des Spiels nicht entziehen. Lance behauptete, daß sie beim Pharao sehr gut war, und sie spielten manchmal bis in die frühen Morgenstunden hinein. Ich zog mich meist schon vorher zurück, was aber niemanden störte. Sobald die Tische aufgestellt waren, vergaßen die Spieler alles andere um sich.

Lance hatte eine Glückssträhne und war natürlich davon überzeugt, daß er mit der Zeit alle seine Verluste wettmachen würde. Seiner Meinung nach war das Glück wechselhaft: Heute war man noch unten, morgen wieder ganz oben.

Natürlich war ich wieder beunruhigt, aber ich wollte keine ewig nörgelnde Frau sein, und außerdem hatte ich längst begriffen, daß

Lance immer ein Spieler bleiben würde, ganz gleich, was ich sagte oder tat.

Um Aimée machte ich mir beinahe noch mehr Sorgen als um Lance, denn er wußte immerhin, was er tat. Ich machte ihm Vorwürfe, weil er Aimée zum Spielen verleitete.

»Woher soll sie denn das Geld nehmen?« fragte ich ihn. »Du kennst doch ihre finanziellen Verhältnisse.«

»Gönn ihr doch das Gefühl der Spannung«, meinte er. »Das arme Kind hat eine schwere Zeit hinter sich. Es macht ihr wirklich Spaß, und sie ist eine gute Spielerin; außerdem hat sie Glück. Es gibt tatsächlich Leute, die beinahe immer gewinnen.«

»Aber wie kann sie es sich leisten...«

»Mach dir deshalb keine Sorgen. Ich habe ihr Geld geliehen; wenn sie gewinnt, zahlt sie es mir zurück, und wenn sie verliert, vergessen wir die Schuld.«

»O Lance!«

Er nahm mich in die Arme und küßte mich lachend. »Laß dem Mädchen das Vergnügen«, bat er.

»Es ist nicht das Richtige für sie.«

»Nicht alle können so sein wie du, Liebste.«

Ich schwieg, denn ich merkte, daß ich im Begriff war, eine pedantische Spielverderberin zu werden.

Einige Tage danach wurde ich zufällig Zeuge einer kleinen Auseinandersetzung zwischen Jeanne und Aimée. Bis dahin hatte zwischen ihnen stumme, aber unübersehbare Feindschaft geherrscht.

Ich war unterwegs zu Aimées Zimmer, als ich ihre zornig streitenden Stimmen hörte. Wider Willen blieb ich stehen und lauschte; sie sprachen schnell und gereizt auf französisch.

»Nimm dich in acht«, sagte Aimée gerade. »Du bist hier nicht in der Rue de la Morant.«

»Woher wissen Sie, daß ich jemals in der Rue de la Morant gelebt habe?«

»Ich weiß, daß du mit deiner Mutter und deiner Großmutter dort gewohnt hast. Ich weiß, daß nur die Ärmsten der Armen dort unterkriechen.«

»Wir konnten uns nichts anderes leisten. Aber woher wissen Sie es?«

»Du hast es einmal erwähnt.«

»Das stimmt nicht, ich habe niemals darüber gesprochen, niemals.«

»Schweig, und sprich nicht in diesem Ton mit Höhergestellten.«

»Sie... Sie...« schrie Jeanne empört. »Nehmen Sie sich nur in acht. Wenn Sie meiner Lady Clarissa jemals etwas antun, bringe ich Sie um.«

Ich wollte nichts mehr hören, sondern drehte mich um und lief davon.

Die zunehmende Feindschaft zwischen Jeanne und Aimée gefiel mir ebensowenig wie die Glücksspiele, die wieder einmal im Mittelpunkt unseres Lebens standen.

Die gespannte Stimmung hielt an, der Sommer und der Herbst gingen rasch vorbei, und dann stand plötzlich Weihnachten vor der Tür. Wie gewöhnlich hatten wir die Absicht, nach Enderby zu fahren; am Morgen des zwanzigsten Dezember machten wir uns auf den Weg.

Die Reise war nicht ganz ungefährlich, denn es war zeitig kalt geworden, und alles deutete auf einen strengen Winter hin.

Wir brauchten drei Tage, um nach Enderby zu gelangen, und Damaris hatte angesichts des schlechten Straßenzustands schon große Ängste ausgestanden. Aimée und Jean-Louis begleiteten uns natürlich, und die ganze Familie begrüßte den Kleinen begeistert und bewunderte ihn – nur Sabrina schloß sich davon aus. Jean-Louis lenkte die allgemeine Aufmerksamkeit zu sehr von ihr ab.

Sie freute sich jedoch darüber, mich wiederzusehen, und ihre leidenschaftliche Begrüßung rührte mich.

»Es wird schneien und frieren«, erklärte sie mir, »und wir werden alle auf dem Teich eislaufen. Ich habe neue Schlittschuhe, die mir mein Papa gekauft hat, aber ich bekomme sie erst zu Weihnachten.«

Da ich längere Zeit von Enderby fortgewesen war, erkannte ich jetzt, wieso die Leute meinten, daß es einen unheimlichen Eindruck machte. Ob es auf die Tragödien zurückzuführen war, die sich vor langer Zeit in dem Haus abgespielt hatten, oder darauf, daß die Fenster zu klein waren und zuwenig Licht einließen und die alten Bäume zu nahe am Haus standen, so daß die Zimmer noch düsterer wirkten, weiß ich nicht. Aber noch bevor sich die Tragödie ereignete, hatte ich das Gefühl eines drohenden Unheils.

Als wir ankamen, brannten in allen Kaminen Feuer, und Damaris hatte die übliche Weihnachtsdekoration aufgehängt, konnte aber damit nicht die düstere Stimmung vertreiben.

Sabrina bestand darauf, daß ich ihr viel Zeit widmete, denn sie hing an mir und betrachtete mich als eine Art ältere Schwester. Das war nur natürlich, da Damaris bei mir Mutterstelle vertreten hatte. Sabrina zeigte mir stolz ihre Geschenke; den Ehrenplatz nahmen die Schlittschuhe ein, dann kam ein Pelzmuff, den sie von ihrer Mutter bekommen hatte, und dann mein Geschenk – ein Sattel für ihr Pony, denn ich hatte erfahren, daß sie sich einen wünschte. Sie strahlte vor Glück, lief immer wieder zum Fenster, um zu sehen, ob es noch schneite, und fragte Jeremy hundertmal am Tag, ob der Teich schon fest genug gefroren war, damit man auf ihm eislaufen konnte.

Sie mochte Aimée nicht, wahrscheinlich deshalb, weil sie Jean-Louis' Mutter war. Den Kleinen bezeichnete sie nur als »das dumme Baby«.

»Auch du warst einmal ein Baby«, machte ich sie aufmerksam.

»Aber ich bin sehr schnell gewachsen«, antwortete sie verächtlich.

»Das wird er auch tun.«

»Schön, aber *jetzt* ist er ein dummes Baby.«

Damaris machte ihr deswegen immer wieder Vorhaltungen. »Du bist zu ungeduldig, Sabrina. Bedenke, daß es außer dir auch noch andere Menschen auf der Welt gibt.«

»Das weiß ich.«

»Du mußt auf sie Rücksicht nehmen.«

»Alle nehmen auf das Baby mehr Rücksicht als...«

»Natürlich, weil es noch so klein ist. Aber sie nehmen auch auf andere Leute Rücksicht.«

»Es hat aufgehört zu schneien. Papa sagt, daß es frieren wird, und daß wir vielleicht morgen...«

Wie ein Wirbelwind war sie draußen, um Jeremy nach der Temperatur zu fragen.

»Sabrina macht mir Sorgen«, vertraute mir Damaris an. »Sie ist so impulsiv und selbstsüchtig.«

»Alle Kinder sind so.«

»Bei Sabrina ist es stärker ausgeprägt. Es ist merkwürdig, daß ausgerechnet Jeremys und mein Kind so ist. Sie erinnert mich an deine Mutter, und ich kann nur hoffen, daß sie einmal glücklich wird. Ich glaube nämlich nicht, daß deine Mutter trotz ihrer blendenden Eigenschaften jemals glücklich war. Manchmal zittere ich um Sabrina.«

»Du machst dir zuviel Sorgen. Mit Sabrina ist alles in Ordnung; sie ist ein normales, gesundes, unternehmungslustiges Kind.«

»Du hast sie gern, nicht wahr, Clarissa?«

»Natürlich, sie ist wie eine kleine Schwester für mich.«

»Aber du hast eine neue Schwester.« Sie sah mich besorgt an. »Du verträgst dich doch mit Aimée, oder?«

»Natürlich.«

»Ich muß oft daran denken, daß es viel besser gewesen wäre, wenn deine Mutter bei Benjie geblieben wäre. Er war schließlich und endlich ihr Mann... und er ist ein so guter Mensch. Er ist jetzt wenigstens wieder glücklich, aber wenn deine Mutter bei ihm geblieben wäre, könnte sie heute noch am Leben sein.«

»Es hat keinen Sinn, über alle ›Wenn‹ und ›Aber‹ nachzudenken. Es ist anders gekommen, und wir müssen uns damit abfinden.«

»Du würdest immer für Sabrina sorgen, nicht wahr?«

»Natürlich würde ich das tun. Aber sie lebt ja hier bei dir, und du bist diejenige, die sie betreut.«

»Ja, außer...« Plötzlich lächelte sie. »Ich muß dir etwas gestehen, Clarissa. Ich erwarte ein zweites Kind.«

»Wie schön für dich; du mußt sehr glücklich sein.«

»Ja, natürlich. Sabrina ist ein so lebhaftes Kind, und ich freue mich, daß sie nicht allein bleibt. Auch Jeremy ist glücklich; wir wünschen uns beide einen Sohn.«

»Du wirst sehen, wenn das Kind erst einmal auf der Welt ist, wird es dir gleich sein, ob es ein Junge oder ein Mädchen ist.«

»Es wäre ja so schön, Clarissa, wenn du...«

»Ja, ich weiß, und ich werde sicherlich auch einmal ein Kind bekommen.«

»Ich hoffe es für dich. Für mich ist es eine sehr große Freude, obwohl...«

Ich sah sie fragend an, und sie fuhr fort: »Hoffentlich geht alles gut. Manchmal...«

»Selbstverständlich wird es gutgehen, du bist doch jetzt gesund und kräftig.«

»Ja, aber manchmal...«

Ich tat ihre düstere Stimmung mit einem Achselzucken ab. Es war nur ganz natürlich, daß die neuerliche Schwangerschaft ihr Sorgen bereitete. Außerdem hatte Jeremy sie mit seiner Schwarzseherei angesteckt.

Am Dreikönigstag war der Teich fest gefroren, und zu Sabrinas Entzücken gingen wir eislaufen. Jeremy, Lance und ich wagten uns mit dem Kind auf das Eis, die anderen sahen vom Ufer aus zu. Sabrina kreischte vor Vergnügen; sie sah in dem roten Mantel und der roten Haube bildhübsch aus, preßte den Pelzmuff an sich und glitt mit ihrem Vater über den Teich. Ihre Wangen waren genauso rot wie ihre Kleidung, und ihre Augen blitzten; ein langgehegter Wunsch war ihr in Erfüllung gegangen.

Als es dunkel wurde und wir nach Hause gingen, war sie enttäuscht.

»Morgen ist der Teich auch noch gefroren«, meinte ihr Vater, und sie rief: »Wenn es nur schon morgen wäre.«

Am nächsten Tag stand sie in aller Herrgottsfrühe auf und quälte uns, wieder mit ihr zum Teich zu gehen.

Am dritten Tag hatte das unbeständige englische Wetter umgeschlagen, und es war wärmer.

»Wenn es so weitergeht«, erklärte Jeremy, »wird es früher tauen, als ich gedacht habe.«

Sabrina war verzweifelt, aber ihr Vater blieb hart. »Wir gehen erst wieder eislaufen, wenn das Eis sicher trägt.«

Er ging am Morgen zum Teich und berichtete uns dann, daß das Eis Sprünge zeigte. »Damit ist es mit dem Eislaufen vorläufig vorbei, bis das Wetter wieder umschlägt.«

»Aber es ist doch noch Eis auf dem Teich«, protestierte Sabrina.

»Es wird auch noch längere Zeit bleiben, aber man kann nicht mehr drauf eislaufen.«

»Doch, das kann man«, widersprach Sabrina rebellisch.

»Du darfst erst wieder auf das Eis, wenn ich es dir sage«, befahl Jeremy.

Sabrina zog trotzig ein Schmollmündchen.

»Liebling, wenn dein Vater findet, daß das Eis nicht mehr trägt, dann stimmt es«, griff Damaris ein. »Du mußt also warten, bis es wieder friert.«

Sabrina war still... zu still. Das hätte uns warnen müssen.

Am Nachmittag wollte ich ihr vorschlagen, mit mir auszureiten. Sie ritt gern und freute sich immer, wenn ich sie begleitete. Man mußte allerdings auf sie aufpassen, weil sie viel zu wagemutig war. Wie die meisten Kinder kannte sie keine Angst und kam nie auf die Idee, daß etwas schiefgehen konnte.

Ich konnte sie nicht finden. Nanny Goswell, die mit uns nach Enderby gekommen war, um Jean-Louis zu betreuen, sagte, daß sie gesehen habe, wie Sabrina aus dem Haus lief. Ich fragte Damaris nach Sabrina, und als sie hörte, daß ich das Kind nicht finden konnte, wurde sie unruhig. Ich verließ sie, um das Haus zu durchsuchen.

Es wäre besser gewesen, wenn ich bei ihr geblieben wäre.

Ich stieg zu den Dachkammern hinauf, denn Sabrina erforschte sie gern. Zufällig blickte ich zum Fenster hinaus und sah, daß Damaris querfeldein lief. Sie hatte nicht einmal einen Mantel an – sie wird erfrieren, dachte ich noch. Dann erschrak ich, weil mir plötzlich etwas einfiel. Ich sah Sabrina vor mir, die so merkwürdig still gewesen war und sichtlich über etwas nachdachte – und ich begriff.

Ich vergaß ebenfalls Mantel und Handschuhe und lief so rasch ich konnte zum Teich hinunter.

Mit einem Blick erkannte ich, was geschehen war. Sabrina war trotz des Verbots eislaufen gegangen. In der weißen Fläche klaffte ein Loch, aus dem Sabrinas Kopf mit der roten Haube ragte. Damaris lag der Länge nach auf dem Eis und hielt sie fest.

Einen Augenblick lang überwältigte mich die Panik, und ich wußte nicht, was ich tun sollte. Wenn ich versuchte, die beiden zu retten, gab das Eis vielleicht unter meinem Gewicht nach. Es war ohnehin ein Wunder, daß es Damaris noch trug.

Ich lief zum Haus zurück und rief nach Lance und Jeremy. Zum Glück war Jeremy im Garten und hörte mich. Atemlos erklärte ich, was geschehen war, und dann erschien Lance.

Zu dritt rannten wir zum Teich zurück.

Es war beinahe eine Katastrophe; diese fürchterlichen Augenblicke haben sich mir für immer eingeprägt. Jeremy war so verzweifelt, daß er überhaupt nichts unternahm, und es war Lance, der ruhig und überlegt das Richtige tat. Er handelte beinahe lässig, als wäre es etwas Alltägliches, Menschen aus einer solchen Situation zu retten. Jeremy war durch sein lahmes Bein behindert, aber Lance holte Sabrina mit überraschender Geschicklichkeit und Sicherheit aus dem Wasser und reichte sie mir, während Jeremy Damaris vorsichtig von dem dünnen Eis zurückzog.

Sabrinas Gesicht war weiß, und sie war eiskalt; es war so ungewohnt, sie so reglos und ruhig zu sehen. Smith, der erfahren hatte, was geschehen war, kam zum Teich gelaufen, nahm mir den triefend nassen Körper aus den Armen und rannte mit ihm ins Haus. Ich wandte mich Damaris zu. Sie war halb ohnmächtig, und Lance nahm sie auf die Arme und trug sie zurück.

Im Haus wurden schon Wärmpfannen und heiße Ziegel zurechtgemacht und Decken bereitgelegt.

Nanny Curlew und ich zogen Sabrina die nassen Kleider vom Leib, hüllten sie in ein warmes Handtuch und rieben sie trocken. Dann wickelten wir sie in eine Decke und legten sie in das vorgewärmte Bett. Ihre Zähne klapperten, und ich war darüber erleichtert, denn es war schrecklich gewesen, sie so still daliegen zu sehen.

Sie schlug die Augen auf und sah mich an.

»Clarissa...« flüsterte sie.

Ich beugte mich zu ihr hinunter und küßte sie. »Du bist jetzt in Sicherheit, mein Liebling, du liegst in deinem warmen Bett.«

»Ich hatte solche Angst. Es krachte... und ich war im Wasser. Oh, war das kalt!«

»Du wirst mir später davon erzählen.« Ich streichelte ihr Gesicht. »Du bist zu Hause, und alles ist in Ordnung.«

»Bleib bei mir«, murmelte sie.

Ich blieb also an ihrem Bett sitzen, und sie hielt meine Hand fest.

»Es wird keine Folgen für sie haben«, meinte Nanny Curlew. »Vielleicht eine Verkühlung, aber nicht mehr.«

Ich betrachtete das reizende Gesichtchen, das jetzt ganz anders aussah – blaß und ruhig; die Wimpern wirkten auf der bleichen Haut noch dunkler. Ich war so froh, weil Lance sie gerettet hatte, und dankte Gott dafür, daß dieses Abenteuer nicht tragisch ausgegangen war.

Es stellte sich jedoch heraus, daß ich zu früh gejubelt hatte.

Damaris war schwer krank.

Die Kälte hatte sie so geschwächt, daß am nächsten Tag feststand, daß sie eine Fehlgeburt haben würde und in Lebensgefahr schwebte. Als junges Mädchen hatte sie unter rheumatischem Fieber gelitten und war damals nicht fähig gewesen, das Krankenlager zu verlassen. Aber dann war ein Wunder geschehen; sie hatte Jeremy kennengelernt und die beinahe übermenschliche Aufgabe gelöst, mich zu retten. Das hatte ihr solchen seelischen Auftrieb gegeben, daß sie ein beinahe normales Leben führen konnte, auch wenn sie nie sehr kräftig war. Sabrinas Geburt war eine schwere Belastung für sie gewesen, aber sie hatte auch das überstanden und wollte noch ein Kind. Ihre Konstitution war jedoch nicht so kräftig, daß sie sich ungestraft der nassen, eisigen Kälte aussetzen konnte.

Es kam zur Fehlgeburt, und in den darauffolgenden Tagen warteten wir angstvoll auf die Berichte des Arztes. Ich hatte das Gefühl, daß das Haus beinahe über mich triumphierte, das Haus der Schatten, der Drohung, in dem das Böse jenen auflauerte, die wagten, hier zu leben.

Merkwürdig... denn als es mein Heim gewesen war, hatte ich es nie so empfunden.

Sabrina erholte sich rasch. Bereits am zweiten Tag saß sie im Bett und aß mit großem Appetit. Nanny Curlew hatte angeordnet, daß sie im Bett bleiben müsse, und weil sie wußte, daß ihr Ungehorsam an allem Schuld trug, was geschehen war, war sie ausnahmsweise folgsam.

Doch das wahre Wesen Sabrinas lauerte nur auf eine Gelegenheit hervorzubrechen – bis Jeremy zu ihr kam. Ich war dabei und erlebte es mit; aber ich verstand erst nachher, daß es für Sabrina ein schwerwiegendes Ereignis gewesen war.

Jeremy mochte sein Kind, aber er liebte Damaris über alles in der Welt. Damaris hatte ihn der Verzweiflung entrissen. Ich hatte ihre Geschichte gelesen und wußte daher, was sie für ihn getan hatte. Er war mürrisch und unglücklich gewesen, hatte sich von den Menschen zurückgezogen, sich von dem Leben abgewandt und geglaubt, daß ihm nie wieder etwas Gutes widerfahren konnte. Dann trat Damaris in sein Dasein; auch sie war körperlich behindert und zeigte ihm, daß das Leben dennoch lebenswert war. Er hatte sie begleitet, als sie nach Paris fuhr, um mich zu suchen, und ich war den beiden um so mehr verbunden, als ich ebenfalls eine Rolle in ihrer Liebesbeziehung spielte. Bei diesem Abenteuer hatte Jeremy begriffen, wie mutig und selbstlos Damaris war, und daraufhin hatten sie gemeinsam ein neues Leben aufgebaut.

Jeremy war in gewissem Sinn noch immer ein Menschenfeind und würde diese düstere Seite seines Wesens nie ganz unterdrücken können. Er erwartete nie erfreuliche Ereignisse, sondern immer nur Schicksalsschläge, und war davon überzeugt, daß er vom Pech verfolgt war. Er war in allem das genaue Gegenteil des allzeit optimistischen Lance.

Im Augenblick befand er sich in einem Zustand tiefster Depression. Natürlich trauerte er um das Kind, das Damaris verloren hatte, aber vor allem hatte er Angst um sie selbst. Es war sehr wahrscheinlich, daß sie infolge der Unterkühlung einen Rückfall in die alte Krankheit erleiden würde, an der sie schon in ihrer Jugend gelitten hatte. Sie war sehr krank, und da ich Jeremy kannte, wußte ich, daß er sie im Geist bereits im Grab liegen sah und sich so einsam und verlassen fühlte wie in der Zeit, bevor er sie kennengelernt hatte.

Sein Gesicht sah blaß aus, und seine dunklen Augen glühten. Ich hatte ihn noch nie in so einem Zustand gesehen; Sabrina setzte sich auf und starrte ihn an.

Sie hatte sich ihrem Vater gegenüber immer ein bißchen unsicher gefühlt – vielleicht erlag er ihrem Charme nicht so leicht wie alle anderen. Und jetzt wußte sie natürlich, daß sie durch ihren Ungehorsam uns allen Kummer bereitet hatte; dabei wußte sie noch gar nicht, wie groß dieser Kummer in Wirklichkeit war.

Er blieb am Fußende des Bettes stehen und sah sie beinahe verächtlich an, als wolle er eine möglichst große Entfernung zwischen sie und sich legen.

Sie starrte ihn aus weitaufgerissenen Augen an, und ihre Lippen zitterten. Einen Augenblick lang sprach er nicht, und Sabrina, die Stille nie ertragen konnte, rief: »Papa... ich... es tut mir leid...«

»Leid«, wiederholte er mit einem Blick, als hasse er sie. »Du bist ein böses Mädchen. Weißt du, was du deiner Mutter angetan hast? Sie hat das Kind verloren, auf das sie sich so freute. Und sie ist jetzt krank, sehr krank. Ich habe dir gesagt, daß der Teich gefährlich ist und daß du nicht dorthin gehen sollst. Ich habe dir verboten...«

»Ich wußte nicht...« begann Sabrina.

»Du wußtest, daß du etwas Verbotenes tatest. Du gingst eislaufen, obwohl du nicht die Erlaubnis dazu hattest, und deine Mutter setzte ihr Leben aufs Spiel, um das deine zu retten. Vielleicht hast du sie dadurch getötet.«

Ich rief unwillkürlich: »O nein... nein... *bitte*...«

Er sah mich nicht an, sondern drehte sich um und verließ den Raum.

Sabrina starrte ihm nach, dann wandte sie sich mir zu und warf sich mir an den Hals. Schluchzen erschütterte ihren Körper; sie konnte überhaupt nicht mehr aufhören zu weinen. Ich strich ihr über das Haar und versuchte, sie zu trösten, aber Sabrina war untröstlich. Zum ersten Mal in ihrem Leben stand sie einer Situation gegenüber, aus der sie ihr Charme nicht retten konnte.

Es war eine traurige Zeit. Unsere Besorgnis um Damaris wuchs, denn zu der Fehlgeburt kam noch, daß sie wirklich schwer krank war. Nicht nur Jeremy in seinem abgrundtiefen Pessimismus nahm an, daß sie vielleicht nie mehr gesund werden würde.

Priscilla und Arabella kamen jeden Tag von Enderby herüber, obwohl niemand von uns etwas tun konnte. Ich machte mir auch um Sabrina Sorgen, denn sie hatte sich sehr verändert. Sie hatte ihre Fröhlichkeit vollkommen verloren und war schweigsam, beinahe unfreundlich. Nanny Curlew sagte: »Sie ist genauso schlimm wie früher, nur auf eine andere Art. Sie ist das schwierigste Kind, das mir je untergekommen ist. Sie ärgert auch den kleinen Jean-Louis; wahrscheinlich ist sie eifersüchtig auf ihn.«

Ich saß oft bei Damaris, weil meine Anwesenheit sie zu beruhigen schien. »Sie hat dich sehr gern«, erklärte Priscilla, »du bedeutest ihr sehr viel.«

Einmal nahm ich Sabrina mit. Sie wollte mich zwar nicht begleiten, aber ich überredete sie dazu.

Damaris lächelte ihre Tochter an und hielt ihr die Hand hin. Sabrina schrak zurück, aber ich flüsterte ihr zu: »Komm, nimm die Hand. Sag deiner Mutter, wie sehr du sie liebhast.«

Sabrina ergriff die Hand und sah ihre Mutter herausfordernd an.

»Gott segne dich, mein Liebling«, sagte Damaris, und Sabrinas Gesicht wurde weich. Ich glaube, sie war nahe daran, in Tränen auszubrechen.

Sie brauchte jetzt soviel Liebe wie nie zuvor, dachte ich. Jeremy hatte sie schwer verletzt – das war nicht richtig an ihr gehandelt. Sie war ja noch ein Kind. Sie hatte sich gedankenlos und eigensinnig verhalten, aber das war alles. Sabrina brauchte jetzt Damaris' Liebe, aber Damaris war krank, und deshalb mußte ich mich ihr besonders annehmen.

Natürlich war es an der Zeit für uns, Enderby zu verlassen. Ich wußte, daß Lance verschiedenes auf seinem Gut erledigen mußte und daß er sich nach London sehnte. Auch Aimée war unruhig, denn wie die Dinge jetzt lagen, konnte sich in Enderby niemand wohl fühlen.

Ich sprach mit Lance darüber. Er gab zu, daß er in die Stadt zurückwollte, aber ich erklärte, daß ich mich nicht entschließen konnte, Enderby zu verlassen, solange ich nicht wußte, wie es mit Damaris weiterging. Auch um Sabrina machte ich mir Sorgen. Wie immer verstand Lance sofort meine Beweggründe.

»Es ist nur so, daß wir nicht alle hierbleiben können«, wandte er ein. »Wir sind einfach zu viele Personen. Außerdem fallen wir dem Haushalt zur Last.

Ich sah ein, daß Lance sich langweilen mußte. Wir hatten ja ursprünglich nur über die Weihnachtszeit bleiben wollen. Hier gab es keine Kartenspiele, solche Unterhaltungen waren in Eversleigh nicht gern gesehen. Das ruhige, gleichmäßige Landleben mußte Lance mit der Zeit auf die Nerven gehen.

Wir kamen überein, daß Lance nach London zurückkehren würde; Aimée, Jean-Louis und Nanny Goswell sollten ihn begleiten. Ich wollte in Enderby bleiben, bis ich sicher wußte, daß Damaris wieder gesund werden würde.

Jeanne schüttelte den Kopf, als sie von diesem Entschluß hörte. Es ist nicht gut, fand sie, wenn Mann und Frau getrennt leben.

»Getrennt leben!« widersprach ich. »Wir leben doch nicht getrennt. Dieser Zustand hält ja nur so lange an, bis Tante Damaris wieder gesund ist.«

»Und inzwischen fährt er fort... mit Madame Aimée? Das gefällt mir gar nicht.«

»Ach, Jeanne, gib dich nicht so melodramatisch.«

»Sie spielen miteinander Karten. So ein schöner Mann, und eine Frau wie sie. Sie ist...«

»Ja, ich weiß. Sie ist Französin, und du bist auch eine, deshalb weißt du Bescheid. Das wolltest du ja sagen, nicht wahr?«

»Vielleicht wirst du einmal nicht mehr darüber lachen«, trumpfte Jeanne vielsagend auf.

10

Der Blick in den Spiegel

Damaris genas, aber nicht vollständig. Sie fühlte sich sehr schwach; dennoch waren wir alle überglücklich, als es ihr allmählich besser ging.

Jeremy benahm sich Sabrina gegenüber noch immer kühl, und man merkte, daß das Kind mit etwas nicht fertig wurde.

Endlich konnte ich mit Damaris über dieses Problem sprechen, und das bedeutete für mich eine große Erleichterung.

»Die arme Sabrina«, sagte ich, »leidet sehr darunter. Du wirst sicherlich verstehen, daß sie das alles schwer getroffen hat. Sie weiß, daß sie an allem Schuld trägt... an der Fehlgeburt, deiner Krankheit, den Sorgen. Du wirst bestimmt Verständnis für sie aufbringen.«

Natürlich verstand sie ihr Kind und dankte mir mit Tränen in den Augen für alles, was ich für Sabrina getan hatte. Ich wies ihren Dank zurück, denn das Entscheidende hatte Damaris selbst geleistet... sie hatte Sabrina das Leben gerettet.

Ich pflegte Sabrina mitzunehmen, wenn ich ihre Mutter besuchte. Zuerst wollte sie nicht mitkommen und sah Damaris beinahe mit Abscheu an; der Grund dafür war, daß sie wußte, daß Damaris wegen ihres Ungehorsams im Bett liegen mußte. Aber nach einiger Zeit siegten Damaris' Sanftmut und Liebe, und Sabrina verlor ihre Scheu. Sie saß auf dem Bett, und ich erzählte Geschichten oder wir spielten ›Ich schaue mit meinem kleinen Auge‹. Dieses Spiel ging so: Die anderen mußten den Gegenstand erraten, den ich ansah, und der, der ihn erriet, durfte sich als nächster einen Gegenstand aussuchen. Bald hatten wir Sabrina so weit, daß sie lachend auf dem Bett herumtobte. Diese fröhliche Stimmung hielt nicht lange an, aber es tat gut, daß die alte Sabrina wenigstens gelegentlich zum Vorschein kam.

Dann stellte ich fest, daß es für mich an der Zeit war abzureisen. Ich erklärte es Damaris, die mich sehr gut verstand und sich bemühte, kräftiger und gesünder zu wirken, als sie tatsächlich war.

»Du darfst Lance nicht länger allein lassen.« Dann griff sie nach meiner Hand. »Oh, Clarissa, du hast mir immer soviel Glück gebracht.«

»Umgekehrt stimmt es eher. Ich frage mich oft, was aus mir geworden wäre, wenn du mich nicht aus Frankreich hierhergeholt hättest.«

»Denk nicht mehr daran. Clarissa, ich glaube, du verstehst Sabrina am besten von uns allen, und sie liebt dich abgöttisch.«

»Sie ist ein entzückendes und sehr hübsches Kind.«

»Ja, deshalb habe ich ja Angst um sie. Deine Mutter war so wie sie; sie strahlte ebenfalls eine unglaubliche Anziehung aus. Diese Eigenschaft taucht immer wieder bei einzelnen Mitgliedern unserer Familie auf, und ich bin nicht sicher, ob sie immer zum Vorteil gereicht; manchmal kann sie auch ein erheblicher Nachteil sein. Ich mache mir Sabrinas wegen Sorgen, Clarissa.«

»Sie wird bestimmt im Laufe der Jahre vernünftig werden.«

»In letzter Zeit benahm sie sich so merkwürdig.«

»Nur deshalb, weil sie sich die Schuld an dem Unglück gibt und weil auch Jeremy sie deshalb tadelt.«

»Ich habe mit Jeremy darüber gesprochen. Er kann nicht anders handeln, er macht sich zu viele Sorgen um mich.«

»Du mußt erst einmal gesund werden, Tante Damaris. Jeremy und Sabrina brauchen dich beide.«

Einen Augenblick schwieg sie gerührt, dann sagte sie: »Clarissa, willst du mir etwas versprechen? Du hast es schon einmal getan, aber ich möchte ganz sichergehen.«

»Natürlich verspreche ich es dir. Es geht um Sabrina, nicht wahr?«

»Nur für den Fall, daß ich nicht mehr gesund werde.«

»Du darfst auch nicht einen Augenblick lang so etwas denken.«

»Ich versuche es ja, Clarissa. Aber nehmen wir einmal an, daß mir etwas zustößt, daß ich sterbe. Versprich mir, daß *du* dich Sabrinas annehmen wirst.«

»Sie gehört hierher; hier ist sie zu Hause.«

»Jeremy hat in seinem Leben schon sehr viel Leid erfahren, ich wage gar nicht daran zu denken, was er tun würde, falls ich sterbe.«

»Ich verstehe.«

»Versprich mir also, daß du dich Sabrinas annehmen wirst. Sie liebt dich von Herzen, wahrscheinlich mehr als irgendeinen anderen Menschen. Sorge für sie – um meinetwillen, Clarissa.«

Ich ergriff ihre Hand und küßte sie, denn wenn ich sie angesehen hätte, hätte ich geweint.

»Ich verspreche es dir.«

Einige Tage danach verließ ich unter dem heftigen Protest und den lauten Vorwürfen Sabrinas das düstere Enderby, um nach London zu fahren.

In London verlief unser Leben in den gewohnten Bahnen. Wir hatten oft Gäste, und Lance war ausgezeichneter Stimmung, weil er im Kartenspiel und bei den Pferderennen eine Glückssträhne hatte. Er war ein zärtlicher Ehemann und ein leidenschaftlicher Liebhaber und zeigte mir auf hunderterlei Arten, wie sehr er sich freute, mich wieder bei sich zu haben. Seine Stimmung färbte auf mich ab; außerdem ging es Damaris besser, sie konnte sich Sabrina mehr widmen, und wenn ich nicht mehr dazwischen stand, würde das Verhältnis zwischen Mutter und Tochter so innig werden wie zuvor. Und ich war dort, wo ich hingehörte: bei meinem Mann.

Aimée fügte sich in den Haushalt ein, als wäre sie wirklich hier zu Hause. Ich war froh darüber, obwohl Jeanne noch immer mißtrauisch war. Aimée erzählte mir, daß sie und Lance gemeinsam eingeladen worden waren und daß sie in meiner Abwesenheit die Hausfrau gespielt hatte, wenn Lance Gäste empfing. Sie hatten eine sehr anregende Zeit verbracht.

»Habt ihr gespielt?« fragte ich.

Lance lachte laut auf.

»Sei nicht so streng, Clarissa. Ich habe ein paar sehr einträgliche Abende hinter mir. Und du hast auch ganz schöne Erfolge gehabt, Aimée, nicht wahr?«

Aimée stimmte in sein Lachen ein. Ich empfand leises Mißtrauen, schob es dann aber energisch beiseite. Wenn nicht Lances Andeutungen gewesen wären, wäre ich nie auf die Idee gekommen, argwöhnisch zu sein.

Jean-Louis lief schon eifrig im Kinderzimmer herum und plapperte dabei fröhlich vor sich hin. Nanny Goswell behauptete, daß er ein aufgewecktes Kind sei; jedenfalls war er hübsch.

»Der kleine Lauser«, meinte Nanny Goswell zärtlich. »Ihm fehlt nur eines: ein zweites Kind, damit er nicht so allein ist.«

Ich seufzte. Sie wußte ja nicht, wie sehr ich mich danach sehnte, ein eigenes Kind zu bekommen.

Wir verbrachten den Sommer abwechselnd auf dem Land und in London, aber sowohl hier wie dort kam es immer wieder zu Spielabenden. Lance versicherte mir, daß er bald seinen gesamten Verlust bei den Südseegesellschafts-Aktien hereingebracht haben.

Ich war nicht ganz davon überzeugt, denn er erzählte mir nur von seinen Gewinnen, verlor aber sicherlich auch erhebliche Beträge.

In jenen Tagen dachte ich mir oft, wie glücklich ich sein könnte, wenn Lance nicht vom Spielteufel besessen wäre. Wenn ihn die Spielleidenschaft überkam, vergaß er alles um sich, auch mich, als wäre er von einem Dämon besessen. Er konnte der Versuchung nie widerstehen. Ich hatte erlebt, daß er ohne zu überlegen fünf oder sogar zwanzig Pfund auf zwei Regentropfen gewettet hatte, die über die Fensterscheibe hinunterliefen. Man hätte annehmen sollen, daß ihm das Fiasko mit den Südsee-Aktien eine Lehre gewesen war, aber das war nicht der Fall.

Seine finanzielle Lage verursachte mir oft Kopfzerbrechen, denn ich war davon überzeugt, daß er Schulden hatte. Einmal fand ich die Mahnung seines Schneiders für eine längst überfällige Rechnung, und als ich ihm deshalb Vorwürfe machte, wandte er ein: »Aber Liebling, kein Mensch zahlt die Rechnungen seines Schneiders früher als nach fünf Jahren.«

»Das ist aber nicht in Ordnung. Vielleicht braucht der arme Mann das Geld.«

»Dieser Mann ist alles andere als arm, er arbeitet für den Hof. Er muß ein Vermögen besitzen – in Schuldscheinen.«

»Davon hat er nicht viel, wenn sie nie eingelöst werden.«

»Alles zu seiner Zeit.«

»Nun, du hast ja gewonnen, also wäre jetzt die richtige Zeit.«

»Das ist logisch, meine Liebe, absolut logisch. Überlaß es nur mir.«

Zwanglos, charmant, unbeeindruckt, galant, ein hoffnungsloser Fall. Er war ein Mann, der noch angesichts seines Untergangs lächeln würde. Ich war ganz anders als er – vielleicht hätten wir nie heiraten sollen.

Aimée hingegen war in dieser Beziehung Lance sehr ähnlich. Ich sah, wie das Kartenspiel sie immer mehr in seinen Bann zog; sie konnte es kaum erwarten, sich an den Spieltisch zu setzen. Gelegentlich fragte ich mich, ob Lance sie immer noch finanziell unterstützte. Auch Jeanne beobachtete sie oft kopfschüttelnd.

»Aimée hat unglaubliches Glück«, erzählte mir Lance. »Ich kenne nur wenige, die besser spielen als sie.«

Daher nahm ich an, daß es wenigstens Aimée gutging.

Dann kam ich ihr durch einen Zufall auf die Schliche. Wenn wir Gäste zum Abendessen hatten, wanderten sie, sobald die Tafel aufgehoben war, zu den Spieltischen, und ich zog mich regelmäßig in mein Schlafzimmer zurück. Lance versuchte einige Male, mich zum Bleiben zu überreden, aber er bestand nicht darauf – vielleicht fand er, daß ein Spieler in der Familie genügte.

Dann kam ein Abend im Frühherbst. Das Essen war ein Erfolg gewesen, die Gäste hatten sich gut unterhalten. Lance war ein höflicher, geistreicher Gastgeber, aber diese Leute waren durchwegs Spieler und warteten alle nur darauf, endlich jenem Vergnügen nachzugehen, dessentwegen sie hergekommen waren: einander das Geld abzunehmen. Ich kannte die meisten sehr gut, denn Lance und ich pflegten mit ihnen einen lebhaften gesellschaftlichen Verkehr. Gelegentlich begleitete ich Lance, aber ich fürchtete diese Abend, die ich für gewöhnlich bei langweiligen Gesprächen mit Nichtspielern verbrachte. Wir warteten darauf, daß die Kartenspieler endlich Schluß machten, was meist erst in den frühen Morgenstunden der Fall war. Ich erfand oft Ausreden, um nicht mitgehen zu müssen, und Lance zeigte sich tolerant und verständnisvoll und half mir sogar gelegentlich, neue Ausreden zu erfinden. Er selbst ließ sich jedoch durch nichts von diesen Spielabenden abhalten.

Aimée wurde oft eingeladen, denn sie war in Lances Kreis sehr beliebt. »Sie ist, weiß Gott, keine Spielverderberin«, hörte ich oft. »Sie hat keine Angst davor, auch einmal ein Risiko einzugehen.« Nein, dachte ich, natürlich hat sie keine Angst, solange Lance ihr das erforderliche Geld zur Verfügung stellt und sie es nur dann zurückzahlen muß, wenn sie gewinnt.

Aber vielleicht hatte sie sein Geld nicht mehr nötig, denn sie war wegen ihres Glücks geradezu berüchtigt. Ich fragte jedenfalls weder ihn noch sie danach.

An diesem Abend trug sie ein entzückendes Kleid, das sie sich selbst genäht hatte. Es war nicht teuer gewesen; ich hatte sie begleitet, als sie den Stoff in der Leadenhall Street kaufte. Er war hellrot; das Unterkleid war cremefarben, und sie hatte es in der Farbe des Kleides bestickt.

Sie sah bezaubernd aus; das bis zur schlanken Taille eng anliegende Kleid bauschte sich über den Hüften und war vorn aufgeschlagen, so daß man das bestickte Unterkleid sehen konnte.

Ich begleitete meine Gäste zu den drei Spieltischen, an denen jeweils vier Personen Platz nahmen. Aimée saß neben einem ältlichen Baron, der ihr Tischherr gewesen war und in sie verliebt zu sein schien. Außerdem saß ein Ehepaar mittleren Alters an ihrem Tisch. Lances Freunde gehörten allen Altersstufen an; das sie verbindende Element war ihre Spielleidenschaft.

Lance legte mir den Arm um die Schultern und küßte mich leicht auf den Nacken.

»Zieh dich ruhig zurück, wenn du gerne möchtest, Liebste.«
Ich nickte, denn ich hatte es ohnehin vorgehabt.

Aber ich blieb noch eine Weile stehen und beobachtete die Spieler und den gespannten Ausdruck auf ihren Gesichtern. Aimée unterschied sich darin nicht von den anderen, und ich fühlte mich ihr gegenüber ein bißchen schuldbewußt. Lance hat sie zum Spielen verleitet, dachte ich.

Der Kamin in diesem Raum besaß eine Marmoreinfassung, über der ein großer Spiegel hing. Auf der Einfassung stand eine Schale mit Chrysanthemen, die ich selbst am Vormittag dorthin gestellt hatte. Jemand mußte im Vorübergehen daran gestreift haben, denn ein paar Blumen hingen über den Rand der Schale hinab. Ich ging hinüber und schob die Blüten zurecht, während ich zuhörte, wie die Spieler ihre Ansagen machten. Mich fröstelte, denn es deprimierte mich, daß etliche von ihnen den Raum wesentlich ärmer verlassen würden, als sie ihn betreten hatten.

Im Spiegel erblickte ich Aimée – und traute meinen Augen nicht. Ihre Hand glitt in eine verdeckte Tasche in ihrem Unterkleid. Als sie sie hineinsteckte, war die Hand leer gewesen; als sie sie herauszog, hielt sie eine Karte in ihr, die sie geschickt unter ihre übrigen Karten mischte.

Mir wurde übel, denn es war plötzlich so heiß im Zimmer – oder bildete ich mir das nur ein? Ich wollte den Raum verlassen, aber ich stand wie angewurzelt da und starrte Aimée im Spiegel an.

Sie nahm soeben lächelnd die Glückwünsche ihrer Spielpartner entgegen, denn sie hatte wieder einmal gewonnen.

Ich hielt es nicht mehr aus, verabschiedete mich und ging in mein Schlafzimmer. Dort setzte ich mich hin und hielt mit meinem Spiegelbild Zwiesprache.

Es muß ein Irrtum sein, versuchte ich mir einzureden, aber es gelang mir nicht. Ich hatte es zu genau gesehen. Immer wieder erlebte ich den entscheidenden Augenblick, wie sie die Karte aus dem Unterkleid hervorzog, wie sie lächelte, sich vorbeugte, den Ellbogen aufstützte und die Karte unter die anderen mischte.

Sie war wegen ihres Glücks im Spiel berüchtigt! Natürlich, sie mußte ja Glück haben, denn sie war eine Falschspielerin.

Damit hatte sie die ärgste Sünde begangen, die es beim Kartenspielen gibt. Was geschah mit Leuten, die man dabei erwischte? Sie wurden aus den Klubs ausgeschlossen und von ihren Bekannten gemieden. Beschuldigungen wegen dieses Vergehens hatten schon zu zahlreichen Duellen geführt.

Was sollte ich unternehmen? Eines stand fest: Ich konnte nicht zulassen, daß Aimée in meinem Haus falsch spielte. Sollte ich es Lance erzählen? Er würde darüber entsetzt sein, und es würde ihn schwer treffen. Wohin sollte sie aber gehen, falls er sie deshalb aus dem Haus wies? Und was wurde dann aus Jean-Louis?

Ich war ganz aufgewühlt und sehr unglücklich.

Endlich entkleidete ich mich und ging zu Bett. Schlaflos wälzte ich mich hin und her und wartete darauf, daß die Gäste sich verabschiedeten und daß Lance heraufkam. Ich wußte noch immer nicht, was ich machen sollte.

Am nächsten Tag wartete ich, bis das Haus am Nachmittag ruhig war und ging dann zu Aimées Zimmer.

Als ich eintrat, begrüßte sie mich mit einem freundlichen Lächeln.

»Ich muß mit dir sprechen«, sagte ich ruhig.

»Das ist lieb von dir.«

Ich schüttelte den Kopf. »Du hast am Spieltisch immer großen Erfolg.«

»Für eine Anfängerin bin ich wirklich nicht schlecht.«

»Du mußt einen beträchtlichen Betrag gewonnen haben.«

»Ach, halb so wild. Gerade so viel, daß ich Lance meine Schulden zurückzahlen und einen Teil meiner Verluste bei der Seifenblase wettmachen kann.«

»Dank deiner Methode mußt du ja Erfolg haben.«

Sie blickte mich erstaunt an.

»Gestern abend habe ich gesehen, wie du beim Spiel geschwindelt hast.«

Sie wurde leichenblaß, sprang auf und funkelte mich wütend an.

»Was redest du da! Du warst ja gar nicht dabei.«

»Doch, zu Beginn; ich beobachtete dich im Spiegel.«

»Du hast geträumt.«

»Nein, ganz im Gegenteil, ich habe es deutlich gesehen. Du hattest eine hohe Karte in deinem Unterkleid versteckt und nahmst sie heraus, nachdem die Karten ausgeteilt waren.«

»Das ist nicht wahr!«

»Ich sage dir, daß ich es gesehen habe.«

»Im Spiegel! Das ist einfach unmöglich! Du fantasierst!«

»Ich habe gesehen, daß du falschspieltest.«

»Unsinn.«

»Es ist kein Unsinn, das weißt du ganz genau. Lance wäre entsetzt.«

»Hast du ihm etwas von dieser ungeheuerlichen Anschuldigung gesagt?«

»Noch nicht.«

»Heißt das, daß du es tun wirst?«

Ich zögerte, und als ich sah, daß ihre Augen hoffnungsvoll aufleuchteten, wußte ich zweifelsfrei, daß sie schuldig war.

»Ich weiß noch nicht, was ich unternehmen werde. Wie konntest du nur so etwas tun, Aimée!«

»Dein Wort steht gegen das meine.«

»Glaubst du, daß Lance eher dir glauben würde als seiner eigenen Frau?«

»Nein, er wird dir glauben, und dann...« Sie starrte blicklos vor sich hin.

»Warum hast du es getan?«

»Ich habe es nicht getan.«

»Bitte lüge mich nicht an. Ich habe es gesehen und mich entsetzlich aufgeregt.«

Plötzlich verzog sich ihr Gesicht, und sie begann zu weinen. Das rührte mich zutiefst. Ich hatte sie immer für hart und selbstsicher gehalten. Als sie jetzt so verzweifelt war, empfand ich Mitleid mit ihr.

»Warum, Aimée?«

Sie zog ein Taschentusch heraus und tupfte sich damit die Augen ab. »Ich nehme an, daß ich jetzt dein Haus verlassen muß. Du wirst es Lance erzählen, und er wird mich fortschicken. Er wird nie dulden, daß eine Falschspielerin in seinem Haus wohnt. Ich wollte es ja nur eine Zeitlang praktizieren, bis ich wieder etwas Geld beisammen habe. Du hast keine Ahnung, wie es ist, wenn man auf die Mildtätigkeit anderer angewiesen ist. Ich wollte etwas für Jean-Louis und mich ersparen, damit wir unabhängig sind. Ich möchte...«

»Das ist aber nicht der richtige Weg.«

»Ich weiß. Ich sah aber eine Möglichkeit, zu Geld zu kommen, und ergriff sie. Ich lege Geld beiseite, Clarissa, für Jean-Louis und mich.«

»Du nimmst Geld, das dir nicht zusteht.«

»Sie sind alle reich und können es sich leisten.«

»Das ist noch lange keine Entschuldigung für dich.«

»Ich weiß, daß es unrecht ist, aber ich bin ein schwacher Mensch. Ich habe mir die Folgen selbst zuzuschreiben. Erzähl es Lance lieber gleich, und ich beginne inzwischen Pläne zu entwerfen... obwohl ich keine Ahnung habe, wohin ich gehen soll.«

Ich beobachtete sie. Die Verzweiflung in ihrem Gesicht war unübersehbar. Natürlich hatte sie sich über ihre Gewinne gefreut und in ihnen ein Mittel gesehen, durch das sie von mir unabhängig werden konnte. Sie blickte mich flehend an.

»Es war hier so wunderbar. Du bist so freundlich zu mir gewesen... du und Lance. Aber ich sehe ein, daß ich nicht bleiben kann. Du wirst es ja Lance erzählen, nicht wahr?«

»Er wird dir verbieten, jemals wieder eine Spielkarte anzurühren.«

»Das weiß ich. Und er wird mich unter einem Vorwand wegschicken.«

»Aimée, wenn ich dir verspreche, daß ich es ihm nicht erzähle, versprichst du mir dann auch, daß du nie wieder falschspielen wirst?«

Sie ergriff meine Hände und drückte sie heftig.

»Ich verspreche es dir von ganzem Herzen.«

Als ich ihr Zimmer verließ, war ich seelisch erschöpft, aber ich fand, daß ich richtig gehandelt hatte.

Aimées Glück im Spiel hatte schlagartig aufgehört.

»So ist es eben«, meinte Lance. »Man hat eine fantastische Glückssträhne, und dann ist es plötzlich aus und vorbei. Aber auch das ändert sich wieder.«

»Das glaube ich nicht«, meinte Aimée traurig.

Ich war beruhigt, denn sie spielte offensichtlich nicht mehr falsch.

Ich dachte oft über sie nach und fand Entschuldigungen für sie. Sie war auf gut Glück aus Frankreich herübergekommen, in der Hoffnung, daß sie die Familie ihres Vaters finden und ein neues Leben beginnen würde. Bis dahin war ihr Dasein prekär gewesen und die Sicherheit, die sie in Hessenfield fand, hatte ihr Ruhe gegeben.

Ich nahm an, daß sie auch nur um der Sicherheit willen geheiratet hatte – sie hatte es jedenfalls ziemlich deutlich zu verstehen gegeben – und dann hatte sie diese Sicherheit wieder verloren, als die Seifenblase geplatzt und ihr Mann gestorben war.

Sie nahm weiterhin an den Spielabenden teil, spielte aber jetzt wesentlich vorsichtiger. Gelegentlich strahlte sie über einen Erfolg, aber noch öfter war sie bedrückt. Ich erklärte ihr, daß es viel besser für sie wäre, wenn sie vollkommen damit aufhören würde, aber Lance hatte sie offensichtlich mit seiner Spielleidenschaft angesteckt.

Es war zu spät; sie kam nicht mehr davon los.

11

Sabrina

Die Monate gingen rasch dahin. Im Herbst besuchte ich Enderby. Es war ein trauriger Aufenthalt, denn Damaris' Gesundheitszustand hatte sich offensichtlich verschlechtert. Sie verließ das Bett nur noch selten, und auch dann mußte Jeremy sie auf das Sofa in den Salon hinuntertragen. In seinen Augen lag Verzweiflung. Es war rührend, wie zärtlich und liebevoll er sich Damaris gegenüber verhielt, aber es war auch nicht zu übersehen, daß er immer noch Sabrina die ganze Schuld anlastete.

Sie klammerte sich an mich, als ich eintraf, aber es war eine neue Sabrina, die ihre sorglose Fröhlichkeit verloren hatte. Sie war unfreundlich und ungehorsam.

»Sie macht mir sehr zu schaffen«, beklagte sich Nanny Curlew, die als einzige mit Sabrina fertig wurde. Mir wurde klar, daß die Tragödie auf dem Eis noch lange nicht vorbei war.

Zuerst war Sabrina begeistert, weil ich gekommen war, und verlangte, daß ich immer bei ihr bleiben solle. Als ich ihr erklärte, daß ich nach einiger Zeit wieder heimfahren würde, weil Enderby nicht mehr mein Zuhause war, mied sie mich ein paar Tage lang.

Mit Damaris war ich viel beisammen, weil sie mich immerzu um sich haben wollte. Sie war sehr mager geworden und hatte infolge der ständigen Schmerzen dunkle Ringe unter den Augen.

Sie sprach nie darüber, aber sie war wieder so bewegungsunfähig wie in ihrer Jugend, in der Zeit, bevor sie alle Kräfte zusammengenommen hatte, um sich meiner und Jeremys anzunehmen. Ich wußte, daß sie versuchte, ihre Behinderung zu meistern, denn die Beziehung zwischen Sabrina und ihrem Vater bereitete ihr Kummer. Sie hielt beide für Kinder, die ihrer Fürsorge und Anleitung bedurften, aber sie war zu krank, zu sehr von Schmerzen geplagt, zu müde, um ihre Schwäche besiegen zu können.

Wir unterhielten uns weder über den Unfall auf dem Eis noch über die Zukunft. Aber es bereitete ihr großes Vergnügen, über die Vergangenheit und über die Reise nach Paris zu sprechen. Wir riefen uns den Augenblick wieder ins Gedächtnis, als Jeanne mit einem Korb Veilchen in den Keller trat und Damaris mitbrachte.

Gelegentlich kam auch Jeremy ins Zimmer und setzte sich schweigend zu uns. Für ihn war sie das Teuerste auf der Welt, denn sie hatte ihn aus dem Sumpf der Verzweiflung gerettet und ihm bewiesen, daß es auch für ihn noch ein Glück gab.

Priscilla machte sich ihretwegen große Sorgen. »Es geht abwärts mit ihr. Früher überwand sie solche Anfälle rasch, aber damals war sie auch jünger. Die letzte Fehlgeburt hat sie anscheinend ihre ganze Kraft gekostet, so daß sie gegen die Krankheit nicht mehr ankämpfen kann.«

»Sie ist sehr tapfer«, wandte ich ein. »Schon um Jeremys und Sabrinas willen wird sie alles tun, um am Leben zu bleiben.«

»Ja, aber Jeremy kann dem Kind nicht verzeihen. Jedesmal, wenn er sie ansieht, denkt er daran, daß sie an dem Unglück schuld ist. Und sie liest seine Gedanken in seinen Augen.«

»Die arme Sabrina.«

»Sie ist ein widerspenstiges Kind, genau wie Carlotta. Früher einmal konntest du auf sie Einfluß nehmen, Clarissa, aber jetzt scheint sie dir ablehnend gegenüberzustehen.«

»Man muß ihr begreiflich machen, daß es nicht ihre Schuld war.«

»Aber es *war* ihre Schuld, das sieht sogar sie ein. Wenn sie nicht ungehorsam gewesen wäre, wäre Damaris nichts zugestoßen.«

»Sie ist doch noch ein Kind. Es ist bestimmt nicht gut, wenn man ihr immer wieder ihre Schuld vorhält.«

Priscilla zuckte hilflos die Schultern. »Dazu kommt, daß es meinen Vater auch nicht gutgeht; ich frage mich, ob er den Winter überstehen wird. Und wenn ihm etwas zustößt, wird es Arabella sehr schwer treffen. Vielleicht ist es besser, meine Liebe, wenn ihr zu Weihnachten nicht hierherkommt. In Eversleigh macht es ihnen zuviel Arbeit, und in Enderby geht es wegen Damaris' Krankheit schon überhaupt nicht. Ich werde meine Hilfe auf die beiden Häuser aufteilen müssen.«

»Wenn du meinst, komme ich erst im Frühjahr wieder. Dann wird alles anders sein.«

Ich wußte damals nicht, wie prophetisch meine Worte waren.

Wir verbrachten Weihnachten in Clavering auf die gewohnte Art, nur daß hier während der Festtage eine Menge Kartenpartien eingeschoben wurden.

Am Weihnachtsmorgen fand ich unter meinen Geschenken ein langes Etui aus dunkelgrünem Samt; als ich es öffnete, funkelte mir eine Halskette aus Diamanten und Smaragden entgegen.

Lance beobachtete mich, als ich sie herausnahm.

»Lance!« rief ich. »Du!«

»Wer sonst? Sag mir bloß nicht, daß du gewöhnt bist, auch von anderen Herren solche Geschenke entgegenzunehmen.«

»Sie ist herrlich.« Ich konnte nicht anders, ich mußte an die unbezahlte Schneiderrechnung denken, die Lance so unwichtig schien.

»Leg sie um«, befahl er.

Ich gehorchte und sah mich in dem Spiegel – ich war eine andere Frau.

»Laß dich ansehen. Ja, ich wußte es. Sie bringt deine grünen Augen erst richtig zur Geltung.«

»Aber Lance, sie muß schrecklich teuer sein.«

»Für dich ist nur das Beste gut genug, mein Liebling.«

»Du solltest nicht...« Am liebsten hätte ich ihm erklärt, daß mich ein etwas weniger kostspieliges Geschenk mehr gefreut hätte, aber ich schluckte es noch rechtzeitig hinunter.

»Ein bißchen Glück im Spiel.«

»Du solltest deine Gewinne beiseite legen, um deine Verluste auszugleichen.«

»Verluste! Sprich nicht davon, ich mag dieses Worte gar nicht hören.«

»Dadurch kannst du es aber nicht aus der Welt schaffen...« Ich unterbrach mich, denn ich ertappte mich dabei, daß ich ihm schon wieder eine Gardinenpredigt hielt. Anscheinend wurde ich infolge meines Kummers über seine Spielleidenschaft allmählich zu einer Xanthippe. Deshalb fuhr ich fort: »Lance, die Kette ist einmalig. Du machst mir mit diesem Geschenk unglaubliche Freude.«

An diesem Abend legte ich das Halsband an. Es paßte wunderbar zu meinem weißen Brokatkleid.

Jeanne betastete es beinahe liebevoll, als sie mir beim Ankleiden half. »Es ist das schönste Halsband, das ich je gesehen habe. Sir Lance weiß, was elegant ist. Man könnte glauben, daß...«

»...er Franzose ist. Ich bin froh darüber, daß du mit meinem Mann zufrieden bist, Jeanne.«

»Mir gefällt nur nicht, daß er anderen auch so gut gefällt.«

Sie spielte auf Aimée an. Würde sie denn nie ihre Abneigung gegen meine Halbschwester überwinden? »Ihr hat er eine schöne Brosche geschenkt.« Sie schürzte mißbilligend die Lippen, weil Lance Aimée ein so kostbares Geschenk gemacht hatte.

»Es ist Weihnachten, Jeanne, die Zeit, in der man großzügig ist.«

Jeanne brummte noch immer wegen der Brosche, während sie

den Bezoar-Ring aus der Schatulle nahm und ihn mir reichte. Seit sie wußte, daß er einmal einer Königin gehört hatte, behandelte sie ihn mit großer Ehrerbietung.

An diesem Abend konnte sie allerdings den Blick nicht von dem Halsband wenden.

»Es ist einmalig. Stell dir nur vor, was es wert ist. Man könnte dafür einen Blumenladen in der Rue St.-Honoré kaufen.«

»Einen Blumenladen!«

»Ich meine, falls du es jemals verkaufen würdest. Für das Geld könntest du ein Blumengeschäft in Paris kaufen.«

»O Jeanne, jetzt habe ich das Gefühl, mit einem Blumenladen um den Hals herumzugehen.«

Einige Zeit später sollte ich mich an dieses Gespräch erinnern.

Weihnachten ohne meine Familie kam mir reichlich merkwürdig vor, und ich war froh, als es vorbei war. Erstens fanden für meinen Geschmack vielzu viele Kartenpartien statt, und zweitens mußte ich immerzu an Enderby, Damaris und Sabrina denken.

Es war ein strenger Winter. Wir blieben in London, um den ärgsten Unbilden des Wetters zu entgehen, aber selbst dort waren an manchen Tagen die hartgefrorenen Schneehaufen so hoch, daß wir nicht ausgehen konnten.

Ende Februar setzte endlich Tauwetter ein, und Anfang März erhielt ich einen Brief von Priscilla.

»Ich wollte nicht, daß du bei diesem Wetter eine Reise unternimmst (schrieb sie), aber ich glaube, du solltest so bald wie möglich herunterkommen. Damaris geht es sehr schlecht, anscheinend hat der Rheumatismus ihr Herz angegriffen. Sie sehnt sich nach dir, aber sie wollte dir nicht schreiben, weil sie dir die beschwerliche Reise nicht zumuten wollte.«

Ich zeigte Lance den Brief. Er hatte überhaupt keine Lust, London zu verlassen, denn wir hatten mehrere Einladungen zu Abendgesellschaften angenommen, auf die er sich freute. Außerdem mußte er zwischendurch nach Clavering fahren. Andererseits paßte es ihm natürlich nicht, wenn ich die Reise allein unternahm.

Ich sagte: »Mach dir keine Sorgen um mich. Ich muß fahren, denn Priscillas Brief klingt wirklich besorgniserregend. Aber ich werde die Reitknechte mitnehmen.«

»Nein, ich begleite dich selbstverständlich«, widersprach er.

Natürlich freute ich mich darüber, dann mußte ich wieder daran denken, was mich in Enderby erwartete. Offensichtlich ging es Damaris sehr schlecht, und falls sie starb – worauf ich nach diesem Brief beinahe gefaßt war –, mußte ich mich Sabrinas annehmen. Mit diesen Schwierigkeiten konnte ich leichter fertig werden, wenn ich allein war.

Wenn Lance dabei war, hielt sich Sabrina bestimmt von mir fern. In ihrem eifersüchtigen kleinen Herzen hegte sie irgendeinen absurden Groll gegen ihn, wahrscheinlich, weil er mich ihr weggenommen hatte.

Deshalb erklärte ich Lance: »Ich weiß nicht, welche Verhältnisse ich in Enderby antreffen werde, aber es wird bestimmt nichts Erfreuliches sein. Sabrina ist jetzt ein Kind, das sich sehr unglücklich fühlt, und ich glaube, wenn ich allein bin, kann ich besser mit ihr fertig werden.«

Er gab sofort nach – wahrscheinlich war er sogar erleichtert. Von Krankheit und Tod hörte er nie gern, denn vor so unangenehmen Dingen schloß er lieber die Augen. »Wie du willst. Aber wenn du es dir anders überlegst, mußt du es nur sagen, und ich reise mit dir.«

»Das weiß ich, und ich bin dir dafür dankbar.«

Jeanne bestand darauf, mitzukommen, denn sie war davon überzeugt, daß ich sie brauchen würde. Ich war froh, sie als Reisegesellschaft zu haben. »Und was ist mit Sir Lance?« erkundigte sie sich. »Bleibt er hier?«

»Ja, ich halte es für besser.«

Sie schüttelte den Kopf. »Er sollte dich begleiten. Du solltest ihn nicht alleinlassen...«

Sie sprach nicht weiter, und ich forderte sie nicht dazu auf.

Am letzten Märztag machte ich mich also auf den Weg nach Enderby.

Obwohl ich gewußt hatte, daß Damaris schwerkrank war, traf mich die Situation, die ich dort vorfand, wie ein Schlag.

Ich kam in ein Trauerhaus, denn Damaris war kurz vor meinem Eintreffen gestorben. Der erste Anfall von rheumatischem Fieber in ihrer Jugend hatte ihr Herz geschwächt, und der Rückfall war für sie zuviel gewesen.

Als ich das Haus betrat, hatte ich das Gefühl, daß erst jetzt eine angemessene Stimmung in ihm herrschte, weil Trauer zu ihm paßte. Glück, Fröhlichkeit, Vergnügen vertrugen sich nicht mit Enderby. Das Haus war wieder zum Leben erwacht und hatte sich den Menschen gegenüber durchgesetzt – bös, unheilvoll, von den Tragödien der Vergangenheit erfüllt.

Der Sarg stand in einem kleinen Raum im ersten Stock. Die Vorhänge waren vor die Fenster gezogen, so daß es im Zimmer dunkel war. Damaris sah im Kerzenlicht jung und schön aus; die Spuren die die Schmerzen in ihrem Gesicht hinterlassen hatten, waren verschwunden. Sie trug eine weiße Haube aus feinen Brüsseler Spitzen, und auch das weiße Leinenhemd, in dem sie aufgebahrt war, war mit Spitzen besetzt. Sie sah so friedlich aus, den Stürmen des Lebens entrückt. Damaris hatte die Ruhe gefunden; was würde aber aus den Menschen werden, die sie zurückgelassen hatte?

Jeremy war in tiefe Verzweiflung gesunken. Er sah aus wie ein Gespenst, und Smith erzählte mir, daß er weder aß noch schlief. Er schien es nicht fassen zu können, daß sie fort war.

»Mir geht es beinahe genauso«, meinte Smith. »Als sie kam, hat sich hier alles verändert. Sie war ein Engel... ein wahrer Engel. Und jetzt ist sie zu den Engeln gegangen, falls Sie an so etwas glauben. Es wäre besser gewesen, wenn Gott sie hiergelassen hätte. Die Engel können ohne sie auskommen, aber Mr. Jeremy nicht. Jetzt, da sie fort ist, wird alles wieder so werden, wie es war. Ich weiß nicht, was ich sagen soll, Miß Clarissa. Die Kleine ist auch noch da – was soll denn aus ihr werden?«

»Mir wird schon etwas einfallen, Smith, machen Sie sich nur keine Sorgen.«

Sabrina war mir nicht wie sonst immer entgegengelaufen, um mich zu begrüßen. Ich fragte Nanny Curlew, wo sie war.

»Im Augenblick kommt niemand mit dem Kind zurecht«, erklärte sie mir. »Sie hat sich in sich selbst zurückgezogen und will niemanden an sich heranlassen.«

Ich fand sie schließlich in einer Dachkammer, wo sie unter einem alten Tisch saß und tat, als würde sie lesen.

»Hallo, Sabrina«, sagte ich. »Wußtest du, daß ich komme?«

»Ja.« Aber sie sah nicht mich, sondern das Buch an.

Ich kroch unter den Tisch, setzte mich neben sie und legte ihr den Arm um die Schultern.

»Ich dachte, du würdest dich freuen, mich wiederzusehen. Freust du dich nicht?«

»Es ist mir gleich.«

Ich wollte wieder hinauskriechen, aber sie hielt mich mit einer Bewegung zurück. »Sie ist tot.«

Ich rückte näher zu ihr.

»Ja«, antwortete ich.

»Jetzt habe ich keine Mutter mehr.«

»Du hast uns alle, Sabrina. Deine Großeltern, deine Urgroßeltern und mich.«

»Sie alle glauben, daß ich sie getötet habe.«

»Das tun sie nicht.«

»Sie *sagen* es nicht, aber sie *denken* es. Und ich habe es ja auch getan, nicht wahr? Es geschah nur, weil sie mich aus dem Teich zog.«

»Das war ein Unfall, Sabrina.«

»Ich war an diesem Unfall schuld, und Papa haßt mich.«

»Papa haßt dich keineswegs.«

»Warum sagst du das, wenn du weißt, daß das Gegenteil stimmt? Warum lügen die Menschen immerzu? Wir sollten doch die Wahrheit sagen.«

»Natürlich sollten wir das, und wir tun es auch. Dein Vater haßt dich nicht.«

»Du lügst, aber das brauchst du nicht. Es macht mir nichts aus, daß er mich haßt, denn ich hasse ihn auch.«

Ich legte ihr wieder den Arm um die Schultern und zog sie an mich. Dabei wiederholte ich immerzu: »Sabrina, meine liebe, kleine Sabrina.«

Plötzlich klammerte sie sich an mich. Ich dachte, daß sie jetzt weinen würde und daß ihr die Tränen guttun würden. Aber sie weinte nicht, sie sagte nur leise: »Bleib hier, Clarissa.«

Ich strich ihr über das Haar. »Ich werde dich nicht im Stich lassen, Sabrina.«

Danach wich sie mir nicht mehr aus, und ich war froh über diesen Fortschritt.

Ich ging zum Dower House hinüber, wo Priscilla mich schmerzgebeugt begrüßte. Damaris war ihre Lieblingstochter gewesen. Wahrscheinlich hatte sie meine exotische, temperamentvolle Mutter nie so recht verstanden. Damaris war dagegen ruhig, liebevoll und häuslich gewesen, eine Tochter, wie sie sich jede Frau wünscht – freundlich, großzügig, selbstlos. Die liebe, zärtliche, einfache Damaris war nicht mehr; sie war von uns gegangen, und wir trauerten um sie, denn unser Leben war ohne sie ärmer.

Auch in Eversleigh war die Stimmung trostlos. Carleton mußte das Bett hüten, und Arabella machte sich schwere Sorgen um seine Gesundheit. Damaris' Tod war ein Schlag, den sie kaum überwinden konnten.

Anfang April, eine Woche nach ihrem Tod, wurde Damaris neben der Kirche auf dem Friedhof begraben, in dem Generationen von Eversleighs die letzte Ruhestätte gefunden hatten.

Ich werde nie den traurigen Klang der Glocke vergessen, als die Leichenträger den Sarg in die Kirche brachten. Ich hielt Sabrinas Hand fest; sie war sehr ruhig, und ihre Augen wirkten in dem blassen Gesicht riesig.

Als wir um das Grab standen und hörten, wie die Erdschollen auf den Sarg polterten, drängte sich das Kind an mich, und ich legte ihm den Arm um die Schultern, um es zu trösten. Sie wandte sich vom offenen Grab ab und vergrub das Gesicht in meinem Rock.

Ich wagte nicht, Jeremy anzusehen, der wie ein Schlafwandler wirkte. Smith stand neben ihm, und ich war froh darüber, daß er da war. Er hatte sich in der Vergangenheit Jeremys angenommen, und er würde es sicherlich auch in Zukunft tun.

Nach dem Begräbnis kehrten wir ins Haus zurück, wo ein Imbiß für uns vorbereitet war – Schinken, Roastbeef, kleine Pasteten und Glühwein. Wir saßen in der großen Halle und sprachen bedrückt über Damaris. Bei Begräbnissen ist es üblich, die Leistungen und Tugenden des Verstorbenen zu preisen – aber in Damaris' Fall handelte es sich bestimmt nicht nur um leere Worte.

Wir alle würden sie sehr vermissen, und ich würde das Haus nie mehr als mein Heim betrachten können. Nur ihre Anwesenheit hatte seine düstere Grundstimmung vertrieben.

Jeanne hatte von Enderby behauptet, es wäre kein glückliches Haus, und jetzt waren die bösen Geister wieder in ihm eingezogen.

Dann waren die Gäste gegangen, und es wurde still im Haus. Jeremy schloß sich mit seinem Kummer in dem Zimmer ein, das er mit Damaris geteilt hatte.

Ich fragte Sabrina, ob sie mit mir im Garten spazierengehen wolle, und sie war damit einverstanden. Zuerst schwieg sie, dann begann sie, von dem Begräbnis zu sprechen.

»Meine Mama liegt jetzt in dem großen Sarg in dem tiefen Loch«, sagte sie. »Es ist ein schöner Sarg aus glänzendem Holz mit einer Menge Gold darauf.«

»Messing.«

»Gold ist schöner als Messing. Aber man kann Gold nicht begraben, nicht wahr, es ist zu teuer. Die Grabsteine sehen wie alte Frauen und Männer aus, die in graue Mäntel gehüllt sind.«

»Da hast du recht.«

»Wenn es Nacht wird, verwandeln sich die Steine in Menschen.«

»Wer hat dir das erzählt?«

»Ich habe gehört, wie sie darüber gesprochen haben.«

Sie meinte die Diener. Selbstverständlich tratschten sie und waren davon überzeugt, daß auf Enderby Gespenster umgingen.

»Und«, fuhr Sabrina fort, »in der Nacht gehen die Gräber auf, und die Toten kommen aus den Särgen heraus.«

»Das ist Unsinn.«

»Sie tanzen auf den Gräbern, und wenn jemand dorthin geht,

während sie tanzen, fangen sie ihn ein und lassen ihn nicht mehr fort. Sie nehmen sein Herz und alles und behalten es für sich. Dann sind sie wieder lebendig, und der andere ist tot.«

»Wo, um Himmels willen, hast du einen so schrecklichen Unsinn gehört?«

»Das sage ich nicht.«

»Du hast ihn selbst erfunden.«

»Vielleicht.«

Ich wollte von etwas anderem reden.

»Sabrina, findest du nicht, daß wir beide uns gut vertragen? Es wäre doch schön, wenn wir beisammen blieben.«

»Ja, es wäre schön, wenn...«

»Wenn was?«

»Nur wenn.«

Damals glaubte ich, daß die alte Sabrina wieder zum Vorschein kam, und ich sagte mir: Sie wird schon damit fertig werden, sie ist ja noch ein Kind.

Ich blieb drei Wochen in Enderby, aber die Atmosphäre war die ganze Zeit genauso bedrückend wie am ersten Tag. Jeremy vergrub sich in seinem Kummer. Er gehörte zu den Menschen, die ihr Herz an einen einzigen Menschen hängen, und Damaris war für ihn dieser Mensch gewesen. Seine Frau war der Mittelpunkt seines Lebens gewesen, und seine Liebe zu ihr war so groß, daß nichts daneben bestehen konnte. Natürlich hatte er sein Kind gern gehabt, aber es wäre immer an zweiter Stelle hinter Damaris gekommen. Er hatte sich brennend einen Sohn gewünscht, und die Fehlgeburt war eine bittere Enttäuschung für ihn gewesen, aber das war nichts im Vergleich zum Tod von Damaris. Mit ihr war sein Lebenswille erloschen, und er war nicht fähig, sich auf die geänderten Umstände einzustellen. Er bemühte sich auch gar nicht, und weil Sabrinas eigensinnige, gedankenlose Handlungsweise zu der Tragödie geführt hatte, mußte er jedesmal, wenn er sie sah, an das Unglück denken. Sabrina wußte genau, daß es für sie am besten war, wenn sie ihm aus dem Weg ging, und so hatte das arme Kind, das die heißgeliebte Mutter verloren hatte, nur Nanny Curlew und mich, an die es sich wenden konnte.

Ich hätte schon längst nach London zurückkehren sollen, aber ich wollte Sabrina nicht in diesem Zustand allein lassen. Also gab ich immer noch einen Tag zu, verbrachte soviel Zeit wie möglich mit ihr und wurde manchmal durch ein kurzes Wiederaufleben der alten, fröhlichen Sabrina belohnt.

Dann kam die Nacht, in der sie verschwand.

Nanny Curlew stürzte verzweifelt zu mir ins Zimmer und berichtete in heller Aufregung:

»Ich brachte sie auf ihr Zimmer, hörte ihr zu, während sie das Abendgebet sprach, steckte sie ins Bett und versprach ihr, daß Sie noch vorbeikommen und ihr eine Geschichte erzählen würden.«

»Ich sah auch zu ihr hinein, aber sie schien schläfrig zu sein, also deckte ich sie warm zu und gab ihr nur einen Gutenachtkuß.«

»Dieser kleine Racker. Sie muß aufgestanden sein und sich fortgeschlichen haben.«

»Weshalb denn?«

»Das kann man bei ihr nie wissen. Aber sie führt sicherlich irgend etwas im Schild.«

»Wir müssen sie finden, Nanny, und sie wieder ins Bett bringen. Wahrscheinlich ist sie in einer der Dachkammern, dort versteckt sie sich gern.«

»Ich gehe sofort hinauf, Miß Clarissa.«

»Ich komme mit.«

Aber sie war nicht in der Dachkammer, und wir fanden sie auch in keinem anderen Zimmer, als wir das Haus durchsuchten. Die Dienerschaft hatte sie nicht gesehen. Nanny Curlew und ich sahen einander besorgt an.

»Sie muß wirklich das Haus verlassen haben«, meinte ich. »Warum... und wohin ist sie gegangen?«

»In letzter Zeit hat sie sich recht merkwürdig aufgeführt. Sie trauert um ihre Mutter und hat Angst vor ihrem Vater; außerdem behauptet sie immer wieder, daß sie ihn haßt.«

»Die arme, kleine Sabrina. Beeilen wir uns, Nanny.«

Diesmal durchsuchten wir ihr Zimmer. Ihre Pantoffel und ihr Morgenrock fehlten, aber die übrigen Kleidungsstücke waren da.

»Sie kann nicht weit sein«, stellte ich fest. »Aber wo, um Himmels willen, sollen wir sie suchen?«

Ich überlegte, was ihre Lieblingsaufenthaltsorte waren. Der Stall, natürlich. Nanny und ich gingen in den Stall, fanden aber keine Spur von ihr. Ihr Pony stand friedlich in seiner Box, und das war eine große Erleichterung. Die Vorstellung, daß sie auf dem Pony in die Nacht hinausgeritten wäre, war entsetzlich.

Als wir den Stall verließen, lief uns Damon entgegen. Er war eigentlich Jeremys Hund und schlich die ganze Zeit traurig herum, als begriffe er, welche Tragödie sich im Haus abgespielt hatte. Dennoch leistete er Sabrina sehr oft Gesellschaft.

Ich rief ihn. »Damon, Damon, wo ist Sabrina?«

Er bellte kurz und sah mich aufmerksam an.

»Such sie, Damon, bitte, finde Sabrina.«

Damon wedelte, sah uns an und winselte. Dann drehte er sich um und ging auf das Haus zu.

Wir folgten ihm enttäuscht, denn wir wußten ja, daß Sabrina sich nicht im Haus befand.

Als wir einige Schritte gegangen waren, bog Smith um die Ecke.

»He, Damon«, rief er, »ich habe dich gesucht, Junge.«

Dann sah er uns.

»O Smith«, rief ich, »wir können Sabrina nicht finden.«

»Sie hat sich also aus ihrem Zimmer geschlichen?«

»Ja. Wir haben das ganze Haus durchsucht, aber dort ist sie nicht. Sie muß es verlassen haben, aber wir haben keine Ahnung, wohin sie gegangen sein könnte. Können Sie uns helfen?«

Smith und Sabrina standen einander besonders nah, so wie ich ihm einst nahegestanden hatte. Er hatte wenig Geduld mit Erwachsenen, aber sehr viel Geduld mit Kindern. Sowohl ich als Sabrina hatten das erkannt.

»Die arme Kleine«, meinte er, »es ist eine schwere Zeit für sie. Mistreß Damaris ist von uns gegangen, und Master Jeremy...«

»Nanny und ich machen uns Sorgen, Smith. Wo könnte sie sein?«

»Damon wird uns zu ihr führen, er wird bestimmt herausbekommen, wo sie hingelaufen ist. Komm, Junge, führ uns zu Sabrina. Du bist doch so klug.«

Damon stellte die Ohren auf und schnüffelte; dann trottete er vom Haus fort. Nach ein paar Metern blieb er stehen und sah sich nach uns um.

»Er will, daß wir ihm folgen«, sagte Smith.

Ich rief: »Brav, Damon, führ uns zu Sabrina, Damon.«

Er lief zur Kirche hinüber und blieb vor dem Friedhofstor stehen. Smith stieß das Tor auf, und wir gingen alle auf den Friedhof.

Sabrina lag auf dem Grab ihrer Mutter und hatte die Arme über die Erde gebreitet.

»Sabrina«, rief ich, »o Sabrina.«

Sie bewegte sich nicht, und einen Augenblick lang packte mich schreckliche Angst. Ich lief zu ihr hin, kniete neben ihr nieder und drehte ihren Körper zu mir herum. Sie war totenblaß und hatte die Augen weit aufgerissen.

»Clarissa«, sagte sie und umschlang mich. Ich hielt sie fest; sie zitterte.

»Niemand ist gekommen«, sagte sie. »Die Gräber öffnen sich nicht. Ich wartete... aber nichts geschah.«

»Wir müssen sie sofort von hier weg und ins Bett bringen«, sagte ich, »sie zittert ja vor Kälte.«

Smith hob Sabrina hoch.

»Du bist also aus dem Bett gestiegen, mein Fräulein«, begann Nanny Curlew.

Ich legte ihr die Hand auf den Arm. »Schelten Sie sie jetzt nicht«, flüsterte ich ihr zu.

Sabrina griff nach meiner Hand, und ich drückte ihr einen Kuß auf die Wange. Nanny Curlew sagte: »Gleich liegst du wieder warm und sicher im Bett.«

Damon sprang bellend an mir hoch.

»Bist ein braver Hund, Damon«, lobte ich ihn. »Damon hat uns zu dir geführt, Sabrina. Sehen wir jetzt zu, daß wir nach Hause kommen. Und von nun an werde ich mich um dich kümmern.«

»Immer?« fragte Sabrina.

»Immer«, bestätigte ich entschlossen.

Smith legte sie in ihr Bett. Sie zitterte noch immer, und Nanny Curlew wärmte Suppe für sie, während ich sie in die Decken wickelte.

Sie bettelte: »Bleib bei mir, Clarissa.« Also legte ich mich neben sie und schloß sie in meine Arme.

Ich hoffte, daß sie bald einschlafen würde, aber das war nicht der Fall. Sie trank die Brühe, drückte sich an mich und klammerte sich an meiner Hand fest, als hätte sie Angst, daß ich sonst davonlaufen würde.

»Clarissa«, sagte sie.

»Versuch zu schlafen, mein Liebling. Du kannst mir morgen alles erzählen.«

Eine Weile war sie still, dann nannte sie wieder meinen Namen.

»Was ist denn?« fragte ich sanft.

»Sie kommen nicht heraus.«

»Wer?«

»Die Toten aus den Gräbern.«

»Nein, denn sie haben Frieden gefunden. Sie wollen nichts mehr mit der Welt zu tun haben, deshalb kommen sie auch nicht zurück.«

»Meine Mama möchte sicherlich zurückkommen, meinetwegen.«

»Sie würde wollen, daß du hier glücklich bist.«

»Ich möchte zu ihr. Ich habe mir gedacht, daß einer von ihnen herauskommen, mein Herz nehmen und mich tot machen wird, so daß ich zu Mama ins Grab kommen kann.«

»Oh, Sabrina, das geht ja nicht. Du bist dazu auf der Welt, damit du dein Leben lebst und glücklich wirst.«

»Ich kann nie glücklich sein, weil ich sie getötet habe.«

»Das ist reiner Unsinn.«

»Aber ich habe es doch getan. Ich bin eislaufen gewesen, und sie kam und rettete mich, und ich tötete sie.«

»Nein, das stimmt ganz und gar nicht. Sie war krank, lange bevor du geboren wurdest. Die Krankheit kam eben wieder.«

»Aber das wäre nicht geschehen, wenn ihr auf dem Eis nicht so kalt gewesen wäre.«

»Hör zu, Sabrina, wir werden das alles vergessen. Es ist vorbei, und auch deine Mutter würde sicherlich wollen, daß du nicht mehr daran denkst.«

»Mein Papa vergißt es aber nicht.«

»So etwas kommt manchmal vor, da kann man nichts machen. Aber wenn etwas vorbei ist, kann man nichts mehr tun, deshalb ist es am besten, man denkt nicht mehr daran. Du wirst es vergessen, Sabrina, und ich werde dir dabei helfen.«

»Aber...«

»Hör zu. Du gingst eislaufen, obwohl man es dir verboten hatte. Du brachst ein, und deine Mutter rettete dich. Darauf wurde sie krank, aber nach einer Weile ging es ihr besser. Leider wurde sie danach wieder krank.«

»Es ging ihr dazwischen gut?«

»Natürlich«, log ich. »Sie war schon einmal krank gewesen, und die Krankheit kam wieder.«

»Mein Papa...«

»Er liebte deine Mutter von ganzem Herzen. Er leidet unter dem Verlust, und wenn Menschen leiden, dann neigen sie dazu, andere Menschen dafür verantwortlich zu machen. Das ist nicht recht, aber so sind die Menschen nun einmal. Sei also freundlich zu ihm und hör auf, dir Vorwürfe zu machen.«

»Du sagst so beruhigende Dinge, Clarissa.«

»Ich sage nur, was wahr ist.«

Getröstet schwieg sie, und nach einer Weile schlief sie ein. Ich löste meine Hand sanft aus der ihren und verließ das Zimmer.

Am nächsten Tag sprach ich mit Jeremy. Er hatte sich zunächst geweigert, mit mir zu reden, denn er sprach mit niemandem. Aber ich ließ nicht locker.

Sein abgezehrtes Aussehen erschütterte mich, aber noch mehr traf mich der bittere Zug um seinen Mund. Smith hatte gesagt: »Er befindet sich wieder in dem Zustand, Miß Clarissa, in dem er vor der Reise nach Frankreich war.«

Damals war er ein bitterer, zorniger Mensch gewesen, der mit dem Schicksal haderte und ein Einsiedlerdasein führte. Würde er wirklich wieder so werden?

»Jeremy«, sagte ich, »es tut mir leid, daß ich dich störe, aber ich muß mit dir über Sabrina sprechen.«

Er runzelte die Stirn, als wäre ihm schon die Nennung ihres Namens unangenehm.

»Wir dürfen nicht vergessen, wie klein sie ist«, fuhr ich fort. »Sie ist erst sieben Jahre alt.«

Er nickte ein bißchen ungeduldig, denn ich sagte ihm nichts Neues.

»Kinder sind sehr leicht zu beeindrucken, und diese Tragödie hat sie schwer getroffen.«

»Das will ich sehr hoffen. Sie muß begreifen, wozu ihre Verderbtheit geführt hat.«

»Jeremy, es war die gedankenlose Handlungsweise eines Kindes.«

»Ich hatte ihr gesagt, daß es gefährlich ist eiszulaufen, und ihr verboten, zum Teich zu gehen.«

»Begreifst du denn nicht, daß Kinder die Gefahr reizt?«

»Und Damaris folgte ihr und opferte ihr Leben für das Kind.«

»So spielte es sich nicht ab, Jeremy.«

»Ich finde, daß es sich ganz genauso abspielte.«

Mir wurde klar, daß es hoffnungslos war, ihn zu meiner Ansicht zu bekehren, also kam ich direkt auf mein Anliegen zu sprechen.

»Ich möchte Sabrina mitnehmen.«

Seine Reaktion überraschte mich, denn angesichts seiner Einstellung zu Sabrina hatte ich angenommen, daß er keinen Augenblick zögern würde, sie gehen zu lassen.

»Sie ist hier zu Hause«, stellte er fest.

»Aber ein kurzer Aufenthalt bei Lance und mir...«

»Wo man sie zweifellos verwöhnen wird, so daß sie sich wie eine Heldin vorkommt.«

»Meiner Meinung nach braucht sie gerade jetzt liebevolle Fürsorge.«

»Sie braucht nur eines: Sie muß begreifen, was sie angerichtet hat. Ihr muß bewußt gemacht werden, daß ihr Ungehorsam ihre Mutter das Leben gekostet hat.«

»O nein, Jeremy. Sie ist ohnehin zutiefst schuldbewußt. Vergangene Nacht ging sie zum Grab ihrer Mutter, weil sie die kindliche Vorstellung hatte, daß sie ihrer Mutter nachfolgen könne. Begreifst du denn nicht, wie sehr sie leidet? Sie muß wieder ein normales Kind werden, und deshalb braucht sie Liebe und Geborgenheit. Damaris hätte das verstanden.«

Die Erwähnung dieses Namens schien ihn zu erschüttern. Er ballte die Fäuste und wandte sich ab. Als er sprach, klang seine Stimme erstickt.

»Damaris ist wegen des leichtfertigen Ungehorsams dieses Kindes ums Leben gekommen. Sabrina braucht Zucht und Ordnung, sie ist durch und durch egoistisch. Deshalb wird sie in ihrem Vaterhaus bleiben. Danke für dein Angebot, Clarissa, du hast es sicherlich gut gemeint. Aber Sabrina neigt zur Bosheit, und diese schlechte Eigenschaft muß bekämpft werden. Wenn sie nicht unter strenger Aufsicht steht, wird sie es einmal schwer im Leben haben. Sie bleibt hier, denn ich will, daß sie das Entsetzliche ihres Tuns voll begreift.«

»Jeremy, du warst immer freundlich zu mir. Du warst mir wie ein Vater. Ich werde nie vergessen, wie du und Damaris...«

Aber damit rief ich nur von neuem seine schmerzlichen Gefühle wach, und mit ihnen wuchs auch seine Verbitterung.

Er antwortete bestimmt: »Sabrina bleibt hier. Nanny Curlew sorgt für sie, und außerdem ist Enderby ihr Zuhause.«

»Wenigstens für einen kurzen Besuch.«

»Vielleicht später, wenn sie Reue zeigt.«

»Aber begreifst du denn nicht, daß das Schuldgefühl bei ihr zu einer fixen Idee wird? Das ist schlecht für sie, sie ist ja noch so klein.«

»Ich habe mich entschieden.«

Aus den Erfahrungen der Vergangenheit wußte ich, daß Jeremys Entscheidung endgültig war, wenn er in diesem Ton sprach.

Sabrinas Gesicht verfolgte mich noch lange Zeit, nachdem ich abgereist war.

»Du wirst mich bald besuchen«, hatte ich sie beim Abschied getröstet, aber sie sah mich nur vorwurfsvoll an. Sie war offensichtlich böse auf mich, weil ich sie im Stich ließ, und ich fragte mich sorgenvoll, wie es ihr in diesem düsteren Haus ergehen würde. Meiner Überzeugung nach war es sehr schlecht für sie, daß sie dort blieb, aber ich konnte den Zustand nicht ändern, ich konnte mich nur auf Smith und Nanny Curlew verlassen, mit denen ich vor der Abreise ein ernstes Wort sprach.

Bei meiner Ankunft in London befand ich mich in sehr gedrückter Stimmung. Lance begrüßte mich strahlend und freute sich sehr, mich wieder bei sich zu haben. Er erzählte mir sofort, daß er Glück im Spiel gehabt hatte und um etliche tausend Pfund reicher war. Diese Neuigkeit war für mich keineswegs erfreulich, denn sie bedeutete, daß er um hohe Einsätze spielte und nicht daran dachte, daß seine Glückssträhne nicht ewig anhalten konnte.

Aimée begrüßte mich herzlich, und ich freute mich auch, den kleinen Jean-Louis wiederzusehen. Trotz der immer latenten Angst, die mir Lances Spielleidenschaft verursachte, hätte ich glücklich sein können – wenn Sabrina bei mir gewesen wäre.

Lance bemerkte, daß mich etwas bedrückte, und es dauerte nicht lange, bis er mich zum Reden brachte.

»Es wäre eine große Erleichterung für mich gewesen, wenn ich sie hätte mitnehmen können. Ich bin sicher, daß sie wieder ein normales Kind ist, wenn sie erst einmal eine Weile hier gelebt hat.«

»Du bist eine kleine Zauberin«, meinte er leichthin, und ich war enttäuscht, weil nicht zu übersehen war, daß er sich Sabrinas wegen nicht ernstliche Sorgen machte. Er würde immer freundlich sein; er würde nichts dagegen haben, daß ich sie an Kindes statt annahm, falls sich mir einmal die Möglichkeit dazu bot; sie würde bei uns ein Zuhause haben und als vollgültiges Mitglied der Familie behandelt werden; aber gleichzeitig war es ihm vollkommen gleichgültig, was aus ihr wurde. Er hatte eine natürliche Sorglosigkeit an sich, die alles betraf, was ihn berührte... ausgenommen Glücksspiele.

Anderseits war diese Eigenschaft positiv, denn sie befähigte ihn, mit Schwierigkeiten leichter fertigzuwerden. Wenn ich bedachte, daß ihn die Südsee-Seifenblase beinahe ruiniert hatte, war ich über seine Reaktion erstaunt. Ich hatte erst später erfahren, daß er nur knapp dem Bankrott entgangen war. Er hatte überall Schulden, lebte aber weiterhin in luxuriösem Stil. So war Lance eben.

Vielleicht war Sabrina daran schuld, daß ich meine Ehe nicht mehr als vollkommen empfand. Zuerst wollte ich es mir nicht eingestehen, denn ich hatte den liebenswürdigsten, nachsichtigsten Ehemann aller Zeiten, und ich hatte gar nicht begriffen, wie oberflächlich unser Leben verlief. Jetzt erkannte ich, daß wir uns nie mit ernsten Dingen befaßten, aber ich dachte nicht weiter darüber nach, weil ich mir vor allem den Kopf über Sabrinas Schicksal zerbrach.

Jeden Tag dachte ich an sie und ärgerte mich über mich selbst, weil ich weder Smith noch Nanny Curlew gebeten hatte, mir zu schreiben und zu berichten, was sich alles ereignete. Allerdings wäre vermutlich keiner von beiden ein sehr guter Briefschreiber gewesen. Ich hätte natürlich auch Priscilla darum bitten können, aber um diese Zeit hatte sie alle Hände voll zu tun, weil ihre Eltern kränkelten.

Eigentlich konnte ich nur mit Jeanne über Sabrina sprechen, denn Jeanne verstand mich.

»Die arme Kleine«, meinte sie. »Es ist unverantwortlich von Jeremy, ihr einzureden, daß sie eine Mörderin ist. Diese Männer haben überhaupt keinen Verstand; wenn du mich fragst, Monsieur Jeremy ist dem Kind kein guter Vater. Man müßte sie ihm wahrhaftig wegnehmen.«

»O Jeanne, ich hätte sie so gern mitgenommen.«

»Sie wird im Haß aufwachsen. Sie wird... wie sagt man noch? *une dent* für die Welt hegen.«

»Groll, ja, da hast du wahrscheinlich recht, Jeanne, und ich mache mir ihretwegen schreckliche Sorgen.«

Wenn Jeanne aufgeregt war, gebrauchte sie mehr französische Wörter, und daher erkannte ich, daß auch sie sich Sabrinas wegen Gedanken machte.

»Manche Menschen haben kein leichtes Leben, und anderen glückt wieder alles. Madame Aimée hat sich sehr gut zu helfen gewußt. Sie weiß, wie man sich in ein gemachtes Nest setzt. Sie ist klug wie eine *serpent*.«

»Ich habe sie nie gemocht«... das war die übliche Abschlußbemerkung zum Thema Aimée. Aber ich konnte wenigstens mit Jeanne sprechen.

»Ich wüßte gar nicht, was ich ohne dich anfangen würde, Jeanne«, bemerkte ich eines Tages.

»Mach dir nur deshalb keine Sorgen, mich könnten zehn wilde Pferde nicht von dir reißen.«

Ich wartete ungeduldig auf Briefe aus Eversleigh. Priscilla schrieb gelegentlich, aber ihre Briefe befaßten sich vor allem mit Clarissa und Arabella. Sie verbrachte die meiste Zeit in Eversleigh Court und hatte die Absicht, ihren Bruder Carl kommen zu lassen. Jeremy sah sie nur selten. »Er ist so traurig, daß er es vermeidet, mit anderen zusammenzukommen.«

Dadurch wurde meine Besorgnis um Sabrina natürlich nicht geringer.

Ich hatte mich gerade zu dem Entschluß durchgerungen, wieder nach Enderby zu fahren, als ein Brief von Priscilla eintraf, der einen schweren Schlag für mich bedeutete.

»Meine liebe Clarissa,
hier hat sich eine entsetzliche Tragödie abgespielt...«

Die Buchstaben verschwammen mir vor den Augen, und einige Augenblicke lang konnte ich nicht weiterlesen, weil ich Angst hatte, daß Sabrina etwas zugestoßen war.

Aber es handelte sich nicht um Sabrina... obwohl es tiefgreifende Auswirkungen auf sie haben mußte.

»Wir halten es für einen Unfall. Man fand seine Kleidung am Strand. Er hatte Smith gesagt, daß er schwimmen gehen wolle. Sein Pferd war in der Nähe angepflockt. Er war zum Meer geritten, und seither hat ihn niemand mehr gesehen. Enderby ist wirklich vom Unglück verfolgt. Der arme Jeremy, für ihn war ein Leben ohne Damaris wertlos. Ich habe nie jemanden gekannt, der einem anderen Menschen so zugetan und so ergeben gewesen wäre. Wir fürchten, daß er ertrunken ist, denn das ist die einzig mögliche Erklärung für diesen tragischen Unfall.

Es wäre eine große Erleichterung für uns, wenn du herkämst. In Enderby ist so viel zu erledigen, und ich habe in Eversleigh so viel zu tun, daß ich mich nicht auch noch mit Enderby befassen kann. Ich möchte mit dir über alles sprechen, Clarissa...«

Mit dem Brief in der Hand blieb ich einige Minuten regungslos sitzen, denn ich konnte es mir deutlich vorstellen. Der arme, verzweifelte Jeremy, der zum Meer hinunterritt und bewußt so weit hinausschwamm, daß er nicht mehr zurückkam.

Hatte es sich so abgespielt, oder war es ein Unfall gewesen...?

Wer konnte das entscheiden? Vielleicht wollte Jeremy nicht, daß wir Bescheid wußten, vielleicht wollte er sein Geheimnis mit ins Grab nehmen.

Als ich Lance den Brief vorlas, zeigte er sehr viel Mitgefühl, aber ich fragte mich trotzdem, ob er nicht vielleicht dabei an die Kartenpartie des vergangenen Abends dachte.

Ich sagte: »Ich muß sofort hinunterfahren, Lance. Der Brief ist ein Hilfeschrei, sie brauchen mich.«

»Natürlich mußt du fahren, Liebste, und ich werde dich begleiten.«

Selbstverständlich hatte er keine Lust, nach Enderby zu fahren. Er haßte das düstere Haus, das so gar nicht zu seinem Wesen paßte. Aber es war die Pflicht eines guten Ehemannes, seine Frau bei solchen Gelegenheiten zu begleiten, und deshalb würde er gute Miene zum bösen Spiel machen.

Ich wollte jedoch kein solches Opfer von ihm annehmen und ihn eigentlich überhaupt nicht mithaben. Die Angelegenheit war für mich ungeheuer wichtig, und ich wollte nicht, daß sich jemand anderer einmischte. Als ich darauf bestand, allein zu fahren, war er sichtlich erleichtert, obwohl er Sorge um meine Sicherheit äußerte.

Aimée versprach mir, sich um den Haushalt zu kümmern, solange ich abwesend war.

»Und ob sie das tun wird«, lautete Jeannes Kommentar. »Am liebsten wäre sie selbst hier Hausfrau; du wirst noch an meine Worte denken.«

Also machte ich mich in Begleitung der lieben, treuen Jeanne auf den Weg.

Smith begrüßt mich traurig und bedrückt.

»Hier hat sich alles verändert, Miß Clarissa. Ach, entschuldigen Sie, ich muß ja jetzt Mylady sagen.«

»Die Anrede Miß Clarissa ist in Ordnung, Smith, dann ist es so, wie es früher war.«

»Sie haben die Leiche heraufgebracht, Miß, die Flut hat sie angespült. Einer der Fischer fand ihn gestern früh.«

»Ich bin froh, daß er heimgekehrt ist.«

»Ja. Das Begräbnis findet Ende der Woche statt.«

»Zwei Begräbnisse innerhalb so kurzer Zeit. Und Sabrina...?«

»Das ist schwer zu sagen. Sie werden ja selbst sehen.«

»Wo ist sie?«

Er zuckte die Schultern. »Verschwunden. Seit es geschah, verschwindet sie oft für einen ganzen Tag. Sie macht die arme Nanny Curlew noch ganz wahnsinnig.«

»Weiß sie, daß ich komme?«

»O ja, wir haben es ihr gesagt.«

»Hat sie sich gefreut?«

»Sie hat nicht darauf reagiert, Miß Clarissa.«

Ich verstand. Sie hatte erraten, daß ich irgendwann im Laufe des Tages eintreffen würde, und hatte beschlossen, zu verschwinden, um mir zu zeigen, daß ihr meine Ankunft gleichgültig war.

Das Gespräch mit Smith hatte in der Halle stattgefunden, und ich blickte jetzt zur Galerie hinauf. Die von Gespenstern heimgesuchte Halle, in der sich immer wieder Tragödien abgespielt hatten. Vielleicht würden sie das Haus jetzt verkaufen, da Jeremy und Damaris tot waren.

Während ich noch so hinaufsah, bemerkte ich eine Bewegung auf der Galerie. Ein Gefühl sagte mir, daß Sabrina sich dort oben befand und mich beobachtete.

»Ich werde jetzt auf mein Zimmer gehen.«

»Wir haben alles für Sie hergerichtet.«

Ich ging an der Galerie vorbei, ohne hinzusehen, und betrat mein Zimmer. Vor mir lagen schwere Entscheidungen; diesmal mußte ich Sabrina dazu bringen, mit mir nach London zu fahren.

Die Tür zu meinem Zimmer ging langsam auf.

»Komm nur herein, Sabrina«, sagte ich, ohne mich umzusehen.

Sie trat herein. »Woher wußtest du?«

»Eine Vermutung. Du wolltest sofort nach meiner Ankunft mit mir sprechen. Du hättest in die Halle hinunterkommen sollen, das wäre vernünftiger gewesen, als dich auf der Galerie zu verstekken.«

»Woher weißt du, daß ich da oben war?«

»Ich habe dich gesehen.«

»Ich hatte mich versteckt.«

»Du bewegtest dich.«

Plötzlich lachte sie, und in diesem Augenblick war sie wieder die alte, übermütige Sabrina.

Ich drehte mich um und breitete die Arme aus. Sie zögerte einen Augenblick, dann warf sie sich mir an die Brust.

»Ach, Sabrina, meine liebe Sabrina, ich bin so froh, dich wiederzuhaben.«

»Aber du hast ihn lieber.«

»Wen?«

»Onkel Lance natürlich.«

»Er ist mein Mann. Verheiratete Leute müssen miteinander leben, das weißt du ja. Ich wollte dich nach London mitnehmen, aber dein Vater verbot es.«

»Er ist tot, und darüber bin ich froh.«

»Still, Sabrina.«

»Warum still? Soll man nicht die Wahrheit sagen?«

»Das schon, aber du sollst niemanden hassen.«

»Aber ich hasse ihn, und es wäre eine Lüge, wenn ich etwas anderes sage. Er ist in demselben Zimmer aufgebahrt, in dem Mama lag. Ich war drin und streckte ihm die Zunge heraus.«

»Aber Sabrina!«

»Warum siehst du mich so an und sagst ›Sabrina‹? Mir gefällt es, eine Waise zu sein.«

Sie war trotzig und sehr unglücklich.

»Jetzt, da ich da bin, wird alles anders werden, Sabrina.«

»Warum?«

»Weil wir jetzt zu zweit sind.«

»Es macht mir gar nichts aus, allein zu sein.«

Jeremy hatte Sabrina großen seelischen Schaden zugefügt. Ich sehnte mich danach, daß sie wieder das sorglose, wenn auch eigenwillige Kind wurde, das vor dem Unglück auf dem Eis so zärtlich gewesen war. Gleichzeitig war ich davon überzeugt, daß ich ihr helfen konnte.

Smith erwähnte, daß es eine sehr stille Beerdigung sein würde. Die meisten Leute hielten Jeremys Tod für keinen Zufall, aber es bestand immerhin die Möglichkeit, daß er beim Schwimmen einen Schwächeanfall erlitten hatte. Ich versuchte jedenfalls, an diese Version zu glauben, denn Jeremy hatte es offensichtlich darauf angelegt, diesen Eindruck zu erwecken.

Er wurde neben Damaris zur Ruhe gebettet. Sabrina stand während des Gottesdienstes am Grab neben mir und erlaubte mir, ihre Hand zu halten. Anscheinend mochte sie es sogar. Gelegentlich hatte ich das Gefühl, daß sie im nächsten Augenblick ihre starre Haltung aufgeben und sich an mich klammern würde.

Nach dem Begräbnis erklärte ich Leigh und Priscilla, daß ich Sabrina mitnehmen wollte. Sie hatten nichts dagegen, denn keiner von beiden hatte Lust, für ein Kind zu sorgen, und schon gar nicht für ein Kind wie Sabrina. Der Kummer über Damaris' Tod lastete schwer auf Priscilla, und dazu kam noch, daß ihre Eltern bettlägerig waren und daß ihr Ende herannahte.

»Ich möchte mit ihr auf einige Zeit verreisen«, sagte Leigh, »aber sie will ihre Eltern nicht alleinlassen. Vielleicht später...«

Später fragte mich Priscilla: »Glaubst du, daß du Sabrinas Erziehung übernehmen kannst, Clarissa? Du lädst dir damit eine schwere Verantwortung auf, und es wird nicht einfach sein.«

»Das weiß ich. Aber ich habe Verständnis für sie und kann sie richtig behandeln. Ich möchte, daß sie alles vergißt, was geschehen ist, daß sie aufhört, darüber zu grübeln.«

Leigh nickte. »In einiger Zeit wird sie über Geld verfügen. Jeremy vermachte alles, mit Ausnahme eines Legats für Smith, Damaris – also erbt jetzt Sabrina. Meiner Meinung nach sollte Enderby verkauft werden.«

»Ja«, stimmte ich zu.

»Glaubst du, Lance wird damit einverstanden sein, daß du Sabrina zu euch nimmst?«

»Ganz bestimmt.«

»Er ist ein guter Ehemann, und das freut mich für dich, Clarissa. Damaris sagte immer wieder, sie sei so froh darüber, daß deine Ehe sich glücklich gestaltet. Kannst du dich daran erinnern, daß du einmal für einen jungen Mann geschwärmt hast, der verbannt wurde?«

»Ach ja, aber das ist schon so lange her.«

Ich wollte nicht an Dickon denken. In letzter Zeit war er mir öfter in den Sinn gekommen, und ich hatte mich dabei ertappt, daß ich mir vorzustellen versuchte, wie das Leben in Virginia war.

Als ich Sabrina sagte, daß sie von nun an bei mir leben würde, erwiderte sie gleichgültig: »Wirklich?«

»Wenn du nicht willst, so mußt du es sagen.«

»Ich werde es mir überlegen.«

Ich war überrascht und ein bißchen verletzt, weil ich gedacht hatte, daß sie sich darüber freuen würde – es war ja ihr Wunsch. Aber Jeremy hatte sie so tief getroffen, daß es eine Erleichterung für sie bedeutete, wenn sie jetzt jemand anderen verletzen konnte – auch wenn sie ihn in Wirklichkeit liebte.

»Du mußt dich aber schnell entscheiden«, erklärte ich. »Wir müssen Reisevorbereitungen treffen, und ich möchte bald wieder zu Hause sein.«

Sie zuckte nur die Schultern.

»Na schön«, sagte ich. »Hier kannst du nicht bleiben, also mußt du zu deiner Großmutter ziehen.«

»Dann komme ich mit dir«, erklärte sie unfreundlich.

Ich sprach auch mit Smith, der sich bemühte, tapfer und ausgeglichen zu sein. »Jeremy hätte es nie geschafft, ohne sie weiterzuleben«, meinte er. »Deshalb ist es so am besten, wie es gekommen ist. Auch für die Kleine. Wenn Sie sie mitnehmen, wird sie wieder so werden, wie sie früher einmal war.«

Er wollte in ein kleines Haus am Meer ziehen und Damon mitnehmen. »Er kann dann dort am Strand herumlaufen, und ich werde mich auch wohl fühlen, denn ich liebe das Meer.«

Also saß Sabrina neben mir in der Kutsche, als ich Eversleigh verließ.

12

Ein merkwürdiges Verschwinden

Das folgende Jahr verlief seltsam und voller Spannungen, denn Sabrina schien mein Leben zu beherrschen. Gelegentlich zeigte sie sich widerspenstig, und anscheinend war es ihr unmöglich, ihre schlimmen Erlebnisse zu vergessen – die Erinnerung daran saß sehr tief. Sie litt unter Alpträumen und weinte oft im Schlaf. Ich hatte sie neben dem Zimmer untergebracht, in dem Lance und ich schliefen, und wie eine Mutter bei einem neugeborenen Kind hörte auch ich das leiseste Geräusch.

Wenn sie weinte, schlüpfte ich aus dem Bett und ging zu ihr. Sie hatte immer die gleichen Alpträume: Sie lief auf einem Teich Schlitt-Schuh, oder sie versank in einem Grab, weil sie ihr Leben einem der Toten gegeben hatte, die aus den Gräbern stiegen.

Dann drückte ich sie an mich und flüsterte ihr tröstende Worte zu, und wenn sie sich an mich klammerte, wußte ich, wie sehr sie von mir abhängig und wie notwendig es für sie war, daß ich ihr beistand, die Vergangenheit zu vergessen.

Nanny Curlew hatte uns begleitet. Sie verstand es gut, mit Sabrina umzugehen, war freundlich und doch entschieden und war froh gewesen, ihre Kusine Nanny Goswell wiederzusehen. Jean-Louis, der sich zu einem reizenden Kind entwickelte, war Nanny Goswells besondere Freude. Er war freundlich, gutmütig, lebhaft und intelligent. Nanny Goswell nannte ihn »mein kleiner Mann«.

Die beiden Nannies saßen oft beisammen, die eine strickte, die andere machte Netzarbeiten, und sie unterhielten sich über Sabrina und »meinen kleinen Mann«.

Jeannes Hinweis war nicht notwendig, denn auch ich bemerkte, daß Lance und Aimée sich gut vertrugen. Sie waren beide leidenschaftliche Spieler, und meine Abneigung gegen Glückspiele führte dazu, daß ich an dem, was meinem Mann im Leben am wichtigsten war, keinen Anteil hatte. Manchmal fragte ich mich, ob ich nicht wenigstens versuchen sollte, Interesse zu heucheln, aber mir wurde immer sehr rasch klar, wie sinnlos das wäre. Ich wußte über Lances finanzielle Lage nicht Bescheid; er sprach nie mit mir darüber, und wenn ich mich danach erkundigte, wich er der Antwort höflich aus. Ich konnte mir nicht vorstellen, daß er seine finanziellen Schwierigkeiten erfolgreich überwunden hatte, und selbst wenn es ihm gelungen war, konnte der Erfolg nicht von Dauer sein. Ich war durchaus bereit, ihm hilfreich zur Seite zu stehen, aber dazu mußte ich erst recht mein eigenes Vermögen beisammenhalten.

Dickon kam mir immer öfter in den Sinn, und wahrscheinlich machte ich mir im Laufe der Zeit ein stark idealisiertes Bild von ihm. Gelegentlich stellte ich mir vor, was geschehen wäre, wenn man ihn nicht verbannt hätte. Vielleicht hätten wir geheiratet – ich sah nostalgisch ein Leben in Glück und Zufriedenheit vor mir.

Aber diese Überlegungen waren sinnlos; um mich herum geschah so vieles, daß ich anderes zu tun hatte, als mich in unerfüllbaren Träumen zu verlieren und mir vorzustellen, was gewesen wäre, wenn...

Im Herbst verschied mein Urgroßvater friedlich in seinem Bett, und Arabella folgte ihm zwei Monate später nach. Lance, Sabrina und ich waren bei den Begräbnissen anwesend.«

»In letzter Zeit hat es in dieser Familie zu viele Begräbnisse gegeben«, meinte Priscilla traurig.

Sie war ruhig und beherrscht, und Leigh erzählte uns, daß er Reisevorbereitungen träfe. Er wollte mit ihr eine Art Grande Tour durch Europa unternehmen, damit sie Abstand von der düsteren Vergangenheit gewann.

Wenn sie zurückkehrten, wollten sie in Eversleigh Court wohnen und Enderby verkaufen.

»Damit haben wir dann alles verändert«, schloß Leigh.

Sabrina und ich besuchten Smith in seinem Häuschen. Es ging ihm gut, und Damon leistete ihm getreulich Gesellschaft.

»Der arme Kerl«, meinte Smith, »wird auch schon alt, genau wie ich.«

Er hatte sich einen jungen Hund zugelegt. »Als Ersatz, wenn Damon einmal nicht mehr ist. Ich würde es ohne Hund nicht aushalten.«

Sabrina spielte gern mit dem jungen Hund und wirkte nach langer Zeit endlich wieder fröhlich wie ein normales Kind.

»Sie haben einen wirklich guten Einfluß auf die Kleine«, stellte Smith fest. »Es war vom Herrn nicht richtig, sie so zu behandeln. Ich habe es ihm oft vorgeworfen, denn von mir ließ er es sich gefallen. Aber er hörte nicht auf mich. Er war so verstört wie ein Tier, das in eine Falle geraten ist. Er konnte nicht anders handeln.«

In den darauffolgenden Monaten brachte mich Sabrina manchmal an den Rand der Verzweiflung. Gelegentlich schien sie es darauf angelegt zu haben, uns Schwierigkeiten zu bereiten, obwohl wir alle sehr viel Geduld mit ihr hatten. Nanny Curlew war an sie gewöhnt, aber Nanny Goswell war kritischer und verglich sie oft mit ihrem »braven kleinen Mann«, der, wie sie behauptete, trotz seines zarten Alters mehr Rücksicht auf die Gefühle anderer nahm als Madame Sabrina. Es half nichts, daß Nanny Curlew ihrer Kusine immer wieder erklärte, durch welch unglücklichen Zufall Sabrina in diese seelische Verfassung geschlittert war.

Aimée kam nur gelegentlich ins Kinderzimmer und war anscheinend sehr zufrieden damit, daß sich Nanny Goswell um ihren Sohn kümmerte. Bis zu dem Zwischenfall mit den Karten befaßte sie sich überhaupt nicht mit Sabrina. Diese besaß ein Einklebebuch, das ihr sehr viel Spaß machte und mit dem sie sich beschäftigte. Wir überlegten oft gemeinsam, wo wir die Bilder, die sie sammelte, einkleben wollten. Wir verbrachten viele besinnliche Stunden damit, die passenden Farben und Motive zusammenzustellen. Sie sammelte alle Drucke, die wir finden konnten, außerdem alte Lieder und Balladen und Ausschnitte aus den Zeitungen, und saß geduldig mit dem Kleistertopf vor dem offenen Buch.

Dann gaben wir wieder einmal eine Gesellschaft, eine von denen, die mich nicht sehr glücklich machten, denn es sollte natürlich gespielt werden, und zwar um hohe Einsätze. Bei solchen Gelegenheiten wirkte Lance immer ein bißchen geistesabwesend. Er war reizend zu mir, aber es war nicht zu übersehen, daß seine Gedanken woanders waren.

Während wir uns ankleideten, meinte ich: »Ich mache mir wegen Aimée ein bißchen Sorgen.«

Bildete ich es mir nur ein oder war seine Aufmerksamkeit plötzlich erwacht.

»Weshalb?« fragte er rasch. »Sie wirkt vollkommen zufrieden und ausgeglichen.«

»Spielt sie um hohe Einsätze?«

Er lachte. »Also geht es wieder einmal um das Kartenspiel? Nun, ich würde eher sagen, um mäßige Einsätze.«

»Gewinnt sie?«

»Sie hat Glück im Spiel. Aber natürlich nicht immer.«

»Hat sie dir den Betrag zurückgezahlt, den du ihr als Startkapital geliehen hattest?«

»O ja, sogar sehr bald. Am Anfang hatte sie außergewöhnliches Glück.«

Ja, dachte ich, und sah wieder ihre Hand vor mir, die eine Karte aus dem Unterrock holte.

Er lachte. »Sie bildet sich ein, sie muß so viel gewinnen, daß sie mit Jean-Louis in ein eigenes Haus ziehen kann. Ich habe ihr erklärt, daß sie hier ein Zuhause hat, solange sie will. Deiner Halbschwester gegenüber konnte ich mich nicht anders verhalten.«

»Danke, Lance. Du bist sehr gut zu mir... und zu Aimée.«

Er trat zu mir und küßte mich. Ich sah sein Bild im Spiegel, elegant, vornehm, wie jemand, der auf der Bühne eine Rolle spielt. Man konnte sich darauf verlassen, daß er sich immer so benahm, wie es sich gehörte.

»Ich bin davon überzeugt, daß du alles tun würdest, um mich glücklich zu machen, Lance.«

»Ich bin jederzeit bereit, den Beweis dafür anzutreten.«

»Nur eines würdest du nie tun: mir zuliebe das Kartenspielen aufgeben.«

»Leoparden können ihre Flecken nie verlieren, Liebste, und Spieler können nicht aufhören zu spielen.«

»Das habe ich mir gedacht.«

»Ich weiß, daß es dich immer gestört hat, aber ich könnte es wirklich nicht aufgeben, selbst wenn ich es wollte. Es ist wie ein Verhängnis, das seit meiner Geburt auf mir liegt. Mit acht Jahren wettete ich mit Stalljungen auf Käfer, die über den Boden krochen. Der Spieltrieb ist angeboren und willensmäßig nicht zu beeinflussen. Ich würde ihn für dich unterdrücken, wenn ich es könnte, aber ich kann es nicht. Ich wäre nicht mehr ich selbst.«

»Ich verstehe, Lance.«

»Und du vergibst mir?« Er nahm mein Kinn in die Hand und lächelte mich an.

»Wenn du mir vergibst, daß ich ein Ekel bin und immer wieder darauf zu sprechen komme.«

»Ich weiß, daß du es nur aus Sorge um mein Wohlergehen tust, und dafür bin ich dir dankbar.«

Er sah so gut aus und wirkte dabei so zerknirscht, daß ich mich meiner Unzufriedenheit, meines Verdachtes und meiner heimlichen Sehnsucht nach Dickon schämte.

Das Abendessen verlief unter angeregtem Geplauder wie üblich, und sofort nachher begaben sich die Spieler ins Kartenzimmer. Ich begleitete sie wie gewöhnlich, um mich davon zu überzeugen, daß alles in Ordnung war, bevor ich zu Bett ging. Die Karten lagen auf den Tischen, und die Gäste nahmen Platz.

Jemand stieß einen erstaunten Schrei aus, und ich drehte mich um. Lance hielt ein Spiel Karten in der Hand und versuchte, sie voneinander zu trennen. Von einem der anderen Tische rief jemand: »Sie sind zusammengeklebt.«

Es herrschte allgemeine Verblüffung. Alle Mitglieder des Haushaltes wußten, daß die Karten in einer Kommodenschublade in diesem Raum aufbewahrt wurden.

Ich begriff sofort.

»Was zum Teufel...« sagte Lance gerade. Trotz seiner Selbstbeherrschung war nicht zu übersehen, daß er wütend war. »Was für ein Unfug soll das sein?«

»Ist es bei allen Päckchen so?« fragte ich.

»Anscheinend.«

»Unsere sind ebenfalls zusammengeklebt«, warf ein Gast ein.

»Auch unsere«, bestätigte jemand von einem anderen Tisch.

Lance rief in einem Ton, den ich bei ihm noch nie gehört hatte, einem Diener zu: »Bring neue Karten.«

Zum Glück hatten wir genügend Kartenspiele im Haus; der Diener brachte sie, und die Gäste begannen zu spielen.

Als ich den Raum verließ, sah ich etwas Weißes die Treppe hinaufhuschen. Ich ging zu Sabrinas Zimmer. Sie lag im Bett und hatte die Decke über den Kopf gezogen. Ich trat zu ihr und schlug die Decke zurück. Sie hatte die Augen fest geschlossen und tat, als ob sie schliefe.

»Es hat keinen Sinn, Sabrina, ich weiß, daß du wach bist. Ich sah dich auf der Treppe.«

Sie schlug die Augen auf, sah mich an und unterdrückte nur mit Mühe einen Lachanfall.

»So komisch war das gar nicht«, meinte ich.

»Doch«, antwortete sie herausfordernd.

»Sie waren sehr böse.«

»*Er* auch?«

»Ja.«

Sie sah zufrieden aus.

»Warum, Sabrina?«

Sie lächelte nur.

»Du darfst andere Menschen nicht ärgern.«

»Das wollte ich auch nicht. Ich tat es nur, weil du nicht willst, daß sie Karten spielen, und wenn die Karten zusammengeklebt sind, können sie nichts damit anfangen. Was wird *er* jetzt tun?«

»Er wird mit dir darüber sprechen.«

Sie lachte wieder: »Ich mache mir aber nichts aus ihm.«

»Du sollst aber.«

»Warum?«

»Weil du in seinem Haus lebst und er dich mag.«

»Er mag mich nicht, er mag überhaupt niemanden, er mag nur die Karten.«

Ich setzte mich nachdenklich auf den Bettrand und fragte mich, ob es mir je gelingen würde, sie zu ändern. Plötzlich schlüpfte sie unter der Decke heraus und setzte sich mir auf den Schoß.

»Du bist doch nicht böse auf mich, Clarissa? Sag, daß du es nicht bist. Ich tat es für dich, weil du die Karten verabscheust.«

»Ach, Sabrina, es wäre mir lieber, wenn du es nicht getan hättest.«

»Er ist zornig«, sagte sie und vergrub das Gesicht in meinem Haar. »Vielleicht schickt er mich fort. Komm mit mir, Clarissa, laufen wir davon, so weit wir können.«

»Er wird dich nie fortschicken, sondern dir verzeihen.«

»Das will ich nicht.«

»Sabrina, bitte...«

»Erzähl mir eine Geschichte.«

Nach kurzem Zögern erzählte ich ihr eine Geschichte mit einem überaus effektvollen moralischen Schluß.

Ich blieb an ihrem Bett sitzen, bis sie einschlief, dann schlich ich mich auf Zehenspitzen hinaus. Als Lance heraufkam, war es schon spät. Seinem Gesichtsausdruck konnte ich nicht entnehmen, ob er Glück gehabt hatte, denn obwohl er sich über einen hohen Gewinn freute, ließ er sich durch Verluste nie die Laune verderben.

Da er den Zwischenfall mit den Karten mit keinem Wort erwähnte, kam ich darauf zu sprechen. Er begann zu lachen.

»Ich nehme an, daß die kleine Hexe Sabrina uns wieder einmal einen ihrer Streiche gespielt hat«, sagte er, und damit war die Angelegenheit für ihn erledigt.

In diesem Augenblick liebte ich ihn sehr. Er war nicht nachtragend, und sein Zorn über den Streich war vollkommen verflogen – er hatte die ganze Geschichte vergessen.

Am nächsten Morgen kam Sabrina nach dem Frühstück herunter, um ihre Reitstunde zu nehmen; sie sah im braunen Reitdreß und dem dazu passenden Zweispitz entzückend aus. Sie wirkte triumphierend und aggressiv und erwartete sichtlich, für den Streich vom vergangenen Abend bestraft zu werden.

Als sie auftauchte, stand Lance gerade in der Halle. Ich sah, wie sich ihr Gesichtsausdruck veränderte. Ein bißchen Angst hatte sie doch, das erkannte ich an ihrem betont forschen Auftreten.

Lance begrüßte sie: »Guten Morgen, Sabrina. Fertig für die Reitstunde?«

»Ja.«

»Schinde dein Schlachtroß nicht zu sehr.«

Das war zu ihrer Verblüffung alles. Er hatte über den Vorfall mit den Karten kein Wort verloren, wahrscheinlich dachte er überhaupt nicht mehr daran. Sabrina war zu überrascht, um ihre Enttäuschung zu verbergen. Dabei ging mir auf, daß man mit ihren Ausbrüchen am besten fertig wurde, indem man sie einfach nicht zur Kenntnis nahm.

Als sie vom Ausritt zurückkehrte, war sie immer noch nachdenklich. Ich folgte ihr ins Kinderzimmer, wo Aimée gerade Jean-Louis einen ihrer seltenen Besuche abstattete. Nanny Goswell lobte die Fortschritte des kleinen Mannes; Nanny Curlew flickte ein Kleid, das Sabrina zerrissen hatte, und Jeanne räumte frisch gebügelte Wäsche in die Schrankfächer.

Aimée sah Sabrina voller Abscheu an und sagte: »Ah, da bist du ja, ich sprach gerade von dir. Du bist ein schlimmes Kind, man sollte dich ordentlich verprügeln.«

Sabrina Augen funkelten. Sie haßte Aimée und freute sich nach Lances enttäuschender Reaktion sichtlich auf einen Streit.

»Das würdest du nicht wagen«, widersprach sie.

»Wirklich? Ich würde dich schlagen, bis du um Gnade winselst. Und dann würde ich dich ins Bett schicken und dich nicht so bald wieder herauslassen. Du bist böse und schlimm und versuchst nur, Unheil zu stiften. Warum hast du die Karten überhaupt zusammengeklebt? Um die Leute zu ärgern? Alle halten dich für das ungehorsamste Kind, das sie kennen.«

Eigentlich wollte ich eingreifen, aber ich beherrschte mich, denn ich hielt es für richtig, daß Sabrina einmal erfuhr, wie andere ihre Eskapaden beurteilten.

»Ich wäre am liebsten sofort zu dir hinaufgelaufen, damit du die Strafe bekommst, die du verdienst«, fuhr Aimée fort. »Du bist ein undankbares kleines Biest. Man hat dir hier ein Heim geboten...«

Hier unterbrach ich sie, weil ich nicht wollte, daß Sabrinas wunder Punkt berührt wurde. »Es tut Sabrina sehr leid, und sie wird es nicht mehr tun.«

»Vielleicht doch«, widersprach Sabrina und sah Aimée direkt in die Augen.

Ich nahm ihr den Hut ab und fuhr ihr durch das Haar. »Nein, du wirst es bestimmt nicht mehr tun. Zieh dich jetzt um, mein Liebes, wir sollten schon längst bei unserer Lektion sitzen.«

Vorläufig unterrichtete ich Sabrina, weil sie erst später eine Gouvernante bekommen sollte.

Nanny Curlew packte Sabrina am Arm und zog sie ins Schlafzimmer.

»Du wirst mit diesem Kind Schwierigkeiten haben, Clarissa«, meinte Aimée.

»Ich werde schon mit ihr fertig werden.«

»Sie sollte dankbar dafür sein, daß sie hier ein Zuhause gefunden hat.«

»Ich will nicht, daß sie es so sieht, sondern ich möchte, daß sie unser Haus als ihr rechtmäßiges Heim betrachtet, in das sie gehört.«

»Du verziehst sie. Der gestrige Einfall war geradezu bösartig.«

»Sie war nur übermütig.«

Nanny Goswell mischte sich ein. »Nanny Curlew hat als Strafe verfügt, daß sie heute keine eingemachten Stachelbeeren bekommt.«

»Keine eingemachten Stachelbeeren«, murmelte Aimée. »Das nennt sich Strafe! Damit fordert man sie geradezu auf, es noch einmal zu versuchen.«

Ich wollte nicht mit Aimée streiten, deshalb verließ ich das Zimmer. Jeanne folgte mir.

»Wieso maßt sie sich eigentlich an, darüber zu urteilen, ob es gut ist, daß man Sabrina hier wohnen läßt? Willst du mir das vielleicht erklären? Wie war es denn mit Madame Aimée? Sie würde schön ausschauen, wenn man sie in diesem Haus nicht mit offenen Armen aufgenommen hätte.«

Ich schwieg dazu und tadelte sie nicht, weil sie nur meine eigenen Gedanken laut aussprach.

Später ging ich mit Sabrina im Wald spazieren. Ich dachte darüber nach, wie ich ihr begreiflich machen konnte, daß sie viel glücklicher sein würde, wenn sie die Menschen nicht ärgerte. Ich erwähnte den Streich mit den Karten nicht, denn darüber hatten wir ja bereits alles gesagt, was zu sagen war, aber ich versuchte ihr zu erklären, daß sie mit den Menschen viel besser auskommen würde, wenn sie nett zu ihnen war.

Sie lief fröhlich im Wald herum und pflückte Glockenblumen. Leichter Dunst lag zwischen den Bäumen – es würde bald Sommer sein.

»Wenn das warme Wetter kommt, werden wir unter den Bäumen Picknicks veranstalten. Das wird dir Spaß machen, nicht wahr, Sabrina?«

»O ja.«

Dann kamen wir zur Grube im Tal. Es handelte sich um eine der künstlich angelegten prähistorischen Gruben, die es in Kent und Essex gibt; sie lag etwa eine Dreiviertelmeile vom Haus entfernt. Sabrina war immer von ihr fasziniert gewesen und hatte mir schwören müssen, ihr nicht zu nahe zu kommen. Da sie sich noch an die Folgen ihrer Eskapade auf dem Eis erinnerte, versprach sie es mir, und ich war davon überzeugt, daß sie ihr Wort halten würde. Aber es zog sie immer wieder dorthin; sie blieb in einiger Entfernung von dem Loch stehen und betrachtete es ehrfurchtsvoll.

»Warum haben sie es gemacht?« wollte sie wissen.

»Das wissen wir nicht, es ist zu lange her. Vielleicht wollten sie sich vor Feinden verstecken, weil damals ständig Krieg war. Oder sie verwendeten es als Aufbewahrungsort für ihre Nahrung.«

»Aber wie kamen sie hinunter?«

»Mit irgendwelchen Hilfsmitteln.«

»Vielleicht mit einer Jakobsleiter.«

»Vielleicht.«

»Wie tief ist es denn?«

»Angeblich sehr tief. Ich glaube nicht, daß schon jemand hinuntergestiegen ist.«

Dann griff Sabrina, wie jedesmal, wenn sie sich dort aufhielt, nach einem Stein und warf ihn in das Loch. Sie lauschte angespannt. In der Tatsache, daß man kein Geräusch aus dem Loch vernahm, sah sie die Bestätigung dafür, daß die Grube keinen Boden hatte.

»Sie reicht ganz tief hinunter, bis zum Mittelpunkt der Erde.«

»Also sei vorsichtig und versprich mir, nicht zu nahe hinzugehen.«

Sie nickte und hüpfte davon.

Die Wochen gingen friedlich dahin, und ich hatte den Eindruck, daß der Zwischenfall mit den Karten Sabrina eine Lehre gewesen war. Die einzige, die sich darüber geärgert hatte, war Aimée gewesen, und sie war Sabrina zu gleichgültig, als daß sie sie hätte reizen wollen.

Sabrina und ich steckten viel zusammen, und sie schien allmählich ihre Abneigung gegen Lance aufzugeben; sie begann sogar, ihn gern zu haben. Jean-Louis war allerdings für sie nur ein dummes Kleinkind, und Nanny Goswell war ihrer Ansicht nach noch dümmer, weil sie so große Stücke auf ihn hielt. Sie mochte Nanny Curlew, die keiner ihrer Launen nachgab, was Sabrina sehr beeindruckte und ihr Respekt abnötigte.

Zweifellos schloß sie sich immer enger an mich an. Ich unterrichtete sie, und sie war eine aufgeweckte, eifrige Schülerin., Sie wollte keine Gouvernante bekommen und bemühte sich, mir zu zeigen, daß ich die beste Lehrerin war, die sie haben konnte.

Sie hatten nur noch gelegentlich einen kleinen Rückfall – wie damals, als sie Jean-Louis in der Speisekammer einsperrte. Sie hatte ihn mit dem Versprechen dorthin gelockt, daß sie ihm Taubenpastete zu kosten geben würde. Als wir ihn alle verzweifelt suchten, erzählte sie uns, was sie getan hatte. Jean-Louis lag friedlich schlafend auf dem Fußboden; er hatte eindeutig zuviel von der Taubenpastete gegessen.

»Er ißt doch so gern«, meinte Sabrina unschuldsvoll, »daß ich mir gedacht hatte, es ist das schönste für ihn, wenn ich ihn in einen Raum voller Lebensmittel sperre.«

»Er hätte sich so vollstopfen können, daß ihm schlecht wird«, meinte Nanny Goswell empört.

»Dann wäre es eine gute Lehre für ihn gewesen«, erklärte Sabrina streng.

»Jemand anderer braucht anscheinend eine gute Lehre notwendiger«, mischte sich Nanny Goswell ein.

Nanny Curlew fand, daß Sabrina eine Strafe verdient hatte, und sie wurde ins Bett gesteckt. Ich ging hinauf, als Schlafenszeit für sie war; sie las ein Buch.

»Ich habe es gern, wenn man mich ins Bett steckt«, erklärte sie lässig.

Ich versuchte ihr zu erklären, wie besorgt wir alle wegen Jean-Louis gewesen waren, und sie schlang mir die Arme um den Hals und sagte, daß sie *mir* keinen Ärger bereiten wolle – nur Tante Aimée. »Sie soll sich endlich einmal Sorgen machen. Sie nimmt dir mit diesem dummen Kartenspiel Lance weg.«

Zweifellos liebte sie mich; und für mich war sie der Ersatz für das Kind, das ich bis jetzt nicht bekommen hatte.

Das nächste Mal stellte sie wieder bei einer Kartenpartie etwas an. Wie hatten gespeist, und unsere Gäste waren gerade im Begriff, in das Spielzimmer zu gehen, als Sabrina auf der Treppe auftauchte. Sie hatte eines meiner elegantesten Kleider an, das um sie schlotterte und hinter ihr herschleifte. Außerdem hatte sie Rouge aufgelegt, das Gesicht dick gepudert und ein Schönheitspflästerchen auf das Kinn geklebt. Und zu allem Überfluß trug sie mein Smaragdhalsband, eine Brosche und den Bezoar-Ring.

»Sabrina!« rief ich.

»Ich würde gern an der Kartenpartie teilnehmen«, erklärte sie.

Lance lachte schallend. »Komm nur, Sabrina. Was möchtest du denn spielen? Wir haben an Pharao gedacht.«

»Wie Sie meinen«, flötete Sabrina.

»Wo hast du die Sachen her, die du anhast?« fragte ich.

»Das weißt du ja, sie gehören dir.«

Nanny Curlew tauchte auf der Treppe auf. »Ach, unser Fräulein Übermut«, murmelte sie.

»Bringen Sie Sabrina hinauf«, befahl ich. »Sie wollte mit uns Karten spielen, aber es ist ein bißchen spät für sie.«

»Ich bin aber gar nicht müde«, widersprach Sabrina.

Nanny Curlew packte sie fest bei der Hand und zog sie fort.

»Was für ein bezauberndes Geschöpf«, murmelte eine der Damen.

»Sie ist Clarissas Kusine«, erklärte Lance, »und sorgt dafür, daß uns nicht langweilig wird. Aber jetzt zum Spiel – wollen wir bei Pharao bleiben?«

Als alle am Spieltisch Platz gefunden hatten, ging ich in das Kinderzimmer. Sabrina, die schon in ihrem Nachthemd steckte, sah bedrückt aus. Wahrscheinlich hatte sie bemerkt, daß ihr kleiner Spaß nicht die gewünschte Wirkung gezeigt hatte.

Ich wusch ihr die Kosmetika vom Gesicht und mußte lachen, als ich daran dachte, wie sie ausgesehen hatte. Sie lachte mit.

»Dir hat es Spaß gemacht, nicht wahr? Sah ich sehr komisch aus?«

»Es war nicht richtig von dir, daß du in diesem Aufzug hinuntergekommen bist... aber du hast komisch ausgesehen.«

»Lance hat es gefallen.«

Er war anscheinend im Begriff, sie zu erobern, und da er sich nicht eigens um sie bemühte, sprach das für die Wirkung seines Charmes.

Am nächsten Tag platzte ich wieder einmal in eine Szene im Kinderzimmer hinein, bei der Aimée anwesend war. Die Nannies sprachen über den Zwischenfall vom vergangenen Abend.

»Die kleine Hexe stand auf der Treppe«, sagte Nanny Curlew gerade, »herausgeputzt wie ein Pfau. So etwas habe ich noch nie gesehen.«

Sabrina hörte mit leuchtenden Augen zu.

»Nicht nur das«, fügte Jeanne hinzu, »sie hatte Myladys Smaragde und und den Ring angelegt. Sie funkelte und glitzerte...«

»Sie muß sehr komisch ausgesehen haben«, meinte Nanny Goswell.

»Sie sah lächerlich aus«, sagte Aimée. »Dieser Unfug sollte ein für allemal abgestellt werden. Wenn ich etwas zu sagen hätte...«

Sabrina streckte die Zunge heraus und sah Aimée an.

»Diese vielen Juwelen«, murmelte Jeanne. »Angeblich sind sie einen Haufen Geld wert. Man könnte dafür einen Blumenladen im Herzen von Paris kaufen.«

Aimée unterbrach sie. »Hallo, Clarissa. Wir sprachen von gestern abend.«

»Sabrina hatte Lust, sich zu verkleiden.«

»Wo hatte sie denn den Schmuck her? Du scheinst etwas sorglos mit ihm umzugehen.«

»Für gewöhnlich nicht. Ich wollte ihn gestern abend anlegen, überlegte es mir aber im letzten Augenblick und schloß ihn nicht mehr in meine Schmuckschatulle ein.«

»Auf dem Frisiertisch«, piepste Sabrina. »Ich weiß, wo du ihn hast.«

Aimée zuckte resignierend die Schultern; ich antwortete nicht.

Ich wollte mit Aimée nicht über Sabrina sprechen, deshalb verließ ich das Zimmer. Sie folgte mir und zischte mir noch in der Tür zu: »Man müßte wegen des Kindes etwas unternehmen, sonst wird sie ein Ungeheuer.«

Ich sah zurück, weil ich hoffte, daß Sabrina sie nicht gehört hatte. Anscheinend war das wirklich nicht der Fall, denn sie hörte gerade Jeanne zu, die nach ihrem Jean-Baptiste griff, den sie unter der Bluse trug. Sie murmelte: »Diese schönen Schmuckstücke. *Mon Dieu*, wie leicht hätte sie eines davon verlieren können. Und sie sind so kostbar, daß man damit einen Blumenladen im Herzen von Paris kaufen könnte.«

Einige Monate waren vergangen; der Sommer war beinahe vorbei. Es war September, und die Blätter färbten sich braun, aber die meisten hingen noch an den Bäumen. Es war herrlich, durch den Wald zu gehen, und als ich von einem solchen Spaziergang zurückkehrte, dachte ich mit Bedauern daran, daß wir bald nach London übersiedeln würden, denn Lance wollte unbedingt zu Saisonbeginn in der Stadt sein.

Natürlich gab es auch auf dem Land Kartenpartien, aber in London hatte man viel mehr Möglichkeiten, um hohe Einsätze zu spielen. Er suchte gern Klubs auf, in denen gespielt wurde, und außerdem hatte er in London einen großen Kreis von leichtsinnigen Freunden.

Ich war entschlossen, die letzten warmen Tage auszunützen, in denen ich durch die liebliche Gegend ritt oder wanderte und dabei zusah, wie der Herbst immer mehr Besitz vom Land ergriff – mit Nebel, Früchten und silbernen Spinnennetzen, die plötzlich überall hingen.

Ich ritt oft mit Sabrina aus, weil sie schon eine gute Reiterin war. Sie brauchte keine Longe mehr, und an die Stelle des Ponys war eine kleine Stute getreten, die Lance ihr geschenkt hatte. Sie liebte das Tier sehr und schloß auch Lance allmählich in ihr Herz. Die Gleichgültigkeit, mit der er auf ihre Launen reagierte, beeindruckte sie, und außerdem faszinierten sie sein gutes Aussehen und seine elegante Kleidung.

»Er ist mein Vetter«, stellte sie einmal mit Befriedigung fest. »Natürlich kein wirklicher, sondern nur, weil du mit ihm verheiratet bist.«

Wir ritten auch dann aus, wenn wir abends eine Gesellschaft gaben, und an einem solchen Tag ging ich nach der Heimkehr in mein Zimmer, um mich umzuziehen. Für gewöhnlich wartete Jeanne schon auf mich und hatte meine Sachen zurechtgelegt, aber diesmal war sie nicht da und hatte auch nichts vorbereitet.

Ich läutete, worauf ein Dienstmädchen erschien.

»Suchen Sie bitte Jeanne und sagen Sie ihr, daß ich auf sie warte«, befahl ich.

Sie verschwand.

Daß Jeanne nicht da war, kam mir irgendwie merkwürdig vor, denn an solchen Tagen hielt sie sich für unentbehrlich und machte sich in meinem Zimmer zu schaffen, lange bevor es für mich an der Zeit war, mich zurechtzumachen.

Jeanne tauchte noch immer nicht auf. Statt dessen kam das Dienstmädchen atemlos und besorgt zurück.

»Bitte, Mylady, ich kann Jeanne nicht finden. Sie ist anscheinend nicht im Haus.«

Das war noch merkwürdiger. War sie ausgegangen und hatte vergessen, wie spät es war? Das konnte eine mögliche Erklärung sein, obwohl sie nie sehr weit wegging. Gelegentlich wanderte sie durch den Wald, um Kräuter zu sammeln, denn sie bereitete gern medizinische und kosmetische Mixturen zu und bemerkte oft, daß alles Wertvolle aus der Erde kommt.

Daher erwartete ich jetzt, daß sie im nächsten Augenblick atemlos hereinstürzen würde.

Aber ich irrte mich. Die Minuten vergingen, und Jeanne kehrte noch immer nicht zurück.

Ich hatte beschlossen, mein Kleid aus cremefarbenem Brokat anzulegen, und stellte mir vor, daß die Smaragde gut dazupassen würden. Ich nahm das Kleid aus dem Schrank und öffnete dann meine Schmuckschatulle. Zu meiner Bestürzung fand ich sie leer. Das Smaragdhalsband, die Brosche und der Bezoar-Ring waren fort.

Ich konnte nicht begreifen, was geschehen war, und war zutiefst beunruhigt.

Ich ging in Jeannes Zimmer, das seltsam leer wirkte. Das Bett war ordentlich gemacht, aber es gab keine Spur von ihr. Ich öffnete den Schrank – er war leer. Nicht einmal ihr gutes schwarzes Kleid, das sie so gern am Abend anlegte, war vorhanden. Ich öffnete die Schubladen der Kommode, die neben dem Fenster stand. Auch leer!

Jeanne war fort!

Das war unmöglich; es mußte eine Erklärung geben. Sie wäre nie auf diese Art verschwunden, sie hätte mir bestimmt vorher Bescheid gesagt. Aber wo war sie?

Ich suchte hastig nach einer schriftlichen Mitteilung, aber es gab keine. Daraufhin kehrte ich in mein Zimmer zurück und läutete dem Dienstmädchen, das sofort herbeigestürzt kam.

Ich sagte bestimmt: »Alle Dienstboten müssen sofort Jeanne suchen. Ihr Zimmer ist leer, und ihre Kleider sind fort.«

Das Dienstmädchen starrte mich mit offenem Mund an.

»Wir müssen sie finden«, fügte ich hinzu.

Aber wir fanden sie nicht. Sie war nicht im Haus, niemand hatte gesehen, daß sie es verlassen hatte, und doch waren alle ihre Habseligkeiten verschwunden.

Ich mußte mich anziehen, mich der Gesellschaft widmen, ganz gleich, wie beunruhigt ich war.

Das Brokatkleid wanderte wieder in den Schrank, und ich vermied, in die leere Schmuckschatulle zu blicken. Es mußte eine Erklärung für das Verschwinden meines Schmucks geben. Natürlich gab es eine solche Erklärung, aber ich weigerte mich, sie zur Kenntnis zu nehmen, obwohl sie mir immer wahrscheinlicher vorkam.

Ich legte ein leuchtendrotes Kleid an, das sehr auffallend war, mir aber ausgezeichnet stand, wie Lance mir oft versichert hatte... ein Kleid, das keinen Schmuck brauchte.

Ich war verzweifelt, besorgt, entsetzt, denn ich hatte Jeanne gern – mir wurde jetzt erst klar, wie sehr. Noch immer weigerte ich mich, die einzig mögliche Erklärung zu akzeptieren.

Während ich mich anzog, kam Aimée ins Zimmer. Sie zitterte vor Erregung, ihre Augen leuchteten und waren unnatürlich geweitet.

»Wo ist Jeanne?« fragte sie. »Ich wollte ihr... Ist sie denn nicht hier?«

»Ich kann sie nicht finden; vielleicht wurde sie fortgerufen.«

»Fortgerufen! Wer sollte sie rufen, und warum sollte sie fortgehen, ohne es dir zu sagen?«

»Ich kann es selbst nicht verstehen, Aimée, und ich bin sehr in Sorge.«

»Verschwunden! Das ist doch nicht möglich. Sie hat sich hier doch wohl gefühlt, warum sollte sie fortgehen?«

Als ich ratlos den Kopf schüttelte, sah mich Aimée scharf an. »Fehlt etwas von deinen Sachen?« fragte sie.

Ich antwortete ihr nicht, denn ich wollte nichts von dem Schmuck erwähnen. Wahrscheinlich würde mir nichts anderes übrigbleiben, aber vorläufig ging es sie nichts an. Jeanne würde zurückkommen, sagte ich mir immer wieder vor.

»Denn wenn etwas fehlt...«, fuhr Aimée fort.

»Wovon redest du?«

»Es ist doch logisch, oder? Sie sprach immer von einem Blumenladen in Paris, das war ihr Lebensziel.«

»Du glaubst doch nicht, daß Jeanne... Oh, das ist unmöglich. Sie ist schon so lange bei mir und hat sich in Paris meiner angenommen.«

»Sie wollte immer schon nach Paris zurückkehren, das weiß ich. Der Blumenladen in Paris, davon träumte sie. Sie wollte immer Besitzerin eines solchen Geschäftes sein.«

»Sie hätte uns nie verlassen, ohne es mir zu sagen. Sie war so glücklich, weil sie hier ein Heim gefunden hatte.«

»Nun, sentimental war sie bestimmt nicht, eher hartgesotten. Auf den Straßen von Paris bleibt einem auch nichts anderes übrig.«

»Sie war nicht hartgesotten; als ich Hilfe brauchte, war sie gut zu mir.«

»Na ja, wer weiß? Vielleicht kommt sie noch zurück. Hat sie irgendwelche Kleider mitgenommen?«

»Alle.«

»O mein Gott. Dann könnte sie wirklich...«

Lance trat ins Zimmer.

»Was ist denn los?« fragte er. »Überall wird getuschelt.«

»Jeanne ist verschwunden«, antwortete ich.

»Verschwunden? Wie? Wann?«

»Das möchte ich ja selbst gern wissen... sie ist fort.«

»Jeanne! Das kann ich nicht glauben.«

»Aber es scheint zu stimmen.«

»Wir sollten wirklich nachsehen, ob etwas fehlt«, sagte Aimée.

»Ich glaube nicht, daß Jeanne jemals etwas nehmen würde, was ihr nicht gehört«, begann ich.

»Du glaubst ja auch nicht, daß sie fortgegangen ist, ohne ein Wort zu sagen«, wandte Aimée ein. »Du solltest einmal nachsehen, was alles fehlt. Am ehesten Schmuck, weil man ihn am leichtesten transportieren kann.«

Aimée ging zu meiner Schmuckschatulle und öffnete sie. Dann starrte sie mich an. »Was hast du in ihr aufbewahrt? Sie ist leer.«

Widerstrebend antwortete ich: »Meine Smaragde und den Bezoar-Ring.«

»Nein!« Die Schmuckschatulle entglitt beinahe ihren Händen, als sie sich Lance zuwandte.

»Du hast sie vielleicht in Gedanken woanders aufgehoben«, meinte sie atemlos.

Ich schüttelte den Kopf.

»O doch, ganz bestimmt hast du das«, rief Lance. Genau wie ich, weigerte er sich, die einzige logisch Schlußfolgerung zu ziehen. Nach kurzem Stillschweigen platzte er heraus. »Mein Gott, du glaubst doch nicht...«

»Es sieht aber so aus«, stellte Aimée fest. »Anscheinend ist sie mit deinen Smaragden verschwunden, Clarissa. Kaum zu glauben, aber sie hat ja immer von dem Blumenladen in Paris gesprochen.«

»Das ist absurd«, rief ich. »Einfach lächerlich!«

»Meiner Ansicht nach wird alles wieder auftauchen... Jeanne und die Smaragde«, tröstete mich Lance.

»Das werden sie nicht«, widersprach Aimée. »Ich kenne diesen Typ Menschen, die aus den Seitengassen von Paris kommen. Hartgesotten und gerissen, immer auf der Suche nach einer günstigen Gelegenheit und rasch im Handeln, wenn sich eine bietet. Ich wäre nicht überrascht, wenn sie sich schon auf dem Schiff nach Frankreich befände. Sie hat erreicht, was sie wollte – den Blumenladen im Zentrum von Paris.«

Ich schüttelte verzweifelt den Kopf, und Lance legte mir den Arm um die Schultern.

An diesem Abend unternahmen wir nichts mehr Jeannes wegen. In meiner Hörweite durfte niemand behaupten, daß Jeanne davongelaufen war, weil ich immer noch daran dachte, daß sie zurückkommen und alles erklären würde.

Die Gesellschaft fand statt, und anschließend begab sich alles an die Spieltische. Ich war so aufgeregt, daß ich mich so rasch wie möglich in mein Zimmer zurückzog.

Als Lance heraufkam, war ich noch wach. Diesmal interessierte mich nicht, ob er gewonnen oder verloren hatte, denn alle meine Gedanken weilten bei Jeanne. Immer wieder sah ich sie vor mir, wie sie oft scharf und bissig gewesen war, damit aber nur versuchte, ihre angeborene Sentimentalität zu verbergen, denn im Grunde genommen war sie gut und freundlich. Sonst hätte sie mich ja auch nicht gerettet, als ich klein und hilflos gewesen.

Und jetzt stellte sich heraus, daß sie eine Diebin war...

Ich wollte es einfach nicht wahrhaben.

Ich sprach mit Lance über sie, weil ich nicht schlafen konnte; weil er Verständnis für mich hatte, verzichtete er ebenfalls auf seinen Schlaf.

Er versuchte mir sanft beizubringen, daß wir die auf der Hand liegende Erklärung akzeptieren mußten. Jeanne hatte beschlossen, uns zu verlassen. Vielen Menschen fiel es schwer, fern von der Gegend zu leben, in der sie aufgewachsen waren. Vielleicht hatte sie all die Jahre über Sehnsucht nach ihrem heimatlichen Frankreich gehabt. Sie hatte sich nach einem geeigneten Blumenladen gesehnt, den kostbaren Schmuck gesehen und sich ausgerechnet, was er wert war – sie hatte es ja oft genug erwähnt.

»Die Versuchung war zu groß, sie konnte ihr nicht widerstehen.«

Lance zeigte sich sehr verständnisvoll, denn er wußte über unwiderstehliche Versuchungen Bescheid.

Am nächsten Tag schickte er Leute nach Dover und Southampton, die feststellen sollten, ob Jeanne vielleicht versuchte, England zu verlassen. Sie kamen unverrichteter Dinge heim; nirgends hatten sie eine Spur von ihr gefunden.

Als die Wochen vergingen, begann sogar ich an diese Erklärung zu glauben. Jedesmal, wenn Jeanne den Schmuck in der Hand gehabt hatte – und das war oft gewesen –, hatte sie in ihm den Blumenladen ihrer Träume gesehen.

Ganz gleich, von welchem Gesichtspunkt aus ich die Angelegenheit betrachtete – Jeanne hatte mich um des Blumenladens willen verlassen.

Aber dann hatte ich sie nie wirklich gekannt, dann konnte sie nicht die Frau sein, für die ich sie gehalten hatte.

Bei dieser Erkenntnis brach mir beinahe das Herz. Was hatte ich von Jeanne gewußt? Was wußte ich überhaupt von irgendwem?

13

Entdeckung in einem Schaufenster

Im Lauf der nächsten Wochen wurde mir klar, wie sehr ich an Jeanne gehangen hatte. Sie war in den frühen Jahren meines Lebens eine Art Mutterersatz für mich gewesen, und ich konnte sie nicht vergessen. Trotz aller Beweise weigerte sich etwas in mir, die Tatsachen zur Kenntnis zu nehmen. Sie hatte mich schon betreut, als ich kaum dem Kleinkindalter entwachsen war, und als ich in Not geraten war, hatte sie sich meiner angenommen. Und dann war sie nach England gereist, nur um mich zu finden. O nein, ich würde nie glauben, daß Jeanne eine gemeine Diebin war.

Es mußte eine andere Erklärung geben.

»Welche?« fragte Aimée.

Lance zuckte nur die Schultern, denn er wollte sich mit der Sache nicht weiter beschäftigen. Natürlich war der Verlust des Schmucks ein schwerer Schlag, das gab er zu, aber sobald seine Spielgewinne es ihm ermöglichten, würde er mir ein neues Halsband kaufen. Es hatte keinen Sinn, etwas Unwiederbringlichem nachzutrauern, das war sein Lebensprinzip.

Er war bereit, Jeanne zu vergessen, und wünschte ihr beinahe, daß sie ihre Beute nutzbringend verwerten konnte. Er verstand nicht, daß ihre Handlungsweise mich viel tiefer verletzt hatte als der Verlust der Juwelen. Lances Gleichgültigkeit den wesentlichen Dingen des Lebens gegenüber brachte mich zur Verzweiflung – vor allem, wenn ich an seine manische Spielleidenschaft dachte.

Etwa drei oder vier Wochen nach Jeannes Verschwinden hielten wir uns wieder in London auf. Die Saison hatte begonnen, und obwohl wir uns nicht oft bei Hof sehen ließen, konnten wir ihn doch nicht ganz vermeiden. Der König galt als Bauerntölpel, und das wirkte sich auf seine Umgebung aus, weil König und Königin den Ton bei Hof angaben. Dieser König hatte keine Königin – das heißt, er war verheiratet, aber er hatte seine Gemahlin vor Jahren infolge ihres angeblichen Verhältnisses mit Graf Königsmarck davongejagt. An ihrer Stelle regierten seine deutschen Mätressen, die aber wegen ihres Aussehens und ihrer Habgier nicht sehr beliebt waren. Daher hatte niemand große Lust, an einem Hof zu erscheinen, der keineswegs der Mittelpunkt der guten Gesellschaft war. Königin Anna hatte Georg »den deutschen Bauern« genannt, eine sehr treffende Bezeichnung.

Lance erzählte, daß Georg sich mit sehr gewöhnlichen Leuten umgab – die weder über Verstand, noch über Würde oder gute Erziehung verfügten. »Er fühlt sich in ihrer Gesellschaft wohler als in der von englischen Adeligen. Ihm fehlt es an Würde – in seiner Denkweise und in seinem Benehmen.«

Aber Lance gab zu, daß der König in mancher Beziehung gut für das Land war; obwohl er ein erfahrener Soldat war, glaubte er daran, daß der Wohlstand nur im Frieden gedeihen konnte, und bemühte sich daher, ihn zu erhalten.

»Georg ist für das Land besser als der Stuart«, urteilte Lance. »Obwohl ein Stuart wahrscheinlich eher wie ein König aussehen würde. Dennoch, was zählt, sind Taten, und wir werden mit Georg zurechtkommen. Wenigstens sorgen seine Mätressen für Unterhaltung.«

Damit hatte Lance recht. Beide waren ältlich und häßlich, was vielleicht ein Hinweis darauf war, daß der König von Natur aus ein anhänglicher Mann war. Sie verstanden kein Englisch, was natürlich auch nicht zu ihrer Beliebtheit beitrug. Lances Ansicht nach hätten sie eigentlich die Sprache des Landes lernen müssen, das ihnen ein so gutes Leben bot.

Eines Tages erzählte er uns, daß er Mademoiselle Kielmannsegge gesehen hatte, die in ihrer Kutsche zum Palast gefahren war. Während sie vorbeifuhr, riefen ihr die Leute Schmähworte zu, bis sie den Kopf zum Fenster hinausstreckte und in ihrem schauerlichen Englisch fragte: »Warum ihr Leute uns haßt? Wir kommen nur um eure Güter.« Die Menge hatte sich darüber lustig gemacht, und dann rief auch noch jemand: »Ja, und auch um unsere Geldbörsen.« Das Volk war dann der Kutsche lachend und johlend bis zum Palast gefolgt.

Ich grübelte immer noch über Jeannes Verschwinden und versuchte, diese Tatsache mit dem Bild in Einklang zu bringen, das ich mir von ihr gemacht hatte. Es war einfach nicht möglich. Trotz aller Beweise, die gegen sie vorlagen, war ich davon überzeugt, daß ich irgendwann die Wahrheit erfahren würde.

Eines Tages suchten Aimée und ich die Gracechurch Street auf, um Stoff für Kinderkleider zu kaufen. Bei solchen Gelegenheiten begleitete mich Aimée eigentlich nur selten; für gewöhnlich überließ sie es mir, etwas für Jean-Louis auszusuchen. Die beiden Nannies stürzten sich jedesmal eifrig auf die Stoffe und verwandelten sie in entzückende Kleidungsstücke, denn sie waren beide ausgezeichnete Näherinnen. Unterwegs dachte ich traurig daran, wie oft ich gemeinsam mit Jeanne solche Einkäufe gemacht hatte.

Im Zentrum der Stadt sagte Aimée plötzlich: »Clarissa, ich muß dir etwas erzählen.«

Ich wandte mich ihr zu und bemerkte erstaunt, daß sie sehr niedergedrückt aussah. »Ja?« fragte ich.

Sie zögerte. »Es... es geht um meine Mutter. Sie ist hier... in England.«

»Aimée! Das ist ja wunderbar für dich.«

»Ja, natürlich. Sie ist jetzt Witwe, ihr Mann ist vor einiger Zeit gestorben. Und dabei glaubte ich, sie wäre für den Rest ihres Lebens versorgt. Ihr Schicksal ist dem meinen sehr ähnlich, denn als ihr Mann starb, hinterließ er leider beträchtliche Schulden. Meine Mutter ist in solchen Sachen sehr genau, sie findet, daß eine Schuld eine *affaire d'honneur* ist, die um jeden Preis geregelt werden muß.«

»Das ist sehr edel gedacht.«

»Als ihr Mann starb, hatte sie gerade genügend Geld, um die Schulden zu bezahlen... danach blieb nicht mehr viel übrig.«

»Sie ist also sehr arm.«

Aimée zuckte mit einer typisch französischen Bewegung die Schultern. »Sie hat ein bißchen Geld, aber nur sehr wenig. Es schmerzt mich, daß ich ihr nicht so helfen kann, wie ich es gerne möchte. Leider hatte ich bei der Affäre mit der Seifenblase nicht so viel Glück wie du. Wenn es anders gekommen wäre...«

»Wo wohnt deine Mutter? Befindet sie sich in London?«

»Sie logiert im King's Head in der Nähe der St.-Paul's-Kathedrale, aber sie kann nicht dort bleiben. Ich weiß nicht, was sie tun wird; sie hatte solche Sehnsucht nach mir, daß sie auf gut Glück hierherkam.«

Ich wußte nicht recht, was ich tun sollte. Mir war bewußt, daß Aimées Mutter die Mätresse meines Vaters gewesen war. Es war schon ein Schock für mich gewesen, als ich erfuhr, daß ich eine Halbschwester hatte, aber ich hatte keine große Lust, die Frau kennenzulernen, die das gleiche Verhältnis zu meinem Vater gehabt hatte wie meine Mutter.

Ich wandte mich Aimée zu, die mich ängstlich ansah, und drückte ihr die Hand. »Natürlich muß sie zu uns kommen. Sie kann bei uns bleiben, bis sie weiß, was sie tun wird.«

»Ich wollte mit dir darüber sprechen, ohne daß Lance dabei ist.«

»Lance hat bestimmt nichts dagegen, das kann ich dir versichern.«

»Er ist der beste Mann der Welt, und manchmal denke ich, daß du die glücklichste Frau bist, Clarissa.«

»Ich weiß, daß ich Glück gehabt habe, denn Lance ist sehr gut zu mir.«

»Er ist so unbekümmert und versucht immer, die anderen glücklich zu machen. Es gibt nicht viele Ehemänner wie ihn, Clarissa.«

»Da hast du sicherlich recht. Wann kommst du mit deiner Mutter zusammen?«

Aimée schluckte. »Also... ich wußte ja, daß wir heute einkaufen gehen, und erzählte ihr davon. Sie möchte dich kennenlernen und wartet bei dem Kurzwarenladen auf uns. Wenn du sie aus irgendeinem Grund nicht sprechen willst, gebe ich ihr ein Zeichen, und sie verschwindet, ohne daß du sie zu Gesicht bekommst.«

»Dir ist ja klar, daß das eine absurde Vorstellung ist.«

»Eigentlich schon, denn du warst immer sehr gut zu mir.«

»Ich freue mich darauf, mit ihr zusammenzukommen. Du bist sicherlich sehr glücklich, Aimée, weil sie hier ist.«

»Es ist hart, wenn man von seiner Familie getrennt lebt.«

Ich konnte es kaum erwarten, zu dem Laden in der Gracechurch Street zu gelangen. Als wir aus der Kutsche stiegen, kam der Händler heraus, um uns zu helfen, und sagte: »Im Laden wartet eine Dame... Madame Legrand... auf Sie.«

Wir traten in das Geschäft, und eine mittelgroße Frau mit dichtem roten Haar stand von dem Stuhl auf, auf dem sie gesessen hatte. Sie trug ein einfaches, aber elegantes hellblaues Kleid mit einem zartrosa Spitzenfichu, das den strengen Schnitt des Kleides milderte. Ihr Hut war sehr groß, ebenfalls blau und mit einer Straußenfeder verziert, die am Rand leicht rosa getönt war. Ihre Kleidung bestach durch den Gegensatz zwischen der strengen Fasson und der weiblichen Note, die ihr Fichu und Feder verliehen.

Sie sah mich beinahe ehrfurchtsvoll an.

»Also Sie sind Clarissa.«

Aimée griff ein. »Meine Mutter hat sich darauf gefreut, dich kennenzulernen, Clarissa.«

Madame Legrand schlug die Augen nieder und murmelte: »Verzeihen Sie mir, aber ich bin zutiefst gerührt.« Ich bemerkte, daß sie nicht sehr gut Englisch sprach und ihre Sätze mit französischen Worten ergänzte. »Sie sehen ihm ein bißchen ähnlich, genau wie Aimée. Ich habe ihn nie vergessen.«

»Clarissa möchte, daß du zu uns kommst«, sagte Aimée.

In die Augen der Französin traten Tränen. »Oh, das ist so *gentil*, so freundlich, so gut, ich weiß nicht, ob ich...«

»Sie müssen bei uns wohnen«, unterbrach ich sie. »Und zwar so lange Sie sich in England aufhalten. Sie wollen doch sicherlich bei Aimée sein.«

»Ach, bei meiner Kleinen. Ja, die Trennung ist mir schwergefallen.« Wieder das typisch französische Achselzucken. »Aber was sollten wir tun? Ich mußte auf meinen Mann Rücksicht nehmen.«

»Natürlich«, stimmte ich zu, »Sie müssen nach der Trennung von Aimée sehr traurig gewesen sein.«

In ihrem Eifer verfiel sie ins Französische. »Aber für sie war es das beste. Das Mutterherz, nicht wahr? Eine Mutter darf sich nicht dem Glück in den Weg stellen, das ihr Kind an einem anderen Ort finden kann. Sie darf nicht sagen: ›Nein, sie muß bei mir bleiben.‹ Nein, wenn es für das Kind besser ist, fortzugehen, darf sie ihm keine Hindernisse in den Weg legen.«

Wenn sie ihre Muttersprache benützte, war sie ziemlich geschwätzig, und obwohl mich das, was sie zu erzählen hatte, interessierte, hielt ich es für besser, wenn wir nicht im Laden darüber sprachen.

Ich schlug vor, zuerst unsere Besorgungen zu erledigen und dann in ein Kaffeehaus zu gehen, in dem wir ungestört plaudern konnten, und das taten wir auch.

Madame Legrand, deren Vorname Giselle war, unterhielt sich auf Französisch mit mir, da ihr das leichter fiel.

Ihr Mann war gestorben, und das hatte für sie tragische Folgen gehabt. Sie hatte geglaubt, daß er für sie gesorgt hatte, und wollte Aimée und Jean-Louis, ihren kleinen Enkel, zu sich kommen lassen. Sie konnte sich zwar nicht recht vorstellen, daß sie eine *grand-mère* war, aber sie war stolz darauf, einen Enkel zu haben. Sie hatte sich schon ausgemalt, wie sie alle glücklich unter einem Dach leben würden.

»Jede Frau hängt an ihrer Familie, Clarissa... ich darf Sie doch so nennen? Sie und meine Tochter sind ja Schwestern, aber vielleicht sollte ich lieber nicht darüber sprechen. Ihr Vater... Ihrer beider Vater... war ein so bewundernswerter Mann. Wenn man mit ihm beisammen war, galt nur noch sein Wille.«

Wir tranken in der gemütlichen Atmosphäre des Kaffeehauses Schokolade, und Madame Legrand redete wie ein Wasserfall.

Sie erzählte von der Vergangenheit und von ihrer Beziehung zu meinem Vater. »Er war so groß, so gut aussehend, ein richtiger Mann. Natürlich war es unrecht und eine Sünde, und ich mußte in der Kirche so viel Buße tun. Aber ich würde es wieder tun, ganz bestimmt. Es gibt keinen Mann, der ihm gleichkommt.« Sie sprach so lebhaft von ihm, daß ich ihn wieder vor mir sah. Sie rief mir kleine Gewohnheiten ins Gedächtnis, die ich vergessen hatte: wie er eine Augenbraue in die Höhe zog, wenn man ihm etwas erzählte, was er nicht glaubte; wie er seinen Hut plötzlich abnahm und in die Luft warf; wie er sich ans rechte Ohr griff, wenn er sich auf etwas konzentrierte. Ich erinnerte mich jetzt wieder deutlich an diese Gesten.

»Was für ein Mann, es gibt nicht seinesgleichen«, wiederholte sie. »Aber er war nicht der Mann, dem eine Frau allein genügte. Nur... nachdem Ihre Mutter nach Frankreich gekommen war, sah ich ihn nur noch selten. Sie war angeblich die schönste Frau von Paris, und es war kein Wunder, daß Mylord sie erkoren hatte.

Er sprach mit mir oft über Sie, Clarissa. ›Meine anbetungswürdige Tochter‹, pflegte er zu sagen. Oh, er liebte Sie sehr. Er liebte auch Aimée und wäre ihr sicherlich ein guter Vater gewesen, wenn er es fertiggebracht hätte, sich auf eine einzige Frau zu beschränken.«

Ihre Erinnerungen rührten mich zutiefst. Ich befand mich wieder in dem großen *hôtel* in Paris, lag in meinem kleinen Bett und sehnte mich danach, daß meine Mutter in ihrer kostbaren Toiletten zu mir hereinkäme. Ihr blendendes Aussehen bezauberte mich, und wenn mein Vater sie begleitete, war mein Glück vollkommen.

Madame Legrand berührte mich sanft am Arm. »Ich sehe, ich habe Sie in die Vergangenheit versetzt.«

Als wir aufbrachen, forderte ich sie auf, zu uns zu kommen. Sie wehrte ab. Nein, nein, es wäre zu *difficile*, ihre prekäre Lage... aber sie bedauerte nichts. Nein, sie würde nicht zu uns ziehen, sie war schon zufrieden, weil sie ihre Tochter gesprochen hatte. Ach ja, aber sie würde ihren Enkel so gern einmal sehen. Nur ein Blick, damit sie sagen konnte: »Also das ist mein kleiner Enkel, der meine Aimée so glücklich gemacht hat.«

Das war alles, und dann... adieu.

»Was wollen Sie dann tun?« fragte ich.

Wieder zuckte sie die Schultern. »Ich werde nach Frankreich zurückfahren und mir Arbeit suchen. Vielleicht kann ich Haushälterin werden. Du weißt ja, Aimée, daß ich eine gute Hausfrau bin. Man muß die Vergangenheit vergessen und sich auf die Zukunft konzentrieren.«

»Du bist aber eben erst eingetroffen, Maman«, widersprach Aimée.

»Bleiben Sie wenigstens eine Zeitlang bei uns«, redete ich ihr zu.

»Das kann ich nicht. Sie sind wirklich sehr freundlich, aber wir müssen auch auf Ihren Mann Rücksicht nehmen. Er wird bestimmt etwas dagegen haben, daß ich mich Ihnen aufdränge. Sie sind so gut zu Aimée gewesen, und dafür danke ich Ihnen von Herzen. Was mich betrifft... ich fahre nach Frankreich zurück. Ich werde schon eine Möglichkeit finden, meinen Lebensunterhalt zu verdienen. Ich bin sehr geschickt und eine gute Näherin, nicht wahr, Aimée? Oh, wie gern würde ich die schöne Seide verarbeiten, die Sie für den Kleinen gekauft haben. Aber vergessen wir's lieber.«

»Ich bestehe darauf, daß Sie eine Weile bei uns wohnen«, wiederholte ich. »Sie müssen ja Ihren Enkel kennenlernen. Außerdem wird sich Aimée bestimmt kränken, wenn Sie so bald nach Ihrer Ankunft wieder abreisen.«

Sie blickte zu Boden und schüttelte den Kopf.

Aimée ergriff ihre Hand. »Bitte, Maman.«

Nach kurzem Zögern gab Madame Legrand nach. »Also gut, auf kurze Zeit. Damit ich mich vor der Heimreise etwas ausruhen kann. Ein paar Tage, die ich mit meiner Tochter und meinem Enkel verbringen will.«

»Sie sind willkommen«, erklärte ich.

Aimée meinte eifrig: »Fahren wir gleich zu deinem Gasthaus. Du kannst die Rechnung begleichen und sofort mit uns kommen.«

»O nein, nicht so rasch. Laß mir noch einen Tag Zeit; morgen komme ich dann.«

»Dann wollen wir es dabei belassen. Clarissa, kann ich morgen die Kutsche haben und meine Mutter abholen?«

»Natürlich, und ich werde dich begleiten. Wir werden die Kinder mitnehmen, denn Jean-Louis und Sabrina werden darüber begeistert sein.«

Madame Legrand verdeckte ihr Gesicht mit den Händen.

»Sie sind so gut zu mir«, murmelte sie. »Und ich bin so glücklich.«

Damit war es abgemacht.

Am nächsten Tag zog Aimées Mutter zu uns in die Albemarle Street. Lance begrüßte sie mit seinem gewohnten Charme. »Merkwürdig, wir haben ein Mitglied des Haushaltes verloren und dafür ein anderes gewonnen.«

»Lance«, fragte ich ernst, »hast du etwas dagegen, daß sie hier wohnt?«

»Natürlich nicht.«

»Ich konnte nicht anders, ich mußte sie einladen. Schließlich und endlich ist sie die Mutter meiner Schwester.«

»Das sind wirklich komplizierte Verwandtschaftsverhältnisse. Das kommt davon, wenn man eine so außergewöhnliche Persönlichkeit zum Vater hat.«

»Es tut mir leid, daß es so gekommen ist.«

»So geht es aber auf der Welt zu.« Damit küßte er mich leicht auf die Wange.

Madame Legrand erwies sich als Gewinn für den Haushalt. Sie verlieh ihrer Dankbarkeit wortreich Ausdruck, war aber gleichzeitig entschlossen, sich nützlich zu machen. Wie ihre Tochter verstand sie sich wunderbar auf Kleider. Sie nähte sie sich selbst und wirkte auch in dem einfachsten Modell elegant. Sie konnte frisieren, schminken und Kleider so umändern, daß sie der Figur schmeichelten. Sie verstand es, mit den Kindern umzugehen, die beide von ihrem fremdartigen Akzent und ihrer lebhaften Gestik fasziniert waren. Sogar Sabrina war zunächst von ihr beeindruckt.

Sie tat sehr viel für mich, zum Beispiel übernahm sie es, mich zu frisieren, weil sie davon überzeugt war, daß sie mein Haar besser zur Geltung bringen konnte. Aimée hatte ihr erzählt, daß ich eine französische Zofe gehabt hatte, die sich aber als Diebin entpuppt und mit meinem wertvollen Schmuck das Weite gesucht hatte.

»Ich kann es immer noch nicht glauben«, wandte ich ein. »Ich habe Jeanne so gut gekannt.«

»Aimée hat mir erzählt, daß sie aus den Slums von Paris kam«, gab sie mir zu bedenken.

»Oh, das ist eine lange Geschichte, aber ich verdankte ihr sehr viel. Ich werde nie daran glauben, daß sie aus dem Grund verschwunden ist, den alle annehmen.«

»Ach, die Menschen sind oft merkwürdig. Sie sind einerseits gut, aber anderseits auch wieder schlecht... und wenn das Böse in einem Menschen steckt, bricht es einmal durch, und dann erkennt man erst sein wahres Wesen.«

Sie änderte meine Kleider. »Ein kleiner Abnäher... so... und wir betonen damit die schlanke Taille. Der Ausschnitt etwas tiefer, so daß wir den weißen Hals zur Geltung bringen und gerade noch den Ansatz der Brüste frei lassen. Der Rock müßte weiter sein und sich unterhalb der Taille bauschen. Ich werde ein Kleid für Sie anfertigen, in dem Sie wunderschön aussehen werden. Ja, liebe Clarissa, erlauben Sie mir, Ihnen ein Kleid zu nähen, damit ich Ihnen beweise, wie glücklich ich hier bin.«

Manchmal sprach sie davon, daß sie nach Frankreich zurückkehren müsse, und dann redeten wir ihr zu, noch eine Weile zu bleiben. Ein Monat verging, und sie war immer noch da.

Es war nicht zu übersehen, daß sie gern blieb und daß sie unglücklich gewesen wäre, wenn sie uns hätte verlassen müssen. Sie hing an ihrem Enkel, nahm ihn auf den Schoß und erzählte ihm Geschichten aus Frankreich: Wie die Kinder nach einem Regentag Schnecken in Körben sammeln und in die Küche bringen, wo sie mit Knoblauchbutter zubereitet werden; wie die Trauben gelesen werden und die Männer sie in großen Bottichen mit den Füßen stampfen; wie man am Weihnachtsabend Schuhe an den Kamin stellt; dann kommen die Geschenke hinein, und die Kinder packen sie am Morgen aus.

Auch Sabrina hörte ihr gern zu und konnte sich ihrem Charme nicht entziehen.

Dann kam der Tag, an dem ich sicher wußte, daß ich schwanger war. Ich war so glücklich, daß ich zum ersten Mal nicht mehr an Jeanne dachte.

Lance war entzückt. Seine Begeisterung darüber war sogar noch größer als die Spielleidenschaft. Endlich ein Kind, was für eine großartige Neuigkeit! Natürlich wünschte er sich einen Sohn, und ich fragte mich, ob er Wetten darauf abschließen würde – gewundert hätte es mich keinesfalls. Mir war es gleich, ob es ein Junge oder ein Mädchen wurde, wenn ich nur ein Kind hatte.

Aimée sagte: »Meine Mutter freut sich mit dir, denn sie liebt kleine Kinder sehr. Sie ist nur traurig darüber, daß sie nicht mehr hier sein wird, wenn es zur Welt kommt.«

»Vielleicht können wir sie dazu überreden, so lange zu bleiben.«

»Würdest du das wirklich tun, Clarissa? Das wird eine schwere Aufgabe sein, weil sie das Gefühl hat, sich aufzudrängen.«

»Ach, das ist doch Unsinn, in einem so großen Haushalt. Außerdem tut sie soviel für mich; sie ist nie müßig, und Jeanne ist ohnehin nicht mehr da...«

»Du denkst immer noch an sie, nicht wahr, Clarissa?«

»Ich habe sie immer für eine wahre Freundin gehalten.«

»Daß man sich so in Menschen täuschen kann.«

Schließlich gelang es mir, Aimées Mutter dazu zu überreden, bis zur Geburt des Kindes bei uns zu bleiben.

»Sie werden mir bestimmt eine große Hilfe sein«, erklärte ich ihr, damit sie nicht mehr das Gefühl hatte, sie nütze unsere Gastfreundschaft aus.

»Wenn es irgend etwas gibt, das ich für Sie tun kann, sagen Sie es nur, ich freue mich, wenn ich Ihnen helfen kann.«

Die größte Freude für mich waren die Vorbereitungen für den neuen Erdenbürger und die Gespräche, die ich mit Lance darüber führte. Sogar seine Spielleidenschaft wurde durch diese Pläne eingedämmt.

»Vielleicht werden wir es doch noch zu einer großen Familie bringen, Clarissa, was meinst du?«

»Ich möchte am liebsten zehn Kinder haben.«

Er lachte. »Fangen wir einmal mit einem an.«

In der ersten Zeit machte ich immerzu Einkäufe. Ich erstand Spitzen, Bänder und weiche Stoffe. Meist fuhr ich mit der Kutsche in das Zentrum der Stadt, stieg aus, sagte dem Kutscher, wo er mich abholen sollte, und erledigte dann meine Besorgungen. Manchmal begleitete mich Aimée oder ihre Mutter und gelegentlich nahm ich auch Sabrina mit. Es machte ihr Spaß, aber ich war immer unruhig, weil ich Angst hatte, daß etwas ihre Aufmerksamkeit erregen und sie mir davonlaufen könnte.

Am liebsten war es mir, wenn niemand mitkam; dann konnte ich gemächlich durch die Straßen schlendern und mich so lange aufhalten, wie ich wollte.

Die Straßenverkäufer hatten es mir angetan – Stände voller Äpfel und Obstkuchen, Männer, die heißes Ingwerbrot oder Wasserkresse oder Türmatten feilboten, Korbflechter, die auf dem Pflaster Stühle reparierten.

Für gewöhnlich hatte jede Innung ihre eigene Straße. Die Fischhändler lebten in Fish Street Hill, die Buchhändler in Little Britain, die Barbiere jedoch überall, denn beinahe alle Leute trugen Perükken, die ständig frisiert und gepudert werden mußten. Es gab auch den sogenannten Fliegenden Barbier, der durch die Straßen wanderte und seinen Dienst anbot. Er hatte heißes Wasser und ein Rasiermesser bei sich und verrichtete seine Arbeit auf der Straße vor den Augen der Passanten.

Nirgends auf der Welt war das Leben interessanter und abwechslungsreicher – so kam es jedenfalls mir vor, da ich auf dem Land aufgewachsen war.

Wann immer es möglich war, ging ich beim Juwelier vorbei, dessen Auslage mit den auf dem schwarzen Samt funkelnden Edelsteinen mich unwiderstehlich anzog. Vor dem Fenster befand sich ein kräftiges Gitter, und ich fragte mich immer, ob der Juwelier im Giebelzimmer oberhalb seines Ladens wirklich ruhig und fest schlafen konnte.

Und dann entdeckte ich etwas. Ich blieb stehen und starrte ihn an – meinen Bezoar-Ring, der mitten in der Auslage lag.

Es konnte nicht mein Ring sein. Oder? Vielleicht doch? Meiner hatte eine ungewöhnliche Fassung gehabt, denn er war ja schließlich ein königlicher Ring gewesen. Ich hätte schwören können, daß ich ihn wiedererkannte.

Einem Impuls folgend, betrat ich den Laden. Als ich die Tür öffnete, ertönte eine Klingel, die den Juwelier herbeirief.

»Guten Tag, Mylady«, begrüßte er mich.

»Sie haben einen Bezoar-Ring im Schaufenster«, sagte ich.

»Ach ja. Es wundert mich, daß Sie ihn erkannt haben, denn sie sind sehr selten.«

»Ich weiß. Könnte ich ihn sehen?«

»Gern.« Er holte ihn aus der Auslage und reichte ihn mir. Ich suchte die Initialen an der Innenseite – es war der Ring, den mir Lord Hessenfield geschenkt hatte.

»Ich besaß einmal genau den gleichen Ring«, sagte ich.

Er schüttelte den Kopf. »Ich glaube, dieser Ring hier ist einmalig, denn ich habe öfter Bezoar-Ringe gesehen. Früher einmal haben Könige und Königinnen und auch etliche Adelige solche Ringe getragen. Aber der hier ist etwas Besonderes; er hat Königin Elisabeth gehört, die ihn einem Höfling schenkte. Sie sehen an der Innenseite den Buchstaben ›E‹.«

Jetzt war ich meiner Sache sicher. Ich gab ihm den Ring zurück und erkundigte mich nach dem Preis. Ich war erstaunt, wie hoch er war.

»Würden Sie mir sagen, wie er in Ihren Besitz gelangte?« fragte ich.

»Natürlich. Ich kaufte ihn, wie so viele meiner Stücke. Die meisten sind ja nicht neu, und je älter sie sind, desto größer ist ihr Wert. Das trifft auch auf dieses Stück zu, das ich von einer französischen Dame erwarb.«

Mein Herzschlag setzte einen Augenblick aus. Damit hatte ich offensichtlich den Beweis für Jeannes Schuld.

»Ich habe Grund zu der Annahme, daß dieser Ring einst mir gehörte. Er wurde mir gestohlen«, stellte ich fest.

»Aber, meine liebe Dame, ich handle doch nicht mit Diebsgut.«

»Natürlich nicht wissentlich... aber wenn jemand hierher kommt und Ihnen etwas verkauft, woher wollen Sie dann wissen, ob es sein Eigentum ist?«

Jetzt wurde er besorgt.

»Es handelte sich um eine elegante Dame; sie bot mir auch schönen Smaragdschmuck an, den ich ebenfalls kaufte.«

»Könnte ich die Smaragde sehen?«

»Ein Halsband und eine Brosche«, murmelte er.

»Ja, das stimmt. Bitte zeigen Sie sie mir.«

»Ich habe sie vor ein paar Wochen verkauft.«

»Beschreiben Sie mir die Frau, die sie Ihnen verkaufte.«

»Es war eine Französin. Sie sagte, sie müsse England verlassen und unbedingt die Postkutsche nach Dover erreichen. Sie mußte unerwarteterweise nach Frankreich zurückkehren, und da sie bis zum Verkauf ihrer französischen Güter knapp an Geld war, veräußerte sie einen Teil ihres Schmucks.«

O Jeanne, dachte ich, wie konntest du nur?

Ich wollte nichts mehr hören. Ich bat ihn, den Bezoar-Ring in die Albemarle Street zu liefern, wo er das Geld dafür erhalten würde.

Er sagte es mir zu.

14

Gefahr im Wald

Lance hörte sehr interessiert zu, als ich ihm erzählte, wie ich den Bezoar-Ring gefunden hatte, und war ebenfalls der Meinung, die Schilderung des Juweliers beweise, daß Jeanne die Juwelen verkauft hatte und nach Frankreich zurückgekehrt war.

»Es wäre klüger gewesen, wenn sie sie erst in Frankreich verkauft hätte«, meinte Lance, »denn in London lief sie Gefahr, bei der Transaktion erwischt zu werden. Aber wahrscheinlich wollte sie bei der Überfahrt nichts so Kostbares bei sich haben. Obwohl das Geld für einen Dieb eine genausogroße Versuchung ist. Ich bin jedenfalls froh, daß du deinen Ring zurückbekommen hast.«

»Auch ich freue mich darüber. Dadurch, daß er sich seit Generationen in der Hessenfield-Familie befindet, stellt er für mich einen unersetzlichen Wert dar. Wir wollen ihn natürlich unserem Kind vererben.«

»Es wird noch lange dauern, bis er ihn tragen kann.«

»*Sie* wird ihn zu gegebener Zeit bekommen.«

Lance lachte. »Wie du willst, Liebste. Ich werde dir dein Mädchen ebensowenig übelnehmen wie du mir meinen Jungen. Ich wette, wenn es ein Mädchen ist, wird es genauso sein, wie ich es mir vorstelle, und bei einem Jungen wird das gleiche für dich zutreffen.«

»Diese Wette mußt du ja gewinnen«, versicherte ich.

Sabrina wußte nicht recht, ob sie das Kind wollte oder nicht. Gelegentlich sprach sie voller Begeisterung darüber, was sie alles tun würde, sobald es auf der Welt war. Sie wollte es reiten lehren und ihm die Geschichten erzählen, die ich ihr erzählt hatte.

»Es wird noch lange dauern, bis das Baby reiten kann«, machte ich sie aufmerksam.

»Man kann nie zu früh beginnen«, bemerkte Sabrina altklug.

Dann zeigte sie sich zeitweise wieder eifersüchtig. »Du hast dieses Kind jetzt schon lieber als mich, und dabei ist es noch gar nicht da.«

»Ich liebe euch beide.«

»Man kann nicht zwei Menschen genau gleich lieben.«

»Doch, das kann man.«

»Nein. Eines muß man einfach lieber haben, und das ist immer das eigene Kind.«

»Auch du bist mein Kind, Sabrina.«

»Aber ich bin nicht als dein Kind auf die Welt gekommen.«

»Das spielt keine Rolle.«

»Mir wäre es lieber, wenn du kein Kind bekämst. Ich weiß, daß es dumm sein wird – noch dümmer als Jean-Louis.«

»Er ist nicht dumm.«

»Und ich mag auch sie nicht.«

»Wen magst du nicht?«

»Seine Großmutter. Ich mag sie nicht.«

»Ich habe geglaubt, du hörst ihr gerne zu.«

»Nicht mehr. Ich mag sie nicht, weil sie mich nicht mag.«

»Natürlich mag sie dich.«

»Und sie will das neue Kind auch nicht haben.«

»Jetzt sprichst du aber nicht die Wahrheit, Sabrina.«

»Es ist die Wahrheit, ich weiß es.«

»Sie hat das nie gesagt.«

»Sie denkt's. Ich mag sie, Aimée und Jean-Louis nicht.«

»Ach, du bist heute in der Stimmung, in der du niemanden magst.«

»Aber Onkel Lance mag Aimée.«

»Natürlich, wir alle mögen sie ja... außer dir.«

»Nein, er mag sie... anders.« Sie zog die Schultern hoch und sah mich vielsagend an.

»Wer hat dir das eingeredet?«

»Ich sah sie.«

»Was willst du damit sagen?«

»Ich sah, wie sie miteinander sprachen.«

»Warum sollen sie nicht miteinander sprechen?«

»Ich sah sie, deshalb weiß ich es. Er mag sie, und sie mag ihn... sehr.«

Es hatte keinen Sinn, auf Sabrina zu hören. Sie erzählte die wildesten Geschichten, und wenn sie merkte, daß ich darauf nicht einging, wurden die Geschichten noch toller. Sie wollte unbedingt die Aufmerksamkeit auf sich lenken, weil sie die fixe Idee hatte, daß man sie vernachlässigen würde, sobald das Kind, das ich erwartete, einmal da war.

Ich bemühte mich, besonders liebevoll zu ihr zu sein, und sie reagierte genauso liebevoll darauf, aber ihre Eifersucht nahm dennoch ständig zu.

Nach den ersten beiden Monaten der Schwangerschaft fühlte ich mich sehr schlecht. Aimée beruhigte mich. Bei ihr wäre es genauso gewesen, erklärte sie. Während der ersten Monate war ihr entsetzlich schlecht gewesen, aber es war vorübergegangen. Was für einen Tee hatte doch Jeanne immer gekocht? Sie wollte ihre Mutter danach fragen, die es sicherlich wissen würde. Aimée glaubte sich zu erinnern, daß es sich um ein in Frankreich gern angewandtes Mittel gegen die morgendlichen Übelkeiten handelte.

Madame Legrand war gern bereit, den Tee zu kochen. Sie wußte nicht, ob es derselbe war, den Jeanne gemacht hatte, aber sie besaß ein Rezept, das seit Generationen in ihrer Familie weitervererbt wurde, und wenn sie die richtigen Kräuter finden konnte, würde sie den Tee für mich zubereiten.

Sie fand die Kräuter, machte den Tee, und nachher war mir noch schlechter. Er bekam mir überhaupt nicht.

»Das stimmt nicht«, widersprach Aimée. »Oft geht es einem zuerst schlechter, wenn man ihn trinkt, und dann hilft er. Du wirst schon sehen.«

Madame Legrand war enttäuscht, denn sie war davon überzeugt gewesen, daß der Tee mir guttun würde. Sie bereitete sofort einen anderen zu, und nachdem ich ihn getrunken hatte, fühlte ich mich wesentlich besser.

»Ich glaube, jetzt haben wir den richtigen«, meinte Madame Legrand. »Der erste war zu stark.«

Lance war sehr besorgt um mich. »Du mußt dir mehr Ruhe gönnen, Clarissa«, befahl er. »Dir bleibt gar nichts anderes übrig.«

Ich ritt nicht mehr, aber ich ging gern spazieren. Lance fand, wir sollten aufs Land übersiedeln, weil das für mich besser wäre. Ich war damit einverstanden, obwohl ich nur ungern auf meine Spaziergänge durch die belebten Straßen Londons verzichtete.

Wir fuhren also aufs Land, und Lance riet mir, bis zur Geburt des Kindes dort zu bleiben. Natürlich würde er nach einiger Zeit nach London zurückkehren müssen, aber zunächst wollte er mir ein paar Wochen Gesellschaft leisten.

Als wir in Clavering Hall angekommen waren, zeigte sich Madame Legrand von dem Haus begeistert.

»Es ist wirklich schön, ein echtes, altes, englisches Landhaus. Am liebsten würde ich für immer hierbleiben.«

»Sie können so lange bleiben, wie Sie wollen«, erklärte Lance großzügig.

»Ihr Mann ist sehr unvorsichtig«, sagte sie mir lächelnd. »Hören Sie nur, was er mir anbietet. Sie können ja nicht wissen, ob ich Ihnen nicht in ein paar Monaten auf die Nerven gehen werde.«

»Ich bin davon überzeugt, Madame Legrand, daß Sie mir nie auf die Nerven gehen können, auch wenn Sie sich die größte Mühe geben«, widersprach Lance.

»Ach, Sie sind ein Charmeur«, antwortete sie.

Trotz der Tees, die Madame Legrand für mich zubereitete, ging es mir auf dem Land auch nicht besser. Einmal saß Sabrina bei mir am Bett, wie sie es jetzt oft tat. Sie leistete mir gern Gesellschaft.

»Da siehst du, was für Schwierigkeiten dieses Baby macht«, stellte sie fest. »Seinetwegen mußt du im Bett liegen. Meinetwegen mußtest du das nie tun.«

»Ach Gott, Sabrina, sei doch nicht so eifersüchtig auf das Ungeborene. Wenn es erst einmal auf der Welt ist, wirst du es genauso liebhaben wie ich.«

»Ich werde es hassen«, erklärte sie vergnügt.

Das Dienstmädchen brachte mir meinen Tee, und sobald wir allein waren, nahm Sabrina einen Schluck davon.

»Oh, schmeckt der scheußlich. Warum sind die Dinge, die einem guttun, immer so scheußlich?«

»Vielleicht bilden wir uns das nur ein.«

Sabrina dachte darüber nach. »Es gibt auch angenehme und schöne Dinge, die einem gut tun. Dein Ring gehört dazu, der, den Jeanne gestohlen hatte. Es ist ein komischer Ring, und er gehörte einmal einer Königin.«

»Das stimmt.«

»Oma Priscilla erzählte mir von ihm. Die Könige und Königinnen trugen diesen Ring, weil es Leute gab, die sie vergiften wollten, und wenn man den Ring in ein Getränk taucht, saugt der Ring das Gift auf.«

»Das stimmt ungefähr.«

Sie zog mir den Ring vom Finger und ließ ihn lachend in den Tee fallen.

»Ich bin neugierig, was jetzt passiert.«

»Es wird nichts geschehen, weil im Tee kein Gift ist.«

Sabrina Augen wurden groß. »Und wenn doch Gift drin ist? Dann könnten wir sehen, wie der Ring es aufsaugt.«

Sie steckte die Nase in den Tee. »Ich sehe überhaupt nichts.«

In diesem Augenblick kam Nanny Curlew herein. »Zeit, schlafen zu gehen, Miß Sabrina. Was tust du da?«

»Sie probiert meinen Ring aus, Nanny, meinen Bezoar-Ring.«

»Was ihr nicht alles einfällt!«

»Ich sehe, wie er das Gift aufsaugt«, rief Sabrina.

»Unsinn! Du siehst überhaupt nichts.«

»Doch, doch.«

Ich nahm ihr die Tasse weg. Ring und Flüssigkeit hatten sich nicht im geringsten verändert. »Jetzt ist der Ring naß, und ich habe überhaupt keine Lust mehr, den Tee zu trinken.«

»Ich lasse Ihnen frischen Tee bringen, Mylady«, meinte Nanny Curlew.

»Ja, bitte.«

Sabrina legte mir die Arme um den Hals. »Laß dich nicht umbringen«, bat sie.

Ich lachte. »Ich habe wirklich nicht die Absicht, Sabrina.«

Nanny Curlew brachte ein Handtuch, rieb den Ring trocken, und ich streifte ihn mir wieder um den Finger. Dann verließ sie mit Sabrina den Raum.

Eine Weile später kam Madame Legrand mit frischem Tee herein.

»Nanny Curlew hat mir erzählt, daß Mademoiselle Sabrina zuviel Fantasie hat. Sie hat mit Ihrem Ring Gift im Tee gesucht.«

»Sabrina liebt dramatische Szenen«, meinte ich lachend.

»Vor allem, wenn sie sich dadurch in den Mittelpunkt spielen kann, nicht wahr? Ich weiß, wie Kinder sind.«

Ich hatte bemerkt, daß einer der jungen Männer, die mit Lance Karten spielten, sich für Aimée interessierte. Er war nicht der erste, aber bei ihm schien das Gefühl tiefer zu gehen. Eddy Moreton war groß, schlaksig, hatte sehr helles Haar, blaßblaue Augen, eine Hakennase und ein fliehendes Kinn. Er war ein unverbesserlicher Spieler, und ich hatte gehört, daß er in einem Londoner Club in einer Nacht fünfzigtausend Pfund gewonnen und sie binnen weniger Tage wieder verspielt hatte. Er war der zweitgeborene Sohn eines reichen Vaters, hatte aber sein Erbteil am Spieltisch verloren, und seine Verwandtschaft beobachtete mißbilligend seine Eskapaden. Trotzdem war er ein angenehmer Mensch, immer gut aufgelegt, sorglos und stets zu einem Spielchen zu haben.

Ich sprach mit Aimée über ihn, denn ich war immer der Meinung gewesen, sie sollte noch einmal heiraten. Sie war jung und attraktiv und brauchte doch unbedingt jemanden, der bei Jean-Louis Vaterstelle vertrat.

»Ich mag Eddy«, gab sie zu, »aber er besitzt nur das, was er im Spiel gewinnt. Wenn ich bei der Seifenblase so viel Glück gehabt hätte wie du, müßte ich solche Dinge nicht in Erwägung ziehen. Aber so... wovon sollen wir leben?«

»Ich nehme an, daß er dich gern hat, und wenn du ihn liebst...«
»Von Liebe allein kann man nicht leben, Schwesterchen.«

Dennoch war ich davon überzeugt, daß sie Eddy mochte; jedenfalls gab sie sich ihm gegenüber so.

Ich lud ihn zum Dinner ein. Während des Essens kam das Gespräch auf meinen Bezoar-Ring.

Soweit ich mich erinnerte, hatte Madame Legrand davon begonnen und erwähnte in diesem Zusammenhang auch die Borgias. »Damals war es einfach«, meinte Eddy, »jemand loszuwerden. Man lud ihn zum Dinner ein, setzte ihm ein köstliches Gericht vor – vielleicht Neunaugen oder Spanferkel – und damit war er erledigt. Die Borgias entwickelten den Giftmord zu einer Kunst. Geschmack- und geruchlos, also faßte niemand Verdacht.«

»Deshalb hatten sie ja die Bezoar-Ringe«, warf Madame Legrand ein. »Clarissa besitzt einen. Tragen Sie ihn heute, Clarissa? Ja? Dann sind Sie ja in Sicherheit.«

Wir lachten.

»Wissen Sie überhaupt, was das für ein Stein ist?« fragte ich. »Er entsteht im Magen bestimmter Tiere und saugt Gift auf. Deshalb besaß Königin Elisabeth einen – wie so viele Monarchen in der Vergangenheit.«

Natürlich interessierten sich daraufhin alle für den Ring, und er wurde um den Tisch herumgereicht.

»Clarissas Zofe hatte diesen Ring übrigens gestohlen«, erwähnte Lance. »Clarissa bekam ihn nur durch ein Wunder wieder. Erzähl es ihnen, Clarissa.«

Also erzählte ich, wie ich den Ring in einer Auslage gesehen hatte.

»Die Chance, ihn wiederzubekommen, stand etwa eins zu einer Million«, meinte Eddy ehrfürchtig.

»Wie schade, daß niemand darauf gewettet hat«, sagte ich.

Die Gäste lachten, und der Ring landete wieder bei mir.

Wie üblich wurden nachher die Spieltische aufgestellt, und nachdem ich mich davon überzeugt hatte, daß alles in Ordnung war, ging ich hinauf. Madame Legrand begleitete mich.

»Sie werden bis in die frühen Morgenstunden spielen«, seufzte sie. »Mir wäre es lieber, wenn Aimée keine so leidenschaftliche Spielerin wäre. Und der liebe Lance spielt auch gern, nicht wahr?«

Ich nickte bekümmert, worauf sie die Schultern zuckte, mich küßte und mir eine gute Nacht wünschte.

Irgendwann kam Lance herauf. Ich wachte halb auf und merkte, daß er zu meinem Toilettentisch ging und dann das Zimmer wieder verließ. Jetzt war ich hellwach, denn ich begriff nicht, was das zu bedeuten hatte.

Kurz danach kam er wieder.

Er wirkte ernst, also nahm ich an, daß er viel verloren hatte, denn kleinere Verluste bedrückten ihn überhaupt nicht.

»Ist alles in Ordnung, Lance?« fragte ich.

Er schwieg ein paar Augenblicke, deshalb setzte ich mich auf und sah ihn an.

»Mach dir keine Sorgen«, sagte er, »nur ein bißchen Pech. Wahrscheinlich tranken wir beim Abendessen zuviel Wein... und beim Spielen tranken wir weiter. Wenn man zuviel trinkt, kommt man auf dumme Ideen.«

»War dein Verlust so groß? Sag es mir, was hast du verloren?«

»Ich muß es dir erzählen, denn ich möchte dir erklären, wie es dazu kam. Wir waren alle sehr vergnügt... wie gesagt, der Wein... und wir spielten Poker. Die Einsätze waren schon ziemlich hoch, als Eddy feststellte, daß er blank war. Er konnte nicht weiterspielen, denn wenn er verlor, steckte er so tief in Schulden, daß er nie wieder herauskam.«

»Anscheinend ist er aber doch vernünftig geworden.«

»Nein. Weil er kein Geld mehr riskieren wollte, setzte er seine diamantenbesetzte Krawattennadel. Ich gewann sie. Er trug einen Siegelring, auf dem das Familienwappen eingraviert ist, einen schweren, wertvollen Goldring. Er wollte ihn gegen einen Teil meines Besitzes einsetzen, dann sagte er aber plötzlich: ›Der Ring, den wir beim Essen sahen, den möchte ich. Wir spielen um ihn.‹ Ich widersprach. ›Nein, das ist Clarissas Ring.‹ Er rief: ›Was ihr gehört, gehört auch dir, komm schon. Ich will um den Bezoar-Ring spielen.‹ Ich erklärte ihm, daß der Bezoar-Ring unschätzbar ist und sagte: ›Er ist mehr wert als dein Siegelring, Eddy, das weißt du.‹

Darauf antwortete er: ›Schön, ich setze mein Landhaus gegen den Bezoar-Ring.‹ Die anderen waren wegen der ungewöhnlichen Einsätze völlig aus dem Häuschen und drängten uns zu spielen. Jemand rief: ›Eddy ist verrückt. Ein Haus für einen Ring!‹ Aimée saß neben Eddy und stachelte ihn an. Das Mädchen ist wirklich eine Spielernatur.«

»Du setztest also meinen Ring«, stellte ich fest.

»Ja.«

»Und du hast ihn verloren.«

Er schwieg.

»Lance, du willst doch nicht sagen, daß mein Bezoar-Ring jetzt Eddy Moreton gehört!«

Er sah mich reuevoll an. »Ich werde ihn zurückgewinnen.«

Obwohl ich Lance nie böse sein konnte, war ich es an diesem Abend. Ich war immer gegen sein unbedachtes Spiel gewesen, aber daß er um etwas gespielt hatte, das mir gehörte, machte mich rasend. Ich war genauso wütend wie damals, als er für mein Geld Anteile der Südsee-Gesellschaft gekauft hatte, ohne mich zu fragen. Ich hatte genug, und das war der Tropfen, der das Faß zum Überlaufen brachte.

»Wie konntest du das wagen!« rief ich. »Es ist genauso, als hättest du ihn gestohlen. Woher maßt du dir dieses Recht an? Setz deinen Besitz aufs Spiel, wenn du unbedingt willst... aber laß meinen ungeschoren.«

»Ich werde dir einen anderen Ring kaufen, das verspreche ich dir. Ich werde Eddy den Ring wieder abnehmen. Clarissa, es tut mir leid, es war nicht recht von mir. Aber du mußt dir vorstellen, wie es da unten zuging. Die Aufregung, die ungewöhnlichen Einsätze. In diesem Augenblick konnte ich nicht widerstehen.«

»Es ist so erbärmlich.«

»O Clarissa«, murmelte er, trat an das Bett und versuchte, mich in die Arme zu nehmen. Ich stieß ihn weg.

»Ich habe genug von deinem ewigen Spielen. Ich habe zwar keine Ahnung, wie es finanziell um dich steht, würde mich aber nicht wundern, wenn du in der Klemme sitzt. Du bist so unvernünftig wie ein Kind, das nicht nein sagen kann, selbst wenn du dir etwas aneignest, das nicht dir gehört. Ich habe nicht vergessen, was du bei der Südsee-Gesellschaft mit meinem Geld angefangen hast.«

»Dann erinnere dich auch daran, welchen Gewinn ich für dich erzielte.«

»Den erzieltest nicht du, sondern ich, weil ich vernünftig genug war, das Spiel zu beenden. Ich habe dir damals verziehen, aber das, was du heute getan hast, ist zuviel. Der Ring war mein persönlicher Besitz.«

»Es schien dir nicht sehr viel auszumachen, als du ihn das erste Mal verlorst.«

»Es machte mir sehr viel aus.«

»Aber nur, weil Jeanne ihn gestohlen hatte.«

»Du bist nicht besser als Jeanne, du hast ihn ebenfalls gestohlen. Ich kann keinen Unterschied zwischen euch erkennen. Sie stahl ihn wenigstens aus einem vernünftigen Grund, aber du wolltest nur deine Spielleidenschaft befriedigen.«

»Clarissa, ich schwöre dir, daß ich ihn wiederbekomme.«

»Ja, setz das Haus dagegen... alles, was du besitzt. Vielleicht verlierst du das auch noch. Du könntest ja auch mich als Einsatz nehmen. Bitte geh jetzt, ich bin müde und möchte meine Ruhe haben.«

Er versuchte wieder, mich umzustimmen, setzte sich auf den Bettrand, sah mich schmachtend an, entwickelte seinen ganzen Charme, aber ich wollte ihm zeigen, wie tief er mich getroffen hatte. Ich konnte und wollte ihm nicht verzeihen, daß er meinen Bezoar-Ring gestohlen hatte.

Lance hatte immer einen Horror vor Unannehmlichkeiten gehabt und war ihnen soweit wie möglich aus dem Weg gegangen – und genau das tat er, als er merkte, daß ich diesmal unerbittlich blieb.

Betrübt erhob er sich und öffnete die Tür zum Toilettenzimmer, um die Nacht auf dem unbequemen Sofa zu verbringen. Wahrscheinlich hoffte er, daß ich dann ihm gegenüber Gnade vor Recht ergehen lassen würde.

Am nächsten Tag blieb ich im Bett, weil ich mich nicht wohl fühlte. Der Schock der vergangenen Nacht war in meinem Zustand zuviel für mich gewesen, und ich war nicht imstande aufzustehen. Außerdem wollte ich allein sein und über Lance und meine Gefühle ihm gegenüber nachdenken.

Natürlich liebte ich ihn irgendwie, denn er verfügte zweifellos über Charme. Er war immer höflich und freundlich und allgemein beliebt, und ich war bei vielen Gelegenheiten stolz darauf gewesen, seine Frau zu sein. Und dennoch hatte ich manchmal den Eindruck, daß ich ihn nicht kannte – vor allem dann, wenn ihn seine Spielleidenschaft überfiel. Ich dachte an Elvira. Wie tief waren seine Gefühle für sie gegangen? Er mußte sie gern gehabt haben, wenn auch nur oberflächlich. Warum hatte er sie nicht geheiratet? Wahrscheinlich, weil sie keine passende Frau für ihn war, deshalb war er nur eine lockere Verbindung mit ihr eingegangen. Ich *war* eine passende Frau gewesen. Warum? Weil ich aus einer guten Familie kam, oder weil ich über ein genügend großes Vermögen verfügte? War das der Grund gewesen?

Ich dachte wieder einmal an Dickon. Zwischen uns war eine starke Beziehung entstanden, obwohl sich alles dagegen verschworen hatte. Unsere Beziehung war jung, unschuldig und schön gewesen, obwohl zwischen unseren Familien ebenso erbitterte Feindschaft herrschte wie zwischen den Montagues und Capulets. Dadurch kam ich natürlich auf das altvertraute Thema: Was wäre geschehen, wenn Dickon nicht verbannt worden wäre?

Sabrina besuchte mich oft, denn wenn ich krank war, wurde sie unruhig. Es war rührend, wie sehr sie an mir hing. Wahrscheinlich gab ich ihr ein Gefühl der Sicherheit, also das, wonach sich Kinder am meisten sehnen.

Sie kletterte auf das Bett und musterte mich genau.

»Du bist krank, und nur wegen diesem dummen Baby.«

»Es kommt oft vor, daß eine Frau sich nicht wohl fühlt, wenn sie ein Kind erwartet.«

»Dann ist es dumm, eines zu bekommen.«

Sie musterte mich noch einmal. »Du siehst auch ein bißchen zornig aus.«

»Ich bin nicht zornig.«

»Du siehst traurig, zornig und krank aus.«

»Du bist jedenfalls von herzerfrischender Offenheit, Sabrina. Trotzdem fehlt mir nichts.«

»Ich will nicht, daß du stirbst.«

»Sterben? Wer behauptet denn, daß ich sterben werde?«

»Niemand sagt es, aber sie denken daran.«

»Was, um Himmels willen, meinst du damit?«

Sie legte mir die Arme um den Hals und schmiegte sich an mich. »Gehen wir von hier fort, nur du und ich... Wenn du willst, nehmen wir das Baby mit. Ich werde für das Kleine sorgen. Ich möchte, daß nur wir drei beisammen sind. Keine Aimée. Kein Jean-Louis. Keine *sie*.«

»Und kein Lance?«

»Ach, der würde jetzt ohnehin lieber bei ihnen bleiben.«

»Was soll das wieder heißen?«

»Weißt du, er mag sie.«

»Wen?«

»Aimée. Er hat sie lieber als dich.«

»Das glaube ich nicht.«

Sie nickte überzeugt.

Eines der Dienstmädchen kam mit einer Tasse Schokolade ins Zimmer. Sie war heiß und duftete köstlich.

Sabrina sah sie mißtrauisch an.

Dann fragte sie plötzlich: »Wo ist der Ring?«

»Welcher Ring?«

»Dein Bezoar-Ring.«

»Ich habe ihn nicht mehr.«

»Ist er wieder gestohlen worden?«

»So ungefähr.«

Sie sah mich mit großen Augen an, und ich sprach impulsiv weiter: »Lance hat um ihn gespielt und ihn verloren.«

»Er gehört doch dir«, rief sie. »Es war böse von ihm, den Ring zu nehmen.«

Ich schwieg, und sie klammerte sich plötzlich an mich.

»O Clarissa, du darfst nicht sterben. Du darfst es einfach nicht.«

»Was redest du da? Du bist wirklich ein merkwürdiges Kind, Sabrina.«

»Ich weiß nicht... ich weiß nur, daß ich Angst habe.«

Einen Augenblick lang drückte ich sie an mich, dann schlug ich vor: »Wie wäre es mit einem kleinen Ratespiel?«

»Fein«, antwortete sie strahlend.

Während wir spielten, dachte ich darüber nach, was für ein merkwürdiges Kind sie doch war und wie sehr wir beide aneinander hingen. Von ihrer Geburt an war sie für mich mehr als eine Kusine gewesen – ich liebte sie beinahe wie ein eigenes Kind. Nur hatte sie sich jetzt eingeredet, daß Lance, Aimée und ich in eine Intrige eingesponnen waren.

Für mich war es schwer festzustellen, wieviel von meinem Verdacht auf eigenen Beobachtungen beruhte und wieviel davon auf Sabrinas Bemerkungen zurückzuführen war.

Sabrina wollte mich für sich allein haben. Sie war jetzt sogar bereit, das Kind in Kauf zu nehmen, aber sie wollte mit dem Baby und mir allein sein. Sie hatte etwas gegen die anderen, und im Augenblick war sie vor allem gegen Lance eingestellt. In ihm sah sie das Haupthindernis für ihren alleinigen Besitzanspruch auf meine Person, und mit der ihr eigenen Entschlossenheit tat sie ihr Möglichstes, um dieses Hindernis zu beseitigen.

Sie war davon überzeugt, daß Aimée und Lance meine Feinde und Madame Legrand ihre Verbündete war. In ihrer Vorstellung standen sie und ich allein diesen Feinden gegenüber. Da Lance mein Mann war, mußte eine andere Frau im Spiel sein; Sabrina kannte sich in solchen Dingen aus, weil sie gierig den Klatsch der Dienstboten in sich aufnahm.

Manchmal fragte ich mich, ob die Dienerschaft vielleicht über Lance und Aimée tratschte.

Eddy Moreton bewarb sich immer noch um Aimée. Er besaß ein kleines Haus in der Nähe von Clavering Hall. Das Stammhaus seiner Familie stand in den Midlands, aber es gab nicht die geringste Chance, daß er es jemals erben würde. Aimée ermutigte seine Werbung nicht gerade. Ich hielt meine Schwester für viel zu realistisch, um eine Ehe einzugehen, die ihr keine finanziellen Vorteile brachte.

Sabrina beobachtete sie vorsichtig. Ich fragte mich, ob jemand bemerken würde, wie intensiv sie sich mit den drei »Feinden« beschäftigte, aber gleichzeitig war ich gerührt darüber, wie sehr sie versuchte, mich zu beschützen.

Sabrina beeinflußte mich jetzt stark, denn sie säte den Samen des Mißtrauens in mein Herz. Die Einstellung, die sie in mir weckte, war ausschließlich auf ihre Fantasie zurückzuführen, und dennoch war ich nicht sicher, ob sie nicht vielleicht doch in manchen Dingen recht hatte. Manchmal hatte ich das Gefühl, daß sie einen sechsten Sinn besaß, dann wieder wies ich ihre Andeutungen als kindischen Unsinn von mir. Sie war besitzergreifend und wollte mich für sich allein haben; außerdem schwelgte sie in dramatischen Auftritten. Im Augenblick war sie damit beschäftigt, mich vor einem drohenden Unheil zu bewahren; ob sie es wirklich herannahen fühlte oder ob sie es sich nur aus Eifersucht einredete, konnte ich nicht so recht beurteilen.

Ich dachte oft an den Bezoar-Ring und fragte mich, ob er vielleicht über mehr magische Eigenschaften verfügte, als man ihm zuschrieb. Er hatte mir gezeigt, wie wankelmütig Jeanne war, und dabei hätte ich geschworen, daß ihre Ergebenheit mir gegenüber unerschütterlich und vielleicht das stärkste Gefühl in ihrem Leben war. Dank dem Ring hatte ich auch erkannt, daß Lance in seiner blinden Spielleidenschaft vor nichts haltmachen würde.

Sabrina verbarg immer weniger, daß sie Lance und Aimée beobachtete. Ich war davon überzeugt, daß die beiden es bemerken würden, und sagte es ihr.

Sie antwortete dunkel: »Ich muß sie aber beobachten. Woher soll ich wissen, was sie als nächstes vorhaben, wenn ich es nicht tue.«

Sie war fest überzeugt, daß Lance und Aimée ein Verhältnis hatten. Im Dorf hatte es ein Drama gegeben: Einer der Landarbeiter war überraschend nach Hause gekommen und hatte seine Frau mit einem anderen Mann, einem seiner Arbeitskollegen, im Bett gefunden. Er hatte ihn erwürgt und war später wegen Mordes gehängt worden. Die Dienstboten sprachen wochenlang über nichts anderes, und Sabrina hörte ihnen natürlich interessiert zu.

Eines Tages saß sie wieder bei mir, weil ich mich nicht wohl fühlte und im Bett geblieben war, und sagte plötzlich: »Vielleicht vergiftet man dich.«

»Auf was für Ideen du kommst, Sabrina! Wer sollte mich vergiften?«

»Einige. Sie tun Gift in das Essen anderer Leute.«

»Wer?«

»Leute, die jemanden loswerden wollten. Die Borgias taten es immer.«

»In diesem Haus gibt es aber keine Borgias, Liebes.«

»Nicht nur sie, auch andere tun es. Könige und Königinnen hatten früher Vorkoster, damit sie sicher waren, daß ihr Essen nicht vergiftet war.«

»Wer hat dir das erzählt?«

»Man lernt es in Geschichte. Du mußt auch einen Vorkoster haben – ich werde dein Vorkoster sein.«

»Dann würdest du das Gift schlucken, falls welches im Essen wäre.«

»Aber ich würde dich dadurch retten, und dazu sind Vorkoster ja da.«

»Das ist lieb von dir, Sabrina, aber ich glaube wirklich nicht, daß ich einen Vorkoster brauche.«

»Du wirst einen bekommen.«

Als mir an diesem Abend das Essen gebracht wurde, bestand sie darauf, bei mir zu sein und alle Speisen zu kosten, bevor ich sie aß. Das machte ihr großen Spaß.

Nachher brachte mir ein Dienstmädchen den Tee, und Sabrina beäugte ihn mißtrauisch.

»Weißt du noch, wie wir den Ring eintauchten?« fragte sie.

»Nicht wir, sondern du«, erinnerte ich sie.

Sie sah mich entsetzt an. »Du hast ja den Ring nicht mehr. Vielleicht haben sie ihn dir weggenommen, weil... weil...«

»Sabrina, mein Ring wurde verspielt.«

Sie kniff die Augen zusammen. »Das glaube ich nicht. Er wurde gestohlen, weil er das Gift aus deinem Essen entfernte.«

Dann griff sie nach dem Tee, trank einen Schluck und verzog das Gesicht. Ich nahm ihr die Tasse aus der Hand und verschüttete das Getränk dabei auf das Federbett.

Sie sah so erschrocken aus, daß ich lachen mußte. »Ach, Sabrina, ich habe dich so lieb.«

Sie legte mir die Arme um den Hals.

»Ich werde dich behalten; wir werden die Mörder fangen, und man wird sie hängen wie den armen alten George Carey, den sie aufgehängt haben, weil er den Liebhaber seiner Frau tötete. Ihn hätte ich nicht zum Tod verurteilt, aber ich würde jeden an den Galgen bringen, der dir etwas zuleide tut.«

Dieses zehnjährige Mädchen war halb Kind, halb Frau; manchmal benahm sie sich ausgesprochen kindisch, und dann wieder viel weiser, als sie eigentlich sein konnte. Sie interessierte sich leidenschaftlich für alles, was um sie geschah. Sie lauschte schamlos an Türen, beobachtete die Leute und ging ihnen nach – die Rolle als spionierende Beschützerin war so recht nach ihrem Geschmack. Einmal behauptete sie, sie hätte gesehen, wie Lance und Aimée einander küßten, und als ich ihr genau auf den Zahn fühlte, gab sie zu, daß die beiden nur nahe beisammen gestanden hatten. Wenn sich Ereignisse nicht so abspielten, wie es ihrer Meinung nach hätte sein können, veränderte sie sie in ihren Berichten, und manchmal bildete sie sich dann ein, daß es wirklich so gewesen war. Sie log nicht eigentlich – ihre Fantasie ging mit ihr durch. Als ich ihr erklärte, sie dürfe nicht behaupten, die beiden hätten einander geküßt, wenn es nicht stimmt, antwortete sie: »Na ja, aber sie hätten einander küssen können, während ich nicht hinsah.« Das war ein typisches Beispiel für ihre Logik. Vor allem war sie aber von der Idee besessen, mein Leben zu retten.

Als sie also am nächsten Tag krank war, war ich nicht sicher, ob die Krankheit nicht vielleicht... nicht gerade vorgetäuscht, aber durch ihre Fantasie hervorgerufen war; sie wollte wahrscheinlich beweisen, daß sie in bezug auf den Tee recht gehabt hatte.

Natürlich ging ich sofort in ihr Zimmer. Sie lag sehr still im Bett und blickte zur Decke. Als ich neben dem Bett niederkniete, war ich besorgt; dann bemerkte ich das befriedigte Lächeln, das über ihr Gesicht huschte.

»Sabrina«, flüsterte ich, »du tust nur so.«

»Ich war krank, ich hatte Magenkrämpfe.«

Sie mußte irgendwo gehört haben, daß das ein Vergiftungssymptom war.

»Wo?«

Sie zögerte einen Augenblick und legte dann die Hände auf den Magen.

»Bist du sicher, Sabrina, daß du es dir nicht eingebildet hast?«

Sie schüttelte entschieden den Kopf. »Dazu sind Vorkoster ja da«, flüsterte sie. »Vergangenen Abend kostete ich den Tee – ein Schluck genügte.« Sie hob die Hände dramatisch in die Höhe und verdrehte die Augen.

Ich lachte, war aber in Wirklichkeit zutiefst besorgt. »Du erfindest etwas.«

»Ich würde für dich sterben, Clarissa.«

»Nein, das wirst du nicht. Du wirst für mich leben.«

»Von mir aus.« Das klang beinahe enttäuscht.

»Wie wäre es, wenn du mit mir einen Spaziergang durch den Wald machst? Sagen wir in einer halben Stunde?«

»Kann ich nicht zuerst frühstücken? Ich bin halb verhungert.«

Ich lachte, beugte mich über sie und küßte sie.

Wir gingen durch den Wald zur Grube.

»Bitte sei vorsichtig, Sabrina«, ermahnte ich sie. »Falls du jemals allein durch den Wald gehst, komm der Grube nicht zu nahe.«

»Schön, ich verspreche es dir. Mir ist die alte Grube jetzt sowieso egal.« Offensichtlich hielt sie unser häusliches Drama für wesentlich interessanter als die Grube.

Ein paar Tage später saß ich im Garten auf der Holzbank beim Gebüsch, als Sabrina aus dem Haus kam und sich zu mir setzte. Sie sah geheimnisvoll und siegesgewiß aus; sicherlich war etwas geschehen, das sie für wichtig hielt.

»Also?« fragte ich.

»Ich habe etwas gefunden, was ein wichtiger Hinweis sein könnte.«

»Und zwar?«

»Du wirst sagen, daß das, was ich getan habe, nicht richtig war. Versprich mir, daß du nicht schelten wirst.«

»Wie kann ich das versprechen, so lange ich nicht weiß, worum es sich handelt.«

»Ich habe sie beobachtet...«

»Wen?«

»Du weißt schon, Lance und Aimée. Einmal erwische ich sie, dann wissen wir es ganz genau. Aber was ich heute entdeckt habe, ist noch wichtiger. Ihre Tür war offen, als ich vorbeiging, also schaute ich hinein. Sie saß an ihrem Frisiertischchen und nahm etwas aus einer Schublade. Sie sah es eine Weile an, und ich wollte herausbekommen, was es war.«

»Du brauchtest anscheinend sehr lange, um vorbeizugehen. Wieso konntest du überhaupt soviel sehen?«

»Na ja, ich bin eben stehengeblieben, versteckte mich, bis sie das Zimmer verließ, dann huschte ich hinein. Ich hatte gesehen, aus welcher Lade sie den Gegenstand genommen hatte, den sie betrachtete. Du kennst ja die Geheimlade – man muß eine Schublade ganz herausnehmen, dann ist hinter ihr noch eine Lade. Dort hatte sie ihn aufbewahrt, also mußte es sich um ein Geheimnis handeln. Ich sah also nach und fand... rate, was.«

»Sag es mir.«

Sie steckte die Hand in die Tasche, und als sie sie hervorzog, hielt sie den Bezoar-Ring auf der Handfläche.

Ich war so verblüfft, daß ich nach Luft schnappte. Sie beobachtete mich befriedigt.

»Er hat ihn *ihr* gegeben. Er hat ihr *deinen* Ring gegeben.«
»Nein, er hat ihn am Spieltisch verloren.«
»Das hat er dir erzählt.« Sabrinas Stimme klang verächtlich. »Sie wollte ihn besitzen. Sie sagte: ›Bring mir den Bezoar-Ring und ich werde dir gehören.‹ Also schenkte er ihn ihr.«

Ich schüttelte den Kopf, aber natürlich glaubte ich halb und halb, was sie behauptete.

Ich konnte den Blick nicht von dem Ring losreißen und war zutiefst unglücklich, denn ich sah ein, daß Sabrinas wilde Fantasien doch zum Teil auf Tatsachen beruhten.

»Sie nahmen ihn dir weg«, erklärte Sabrina inzwischen, »weil er das Gift aus dem Tee aufsog...«

Mein Lachen klang nicht sehr überzeugt. Ich wollte sie nicht merken lassen, daß ich besorgt war. Wahrscheinlich glaubte Sabrina ohnehin selbst nicht immer an die Beschuldigungen, die sie äußerte. Für sie war es ein Spiel – sie hatte Schatzsuchen und Versteckspiele immer geliebt.

»Von nun an brauchst du keinen Vorkoster mehr«, stellte sie fest, »denn du hast den Ring.«

Nachdenklich erwiderte ich: »Es ist am besten, wenn du den Ring wieder dorthin legst, wo du ihn gefunden hast.«

Sie sah mich erstaunt an, und ich ging auf ihr Spiel ein und sprach weiter: »Es ist besser, wenn sie nicht erfahren, daß wir wissen, wo sich der Ring befindet.«

Sabrina nickte.

Ich sah ihr nach, als sie über den Rasen zum Haus lief.

War es wirklich möglich, fragte ich mich. Liebte er meine Schwester? Es war durchaus vorstellbar, denn sie war attraktiv und teilte seine Spielleidenschaft. Sie ergänzten einander am Spieltisch ideal und wurden oft gemeinsam zu Spielabenden eingeladen. Mich forderte man gar nicht mehr auf mitzukommen, weil die Leute wußten, daß ich mir nichts aus Glücksspielen machte.

Wie oft hatte ich gehört, wie sie sich lachend oder angeregt über den Verlauf einer Kartenpartie unterhielten! War es wirklich so absurd? War ich absichtlich blind und taub allem gegenüber, was um mich geschah? Mußte erst ein scharfsinniges, besitzergreifendes Kind kommen, um mir zu zeigen, wie es um mich stand?

Nach dieser Szene wurde mir bewußt, daß mich etwas bedrohte. Zeitweise redete ich mir allerdings ein, daß dieses Gefühl auf meinen Zustand zurückzuführen war. Frauen haben während der Schwangerschaft die merkwürdigsten Ideen; Sabrina hatte den Verdacht in mir geweckt, und ich wurde ihn nun nicht mehr los.

Was wußte ich eigentlich von Lance? Im Grunde genommen war er ein verschwiegener Mensch, und das war um so bedenklicher, als er nicht so wirkte. Er schien immer unkompliziert, unbesonnen, sorglos zu sein, war immer freundlich... und ging Schwierigkeiten oder Unannehmlichkeiten sorgfältig aus dem Weg. War er wirklich fähig, sich an einer Intrige zu beteiligen, Pläne zu meiner Beseitigung zu schmieden – denn darauf lief es ja hinaus. Hatte er überhaupt ein Motiv? Er war mir gegenüber immer leidenschaftlich und zärtlich gewesen, mein Geliebter und mein Freund; aber ich hatte auch immer gewußt, daß seine wahre Leidenschaft dem Spiel galt, und diese Tatsache war wie ein Hindernis zwischen uns gestanden. Ich hatte ihm deutlich gezeigt, daß ich Glücksspiele für unsinnig hielt; und dann war die hübsche, elegante Aimée aufgetaucht, die beinahe genauso dem Spiel verfallen war wie er. Dazu kam noch etwas. Ich nahm an, daß er Schulden hatte, die ihm vielleicht allmählich über den Kopf wuchsen. Er mußte ständig Gläubiger vertrösten. Wenn ich starb, gehörte mein Vermögen ihm... mit Ausnahme des Hessenfield-Erbes. Aber das würde Aimée zufallen, weil laut den Verfügungen meines Onkels die überlebende Schwester die andere beerbte.

Also hatte er ein Motiv.

Ich hätte gerne gewußt, wie groß Lances Schulden waren, aber er wollte es mir nie gestehen. Wenn ich darauf zu sprechen kam, tat er das Problem mit einem Achselzucken ab, als wären Schulden für einen Gentleman etwas vollkommen Natürliches. Vielleicht befand er sich aber in einer finanziellen Zwangslage, aus der ihn nur mein Tod befreien konnte; dadurch würde er seinen Gläubigern entkommen und gleichzeitig Aimée gewinnen, falls es stimmte, daß er sie liebte. Wie sollte ich mir Gewißheit verschaffen? Er war reizend zu ihr, aber er war zu jedermann reizend; er konnte nicht anders, er mußte jedem Menschen vormachen, daß er zutiefst an ihm Anteil nahm. Vielleicht bedeutete mein Tod sogar für ihn, daß er dem Schuldturm entging und Aimée heiraten konnte.

Nein, ich konnte es nicht glauben. Zeitweise hielt ich diese Gedanken für reine Fantasiegebilde, die vollkommen aus der Luft gegriffen waren.

Wenn ich in den Wald gehen konnte, fühlte ich mich wohler. Die Bäume rauschten leise im Wind, und die Vögel sangen. Dort fand ich Frieden, und solange ich unter dem grünen Laubdach weilte, war alles selbstverständlich und normal, und meine Zweifel schwanden.

Natürlich, redete ich mir ein, hatte Eddy Aimée den Ring geschenkt. Sie hatte ihn immer schon haben wollen, und da sie wußte, wie sehr ich an ihm hing, wollte sie mich nicht wissen lassen, daß er sich in ihrem Besitz befand. Wahrscheinlich hätte sie sich dann verpflichtet gefühlt, ihn mir zurückzugeben, und das wäre ihr sehr schwergefallen.

Und die Vorstellung, daß sie und Lance ein Verhältnis hatten, war einfach lächerlich. Er war mein Mann, der mich zärtlich liebte; ich hatte nie Grund zu der Annahme gehabt, daß er mir in Gedanken oder Taten untreu wäre.

Ich ging also jeden Nachmittag, wenn Sabrina ihre Reitstunde bekam, im Wald spazieren. Sie lernte gerade springen, und das war für sie wichtiger, als mich zu begleiten.

Nach einem solchen Spaziergang ruhte ich mich einmal in meinem Zimmer aus, als ich hörte, wie Madame Legrand im Korridor Aimée etwas erzählte.

Ich stand auf und streckte den Kopf zur Tür hinaus.

»Ist etwas geschehen?« fragte ich.

»Ach Gott«, sagte Madame Legrand sehr schuldbewußt, »jetzt habe ich Sie geweckt, das ist sehr *méchante* von mir. Aber mein Herz klopft so stark, daß ich glaube, es springt mir aus der Brust.«

»Maman hat in der Nähe der Gemeindewiese einen Schock erlebt«, erklärte Aimée. »Dort lagern nämlich Zigeuner, und einer von ihnen trieb sich im Gebüsch herum. Er rief ihr etwas zu, als sie vorüberging... wahrscheinlich wollte er ihr die Zukunft weissagen.«

»Er sah so böse aus«, warf Madame Legrand ein, »daß ich zu laufen begann.«

»Und er lief ihr nach – bildete sie sich jedenfalls ein«, fuhr Aimée fort. »Arme Maman, ruhe dich ein Weilchen aus; ich bringe dir eine Tasse Tee.«

»Und jetzt haben wir die arme Clarissa auch noch aufgeweckt. Kümmere dich um sie, Aimée, ich gehe inzwischen auf mein Zimmer. Bitte verzeihen Sie uns, Clarissa.«

»Ach, es macht nichts«, versicherte ich ihr, »ich schlief ohnehin nicht. Es tut mir leid, daß Sie so erschrocken sind.«

Ich ging wieder zu Bett, und kurz darauf kam Sabrina herein, um mir zu erzählen, wie hoch das Pferd gesprungen war, und daß Job, ihr Reitlehrer, behauptet hätte, er habe noch nie eine so gute Schülerin gehabt.

Sie war so stolz auf ihre Leistung, daß alles andere daneben verblaßte; es interessierte sie nicht einmal, daß ein Zigeuner Madame Legrand erschreckt hatte.

Einige Tage später ging ich wieder im Wald spazieren. Mein Lieblingsplatz war eine kleine Lichtung, an deren Rand eine alte Eiche stand, unter die ich mich oft setzte. Von diesem Platz aus konnte ich gerade noch durch die Bäume die Grube erblicken. Während ich friedlich dort saß, überlegte ich mir, wozu die Grube wohl in prähistorischen Zeiten gedient hatte, oder ich beobachtete die Bewegungen meines Kindes. Ich sehnte mich so sehr danach, es endlich in den Armen zu halten.

An diesem Nachmittag hatte ich ein merkwürdiges Gefühl. Ich fragte mich nachher, ob es vielleicht eine Vorahnung gewesen war; aber von dem Augenblick an, als ich den Wald betreten hatte, hatte ich eine Art Unbehagen empfunden. Ich kannte dieses Gefühl aus Enderby, es war, als beobachtete mich jemand oder als braue sich eine Gefahr zusammen. In Enderby hatten die Diener behauptet, es wäre der Geist, der im Haus spukte, aber im Wald gab es doch keine Geister.

Als ich die Lichtung erreichte, verging das Unbehagen. Ich saß friedlich unter der Eiche und dachte an mein Kind. Nächstes Jahr um diese Zeit wirst du bei mir sein, mein Kleines, sagte ich ihm. Wenn doch die Wartezeit schon vorüber wäre.

Und dann war das Gefühl wieder da, und jetzt wußte ich, daß ich nicht allein war.

Ich sah mich schnell um und glaubte, einen dunklen Schatten zwischen den Baumstämmen verschwinden zu sehen.

Ich blieb ruhig sitzen und durchforschte den Wald mit den Blicken, konnte aber nichts entdecken.

Natürlich hatte ich es mir nur eingebildet; ich lehnte mich wieder zurück. Aber da war es wieder... Schritte, die unheimliche Gewißheit, daß mich etwas Böses bedrohte.

Ich wollte nach Hause zurück, aber dazu mußte ich den Wald durchqueren, und plötzlich fürchtete ich mich vor dem, was vielleicht zwischen den Bäumen auf mich lauerte. Nur – es gab keine andere Möglichkeit, und es war unsinnig, daß ich vor dem vertrauten Weg Angst hatte.

Da ich schon etwas schwerfällig war, brauchte ich eine Weile, um aufzustehen, und während ich mich hochrappelte, bewegte sich etwas hinter mir. Ich wollte mich umdrehen, aber in diesem Augenblick erhielt ich einen Schlag auf den Hinterkopf. Wahrscheinlich wurde ich kurz ohnmächtig, denn als ich wieder zu mir kam, wurde mir bewußt, daß man mich über den Boden schleifte. Ich roch die Erde, das Gras streifte meine Hände, und in mir erwachte das Entsetzen.

Jemand zog mich zur Grube.

Ich konnte meinen Angreifer nicht erkennen. Es war eine Gestalt in einem dunklen Umhang mit Kapuze; ich war nicht einmal sicher, ob es sich um einen Mann oder eine Frau handelte. Ich lag auf dem Bauch, und in meinem Kopf pochte es; mir wurde klar, daß ich nicht mehr lang zu leben hatte.

Sabrina, o Sabrina, dachte ich, du hattest doch recht.

Plötzlich rief eine Stimme: »Clarissa! Clarissa!«

Mein Angreifer ließ mich los, und die Zeit schien stillzustehen. Die Stimme gehörte Sabrina; wahrscheinlich träumte ich. Es waren meine letzten bewußten Augenblicke vor dem Tod, und es war bezeichnend, daß ich an Sabrina dachte.

Dann folgte Stille. Was war geschehen? Ich befand mich immer noch auf ebenem Grund, durch die Blätter fielen Sonnenstrahlen, und ich lag im Gras.

Ich versuchte aufzustehen und hörte wieder Sabrinas Stimme. »Clarissa, Clarissa, hat man dir etwas getan?«

Dann kniete sie neben mir; durch den Schleier, der sich über meine Augen legte, konnte ich ihr besorgtes Gesicht nur verschwommen erkennen.

»Clarissa, meine liebe, liebe Clarissa. Geht es dir gut? Du bist doch nicht tot, nicht wahr?«

»Sabrina.«

»Ja, ich suchte dich. Buttermilch war heute schlecht aufgelegt und wollte nicht springen. Job meinte, wir sollten ihn lieber in Ruhe lassen. Deshalb ging ich dir nach, um mit dir zu sprechen. Dann hörte ich dich rufen und sah...«

»Was sahst du?« Ich kämpfte mit aller Kraft dagegen an, wieder in Ohnmacht zu fallen. »Sabrina, was hast du gesehen?«

»Jemand zog dich über den Boden.«

»Wer war es? Wer?«

Mir kam vor, daß sie endlos zögerte, bevor sie antwortete. O Gott, betete ich, gib, daß es nicht Lance war.

»Ich weiß es nicht, er war verkleidet. Ein weiter Mantel und eine Kapuze, die das Gesicht verdeckte.«

»Oh, Sabrina, ganz gleich, wer es war, er wollte mich töten. Ich fühlte es schon, als ich heute in den Wald kam, etwas Böses lauerte darin.«

»Du mußt ins Haus zurück. Kannst du gehen?«

»Ich glaube schon.«

»Eigentlich sollte man dich tragen, aber ich kann nicht fortgehen und dich allein lassen, *es* könnte wiederkommen.«

Ich hatte mich aufgesetzt, und mich an sie gelehnt, und sie legte mir den Arm schützend um die Schultern.

»Ach, Sabrina, es war entsetzlich.«

»Es war ein Mordversuch. Wenn ich nicht gekommen wäre, hätte man dich getötet.«

»Du hast mir das Leben gerettet, davon bin ich überzeugt. Er wollte mich in die Grube werfen.« Sabrina schauderte.

»Ich wußte, daß ich dich retten würde, ich wußte es.«

Einen Augenblick lang klammerten wir uns aneinander. Dann sagte ich: »Wir müssen zurückgehen. Wenn er wiederkommt...«

»Dann bringe ich ihn um.«

»Hilf mir beim Aufstehen.«

Sie stützte mich. Mich schwindelte, ich tastete am Hinterkopf eine große Beule und hatte Angst, wieder das Bewußtsein zu verlieren.

Dann dachte ich erschreckt an das Baby. In diesem Augenblick bewegte es sich, und ich frohlockte, denn es hatte bei dem Angriff offensichtlich keinen Schaden davongetragen.

Sabrina legte den Arm um mich, und obwohl sie nur ein zehnjähriges Mädchen war, fühlte ich mich bei ihr sicher und geborgen.

Schwankend machten wir ein paar Schritte.

»Es ist ja nicht weit«, tröstete mich Sabrina. »Wirst du es schaffen, Clarissa?«

Ich war fest dazu entschlossen.

Als wir in Sichtweite des Hauses gelangten, erblickte ich Lance, der zum Stall ging. Er sah uns, blieb stehen und starrte uns an.

»Clarissa, Sabrina, was ist geschehen?« rief er. Er lief uns entgegen, und als ich ihm ins freundliche, besorgte Gesicht sah, schämte ich mich, weil ich auch nur einen Augenblick lang hatte annehmen können, daß er mir etwas Böses wünschen oder gar zufügen würde.

»Man hat mich im Wald überfallen.«

»Mein Gott! Ist dir etwas geschehen?«

»Ich bin reichlich erschüttert und habe eine Beule auf dem Kopf. Sabrina hat mir das Leben gerettet.«

Sabrina strahlte, nickte und lächelte. Dann erklärte sie aufgeregt: »Etwas zwang mich, in den Wald zu gehen und Clarissa zu retten. Ich kam gerade noch zurecht. Ich sah den Mann... oder was immer es war... er trug eine Kutte wie ein Mönch, und Clarissa lag auf dem Boden. Er schleppte sie zur Grube.«

»Was erzählst du da?« fragte Lance.

»Es stimmt«, bestätigte ich. »Jemand überfiel mich, aber er

wollte mich nicht berauben. Er schleifte mich über den Boden, auf die Grube zu.«

»Das klingt verrückt. Aber du mußt jetzt ins Bett.« Er hob mich hoch, und die Zärtlichkeit in seinem Blick berührte mich tief.

Als wir die Halle betraten, kam Madame Legrand gerade die Treppe herunter. Sie sah mich, blieb stehen und murmelte: »*Mon Dieu.*«

Lance sagte: »Clarissa ist im Wald überfallen worden. Wir müssen sie zu Bett bringen.«

Er trug mich die Treppe hinauf; Sabrina und Madame Legrand bleiben ihm auf den Fersen.

»Überfallen, sagen Sie? Wer hat Sie überfallen? Ist mit dem Kind alles in Ordnung, mit dem kleinen *bébé*?«

»Ich glaube, daß weder Clarissa noch dem Kind etwas zugestoßen ist«, sagte Lance. »Ich werde den Wald durchsuchen lassen, vielleicht finden wir eine Spur von dem Übeltäter. Außerdem müssen wir die Nachbarn warnen.« Wir hatten das Schlafzimmer erreicht, und er ließ mich sanft auf das Bett gleiten. »Ich werde vorsichtshalber den Arzt holen lassen.«

»Ich werde sie pflegen«, machte sich Madame Legrand erbötig. »Ich werde dafür sorgen, daß sie wieder gesund wird.«

»*Ich* bleibe bei ihr«, stellte Sabrina fest.

»Nein, nein«, murmelte Madame Legrand, »sie braucht Ruhe.«

Sabrina wiederholte eigensinnig: »Ich bleibe bei ihr.«

Ich mußte über meine kleine Beschützerin lächeln. »Mir wäre es am liebsten, wenn Sabrina bei mir bliebe.«

Madame Legrand wollte protestieren, aber Lance schlug sich auf meine Seite: »Wenn du es so haben willst, Clarissa...«

Sabrina lächelte selbstgefällig.

Inzwischen war auch Nanny Curlew hereingekommen, die erfahren hatte, was vorgefallen war. Es überraschte mich immer wieder, wie schnell sich solche Dinge herumsprachen. Sie fand, daß ich dringend eine Tasse heißen, süßen Tee brauchte; es gab nichts Besseres, um die Nachwirkungen eines Schocks zu überwinden. Sie wollte ihn mir sofort zubereiten.

Lance verließ das Zimmer, um einen Diener zum Arzt zu schikken, dann kam er zurück und setzte sich an das Bett. Auf der anderen Seite hielt Sabrina Wache. Als Nanny Curlew den Tee brachte, griff Sabrina nach der Tasse und kostete ihn.

»Er ist nicht für dich bestimmt, mein Fräulein«, protestierte Nanny Curlew.

»Ich weiß, aber ich bin der Vorkoster.«

Sabrinas Anwesenheit beruhigte mich, und ich war glücklich, sie bei mir zu haben. Sie war für mich wichtiger als Lance, und das war bezeichnend. Wenn ich Lance ansah, der neben meinem Bett saß und mich besorgt und zärtlich musterte, konnte ich ihn unmöglich verdächtigen, und dennoch... ganz hatte ich meine Zweifel und Ängste nicht überwunden. Deshalb wandte ich mich Sabrina zu; sie war die einzige, deren Treue ich vollkommen sicher sein konnte.

Als der Doktor eintraf, untersuchte er mich genau. Ich hatte eine große Beule auf dem Kopf, und meine Arme und Beine waren zerschunden. Zum Glück schien dem Kind bei dem Abenteuer nichts zugestoßen zu sein. Aber der Schock war für mich sicherlich ärger gewesen, als ich glaubte, und deshalb mußte ich einige Tage im Bett bleiben und kräftige Nahrung zu mir nehmen. Wenn ich mich daran hielt, würde ich in einer Woche wieder auf den Beinen sein.

Die Neuigkeit machte die Runde. Madame Legrand war von einem Zigeuner verfolgt worden, und jetzt hatte man mich im Wald überfallen. Am nächsten Tag stürzte Aimée atemlos ins Haus. Sie war im Wald von einer Gestalt in einem dunklen Umhang gejagt worden; das Gesicht konnte sie nicht erkennen, weil es durch die Kapuze verdeckt war. Sie hatte es gerade noch geschafft, den Waldrand zu erreichen, bevor der Verfolger sie einholte. Als sie auf freies Gelände kam, verschwand er.

»Es muß ein Verrückter sein, der sich durch Mantel und Kapuze unkenntlich macht«, erklärte Lance. »Ich werde den Wald durchsuchen lassen, wir müssen ihn fangen.«

Anscheinend erfuhr der Angreifer von diesen Maßnahmen, denn er tauchte nicht wieder auf.

Meine Genesung machte rasche Fortschritte. Sabrina hielt sich ständig bei mir auf, und allmählich stellte sich heraus, daß die Ereignisse sich günstig auf sie ausgewirkt hatten. Sie hatte nie verwunden, daß ihr Ungehorsam am Tod ihrer Mutter schuld gewesen war. Jetzt hatte sie mir das Leben gerettet, und dadurch ihre Verfehlung gutgemacht. Sie hatte jemanden das Leben gekostet und jemand anderem das Leben gerettet; die Rechnung ging auf.

Es machte mir Spaß, sie um mich zu haben und zu beobachten, wie ernst sie ihr Amt als Vorkosterin nahm. Sie sprach ganz unbefangen von dem Kind und bewunderte sogar die Babysachen, die schon bereitlagen.

Ich bemerkte, daß ich bei meinem Abenteuer eine Granatbrosche verloren hatte. Sie war nicht sehr wertvoll, aber ich hing an ihr, weil Damaris sie mir vor langer Zeit geschenkt hatte.

Ich erzählte Sabrina davon. »Die Schließe war schon schwach; sie muß aufgegangen sein, als ich über den Boden gezogen wurde.«

»Ich werde sie finden«, versprach Sabrina, die davon überzeugt war, daß sie alles schaffte, was sie sich vornahm.

»Laß es lieber bleiben, und geh nicht allein in den Wald.«

Sabrina nickte schweigend.

Zwei Tage später, als ich gerade mein Nachmittagsschläfchen hielt, stürzte sie ins Zimmer.

Es war nicht zu übersehen, daß sie aufgeregt war. Ihre Hände waren schmutzig, und ihre Kleider sahen aus, als wäre sie am Boden herumgekrochen.

»Rate, was ich gefunden habe, Clarissa!«

»Meine Brosche?«

Sie schüttelte den Kopf und antwortete langsam: »Schau, das habe ich in der Nähe der Grube gefunden – Jeannes Jean-Baptiste.«

Ich starrte das kleine Medaillon mit der Goldkette an, an dem noch Erdkrumen klebten, und sah wieder Jeanne vor mir, als sie es mir zeigte. Ihr kostbarer Jean-Baptiste, den man ihr sofort nach der Geburt umgehängt hatte und der sie bis zu ihrem Tod nicht verlassen würde.

Mir wurde schlecht. Sabrina hatte das Medaillon in der Nähe der Grube gefunden. War es möglich, daß Jeanne vom gleichen Mörder überfallen worden war wie ich, und daß niemand in der Nähe gewesen war, um sie zu retten?

Aber nein. Ihre Kleider und mein Schmuck waren ebenfalls verschwunden, und ich hatte nur den Bezoar-Ring wiedergefunden.

Die ganze Sache wurde immer rätselhafter, und meine Gedanken überstürzten sich.

Lance beschloß, die Grube untersuchen zu lassen. Soweit er wußte, war noch nie jemand in sie hinuntergestiegen, aber das war kein Grund, warum nicht jemand der erste sein sollte.

Alle auf dem Besitz beschäftigten Männer begleiteten ihn. Am Rand der Grube wurden kräftige Pfähle eingeschlagen und eine Strickleiter an ihnen befestigt. Mehrere Männer erklärten sich bereit, hinunterzusteigen.

Es war ein heißer Nachmittag Anfang Juli, und alles, was Beine hatte, hatte sich im Wald versammelt. Lance hatte mir verboten, mitzukommen; außerdem hatte der Doktor angeordnet, daß ich jeden Tag nach dem Essen ruhen sollte. Obwohl Sabrina gern mitgegangen wäre, blieb sie getreulich an meinem Bett sitzen.

Endlich kam Lance wieder. Er war blaß und ungewöhnlich ernst.

»Die arme Jeanne, wir haben ihr Unrecht getan. Sie ist zwar kaum noch kenntlich, aber ihr Kleid ist recht gut erhalten, und auch ihre alte Stofftasche – die, mit der sie aus Frankreich kam, weißt du noch?«

Ich verbarg das Gesicht in den Händen, damit Lance und Sabrina meine Tränen nicht sahen.

Jeanne, liebe, gute, zu Unrecht beschuldigte Jeanne, wie hatten wir je annehmen können, daß sie eine Diebin war? Wir hätten sie besser kennen müssen.

»Es ist ein Rätsel«, sagte Lance. »Wieso verschwand gleichzeitig der Schmuck?«

Inzwischen war Aimée ins Zimmer getreten, und ich erzählte ihr, daß man Jeannes Leiche gefunden hatte.

»In der Grube!« Aimée konnte es nicht fassen.

Lance nickte.

»Es muß ein Zigeuner... oder ein Dieb gewesen sein.«

Lance schwieg.

Ich sagte: »Aber wie erklärst du dir den abhanden gekommenen Schmuck? Wo gibt es einen Zusammenhang mit dem Überfall auf Jeanne?«

»Das müssen wir herausbekommen«, meinte Lance.

»Aber wie?« fragte Aimée.

»Nun, jemand hat dem Londoner Juwelier den Schmuck verkauft.«

»Ach ja, ich verstehe«, sagte Aimée langsam.

»Wir werden der Sache schon auf den Grund gehen«, versprach Lance. »Jetzt ist wenigstens die arme Jeanne reingewaschen. Das arme Mädchen... ein so schrecklicher Tod, und wir hielten sie für eine Diebin.« Dann riß er sich zusammen. »Ich fahre sofort nach London und suche den Juwelier auf.«

Im Dorf und in den Dienerzimmern wurde von nichts anderem als von Jeannes Schicksal gesprochen. Die meisten behaupteten, sie hätten immer gewußt, daß Jeanne ein ehrlicher Mensch war und daß ihr Verschwinden nicht mit rechten Dingen zuging – natürlich stimmte das nicht, denn die meisten hatten seinerzeit triumphierend gemeint, da sähe man wieder, wie diese Ausländer wären.

Ein paar Tage danach kam Lance aus London zurück. Es war ein stürmischer, regnerischer Tag, und die Fahrt war sehr anstrengend gewesen. Er hatte mit dem Juwelier gesprochen. Der Mann hatte, genau wie beim ersten Mal, erzählt, daß eine Französin, die dringend Geld brauchte, ihm den Schmuck verkauft hatte. Die Frage, ob er sie wiedererkennen würde, hatte er entschieden bejaht.

Am nächsten Tag waren Madame Legrand und Aimée verschwunden.

»Es war eigentlich von dem Augenblick an vollkommen klar«, meinte Lance, »als wir Jeannes Leiche fanden. Eine Französin, die den Schmuck verkaufte, konnte beinahe niemand anderer sein als Madame Legrand oder Aimée.«

»Ja«, gab ich zu, »aber wie hängt das mit Jeannes Tod zusammen?«

Lance hatte auch dafür eine Erklärung. Als Jeanne verschwand, kamen die beiden wahrscheinlich auf die Idee, daß sie den Schmuck stehlen konnten – dann würde man annehmen, daß Jeanne die Diebin war. Das trat auch prompt ein.

»Jetzt sind sie auf der Flucht«, meinte Lance. »Ich bin davon überzeugt, daß sie versuchen werden, nach Frankreich überzusetzen. Ich werde mein Möglichstes tun, um sie vorher abzufangen, weil ich gern ihre Erklärungen hören möchte. Wahrscheinlich sind sie unterwegs nach Dover, das kostet sie aber Zeit. Und wie sollen sie dorthin gelangen? Alle Pferde stehen im Stall – außerdem kann Madame Legrand nicht reiten. Ich nehme an, daß sie eines unserer kleinen Boote stehlen und versuchen werden, mit ihm die Küste bis nach Dover entlangzusegeln, wo sie an Bord eines Schiffes gehen können, das nach Frankreich fährt. Ich reite zur Küste und sehe einmal, was ich dort erfahre.«

Sabrina und ich warteten den ganzen Tag. Spät am Abend kam Lance zurück; er hatte Aimée bei sich. Sie wirkte mehr tot als lebendig und wußte nicht, was mit ihr geschah, als wäre sie in Trance. Wir brachten sie zu Bett und ließen den Arzt kommen.

Während wir auf den Arzt warteten, berichtete Lance. In ihrer Verzweiflung hatten sie sich eines der Boote angeeignet und versucht, die Küste entlangzusegeln, genau wie er angenommen hatte. Es herrschte hoher Wellengang, ihr Boot war äußerst gebrechlich, und sie wurden immer wieder ans Ufer zurückgetrieben. Als Lance sie endlich fand, hatte die Strömung sie allerdings auf das Meer hinausgetragen.

Er beobachtete sie und überlegte, wie er sie erreichen konnte, als ihr Boot kenterte, und beide Frauen über Bord gingen.

Madame Legrand versank in den Wellen, aber Lance und dem Reitknecht, der ihn begleitete, gelang es, Aimée zu retten. Sie war bewußtlos, aber als Lance sie künstlich beatmete, kam sie wieder zu sich. Er hielt es für das Beste, sie nach Hause zu bringen, und da waren sie nun.

Aimée erholte sich rasch. Sie hatte einen schweren Schock erlitten und hatte Angst, aber anscheinend war es eine Erleichterung für sie, daß sie endlich die Wahrheit sagen konnte. Sie vertraute sich uns auf Gnade und Ungnade an.

Sie war verderbt, sie war eine Betrügerin und Lügnerin, aber sie bat uns um Verzeihung und flehte uns an, ihr noch eine Chance zu geben. Sie wollte nach Frankreich zurückkehren und versuchen, sich ihren Lebensunterhalt als Schneiderin zu verdienen; es wäre am besten gewesen, wenn sie das von Anfang an getan und Frankreich nie verlassen hätte.

Aimée tat mir leid, denn von dem Mädchen, das ich in Hessenfield Castle und dann in meinem Haus erlebt hatte, war nicht mehr viel vorhanden. Sie fürchtete sich vor der Zukunft, gab sich beinahe unterwürfig und konnte das Entsetzen, das der Schiffbruch in ihr ausgelöst hatte, nicht abschütteln.

Merkwürdigerweise fürchtete sie sich vor Lance und wandte sich mehr an mich, als wäre ich der einzige Mensch, der sie vor dem Untergang retten konnte.

Als sie uns alles erzählt hatte, kamen Lance und ich überein, ihr gegenüber nicht zu hart vorzugehen, denn sie war immer unter dem Einfluß der starken Persönlichkeit ihrer Mutter gestanden. Alle ihre Taten waren darauf zurückzuführen, daß sie ihrer Mutter immer widerspruchslos gehorchte und gar nicht auf die Idee kam, selbständig zu handeln.

Die Wahrheit, wie Aimée sie uns erzählte – und ich glaube nicht, daß sie jetzt noch log, denn das hätte ja keinen Sinn mehr gehabt –, sah wie folgt aus:

Giselle Legrand war in Wirklichkeit Germaine Blanc, die als Dienerin bei meinen Eltern im *hôtel* gelebt hatte. Germaine hatte eine uneheliche Tochter, Aimée, deren Vater ein Lakai aus einem anderen *hôtel* war. Dadurch, daß Germaine in unserem Haus wohnte, bekam sie meinen Vater oft zu Gesicht; daher kannte sie seine Gewohnheiten genau und konnte detaillierte Berichte aus seinem Leben geben. Als er und meine Mutter beinahe gleichzeitig an der Pest starben, wie allgemein angenommen wurde, ergriff Germaine die Gelegenheit beim Schopf und stahl die Uhr und den Ring meines Vaters. Bei dieser Gelegenheit fand sie auch den Brief und nahm ihn an sich. Mein Vater hatte erkannt, daß er an einer tödlichen Krankheit litt, und seinem Bruder über meine Mutter und mich einen Brief geschrieben. Da er aber unsere Namen nicht erwähnte – er hatte seinem Bruder ja schon früher unseretwegen geschrieben –, konnte Germaine behaupten, daß sie diesen Brief von meinem Vater erhalten hatte und daß er sie und ihr Kind betraf.

Aimée wuchs heran, und als der Krieg vorbei war und man wieder nach England reisen konnte, sandte Germaine sie zu Lord Hessenfield. Es war allgemein bekannt, daß mein Vater ein Frauenheld gewesen war; Carlotta, meine Mutter, war nur eine unter zahlreichen anderen gewesen. Germaine konnte also ohne weiteres ebenfalls seine Mätresse gewesen sein, denn wer wußte schon, daß sie in Hessenfields Haus als Dienerin beschäftigt gewesen war? Sie war schlau und sah gut aus und war die Geliebte eines Buchhändlers am linken Seineufer geworden. Als der Hessenfield-Haushalt aufgelöst wurde, zog sie zu ihm. Sie hatte genügend Zeit, um ihren Plan in allen Einzelheiten zu entwerfen und die Zukunft ihrer Tochter zu planen. Wenn Aimée es schaffte, konnte Germaine vielleicht auch zu ihr ziehen – was sie ja dann auch tat. Aimée sollte sich Lord Hessenfield gegenüber als Tochter seines Bruders ausgeben, die gemäß dem Brief erbberechtigt war.

»Ich wollte es nicht tun«, versicherte Aimée immer wieder. »Aber ich hatte Angst vor meiner Mutter... mein ganzes Leben lang. Also fuhr ich herüber, alles klappte großartig... und das neue Leben gefiel mir. Der Gegensatz zu meinem bescheidenen Dasein in Paris war zu groß. Allmählich glaubte ich selbst daran, daß es wahr war... ich *war* deine Halbschwester, Clarissa. Alles paßte so schön zusammen, und es hätte ja wirklich so sein können. Ihr wart so freundlich zu mir... du und Lance. Ich hätte glücklich sein und vergessen können, daß es ein Schwindel war, wenn sie nicht hergekommen wäre.«

Sie schauderte und versteckte bei dieser Stelle ihres Geständnisses das Gesicht in den Händen. »Jeanne kannte meine Mutter«, fuhr sie so leise fort, daß wir sie kaum verstanden, »und wußte sofort, wer da vor ihr stand. Meine Mutter kam zu mir in das Haus und stand im Garten plötzlich Jeanne gegenüber, die sie ansah und fragte: ›Du bist ja Germaine Blanc... was machst du denn hier?‹ Meine Mutter wußte nichts von Jeanne; ich hatte vergessen, ihr darüber zu schreiben. Sie machte mir später deshalb schwere Vorwürfe. Aber damals im Garten drehte sie sich um und lief in den Wald. Dann wurde sie langsamer, so daß Jeanne sie einholen konnte.«

Ich war entsetzt, denn es war nicht schwer zu erraten, was jetzt folgen würde.

»Jeanne fragte: ›Was suchst du hier, Germaine?‹ In diesem Augenblick schlug meine Mutter sie nieder. Ich weiß nicht, ob Jeanne schon tot war, als sie sie in die Grube stieß. Aber damit war für sie der Fall erledigt. Ich war entsetzt und erschrocken, wirklich. Ich wußte natürlich, daß Jeanne unser ganzes Kartenhaus zum Einsturz bringen würde, aber ich wollte nicht ihren Tod. Ich hätte es nie tun können, das müßt ihr mir glauben. Ich war dabei, aber ich half ihr nicht. Ich bin keine Mörderin.«

»Ich glaube dir«, sagte ich.

»Meine Mutter kam sofort auf die Idee, das Ganze so zu drehen, daß man Jeanne verdächtigen mußte, mit Wertgegenständen das Weite gesucht zu haben. Ich zeigte ihr, wo sich Jeannes Kleider und der Schmuck befanden. Aber ich konnte nicht anders, Clarissa, ich mußte ihr gehorchen.«

»Und dann verkaufte deine Mutter den Schmuck einem Londoner Juwelier«, stellte Lance fest. »Das war ein Fehler.«

»Ja, das wußte sie, aber sie brauchte das Geld.«

»Und dann wollte sie mich töten«, ergänzte ich.

»Sie schmiedete Pläne, weil sie auf dem Standpunkt stand, daß sie sich das, was sie im Leben erreichen wollte, erkämpfen mußte. Dabei hatte keiner ihrer Pläne jemals Erfolg. Sie wollte Lady Hessenfields Zofe werden, und als sie auf dem besten Weg dazu war, starb Lady Hessenfield. Dann wollte der Buchhändler sie heiraten... und starb ebenfalls. Wahrscheinlich kam sie damals auf die Idee, die sie hier verwirklichen wollte.«

»Und warum wollte sie mich töten... mich Jeanne in die Grube nachfolgen lassen?«

»Damit ich das Geld erhielt, das du von Lord Hessenfield geerbt hattest. Außerdem wollte sie mich verheiraten...« Aimée wurde rot.

Großer Gott, dachte ich. Sie wollte Lance dazu bringen, daß er Aimée heiratet. Sabrinas Verdacht war also nicht unbegründet gewesen.

Aimée fuhr schnell fort: »Sie meinte, daß es mir nicht schwerfallen würde, mir einen reichen Mann zu angeln, wenn ich erst einmal im Besitz deines Vermögens war.« Dann brach sie zusammen und weinte jämmerlich. »Was soll jetzt aus mir werden? Schickt mich nach Frankreich zurück, bitte, ich werde dort Arbeit suchen.«

Lance und ich sprachen dann unter vier Augen über Aimée.

»Sie stahl den Schmuck, weil ihre Mutter sie dazu anstiftete«, sagte Lance. »Aus dem gleichen Grund gab sie sich auch als deine

Halbschwester aus. Von sich aus hätte sie alle diese Dinge nie getan.«

»Und dennoch betrog sie beim Kartenspiel, ich sah es. Ich weiß, daß sie dringend Geld brauchte... aber das ist keine Entschuldigung dafür. Außerdem hat sie meinen Bezoar-Ring.«

Lance sah mich erschreckt an. »Den muß ihr Eddy gegeben haben.«

»Es ist die einzige Erklärung. Sabrina entdeckte ihn. Du weißt ja, daß sie sich als mein Schutzengel oder mein Wachhund fühlt.«

»Gott segne das Kind.«

»Lance, ich bin beinahe froh darüber, daß alles so gekommen ist. Sabrina hat mir das Leben gerettet, das steht zweifelsfrei fest. Und so ein Erlebnis hat sie gebraucht, um den unglückseligen Zwischenfall auf dem Eis zu vergessen.«

Lance umschloß mein Gesicht mit beiden Händen. »Der Preis für diese Lehre hätte sehr hoch sein können.« Plötzlich verließ ihn seine Selbstbeherrschung, er riß mich an sich, und einen Augenblick lang erkannte ich, welche Angst er um mich ausgestanden hatte. Ich war tief beschämt, weil ich an ihm gezweifelt hatte.

»Was soll jetzt mit Aimée geschehen?« fragte ich ihn.

»Das mußt du entscheiden. Eigentlich sollte man das arme Kind nicht wegen Mordes anklagen. Vielleicht wegen Beihilfe, aber auch da gäbe es mildernde Umstände. Ich glaube, daß Aimée jetzt, da sie nicht mehr unter dem Einfluß ihrer Mutter steht, auf dem rechten Weg bleiben wird. Das Hessenfield-Geld gehört jetzt dir... falls noch etwas davon da ist. Wir können sie nach Frankreich zurückschicken und ihr dort einen Schneiderladen einrichten. Vielleicht wäre das überhaupt das Beste für sie. Was den Diebstahl betrifft, müßten wir eine Klage gegen sie einbringen, aber ich bin davon überzeugt, daß das nicht nach deinem Sinn wäre.«

Damit hatte er natürlich recht.

Ich erzählte Aimée von diesem Gespräch, und sie war uns sehr dankbar.

»Alles wäre anders gekommen«, meinte sie, »wenn mein Mann am Leben geblieben wäre. Ich hätte weiterhin im Norden gelebt, und Jeanne hätte meine Mutter nie gesehen.«

»Leider war das nicht der Fall. Du bist aber im Grunde ein so anständiger Mensch, daß du dich bei all dem Lug und Trug bestimmt nicht wohlfühltest.«

»Anständig?« Sie lachte schmerzlich. »Du hast mich beim Falschspiel erwischt, und dann kam die Sache mit dem Bezoar-Ring.«

»Ja, was war eigentlich mit diesem Ring?«

»Meine Mutter wollte, daß du ihn verlierst, weil sie dich mit ihren Tees langsam vergiftete. Sie haßte Sabrina, weil sie so mißtrauisch war. ›Woher weiß das Kind das alles?‹ fragte sie immer wieder. ›Kann sie hellsehen?‹ Sie war davon überzeugt, daß der Ring über magische Eigenschaften verfügt und sie wollte dich dieses Schutzes berauben, deshalb kam sie auf die Idee, ihn Eddy in die Hände zu spielen. Ich bin ein schlechter Mensch, Clarissa, ich bin es nicht wert, daß du so gut zu mir bist. Ich half Eddy, den Ring zu gewinnen.«

»Du willst sagen...«

»Ja, du hast mich ja schon einmal dabei ertappt. Dank meiner Beihilfe gewann er den Ring, denn ich sorgte dafür, daß er die richtige Karte bekam.« Dann brachte sie mir den Ring, und ich war so glücklich, weil ich mein Hessenfield-Erbe wieder anstecken konnte.

Das Problem Aimée löste sich auf überraschende Weise – Eddy bat sie um ihre Hand. Sie erzählte ihm alles, aber er glaubte ihr ihre Reue und war davon überzeugt, da sie an seiner Seite ein ordentliches Leben führen würde. Er liebte sie wirklich sehr.

Da sie beide fanden, es wäre besser, wenn sie die Gegend verließen, verkaufte er sein Haus und erstand um das Geld einen Bauernhof in den Midlands. Er hatte sich vorgenommen, nicht mehr zu spielen und gemeinsam mit Aimée ein neues Leben aufzubauen.

Damit stellte sich aber die Frage, was aus Jean-Louis werden sollte. Er war in unserem Kinderzimmer aufgewachsen und liebte Nanny Goswell innig. Wohin gehörte er?

Aimée war nie ein mütterlicher Typ gewesen und wollte eigentlich einen Schlußstrich unter ihre Vergangenheit ziehen. Jean-Louis war unglücklich, als er erfuhr, daß er uns verlassen und mit seine Mutter und ihrem Mann fortziehen sollte. Er lief hinter Nanny Goswell her wie ein Hündchen und ließ sie nicht aus den Augen. Nachts weinte er und hatte schlimme Träume. Am Morgen wollte er nicht aufstehen und klammerte sich am Bettpfosten fest. Einmal versteckte er sich in einer Dachkammer, und wir suchten ihn stundenlang.

Schließlich beschlossen wir, ihn bei uns zu behalten... jedenfalls vorläufig. Aimée war sichtlich erleichtert, und Jean-Louis außer sich vor Freude.

Also blieb Jean-Louis bei uns, als Eddy und Aimée wegzogen.

Trotz aller Aufregungen kam mein Kind pünktlich zur Welt. Es war ein kräftiges, gesundes Mädchen, und es war der glücklichste Augenblick meines Lebens, als ich es in den Armen hielt. Wir nannten sie Zipporah, und es dauerte nicht lang, bis sich der ganze Haushalt nur noch um sie drehte. Zum Glück war sie ein sehr friedliches Kind, das nur sehr selten weinte. Als sie etwas größer war, lächelte sie jeden strahlend an, den sie erblickte, und eroberte sich damit alle Herzen im Sturm. Lance betete sie an, und es war nicht zu übersehen, wie sehr sie an ihm hing. Jean-Louis stand stundenlang an ihrer Wiege und bewunderte sie mit großen Augen. Weil es ihr Spaß machte, rasselte er immer wieder mit einer Schachtel, in der sich Bohnen befanden, oder tat kleine, farbige Ringe in ein Säckchen und holte sie wieder heraus, als gäbe es für ihn keine schönere Beschäftigung auf der Welt.

Vielleicht widmete er sich ihr so intensiv, weil er das Bedürfnis hatte, vollkommen in unseren Haushalt aufgenommen zu werden. Jedenfalls amüsierte seine Anhänglichkeit an Zipporah alle... nur sie nicht. Sie hielt sie für selbstverständlich.

15

Die Staubperlen-Stola

Die Zeit verging, meine Tochter war schon zehn Jahre alt – ein liebenswertes Kind, das uns allen viel Freude bereitete. Leider war sie unser einziges Kind geblieben, aber Lance schien das nichts auszumachen. Er hing sehr an seiner Tochter, und sie sah ihm sehr ähnlich; sie war groß, hatte blonde Haare und leuchtendblaue Augen. Aber das Bezauberndste an ihr war ihr Lächeln.

Ich war im Lauf der Zeit auch ruhiger geworden. Ich war glücklich – es war nicht das leidenschaftliche Glück, das ich bei Dickon empfunden hatte, aber ich war inzwischen zu der Erkenntnis gelangt, daß mein Gefühl damals so intensiv gewesen war, weil ich so jung war und weil ich mich zum ersten Mal verliebt hatte. Lance war mir immer ein guter, freundlicher und zärtlicher Mann gewesen. Trotzdem war er mir nie so nahegestanden wie Dickon, obwohl ich mit letzterem nur wenige Tage zusammen verbracht hatte. An Lance hatte mich immer seine Spielleidenschaft gestört, die wie ein Schatten über unserer Ehe lag. Doch war diese Unzufriedenheit mit meiner Ehe nur ein vages Gefühl. Wenn ich ernsthaft darüber nachdachte, tadelte ich mich, weil ich das Unmögliche wollte, wie die meisten Menschen, während es um so viel vernünftiger wäre, das zu genießen, was man besitzt.

Lance befand sich oft in finanziellen Schwierigkeiten; das heißt, er balancierte ständig am Rand des Abgrunds. Kaum machte er einen größeren Gewinn, setzte er ihn schon wieder aufs Spiel. Er gab nie zu, daß er über seine Verhältnisse spielte, und es wäre sinnlos gewesen, ihn zu fragen, wie es ihm ergangen war; die Antwort hätte immer »wunderbar« gelautet. Ich war aus diesem Teil seines Lebens ausgesperrt, der ihm wichtiger war als alles andere auf der Welt.

Natürlich hatten wir auch noch Sabrina, die jetzt eine schöne junge Frau war und meiner Mutter Carlotta sehr ähnlich sah. Sie war entschlossen, eigensinnig, lebhaft und abenteuerlustig – lauter Eigenschaften, die Carlotta ebenfalls besessen hatte; aber Sabrina war außerdem bestrebt, den Schwachen zu helfen.

Wahrscheinlich hatte es damit begonnen, daß sie sich meiner

annahm, und die Bindung zwischen uns war im Lauf der Jahre noch stärker geworden. Sie kümmerte sich um mich und beschützte mich vor allen Widrigkeiten des Lebens.

Ich hatte Lance und Jean-Louis gern und liebte Zipporah, wie nur eine Mutter ihr Kind lieben kann, aber das Gefühl, das ich für Sabrina empfand, war so stark, daß sich nichts damit vergleichen ließ. Sie wußte es, und deshalb fühlte sie sich geborgen; die Eifersucht, die sie als Kind so oft gezeigt hatte, war verschwunden, sie war ein heiterer, zuversichtlicher Mensch geworden.

In diesen zehn Jahren war das Glück bei uns eingekehrt. Es war, als hätten wir uns alle aufeinander eingestellt. Nanny Curlew blieb bei uns, auch als Sabrina schon erwachsen war und keine Nurse mehr benötigte. Aber sie betreute gemeinsam mit Nanny Goswell Zipporah, und außerdem machten sich beide Nannies im Haushalt so nützlich, daß ich mir nicht vorstellen konnte, was ich ohne sie anfangen würde.

Wir wohnten abwechselnd in Clavering Hall und der Albemarle Street und besuchten gelegentlich Eversleigh, das sich sehr verändert hatte. Priscilla und Leigh lebten in Eversleigh Court; Onkel Carl versah in der Armee Dienst; Enderby war verkauft worden; das Dower House stand leer. Alles war so ganz anders als in meiner Jugendzeit, die auch schon lange vorbei war, denn ich war jetzt über dreißig.

Ich hatte immer angenommen, daß Sabrina früh heiraten würde, und es erstaunte mich eigentlich, daß sie jetzt, mit neunzehn, noch nicht einmal verlobt war. Sie war sehr attraktiv, und es hatte mehrere junge Männer gegeben, die sie heiraten wollten, darunter einige, die sehr gute Partien waren. Sabrina ließ sich ihre Bewunderung und ihre Aufmerksamkeiten gern gefallen, nahm aber keinen ihrer Anträge an.

Kurz nach Sabrinas neunzehntem Geburtstag schenkte mir Lance die Stola. Es war ein sehr schönes, mit Spitzen eingefaßtes und mit tausend kleinen Staubperlen besetztes Stück; da sie silbergrau war, paßte sie zu allen meinen Kleidern, und ich trug sie gern, wenn wir auf Partys gingen. Sie war überaus elegant und gleichzeitig auffallend und erregte überall Bewunderung.

Bei diesen gesellschaftlichen Anlässen trafen wir öfter mit einem Mann zusammen, den ich vom ersten Augenblick an nicht mochte. Er war groß und kräftig, hatte ein rotes Gesicht und war offensichtlich ein Genießer; er aß herzhaft, trank viel und war angeblich ein Schürzenjäger. Er hieß Sir Ralph Lowell, wurde aber allgemein nur Sir Rake genannt. Er hatte einen »Intimus«, einen blassen, bösartigen Mann, der ebensogroß wie Sir Rake war, aber nur halb so dick. Er hieß Sir Basil Blaydon und war nicht eigentlich häßlich, aber sein Gesichtsausdruck war abstoßend. Er hatte sehr kleine, blaßblaue Augen, die überall gleichzeitig waren und die Schwächen seiner Mitmenschen sofort erfaßten; sein schmallippiger Mund mit den herabgezogenen Mundwinkeln schien spöttisch über diese Schwächen zu grinsen.

Ich fragte Lance immer wieder: »Warum laden wir Lowell und Blaydon ein? Wir kommen doch ohne sie genausogut aus.«

»Meine Liebe«, antwortete er, »Lowell ist einer der waghalsigsten Spieler, die ich kenne.«

»Noch waghalsiger als du?«

Lance lächelte gutmütig. »Im Vergleich zu ihm bin ich geradezu vorsichtig. Nein, wir müssen Lowell zu uns bitten – außerdem würde er auf jeden Fall kommen. Ich habe erlebt, daß er ungeladen auf Partys erschien.«

»Mir wäre es lieber, wenn er nicht in unser Haus käme; das gilt auch für den Mann, der ihn immer begleitet.«

»Ach, Blaydon ist nur sein Schatten. Wenn du die beiden nicht magst, kümmere dich einfach nicht um sie.«

Jedesmal, wenn ich meinen Widerwillen vor den beiden äußerte, schob Lance meine Einwände mit einer lässigen Bemerkung beiseite, diese Methode war wesentlich wirkungsvoller als ein heftiger Protest.

Ich mußte Sir Rake also weiterhin ertragen. Natürlich war ich nicht glücklich darüber, daß sein Sohn Reginald sich mit Sabrina gut verstand. Reggie war ein armes Geschöpf und in allem das genaue Gegenteil Sir Rakes. Er war hochgeschossen, ungelenk, hatte einen blassen Teint und helle Augen und sichtlich Angst vor seinem Vater, der ihn anscheinend verachtete. Infolge eines Unfalls, den er als Kind erlitten hatte, hinkte er leicht. Seine Mutter war an einer Fehlgeburt gestorben, und Reggie war Sir Rakes einziger Sohn geblieben.

Wahrscheinlich war es typisch für Sabrina, daß sie sich für Reggie interessierte. Sabrina wollte für jemanden sorgen, sich um seine Angelegenheiten kümmern, ihn bemuttern. Der arme, leicht verkrüppelte Reggie, der vor seinem Vater zitterte und den niemand für voll nahm, paßte genau in Sabrinas Vorstellungen.

Sicherlich hatte sie zunächst Mitleid mit ihm empfunden. Keine der jungen Frauen aus unserem Bekanntenkreis legte Wert auf Reggies Gesellschaft; Sabrina wollte ihnen zeigen, daß sie bereit war, sich des armen Reggie anzunehmen und begann, sich mit ihm zu unterhalten. Zuerst war der junge Mann verwirrt; aber dann gewöhnte er sich daran, und wenn sie auf einer Gesellschaft nicht erschien, war er offensichtlich verzweifelt. Aber wenn sie anwesend war, sah er sie so anbetend an, daß ich begann, mir Sorgen zu machen.

Sie unterhielten sich miteinander, und sie brachte ihn sogar dazu, mit ihr zu tanzen. Infolge seiner Behinderung war er etwas unbeholfen, aber sie gab ihm immer das Gefühl, daß sie gern mit ihm tanzte. Und ich hörte sie einmal zu ihm sagen, daß sie am liebsten mit ihm beisammen war.

Ich sprach mit Lance darüber, der die Schultern zuckte. Er hielt es für unklug, sich in die Angelegenheiten der jungen Leute zu mischen.

»Soll sie ihn heiraten?« fragte ich.

»Wenn die beiden es wollen – warum nicht?«

»Ich will wissen, ob es klug wäre. Reggie ist von seinem Vater abhängig, und wenn ich mir vorstelle, daß Sabrina in dieses Haus übersiedelt, schaudert es mich.«

Lance dachte offensichtlich an etwas anderes, denn er antwortete nur leichthin: »Solche Dinge erledigen sich meist von selbst.«

Also beschloß ich, mit Sabrina darüber zu sprechen.

»Hältst du es für klug, dich ausschließlich Reggie Lowell zu widmen?« fragte ich sie.

»Ich mag Reggie, und er mag mich.«

»Das ist ja das Problem: Er mag dich viel zu sehr. Er ist in dich verliebt, Sabrina.«

Sie nickte lächelnd.

»Sabrina, ich weiß, daß er dir leid tut, aber ich halte es nicht für richtig, wenn du ihn auf die Idee bringst...«

»Auf was für eine Idee?«

»Na ja, daß du ihn heiraten könntest.«

»Warum sollte er es nicht annehmen?«

»Weil du ihn nicht heiraten würdest.«

»Warum nicht?«

»Ach, Sabrina, willst du wirklich behaupten, daß du in ihn verliebt bist?«

Sie schwieg, und ich fuhr temperamentvoll fort: »Na also, da siehst du's. Er tut dir leid. Das habe ich gewußt, denn ich kenne dich genau. Aber das genügt nicht.«

»Genügt nicht? Er braucht jemanden, der sich seiner annimmt, der ihm das Bewußtsein gibt, daß er für voll genommen wird.«

»Sabrina, du erweckst falsche Hoffnungen in ihm.«

»Ganz bestimmt nicht.«

»Willst du damit sagen, daß du ihn heiraten könntest?«

»Allerdings.«

»Sabrina, es gibt so viele Männer, du könntest beinahe jeden haben.«

»Ich will aber nicht jeden; ich will Reggie helfen.«

Zuerst war ich unglücklich darüber, dann dachte ich, daß sie vielleicht recht hatte. Reggie brauchte sie, und Sabrina tat das Bewußtsein gut, daß sie gebraucht wurde.

Eines Nachmittags schnitt ich im Garten Rosen, als Sabrina mich aufsuchte. Es war ein schöner Sommertag; ich hörte die Stimmen von Zipporah und Jean-Louis in der Koppel. Jean-Louis gab Zipporah Reitunterricht; sie lernte die Hecke überspringen, die die Koppel vom Feld trennte.

Ich beschäftigte mich zufrieden mit meinen Rosen, suchte mir die schönsten Blüten aus und freute mich über das herrliche Wetter. Die Bienen summten im Lavendel, der um den Teich blühte. Gelegentlich sprang ein Goldfisch; Zipporah behauptete, die Goldfische gehörten ihr, weil sie sie manchmal fütterte. Der Lavendel duftete süß, auf den Reseden saßen Schmetterlinge, und die Welt war friedlich – so glaubte ich jedenfalls.

Plötzlich stand Sabrina neben mir. Sie trug ein grünes Leinenkleid und einen großen Hut und sah kühl, schön und selbstsicher aus.

»Ich wollte, daß du es als erste erfährst, Clarissa.«

Ich drehte mich zu ihr um. Sie lächelte, und ihre schönen Augen schienen in weite Ferne zu blicken.

Ich erschrak, weil ich ahnte, was sie mir sagen würde.

»Ja, du hast es erraten. Ich werde Reggie heiraten.«

»Sabrina!«

»Ich weiß, daß du nicht damit einverstanden bist, aber ich verspreche dir, Clarissa, daß alles gutgehen wird.«

»Liebst du ihn?«

Wieder ein kurzes Zögern. »Aber natürlich«, antwortete sie schließlich gereizt.

Sie sah so schön aus – und so jung, noch gar nicht wie eine reife Frau. In ihr schlummerte sicherlich die Fähigkeit, eine leidenschaftliche, aufregende Frau zu sein; es mußte nur der richtige Mann kommen und sie wecken. Aber Reggie war bestimmt nicht dieser Mann. Sie heiratete aus Mitleid, und das war noch nie eine gute Grundlage für eine Ehe gewesen.

»Hast du es dir *sehr* gut überlegt?«

»Natürlich«, wiederholte sie leicht verärgert, was mir bewies, daß sie ihrer Sache keineswegs sicher war.

»Vielleicht solltest du noch ein bißchen warten...«

»Warten? Wozu denn? Ich werde demnächst zwanzig. In diesem Alter sind die meisten Mädchen schon verheiratet. Ach, Clarissa, ich möchte ihn für alles entschädigen, was er erlitten hat. Sein Vater ist ein schrecklicher Mensch, und Reggie hat bei ihm kein leichtes Leben gehabt.«

»Bedenke, daß er dein Schwiegervater wird!«

»Man heiratet ja nicht seinen Schwiegervater.«

»Nein, aber du wirst zweifellos oft mit ihm zusammenkommen.«

»Ich werde dafür sorgen, daß das nicht der Fall ist. Ich werde mich mit Reggie an einem anderen Ort niederlassen, und wir werden nur anstandshalber gelegentlich auf Besuch kommen. Sein Vater war nicht gut zu ihm und ist daran schuld, daß er so geworden ist, wie er ist – schüchtern, unsicher, ohne Selbstvertrauen.«

»Und du willst wirklich so einen Mann heiraten?«

»Ich will Reggie heiraten, ich kann ihm helfen.«

»Sabrina, du sollst eine Ehefrau werden und kein Heilsapostel.«

»Mach es mir nicht noch schwerer, Clarissa; es sieht dir auch gar nicht ähnlich. Du hast mich immer verstanden und mir geholfen. Du weißt doch, was Eltern ihren Kindern antun können.«

Sie hatte recht. Kinder, die leicht zu beeindrucken sind, leiden lange unter den unbedachten Handlungen ihrer Eltern. Sie hatte ihre Kindheitserlebnisse nicht vergessen; für sie war Reggie jemand, der nicht das Glück gehabt hatte, einen verständnisvollen Menschen wie mich zu finden.

Wahrscheinlich hätte ich mich mit der Heirat leichter abgefunden, wenn es nur um Reggie gegangen wäre. Mich schreckte vor allem die Tatsache ab, daß Sir Rake dann mehr oder weniger zu einem Familienmitglied werden würde. Ich haßte die Art, wie er Frauen musterte – mich inbegriffen. Er schien sie mit seinen Blicken auszuziehen.

Aber Sabrinas Entschluß stand fest, und ich wußte nur zu gut, daß niemand sie davon abbringen konnte.

Als ich mit Lance darüber sprach, zeigte er nur sehr wenig Interesse. Er war im Begriff, in den Klub zu gehen und war offensichtlich in Gedanken schon bei dem Abend an den Spieltischen.

Also wandte ich mich an Nanny Curlew, die in Sabrina fast ihr eigenes Kind sah. »Ich hätte mir zwar eine bessere Partie für Sabrina gewünscht«, war ihr Kommentar, »aber wenn sie diesen jungen Mann wirklich liebt, ist nichts dagegen einzuwenden.«

Die beiden jungen Leute hatten beschlossen, die Verlobung noch eine Weile geheimzuhalten, was mir durchaus recht war. In der darauffolgenden Zeit traf ich einige Male mit Sir Rake zusammen; einmal kam er sogar zu einem Spielabend zu uns. Reggie war nicht dabei, und die Blicke, mit denen Sir Rake Sabrina bedachte, beunruhigten mich zutiefst.

Doch dann schickte er ihr eine Einladung, die sehr herzlich klang:

Meine liebe, zukünftige Tochter,

ich kann Dir gar nicht sagen, wie sehr ich mich freute, als mir mein Sohn erzählte, daß ihr heiraten werdet. Ich habe Dich immer sehr bewundert, und es gibt niemanden, den ich lieber in unsere Familie aufnehmen würde.

Ich möchte, daß Reginald Dich zu mir bringt, so daß wir drei miteinander plaudern können. Er wird Dich morgen abend um acht Uhr abholen. Es soll ein reines Familientreffen sein, bei dem wir uns überlegen wollen, wie und wann wir die Verlobung bekanntgeben.

Erweise mir also bitte diesen Gefallen, ich habe Dir so viel zu sagen.

Ich freue mich darauf, Dein Vater zu werden.

Ralph Lowell

»Diese Einladung klingt, als würde er sich wirklich freuen«, sagte ich, als Sabrina sie mir zeigte.

»Ich halte die Geschichten über ihn für sehr übertrieben«, antwortete sie.

»Er hat sich Reggie gegenüber aber sehr schlecht benommen.«

»Es gibt viele Väter, die nicht sehr freundlich zu ihren Kindern sind.«

Sie zog für diesen Abend ein reizendes Kleid aus rosa Seide an, dessen Rock vorne aufgeschlagen war, so daß man das bestickte Unterkleid sah. Das Mieder lag eng an und war tief ausgeschnitten, und sie sah bezaubernd aus.

Da ich fand, daß sie etwas brauchte, um die Schultern zu bedecken, brachte ich ihr die Staubperlen-Stola und legte sie ihr um. Die silbergraue Stola und die zarten Perlen hoben ihr Kleid noch mehr hervor.

Die Kutsche traf um Punkt acht Uhr ein, und ein Lakai klopfte.

Vom Fenster aus sah ich zu, wie Sabrina aus dem Haus trat und in die Kutsche stieg. In diesem Augenblick ahnte ich noch nicht, was für schreckliche Folgen diese Nacht haben würde.

Lance war im Klub, und ich zog es vor, nicht daran zu denken, wie er am Spieltisch saß. Statt dessen dachte ich an Sabrina, die uns demnächst verlassen würde. Als nächste würde dann Zipporah an der Reihe sein. Obwohl es jeder Mutter schwerfiel, sich von ihrem Kind zu trennen, kam unweigerlich der Tag, an dem sie es an einen Ehemann verlor.

Etwa zwei Stunden später kam Sabrina zurück, in einen alten Mantel gehüllt, den ich nicht kannte. Sie stürzte in mein Schlafzimmer, und als sie den Mantel fallen ließ, sah ich, daß das Mieder ihres Kleides zerrissen war; auch im Rock befand sich ein Riß, ihre Wange war durch einen Kratzer verunstaltet, und sie war weiß wie ein Laken.

»Sabrina!« rief ich.

Sie warf sich mir schluchzend in die Arme, und ich brauchte lange, um sie zu beruhigen.

»Clarissa, o Clarissa, es war furchtbar... Er ist tot. Ich bin nicht daran schuld, das schwöre ich, es ist ganz plötzlich passiert, ganz überraschend.«

»Sabrina, Liebling, beruhige dich, erzähl mir, was geschehen ist.«

»Dieser Mann...«

»Du meinst Sir Rake?«

Sie nickte. »Es war schrecklich, Clarissa. Ich kämpfte gegen ihn, und ich war schon erschöpft. Ich konnte ihn nicht mehr abwehren, er war so stark. Ich trat und kratzte und schrie, und dann... Oh, Clarissa, ich habe es nicht getan.«

Ich ging zu dem Schrank, in dem Lance den Brandy aufbewahrte, schenkte ein bißchen davon in ein Glas und reichte es ihr. Ihre Zähne schlugen aufeinander, und ihre Hände zitterten so heftig, daß sie nicht trinken konnte. Ich flößte ihr ein paar Schluck von dem scharfen Getränk ein, dann sagte ich:

»Und jetzt erzähl mir alles, Sabrina, von Anfang an.«

Sie starrte vor sich hin, als erlebe sie den Alptraum noch einmal. »Als ich in die Kutsche stieg, saß Reggie nicht in ihr.«

»Ich hatte mich schon darüber gewundert, daß er nicht ausgestiegen war und dir entgegenging.«

»Ich nahm an, daß er mich aus irgendeinem Grund bei seinem Vater erwarten würde. Eine Haushälterin nahm mich in Empfang, aber ich erblickte noch immer keine Spur von Reggie. Sie sagte, Sir

Ralph erwarte mich, und führte mich die Treppe hinauf. Sie klopfte an eine Tür, wartete aber keine Antwort ab, sondern öffnete sie und verschwand. Ich trat ins Zimmer... es war ein Schlafzimmer mit einem Himmelbett. Bevor ich etwas sagen oder tun konnte, fiel die Tür ins Schloß, und Sir Rake packte mich. Ich erschrak fürchterlich. Er hielt mich fest und sagte, er hätte mich schon immer haben wollen, er lege Wert auf ein besonders liebevolles Verhältnis zwischen Vater und Tochter. Ich riß mich los und lief zum Fenster, um hinauszuspringen, aber er holte mich ein und zog mich zurück. Er hatte den Schlafrock abgelegt, den er getragen hatte... er war nackt, Clarissa. Er warf mich auf das Bett und begann an meinem Kleid zu zerren.«

Sie vergrub das Gesicht an meiner Schulter, als wolle sie die schreckliche Szene aus ihrem Gedächtnis löschen.

»Er sagte, ich sei ein kleiner Teufel, aber er liebe Teufelchen. Es wäre viel aufregender, wenn das Mädchen sich sträube. Er sagte schreckliche Dinge, Clarissa. Ich wehrte mich, so gut ich konnte, aber er war stärker als ich. Er lachte und riß an meinem Kleid – und plötzlich lockerte sich sein Griff, und dann ließ er mich los. Sein Gesicht war ganz blau, und er atmete röchelnd. Ich stieß ihn von mir... er rollte vom Bett hinunter und blieb regungslos auf dem Fußboden liegen. Er atmete nicht mehr, und seine Augen standen weit offen. Einen Augenblick lang wußte ich nicht, was geschehen war, dann begriff ich... er war tot.«

»Und du kamst nach Hause, das war das einzig Richtige.«

»Aber er... Clarissa, ich ließ ihn einfach liegen. Ich fand diesen Mantel und zog ihn an, ich mußte meine Blöße mit irgend etwas bedecken. Als ich aus dem Haus lief, kam eine Sänfte vorbei, und ich ließ mich hierher bringen. In meinem Gürteltäschchen hatte ich gerade noch soviel Geld, daß ich sie bezahlen konnte. O Clarissa, was wird jetzt geschehen?«

»Nichts. Du hast nichts Unrechtes getan, denn er war schuld daran. Du bist nicht für seinen Tod verantwortlich. Aber bist du sicher, daß er tot ist? Vielleicht wurde er nur ohnmächtig.«

»Er atmete nicht mehr, Clarissa, das weiß ich genau. Ich hatte solche Angst und lief einfach davon.«

Ich streichelte sie. »Komm, ich helfe dir beim Ausziehen, du mußt ins Bett. Ich werde dir etwas zum Trinken bringen, etwas Beruhigendes. Nanny Curlew weiß sicherlich, was dir guttut.«

Sie klammerte sich an mich. »Ich konnte an nichts anderes denken als daran, möglichst schnell zu dir zurückzukehren... weil ich mich bei dir in Sicherheit befinden würde.«

Ich verbrachte eine schlaflose Nacht. Ich blieb an Sabrinas Bett sitzen, bis Nanny Curlews Mittel wirkte und sie einschlief.

Als Lance nach Hause kam, saß ich immer noch im Wohnzimmer und überlegte. Wenn Sir Ralph wirklich tot war, würde es eine Untersuchung geben, und man würde herausfinden, daß Sabrina bei ihm gewesen war, als er starb. Das würde den Klatschmäulern reichlich Stoff liefern.

Lance sah mich verwundert an, und ich erzählte ihm alles.

»Dieses Schwein!« rief er. »Wenn er wirklich tot ist, verliert die Welt nicht viel an ihm.«

»Aber was wird aus Sabrina?«

Er gelangte zu den gleichen Schlüssen wie ich. Sicherlich würden einige Leute annehmen, daß Sabrina genau gewußt hatte, was sie in dem Haus erwartete, oder gar, daß sie schon längst ein Verhältnis mit ihm hatte und die Ehe mit Reggie nur ein Vorwand war, um den beiden mehr Gelegenheit zu geben, einander zu treffen. Sabrinas Ruf würde ruiniert sein.

Lance und ich dachten lange nach, und schließlich meinte Lance, daß ja niemand wisse, wer die Frau war, die sich bei Sir Rake befunden hatte, als er starb. Er hatte so viele Geliebte gehabt, daß niemand sich die Mühe machen würde, der Sache auf den Grund zu gehen.

Dann fiel mir der Brief ein, den er an Sabrina geschrieben hatte. Ich erwähnte ihn, und Lance erklärte mir, daß wir ihn vernichten müßten. Also holte ich ihn aus Sabrinas Zimmer, und wir verbrannten ihn.

»So«, meinte Lance, »jetzt gibt es keinen Beweis mehr dafür, daß sie dort war. Außerdem wird niemand auf die Idee kommen, daß er ausgerechnet die zukünftige Frau seines Sohnes verführen wollte.«

»Doch«, rief ich, »was ist mit den Lakaien? Seine Kutsche hat Sabrina hier abgeholt.«

Lance reagierte schnell. »Ich werde mit den Lakaien sprechen und dafür sorgen, daß sie vergessen, wen sie gestern abgeholt haben.«

»Hältst du das für klug, Lance?«

»Es gibt keine andere Möglichkeit.«

Als Sabrina am nächsten Tag aufwachte, war sie viel ruhiger. Lance und ich erklärten ihr, daß es am vernünftigsten war, wenn sie sich ganz still verhielt. Mit den Lakaien würde Lance reden, und was die Haushälterin betraf...

»Ich glaube nicht, daß sie mich erkannt hat«, unterbrach uns

Sabrina. »Es war dunkel, und sie führte mich sofort die Treppe hinauf. Das Ganze hat vielleicht eine Minute gedauert.«

»Dann können wir die Haushälterin vergessen«, meinte Lance.

Am nächsten Vormittag besuchte uns Sir Basil Blaydon, der sichtlich erschüttert war. Er platzte sofort heraus: »Habt ihr die Neuigkeit gehört? Ralph ist vergangene Nacht gestorben. Angeblich hatte er eine Frau bei sich. Wahrscheinlich ein Schlaganfall. Ich habe ihm schon immer gesagt, daß er vernünftiger leben muß, sonst würde es einmal ein böses Ende nehmen.«

»Du meine Güte!« rief Lance. »Wer war denn die Frau, die bei ihm war?«

»Das weiß man nicht. Die Haushälterin behauptet, sie habe eine Frau eingelassen, habe sie sich aber nicht genau angesehen. Sie weiß auch den Namen nicht; Sir Ralph hatte ihr nur gesagt, daß er eine Besucherin erwarte und daß man sie sofort zu ihm führen solle.«

Sobald Sir Basil uns verlassen hatte, begab sich Lance in die Stadt. Als er zurückkam, lächelte er.

»Ich habe mit den Lakaien gesprochen und dafür gesorgt, daß sie nichts mehr von einer jungen Frau wissen, die sie hier abgeholt haben. Sie werden behaupten, daß die Frau sie irgendwo in der Dover Street erwartet hat. Jetzt müssen wir uns deswegen keine Sorgen mehr machen.«

Dann kam der erste Schlag. Ich hatte vollkommen vergessen, daß ich Sabrina an diesem Abend die Staubperlen-Stola geliehen hatte und daß sie ohne sie nach Hause gekommen war. Man fand die Stola im Zimmer des Toten; weil sie ein einmaliges Stück war, wußte man sehr bald, wem sie gehörte, und damit nahm der Skandal seinen Lauf.

Bei der Frau, die bei Sir Ralph gewesen war, konnte es sich nur um Clarissa Clavering handeln.

Sabrina wollte sofort die Wahrheit gestehen, aber Lance fiel ein Ausweg ein. Er bestellte eine neue Perlenstola und befahl uns, inzwischen nicht auf die Gerüchte zu reagieren.

Dann aber kam der zweite Schlag. Sir Basil Blaydon bot einem der Lakaien einen höheren Betrag als seinerzeit Lance, und der Mann erzählte ihm, daß er die betreffende Dame aus der Albemarle Street abgeholt hatte. Wieder wollte Sabrina die Wahrheit sagen, und wieder hielt Lance sie zurück, denn die zweite Stola war inzwischen fertig geworden, und ich sollte sie bei der ersten sich bietenden Gelegenheit in der Öffentlichkeit tragen.

Doch dann konnte auch die Stolamacherin nicht den Mund halten, und bald erzählte man sich überall in der Stadt, daß Lance für seine Frau eine zweite Stola hatte anfertigen lassen.

Eines Abends kam Lance bleich und sehr ernst nach Hause; ich hatte ihn noch nie in einem solchen Zustand gesehen. »Ich habe Blaydon gefordert«, war alles, was er sagte.

»Was soll das heißen?« rief ich.

»Er beleidigte dich und mich; er behauptete, noch dazu vor Zeugen, du seist Lowells Geliebte gewesen. Morgen früh stehe ich ihm im Hyde Park gegenüber.«

»Nein, Lance, bitte nicht.«

»Es muß sein. Ich kann diese Verleumdung nicht auf dir sitzenlassen.«

»Und wenn er dich tötet?«

»Ich habe bis jetzt immer Glück gehabt.«

»Lance, laß es sein. Es ist den Einsatz nicht wert.«

»Deine Ehre ist mehr wert als diesen Einsatz.« Der Zug um seinen Mund sagte mir deutlicher als tausend Worte, daß niemand und nichts ihn von seinem Vorsatz abbringen konnte.

Ich erzählte Sabrina nichts davon, denn sie wäre vor Schuldbewußtsein verzweifelt gewesen. Glücklicherweise ging sie seit dem Zwischenfall mit Sir Rake nicht aus und traf auch nicht mit Reggie zusammen. Ich war davon überzeugt, daß die Beziehung der beiden zu Ende war, denn Sabrina würde immer, wenn sie mir Reggie beisammen war, die Szene mit seinem Vater vor sich sehen.

Ich blieb die ganze Nacht wach. Im Morgengrauen verließ Lance das Haus; er befand sich in Begleitung von Jack Etheringtone, der sein Sekundant sein sollte.

Ich setzte mich ans Fenster und wartete... wartete...

Dann trugen sie ihn ins Haus. Er blutete heftig aus einer Wunde in der Seite, und ich erkannte ihn kaum wieder, so eingefallen war sein Gesicht.

»Wir haben einen Arzt holen lassen«, sagte Jack Etheringtone. »Inzwischen sollten wir ihn zu Bett bringen.«

Das Warten schien kein Ende zu nehmen. Lance sah mich an und versuchte zu sprechen. Ich beugte mich zu ihm hinunter, um ihn besser zu verstehen.

Er flüsterte: »Ich konnte nicht anders, du mußt das begreifen, Clarissa.«

»Der Arzt wird bald hier sein«, tröstete ich ihn, »und dann wird alles wieder gut.«

Als der Arzt kam, schüttelte er ernst den Kopf. Die Kugel saß zu tief, er konnte sie nicht entfernen. Außerdem hatte Lance zu viel Blut verloren.

Lance, der kühle Gentleman, der elegante Dandy, der unverbesserliche Spieler, lag im Sterben, und sein Tod entsprach der Art, wie er gelebt hatte. Er hatte sein Leben sinnlos und unnötig weggeworfen; er war seinem Wesen bis zuletzt treu geblieben.

Lance wurde immer schwächer, war aber bei Bewußtsein und sprach zu mir. Ich versuchte, ihn zum Schweigen zu bringen, aber es schien ihn zu erleichtern, daß er mir noch sagen konnte, was er auf dem Herzen hatte.

»O Clarissa, ich habe dich immer so sehr geliebt. Aber zwischen uns war es nicht ganz so, wie es sein sollte, nicht wahr? Weil ich ein Spieler war. Ich konnte nicht damit aufhören, obwohl ich es wollte. Aber trotzdem war das Leben mit dir schön.«

Ich küßte ihn auf die Lippen und die Stirn und sagte leise: »Es war wunderbar, Lance.«

Er lächelte, schloß die Augen und verschied.

16

Die Heimkehr

Lances Tod erschütterte nicht nur mich zutiefst; auch Sabrina war vollkommen gebrochen.

»Was ist nur an mir?« fragte sie. »Warum muß ich allen Menschen Unglück bringen? Wenn ich nicht auf die Idee gekommen wäre, Reggie zu heiraten, wäre Lance heute noch am Leben.«

»Du kannst nichts für die Ereignisse dieser Nacht.«

»Ach, Clarissa, ich bin so unglücklich; die Schuld an Lances Tod trifft ganz allein mich.«

»Nein, Sabrina, sei doch vernünftig, du redest ja Unsinn.«

Wieder stand ich vor der Aufgabe, sie ihrer Schwermut zu entreißen, und ich spürte immer deutlicher, daß sie mir mehr bedeutete als meine eigene Tochter.

Zipporah war sanft und weiblich und dennoch widerstandsfähiger als Sabrina. Außerdem verband sie eine innige Freundschaft mit Jean-Louis, den sie über alles liebte.

Sabrina heiratete Reggie nicht, und er verließ bald darauf England. Ich verkaufte das Haus in der Albemarle Street, und wir zogen aufs Land.

So vergingen zehn ruhige, friedliche Jahre. Priscilla und Leigh starben. Onkel Carl kehrte nach Eversleigh zurück und übernahm die Leitung des Besitzes. Ich war jetzt dreiundvierzig und Sabrina dreißig. Die Leute wunderten sich darüber, daß sie nie geheiratet hatte. Sie war sehr schön und hatte zahlreiche Verehrer gehabt, aber sie hatte sich nie entschließen können, einem von ihnen ihr Jawort zu geben.

Wir hatten uns ganz auf das Landleben umgestellt; wir empfingen oft Gäste und machten genausooft Besuche. Die Spielabende hatten ganz aufgehört; nur gelegentlich saßen wir bei einer Partie Whist beisammen. Ich kümmerte mich viel um den Garten und zog in ihm allerhand Kräuter. Es war ein erfülltes Leben, und ich war ausgeglichen.

Im Laufe der Jahre hatten sich Jean-Louis und Zipporah immer enger aneinander angeschlossen, und es stand für uns alle fest, daß sie einmal heiraten würden. Jean-Louis wollte aber zuerst ein eigenes Einkommen haben, so daß er seine Frau selbst erhalten konnte. Er hatte sich immer für unseren Besitz interessiert und bei Lances ausgezeichnetem Verwalter Tom Staples viel gelernt. Nach Lances Tod hatte Tom mit bei Jean-Louis' Hilfe den Besitz verwaltet, und nach Toms Tod bot ich Jean-Louis diesen Posten an. Er war sofort dazu bereit, und da dem Verwalter ein eigenes Haus zur Verfügung stand, wollte er nun die Heirat nicht länger aufschieben.

Zipporah, Sabrina und ich stürzten uns mit Feuereifer in die Aufgabe, das Haus neu einzurichten. Zipporah strahlte vor Glück, und es tat mir nur leid, daß Lance das alles nicht mehr miterleben konnte.

Die Hochzeit war auf Anfang März festgesetzt, und dann war der große Tag endlich gekommen. Überall herrschte geschäftiges Treiben, der Duft von gebratenem Fleisch und frischem Kuchen zog durch das Haus. Die ersten Gäste trafen ein, und ich mußte an meine eigene Hochzeit denken. Ich wußte noch, daß ich am Altar das Gefühl gehabt hatte, Dickon stehe neben mir und schaue mich vorwurfsvoll an.

Bald würden Sabrina und ich allein sein. Ohne Zipporah und Jean-Louis würde das Haus merkwürdig still sein, und mir würde mein fröhliches Kind sehr fehlen. Aber zum Glück wohnten sie nicht weit von uns, und ich konnte sie oft sehen.

Natürlich fragte ich mich auch, ob Sabrina angesichts der Hochzeitsvorbereitungen nicht vielleicht bereute, nie geheiratet zu haben. Manchmal hatte ich das Gefühl, daß ihre Augen sehnsüchtig blickten, als sehe sie ein Glück vor sich, das sie nie erfahren hatte.

In diesem Augenblick rief sie meinen Namen.

Ich trat auf den Treppenabsatz und sah sie unten in der Halle mit einem Mann sprechen. Während ich die Treppe hinunterging, wurde das Gefühl immer stärker, daß ich den Fremden kannte, und dann rief ich plötzlich: »Ist es möglich...?«

Er wandte sich zu mir um und lächelte. Seine Augen waren noch genauso blau, wie ich sie in Erinnerung hatte.

»Ja«, sagte er, »ich bin es. Und du bist Clarissa.«

»Dickon«, flüsterte ich ungläubig.

»Der in das Land seiner Väter heimgekehrt ist.« Dann umschloß er mein Gesicht mit beiden Händen und betrachtete mich.

Ich hatte Angst. Ich war um dreißig Jahre älter als damals, hatte kaum mehr Ähnlichkeit mit dem Mädchen, das er gekannt hatte. Um meine Augen lagen Schatten, und in mein Gesicht hatten sich Falten gegraben. Meine Jugendzeit war lang vorbei.

Auch er hatte sich verändert. Er war mager, sein Gesicht sonnengebräunt, sein Haar nicht mehr so dicht und schon von weißen Strähnen durchzogen. Aber die Augen leuchteten genauso strahlend wie vor all den Jahren.

Sabrina erklärte gerade. »Ich entdeckte ihn, als er das Haus betrachtete. Er war nach Eversleigh gefahren, und Carl hatte ihm gesagt, wo du jetzt lebst. Als er mich sah, hielt er mich zuerst für dich.«

»Ja«, bestätigte er, »sie sieht dir sehr ähnlich.«

»Das ist kein Wunder, wir sind ja Kusinen.«

»Ich bin so froh, weil ich dich gefunden habe.«

Wir waren beide befangen, was schließlich begreiflich war.

»Du bist gerade zurechtgekommen, um auf der Hochzeit meiner Tochter zu tanzen«, stellte ich fest.

»Ja, Sabrina hat mir davon erzählt.«

Wahrscheinlich war das, was dann geschah, unvermeidlich. Ich hätte darauf gefaßt sein müssen. Als er England verlassen hatte, war ich ein sehr junges Mädchen gewesen, als er wiederkam, eine alternde Frau, deren Tochter soeben heiratete. Wahrscheinlich hatte er mich in Gedanken immer noch so vor sich gesehen, wie ich damals gewesen war, und vergessen, daß auch an mir die Jahre nicht spurlos vorbeigingen.

Die Hochzeit war vorbei; Zipporah und Jean-Louis waren in ihr eigenes Haus übersiedelt, und die Gäste fuhren heim. Dickon aber blieb bei uns.

Ich liebte Dickon, ich hatte ihn immer geliebt und würde ihn immer lieben. In meiner Vorstellung war er zu einer Idealgestalt geworden, und das blieb er auch jetzt.

Er erzählte uns viel von seinem Leben in Virginia. Er war einer Plantage zugeteilt worden und hatte versucht, sein Heimweh durch harte Arbeit zu überwinden. Bald schätzte ihn der Plantagenbesitzer als wertvolle Arbeitskraft, zog ihn zu verantwortungsvolleren Aufgaben heran und behandelte ihn schließlich wie ein Familienmitglied. Er wohnte sogar im Herrenhaus.

»Aber du hast nie geheiratet?« fragte Sabrina.

»Nein... obwohl die Tochter des Hauses eine Witwe mit einem kleinen Sohn war. Sie erinnerte mich an dich, Clarissa. Als ihr Vater starb, übernahm ich die Leitung der Plantage. Wir hätten heiraten können... aber ich träumte immer nur davon, einmal heimzukehren.«

In dieser Zeit blickte ich oft in den Spiegel, um zu sehen, ob ich noch etwas von dem jungen Mädchen an mir hatte, das ich einmal gewesen war. Ich war beträchtlich älter geworden, aber das galt auch für ihn. Wir waren beide reife Menschen... vielleicht ein Grund mehr, einander zu verstehen.

Ich dachte: Er wird mich um meine Hand bitten, und das ist dann das glückliche Ende unserer Geschichte. Wie im Märchen, »und wenn sie nicht gestorben sind, leben sie noch heute«.

Dickon war sehr viel mit Sabrina und mir beisammen, und wir ritten auch oft gemeinsam aus. Er erzählte uns, daß er nach dem Ende seiner Verbannungszeit noch auf der Plantage geblieben war, bis der Sohn der Witwe alt genug war, um selbst die Leitung zu übernehmen. Außerdem hatte er sich vergewissern müssen, was aus dem Familienbesitz geworden war. Er hatte erfahren, daß ein entfernter Verwandter während seiner Abwesenheit seine Güter verwaltet hatte, so daß er jetzt ein wohlhabender Mann war.

Sabrina veränderte sich in dieser Zeit, sie sah jünger aus, und ihre Wangen bekamen wieder Farbe. Ich hätte es merken müssen, es war zu offensichtlich. Aber ich war so in meine Traumwelt eingesponnen, daß ich die Tatsachen erst zur Kenntnis nahm, als ich mit ihnen konfrontiert wurde.

Sabrina und Dickon waren von einem Spaziergang zurückgekommen, als ich gerade die Treppe in die Halle hinuntergehen wollte. Ich hörte Sabrina sagen: »Ach, Dickon, was sollen wir nur tun?«

Er antwortete: »Clarissa wird es verstehen.«

»Das glaube ich nicht. Sie hat dich all die Jahre über nicht vergessen. Sie hat auf dich gewartet; sie liebt dich, Dickon, genau wie vor dreißig Jahren.«

»Auch ich liebe sie und werde sie immer lieben. Aber dich liebe ich anders, Sabrina. Clarissa ist eine Erinnerung aus der Vergangenheit, während du die Gegenwart verkörperst, du meine allerschönste Sabrina.«

Ich ging leise in mein Zimmer zurück.

Närrin! dachte ich. Hast du es nicht kommen sehen? Du bist eine alte Frau, und er hat von einer jungen geträumt. Er kehrte zurück, und Sabrina war die Erfüllung seines Traums.

Sie verbargen ihre Gefühlte tapfer, aber sie konnten mich nicht täuschen... vielleicht, weil ich davon wußte. Für mich war es eine schwere Zeit, denn ich hatte so lange auf Dickon gewartet, ihn so oft in meinen Träumen umarmt. Manchmal glaubte ich, daß ich nicht auf ihn verzichten konnte, daß ich es nicht aushalten würde, ihn und Sabrina als Ehepaar zu sehen. Aber dann siegte die Vernunft über mein Gefühl. Ich wollte weder Dickon noch Sabrina verlieren, und um das zu erreichen, gab es nur einen einzigen Weg.

Ich bat Sabrina, zu mir zu kommen, weil ich mit ihr über Dickon sprechen wollte. Sie war offensichtlich beunruhigt, deshalb spannte ich sie nicht lange auf die Folter.

»Du weißt ja, Sabrina«, sagte ich, »daß ich immer an Dickon gedacht und von ihm geträumt habe. Aber leider sieht die Wirklichkeit meist anders aus als die Träume. Man kann nicht einfach dort anknüpfen, wo man vor so vielen Jahren aufgehört hat.«

Sie sah mich ungläubig an.

»Meinst du... Willst du damit sagen, daß deine Gefühle für ihn nicht mehr die gleichen sind?«

Ich konnte ihr nicht in die Augen sehen, sonst wäre mir wahrscheinlich die Lüge nicht über die Lippen gekommen.

»Ich habe ihn gern. Er ist ein großartiger Mensch... aber ich bin an meine Freiheit gewöhnt. Ich möchte weiterhin meine eigene Herrin bleiben.«

»Ich verstehe dich, Clarissa.«

»Das habe ich mir gedacht. Aber wie kann ich ihm...«

»Auch er wird dich verstehen, davon bin ich überzeugt.«

Sie konnte es offensichtlich nicht mehr erwarten, zu ihm zu eilen, ihm von der wunderbaren Entwicklung der Dinge zu erzählen. Deshalb stand ich auf. Sie warf sich mir an den Hals.

»Ich liebe dich so sehr, Clarissa.«

Wie glücklich die beiden waren! Sabrina hatte alle ihre Kindheitsängste abgeworfen und gab sich ganz ihrem Gefühl hin. Dickon betete sie an, machte sich aber ein bißchen Sorgen, weil er um dreizehn Jahre älter war als sie.

»Was spielt das Alter für eine Rolle?« fragte ich. »Ihr paßt wunderbar zueinander.«

Die beiden waren mir beinahe dankbar, weil ich Dickon nicht heiraten wollte, und ich lächelte strahlend, wann immer die Rede auf ihre Hochzeit kam. Es fiel mir keineswegs leicht, und ich war stolz auf meine Haltung. Nur wenn ich allein im Schlafzimmer lag, ließ ich die Maske fallen und weinte in der Dunkelheit der Nacht manchmal heimlich.

Das war das Ende meines Traumes!

Sabrina und Dickon wurden in aller Stille in der Dorfkirche getraut und reisten sofort danach in den Norden.

Im Juli dieses Jahres landete Charles Edward Stuart mit einem kleinen Gefolge und ein paar hundert Landsknechten auf einer der kleinen Inseln vor Schottland; außerdem hatte er das Geld bei sich, das ihm der König von Frankreich geliehen hatte. Er wollte unseren König, Georg den Zweiten, absetzen und selbst den Thron besteigen. Es war genau wie vor dreißig Jahren.

Überall wurde von nichts anderem gesprochen; auf den Kopf des Usurpators wurde ein Preis ausgesetzt. In Schottland nannte man ihn nur Bonnie Prince Charles, weil er so jung war und so gut aussah.

Die Leute nahmen den Aufstand jedoch nicht sehr ernst. Die meisten erinnerten sich an die Abfuhr, die sich der Vater des Prinzen in Schottland geholt hatte. Was waren schon die Hochländer, die den Prinzen unterstützten, im Vergleich zu der gut ausgebildeten englischen Armee?

Deshalb herrschte allgemeine Bestürzung, als Charles Sir John Cope bei Prestopans schlug, nach Süden marschierte und sogar Derby erreichte. Wahrscheinlich hätte der Prinz London einnehmen können, wenn er sich nicht entschlossen hätte, in den Norden zurückzukehren und dort die entscheidende Schlacht zu schlagen.

Dann bekam ich einen Brief von Sabrina.

»Ich habe ihn an das erinnert, was er schon einmal erlebt hat. Aber er sagt, daß ein Mann für das kämpfen muß, was er für richtig hält, und daß der Thron seiner Meinung nach den Stuarts gehört.

Er ist jetzt bei den Hochländern, und ich bin verzweifelt und voll Angst. Ich bin ganz allein hier im Norden und spiele manchmal mit dem Gedanken, zu dir zu kommen. Aber ich muß hierbleiben und warten, bis er zurückkehrt.«

Das war die einzige Nachricht, die ich von ihr erhielt. Im April hörte ich von der schrecklichen Schlacht bei Culloden und wartete verzweifelt auf einen Brief. Aber nichts kam. Die Menschen sprachen von den Grausamkeiten, die der englische General Cumberland verübt hatten, und ich konnte nicht zuhören, weil ich immerzu an Dickon denken mußte. Ich schrieb an Sabrina und flehte sie an, mir doch wenigstens ein paar kurze Zeilen zu schicken, aber ich bekam keine Antwort von ihr.

Inzwischen war der Mai gekommen, und die Natur stand in voller Blüte. Ich war blind gegen die Schönheit um mich, weil meine Seele voller Angst war.

Mitte des Monats kam sie. Sie betrat das Haus wie eine Schlafwandlerin; ihr Gesicht war blaß und traurig, und ich begriff. Ich breitete die Arme aus, und sie warf sich hinein. Wie hielten

einander lange wortlos umschlungen; dann fragte ich: »Dickon...
ist er...?«

Sie nickte. »Er ist an den Verletzungen gestorben, die er in der Schlacht von Culloden erlitten hat.«

»O Sabrina...«

Sie konnte nicht reden, und ich hielt sie schweigend in den Armen, bis ihre Tränen langsam versiegten.

Später sprachen wir miteinander. »Er wollte unbedingt in den Krieg ziehen, Clarissa. Ich versuchte, ihn zu zurückzuhalten, erinnerte ihn an alles, was seinerzeit geschehen war. Aber er war ein Jakobit, und das konnte er nie vergessen.

Ich flehte ihn an, zu bleiben, aber er konnte nicht anders. Außerdem war er davon überzeugt, daß die Stuarts diesmal siegen würden. Er sah nicht ein, daß sie gegen die englische Armee keine Chance hatten. Das Schlachten bei Culloden... o Clarissa, mir fehlen dafür die Worte.«

»Du warst dabei?«

»Ich folgte ihm, ich konnte ihn nicht im Stich lassen. Er wurde schwer verwundet, aber einige seiner Leute brachten ihn in das Bauernhaus, in dem ich auf ihn wartete. So starb er wenigstens in meinen Armen.«

»Sabrina, mein armes Kind, wie sehr mußt du gelitten haben.«

»Ja, es war eine schwere Zeit. Als er starb, verwirrte sich sein Geist, und er muß mich für dich gehalten haben. Jedenfalls starb er mit deinem Namen auf den Lippen.«

Unsere Tränen flossen ineinander.

Jetzt sind wir wieder beisammen, Sabrina und ich. Und gestern ließ sie den Arzt kommen, ohne mir zu sagen, weshalb. Als er sie verließ, lief ich in ihr Zimmer. Sie begrüßte mich mit strahlendem Lächeln.

»Ich habe so sehr gehofft, daß es stimmt, aber ich wollte es dir erst sagen, wenn ich ganz sicher war. Oh, Clarissa, ich bekomme ein Kind.... Dickons Kind.«

Ich zitterte vor Freude, denn jetzt wußte ich, daß Dickon für uns beide weiterleben würde.

Die Erbin und der Lord

1

Ein Hilferuf

Ich habe mich jedesmal gewundert, wenn sich Menschen, die ihr Leben lang die gesellschaftlichen Spielregeln eingehalten haben, plötzlich von Grund auf änderten und sich auf einmal anders gaben als bisher. Es war für mich daher beinahe ein Schock, als ich erkennen mußte, daß ich in das gleiche Fahrwasser geriet, und da das sicherlich auch für alle, die mich kannten, ein Schock gewesen wäre, mußte ich mein Abenteuer geheimhalten. Dafür gab es natürlich auch praktische Gründe.

Oft habe ich darüber nachgedacht, wie so etwas ausgerechnet mir widerfahren konnte, und ich habe nach Entschuldigungen gesucht. Ist es möglich, daß der Teufel von einem Menschen Besitz ergreift? Mittelalterliche Mystiker waren dieser Ansicht. War es innerer Zwang? War es der Geist eines längst Verstorbenen, der in meinen Körper schlüpfte und mich veranlaßte, gegen alle meine Grundsätze zu handeln? Warum versuche ich überhaupt, mein Gewissen zu beruhigen? Es gibt im Grunde nur eine vernünftige Erklärung: Daß ich mich selbst nicht gekannt hatte, bis die Versuchung an mich herangetreten war.

Alles begann an einem Tag im Frühjahr, der sich in nichts von allen anderen Tagen meiner schon zehnjährigen Ehe mit Jean-Louis Ransome unterschied. Unser Leben war friedlich und angenehm verlaufen. Jean-Louis und ich waren meist einer Meinung; wir kannten einander seit unserer Kindheit und waren zusammen aufgewachsen, denn meine Mutter hatte ihn kurz vor meiner Geburt in ihre Obhut genommen; er war damals vier Jahre alt. Seine Mutter war Französin und hatte ihn meiner Mutter überlassen, als er sich entschieden geweigert hatte, mit ihr und ihrem zweiten Mann in eine andere Gegend zu übersiedeln.

Alle Welt war überzeugt gewesen, daß wir einmal ein Paar werden würden, und unsere Heirat hatte daher allgemeine Befriedigung ausgelöst. Vielleicht war alles zu leicht und zu glatt gegangen, und wir waren deshalb ein so normales, konventionelles Ehepaar geworden.

Ich weiß noch, wie ich im Blumenzimmer stand und die gelben

Narzissen, die ich kurz zuvor im Garten gepflückt hatte, in Vasen arrangierte. Der Garten ging unmerklich in den Wald über und war ein bißchen verwildert, aber gerade das gefiel Jean-Louis und mir. Um diese Jahreszeit stand die ganze Wiese voller Narzissen; ich liebte ihr leuchtendes Gelb, in dem ich einen Vorboten des Sommers sah. Ich verteilte sie überall im Haus; im Grunde bin ich ein Gewohnheitsmensch und tue vieles nur deshalb, weil ich es immer schon getan habe.

Ich bewunderte gerade, wie gut sich die Narzissen in einem Tafelaufsatz aus grünem Glas ausnahmen, als ich das Geräusch von Pferdehufen und dann Stimmen hörte.

Irritiert blickte ich auf. Ich hatte nichts gegen Besucher, aber es wäre mir lieber gewesen, wenn ich schon mit dem Arrangieren der Blumen fertig gewesen wäre.

Sabrina und Dickon kamen auf das Haus zu, also nahm ich ein Tuch, trocknete mir die Hände ab und ging ihnen entgegen.

Sabrina ist die Cousine meiner Mutter – eine auffallend schöne Frau, die vor langer Zeit in dramatische Ereignisse verstrickt war. Sie ist um zehn Jahre älter als ich, muß also damals etwa vierzig gewesen sein. Man sah ihr ihr Alter nicht an, obwohl gelegentlich ein gequälter Ausdruck in ihre Augen trat und sie ins Leere starrte, als blicke sie in die Vergangenheit. Sie hatte immer bei uns gewohnt, und meine Mutter hatte Mutterstelle an ihr vertreten. Dickon war Sabrinas Sohn, und sie hing meiner Meinung nach viel zu sehr an ihm. Er war erst nach dem Tod seines Vaters zur Welt gekommen.

»Zippora«, rief Sabrina. Ich habe mich oft gefragt, warum ich ausgerechnet diesen Namen bekommen habe, denn ich bin die einzige Zippora in der ganzen Familie. Als ich meine Mutter fragte, warum sie ihn gewählt habe, erklärte sie: »Ich wollte etwas Besonderes. Der Name gefiel mir, und dein Vater hatte natürlich nichts dagegen.« Ich fand heraus, daß es sich um einen Namen aus dem Alten Testament handelt, und war enttäuscht, weil das Leben der biblischen Zippora genauso ereignislos verlaufen war wie mein eigenes. Anscheinend bestand ihr ganzes Verdienst darin, daß sie Moses geheiratet und ihm zahlreiche Kinder geboren hatte. Ich unterschied mich nur dadurch von ihr, daß meine Ehe – zu Jean-Louis' und meinem Kummer – kinderlos geblieben war.

»Zippora«, fuhr Sabrina fort, »deine Mutter möchte, daß ihr zum Abendessen hinüber kommt. Ginge es noch heute? Sie möchte etwas mit euch besprechen.«

»Ich glaube schon«, antwortete ich, während ich sie umarmte. »Hallo, Dickon.«

Er erwiderte meinen Gruß eher kühl. Für meine Mutter und für Sabrina war er der Mittelpunkt ihres Lebens. Ich fragte mich manchmal, was aus ihm werden würde. Er war erst zehn Jahre alt; vielleicht würde er sich ändern, wenn er in die Schule eintrat.

»Kommt weiter«, sagte ich, als wir am Blumenzimmer vorbei kamen.

»Ach, du hast die Narzissen arrangiert«, meinte Sabrina lächelnd. »Ich hätte es mir denken können.«

Anscheinend bin ich wirklich ein Gewohnheitstier.

»Hoffentlich habe ich dich nicht bei dem Ritual gestört«, fuhr sie fort.

»Nein, natürlich nicht. Ich freue mich, euch zu sehen. Macht ihr einen Spazierritt?«

»Ja, und wir wollten nur auf einen Augenblick bei dir vorbeischauen.«

»Möchtet ihr ein Glas Wein und die Spezialkekse unserer Köchin?«

»Wir wollen nicht so lange bleiben.«

Aber Dickon unterbrach sie. »Ja, bitte, ich hätte gern ein paar Kekse.«

Sabrina lächelte zärtlich. »Dickon hat eine Vorliebe für diese Kekse. Wir müssen uns einmal das Rezept geben lassen.«

»Die Köchin hütet ihre Rezepte eifersüchtig.«

»Du kannst ihr ja befehlen, es uns zu geben«, meinte Dickon herausfordernd.

»Oh, das würde ich nie wagen.«

»Du mußt Zippora also öfter besuchen, wenn du Kekse essen willst, Dickon«, schloß seine Mutter.

Die Erfrischung wurde gebracht. Dickon verschlang alle Kekse – sicherlich zur Freude der Köchin. Sie war auf Komplimente geradezu versessen. Wenn man sie lobte, war sie den ganzen Tag über guter Laune; hingegen genügte die Andeutung einer Kritik, um das Leben in der Küche zur Hölle werden zu lassen, wie eines der Dienstmädchen behauptete.

»Es klingt, als hätte meine Mutter etwas Wichtiges zu besprechen«, bemerkte ich.

»Schon möglich. Es geht um einen Brief von Onkel Carl – du weißt ja, Lord Eversleigh.«

»Ach so. Was will er denn?«

»Er macht sich Sorgen um Eversleigh, weil er keinen Sohn hat, der den Landsitz erben könnte. Es ist wirklich merkwürdig, daß es keinen direkten Nachkommen gibt. Das heißt, keinen männlichen Nachkommen, Mädchen gibt es ja genügend in der Familie. Ein Jammer, daß Onkel Carl keinen Sohn hat.«

»Doch, ich glaube, er hatte einen, aber der starb bei der Geburt.«

»O ja, das ist so lange her – die Mutter des Kindes starb ebenfalls. Es war ein schrecklicher Schlag für Onkel Carl, den er angeblich nie ganz überwunden hat. Er heiratete nie wieder, obwohl er Mätressen hatte, soviel ich weiß. Aber das alles ist vorbei, der alte Mann macht sich jetzt Sorgen wegen eines Erben und ist dabei auf dich verfallen.«

»Ausgerechnet auf mich! Was ist denn mit dir? Du bist doch älter als ich.«

»Deine Großmutter Carlotta war älter als meine Mutter Damaris, also stehst du wahrscheinlich vor mir in der Erbfolge. Außerdem würde er mich nicht in Betracht ziehen. Angeblich war er verärgert, als ich diesen verdammten Jakobiten heiratete.«

»Die Jakobiten waren tapfer«, mischte sich Dickon ein. »Wenn ich erwachsen bin, werde ich auch ein Jakobit.«

»Zum Glück dürfte dieser Unsinn jetzt vorbei sein«, antwortete ich. »1745 ist ein Schlußstrich darunter gezogen worden.«

Ich bereute diese Worte sofort, da ja Sabrina ihren Mann bei Culloden verloren hatte.

»Ich hoffe es auch«, sagte sie jedoch ganz ruhig. »Nun, Tatsache ist, daß Onkel Carl dich sprechen will, zweifellos, um dich als Erbin einzusetzen. Er schrieb an deine Mutter, die natürlich vor dir an der Reihe wäre, aber sie ist ja die Tochter des Erzjakobiten Hessenfield.«

»Es wimmelt geradezu von Jakobiten in unserer Familie«, murmelte Dickon.

»Folglich bleibst nur du übrig«, fuhr Sabrina fort. »Onkel Carl schätzte deinen Vater sehr, vor allem, weil er einmal für König Georg kämpfte. Damit müßte seiner Meinung nach die Begeisterung für König Jakob II. bei dir ausgelöscht sein. Und jetzt möchte deine Mutter, daß ihr sie besucht, damit wir die ganze Angelegenheit gemeinsam besprechen und zu einem Entschluß gelangen.«

»Jean-Louis könnte den Besitz im Augenblick nicht verlassen.«

»Es würde sich nur um einen kurzen Besuch handeln. Denk jedenfalls darüber nach und komm heute abend herüber.«

»Ich würde gern nach Eversleigh fahren«, warf Dickon ein.

Seine Mutter lächelte ihn verliebt an. »Dickon möchte alles, was er sieht, nicht wahr, Dickon? Eversleigh ist nicht für dich bestimmt, mein Sohn.«

»Das kann man nie wissen«, murmelte Dickon verschmitzt.

»Sprich mit Jean-Louis darüber«, sagte Sabrina zu mir, »und wir werden uns dann eingehend damit befassen. Deine Mutter wird dir den Brief zeigen, damit du dir ein Bild machen kannst.«

Ich begleitete sie hinaus und kehrte zu den Narzissen zurück.

Jean-Louis und ich gingen zu Fuß vom Verwalterhaus, in dem wir wohnten, nach Clavering Hall hinüber. Ich hatte Jean-Louis von Carls Brief erzählt, und er wirkte leicht beunruhigt. Er war als Verwalter des Clavering-Besitzes glücklich, weil das Gut nicht zu groß war und alles reibungslos lief. Jean-Louis liebte Veränderungen gar nicht.

Wir gingen Arm in Arm. Jean-Louis meinte, daß es für uns schwierig wäre, Clavering ausgerechnet zum jetzigen Zeitpunkt zu verlassen. Wir sollten lieber später reisen, wenn es weniger Arbeit gab.

Ich war ganz seiner Meinung – wie immer. Wir führten eine sehr glückliche Ehe, und deshalb ist meine Handlungsweise um so unbegreiflicher.

Der einzige Wermutstropfen in unserem Glück war die Tatsache, daß wir keine Kinder hatten. Meine Mutter hatte mit mir darüber gesprochen, weil sie wußte, daß ich deswegen unglücklich war. »Es ist traurig«, gab sie zu. »Ihr wäret so gute Eltern. Aber vielleicht ergibt es sich noch, vielleicht müßt ihr nur ein bißchen Geduld haben.«

Jedoch die Zeit verging, und wir hatten immer noch kein Kind. Ich hatte beobachtet, wie sehnsüchtig Jean-Louis manchmal Dikkon ansah. Auch er neigte dazu, den Jungen zu verwöhnen. Vielleicht kam es daher, daß er das einzige Kind in der Familie war.

Mir war Dickon gleichgültig, und ich versuchte nie, meine Gefühle ihm gegenüber zu analysieren. Erst später begann ich über meine Haltung ihm gegenüber nachzudenken, suchte Gründe und fand nur Entschuldigungen. War es möglich, daß ich auf ihn eifersüchtig war? Meine Mutter, die ich beinahe genauso innig liebte wie seinerzeit meinen strahlenden Vater, hatte sehr viel für Dickon übrig – vielleicht sogar mehr als für mich, ihr eigenes Kind. Das hing mit der uralten Romanze zusammen, die sie mit Dickons Vater erlebt hatte – aber dennoch hatte nicht sie, sondern Sabrina ein Kind von ihm bekommen.

Als wir das Haus meiner Mutter betraten, erwartete sie uns

schon. Sie umarmte mich zärtlich; sie zeigte sich mir gegenüber immer sehr liebevoll. Aber weil sie so sicher war, daß ich immer das tun würde, was man von mir erwartete, machte sie sich nie Sorgen um mich und beschäftigte sich nie sehr lange mit mir.

»Es ist sehr lieb von euch, daß ihr gekommen seid, Zippora und Jean-Louis«, begrüßte sie uns.

Jean-Louis küßte ihr die Hand. Er war meiner Mutter immer sehr dankbar gewesen und benützte jede Gelegenheit, es ihr zu zeigen.

Immerhin war sie es gewesen, die ihn davor bewahrt hatte, gemeinsam mit seiner Mutter Clavering Hall verlassen zu müssen. Seine Mutter konnte kein sehr angenehmer Mensch gewesen sein, denn sie war in eine geheimnisvolle Mordaffäre verwickelt gewesen. Aber auch das lag schon viele Jahre zurück.

»Ich möchte dir Lord Eversleighs Brief zeigen«, begann meine Mutter. »Es ist sehr merkwürdig, daß er dir Eversleigh hinterlassen will.«

»Ich kann es nicht recht glauben. Es gibt sicherlich einen anderen Erben.«

»Wir haben einander nach dem Tod deiner Urgroßeltern etwas aus den Augen verloren. Und dabei war Eversleigh einmal der Mittelpunkt der Familie. Seltsam, wie sich die Verhältnisse ändern.«

Es war wirklich seltsam. Überhaupt hatte sich vieles geändert, als mein Vater plötzlich aus meinem Leben verschwunden war. Damals gab es eine Zeit, in der sich in meiner Umgebung aufregende Ereignisse abspielten. Als mein Vater starb, war ich zehn Jahre alt; das war jetzt zwanzig Jahre her, aber einen Mann wie ihn kann man nicht vergessen. Ich hatte ihn über alles geliebt. Er verzärtelte mich nie so wie meine Mutter. Er hatte gern gelacht, hatte nach Sandelholz gerochen und war immer elegant gekleidet gewesen – ein richtiger Dandy. Ich hatte ihn für den am besten aussehenden Mann der Welt gehalten. Fünf Minuten mit ihm waren mir wichtiger als all die liebevolle Fürsorge und Zuneigung meiner Mutter. Er hatte mich nie gefragt, ob ich brav lerne, er war nie auf die Idee gekommen, daß ich mich erkälten könnte. Er hatte mir oft von seinen Erlebnissen am Spieltisch erzählt. Er war nämlich ein Spieler und ich hatte seine Spielleidenschaft verstanden. Er hatte mich behandelt, als wäre ich einer seiner Freunde und nicht seine kleine Tochter. Oft ritt er mit mir aus. Wir schlossen Wetten um kleine Beträge ab. Er wettete zum Beispiel mit mir, daß ich einen Kiesel nicht über eine bestimmte Entfernung werfen könne, und setzte sorglos alles Mögliche ein – seine Krawattennadel, einen Ring, eine

Münze –, was er gerade zur Hand hatte. Meine Mutter hat diese Wetten gehaßt. Mehr als einmal hat sie gesagt: »Du wirst das Kind zu einer ebensolchen Spielernatur erziehen, wie du es bist.«

Ich hatte gehofft, daß es ihm glücken würde. Ich wollte unbedingt in allem genauso sein wie er. Er war fröhlich und besaß einen unwiderstehlichen Charme, der seiner leichten Lebensart entsprang. Ihn konnte nie etwas erschüttern; er hatte bei den Wechselfällen des Lebens immer nur die Schultern gezuckt und hatte später dem Tod gegenüber die gleiche Einstellung gezeigt. Ich wußte nicht, warum er an jenem Morgen in den Tod gegangen war – aber ich konnte es mir denken.

Dieses Ereignis traf uns wie ein Keulenschlag, obwohl sich schon vorher eine Katastrophe angekündigt hatte. Das hatte ich, ohne es zu wollen, aufgeschnappt. Ich wußte, daß Vater ums Leben gekommen war, weil er »die Ehre meiner Mutter verteidigt hatte«, wie die Diener sich zuflüsterten. Das kam daher, daß ein Mann gestorben war und man in seinem Schlafzimmer einen Gegenstand gefunden hatte, der meiner Mutter gehörte – ein Hinweis darauf, daß sie zum Zeitpunkt seines Todes bei ihm gewesen sein mußte.

Damit war ein Abschnitt meines Lebens zu Ende. Für ein zehnjähriges Mädchen ist ein solches Ereignis sehr schwerwiegend. Wir zogen aufs Land – obwohl das nichts Neues für mich war, weil wir immer einen Teil des Sommers in Clavering Hall verbracht hatten; es gehörte zum Besitz meines Vaters.

Es war eine schreckliche Zeit gewesen, und um so schrecklicher für mich, weil ich nicht alles wußte. Sabrina war auch in die Geschichte verwickelt, denn sie sagte einmal zu meiner Mutter: »O Clarissa, ich bin an all dem schuld.« Und ich wußte, daß sie diejenige war, die sich im Schlafzimmer des Toten befunden hatte.

Das alles war äußerst verwirrend, und wenn ich Fragen stellte, sagte mir Nanny Curlew – die ich von Sabrina übernommen hatte –, daß man kleine Kinder sehen, aber nicht hören soll. Ich wurde daraufhin vorsichtig, denn Nanny Curlew kannte schauerliche Geschichten über unfolgsame Kinder. Wenn sie lauschen und Dinge hören, die nicht für sie bestimmt sind, bekommen sie lange Ohren, so daß alle wissen, was sie getan haben; und wenn Kinder Grimassen schneiden oder schmollen oder gar die Zunge herausstrecken, sind sie plötzlich »wie vom Schlag getroffen« und bleiben ihr Leben lang so. Da ich ein logisch denkendes Mädchen war, widersprach ich: Ich hatte nie jemanden mit riesigen Ohren oder heraushängender Zunge gesehen. »Warte nur«, hatte sie drohend gemeint und mich so streng angeschaut, daß ich eilig zu einem Spiegel lief, um mich davon zu überzeugen, daß meine Ohren nicht gewachsen waren und daß meine Zunge sich noch immer an ihrem Platz befand.

Irgendwer hat behauptet, daß die Zeit alle Wunden heilt, und das stimmt, denn wenn sie sie auch nicht immer heilt, so schwächt sie doch die Erinnerung ab und lindert den Schmerz. Nach einiger Zeit gewöhnte ich mich daran, daß mein Vater nicht mehr da war, und begann, Freude am Landleben zu finden. Schließlich hatte ich meine Mutter, hatte Sabrina, Jean-Louis und die furchteinflößende und allmächtige Nanny Curlew. Ich tat, was man von mir erwartete und stellte selten Fragen. Einmal sagte Sabrina zu meiner Mutter: »Zippora hat dir wenigstens noch nie Kummer bereitet, und ich könnte schwören, daß sie es auch nie tun wird.« Zuerst freute ich mich über diese Bemerkung, aber später stimmte sie mich nachdenklich.

Dann wurde ich erwachsen und besuchte Tanzveranstaltungen, und bei einer davon bewies Jean-Louis, daß er eifersüchtig sein konnte, weil ich mich seiner Meinung nach zu sehr für den Sohn eines Landedelmannes interessierte. Kurz darauf beschlossen wir zu heiraten, aber Jean-Louis wollte damit warten, bis er nicht mehr unter dem Dach meiner Mutter lebte. Er arbeitete auf dem Gut und war sehr tüchtig. Tom Staples sagte, er wisse gar nicht, wie er ohne Jean-Louis zurechtkommen würde. Dann erlitt Tom Staples gänzlich unerwartet einen Herzanfall und starb. Also wurde der Verwalterposten frei, und Jean-Louis trat Toms Nachfolge an. Er bewirtschaftete das Gut, zog in das Verwaltergebäude ein, und damit gab es keinen Grund mehr für uns, die Heirat hinauszuschieben.

All das hatte sich vor über zehn Jahren, also 1745, abgespielt. Die Dinge nahmen erst wieder eine dramatische Wendung, als die Jugendliebe meiner Mutter zurückkehrte. Er war dreißig Jahre zuvor nach Virginia deportiert worden, weil er an dem Aufstand des Jahres 1715 beteiligt gewesen war. Ich war damals gerade jung verheiratet und in mein Glück so eingesponnen, daß ich die Zusammenhänge nur undeutlich erfaßte – daß der heimgekehrte Dickon der seinerzeitige Verehrer meiner Mutter war, von dem sie ihr Leben lang geträumt hatte, sogar während ihrer Ehe mit meinem Vater, diesem wunderbaren Mann. Zu ihrem Leidwesen verliebte sich Dickon in Sabrina, heiratete sie, und die Frucht ihrer Liebe war der kleine Dickon.

Meine arme Mutter! Jetzt weiß ich erst, wie sehr sie damals gelitten haben muß. Nach der Schlacht von Culloden und dem Tod von Dickons Vater kehrte Sabrina zu meiner Mutter zurück. Dann kam Dickon zur Welt – das war vor zehn Jahren, und seither leben Sabrina und meine Mutter miteinander in Clavering Hall. Jetzt erst, seit meinem eigenen Erlebnis, begreife ich, daß sie in dem Kind den Mann wiedergefunden haben, den sie beide verloren hatten.

Wahrscheinlich war es ein Trost für sie. Aber ich nehme an, daß es sich auf Dickons Charakter nachteilig auswirkte.

Nun, Jean-Louis und ich führten in all den Jahren eine gute Ehe. Unser Leben wurde kaum von äußeren Ereignissen beeinflußt; die Kriege in Europa, an denen unser Land beteiligt war, berührten uns nicht. Die Jahreszeiten folgten unveränderlich aufeinander, nach dem düsteren Karfreitag kam der fröhliche Ostersonntag, wir feierten Sommerfeste – wenn das Wetter schön war, im Freien, wenn es schlecht war, in der Halle unseres Hauses –, beim Erntedankfest bemühte sich jedes Gut, die schönsten Früchte und Gemüse vorzuweisen, und zu Weihnachten fanden die üblichen Vergnügungen statt. So verlief unser Leben.

Bis zu dem Tag, an dem die Botschaft aus Eversleigh Court eintraf.

Meine Mutter hängte sich bei mir und Jean-Louis ein.

»Ich habe nur die Familienmitglieder eingeladen, damit wir in Ruhe darüber sprechen können. Nur Sabrina, ihr beide und ich. Ich hoffe sehr, Jean-Louis, daß du dich freimachen und mit Zippora nach Eversleigh reisen kannst.«

Daraufhin zählte Jean-Louis eine Unzahl von Problemen auf, die die Verwaltung des Guts mit sich brachte. Es war sein Lieblingsthema, weil es für ihn das Wichtigste auf der Welt war. Er redete sich in Begeisterung und erklärte, es würde ihm sicherlich sehr schwer fallen, sich auf einige Zeit von seiner Arbeit zu trennen.

Wir gingen in die Halle – ein sehr schöner Raum, der der Mittelpunkt des Hauses war. Es war übrigens ein großes Haus, das für eine große Familie gedacht war. Meine Mutter hätte es sicherlich gern gesehen, wenn Sabrina wieder geheiratet und mit ihren Kindern in Clavering Hall gelebt hätte.

Doch es sah so aus, als würde Sabrina nie wieder heiraten. Auch auf meine Mutter traf das zu, obwohl sie noch sehr jung gewesen war, als mein Vater starb. Aber beide hatten Dickon den Älteren zu ihrem Gott erhoben und beteten ihn an – er war der Held aus der Jugendzeit meiner Mutter. Paradoxerweise liebte sie ihn immer noch, obwohl er ihr untreu geworden war und Sabrina zur Frau genommen hatte. Wenn er nicht bei Culloden den Heldentod erlitten hätte – wäre er dann auf dem Piedestal stehengeblieben?

Aber das fragte ich mich erst später; damals sah ich das Leben mit den Augen der anderen. Ich versuchte nie herauszubekommen, was sich hinter dem Vorhang der Konvention verbarg.

Der junge Dickon kam den beiden verlassenen Frauen wie ein Geschenk des Himmels, er hatte ihrem Leben neuen Inhalt gegeben. Er half ihnen über ihren Kummer hinweg; indem sie ihn umhegten, hatten sie wieder jemanden, den sie anhimmeln konnten.

Ich fühlte mich in Clavering Hall genauso zu Hause wie im Verwalterhaus. Ich war hier inmitten der kostbaren Möbel und der geschmackvollen Tapeten und Vorhänge aufgewachsen, die davon Zeugnis ablegten, wie sehr mein Vater alles Schöne geliebt hatte.

Ich blickte zu den beiden eleganten Treppen hinüber, die in den Ost- und Westflügel führten. Ein so großes Haus für so wenige Menschen! Einmal hatte ich Jean-Louis gegenüber erwähnt, daß meine Mutter hier nie allein leben könnte, falls Sabrina noch einmal heiraten sollte; dann würde uns wohl nichts anderes übrig bleiben, als zu ihr zu ziehen. Jean-Louis hatte mir, wenn auch nur zögernd, zugestimmt, denn ihm gingen sein eigenes Haus und seine Unabhängigkeit über alles. Jean-Louis ist ein sehr zurückhaltender, sehr gütiger Mann, und deshalb ist das, was ich getan habe, um so tadelnswerter.

Wir saßen im Eßzimmer beim Abendessen. Meine Mutter hatte nach dem Tod meines Vaters nichts im Haus verändert, nicht einmal das Spielzimmer, obwohl es seither keine Kartenpartien mehr gab. Nur gelegentlich spielten meine Mutter und Sabrina mit den Nachbarn Whist, wenn sie zu Besuch kamen, aber niemals um Geld. Manche Leute bezeichneten meine Mutter deshalb als puritanisch, aber wir kannten sie besser.

Jetzt saßen wir auf den geschnitzten und vergoldeten japanischen Stühlen um den Eichentisch mit der geschnitzten Leiste, der in Frankreich für eine Höfling von Ludwig XV. angefertigt worden war, wie mir mein Vater erzählt hatte.

Der Butler stand beim Büffet und schöpfte die Suppe in die Teller, die ein Mädchen auf den Tisch stellte; da ging die Tür auf, und Dickon kam herein.

»Dickon«, sagten meine Mutter und Sabrina gleichzeitig in dem Ton, den ich so gut kannte – ein bißchen ärgerlich, vorwurfsvoll und doch voll nachsichtiger Bewunderung für seine Kühnheit. Genauso hätten sie sagen können: Natürlich darf er das nicht, aber was dem Kind nicht alles einfällt, unserem kleinen Liebling!

»Ich möchte mein Abendessen«, erklärte er.

»Dickon«, bemerkte meine Mutter, »du hast erst vor einer Stunde gegessen. Solltest du nicht schon im Bett sein?«

»Nein.«

»Warum nicht?« fragte Sabrina. »Es ist Schlafenszeit.«

»Weil ich hier sein will«, erklärte Dickon hartnäckig.

Der Butler sah in die Suppenterrine, als gäbe es dort etwas Interessantes zu entdecken, das Dienstmädchen war mit einem Teller in der Hand unentschlossen stehengeblieben und wußte nicht, wo sie ihn abstellen sollte.

Ich hatte erwartet, daß Sabrina ihren Sohn ins Bett stecken würde. Statt dessen sah sie meine Mutter hilflos an, und diese zuckte die Schultern. Dickon glitt auf einen Stuhl – er hatte gesiegt. Zweifellos hatte er gewußt, wie die Machtprobe ausgehen würde. Mir war klar, daß sich diese Szene nicht zum erstenmal abspielte.

»Nun ja, vielleicht dieses eine Mal, was meinst du, Sabrina?« fragte meine Mutter beinahe schmeichelnd.

»Eigentlich solltest du nicht hier sitzen, Liebling«, erklärte Sabrina.

Dickon lächelte sie verführerisch an. »Nur dieses eine Mal.«

»Servieren Sie weiter, Thomas«, ordnete meine Mutter an.

»Ja, Mylady.«

Dickon warf mir eine triumphierenden Blick zu. Er wußte, daß ich mit diesen Erziehungsmethoden nicht einverstanden war, und freute sich, weil er mir zeigen konnte, wer hier der Herr im Haus war.

»Ja, und jetzt muß ich euch Carls Brief zeigen«, sagte meine Mutter. »Ich hoffe, Jean-Louis, daß du es schaffen wirst, bald abzureisen.«

»Zu dumm, daß es ausgerechnet um diese Zeit sein muß.« Jean-Louis runzelte die Stirn. Er wollte meine Mutter nicht enttäuschen, denn es war nicht zu übersehen, wie großen Wert sie darauf legte, daß wir bald nach Eversleigh fuhren.

»Der junge Weston hat sich doch ganz gut eingearbeitet, oder?« fragte Sabrina.

Der junge Weston war einer unserer Angestellten. Er war ein vielversprechender junger Mann, aber Jean-Louis hing so sehr an dem Besitz, daß er unglücklich war, wenn er nicht selbst alles beaufsichtigen konnte. Weder er noch ich hatten das Bedürfnis, längere Zeit in London zu verbringen, und das wirkte sich auf das Gut natürlich sehr günstig aus.

»Er ist noch nicht so weit«, widersprach Jean-Louis daher.

Meine Mutter griff nach der Hand meines Mannes.

»Ich weiß, daß du es irgendwie möglich machen wirst.« Das gab den Ausschlag – Jean-Louis würde es möglich machen.

Weil meine Mutter jetzt sicher war, daß Jean-Louis mit mir fahren würde, begann sie alte Erinnerungen aufzufrischen.

»Ich bin schon so lange nicht mehr in Eversleigh gewesen. Ob es sich sehr verändert hat?«

Sabrina fügte hinzu: »Ich nehme an, daß auch Enderby noch genauso aussieht wie früher. Was für ein merkwürdiges Haus. Angeblich spukt es dort.«

Ich wußte nur andeutungsweise über Enderby Bescheid. Es lag in der Nähe von Eversleigh Court, und die beiden Häuser gehörten zusammen, weil meine Großmutter Carlotta Enderby geerbt hatte. Aber vorher hatte sich dort eine Tragödie abgespielt – jemand, der nicht zu unserer Familie gehörte, hatte dort Selbstmord begangen.

Sabrina erschauerte und fuhr fort: »Ich glaube nicht, daß ich Enderby wiedersehen möchte.«

»Gibt es dort wirklich Gespenster?« fragte Dickon.

»Es gibt überhaupt keine Gespenster«, griff ich ein. »Das reden sich die Menschen nur ein.«

»Woher willst du das wissen?«

»Gesunder Menschenverstand.«

»Ich mag Gespenster«, erklärte er und erteilte damit mir und meinem gesunden Menschenverstand eine Abfuhr. »Ich möchte, daß es dort Gespenster gibt.«

»Dann werden wir uns welche besorgen«, lachte Jean-Louis.

»Ich bin in Enderby glücklich gewesen«, sagte meine Mutter. »Ich kann mich noch daran erinnern, wie ich aus Frankreich dorthin kam und wie wunderbar es war, daß ich im Kreis einer Familie leben durfte, die mich liebte... und es war jahrelang mein Zuhause... mit Tante Damaris und Onkel Jeremy.«

Sie dachte offensichtlich an die schreckliche Zeit in Frankreich, als ihre Eltern plötzlich gestorben waren – angeblich waren sie vergiftet worden –, und sie in der Obhut eines französischen Dienstmädchens zurückgeblieben war, das nach der Auflösung des Haushalts auf der Straße Blumen verkaufte.

Meine Mutter hatte mir oft davon erzählt. Sie erinnerte sich an ihre Mutter Carlotta, die Schönheit in der Familie, die wilde Carlotta.

»Es wird dich bestimmt interessieren, das alles zu sehen, Zippora«, sagte sie.

»Wir werden doch nicht länger als ein paar Wochen dort bleiben müssen, oder?« fragte Jean-Louis.

»Ich glaube nicht. Der alte Mann muß sehr einsam sein, er wird sich sicherlich über euren Besuch freuen.«

Dickon hörte gespannt zu. »Ich fahre statt euch hin.«

»Nein, mein Liebling«, wies ihn Sabrina zurecht. »Du bist nicht eingeladen.«

»Aber er ist mit dir verwandt, und deshalb auch mit mir.«

»Ja, aber er hat Zippora eingeladen.«

»Ich könnte sie anstelle von Jean-Louis begleiten.«

»Nein«, widersprach Jean-Louis, »ich muß mich um Zippora kümmern.«

»Sie braucht niemanden, der sich um sie kümmert. Sie ist alt genug.«

»Jede Dame braucht einen Kavalier, der sich um sie kümmert, wenn sie eine Reise unternimmt«, griff meine Mutter ein.

Dickon beschäftigte sich gerade so intensiv mit dem Wildbraten, daß er nicht antwortete.

Jean-Louis fand, es wäre am besten, wenn wir in drei Wochen abreisten. Bis dahin konnte er alle notwendigen Anordnungen treffen, und wenn wir nicht länger als zwei Wochen in Eversleigh blieben, sollten sich eigentlich keine Schwierigkeiten ergeben.

Meine Mutter lächelte ihm zu. »Ich habe gewußt, daß du es möglich machen wirst. Danke. Ich schreibe Carl sofort. Vielleicht könntest du ein paar Zeilen hinzufügen, Zippora.«

Ich erklärte mich dazu bereit.

Dickon gähnte. Er hätte schon längst schlafen müssen, und als Sabrina ihm vorschlug, zu Bett zu gehen, protestierte er nicht.

Meine Mutter und ich verließen das Eßzimmer, um den Brief zu verfassen. Im ehemaligen Spielzimmer stand ein Schreibtisch, und ich wandte mich dorthin.

»Möchtest du nicht lieber in die Bibliothek kommen? Sie ist gemütlicher«, schlug meine Mutter vor.

»Nein, ich habe das Spielzimmer immer schon gemocht.«

Als ich mich an den Schreibtisch setzte, trat meine Mutter neben mich und strich mir über das Haar. »Du siehst deinem Vater so ähnlich. Helles, beinahe goldenes Haar, leuchtendblaue Augen – und du bist auch beinahe so groß wie er. Der arme Lance. Ein vergeudetes Leben.«

»Er starb als wahrer Edelmann.«

»Allerdings. Er hat sein Leben genauso vergeudet wie sein Vermögen.«

»Ich erinnere mich daran, wie mein Vater in diesem Zimmer saß. Er war hier am glücklichsten.«

Meine Mutter runzelte die Stirn, und ich begann mit meinem Brief. Er war nur kurz: Ich dankte Onkel Carl für die Einladung und teilte ihm mit, daß mein Mann und ich ihn in drei Wochen besuchen würden. Das genaue Ankunftsdatum würden wir noch bekanntgeben.

Kurz darauf gingen Jean-Louis und ich nach Hause.

Wir hatten den ersten Juni als Reisetermin festgesetzt. Wir wollten reiten und drei Reitknechte mitnehmen.

»Kutschen sind viel gefährlicher«, meinte meine Mutter, »weil es so viele Wegelagerer gibt. Es ist wesentlich leichter, eine schwerfällige Kutsche zu überfallen; aber so sind die drei Reitknechte und Jean-Louis ein guter Schutz für dich.«

Lord Eversleigh schrieb uns noch einen Brief. Seine Freude hatte etwas Rührendes. Als Sabrina den Brief las, sagte sie: »Er liest sich beinahe wie ein Hilferuf... oder so ähnlich.«

Ein Hilferuf! Eine seltsame Vorstellung. Ich las den Brief noch einmal, entdeckte aber nichts Derartiges in ihm; ein alter Mann, der zu lang von seinen Verwandten getrennt gewesen war, freute sich darauf, sie wiederzusehen.

Sabrina zuckte die Schultern. »Jedenfalls ist er froh, weil du kommst. Der arme alte Mann fühlt sich offensichtlich einsam.«

Eine Woche vor unserer Abreise saß ich im Garten und arbeitete an einer Stickerei, als ich Stimmen hörte. Ich erkannte Dickons herrischen Tonfall, legte den Stickrahmen beiseite, trat zu den Büschen und sah hinüber. Dickon befand sich in Begleitung von Jake Carter, dem Sohn eines Gärtners, der gelegentlich seinem Vater bei der Arbeit half. Er war genauso alt wie Dickon, und die beiden steckten oft beisammen. Es war anzunehmen, daß Dickon den Jungen schamlos tyrannisierte, und ich war gar nicht sicher, daß Jake ihn mochte. Wahrscheinlich hatte ihm Dickon alles mögliche angedroht, wenn Jake nicht bei seinen Streichen mitmachte, und meine Mutter und Sabrina waren ja wirklich in Dickon so vernarrt, daß sie dem Jungen alles glaubten, was er über die Dienstleute erzählte.

Die beiden Jungen befanden sich bereits in einiger Entfernung vom Garten, aber ich sah, daß sie einen Eimer trugen; außerdem hatte Jake ein in Papier gewickeltes Paket in der Hand.

Die beiden schlugen die Richtung zu Hassocks Farm ein, die an unseren Besitz grenzt. Die Hassocks waren gute Farmer, und Jean-Louis schätzte sie sehr. Sie hielten ihre Scheunen und Hecken in Ordnung, und der alte Hassock sprach oft mit Jean-Louis darüber, wie man den Ertrag der Felder steigern könnte.

Ich setzte mich wieder zu meiner Stickerei, ging aber bald in die Vorratskammer hinauf, um die Behälter für die Erdbeeren bereitzustellen. Ich wollte noch vor meiner Abreise dafür sorgen, daß die Früchte gepflückt und eingelegt wurden.

Etwa eine Stunde später stürzte eines der Mädchen in mein Zimmer.

»O Mistreß«, rief sie, »bei Hassocks brennt es. Der Herr ist gerade hinübergeritten.«

Ich lief ins Freie; eine der Scheunen brannte lichterloh. Einige Dienstleute gesellten sich zu mir, und wir gingen gemeinsam durch den Garten und über Hassocks Felder zur Scheune.

Dort war alles in hellem Aufruhr; die Menschen liefen durcheinander und schrien einander zu, aber sie schienen das Feuer unter Kontrolle zu bekommen.

Eines der Mädchen schrie auf, und da sah ich, daß Jean-Louis auf dem Boden lag und einige Männer versuchten, ihn auf einen Fensterladen zu legen.

Ich lief hinüber und kniete neben ihm nieder. Er war blaß, aber bei Bewußtsein und lächelte mich an.

Einer der Männer sagte: »Der Herr hat sich wahrscheinlich das Bein gebrochen. Wir bringen ihn nach Hause ... vielleicht könnten Sie inzwischen den Arzt holen lassen.«

Ich war bestürzt. Die Scheune war nur noch ein Haufen verkohlter Balken, aus denen gelegentlich eine zuckende Flamme hervorschoß. Der bittere Brandgeruch reizte zum Husten.

»Ja, rasch«, sagte ich. »Bringt ihn nach Hause. Und einer von euch holt den Arzt.«

Einer der Diener machte sich auf den Weg, und ich wandte mich Jean-Louis zu.

»Ein schweres Unglück«, meinte einer von Hassocks Arbeitern. »Sieht aus, als hätte jemand in der Scheune Feuer gelegt. Der Herr war als erster drin; dann stürzte das Dach ein und erwischte ihn am Bein. Ein Glück, daß wir in der Nähe waren und ihn herausziehen konnten.«

»Seht zu, daß ihr rasch ins Haus kommt«, sagte ich. »Könnt ihr ihn auf dem Fensterladen überhaupt transportieren?«

»Etwas Besseres haben wir nicht, Mistreß. Der Doktor wird es schon wieder in Ordnung bringen.«

Jean-Louis' Bein war merkwürdig abgewinkelt – es schien wirklich gebrochen zu sein. Zum Glück konnte ich in einer Krise die Ruhe bewahren, meine Gefühle und Ängste beherrschen und das Notwendige tun.

Ich wußte, daß wir den Bruch vor dem Transport fixieren mußten und beschloß, es zu versuchen, obwohl ich von solchen Dingen keine Ahnung hatte. Ich schickte ein Mädchen um einen Spazierstock und um Leinenstreifen, die wir zum Bandagieren verwenden konnten.

Die Männer hatten Jean-Louis sehr vorsichtig auf die improvisierte Tragbahre gelegt, und ich ergriff seine Hand. Er litt sichtlich große Schmerzen, aber es war typisch für ihn, daß er vor allem mich beruhigen wollte.

»Mir geht es gut«, flüsterte er. »Es ist nichts Besonderes...«

Dann wurden der Spazierstock, den ich zum Schienen benützen wollte, und ein in Streifen gerissenes Laken gebracht. Meine Helfer hielten Jean-Louis' Bein vorsichtig fest, während ich die Bandagen um Bein und Stock wickelte. Dann trugen die Männer Jean-Louis in sein Bett, und der Arzt traf beinahe gleichzeitig mit ihm ein.

Es sei ein einfacher Bruch, sonst nichts, meinte der Arzt. Er beglückwünschte mich zu meiner raschen und zweckmäßigen Hilfeleistung; dadurch hatte ich verhindert, daß aus dem einfachen Bruch ein komplizierter wurde.

Ich blieb bei Jean-Louis, bis er einschlief. Dann erinnerte ich mich an die entsetzlichen Augenblicke, als ich ihn für tot gehalten hatte, und an die Verzweiflung, die mich daraufhin ergriffen hatte. Was hätte ich ohne Jean-Louis angefangen?

Kurz nachdem er eingeschlafen war, trafen meine Mutter, Sabrina und Dickon ein.

Die beiden Frauen waren sehr aufgeregt und wollten genau wissen, wie sich alles abgespielt hatte.

»Wenn man bedenkt, daß er schwer verletzt sein könnte... und alles nur wegen Hassocks Scheune.«

»Er hat selbstverständlich alles unternommen, um das Feuer zu löschen«, verteidigte ich ihn.

»Er hätte Hilfe holen sollen«, meinte Sabrina.

»Jean-Louis hat bestimmt das Richtige getan«, wiederholte ich.

»Aber er hätte dabei ums Leben kommen können!«

»Daran hat er nicht gedacht«, meinte meine Mutter. »Er versuchte einfach, das Feuer zu löschen. Wenn er es nicht getan hätte, hätten die Flammen auf das Feld übergegriffen, und Hassock hätte sein Korn verloren.«

»Besser das Getreide als Jean-Louis«, widersprach Sabrina.

»Hat man eine Ahnung, wie das Feuer entstanden ist?« fragte meine Mutter.

»Man wird es schon noch herausbekommen«, antwortete ich.

Sie sah mich ernst an. »Damit sind deine Reisepläne für Eversleigh ins Wasser gefallen.«

»Ach, richtig, das habe ich vollkommen vergessen.«

»Der arme alte Carl wird sehr enttäuscht sein.«

»Vielleicht könntest du an meiner Stelle fahren, Sabrina«, schlug ich vor. »Nimm Dickon mit!«

»O ja«, rief Dickon, »ich möchte nach Eversleigh.«

»Kommt nicht in Frage«, widersprach Sabrina. »Wir wären dort nicht willkommen. Ihr dürft nicht vergessen, daß ich die Frau des verdammten Jakobiten bin und daß Dickon sein Sohn ist.«

»Warten wir ab«, meinte meine Mutter. »Zunächst muß Jean-Louis' Bein in Ordnung kommen. Und wenn das Feuer aus grober Fahrlässigkeit entstanden ist...«

»Wer käme denn auf so eine Idee?« fragte ich.

»Vielleicht war es ein dummer Streich«, meinte Sabrina.

In diesem Augenblick kamen zwei von Hassocks Arbeitern herein. Sie trugen einen Gegenstand, der wie die Überreste eines Eimers aussah; drinnen lagen ein paar Stücke verkohltes Rindfleisch.

»Wir wissen, wie der Brand ausbrach«, sagte einer von ihnen. »Jemand, der nicht viel davon verstand, wollte Fleisch braten, indem er in diesem Eimer ein Feuer anzündete; das hier sieht aus wie eine Art Rost.«

»O Gott!« rief ich. »War es vielleicht ein Landstreicher?«

»O nein, Mistreß, ein Landstreicher hätte sich geschickter angestellt. Jemand muß in dem Eimer ein Feuer angezündet haben, das dann irgendwie außer Kontrolle geriet. Der Kerl bekam Angst und lief davon.«

»Was ist mit diesem Eimer? Weiß man, woher er stammt?«

»Nein, Mistreß, aber wir werden versuchen, es herauszubekommen.«

Ich verbrachte eine unruhige Nacht. Ich schlief auf dem schmalen Sofa im Ankleideraum neben unserem Schlafzimmer. Die Tür stand offen, so daß ich es hören mußte, wenn Jean-Louis aufwachte. Er lag in unserem großen Bett, sein Bein war eingerichtet, und ich hätte erleichtert sein müssen, weil ihm nichts Schlimmeres zugestoßen war.

Zu meiner Überraschung war ich tief enttäuscht, weil ich meinen Besuch in Eversleigh aufschieben mußte, wahrscheinlich sogar für lange Zeit, denn Jean-Louis würde die weite, anstrengende Reise sicherlich nicht sofort unternehmen können, sobald der Bruch geheilt war.

Ich hatte oft an Eversleigh Court gedacht und hätte gern Enderby gesehen, das Haus, das eine so wichtige Rolle in unserer Familiengeschichte spielte. Mir war gar nicht klar gewesen, wie sehr ich mich auf das Abenteuer gefreut hatte.

Ich schlief schlecht, wachte mitten in der Nacht auf und versuchte zu ergründen, was mich geweckt hatte. Schließlich fand ich es heraus: Ich hatte geträumt, daß ich die Reise allein unternommen hatte. Und warum eigentlich nicht?

Je länger ich darüber nachdachte, desto durchführbarer schien mir diese Idee. Natürlich würde sie allgemein mißbilligt werden – denn junge Frauen reisen nicht allein. Aber erstens war ich keine junge Frau mehr, und zweitens würde ich natürlich nicht allein reiten. Ich würde, wie vorgesehen, die drei Reitknechte mitnehmen; der einzige Unterschied wäre dann, daß Jean-Louis nicht bei mir sein würde. Diese Gedanken regten mich so auf, daß ich nicht mehr einschlafen konnte, sondern Pläne schmiedete, wie ich meine Reise nach Eversleigh ohne die Begleitung von Jean-Louis bewerkstelligen konnte.

Am nächsten Morgen herrschte allgemeine Aufregung, weil die Spur des Brandstifters zu uns führte. In einem der Schuppen im Garten fehlte ein Eimer, und obwohl das in der Scheune gefundene Exemplar verkohlt und verbeult war, konnte es unschwer als unser Eigentum identifiziert werden.

Hassock hatte erklärt, daß er den Übeltäter halbtot prügeln würde, wenn er ihn erwischte, denn dieser unbesonnene Streich hatte ungeheuren Schaden angerichtet.

Nachdem man herausgefunden hatte, woher der Eimer stammte, war es nur noch eine Frage der Zeit, bis man den Bösewicht fassen würde. Am frühen Nachmittag tauchte Ned Carter bei mir auf, mit seinem Sohn Jake im Schlepptau.

Jakes Gesicht war bleich und angstverzerrt, und auf seinen Wangen sah man Tränenspuren.

»Das ist der Schlingel, der an allem schuld ist, Mistreß«, sagte Carter. »Er hat es zugegeben. Er nahm den Eimer, um sich Fleisch zu braten. Aber wo hatte er das Fleisch her? Das möchte ich wissen. Ich kann ihn prügeln, soviel ich will, er sagt es nicht. Aber ich werde es schon noch herausbekommen. Ich habe ihm ohnehin gesagt, wenn er so weitermacht, landet er demnächst auf den Galeeren oder am Galgen.«

Jake Carter tat mir leid. Er war noch ein Kind und er hatte fürchterliche Angst.

Dann erinnerte ich mich daran, wann ich ihn zum letztenmal gesehen hatte – da war er nicht allein gewesen. Natürlich! Ungefähr eine Stunde, bevor das Feuer ausgebrochen war.

Damit war mir klar, daß nicht Jake die Idee gehabt hatte, das Fleisch und den Eimer zu stehlen. Sein Komplize hatte ihn dazu gezwungen.

Ich fragte: »War jemand bei dir, Jake, als du in die Scheune gingst?«

»Nein, Mistreß, ich war allein. Ich wollte nichts Böses tun, nur das Fleisch braten.«

»Wo hast du das Fleisch hergehabt.«

Er schwieg. Aber er mußte nicht sprechen, ich konnte mir auch so vorstellen, wie sich das Ganze abgespielt hatte.

»Antworte der Dame«, sagte Ned und versetzte dem Jungen eine Ohrfeige, so daß er an die gegenüberliegende Wand flog.

»Warte mal, Ned«, fuhr ich dazwischen. »Laß dir Zeit. Schlag den Jungen erst, wenn ich meine Fragen gestellt habe.«

»Aber er hat es getan, Mistreß. Er hat es ja praktisch schon zugegeben.«

»Einen Augenblick. Ich möchte mit ihm nach Clavering Hall gehen.« Jake sah aus, als wolle er jeden Augenblick davonrennen, und ich war jetzt meiner Sache sicher.

»Komm«, sagte ich, »wir gehen sofort.«

Meine Mutter war sehr überrascht, als ich mit Ned Carter und seinem verschreckten Sohn bei ihr einmarschierte.

»Was ist denn los?« rief sie.

»Ist Dickon hier?« fragte ich.

»Er ist mit Sabrina ausgeritten. Warum?«

»Ich muß mit ihm sprechen.« Zum Glück kamen er und Sabrina im selben Augenblick herein.

Dickon verriet sich sofort, weil er so verdutzt darüber war, daß die Carters vor ihm standen.

Er wandte sich zur Tür. »Ich habe mein...« Er unterbrach sich, weil ich ihm den Weg verstellte.

»Einen Augenblick noch«, nagelte ich ihn fest. »Angeblich hat Jake den Brand in Hassocks Farm verursacht. Aber ich glaube nicht, daß er dabei allein war.«

»Ich glaube es schon«, widersprach Dickon.

»Nein, ich glaube, er hatte einen Mitschuldigen, und das warst du.«

»Nein«, rief Dickon. Er ging zu Jake hinüber, der sich verängstigt duckte. »Hast du vielleicht Märchen erzählt?«

»Er hat dich gar nicht erwähnt«, mengte ich mich ein.

»Aber Zippora, mein Liebling«, intervenierte meine Mutter, »warum zerbrichst du dir wegen solcher Dinge den Kopf? Wie geht es dem armen Jean-Louis?«

Ich ließ mich jedoch nicht beschwichtigen, denn jede Ungerechtigkeit empörte mich so sehr, daß meine heftigen Reaktionen schon einige Male die Menschen um mich überrascht hatten. »Ich zerbreche mir den Kopf darüber, warum Jake Carter wegen etwas bestraft wird, das er nur getan hat, weil er dazu gezwungen wurde.«

»Nein, nein«, widersprach Jake. »Ich habe es getan. Ich habe das Feuer im Eimer angezündet.«

»Ich sehe mal nach Vesta«, verkündete Dickon. »Ihre Jungen müssen jeden Augenblick zur Welt kommen.«

»Du wirst noch einen Augenblick warten, bevor du sie besichtigst«, entschied ich. »Zuerst wirst du uns erzählen, wer das Fleisch aus der Speisekammer gestohlen und Jake um den Eimer geschickt hat, wer mit ihm in die Scheune gegangen und mit ihm davongelaufen ist, als das Feuer außer Kontrolle geriet.«

»Warum fragst du ausgerechnet mich?« Dickons Ton war aufsässig.

»Weil ich zufällig die Antwort auf alle diese Fragen kenne: Du bist der wahre Schuldige.«

»Das ist eine Lüge.«

Ich ergriff ihn am Arm, und er funkelte mich haßerfüllt an. Ich erschrak darüber, daß ein so junger Mensch solch heftiger Gefühle fähig war.

»Ich habe dich gesehen«, sagte ich. »Es hat keinen Sinn zu leugnen. Ich sah dich mit dem Eimer – du hast ihn nämlich getragen. Jake hielt ein Paket in den Händen, und ihr gingt zu Hassocks Anwesen hinüber.«

Es folgte tiefe Stille.

Dann bequemte sich Dickon zu einem Geständnis. »Es war ja nur ein Spiel. Wir wollten die Scheune nicht in Brand stecken.«

»Aber ihr habt es getan. Außerdem hast du Jake dazu gezwungen, dich zu begleiten, und hast dann ihm die ganze Schuld in die Schuhe geschoben.«

»Wir kommen selbstverständlich für den Schaden auf«, mischte sich Sabrina ein.

»Natürlich«, antwortete ich, »aber damit ist die Angelegenheit noch nicht erledigt.«

»O doch«, widersprach Dickon.

»O nein. Du mußt Ned Carter noch erklären, daß seinen Sohn keine Schuld trifft.«

»Ach, soviel Lärm um nichts«, war Dickons Antwort.

Ich sah ihn unverwandt an. »Ich würde es nicht als ›nichts‹ bezeichnen. – Du kannst jetzt gehen, Ned. Und denk daran, daß Jake nichts dafür kann, sondern gegen seinen Willen mitmachen mußte. Mein Mann wird sicherlich verärgert sein, wenn er erfährt, daß du den Jungen bestraft hast.«

Als sie gegangen waren, herrschte Schweigen in der Halle.

Dickon pflanzte sich vor mir auf, sah mich starr an und sagte: »Das werde ich dir nie vergessen.«

»Ich auch nicht, Dickon.«

»So, und jetzt sehe ich nach Vesta.« Damit lief er hinaus.

»Alle Jungen machen in seinem Alter irgendwelche Dummheiten«, bemerkte Sabrina.

»Das stimmt. Aber wenn man sie dabei erwischt, dann schiebt kein anständiger Junge die Schuld auf einen anderen, noch dazu, wenn der keine Möglichkeit hat, sich zu verteidigen.«

Meine Mutter und Sabrina ertrugen es nicht, wenn man ihr geliebtes Kind kritisierte, aber sie wußten nicht, was sie darauf erwidern sollten.

Und dann hörte ich mich zu meiner Überraschung sagen: »Ich habe beschlossen, nächste Woche wie vorgesehen nach Eversleigh zu reisen.«

»Aber Jean-Louis...« begann meine Mutter.

»Kann mich natürlich nicht begleiten. Er hat hier die beste Pflege, also spielt es keine Rolle, wenn ich ihn allein lasse, noch dazu nur für kurze Zeit. Es würde Lord Eversleigh sicherlich schwer treffen, wenn ich nicht käme.«

Ich glaube, damals hat mein zweites Ich von mir Besitz ergriffen.

Die Familie widersetzte sich meinem Entschluß heftig. Meine Mutter erklärte, daß sie keine ruhige Minute haben würde, bis ich wieder sicher zu Hause sei, und Sabrina schloß sich ihr an. Es hätte noch nie so viele Wegelagerer gegeben wie gerade jetzt, behaupteten sie einhellig.

Dickon fügte hinzu: »Wenn du dich weigerst, dein Geld herzugeben, schießen sie dich tot.«

Wahrscheinlich wäre er über eine solche Entwicklung sehr erfreut gewesen, denn seit der Affäre mit dem Brand herrschte eine gewisse Spannung zwischen uns.

Jean-Louis reagierte genauso, wie ich erwartet hatte. Er fügte sich ins Unvermeidliche und war bestrebt, mir alle Hindernisse aus dem Weg zu räumen. Er humpelte durch das Haus und ließ sich in einem Leiterwägelchen auf dem Gut herumfahren; es wäre zu schlimm für ihn gewesen, an dem Geschehen auf Clavering nicht teilnehmen zu können.

»Ich habe das Gefühl, daß ich fahren muß«, hatte ich ihm erklärt. »Der Brief des alten Mannes wirkte irgendwie merkwürdig. Sabrina fand, er klänge wie ein Hilferuf. Wahrscheinlich ist diese Auslegung zu fantasievoll, aber andererseits liegt wirklich etwas Eigenartiges in ihm.«

»Ich mache mir vor allem wegen der Reise Sorgen. Wenn ich nur sicher sein könnte, daß dir nichts zustößt...«

»Ach, Jean-Louis, so viele Leute unternehmen Reisen. Wir erfahren eben nur von den Unglücksfällen, aber nie von den Tausenden, die heil davongekommen sind.«

»Bestimmte Straßenabschnitte sind sehr gefährlich... Dort halten sich oft Wegelagerer versteckt.«

»Wir werden sie meiden; außerdem bin ich ja nicht allein.«

»Deine Mutter ist absolut dagegen.«

»Ich weiß. Sie erlebte als Kind einen Überfall und hat ihn nie vergessen. Mir wird schon nichts zustoßen, Jean-Louis.«

»Du möchtest unbedingt fahren, nicht wahr?«

»Ja.«

»Ich verstehe dich.« Das tat er wirklich – er erriet oft meine Gedanken, bevor ich sie ausgesprochen hatte. Vielleicht hatte er damals das Gefühl, daß mein Leben zu eintönig verlief, daß ich das Bedürfnis nach Abwechslung hatte. Doch weil er ein aktiver Mensch war, grübelte er nicht darüber nach, welche Gefahren mir drohten, sondern sorgte dafür, daß die Reise so sicher wie möglich verlief.

»Du wirst sieben Reitknechte mitnehmen«, erklärte er. »Sie werden zurückreiten, sobald sie dich heil abgeliefert haben, und dich wieder abholen, wenn du Eversleigh verläßt. Das sollte als Schutz ausreichen.«

Ich küßte ihn voll überströmender Liebe.

»Also?« fragte er.

»Ich habe den besten Mann der Welt.«

Er machte sich mit Feuereifer an die Vorbereitungen und besprach die Reiseroute genau mit mir.

Es war ein herrlicher Junimorgen, als wir aufbrachen; die Sonne war eben erst aufgegangen, aber es würde sicherlich ein klarer Tag werden. Wir kamen gut voran, und meine Vorfreude wuchs. Um uns blühte alles; weiße Schmetterlinge saßen auf blauen Kornblumen; die Bienen summten um die roten Blüten des Klees; Gänseblümchen, Dotterblumen, Himmelsschlüssel und Pimpernellen leuchteten im Gras.

Wir sollten unterwegs zweimal übernachten, und Jean-Louis hatte dafür gesorgt, daß die Wirtshäuser Zimmer für uns reservierten.

Ich schlief in der ersten Nacht nicht sehr gut. Ich war zu aufgeregt, und deshalb war ich schon auf den Beinen, als die ersten Streifen der Morgenröte am Himmel auftauchten.

Auch der zweite Tag verging rasch und reibungslos, und nach einer kurzen Nachtruhe näherten wir uns am dritten Tag endlich unserem Ziel.

Wir sollten gegen vier Uhr nachmittags in Eversleigh eintreffen, aber als wir bei einem Gasthaus Mittagsrast hielten, stellten wir fest, daß eines der Pferde ein Hufeisen verloren hatte. Ich überlegte, ob ich die Verzögerung in Kauf nehmen und warten sollte, bis das Pferd wieder beschlagen war, oder ob ich mit nur sechs Begleitern weiterreiten sollte.

Da ich meiner Mutter versprochen hatte, mich nur in Begleitung aller Reitknechte auf den Weg zu machen, beschloß ich zu warten.

Es dauerte jedoch länger als angenommen, denn der Hufschmied war zu einem der Landedelleute in der Umgebung geholt worden. Er hatte zwar versprochen, bald wieder zurück zu sein, aber es wurde doch vier Uhr, bis er eintraf.

Er tat zwar sein Möglichstes, aber es dauerte noch eine Weile, bis wir wieder unterwegs waren. Deshalb dämmerte es schon, als wir Eversleigh erreichten.

2

Jessie

Ich war vor langer Zeit in Eversleigh Court gewesen und erinnerte mich undeutlich daran. Als ich ein Kind war, hatten wir Weihnachten dort gefeiert, denn es war immer das Stammhaus der Familie gewesen. Als meine Mutter nach dem Tod meines Vaters nach Clavering Hall übersiedelte, stellte sie diese Besuche ein, und ich hatte das alte Haus seither nicht wiedergesehen. General Eversleigh, der meine Mutter sehr gern gehabt hatte, hatte eine Zeitlang den Besitz verwaltet, aber nach seinen Tod war Carl, Lord Eversleigh, zurückgekehrt – ich wußte nicht, wo er sich inzwischen aufgehalten hatte – und hatte sich in Eversleigh niedergelassen.

Ich war sehr aufgeregt. Während der Reise hatte ich versucht, mich an alles zu erinnern, was ich von der Familie wußte, die in dem großen Haus gelebt hatte. Noch interessanter war natürlich das geheimnisumwitterte Enderby, und ich wollte es so bald wie möglich aufsuchen. Aber zunächst mußte ich mich einmal mit Eversleigh befassen.

Das Tor in der hohen Mauer stand offen, und wir ritten in den Hof ein. Im Haus blieb es still, doch hinter einem Fenster sah ich einen Lichtschimmer.

Ich war überrascht, weil die große Haustür nicht geöffnet wurde; schließlich wurden wir erwartet, und man mußte das Geräusch der Hufe auf dem Kies gehört haben.

Wir warteten einige Augenblicke, doch kein Stallknecht tauchte auf und das Haus blieb dunkel.

»Weil wir so spät kommen, haben sie uns wahrscheinlich nicht mehr heute erwartet«, meinte ich. »Läutet die Glocke, dann wissen sie, daß wir hier sind.«

Einer der Knechte saß ab und zog am Klingelstrang. Ich erinnerte mich daran, wie ich als Kind das gleiche getan und dann fasziniert dem Ton der Glocke gelauscht hatte.

Die Glocke verklang, und es wurde still. Ich begann mich unbehaglich zu fühlen. Das war nicht der Empfang, den ich aufgrund von Lord Eversleighs Briefen erwartet hatte.

Endlich ging die Tür auf, und in ihrem Rahmen erschien eine

junge Frau. Ich konnte sie nicht deutlich ausmachen, aber sie wirkte wie eine Schlampe.

»Was wollen Sie?« fragte sie.

»Ich bin Mistreß Zippora Ransome«, antwortete ich. »Lord Eversleigh erwartet mich.«

Die Frau sah mich verständnislos an. Ich hatte den Eindruck, daß sie geistig zurückgeblieben war und versuchte, an ihr vorbei in die Halle zu sehen. Aber in der Halle brannte kein Licht; die einzige Beleuchtung war die Kerze, die sie abgestellt hatte, als sie die Tür öffnete.

Einer der Reitknechte hielt mein Pferd, während ich abstieg und zur Tür ging.

»Lord Eversleigh erwartet mich. Bring mich zu ihm. Wer führt den Haushalt?«

»Mistreß Jessie.«

»Dann hole bitte Mistreß Jessie. Ich werde in der Halle auf sie warten. Wo sind die Ställe? Meine Reitknechte sind müde und hungrig. Gibt es jemanden, der ihnen helfen kann, die Pferde zu versorgen?«

»Ja, Jethro. Ich werde jetzt Mistreß Jessie holen.«

»Schön, aber beeil dich. Wir haben eine lange Reise hinter uns.«

Sie wollte mir die Tür vor der Nase zuschlagen, aber ich drückte sie auf und trat in die Halle.

Das Mädchen schlurfte davon, nachdem es die Kerze auf dem langen Eichentisch abgestellt hatte.

Anscheinend gingen hier wirklich merkwürdige Dinge vor. Ich mußte an Sabrinas Feststellung denken: »Ein Hilferuf.« Das schien zu stimmen.

Ich schrak zusammen, weil am oberen Ende der Treppe eine Gestalt aufgetaucht war. Es war eine Frau, die in der hocherhobenen Hand einen Leuchter hielt – wie eine Figur aus einem Bühnenstück. Im flackernden Kerzenlicht sah sie überraschend gut aus. Sie war groß, rundlich, aber wohlgeformt, und an ihrem Hals glitzerten Diamanten. Diamanten glitzerten auch an ihren Handgelenken und an ihren Fingern – eine ganze Menge Diamanten.

Würdevoll kam sie die Treppe herab.

Sie trug eine reichgelockte, sehr helle, beinahe blonde Perücke, und eine Locke fiel ihr auf die linke Schulter. Ihr Reifrock umgab sie wie eine Glocke; er war aus pflaumenblauem Samt und vorne ausgeschnitten, so daß man das eleganten, mit Blumen bestickte, malvenfarbene Unterkleid sah. Sie war offensichtlich eine Dame, und ich konnte mir nicht vorstellen, was für eine Rolle sie in dem

Haushalt spielte. Als sie näherkam, erkannte ich, daß das Rot ihrer Wangen zu leuchtend war, um natürlich zu sein; unter den leicht hervorquellenden blauen Augen trug sie ein Schönheitspflästerchen und ein weiteres neben dem grellrot geschminkten Mund.

Ich stellte mich vor. »Ich bin Zippora Ransome. Lord Eversleigh hat mich aufgefordert, ihn zu besuchen. Er wußte, daß wir heute eintreffen würden. Wir sind allerdings etwas spät dran, weil eines unserer Pferde ein Hufeisen verloren hat.«

Die Augen der Frau verengten sich; sie sah mich verständnislos an, und ich fuhr hastig fort: »Ich nehme an, daß ich erwartet werde.«

»Ich weiß nichts von alledem«, antwortete die Frau. Sie sprach sehr geziert, und wenn nicht ihre Kleidung gewesen wäre, hätte ich sie für die Haushälterin gehalten.

»Ich erinnere mich nicht, von Ihnen gehört zu haben«, sagte ich. »Vielleicht könnten Sie...«

»Ich bin Mistreß Stirling, aber die Leute nennen mich Mistreß Jessie. Ich sorge seit zwei Jahren für Lord Eversleigh.«

»Sie sorgen...«

Sie lächelte beinahe verächtlich. »Ich bin eine Art Hausdame.«

»Ach so. Und er hat Ihnen nicht gesagt, daß er mich eingeladen hat?«

»Kein Wort.« Ihre Stimme klang nicht mehr ganz so vornehm. Sie ärgerte sich offensichtlich über das Versäumnis und war auch ein bißchen mißtrauisch.«

»Die Situation ist peinlich«, stellte ich fest. »Vielleicht könnte ich mit Lord Eversleigh sprechen.«

Sie überlegte sichtlich. »Sie behaupten, daß Sie Mistreß Ransome sind?«

»Ja, seine nächste Verwandte – das heißt, eigentlich ist es meine Mutter. Lord Eversleigh ist der Sohn meiner Ururgroßmutter. Die Verwandtschaft reicht weit zurück.«

»Und er hat Ihnen geschrieben?«

»Ja, mehrere Briefe. Er forderte mich auf, ihn zu besuchen, er drängte sogar darauf. Deshalb nahm ich die Einladung an und wurde heute mittag hier erwartet. Bitte bringen Sie mich zu ihm.«

»Ich habe ihn schon für die Nacht zurechtgemacht. Sie wissen ja, daß er sehr alt ist.«

»Ja, das weiß ich. Aber er erwartet mich und wird sich wundern, warum ich noch nicht da bin.«

Sie schüttelte den Kopf. »Stellen Sie sich lieber darauf ein, daß er die Einladung vollkommen vergessen hat. Deshalb dürfte er mir auch nichts davon gesagt haben. Er ist nicht immer bei klarem Verstand, verstehen Sie?«

»Nun ja, ich weiß ja, daß er sehr alt ist – ach Gott, vielleicht hätte ich gar nicht kommen sollen.«

Sie legte mir die Hand auf den Arm – vertraulich, als wäre sie meine Freundin und nicht die Haushälterin. Ich begann zu ahnen, daß sie andeuten wollte, sie sei keine gewöhnliche Haushälterin.

»Nein, das dürfen Sie nicht sagen«, widersprach sie beinahe schalkhaft. »Ich werde jetzt ein Zimmer für Sie herrichten lassen, und wahrscheinlich hätten Sie auch gern etwas zu essen.«

»Allerdings, und meine Reitknechte auch. Es sind insgesamt sieben.«

»Allerhand. Ein richtiges Gefolge.«

Sie wirkte jetzt viel entspannter, wie jemand, der sich unvermutet einer schwierigen Situation gegenübersieht und sich endlich die richtige Vorgangsweise zurechtgelegt hat.

»Schön, dann erteile ich jetzt die entsprechenden Anordnungen, wir bringen Sie unter, und morgen früh können Sie mit Seiner Lordschaft sprechen.«

»Sollte man ihm nicht doch sagen, daß ich angekommen bin?«

»Wahrscheinlich schläft er jetzt schon wie ein Kind. Wissen Sie was, ich werde einmal nachsehen – nur zur Tür hineingucken, und wenn er wach ist, sage ich es ihm. Wenn er schläft, wollen Sie doch sicherlich nicht, daß ich ihn wecke.«

Ihr Benehmen hatte sich vollkommen geändert; sie war nicht mehr überrascht, sondern gab sich familiär, beinahe herablassend. Sie benahm sich, als wäre sie die Dame des Hauses, aber keine wirkliche Dame hätte sich so benommen wie sie. Ich hörte ein leises Geräusch, drehte mich rasch um, sah zur Treppe und glaubte, oben eine Bewegung wahrzunehmen. Allerdings war ich meiner Sache nicht sicher, weil der Kerzenschein nicht weit reichte. Wir wurden beobachtet, es war nur die Frage, von wem. Seit ich das Haus betreten hatte, war ich auf alles gefaßt.

»Zuerst müssen Sie aber etwas zu essen bekommen«, meinte die Frau. »In der Küche werden sie allerdings schon alles weggeräumt haben. Sie hätten zum Abendessen hier sein sollen, dann hätten wir Sie ordentlich bewirtet. Aber ich werde schon etwas auftreiben, und inzwischen ein Zimmer für Sie zurechtmachen lassen. Lassen Sie mir nur ein wenig Zeit, dann bekommen Sie und Ihre Reitknechte etwas zwischen die Zähne und ein schönes, weiches Bett. Ist es Ihnen so recht?«

»Danke. Ich werde den Reitknechten sagen, daß sie die Pferde in den Stall führen sollen.«

»Nein, bleiben Sie nur hier. Ich kümmere mich schon darum.« Sie rief: »Jenny! Moll! Wo steckt ihr denn? Kommt sofort her, ihr faulen Dinger.«

Sie lächelte mich an. »Man darf sie nicht aus den Augen lassen, sonst bringen sie überhaupt nichts weiter. Das Haus würde bald verlottern, wenn ich nicht wäre.«

Jetzt sprach sie rasch und ungezwungen, wie ihr der Schnabel gewachsen war.

Zwei Mädchen kamen herein.

»Also, ihr beiden«, fuhr Mistreß Jessie fort, »macht ein Zimmer für diese Dame bereit. Sie besucht Seine Lordschaft – der es nicht für nötig gehalten hat, uns davon zu erzählen –, wahrscheinlich hat er wieder einmal darauf vergessen, der Arme. Du gehst zu den Ställen hinüber, Moll, und rufst Jethro. Er soll die Pferde versorgen, den Männern ein Nachtlager und etwas zu Essen beschaffen. Morgen früh bringen wir dann alles in Ordnung. Und Sie, Mistreß..., wie sagten Sie doch gleich, war Ihr Name?«

»Mistreß Ransome.«

»Also, Mistreß Ransome, wenn Sie bitte im Wintersalon warten wollen, so lasse ich Ihnen eine Mahlzeit servieren, während man Ihr Zimmer vorbereitet. Du meine Güte, was für ein Durcheinander, und er hätte mir nur eine Andeutung machen müssen.«

Sie führte mich in ein Zimmer, an das ich mich erinnerte – hier pflegten wir zu essen, wenn nicht viele Leute bei Tisch waren. Ja, wir hatten es als Wintersalon bezeichnet.

Mir war nicht sehr wohl zumute, als ich mich setzte. Alles verlief ganz anders, als ich es mir vorgestellt hatte.

Natürlich, redete ich mir ein, wäre der Empfang anders ausgefallen, wenn das Pferd nicht das Hufeisen verloren hätte und wir zu einer vernünftigen Tageszeit eingetroffen wären. Dann wäre Lord Eversleigh noch wach gewesen und hätte mich so empfangen, wie es sich gehörte. Schließlich war dieser Besuch seine Idee gewesen. Verzögerungen während einer Reise kamen häufig genug vor – schon ein kleines Mißgeschick konnte dazu führen. Wahrscheinlich hatte er uns erst am nächsten Tag erwartet. Dennoch war es merkwürdig, daß er keine Vorbereitungen für unseren Aufenthalt getroffen hatte.

Eines der Mädchen trat ein und zündete den Armleuchter an.

Ich fragte es: »Sind Sie schon lange hier?«

»Ungefähr zwei Jahre, Mylady.«

»Genausolang wie Misreß Stirling.«

»Ja, ich bin kurz nach ihr gekommen. Die meisten von uns wurden damals eingestellt.«

Damit verließ sie das Zimmer wieder. Als Misreß Stirling kam, wurde also neues Personal eingestellt. Die Situation wurde immer seltsamer.

Ein Dienstmädchen brachte ein Tablett mit kaltem Braten und einem Stück Pastete herein.

Misreß Stirling, die ich in Gedanken nur noch Jessie nannte, deckte den Tisch; ich war sehr hungrig, aber noch neugieriger. Als das Mädchen gegangen war, setzte sich Jessie mir gegenüber an den Tisch, stützte die Arme auf und starrte mich an, während ich aß.

»Wann hat Ihnen Seine Lordschaft geschrieben?« fragte sie.

»Vor ein paar Wochen. Eigentlich schrieb er meiner Mutter.«

»Ihrer Mutter... um Sie einzuladen.« Sie kicherte nervös.

»Erwähnte er auch, warum er Sie hier haben wollte?«

»Wir sind ja miteinander verwandt. Wahrscheinlich tat es ihm leid, daß wir nicht öfter zusammenkommen.«

Ein Mann steckte den Kopf zur Tür herein.

»Sie haben nach mir geschickt, Misreß Jessie.«

»Ach ja, Jethro. Diese Dame besucht Seine Lordschaft. Sie ist mit ihm verwandt.«

»Ich bin eine seiner nächsten Verwandten«, warf ich ein. »Zippora Ransome... früher hieß ich Clavering.«

»Ach du meine Güte«, rief der alte Mann, »wenn das nicht Miß Zippora ist. Ich erinnere mich gut an Sie, wie Sie zu Weihnachten hierherkamen... und manchmal auch im Sommer. Ich weiß noch, was für ein braves kleines Mädchen Sie damals waren.«

Ich war erleichtert. Die Situation normalisierte sich. Jetzt erinnerte ich mich auch an ihn, Jethro, der für die Pferde zuständig gewesen war. Ich hatte mich immer gut mit ihm verstanden, weil ich Pferde liebte.

»Ach, Jethro«, rief ich und reichte ihm die Hand.

»Es tut gut, Sie wiederzusehen, Miß Zippora. Ist Jahre her... Und jetzt sind Sie verheiratet; mein Gott, wie die Zeit vergeht. Und Sie besuchen Seine Lordschaft?«

»Jethro«, unterbrach ihn Jessie, »du solltest dich um die Unterbringung der Reitknechte kümmern. Haben sie etwas zu essen bekommen?«

»Ich habe sie in die Küche geführt, aber es gab nur noch Brot, Käse und Ale, also habe ich sie auf morgen vertröstet.«

»Und weißt du auch schon, wo sie schlafen werden?«

Jethro nickte.

»Vielleicht können wir morgen noch ein wenig plaudern, Mistreß Zippora.«

Er sah mich ernst an, und infolge des merkwürdigen Empfangs hatte ich den Eindruck, daß er mir etwas sagen wollte.

Jethro verließ das Zimmer, und Jessie murrte.

»Er bildet sich etwas darauf ein, daß wir ohne ihn verraten und verkauft wären. Seine Lordschaft hält große Stücke auf ihn, obwohl ich nicht recht weiß, warum.«

»Wir alle mochten ihn, soweit ich mich erinnern kann. Mir fallen, seit ich hier bin, überhaupt sehr viele Dinge wieder ein.«

»Jetzt ruhen Sie sich erst mal schön aus. Ich habe zu Seiner Lordschaft hineingeschaut, aber er schläft friedlich. Wenn wir ihn aufwecken, würde er nicht einschlafen können und wäre morgen sehr schlechter Laune.«

»Ist er... sehr... gebrechlich?«

»O Gott, nein. Er ist nur schwach und braucht jemanden, der immer um ihn ist. Das ist meine Hauptaufgabe. Schmeckt Ihnen die Pastete? Eigentlich sollte man sie essen, solange sie warm ist.«

Ich lobte die Pastete.

»Ich achte immer auf gutes Essen«, erklärte mir Jessie stolz. »Wenn Sie fertig sind, lasse ich Ihnen heißes Wasser hinaufbringen, und dann können Sie sich aufs Ohr legen.«

Ich gab gern zu, daß ich mich nach dem Bett sehnte.

Jessie sah mich wohlwollend an, aber ich traute dem Frieden nicht ganz, denn ihre Augen glitzerten arglistig. Ich konnte es nicht erwarten, mich am nächsten Morgen etwas genauer mit den merkwürdigen Zuständen zu beschäftigen, die hier herrschten.

Jessie führte mich persönlich in mein Zimmer, und dabei erinnerte ich mich immer besser an das Haus. Es hatte seinerzeit geradezu großartig gewirkt, aber von dem alten Glanz war nicht viel übrig.

Jessie stieß eine Tür auf.

»So, da wären wir. Es ist alles hergerichtet.« Sie trat ans Bett und schlug die Decke zurück. »Die Wärmepfanne ist auch da. Ich darf die Mädchen nicht aus den Augen lassen, sonst würden sie uns bald auf der Nase herumtanzen. Aber zum Glück habe ich Augen wie ein Falke. Seine Lordschaft sagt immer wieder zu mir: ›Ich wüßte gar nicht, was ich ohne dich tun würde, Jess.‹ Er anerkennt wenigstens, was ich leiste.« Sie benahm sich immer ungezwungener und versetzte mir von Zeit zu Zeit einen leichten Rippenstoß, während sie sprach. Ich mochte das gar nicht und hätte sie am liebsten fortgeschickt, aber andererseits wollte ich möglichst viel von ihr erfahren.

Das Zimmer enthielt ein Himmelbett, einen Schrank und einen Frisiertisch mit Spiegel.

»Das heiße Wasser ist auch schon da. Sie müssen es nicht fortbringen lassen, wenn Sie fertig sind. Das wird das Mädchen morgen früh besorgen.«

»Danke.«

»Schön, dann ist ja alles in Ordnung. Schlafen Sie gut.«

»Danke.«

Sie versetzte mir noch einen freundschaftlichen Stoß und verschwand.

Ich sah mich in dem Zimmer um und fühlte mich unbehaglich. In dem Türschloß steckte kein Schlüssel, was mich nervös machte. Ich hatte das Gefühl, daß ich in dieser seltsamen, spannungsgeladenen Atmosphäre kein Auge zutun würde. Jedenfalls war ich auf alles mögliche gefaßt.

Warum behielt Lord Eversleigh eine Frau wie Jessie im Haus? Noch dazu in einer so einflußreichen Stellung, denn sie benahm sich, als wäre sie hier die Herrin. Und warum hatte er ihr nicht gesagt, daß er mich eingeladen hatte?

Ich war zwar körperlich erschöpft, wälzte aber so viele Gedanken im Kopf, daß der Schlaf sich sicherlich nicht einstellen würde.

Ich versuchte, zum Fenster hinauszusehen, aber draußen war es zu finster. Zum Glück waren meine Sachen schon heraufgebracht worden, also packte ich sie aus und legte mir alles zurecht, was ich für die Nacht brauchte.

Dann wusch ich mich und zog mich aus. Ich nahm die Wärmepfanne aus dem Bett und legte mich hin; ich versank beinahe in den weichen Federbetten. Aber jedesmal, wenn ich einnicken wollte, fuhr ich hoch und lauschte. Mir stand offenbar eine sehr unruhige Nacht bevor.

Etwa eine Stunde später hörte ich leise Schritte vor meinem Zimmer. Ich sah zur Tür; meine Augen hatten sich an die Dunkelheit gewöhnt, und die Wolken hatten sich verzogen, so daß es etwas heller war. Daher erkannte ich deutlich, daß sich die Klinke bewegte.

»Kommen Sie herein«, rief ich.

Die Klinke bewegte sich nicht mehr. Ich setzte mich auf; mein Herz klopfte wild. Dann glaubte ich Schritte zu hören, die sich rasch entfernten. Ich lief zur Tür und sah hinaus, aber niemand war zu erblicken.

Der Zwischenfall hatte mir den letzten Rest von Schläfrigkeit vertrieben; ich lag mit offenen Augen im Bett und horchte.

Etwa eine halbe Stunde später hörte ich wieder Schritte. Diesmal glitt ich aus dem Bett und stellte mich neben die Tür.

Ja, die Schritte machten vor meinem Zimmer halt und die Klinke wurde langsam hinuntergedrückt. Diesmal sprach ich nicht, sondern preßte mich an die Wand und wartete.

Ich hatte Jessies stattliche Gestalt erwartet, aber zu meiner Überraschung schlich ein Mädchen ins Zimmer, das nicht älter als zehn Jahre sein konnte. Sie ging geradewegs zum Bett und holte erstaunt Luft, als sie feststellte, daß es leer war. Inzwischen hatte ich die Tür geschlossen, mich an sie gelehnt und fragte: »Was willst du denn?«

Sie fuhr herum und starrte mich mit weit aufgerissenen Augen an. Wenn ich ihr nicht den Weg versperrt hätte, wäre sie bestimmt davongelaufen.

Meine Angst war verschwunden. Statt einer drohenden Erscheinung hatte ich es mit einem neugierigen kleinen Mädchen zu tun.

»Nun«, fragte ich noch einmal, »warum besuchst du mich ausgerechnet um diese Zeit? Es ist nämlich ziemlich spät.«

Sie antwortete nicht, sondern blickte eigensinnig auf ihre bloßen Füße hinunter, die unter dem Nachthemd hervorguckten.

Ich trat auf sie zu. Sie sah mich entsetzt an, und ich war davon überzeugt, daß sie im nächsten Augenblick zur Tür stürzen würde.

»Da du schon einmal in meinem Zimmer bist, solltest du mir eigentlich auch erklären, was du hier suchst, meinst du nicht?«

»Ich... ich wollte Sie nur sehen.«

»Wer bist du?«

»Evalina.«

»Und was tust du in diesem Haus? Wer sind deine Eltern?«

»Wir leben hier. Eigentlich ist es ja Mamas Haus.«

In diesem Augenblick begriff ich und sah auch die Ähnlichkeit. »Du bist also Jessies Tochter?«

Sie nickte.

»Aha, und du lebst hier im Haus deiner Mutter?«

»In Wirklichkeit gehört es Lordy.«

»Wem?«

»Dem alten Mann. Lord Eversleigh ist sein richtiger Name. Aber wir nennen ihn immer Lordy.«

»Wir?«

»Meine Mama und ich.«

»Ich verstehe. Und er hat euch wahrscheinlich sehr gern, wenn er euch in seinem Haus wohnen läßt und euch erlaubt, ihn Lordy zu nennen.«

»Er würde ohne uns nicht zurechtkommen.«

»Sagt er das?«

Sie nickte wieder.

»Warum bist du in mein Schlafzimmer geschlichen?«

»Ich sah Sie kommen.«

»Ich habe dich auch gesehen, du standest oben auf der Treppe.«

»Sie konnten mich nicht sehen!«

»O doch. Du müßtest überhaupt etwas vorsichtiger sein, denn du hast dich auch jetzt erwischen lassen.«

»Werden Sie mich verraten?«

»Das werde ich erst wissen, wenn ich mit dem Verhör fertig bin.«

»Mit dem was?« Sie sah mich ängstlich an.

»Ich werde dir ein paar Fragen stellen, und für dich hängt sehr viel davon ab, wie du sie beantwortest.«

»Meine Mutter würde sehr zornig sein – das ist sie oft. Sie würde mir vorwerfen, daß ich mich nicht zuerst davon überzeugt habe, daß Sie schon schlafen.«

»Wenn ich dich nicht erwischt hätte, wäre also alles in Ordnung.«

Sie sah mich erstaunt an. »Natürlich.«

»Eine merkwürdige Einstellung.«

»Sie sprechen zu komisch. Warum sind Sie hergekommen? Um uns bei Lordy Schwierigkeiten zu machen?«

»Ich bin gekommen, weil Lordy – wie du ihn nennst – mich eingeladen hat.«

»Meine Mutter ist deshalb böse auf ihn. Sie kann nicht verstehen, wieso er Sie eingeladen hat, ohne es ihr zu sagen. Sie will alles mögliche wissen – wer den Brief überbracht hat und so weiter. Wahrscheinlich wird es einen fürchterlichen Krach geben.«

»Warum sollte Lord Eversleigh nicht Menschen, die er sprechen will, in sein Haus einladen können?«

»Er sollte Mama zuerst fragen.«

»Ist deine Mutter hier Haushälterin?«

»Na ja, das ist alles ganz anders.«

»Wieso?«

Sie kicherte. Ihr Gesicht hatte den unschuldigen Ausdruck verloren und wirkte jetzt durchtrieben. Sie war zwar jung, aber sie schien in vielen Belangen Bescheid zu wissen, vor allem, was die Beziehung zwischen ihrer Mutter und Lord Eversleigh betraf. Mein Verdacht wurde zur Gewißheit.

Dieses Kind war offensichtlich gewohnt zu lauschen, zu spionieren; es war so neugierig, daß es sogar nachts sein Bett verließ, um den Besuch in Augenschein zu nehmen, der seine Mutter sosehr aus der Fassung gebracht hatte.

Ich ging auf diesen Punkt nicht weiter ein; das obszöne Lachen des Mädchens hatte mir alles gesagt, was ich wissen wollte, und ich hatte keine Lust, mit ihr über diese zweifelhafte Beziehung zu sprechen.

»Jetzt muß ich gehen«, meinte sie. »Gute Nacht. Eigentlich sollten Sie schon längst schlafen.«

»Das wäre zweifellos für dich angenehmer gewesen, nicht wahr? Wolltest du auch mein Gepäck untersuchen?«

»Ich wollte nur einen Blick darauf werfen.«

»Jetzt bist du nun einmal da und wirst erst gehen, wenn ich es erlaube. Wie lang wohnst du schon hier?«

»Etwa zwei Jahre.«

»Bist du glücklich?«

»Es ist hier sehr schön. Anders als ...«

»Als dort, wo du vorher warst. Wo war das?«

»In London.«

»Wo ist dein Vater?«

Sie zuckte die Schultern.

»Ich hatte nie einen richtigen Vater, nur Onkel. Aber keiner blieb lange.«

Ich war angewidert. Das Kind bestätigte mir, was ich angenommen hatte. Jessie war eine leichtfertige Frau, der es irgendwie gelungen war, Lord Eversleigh an sich zu fesseln. Wie hatte sie es nur geschafft? Ich konnte mir nicht vorstellen, daß auch nur einer meiner anderen Vorfahren auf sie hereingefallen wäre. Sie hätten sie keine Stunde unter ihrem Dach geduldet.

»Wie bist du hierhergekommen?«

Sie sah mich verständnislos an; offensichtlich wußte sie es wirklich nicht. Sie erzählte mir nur, daß sie in der Nähe von Covent Garden gewohnt hatten und daß ihre Mutter Zimmer vermietete. »An Leute vom Theater. Meine Mama ist auch einmal aufgetreten.«

Bei dieser Erinnerung lag ein sehnsüchtiger Ausdruck auf ihrem Gesicht, und ich meinte: »Dir hat dieses Leben anscheinend besser gefallen als das jetzige.«

Sie zögerte. »Hier gibt es immer etwas Gutes zu essen ... und Mama geht es besser ... und Lordy wüßte ohne uns weder aus noch ein.«

»Sagt er das?«

»Er sagt es Mama immerzu, weil sie ihn immerzu fragt.«
»Wo ist dein Schlafzimmer?«
Sie zeigte vage in die Höhe.
»Und wo schläft deine Mutter?«
»Bei Lordy natürlich.«

Ich war entsetzt – genau das hatte ich befürchtet. Wer weiß, was der nächste Tag alles bringen würde.

»Mir wird kalt«, jammerte Evalina.

Ich fror auch; außerdem hatte ich genug erfahren.

»Dann ist es besser, wenn du jetzt auf dein Zimmer gehst.«

Sie lief zur Tür.

»Ich brauche einen Schlüssel für meine Tür.«
»Ich werde ihn zurückbringen.«
»Also du hast ihn.«

Sie nickte lächelnd und sah in diesem Augenblick kindlich übermütig aus.

»Hast du ihn vielleicht mitgenommen, damit du dich jederzeit in mein Zimmer schleichen kannst?«

Sie blickte, immer noch lächelnd, zu Boden.

»Befindet sich der Schlüssel jetzt in deinem Zimmer?«

Wieder ein Nicken.

»Dann bring ihn mir sofort!«

Sie zögerte. »Wenn ich es tue, verraten Sie mich dann nicht?«

In ihrem Gesicht lag ein gieriger Ausdruck – sie erinnerte sehr an ihre Mutter.

»In Ordnung. Bring mir den Schlüssel und dein Besuch bei mir bleibt unser Geheimnis. Nur rate ich dir, es nicht noch einmal zu versuchen.«

Sie nickte und schlüpfte zur Tür hinaus. Kurz darauf kehrte sie mit dem Schlüssel zurück.

Ich versperrte meine Tür, und weil ich mich jetzt sicher fühlte, schlief ich tief und traumlos bis zum Morgen.

Eines der Mädchen weckte mich; es brachte mir heißes Wasser. Die Sonne schien zum Fenster herein, und in ihrem Licht erkannte ich, wie schäbig das Zimmer aussah.

»Guten Morgen«, sagte ich, »wie heißt du?«

»Moll. Mistreß Jessie sagt, Sie sollen runterkommen, wenn Sie fertig sind.«

»Danke.« Sie musterte mich neugierig und verschwand.

Ich stand sofort auf; heute würde ich herausbekommen, was hier wirklich gespielt wurde, und ich konnte es kaum erwarten, meinen

Onkel kennenzulernen. Lordy! Der Spitzname sprach Bände; sicherlich hatte Jessie ihn erfunden.

Als ich ins Eßzimmer kam, war Jessie bereits anwesend. Sie trug einen reich bestickten Morgenmantel aus lila Batist. Obwohl sie weniger Schmuck angelegt hatte als am Abend zuvor, war es noch immer viel zuviel. Ihre Schminke war im grellen Sonnenschein, der weit weniger schmeichelte als Kerzenlicht, viel deutlicher zu sehen.

Sie begrüßte mich mit überströmender Freundlichkeit. »Da sind Sie ja. Ich hoffe, Sie haben gut geschlafen. Du meine Güte, Sie müssen gestern wirklich erschöpft gewesen sein.« Sie machte keinen Versuch mehr, vornehm zu wirken, und mir gefiel ihre jetzige Art besser – sie war natürlicher. »War das Bett in Ordnung? Ich fürchte, daß die Mädchen sich beeilt haben, als sie es machten, und Sie wissen ja, wie Dienstboten heutzutage sind.«

Ich beruhigte sie; mein Bett war in Ordnung gewesen, und ich hatte sehr gut geschlafen. »An ein fremdes Bett muß man sich immer erst gewöhnen.«

»Da bin ich ganz Ihrer Meinung.« Sie lachte schrill und versetzte mir spielerisch einen Rippenstoß.

»Was würden Sie heute denn gern essen? Wir haben keinen Besuch erwartet und deshalb können wir Ihnen nicht allzuviel bieten; aber es wird sich sicherlich etwas finden lassen, das Ihnen schmeckt.«

Der Frühstückstisch war reichlich gedeckt: Fisch und Fleischpasteten. Ich war nicht hungrig und begnügte mich mit einem Stückchen Fisch. Jessie saß mir gegenüber, wie am Abend zuvor.

»Ach, Sie essen ja wie ein Vögelchen«, bemerkte sie. Sie hatte offensichtlich schon gefrühstückt, konnte aber der Versuchung nicht widerstehen, nahm sich ein Stück Pastete und aß es mit sichtlichem Vergnügen; als sie fertig war, leckte sie sich schmatzend die Finger ab.

»Wann werde ich Lord Eversleigh sehen können?« fragte ich.

»Darüber wollte ich gerade mit Ihnen sprechen. Der Arme fühlt sich morgens nie sehr wohl; er braucht einige Zeit, um auf die Beine zu kommen. Er ist eben kein Jüngling mehr, obwohl er sich sehr gut gehalten hat.« Ihre Augen blitzten, während sie anscheinend in Erinnerungen schwelgte, und wenn nicht der Tisch zwischen uns gewesen wäre, hätte sie mir sicherlich wieder einmal einen Rippenstoß versetzt.

»Ich bin sicher, daß er mich sofort sehen will, sobald er von meiner Anwesenheit erfährt.«

»Da haben Sie bestimmt recht. Lassen wir ihm also noch ein bis zwei Stunden Zeit, gut? Ich werde Sie verständigen, wenn er soweit ist. Sagen wir so gegen elf Uhr.«

»Ich freue mich schon darauf?«

Sie stand auf. »Ich nehme an, Sie werden jetzt auspacken wollen. Sie könnten aber auch im Garten spazierengehen. Er wird Ihnen sicherlich gefallen. Kommen Sie aber nicht zu spät zurück, Sie wissen ja, elf Uhr.«

Ich ging zunächst auf mein Zimmer, packte meine restlichen Sachen aus und begab mich dann, ihrem Rat folgend, in den Garten. Aber auch hier bemerkte man deutlich die mangelnde Pflege; der Garten sah genauso verwahrlost aus wie das Haus.

Um elf Uhr kam ich von meinem Spaziergang zurück; Jessie erwartete mich schon in der Halle.

»Seine Lordschaft ist sehr aufgeregt und möchte Sie sofort sehen.«

Ich folgte ihr die Treppe hinauf. Erinnerungen an meine Kindheit kehrten wieder; ich wußte, daß wir in das Elternschlafzimmer gingen. Meine Mutter und ich hatten dort meine Urgroßmutter besucht, als sie krank war.

Jessie öffnete ohne viel Umstände die Tür, und ich folgte ihr.

Im Himmelbett saß ein alter Mann. Sein Gesicht war gelblich, und er hatte kaum noch Fleisch auf den Knochen; wenn nicht die großen, lebhaften braunen Augen gewesen wären, hätte man ihn für einen Leichnam halten können.

»Da ist die kleine Dame, Lordy.«

Die leuchtenden Augen waren auf mich gerichtet, und eine magere Hand streckte sich mir entgegen.

»Zippora! Du bist es wirklich, Clarissas Tochter. Also bist du doch gekommen!«

Ich ergriff seine Hand und drückte sie. Seine Augen schimmerten feucht. Hier war ich wenigstens willkommen.

»Sie ist gekommen, weil du sie eingeladen hast, Liebster«, mischte sich Jessie ein. »Und du hast mir kein Wort davon gesagt. Das war nicht sehr nett von dir. Sie ist vergangene Nacht in der Dunkelheit hier eingetroffen... und nichts war für sie vorbereitet. Wenn du es mir mitgeteilt hättest, hätte ich einen Staatsempfang für sie veranstaltet.«

Er lächelte mir beinahe maliziös zu. »Jessie betreut mich sehr gut.«

»Und ob!« bestätigte Jessie. »Obwohl du es nicht immer verdienst, du schlimmer Lordy.«

Er lächelte mich an. Wollte er über etwas Bestimmtes mit mir sprechen? Wenn ja, sicherlich nicht in Jessies Gegenwart.

»Ich freue mich so sehr, dich kennenzulernen«, sagte ich.

»Und dein Mann?«

»Er konnte nicht mitkommen. Eine Scheune in unserer Nähe geriet in Brand, er beteiligte sich an den Löscharbeiten und brach sich dabei ein Bein.«

»Du bist also allein gekommen?«

»Nein, in Begleitung von sieben Reitknechten.«

Er nickte. »Das war sehr freundlich von dir.«

Seine dunklen Augen waren sehr ausdrucksvoll; er wollte mir bestimmt etwas zu verstehen geben.

»Erzähl mir«, fuhr er fort. »Wie geht es deiner Mutter – sie war immer ein so liebes Mädchen. Und dein Vater... sein Tod war so tragisch. Er war ein echter Edelmann. Und Sabrina...«

»Es geht allen gut.«

»Ein Jammer, daß Sabrina diesen verdammten Jakobiten geheiratet hat; aber wir haben es ihnen ja gezeigt, was?«

Jessie hatte sich ans Bett gesetzt, doch dann stand sie auf, ging zum Tisch, auf dem eine Schale mit Konfekt stand, nahm ein Stück, setzte sich in einen Stuhl und begann genüßlich zu lutschen. Ich nahm an, daß die Süßigkeiten für sie hingestellt worden waren und daß sie mir deutlich zu verstehen geben wollte, wer das Zimmer mit dem armen alten Mann teilte. Die Vorstellung, wie beide in einem Bett lagen, wäre komisch gewesen, wenn das Ganze nicht einen so tragischen Hintergrund gehabt hätte. Sie lächelte uns freundlich zu, aber hinter diesem Lächeln lauerte die gespannte Aufmerksamkeit eines Wachhundes. Sie war mißtrauisch und zornig darüber, daß mein Onkel mich ohne ihr Wissen hatte kommen lassen. Ich fragte mich, wie weit er unter ihrem Einfluß stand. Anscheinend verfügte er noch über eine gewisse Autorität, aber sie hatte zweifellos viel zu reden.

»Lordy wird immer noch ganz wild, wenn es um die Jakobiten geht«, stellte sie fest.

Ich zog die Brauen hoch und blickte sie an. Warum schickte er dieses unverschämte Weib nicht aus dem Zimmer?

Er bemerkte meinen fragenden Blick und erwiderte ihn mit einem beinahe um Verzeihung bittenden Lächeln. Er wollte ganz bestimmt unter vier Augen mit mir sprechen – warum befahl er ihr nicht zu verschwinden?

War es möglich, daß er Angst vor ihr hatte? Eine zu allem entschlossene, kräftige Frau, eine von ihr ausgesuchte Dienerschaft und ein reicher, gebrechlicher alter Mann, der den größten Teil des Tages im Bett verbrachte.

Die Situation war eindeutig; aber ich verstand nicht, warum er so fügsam war.

»Mistreß Jessie scheint eine gute Haushälterin zu sein«, bemerkte ich.

Sie lachte schallend. »Mehr als das, was, mein Liebling?«

Er lachte ebenfalls, und an seinem Gesichtsausdruck merkte ich, daß er sie mochte.

»Gehst du nie aus?« fragte ich.

»Nein, ich bin schon Ewigkeiten nicht mehr fort gewesen. Monatelang, nicht wahr, Jessie?« Sie nickte. »Ich komme die Treppe nicht mehr hinunter. Es ist ein Jammer.«

»Er ruht sich am Nachmittag aus, nicht wahr, Liebling? Nach dem Essen decke ich ihn warm zu, dann macht er sein kleines Nickerchen, und danach ist er wieder frisch und munter.«

Jessie stöberte in der Schale mit Konfekt. »Das Marzipan ist aus«, bemerkte sie. »Und ich habe den Mädchen doch gesagt, daß sie welches nachfüllen sollen.«

Einen Augenblick lang war ihr Gesicht wutverzerrt, und der sanfte Ausdruck wie weggewischt, aber sie riß sich sofort wieder zusammen und lächelte. Wenn sie schon wegen des Konfekts so sehr in Zorn geraten konnte, wie reagierte sie dann, wenn es um etwas Ernstes ging? Mir wurde immer klarer, daß ich in eine sehr merkwürdige, gefährliche Situation geraten war.

Sie ging zur Tür und rief »Moll!« Das war die Gelegenheit, auf die wir gewartet hatten. Die ausgemergelte alte Hand ergriff die meine. »Sprich mit Jethro! Er wird dir sagen, was du tun sollst.«

Das war alles, denn sie kam schon wieder von der Tür zurück.

»Diese Mädchen«, schimpfte sie. »Sie sind das Geld nicht wert, das man ihnen bezahlt.«

»Wie soll ich dich eigentlich nennen?« fragte ich schnell, als setzte ich ein Gespräch fort. »Unsere Verwandtschaft ist ja reichlich kompliziert.«

»Warte mal. Meine Eltern waren Edwin und Jane, und Edwin war der Sohn von Arabella und Edwin. Arabella heiratete in zweiter Ehe Carleton. Ihre Kinder waren Priscilla und Carl, der General wurde. Priscilla hatte eine uneheliche Tochter, Carlotta; dann heiratete sie und gebar Damaris. Carlotta bekam ebenfalls eine uneheliche Tochter.«

Jessie begann zu lachen. »Jetzt weiß ich wenigstens, wieso du so ein Schlimmer bist, Lordy.«

Er beachtete sie nicht und fuhr fort. »Und Carlottas Tochter war deine Mutter Clarissa. Ich glaube, du nennst mich am besten Onkel Carl, was meinst du?«

»Schön, dann bleibt es also bei Onkel Carl.«

Kurz darauf kam Moll mit weiterem Konfekt herein. Jessie stürzte sich gierig darauf, und Onkel Carl benützte die Gelegenheit, um den Namen Jethro zu wiederholen.

Wir unterhielten uns noch eine Weile, dann verabschiedete ich mich. Jessie strahlte – sie wußte ja nicht, daß ich endlich einen Hinweis erhalten hatte.

Kurz nachdem ich Onkel Carl verlassen hatte, wurde das Mittagessen aufgetragen. Es handelte sich um ein üppiges Mahl, das im Eßzimmer eingenommen wurde. Es bestand aus Suppe, Fisch, dreierlei Fleisch und Pasteten. Jessie schien eine Schwäche für Pasteten zu haben. Als ich das Eßzimmer betrat, saß sie bereits mit dem Kind am Tisch, das mich vergangene Nacht besucht hatte.

»Meine Tochter Evalina«, stellte sie mir die Kleine vor.

Evalina machte einen Knicks. Sie sah jetzt sehr sittsam aus; wahrscheinlich hatte sie gewaltigen Respekt vor ihrer Mutter.

»Sie hilft mir im Haushalt, nicht wahr, mein Kleines?«

Evalina sah mich halb herausfordernd, halb bittend an. Offensichtlich hatte sie Angst, ich könnte ihren nächtlichen Besuch bei mir erwähnen.

»Du bist deiner Mutter sicherlich eine große Hilfe.«

Sie atmete erleichtert auf und lächelte mich dankbar und verschwörerisch an.

Jessie beschäftigte sich so eifrig mit dem Essen, daß zu meiner Erleichterung kein richtiges Tischgespräch zustande kam.

»Ich habe Lordy das Tablett mit seinem Essen schon hinaufgebracht. Ich muß immer darauf achten, daß es nichts schwer Verdauliches ißt, er hat einen sehr empfindlichen Magen. Aber das Roastbeef heute war genau das Richtige für ihn. Nach dem Essen schläft er dann bis fünf Uhr nachmittags. Ich lege mich auch gern ein bißchen aufs Ohr; dann kann ich wieder die halbe Nacht munter bleiben. Wie halten Sie es, Mistreß Ransome?«

»Ich halte kein Mittagsschläfchen – aber ich bleibe auch nicht die halbe Nacht auf.«

Sie lachte. Evalina beobachtete mich verstohlen und beteiligte sich nicht an der Unterhaltung. Ich war froh, als die Mahlzeit vorüber war. Es war mir sehr angenehm, daß Jessie sich schlafen legte, und ich fragte mich, ob sie meinem Onkel im Himmelbett Gesellschaft leistete.

Ich wartete in meinem Zimmer, bis es im Haus ruhig geworden war, dann ging ich unverzüglich durch den Garten zu den Ställen. Als ich um die Ecke bog, sah ich zwei Häuschen vor mir; auf einem der Zäune saß ein Junge. Er sah mich neugierig an, und ich fragte: »Kennst du Jethro?« Er nickte. »Wo wohnt er?«

Er zeigte auf das zweite Häuschen.

Ich bedankte mich und öffnete Jethros Gartentür.

Er mußte mich erwartet haben, denn als ich den Weg hinaufging, hörte ich seine Stimme: »Kommen Sie nur herein, Mistreß Zippora.«

Ich betrat ein dunkles Zimmer, das mit Möbeln vollgeräumt war; über der Tür war ein Hufeisen befestigt.

»Lord Eversleigh sagte mir, ich soll dich aufsuchen, Jethro«, erklärte ich.

»Das stimmt. Ich bin sozusagen der einzige Mensch, den er hier hat.«

»Wie meinst du das?«

»Na ja, sie hat die Hosen an. Was Jessie will, das geschieht. So liegen die Dinge.«

»Es ist schrecklich. Ich hatte keine Ahnung, wie es hier aussieht. Diese Frau...«

»Das Ganze ist gar nicht so ungewöhnlich. Ein Mann wie Seine Lordschaft... Sie müssen schon entschuldigen, Mistreß Zippora, aber es ist nicht das erstemal, daß so etwas geschieht.«

»Kann man sie denn nicht fortschicken? Er müßte sie ja nur entlassen.«

»Das würde Seine Lordschaft nie tun. Er hängt an ihr. Sie ist seine Geliebte... Sie müssen den Ausdruck schon verzeihen, Mistreß Zippora.«

»Du willst damit sagen, daß sie ihn beherrscht.«

»Sie hat ihn in der Hand, Mistreß. Er will, daß sie bleibt, und genau das will sie auch. Er weiß, daß sie ihr Schäfchen ins trockene bringt, aber es macht ihm Freude, ihr dabei zu helfen.«

»Ein sehr ungewöhnlicher Zustand.«

»Ja, wissen sie, er war immer hinter den Weibern her, und man kann nicht erwarten, daß er sich im Alter noch ändert.«

»Aber irgend etwas muß ihn bedrücken. Er hat mir zugeflüstert, daß du mir etwas sagen wirst.«

»Ach ja, ich soll Ihnen sagen, daß er unter vier Augen mit Ihnen sprechen will – ohne daß Jessie dabei ist. Sie sollen das irgendwie bewerkstelligen.«

»Ich könnte einfach in sein Zimmer gehen, und er müßte nur

darauf bestehen, daß wir allein bleiben. Warum sollte er seiner Haushälterin nicht befehlen, den Raum zu verlassen?«

»Weil Jessie keine gewöhnliche Haushälterin ist. Sie wäre nie damit einverstanden, und er will sie keinesfalls in Wut bringen. Nein, Mistreß, Sie müssen ihn aufsuchen, wenn Jessie nicht zu Hause ist. Zum Glück ist sie ein Gewohnheitsmensch, und sie wird in etwa einer halben Stunde das Haus verlassen.«

»Woher willst du das wissen?«

»Weil sie es jeden Tag tut.«

»Sie hat mir erzählt, daß Lord Eversleigh jeden Nachmittag bis fünf Uhr schläft und daß sie es ihm nachmacht.«

»Sie liegt vielleicht im Bett – aber nicht zum Schlafen ... wenn Sie mir die offenen Worte verzeihen, Mistreß Zippora.«

»Die ganze Situation ist so widerwärtig, daß ich dir nichts übelnehme, Jethro.«

»Nach dem Essen deckt sie Seine Lordschaft warm zu und befiehlt ihm zu schlafen. Um halb zwei ist sie schon unterwegs zu Amos Carew, in den sie verschossen ist. Er hat sie nämlich hierhergebracht. Wahrscheinlich war es eine abgekartete Sache zwischen den beiden.«

»Das heißt, daß Amos Carew ihr Liebhaber ist. Wer ist er überhaupt?«

»Der Gutsverwalter. Seine Lordschaft könnte nicht auf ihn verzichten. Amos hat Jessie als Haushälterin eingeführt, und kurz darauf betreute sie nicht nur den Haushalt, sondern auch Seine Lordschaft. Sie ist sehr energisch, hat die meisten Diener entlassen; nur ich und noch ein paar andere, die in eigenen Häuschen wohnen, sind geblieben. Die neue Dienerschaft hat sie persönlich ausgesucht. Aber ich muß ihr eines lassen – sowohl Seine Lordschaft als auch Amos Carew sind sehr zufrieden. Sie halten beide sehr viel von ihr.«

»Entsetzlich!«

»Vielleicht für eine Lady wie Sie. Aber er will mit Ihnen sprechen, und das geht nur, während sie bei Amos Carew ist. Gehen Sie einfach in sein Zimmer. Er wird wahrscheinlich schlummern, aber sofort wach sein, wenn Sie ihn anreden. Dann wird er Ihnen sagen, was er von Ihnen will, warum er Sie hierherkommen ließ; ich glaube nicht, daß er Jessie loswerden will, er will nur nicht in ihrer Gegenwart darüber sprechen.«

»Dann gehe ich jetzt zu ihm.«

»Es ist noch ein bißchen zu früh, Mistreß. Warten Sie, bis sie in Carews Haus ist. Von meinem Schlafzimmerfenster aus sehen wir hinüber. Sie bleibt meist zwei geschlagene Stunden bei ihm; es ist am besten, wir gehen jetzt hinauf und passen auf.«

Wir stiegen ins Schlafzimmer hinauf, das zwei Fenster hatte. Von dem einen aus sah man tatsächlich das Herrenhaus.

Jethro hatte zwei Stühle zum Fenster gestellt und erklärte mir die Lage. »Rechts vom Herrenhaus befindet sich das Haus, in dem der Verwalter wohnt. Schon zur Zeit meines Vaters und meines Großvaters waren die Verwalter dort untergebracht. Vor einigen Jahren bekam Carew diesen Posten. Er war ein lustiger Kerl, den alle mochten, vor allem die Mädchen. Etliche haben sich wohl Hoffnungen darauf gemacht, als seine Frau in das Haus einzuziehen, aber er ist nicht der Typ, der heiratet. Bald nachdem er Fuß gefaßt hatte, brachte er Jessie hierher. Sie wurde sehr schnell die Geliebte Seiner Lordschaft, und sie hat es sehr geschickt verstanden, sich unentbehrlich zu machen. Er schenkte ihr Schmuck und schöne Kleider und überließ ihr die Leitung des Haushalts vollkommen. Aber er ist ein alter Mann... kurz, sie hat es immer auch mit Amos getrieben. So ist es eben.«

»Je mehr ich darüber erfahre, desto widerlicher wird das Ganze.«

»Weil Sie eine wirkliche Lady sind, aber solche Dinge passieren immer wieder. Es ist nur ein Jammer, daß Seine Lordschaft in so etwas geraten ist. Aber passen Sie auf, sie muß jeden Augenblick auftauchen.«

»Dann laufe ich hinüber und gehe sofort in Lord Eversleighs Zimmer.«

»Richtig, und er erklärt Ihnen, was er will. Wenn es etwas ist, wobei ich Ihnen helfen kann, dann sagen Sie es mir nur.«

»Was ist das dort drüben für ein Haus?«

»Das ist Enderby.«

»Ach ja, ich erinnere mich daran.«

»Es war immer schon ein merkwürdiger Ort.«

»Wer wohnt jetzt dort?«

»Es hat vor einiger Zeit den Besitzer gewechselt. Die neuen Eigentümer verkehren nicht mit ihren Nachbarn; gelegentlich bekommen sie Besuch, meist Ausländer.«

»Es gibt Häuser, über die immer Geschichten im Umlauf sind.«

»Angeblich spukt es dort. In Enderby haben sich wahre Tragödien abgespielt. Jemand soll dort ermordet und im Garten begraben worden sein.«

»Soweit ich mich erinnere, hat das Haus immer düster gewirkt.«

»Da, sehen Sie, Mistreß Zippora, da ist sie. Sie benützt die

Bäume als Deckung, aber sie muß doch ein Stück über die Wiese gehen. Zum Glück ist so viel von ihr da, daß man sie kaum übersehen kann.« Er kicherte. »Heute wird sie Amos allerhand zu erzählen haben.«

Ich beobachtete sie gespannt. Sie trat ins Haus, ohne anzuklopfen – augenscheinlich wurde sie erwartet.

»Ich laufe jetzt zurück«, sagte ich. »Danke, Jethro. Ich komme bald wieder vorbei.«

»Ist schon recht, Mistreß. Gehen Sie nur geradewegs in sein Zimmer und machen Sie sich nichts draus, wenn er schläft. Wecken Sie ihn, er will unbedingt mit Ihnen sprechen.«

Ich betrat leise das Haus und ging die Treppe hinauf. Als ich die Tür zu Onkel Carls Zimmer öffnete, saß er im Bett und erwartete mich.

Seine Augen leuchteten auf, als er mich sah.

»Du hast mit Jethro gesprochen?«

»Ja. Er hat mir gesagt, wann ich mit dir allein sein kann.«

»Jessie schläft. Sie legt großen Wert auf ihr Nachmittagsnickerchen.«

Seine Augen glänzten übermütig, und ich hatte den Eindruck, daß er über ihre Besuche beim Verwalter Bescheid wußte. Aber vielleicht bildete ich es mir auch nur ein, denn ich hätte mir früher nie träumen lassen, daß es solche Zustände gibt.

»Es ist sehr lieb von dir, daß du gekommen bist. Und ich bin eigentlich froh darüber, daß du allein bist, weil dein Mann mich vielleicht nicht so ohne weiteres verstehen würde.«

»Da bin ich zwar anderer Meinung, aber jetzt möchte ich doch wissen, was ich eigentlich verstehen soll.«

»Komm, setz dich ans Bett, damit ich dich besser sehen kann. Du siehst Clarissa ähnlich, sie war immer so lieb und freundlich. Meiner Meinung nach sind die Frauen immer das Rückgrat der Familie. Männer haben Schwächen, aber die Frauen sind stark. Nun, wir müssen zur Sache kommen. Ich möchte, daß du mir hilfst, mein Testament zu machen.«

»Oh!«

»Ja, es geht um die Formalitäten. Ich muß Papiere unterzeichnen, und die Anwälte müssen ins Haus kommen. Das ist unter den gegebenen Umständen ziemlich schwierig.«

»Du meinst wegen Jessie.«

»Ja, ihretwegen.« Er hob die Hand. »Ich weiß, was du sagen willst: Ich soll Jessie entlassen.«

Ich nickte.

»Das ist etwas, das du nicht verstehen kannst. Du hast immer ein behütetes Leben geführt, hattest gute Eltern und jetzt einen braven Ehemann. Nicht allen geht es so gut wie dir. Unser Leben ist nicht immer so angenehm verlaufen, und wir sind auch nicht immer umgängliche Leute gewesen.«

»Du willst mir erklären, daß Jessie eine besondere Stellung in diesem Haushalt einnimmt, und daß es deshalb nicht leicht ist, sie loszuwerden.«

»Wenn ich sie aus dem Haus weise, muß sie gehen. Das ließe sich machen.«

»Und du willst, daß ich sie durch die Anwälte hinauswerfen lassen soll.«

»Aber nein, keinesfalls. Ich möchte nicht ohne Jessie leben, ich wüßte gar nicht, wie ich ohne sie zurechtkommen sollte. Nein, es geht nur um das Testament.«

»Und dennoch...«

»Ich habe dich ja gewarnt, daß es dir schwerfallen wird, mich zu verstehen. Ich war immer hinter den Weibern her, seit meinem vierzehnten Lebensjahr. Ich könnte mir ein Leben ohne Frauen nicht vorstellen. In meinem wilden Leben hat es immer Frauen gegeben – vor meinem zwanzigsten Geburtstag hatte ich schon ein Dutzend Geliebte gehabt. Es tut mir leid, wenn ich dich damit schockiere, aber anders kannst du mich nicht verstehen. Ich möchte Jessie nicht verärgern, sie bedeutet mir sehr viel. Außerdem hängt mein Wohlergehen von ihr ab, daher möchte ich Schwierigkeiten vermieden. Aber sie kann Eversleigh nicht bekommen, das steht fest. Meine Vorfahren würden zornentbrannt aus ihren Gräbern steigen und mich heimsuchen, wenn ich in dieser Absicht zur Feder griffe. Immerhin besitze auch ich Familienstolz. Eversleigh gehört nun einmal den Eversleighs. Die Linie darf nicht abreißen.«

»Ich beginne dich zu verstehen, Onkel Carl.«

»Gut. Du hast bestimmt von meiner Frau Felicity gehört. Ich war vierzig, als ich sie kennenlernte, und ich liebte sie sehr – sie war zweiundzwanzig. Wir verbrachten fünf Jahre miteinander. In dieser Zeit war ich ein anderer Mensch, ein vorbildlicher Ehemann, der gar nicht auf die Idee kam, einen Seitensprung zu machen. Dann wurde sie schwanger, und ich war im siebenten Himmel. Sie starb bei der Geburt, und das Kind starb mit ihr. Ich stürzte jäh in tiefste Verzweiflung.«

»Ich habe davon gehört, Onkel Carl.«

»Solche Tragödien ereignen sich oft. Nun ja, was sollte ich tun? Ich zwang mich, meiner Verzweiflung Herr zu werden und führte wieder das Leben, das ich bis zu meiner Verheiratung geführt hatte. Frauen... ich konnte nicht ohne sie sein. Mein Namensvetter, General Carl, war keineswegs mit meinem Lebenswandel einverstanden. Ich hätte nach Leighs Tod den Besitz übernehmen sollen, und jetzt mußte er ihn leiten, weil ich London nicht verlassen wollte. Aber er war der geborene Soldat und hatte eigentlich für das Landleben nicht viel übrig. Dann starb er, und ich begann wieder einmal ein neues Leben. Ich sah ein, daß es meine Pflicht war, zurückzukommen, und das Gut wuchs mir bald ans Herz. All die Ahnen in den gerahmten Bildern werden mit der Zeit ein Teil deiner selbst. Ich begann, auf Eversleigh stolz zu sein, und begriff, was es bedeutete, daß das alte Haus all die Jahre im Besitz unserer Familie geblieben war. Ich engagierte einen guten Verwalter, nämlich Amos Carew, und der brachte Jessie ins Haus. In Jessie fand ich das, was mich immer schon an Frauen angezogen hatte – Verstehen ohne Worte. Wir wollten beide das gleiche, wir waren in vielem einer Meinung. Du kannst das nicht begreifen, Kind, denn du bist anders. Jessie und ich hatten von Anfang an das Gefühl, alte Freunde zu sein. Ich verdanke ihr viele schöne Stunden.«

»Sie leitet den Haushalt.«

»Sie ist ja auch die Haushälterin.«

»Aber anscheinend untersteht ihr alles.«

»Du meinst, auch ich.«

»Na ja, schließlich kann ich nur zu dir kommen, wenn sie schläft.«

»Nur, weil ich sie nicht unnötig aufregen will. Ich will nicht, daß sie von diesem Testament erfährt.«

»Sie nimmt sicherlich an, daß sie dieses Haus einmal erben wird.«

»Das ist möglich. Natürlich wird es nie soweit kommen, aber ich will sie jetzt nicht aus der Fassung bringen. Deshalb mußt du einen Weg finden, um die Anwälte hierherzubringen. Du müßtest in die Stadt fahren und ihnen alles genau erklären; ich werde dir aufschreiben, was ich festlegen möchte, und du bringst es ihnen. Dann können sie einmal an einem Nachmittag mit den Zeugen hierherkommen, und ich unterschreibe vor ihnen.«

»Das ließe sich machen.«

»Jessie darf es nicht erfahren. Sie wäre wütend.«

Ich schwieg, und er legte seine Hand auf die meine. »Denk nicht schlecht von Jessie. Sie ist nun mal so, wie sie ist, und sie ist mir sehr ähnlich. Sie macht mir das Alter erträglich, ich wüßte nicht, was ich ohne sie anfangen sollte. Ich kenne sie sehr gut und kann mir vorstellen, wie jemand wie du sie sehen muß. Trotzdem bitte ich dich um deine Hilfe. Ich will dir dieses Haus hinterlassen, weil du Carlottas Enkelin bist. Carlotta war das lieblichste Wesen, das ich je kannte. Deine Mutter war zwar die Tochter des Schurken Hessenfield, eines der bedeutendsten Jakobiten jener Zeit, aber Carlotta war ein wunderbares Geschöpf – schön, wild, leidenschaftlich. Ich habe sie nie vergessen. Irgendwie erinnerst du mich an sie; wahrscheinlich sind es deine Augen, die so tiefblau, beinahe violett sind. Sie wollte irgendeinen Tunichtgut heiraten, in den sie sich verliebt hatte. Sie trafen einander heimlich in Enderby – dann verschwand er auf sehr mysteriöse Weise. Später liefen eine Menge Gerüchte um; angeblich wurde er ermordet, und sein Leichnam liegt irgendwo in Enderby begraben. Ach, es wurde viel über sie geredet. Ich denke oft an sie, während ich so im Bett liege. Sie war so voller Leben und Schönheit. Und sie starb so jung, sie muß erst Anfang Zwanzig gewesen sein. Ich bin alt, es fällt mir nicht schwer abzutreten, denn ich habe mein Leben hinter mir. Aber jemand, der in der Blüte seiner Jugend stirbt, der noch das ganze Leben vor sich hätte... Ich frage mich, ob so jemand nicht versucht, zurückzukommen und sein Leben fortzusetzen... Wahrscheinlich hältst du mich für einen verschrobenen alten Mann, und du hast vermutlich recht damit. Wenn ich hier so liege, habe ich eben zuviel Zeit zum Nachdenken.«

»Jetzt bin ich erst richtig froh darüber, daß ich deiner Einladung gefolgt bin.«

»Und du wirst mir diesen Dienst erweisen? Unauffällig?«

»Ich werde tun, was ich kann. Schreib mir bitte auf, was du willst, und ich übergebe den Anwälten den Brief, damit sie die nötigen Schritte unternehmen. Die Zeugen werden wahrscheinlich hier unterschreiben müssen; wen könnte man dazu nehmen? Jethro vielleicht...«

»Nein, nicht Jethro, ich werde ihn im Testament bedenken, und soviel ich weiß, darf kein Erbe als Zeuge unterschreiben. Es muß jemand Unbeteiligter sein. Frage deswegen die Anwälte.«

»Zunächst mußt du einmal die Anweisungen schreiben, und ich bringe sie den Anwälten, damit sie das Testament aufsetzen. Dann können wir über die Zeugen nachdenken. Gibt es hier irgendwo Papier und Tinte?«

»Im Schreibpult.«

Ich brachte es ihm, und er begann zu schreiben.

Inzwischen setzte ich mich ans Fenster, denn ich hielt es für denkbar, daß Jessie früher zurückkehrte – meine Anwesenheit im Haus mußte ihr verdächtig vorkommen. Außerdem war auch noch Evalina da, die ich für eine erfahrene Spionin hielt.

Ich überdachte die seltsame Lage, in der ich mich befand, und fragte mich, was geschehen wäre, wenn Jean-Louis mich begleitet hätte. Sicherlich hätte er die ganze Angelegenheit in die Hand genommen.

Onkel Carl schrieb zügig, und außer dem Kratzen der Feder auf dem Papier hörte man keinen Laut. Die Wanduhr tickte vor sich hin, und die ganze Szene hatte etwas Unwirkliches an sich.

Als ich zum Bett hinüberblickte, lächelte er mir zu.

»Ich bin fertig, meine Liebe. Du mußt es zu Rosen, Stead und Rosen bringen, ihnen sagen, daß es sich um mein Testament handelt, und dann werden sie alles Weitere übernehmen. Sie haben ihr Büro in der Stadt, auf der Hauptstraße.«

Ich nahm die Papiere entgegen.

»Komm, setz dich an mein Bett«, forderte er mich auf. »Erzähl mir von deinem Mann. Er verwaltet Clavering, soviel ich weiß.«

»Ja, seit dem Tod des früheren Verwalters vor zehn Jahren. Damals haben wir auch geheiratet.«

»Eversleigh ist ein sehr großer Besitz, und Carew ist ein guter Verwalter. Aber ich halte es für besser, wenn der Besitzer sich selbst aktiv an der Leitung des Guts beteiligt. Dadurch wird es viel mehr zu einer Familienangelegenheit. Die großen Güter in England sind immer von den großen Familien bewirtschaftet worden, die sich für ihre Pächter und Arbeiter verantwortlich fühlen. Als ich das endlich begriffen hatte, war es zu spät, Zippora. Meine Leute trauern meinem Vorgänger nach. Ich habe meine Pflichten vernachlässigt, das ist mir heute klar.«

»Aber du hast einen guten Verwalter und du versuchst, deine Angelegenheiten in Ordnung zu bringen.«

Er nickte. »Ich war ein Taugenichts, ein alter Sünder.«

Ich machte ihn darauf aufmerksam, daß Jessie bald auftauchen würde, denn es war schon ein Viertel vor vier.

Ich beugte mich über ihn und küßte ihn auf die Stirn. Wenn ich nicht wollte, daß Jessie mich mit den Papieren in der Hand antraf, mußte ich jetzt gehen. »Ich werde mich darum kümmern«, sagte ich, »und wieder zu dir kommen, wenn du allein bist.«

Er lächelte mir zu, und ich verließ das Zimmer.

Zunächst mußte ich die Papiere verstecken. Ich überlegte eine Zeitlang und beschloß dann, sie in der Tasche eines sehr weiten Rocks zu verbergen, der im Schrank hing. Es würde ohnehin nur für kurze Zeit sein, weil ich sie so rasch wie möglich zum Anwalt bringen mußte.

Als Jessie ins Haus zurückkehrte, saß ich schon am Fenster; sie sah sehr vergnügt aus, hatte also einen angenehmen Nachmittag verbracht. Ich stellte mir vor, wie sie ihrem Geliebten von meinem Eintreffen erzählte. Allmählich wurde das Bild deutlich. Jessie sorgte für ihre alten Tage vor, Lordy half ihr dabei, und Amos befriedigte ihre übrigen Bedürfnisse. Da sie sehr schlau war, war ihr sicherlich klar, daß ihre Stellung nicht von Dauer sein konnte, und daher versuchte sie zweifellos, diese sehr angenehmen Lebensumstände möglichst lange auszudehnen.

Während ich noch so vor mich hin sinnierte, klopfte es, und Jessie kam herein. Sie war sehr sorgfältig gekleidet; anscheinend hatte sie die Stunde, die seit ihrer Rückkehr vergangen war, damit verbracht, sich schön zu machen. Sie lächelte über das ganze Gesicht – sie hatte augenscheinlich keine Ahnung davon, was während ihrer Abwesenheit vorgefallen war.

»Das Abendessen nehmen wir um Viertel nach sechs ein«, teilte sie mir mit. »Ich gehe um sechs zu Lordy hinauf, um mich davon zu überzeugen, daß er alles hat, was er braucht, bevor ich mich selbst zu Tisch setze. Das Tablett für ihn ist schon bereit... können Sie also bald ins Eßzimmer kommen? Es gibt ein Spanferkel, und das schmeckt am besten, wenn es frisch aus dem Ofen kommt.«

Ich versprach ihr, pünktlich zu sein, und sie versetzte mir wieder einen sanften Stoß.

»Ich merke schon, Sie sind eine von den ganz Pünktlichen. Ich habe nie die Leute leiden können, die gutes Essen kalt werden lassen, weil sie sich immer verspäten. Haben Sie einen angenehmen Nachmittag verbracht und sich ein bißchen unterhalten?«

In ihre Augen trat ein forschender Blick, während sie auf meine Antwort wartete. Mich überlief ein Schauder. Diese Frau war wesentlich raffinierter, als ich angenommen hatte, und ich mußte mich beherrschen, um nicht zum Schrank hinüberzusehen.

»Ich habe einen sehr angenehmen Nachmittag verbracht, danke«, antwortete ich kühl. »Und Sie?«

»Ebenfalls. Es gibt nichts Besseres als ein kurzes Nickerchen am Nachmittag.«

Ich nickte schweigend.

»Schön, wir sehen uns also beim Abendessen wieder.« Damit verschwand sie.

Ich verstand nicht, wie Onkel Carl eine solche Frau ertragen konnte. Aber die Menschen waren nun einmal nicht alle gleich.

Um Punkt Viertel nach sechs ging ich in den Wintersalon. Jessie und Evalina waren schon da.

»Das Spanferkel schmeckt ihm«, berichtete Jessie. »Ich freue mich immer, wenn er mit dem Essen zufrieden ist.«

Wir setzten uns; zum Glück war Jessie so sehr mit dem Essen beschäftigt, daß sie nicht soviel sprach wie sonst.

»Mögen Sie Jahrmärkte, Mistreß Ransome?« fragte Evalina.

»O ja.«

»Wir haben zwei im Jahr. Einer ist nächste Woche.«

»Das ist wirklich interessant.«

»Der Lärm«, murrte Jessie. »Und was für ein Durcheinander. Farmer Brady jammert wochenlang über den Abfall, den sie zurücklassen. Der Jahrmarkt findet auf dem Gemeindeanger statt, der an Bradys Felder grenzt. Er hat nichts dafür übrig. Die Menschen kommen von weit und breit hierher.«

»Ich mag den Jahrmarkt«, widersprach Evalina. »Es gibt dort Wahrsager. Glauben Sie an Wahrsager, Mistreß Ransome?«

»Ich glaube ihnen, wenn sie etwas Gutes prophezeien, aber ich will ihnen nicht glauben, wenn sie etwas Schlechtes vorhersagen.«

»Das ist nicht sehr klug von Ihnen. Wenn ein Wahrsager Ihnen etwas Schlechtes ankündigt, sollte es Ihnen als Warnung dienen.«

»Was für einen Sinn hat es denn, wenn es ohnehin in den Sternen steht?«

Evalina sah mich mit großen Augen an. »Sie glauben also nicht an Ahnungen?«

»Das habe ich nicht gesagt. Aber wenn ein Wahrsager die Zukunft prophezeit, die einem bestimmt ist – wie kann man ihr dann entgehen?«

Jessie hörte einen Augenblick lang auf zu kauen. »Die Diener werden ausnahmslos hingehen und sich wahrscheinlich den ganzen Tag dort aufhalten.«

»Werden Sie ihn sich auch ansehen, Mistreß Ransome?« fragte Evalina.

»Wann findet er statt?«

»Ende nächster Woche. Die Schausteller kommen am Donnerstag und bleiben bis Samstag abend.«

Bildete ich es mir nur ein, oder beobachteten mich beide genau?

»Ich weiß es noch nicht«, antwortete ich. »Ich kann jedenfalls nicht lang bleiben. Mein Mann hätte mich ja begleitet, wenn er sich nicht das Bein gebrochen hätte. Deshalb muß ich bald zurückreisen, Sie verstehen das sicherlich.«

»Ich verstehe Sie sehr gut, Liebste«, meinte Jessie. »Sie wollten

Ihren alten Onkel besuchen... und Sie haben ihm damit wirklich unglaubliche Freude bereitet... aber gleichzeitig machen Sie sich wegen Ihres Mannes Sorgen.«

»Wir werden ja sehen, wann ich abreisen muß.«

Jessie lächelte mich strahlend an.

»Mir ist alles recht, was Sie beschließen. Mir tut nur leid, daß ich nichts von Ihrer Ankunft gewußt habe und Sie so unvorbereitet empfangen habe. Was werden Sie sich von mir gedacht haben!«

»Ach, ich habe dafür Verständnis«, beruhigte ich sie.

»Dann ist ja alles in Ordnung«, sagte Jessie. »Ich nehme mir noch ein Stückchen Spanferkel – wie steht es mit Ihnen?«

Nach der Mahlzeit stand ich auf und erklärte, ich wolle noch durch den Garten schlendern, bevor ich zu Bett ging.

»Wahrscheinlich spüren Sie immer noch die lange Reise«, meinte Jessie.

Sie hatte vermutlich recht, aber ich hatte so viel zu überdenken, daß ich nicht schläfrig war. Ich ging zunächst auf mein Zimmer, setzte mich ans Fenster und ließ meinen Gedanken freien Lauf. Ich hatte das Gefühl, aus der normalen in eine merkwürdige, verschrobene Welt versetzt worden zu sein.

Sabrina hatte einen Hilferuf aus Onkel Carls Brief herausgelesen. Irgendwie handelte es sich tatsächlich um einen Hilferuf, obwohl sich der alte Mann nicht in physischer Gefahr befand. Meiner Meinung nach war Jessie jeder Gemeinheit fähig, um das zu erreichen, was sie wollte; so lange jedoch Onkel Carl kein Testament zu ihren Gunsten machte – sogar sie mußte einsehen, daß das angesichts des riesigen Besitzes undenkbar war –, war es für sie besser, ihn am Leben zu erhalten, denn sie konnte dieses luxuriöse Dasein nur führen, so lange er lebte. Aber es war ungeheuerlich, daß er sein Testament nur heimlich aufsetzen konnte. Er hatte Angst vor seiner Haushälterin – schön, sie war ein bißchen mehr als nur eine Hausangestellte. Unglaublich, in was für eine Lage sexuelle Abhängigkeit einen Menschen bringen kann!

Ich hatte vor, die Sache mit dem Testament so rasch wie möglich zu erledigen. Dann wollte ich heimreisen und die ganze Angelegenheit mit Jean-Louis besprechen. Vielleicht konnte ich ihn dazu bringen, mit mir nach Eversleigh zu fahren, um sich selbst ein Bild von der Lage zu machen. Wenn wir tatsächlich das Gut erbten, bedeutete das für uns eine grundlegende Umstellung; da Eversleigh größer war als Clavering, müßten wir hierher übersiedeln. Das würde sicherlich ganz im Sinn von Onkel Carl sein.

Ich war nicht so sicher, daß Jean-Louis darüber sehr glücklich sein würde.

Außerdem fand ich, daß Onkel Carl unbedingt von dieser Megäre befreit werden mußte. Aber wie sollte man jemanden retten, der offensichtlich nicht gerettet werden wollte?

Ich schlüpfte in meinen Mantel und ging in den Garten. Als ich zum Haus zurückblickte, fragte ich mich, ob man mich vom Fenster aus beobachtete. Der Gedanke jagte mir einen Schauer über den Rücken. Ja, ich würde sehr froh sein, wenn ich Eversleigh hinter mir hatte und mich wieder auf der Heimreise befand. Vielleicht konnte ich alles klarer sehen, wenn ich ein bißchen Abstand gewann. Schließlich handelte es sich nur um einen alten Mann, der in seiner Jugend ein Tunichtgut gewesen war, und um eine sinnliche Haushälterin, die möglichst alles zusammenraffte, was ihr in die Finger kam, und sich gleichzeitig einen Liebhaber hielt, um ihre sexuellen Bedürfnisse zu befriedigen.

Ein unappetitliches Verhältnis, aber trotz allem nicht ungewöhnlich. Sicherlich waren diese Zustände nicht dazu angetan, einer vernünftigen Frau – für die ich mich hielt – das Gefühl zu geben, sie befände sich in Gefahr.

Ich wollte von den Fenstern wegkommen, die mich wie neugierige Augen beobachteten, schritt durch den Garten und hinaus auf die Felder.

Es war ein angenehmer Abend. Die Sonne ging gerade unter – eine große rote Kugel am westlichen Himmel. Die Wolken glühten in feurigem Rot, das am Rand zu Rosa verblaßte. Dieser Sonnenuntergang versprach einen warmen Tag.

Mir fiel Carlotta ein, die so jung gestorben war und an die Onkel Carl noch immer dachte. Sie mußte ihn tief beeindruckt haben. Sie war zu einer Art Familienlegende geworden; alle sprachen von ihrer Schönheit und hofften, daß kein Mädchen ihr nachgeraten würde. Anscheinend war dieser Wunsch bis jetzt in Erfüllung gegangen. Carlotta war eine einmalige Persönlichkeit gewesen.

Merkwürdig – vor vielen Jahren war Carlotta über diese Felder und Wiesen gegangen. Sie hatte sich mit ihrem Geliebten in Enderby getroffen – bis er ermordet und sein Körper irgendwo verscharrt wurde.

Plötzlich merkte ich, daß ich unterwegs nach Enderby war.

Es war nicht weit – nicht einmal zehn Minuten zu Fuß. Ich wollte bis zum Haus gehen und dann umkehren. Vielleicht würde mich die Nachtluft schläfrig machen; ich konnte leicht zurück sein, bevor es wirklich finster wurde.

In einiger Entfernung erhob sich das Haus – ein schattenhaftes Gebäude im schwindenden Licht, denn die Sonne war inzwischen unter dem Horizont versunken.

Dann erreichte ich den ehemaligen Rosengarten. Inmitten des Unkrauts standen noch einige blühende Büsche. Angeblich spukte es hier. Irgendwo in diesem Teil des Gartens lag Carlottas ermordeter Liebhaber begraben. Der Garten war seinerzeit von einem Zaun umgeben gewesen, der jedoch längst umgefallen war. Ich weiß nicht, wie ich auf die Idee kam, über die zerbrochenen Latten zu steigen, aber ich tat es.

Die Luft war regungslos, kein Windhauch war zu spüren, und die Stille war überwältigend. Ich machte ein paar Schritte und sah dann etwas, das ich für eine Erscheinung hielt.

Ich war so erschrocken, daß ich verzweifelt nach Luft schnappte. Ein paar Meter vor mir stand wie aus dem Boden gewachsen ein Mann.

Er sah großartig aus. Ich hatte auf dem Land nicht oft Gelegenheit, mit eleganten Männern zusammenzukommen, aber mein Vater war immer sehr sorgfältig gekleidet gewesen, und daher erkannte ich sofort, wie modisch der Anzug des Mannes war.

Er trug einen lose geschnittenen Rock aus rostrotem Samt, dessen Manschetten beinahe bis zu den Ellbogen reichten, darunter eine reich bestickte Weste, die eine weiße Krawatte und eine Menge Rüschen sehen ließ. Auf seinem Kopf saßen eine weiße Lockenperücke und ein Zweispitz.

Als er ein paar Schritte auf mich zu machte, wäre ich am liebsten davongelaufen, aber meine Beine versagten mir den Dienst.

»Sind Sie ein lebendiger Mensch?« fragte er unvermittelt. »Oder eines der Gespenster, die hier spuken?«

Er nahm den Hut ab und verbeugte sich höflich. Obwohl sein Englisch ausgezeichnet war, hatte es einen leichten Akzent.

Ich stammelte: »Das gleiche frage ich mich in bezug auf Sie. Sie schienen aus dem Erdboden aufzutauchen.«

Er lachte. »Ich habe das Täschchen für mein Monokel verloren.« Er schwenkte das Monokel. »Das ist mir sehr unangenehm, denn ich bezweifle, daß ich hier eines zu kaufen bekomme. Deshalb lag ich auf den Knien ... und erblickte plötzlich eine Erscheinung.«

Ich stimmte in sein Lachen ein. »Diese logische Erklärung ist wirklich beruhigend.«

Ein Duft von Sandelholz streifte mich. Ich kann es nicht erklären, aber von dem Augenblick an, als ich ihn sah, erfaßte mich eine Erregung, die mir völlig fremd war. Ich war plötzlich eine andere geworden, die ruhige, vernünftige Zippora gab es nicht mehr.

»Ich fürchte, ich muß vorläufig meine Suche einstellen.« Er blickte zum Himmel empor.

»Ja, es wird bald so dunkel sein, daß man überhaupt nichts mehr sieht.«

»Wir haben zunehmenden Mond, und der Himmel ist klar. Aber das Gras steht so hoch, daß es vernünftiger ist, das Tageslicht abzuwarten.«

Nach einer kurzen Pause sagte ich: »Gute Nacht. Ich muß jetzt nach Hause. Viel Glück noch bei der Suche!«

Er war um mich herumgegangen, als wolle er mir den Weg verstellen.

»Wo sind Sie zu Hause?«

»Ich wohne zur Zeit in Eversleigh Court. Lord Eversleigh ist mein Onkel, und ich bin zu Besuch bei ihm.«

»Also sind wir beide Besucher. Auch ich bin nur *en passant* hier.«

»Wo wohnen Sie denn?«

»In der Nähe – in Enderby.«

»Oh, in Enderby.«

»Angeblich spukt es dort. Mein Gastgeber kümmert sich allerdings nicht um diese Geschichten; was halten Sie davon?«

»Ich nehme Gespenstergeschichten nicht ernst.«

»Sie haben einen langen Heimweg vor sich.«

»Es ist nicht so schlimm.«

»Und Sie dürfen so spät noch allein ausgehen?«

Ich lachte ein bißchen verlegen, denn die Begegnung verwirrte mich. »Ich bin kein junges Mädchen mehr, sondern eine verheiratete Frau.«

»Und Ihr Mann läßt zu...«

»Mein Mann ist nicht mitgekommen. Ich statte hier nur einen kurzen Besuch ab und werde bald wieder heimkehren.«

»Dann müssen Sie mir gestatten, Sie jetzt nach Eversleigh Court zu begleiten.«

»Danke.«

Er reichte mir die Hand, als ich über den umgestürzten Zaun stieg. »Die Latten könnten in der Dunkelheit gefährlich sein.«

»Nachts kommen kaum Menschen hierher. Sie haben Angst.«

»Dann sind wir ja tapfer, was?«

»Als Sie so plötzlich auftauchten, fühlte ich mich keineswegs sehr tapfer«, gestand ich.

»Und als ich Sie sah, war ich ganz aufgeregt. ›Endlich ein Gespenst‹, sagte ich mir. Aber ich muß Ihnen gestehen, ich bin sehr froh darüber, daß Sie aus Fleisch und Blut sind – es ist doch viel interessanter als das Zeug, aus dem Gespenster gemacht sind.«

Ich stimmte zu. »Sie besuchen also den Eigentümer von Enderby«, fuhr ich fort. »Ich kenne ihn nicht, das Haus hat öfter den Besitzer gewechselt.«

»Meine Freunde befinden sich zur Zeit nicht hier. Sie haben mir erlaubt, hier zu wohnen, solange ich mich in England aufhalte, und ihre Dienerschaft steht mir ebenfalls zur Verfügung.«

»Und Sie bleiben nur kurz?«

»Ein paar Wochen.«

»Sie sind geschäftehalber hier?«

»Ja.«

»Ist Enderby nicht etwas zu abgelegen, wenn man geschäftlich in England zu tun hat?«

»Es entspricht meinen Bedürfnissen.«

»Angeblich ist es ein düsteres Haus.«

»Vielleicht, aber ich muß feststellen, daß ich sehr angenehme Nachbarn habe.«

»Wen denn?«

Er blieb stehen, legte mir die Hand auf den Arm und lächelte mich an. Seine blendendweißen Zähne blitzten.

»Eine entzückende Dame, die für mich immer mein ganz persönliches Gespenst bleiben wird.«

»Ach, wir sind ja eigentlich keine Nachbarn; Zugvögel wäre der richtige Ausdruck.«

»Auch das könnte ein interessanter Aspekt sein.«

»Sie kennen also niemanden in Eversleigh Court? Weder Lord Eversleigh noch die Haushälterin?«

»Keinen von beiden.«

»Seit wann wohnen Sie in Enderby?«

»Seit einer Woche.«

»Ich bin erst vorgestern angekommen.«

»Dann ist es ein glücklicher Zufall, daß wir einander so bald kennengelernt haben.«

Ich zog vor, auf diese Bemerkung nicht weiter einzugehen.

Erleichtert und zugleich etwas enttäuscht bemerkte ich, daß wir den Garten von Eversleigh erreicht hatten.

»So, da wären wir schon«, sagte ich. »Haben Sie Dank für Ihre Begleitung... ich weiß nicht, wie Sie heißen.«

»Gerard d'Aubigné.«

»Oh, Sie sind Franzose?«

Er verbeugte sich.

»Wahrscheinlich sagen Sie sich jetzt, daß ich angesichts der Spannung zwischen unseren Ländern eigentlich nicht hier sein sollte.«

Ich zuckte die Schultern. »Ich interessiere mich nicht für Politik.«

»Das ist gut. Dürfte ich auch erfahren, wie Sie heißen?«

»Zippora Ransome.«

»Zippora. Was für ein schöner Name!«

»Für ihn spricht nur, daß Moses' Frau so hieß.«

»Zippora«, wiederholte er.

»Gute Nacht.«

»Ich muß Sie noch durch das Gebüsch geleiten.«

»Das ist wirklich nicht nötig.«

»Ich wäre dann beruhigter.«

Wir schwiegen, bis wir die Rasenfläche erreichten. Dann drehte ich mich um und sagte entschieden: »Gute Nacht.« Ich konnte mir lebhaft Jessies Reaktion vorstellen, wenn er mich bis zum Haus brachte.

»Au revoir«, antwortete er, ergriff meine Hand und küßte sie.

Ich lief über den Rasen zum Haus.

Ich war so verwirrt, daß ich überhaupt nicht an Onkel Carls Testament dachte; erst nach einiger Zeit fiel es mir wieder ein. Ich überzeugte mich sofort, daß sich die Papiere noch in meinem Rock befanden.

Es war eine merkwürdige Begegnung gewesen. Ich mußte immerzu an ihn denken. Ein Franzose! Wahrscheinlich war das die Erklärung für seine Eleganz und sein überaus galantes Benehmen.

Ich zog mich langsam aus, obwohl ich hellwach war. Der Spaziergang hatte mich keineswegs schläfrig gemacht. Plötzlich empfand ich Sehnsucht nach Clavering, wo es so friedlich war und sich nichts Unerwartetes ereignete.

Ich versperrte die Tür, ging ans Fenster und zog die Vorhänge zurück, weil ich mich gern vom ersten Tageslicht wecken ließ. Er stand auf dem Rasen und blickte zum Haus herauf. Als er mich erkannte, verbeugte er sich. Ich starrte ihn regungslos an. Dann legte er die Finger auf die Lippen und warf mir eine Kußhand zu.

Ich blieb noch einen Augenblick stehen, dann drehte ich mich um und trat vom Fenster zurück.

Obwohl ich versuchte, mich zu beherrschen, zitterte ich am ganzen Körper.

Ich löschte die Kerze und ging zu Bett, konnte aber nicht einschlafen. Die Ereignisse des Tages gingen mir immer wieder durch den Sinn. Mir fiel ein, daß ich unbedingt am nächsten Tag zum Anwalt mußte. Aber mein nächtliches Abenteuer hatte mehr Gewicht als das Gespräch mit Onkel Carl; immer wieder rief ich mir alle Einzelheiten ins Gedächtnis.

Schließlich stand ich auf und trat ans Fenster. Vielleicht erwartete ich tatsächlich, daß er noch unten stand. Selbstverständlich war er schon gegangen.

Ich legte mich wieder hin, schlief aber erst gegen Morgen ein.

3

Begegnung auf Enderby

Am nächsten Morgen legte ich mir einen Schlachtplan zurecht. Ich würde meinen Onkel um elf Uhr besuchen, damit Jessie nicht mißtrauisch wurde. Am Nachmittag wollte ich dann die Anwälte aufsuchen. Dadurch hatte ich die Möglichkeit, Onkel Carl um elf Uhr wissen zu lassen, wann ich seinen Auftrag auszuführen gedachte.

Jessie und Evalina hatten bereits gefrühstückt, als ich hinunterkam, das hinderte Jessie aber nicht daran, mir Gesellschaft zu leisten und sich noch einmal zu bedienen.

»Ich nehme an, daß Sie Lordy wieder um elf Uhr besuchen wollen«, meinte sie.

»Das stimmt.«

»Es ist für ihn wirklich eine Freude; er ist so aufgekratzt, seit Sie hier sind. Ich bemühe mich natürlich, ihn zu unterhalten, aber Sie wissen ja, wie das ist. Manchmal ist er müde, und dann schweifen seine Gedanken ab.«

Das glaubte ich ihr nicht recht; wahrscheinlich war es nur eine Vorsichtsmaßnahme.

Um elf Uhr saß ich jedoch an Onkel Carls Bett und erwähnte beiläufig, daß ich mir am Nachmittag die Stadt ansehen wollte.

»Es ist ein Fußmarsch von einer guten halben Stunde«, warnte mich Jessie.

»Wollen Sie nicht lieber die Kutsche nehmen?«

»Ach nein.« Ich wollte vermeiden, daß ihr der Kutscher hinterbrachte, wo er mich abgesetzt hatte. »Ich gehe lieber zu Fuß, schwelge in Erinnerungen und entdecke die Stätten meiner Kindheit wieder.«

»Natürlich, das sehe ich vollkommen ein.«

Onkel Carl drückte mir die Hand, um mir zu zeigen, daß er mich verstanden hatte.

Ich wartete nicht, bis Jessie im Verwalterhaus verschwunden war, sondern machte mich sofort nach dem Mittagessen auf den Weg in die Stadt.

Die Straße führte an Enderby vorbei, und ich war eigentlich nicht sehr überrascht, als ich Gerard d'Aubigné gegenüberstand. Irgendwie hatte ich sogar erwartet, daß er nach mir Ausschau halten würde.

Er wirkte bei Tag genauso elegant wie in der Dämmerung, auch wenn er jetzt einen braunen Samtrock trug.

Er verbeugte sich. »Ich gestehe, daß ich Ihnen aufgelauert habe.«
»Und warum?«

»Weil ich das dringende Bedürfnis empfand, mein reizendes Gespenst bei Tageslicht zu sehen. Ich wurde das schreckliche Gefühl nicht los, daß ich alles nur geträumt habe.«

»Haben Sie geträumt, daß Sie unseren Rasen unbefugt betreten haben?«

»Was spielt eine kleine Übertretung schon für eine Rolle, wenn sie einer guten Sache dient. Ich mußte mich davon überzeugen, daß Sie sicher nach Hause gelangt sind. Und wohin möchten Sie jetzt?«

»Eigentlich erledige ich etwas für meinen Onkel und gehe deshalb in die Stadt.«

»Ein weiter Weg.«

»Nicht so schlimm – etwa eine halbe Stunde.«

»Ich habe eine Idee. Meine Gastgeber haben mir einen eleganten kleinen Zweispänner zur Verfügung gestellt, in dem zwei Personen und eventuell noch ein Kutscher Platz haben. Ich werde Sie in die Stadt fahren.«

»Das ist sehr freundlich von Ihnen, aber nicht notwendig.«

»Angenehmes muß nicht immer notwendig sein. Ich wäre verzweifelt, wenn Sie es mir abschlagen. Ich habe die Kutsche zwei- oder dreimal benützt; sie ist wirklich sehr bequem. Kommen Sie mit mir in den Stall, ich spanne ein, und wir sind in der halben Zeit in der Stadt. Sie werden ausgeruht an Ihr Geschäft gehen können.«

Ich zögerte, und er faßte mich sofort am Arm und zog mich zum Haus.

Das Geheimnis von Enderby schien mich in Bann zu ziehen – oder war es Gerards Gegenwart? Ich hatte mich noch nie so erregt, so erwartungsvoll gefühlt, als würde ich etwas Ungewöhnliches erleben.

Selbst im hellen Sonnenschein wirkte Enderby düster. Im Stall befand sich kein Bediensteter, und ich war darüber erstaunt, wie geschickt Gerard die Pferde anschirrte.

Die beiden braunen Stuten stampften ungeduldig, und er tätschelte ihnen die Hälse.

»Ist schon gut, ihr merkt auch, daß es sich heute um etwas Besonderes handelt.«

Dann half er mir in den Wagen, setzte sich auf den Platz des Kutschers und ergriff die Zügel.

Wir rollten rasch dahin; ich hatte mich zurückgelehnt und lauschte verträumt dem Hufgeklapper. Von Zeit zu Zeit griff ich in die Tasche, um mich davon zu überzeugen, daß die Papiere noch da waren.

Vor einem Gasthaus hielt er an, und wir stiegen ab. Er erkundigte sich nach meinem Ziel und schlug mir dann vor, mich dorthin zu begleiten. Wenn ich mein Geschäft mit den Anwälten beendet hatte, sollte ich ins Gasthaus kommen, und er würde mich nach Eversleigh zurückfahren.

Ich war damit einverstanden, und er begleitete mich zum Büro von Rosen, Stead und Rosen.

Ein älterer Kanzlist begrüßte mich; als ich ihm erklärte, daß ich von Lord Eversleigh käme und mit Mr. Rosen sprechen wollte, führte er mich sofort in den Empfangsraum. Leider war Mr. Rosen senior einige Tage vom Büro abwesend – in dringenden Angelegenheiten –, aber sowohl Mr. Stead als auch der junge Mr. Rosen würden mir sicherlich behilflich sein.

Der junge Mr. Rosen – der mir gar nicht so jung vorkam, er mußte schon Mitte der Vierzig sein – erschien bald darauf, und als er erfuhr, weshalb ich gekommen war, führte er mich in sein Büro und überflog die Anweisungen, die Onkel Carl mir mitgegeben hatte. Er nickte. »Ich verstehe. Mein Vater wird es sehr bedauern, daß er nicht selbst mit Ihnen sprechen konnte. Er ist für alles zuständig, was Lord Eversleigh betrifft; aber das Testament stellt uns vor keine besonderen Probleme. Ich werde Ihren Onkel selbst aufsuchen und einen Schreiber mitnehmen, der als Zeuge unterschreiben kann. Wann wäre es ihm angenehm?«

Verlegen antwortete ich: »Oh, Sie können nicht ins Haus kommen. Das ist kaum möglich.«

Er sah mich erstaunt an, und ich fuhr fort: »Lord Eversleigh will nicht... daß die Leute im Haus erfahren, daß er dieses Testament gemacht hat. Deshalb hat er mich kommen lassen – damit ich es für ihn erledige. Sind Sie über die Verhältnisse auf Eversleigh Court im Bild?«

Jetzt wurde er verlegen. »Soviel ich weiß, wird der Besitz gut verwaltet und es gibt eine Haushälterin.«

Ich fand, daß wir keine Zeit mit Andeutungen verlieren sollten. »Wissen Sie über die Beziehung zwischen Lord Eversleigh und der Haushälterin Bescheid?«

Er hüstelte. »Na ja...«

»Zwischen den beiden besteht eine sehr enge Bindung. Ich weiß nicht, ob sie sich wegen des Erbes Hoffnungen macht, aber Lord Eversleigh will, daß das Gut im Besitz der Familie bleibt.«

»Natürlich, es wäre ja undenkbar...«

»Gleichzeitig möchte er aber seine Haushälterin nicht verletzen. Anscheinend hängt er sehr an ihr.«

»Ich verstehe. Deshalb will er nicht, daß sie etwas von diesem Testament erfährt.«

»Genau.«

»Und er ist offensichtlich nicht in der Lage, persönlich hierherzukommen, um zu unterschreiben.«

»Leider nicht. Das Testament kann nur in Eversleigh unterschrieben werden. Ich habe noch keine Vorstellung davon, wie wir das bewerkstelligen können. Es muß auf jeden Fall während der Abwesenheit der Haushälterin geschehen.«

»Wenn Sie mir eine bestimmte Zeit angeben könnten...«

»Ich muß es mir überlegen; wahrscheinlich müßte es an einem Nachmittag sein. Inzwischen können Sie ja das Testament aufsetzen, und ich werde die Angelegenheit noch einmal mit Lord Eversleigh besprechen. Ich nehme an, daß Ihnen die Situation recht merkwürdig vorkommt.«

»Meine liebe Dame, in meinem Beruf stehen wir ununterbrochen merkwürdigen Situationen gegenüber. Mir wäre es am liebsten, wenn mein Vater sich mit dieser Angelegenheit befaßt. Er betreut die Interessen von Lord Eversleigh und weiß über die Vorgänge im Haus besser Bescheid als ich.«

»Aber er ist nicht da.«

»Nein, ich erwarte ihn jedoch morgen zurück. Er wird sicherlich einen Ausweg aus unseren Schwierigkeiten finden.«

»Danke.«

»Vielleicht könnten Sie übermorgen wieder bei uns vorbeisehen. Bis dahin ist das Testament abgefaßt, und Sie werden mit meinem Vater darüber sprechen können.«

Damit war ich einverstanden.

Als wir uns verabschiedeten, fragte er mich, ob ich in die Stadt geritten wäre. »Es ist eine ganz schöne Strecke bis Eversleigh«, meinte er.

Ich erzählte ihm, daß ein Nachbar mich mit dem Wagen in die Stadt gebracht habe und mich auch wieder nach Hause fahren würde. Damit gab er sich zufrieden, und ich machte mich auf den Weg zum Gasthaus.

Gerard d'Aubigné erwartete mich schon und berichtete mir

sofort, daß er sich erlaubt habe, zwei Krüge Apfelwein für uns zu bestellen. »Sie backen gerade frischen Kuchen – wie mir die Wirtin versichert hat –, und ich nahm an, daß Ihnen eine kleine Stärkung vor der Heimfahrt guttun würde.«

»Das war eine gute Idee.« Er führte mich in die Gaststube, wo der Kuchen und zwei Krüge Apfelwein bereits auf dem Tisch standen.

»Haben Sie alles erledigen können?«

»So ziemlich.«

»Das klingt nicht sehr überzeugend.«

»Natürlich sind noch etliche Fragen offengeblieben.« Der Apfelwein war kühl und stieg mir zu Kopf; aber vielleicht war es auch nur seine Gegenwart – jedenfalls erzählte ich ihm zu meiner eigenen Überraschung die ganze Geschichte.

»Das alles klingt so absurd, wenn man im hellen Tageslicht darüber spricht.«

»Es klingt keineswegs absurd. Selbstverständlich kann Lord Eversleigh den Besitz nicht Jessie hinterlassen, und selbstverständlich will er nicht, daß sie erfährt, daß er ihn jemand anderem hinterläßt. Das ist absolut verständlich.«

»Aber es ist so lächerlich. Er ist ein Pair, ein wohlhabender Mann..., und er hat Angst vor seiner Haushälterin.«

»Er hat Angst davor, sie zu verlieren, das ist etwas ganz anderes. Ich habe Angst, daß Sie genauso plötzlich verschwinden, wie Sie aufgetaucht sind, aber ich habe sicherlich keine Angst vor Ihnen«, erklärte Gerard.

»Inzwischen sollten Sie aber schon wissen, daß ich eine gewöhnliche Sterbliche bin.«

»Eine außergewöhnliche Sterbliche. Und jetzt erzählen Sie mir von Ihrem Leben mit dem guten Ehemann, der Sie leider nicht begleiten konnte.«

Er hörte mir sehr aufmerksam zu, als ich meine gewohnte Zurückhaltung aufgab und ihm von meinem wunderbaren Vater erzählte, der bei einem Duell getötet worden war, von unserem friedlichen Leben auf dem Land, von meiner Ehe mit dem Gefährten meiner Kindheit, die die ganze Verwandtschaft erwartet und gebilligt hatte.

»Tun Sie immer, was man von Ihnen erwartet?«

»Eigentlich schon.«

»Dann müssen alle sehr zufrieden mit Ihnen sein – aber das Wichtigste wäre, daß Sie selbst zufrieden sind, nicht wahr?«

»Alles hat sich zu meinem Besten gefügt.«

Er zog die Augenbrauen hoch und lächelte merkwürdig; eigentlich war ich froh darüber, daß ich dieses Lächeln nicht deuten konnte.

»Und wie steht es mit Ihnen?« fragte ich.

»Ach, ich tue zweifellos auch, was man von mir erwartet. Leider erwartet man nicht nur Gutes von mir.«

»Sie sind in Frankreich zu Hause. Wo?«

»Mein Zuhause liegt auf dem Land – ein kleiner Ort, einige Meilen von Paris entfernt. Aber ich verbringe die meiste Zeit in Paris, vor allem bei Hof.«

»Sie dienen dem König.«

»In Frankreich dienen die Höflinge nicht sosehr dem König als seiner Mätresse. Die Dame beherrscht uns alle, das heißt, wir müssen jede ihrer Launen erfüllen, wenn wir nicht die Gunst des Königs verlieren wollen. Sie ist dem König übrigens treu; sie ist keineswegs so temperamentvoll wie Ihre Jessie.«

»Wer ist die Dame?«

»Jeanne Antoinette Poisson, Marquise de Pompadour.« In seinem Ton lag eine gewisse Verbitterung.

»Anscheinend mögen Sie die Dame nicht sehr.«

»Man mag die Pompadour nicht, man bemüht sich nur, sie nicht zu verärgern.«

»Das überrascht mich. Sie sehen nicht so aus, als wären Sie unterwürfig, als würden Sie jemandem gehorchen, den Sie offensichtlich nicht sonderlich schätzen.«

»Ich habe den Wunsch, meinen Platz bei Hof zu bewahren. Ich möchte nicht von einer Tätigkeit ausgeschlossen werden, die ich für sehr interessant halte.«

»Sie meinen den Hof.«

»Ich meine die Staatsaffären.«

»Sie sind also vorsichtig.«

»Nicht mehr als nötig. Gelegentlich gehe ich ganz gern ein Risiko ein.«

»Hoffentlich sind Sie kein Hasardeur.« Ich sah plötzlich meinen Vater vor mir, der tödlich verwundet ins Haus getragen wurde.

Er legte seine Hand auf die meine. »Sie sehen besorgt aus.«

»Nein, natürlich nicht, es geht mich ja nichts an.« Und ich setzte hinzu: »Sind Sie in diplomatischer Mission hier?«

»Ich bin hier, weil es unter Umständen länger dauern kann, bis ich wieder die Möglichkeit habe, herzukommen. Falls es zum Krieg zwischen unseren Ländern kommt...«

»Zum Krieg?«

»Alle Anzeichen deuten darauf hin.«

»Was für ein Krieg?«

»Vielleicht kommt es nicht so weit, aber die Spannungen zwischen Friedrich von Preußen und Maria Theresia von Österreich werden immer größer.«

»Warum sollte dieser Krieg uns betreffen... also Ihr Land und meines?«

»Weil wir Franzosen auf der Seite Maria Theresias stehen und weil Ihr König Georg mehr Deutscher als Engländer ist. Bestimmt wird er Friedrich unterstützen, und damit kommt es zum Krieg.«

»Ich vermute, Sie sind in geheimem Auftrag hier?«

»Ach, endlich erwecke ich Ihr Interesse.«

»Stimmt meine Vermutung?«

»Ich werde mit ja antworten, weil Sie mich dann für eine geheimnisumwitterte, schillernde Persönlichkeit halten.«

»Und wenn meine Vermutung nicht zutrifft?«

»Sie erwarten doch nicht, daß ich Ihnen diese Frage wirklich beantworte?«

Dann wechselte er unvermittelt das Thema. »Wenn Sie übermorgen wieder in der Stadt zu tun haben, fahre ich Sie natürlich wieder.«

»Oh, danke.«

»Eigentlich sollten wir uns jetzt überlegen, wie wir das mit den Unterschriften bewerkstelligen können«, sagte er dann.

»Anscheinend halten Sie meine Aufgabe für genauso schwierig wie die Ihre.«

»Das stimmt. Wahrscheinlich verstehen wir einander deshalb so gut. Gleich und gleich... so heißt es doch.«

Wir plauderten weiter, bis mir klar wurde, daß die Zeit wie im Flug vergangen war. Ich erhob mich, denn ich wollte zurück sein, bevor Jessie wieder im Haus war.

Auch während der Heimfahrt saß ich neben ihm, so nahe, daß unsere Arme einander berührten, und ich wurde von Gefühlen überflutet, wie ich sie noch nie zuvor empfunden hatte.

Wir vereinbarten eine bestimmte Zeit, zu der er mich am zweitnächsten Tag in die Stadt bringen würde. Das Problem mit den Unterschriften hatten wir jedoch noch immer nicht gelöst.

»Verzweifeln Sie nicht«, tröstete er mich. »Ich könnte mich mit meinem Kammerdiener ins Haus schleichen. Ich würde Ihnen nicht raten, einen der Diener in Eversleigh ins Vertrauen zu ziehen. Jeder kann Jessies Spion sein.«

Wir lachten darüber, weil er die ganze Sache wie einen riesigen

Spaß darstellte. Er sprach mit hoher Stimme über die Verschwörung, dachte sich die unwahrscheinlichsten Komplikationen aus, und wir kamen auf die wildesten Vermutungen.

Viel zu früh erreichten wir Eversleigh.

»Ich sehe Sie also übermorgen«, stellte Gerard fest, »außer, Sie unternehmen morgen einen Spaziergang nach Enderby...«

Ich zögerte. »Ich muß mit meinem Onkel sprechen. Bleiben wir lieber bei übermorgen. Wir müssen vorsichtig sein.«

Er legte einen Finger auf die Lippen. »Seien Sie vorsichtig, der Feind könnte uns auf der Spur sein.«

Wir lachten wieder, und ich war so glücklich wie nie zuvor.

Ich benahm mich nicht so zurückhaltend wie sonst einem Fremden gegenüber. Das hätte mich warnen sollen, aber ich kannte mich ja selbst nicht.

Am nächsten Tag traf ich nicht mit ihm zusammen. Nachdem wir uns getrennt hatten, verflog meine euphorische Stimmung, und das Testament meines Onkels wirkte gar nicht mehr so lächerlich. Es war die unappetitliche Geschichte von einem alten Mann, der in eine jüngere Frau vernarrt und ihr so hörig war, daß er sie bestechen mußte, damit sie bei ihm blieb.

Langsam wurde mir bewußt, daß es nicht sehr vorsichtig von mir gewesen war, einem Unbekannten so viel anzuvertrauen. Aber wenn wir beisammen waren, hatte ich das Gefühl, ihn sehr gut zu kennen, er stand mir so nahe, war mir so vertraut.

Heute ist mir klar, wie naiv ich damals gewesen sein muß, weil ich nicht begriff, was mir widerfuhr.

Dennoch empfand ich ein gewisses Unbehagen und hielt mich am darauffolgenden Tag in unserem Garten auf, von dem aus ich ihn auch dann nicht hätte sehen können, wenn er vorbeigekommen wäre.

Am Vormittag saß ich wieder am Bett meines Onkels; Jessie war auch dabei, knabberte Konfekt und sah noch selbstgefälliger aus als sonst. Diesmal kam Besuch: Amos Carew. Ich hatte also Gelegenheit, ihn genau zu mustern.

Er hatte leuchtende schwarze Augen, einen lockigen Bart und dichtes, welliges Haar.

Mein Onkel hielt augenscheinlich große Stücke auf ihn.

»Da sind Sie ja, Amos. Das ist meine – wir wissen noch nicht genau, wie wir eigentlich verwandt sind, aber ihre Mutter ist meine nächste Verwandte, und deshalb bezeichnen wir uns als Onkel und Nichte. Das paßt auf jeden Fall, auch wenn es nicht ganz stimmt.«

»Ich freue mich, Sie kennenzulernen, Madam«, sagte Amos. Er

ergriff meine Hand und drückte sie so kräftig, daß ich glaubte, er würde mir alle Knochen brechen.

»Ich habe schon von Ihnen gehört und freue mich ebenfalls, Sie kennenzulernen«, antwortete ich.

Er lachte. Ich stellte bald fest, daß Amos sehr oft lachte – je nachdem herzlich, verächtlich, amüsiert. Es war vielleicht eine Art Nervosität – aber nein, Amos war bestimmt nicht nervös. Vielleicht vorsichtig...

»Seine Lordschaft hat es gern, wenn ich von Zeit zu Zeit hereinsehe und ihm berichte, wie es um das Gut bestellt ist.«

»Ja, natürlich, das Gut ist doch sein Lebensinhalt.«

»Es ist natürlich für Seine Lordschaft schwer.« Wieder leises Lachen, diesmal mitfühlend. »Er ist sozusagen eingesperrt. Und dabei hielt er sich so gern im Freien auf, nicht wahr, Eure Lordschaft?«

»Ach ja, ich war gern draußen, ritt, fischte...«

»Ein richtiger Sportsmann, nicht wahr, Liebling?« Jessie sah Amos an, und die beiden wechselten einen vielsagenden Blick. Amos lachte wieder. Diesmal mischte sich in die Anerkennung für den Sportsmann Bedauern wegen seiner Behinderung.

»Ich möchte, daß Sie meiner Nichte gelegentlich das Gut zeigen, Amos.«

»Gern, Mylord.«

»Reiten Sie einmal mit ihr aus. Hast du Lust, Zippora?«

»O ja.«

»Du wirst einen Begriff davon bekommen, wie groß Eversleigh ist. Wesentlich größer als dein Clavering.« Er wandte sich an Amos. »Der Mann meiner Nichte hätte sie begleiten sollen, wurde aber durch einen Unfall daran gehindert. Nächstes Mal wird er mitkommen.«

»Ich freue mich schon darauf, Mylord.«

Ich hörte zu, während sie über das Gut sprachen. Onkel Carl informierte sich sehr genau und warf mir gelegentlich einen Blick zu. Das Gespräch interessierte mich, weil auch Jean-Louis oft mit mir über seine Probleme in Clavering sprach.

Als Amos sich verabschiedete, begleitete ihn Jessie zur Tür. Ich beobachtete die beiden im Spiegel und sah, daß sie ihm etwas zuflüsterte.

Es gibt hier wirklich eine Verschwörung, dachte ich. Dann lachte ich mich aus. Gerard hatte mich mit seinen scherzhaften Fantastereien angesteckt.

Nach dem Mittagessen verließ Jessie das Haus früher als sonst.

Ich ging ins Zimmer meines Onkels, um ihm zu berichten. Er erwartete mich schon sehnsüchtig; seine dunklen Augen funkelten vor Bosheit. Als ich mich über ihn beugte, um ihn zu küssen, ergriff er meine Hand.

»Setz dich, meine Liebe, und erzähle mir, was du erreicht hast; dann habe auch ich etwas zu erzählen.«

Ich berichtete also von meinem Besuch bei den Anwälten, von meinem Gespräch mit dem jungen Mr. Rosen, der jetzt das Testament aufsetzte, das ich am nächsten Tag abholen sollte.

Er nickte. »Das ist gut. Ach, die arme Jessie. Ich fürchte, sie wird einem Schlaganfall nahe sein. Aber es gibt keine andere Möglichkeit.«

»Sie kann doch nicht erwarten, daß sie einen so großen Familienbesitz erbt.«

Er lachte. »Du kennst Jessie nicht, sie hält nichts für unmöglich. Die arme Jess – ich fürchte, ich habe sie hereingelegt. Ich habe gestern etwas unterschrieben. Ich mußte sie glücklich machen.«

»Du hast etwas unterschrieben!«

Er grinste und legte warnend den Finger auf die Lippen. War es möglich, daß er wirklich nicht im Vollbesitz seiner geistigen Kräfte war?

»Siehst du, du hast mit Rosen gesprochen... deshalb macht es nichts aus, daß ich etwas für Jessie unterschrieben habe.«

»Ein Testament?«

»Etwas Ähnliches. Es war nicht ordentlich aufgesetzt, aber Jessie hat ja keine Ahnung davon. Ich habe ein mit gestern datiertes Papier unterschrieben, in dem ich ihr alles vermache... das Haus, das Gut... bis auf ein paar kleine Legate, die ich später einsetzen werde.«

Ich hatte das Gefühl, in ein Irrenhaus geraten zu sein.

»Onkel Carl!« rief ich verzweifelt.

»Jetzt sei doch nicht gleich böse. Ich wollte sie glücklich machen. Das Papier stellt sie zufrieden, sie wird aufhören, mir damit in den Ohren zu liegen, und es ist ungültig, sobald ich mein richtiges Testament vor dem Anwalt und Zeugen unterschrieben habe, denn dieses hebt alles Vorhergehende auf. Das muß Rosen unbedingt hineinnehmen.«

Ich lehnte mich verblüfft zurück.

Er sah mich beinahe bittend an. »Ich habe immer schon ein friedliches Leben geführt – man kann es sich sehr leicht mit ein paar Versprechungen erkaufen... man muß nur etwas in der Hinterhand haben. Ich habe Jessies Papier unterschrieben, sie ist glücklich, ich bin glücklich, wir alle sind glücklich. Ihr steht ein Schock bevor... aber erst, wenn ich ihn nicht mehr miterleben kann.«

Ich schwieg. Die Situation wurde immer grotesker.

Am nächsten Tag fuhr mich Gerard in die Stadt, und ich sprach diesmal mit Mr. Rosen senior. Er begrüßte mich herzlich und wollte mir unbedingt ein Glas Wein anbieten; weil ich jedoch annahm, daß ich ohnehin im Gasthaus wieder Apfelwein trinken würde, lehnte ich ab. Er hatte das Testament aufgesetzt, schüttelte ernst den Kopf über »die Situation in Eversleigh« und war entsetzt, als ich ihm erzählte, daß Onkel Carl »etwas« zu Jessies Gunsten unterschrieben hatte.

»Das Testament muß so bald wie möglich unterschrieben werden«, erklärte er. »Natürlich können wir jedes Dokument, das diese Frau vorlegt, anfechten, aber es ist am sichersten, wenn das Testament unterschrieben, gesiegelt und hier bei uns deponiert wird. Wenn ich bedenke, was Sie mir da erzählt haben, halte ich es für das beste, mit Ihnen nach Eversleigh zu fahren, wo mein Kompagnon als Zeuge unterschreiben kann.«

»Lord Eversleigh wäre zutiefst verzweifelt, wenn Sie so etwas tun. Ich weiß, daß es lächerlich klingt, aber wenn Sie ins Haus kämen, könnte der Schock unabsehbare Folgen haben. Er hängt wirklich an dieser Frau, und es ist sicherlich nur sein angeborener Familiensinn, der ihn veranlaßt, das Gut nicht ihr zu hinterlassen. Er ist von ihr abhängig. Es klingt widersinnig, und wenn ich es nicht selbst erlebt hätte, würde ich es nicht glauben. Lord Eversleigh verläßt sich darauf, daß ich mich ganz nach seinen Wünschen richte.«

Mr. Rosen war sehr ernst. »Wie rasch könnten Sie das Testament unterschreiben lassen und zu mir zurückbringen?«

»Ein Nachbar fuhr mich in die Stadt. Wenn ich ihn und einen seiner Diener in Lord Eversleighs Zimmer schmuggeln kann, so daß das Testament unterschrieben wird, könnte ich es Ihnen morgen bringen.«

»Glauben Sie, daß Sie es schaffen?«

»Ich werde es versuchen.«

»Also schön... obwohl es nicht in Ordnung ist und mir überhaupt nicht gefällt. Er hat etwas für diese Frau unterschrieben. Wenn sie skrupellos ist, befindet er sich in einer gefährlichen Situation.«

»Sie meinen, sie...« Ich sah ihn entsetzt an, und er fuhr fort: »Ich behaupte nicht, daß sie es auf sein Leben abgesehen hat. Aber unter diesen Umständen, bei einer Frau ihrer Art, die sich nicht von moralischen Überlegungen leiten läßt, könnte es gefährlich sein. Es ist ein sehr seltsamer Fall. Von Zeit zu Zeit erfahre ich, was sich in Eversleigh abspielt. Früher war es nie so, da hatte alles seine Ordnung. Sie wissen ja, daß das Testament von zwei Zeugen unterschrieben werden muß, die nicht zu den Begünstigten gehören. Und Sie wissen auch, daß Sie selbst zu den Erben gehören.«

»Ja, Lord Eversleigh sagte es mir.«

»Als Tochter von Lady Clavering sind Sie seine Erbin in direkter Linie, und Ihre Vorfahren würden keine Ruhe im Grab finden, wenn der Besitz an dieses vulgäre Geschöpf fällt.«

»Das wird nicht geschehen. Ich lasse das Testament unterschreiben und bringe es Ihnen morgen.«

Mr. Rosen senior schüttelte zweifelnd den Kopf. Seiner Ansicht nach verstieß das gegen die gesetzlichen Bestimmungen, und er wäre noch immer am liebsten mit mir nach Eversleigh gefahren.

Dennoch gelang es mir, ihn von diesem Vorhaben abzubringen. Ich kehrte ins Gasthaus zurück und erzählte Gerard, was vorgefallen war. Er war ebenfalls der Meinung, daß wir sofort zurückfahren sollten, ohne einen Imbiß einzunehmen. Er wollte seinen Kammerdiener oder einen anderen vertrauenswürdigen Diener holen, und das Testament konnte unterschrieben werden, bevor sich Jessie wieder im Haus befand.

Wenn wir uns beeilten, konnten wir es mit ein bißchen Glück gerade noch schaffen.

Wir jagten in gestrecktem Galopp zurück und Gerard sprach von nichts anderem als von dem Testament und den Unterschriften. Es war sehr beruhigend für mich, daß er sich so bemühte, mir bei der Lösung meines Problems zu helfen.

Zuerst dachte ich, daß er die Situation dramatisierte, um mich zum Lachen zu bringen, aber allmählich begriff ich, daß er es völlig ernst meinte: eine skrupellose Frau und ihr Liebhaber, ein vertrauensvoller alter Mann, der zwar nicht senil, aber doch etwas labil und nur zu bereit war, jeden Preis dafür zu bezahlen, daß er seine letzten Tage friedlich und angenehm verbrachte.

Gerard sah auf seine Taschenuhr. »Wir müßten kurz vor halb vier in Enderby eintreffen. Ich hole meinen Kammerdiener, und wir fahren direkt nach Eversleigh. Dort schleichen wir die Treppe hinauf, lassen das Testament von Lord Eversleigh und uns beiden unterschreiben, und dann würde ich an Ihrer Stelle das Dokument sofort zu den Anwälten bringen.«

»Das kann ich aber auch morgen tun.«

»Selbstverständlich. Aber wenn ich bedenke, was für Menschen die übrigen Bewohner des Hauses sind, bin ich dafür, daß das Testament so rasch wie möglich bei den Anwälten hinterlegt wird; die Vorstellung, daß Sie es bei sich aufbewahren, beunruhigt mich außerordentlich.«

»Glauben Sie vielleicht, die beiden würden mich ermorden, um es in ihren Besitz zu bringen?«

»Mein Gott, das wäre ungeheuerlich. Ich könnte nie wieder froh sein.«

»Sie neigen wirklich zu Übertreibungen.«

»Ich bin ehrlich besorgt. Versuchen wir es.«

Er trieb die Pferde an, und kurz darauf erreichten wir Enderby.

Von da an ging alles unglaublich schnell. Es war ein atemberaubendes, tolles Abenteuer; Gerard nahm alles in die Hand, und ich bewunderte seine rasche, zielsichere Entschlossenheit.

»Sie tun, als handle es sich um einen diplomatischen Zwischenfall.«

»Ich bin ja schließlich Diplomat. Aber ich versichere Ihnen, daß es der rascheste und sicherste Weg ist, um die Angelegenheit zu erledigen.«

Es war ein Viertel vor vier, als ich die beiden Männer ins Schlafzimmer meines Onkels führte. Er war kaum überrascht, als ich sie ihm vorstellte und ihm erklärte, warum sie gekommen waren. Ich legte allen Beteiligten das Testament vor, sie unterschrieben, Gerard rollte das Dokument zusammen und behielt es bei sich.

Onkel Carl streichelte meine Hand: »Kluges Mädchen.«

»Und wir müssen jetzt raschest damit in die Stadt«, erklärte Gerard.

»Sie müssen vor allem sofort das Haus verlassen«, warnte ich.

»Ja«, pflichtete Onkel Carl bei, »bevor Jessie aufwacht.« Er lächelte und seine Augen blitzten. Er wirkte beinahe übermütig, und einen Augenblick lang fragte ich mich, ob das Ganze vielleicht nur eine Erfindung von ihm war. Ich konnte mir beim besten Willen nicht vorstellen, daß Jessie sich wirklich Hoffnungen auf Eversleigh Court machte.

Vielleicht spielten wir alle nur Rollen in einer Posse, die sich der alte Mann ausgedacht hatte, um etwas Abwechslung in sein eintöniges Leben zu bringen.

Aber auch wenn dem so war, mußten wir jetzt weiterspielen; also verabschiedeten wir uns von ihm und gingen die Treppe hinunter.

Als wir die Halle betraten, tauchte Evalina aus einem Korridor auf.

»Oh«, rief sie, »haben wir Besuch?«

»Das ist die Tochter unserer Haushälterin«, erklärte ich Gerard.

Evalina war zu uns getreten und lächelte Gerard an.

Er verbeugte sich, drehte sich um, und ich begleitete sie zur Tür.

Als die Kutsche abgefahren war, kehrte ich in die Halle zurück. Evalina erwartete mich.

»Ich wußte nicht, daß wir Besuch hatten«, sagte sie. »Aber ich weiß, wer sie sind; sie wohnen in Enderby.«

Ich ging an ihr vorbei. Sie sah mich neugierig an, als warte sie auf eine Erklärung. Natürlich hatte ich nicht die Absicht, sie ihr zu geben; es war eine Unverschämtheit, daß die Tochter der Haushälterin mich wegen eines Besuchs zur Rede stellte.

In meinem Zimmer trat ich sofort ans Fenster und sah Jessie, die gerade zurückkam. Evalina würde ihr sicherlich von den Besuchern erzählen; zum Glück war Gerard schon zu den Anwälten unterwegs.

Beim Abendessen herrschte eine leicht gespannte Atmosphäre. Jessie langte, wie immer, herzhaft zu, dann lächelte sie mich gewinnend an und sagte: »Evalina hat mir erzählt, daß die Leute aus Enderby heute hier waren.«

»Nur ein gut nachbarlicher Besuch.«

»Sie sind vorher noch nie hier gewesen.«

»So?«

»Wahrscheinlich haben sie erfahren, daß Sie hier sind. Sie haben Lordy noch nie besucht.«

Ich zuckte die Schultern.

»Einer von ihnen hat sehr gut ausgesehen«, mischte sich Evalina ein.

»Hm«, murmelte ich.

Jessie war mißtrauisch und neugierig; dieser Besuch gab ihr sichtlich zu denken.

Ich begab mich sofort nach dem Abendessen auf mein Zimmer. Wenn Gerard tatsächlich das Testament bei den Anwälten deponiert hatte, hatte ich meine Aufgabe erfüllt. Der Gedanke, daß das Dokument sich in sicherem Gewahrsam befand und daß ich nicht mehr dafür verantwortlich war, gab mir meine Ruhe wieder.

Dennoch konnte ich mich nicht entschließen, zu Bett zu gehen. Ich wurde das Gefühl nicht los, daß etwas Unheimliches in dem Haus vor sich ging. Vielleicht hatte auch Onkel Carl es bemerkt und deshalb so auf die Abfassung des Testaments gedrängt.

Das Bedürfnis, das Haus zu verlassen, wurde übermächtig, also warf ich meinen Mantel um und schlich mich hinaus. Ich ging beinahe automatisch nach Enderby. Ich wollte mit Gerard sprechen, mich davon überzeugen, daß er das Testament zu den Anwälten gebracht hatte.

Enderby wirkte im Mondlicht noch unheimlicher als bei Tag. Es sah so ungastlich aus, daß ich am liebsten kehrtgemacht hätte. Der Wind rauschte in den Bäumen, und wenn ich meiner Fantasie freien Lauf ließ, hörte ich ihn sagen: »Geh weg, geh weg.« Sollte ich ihm gehorchen? Ich konnte am nächsten Tag in die Stadt gehen und mich bei den Anwälten nach dem Testament erkundigen; wenn es sich in ihrem Besitz befand, stand meiner Abreise nichts mehr im Weg. Sollte ich etwa Mitleid mit Onkel Carl haben? Eigentlich nicht, denn er hatte sich das alles selbst eingebrockt und war offensichtlich mit dem Stand der Dinge zufrieden.

Wenn er wollte, konnte er Jessie und Amos jederzeit hinauswerfen. Es würde sich sicherlich ein anderer Verwalter finden, und auch eine gute, fleißige Haushälterin mußte aufzutreiben sein, so daß in dem Haus wieder die alte Ordnung einkehrte.

Während ich so in Gedanken versunken war, ging die Tür auf, und ein Mann kam heraus.

Er sah mich erstaunt an, und ich sagte schnell: »Ich würde gern mit Monsieur Gerard d'Aubigné sprechen, falls er zu Haus ist.«

Er führte mich in die Halle und ließ mich dann allein.

Enderby hatte zweifellos Atmosphäre. Die große Halle mit der gewölbten Decke und der Galerie schien voller Schatten, in denen Gespenster lauerten. Jemand hatte einmal gesagt, daß das Glück hier nie lange geweilt habe. Ich wußte, daß die Kindheit meiner Mutter glücklich gewesen war; aber das war wahrscheinlich die einzige Periode, in der die Bewohner des Hauses ein normales Leben geführt hatten.

Als ich aufblickte, sah ich Gerard die Treppe herunterkommen. Er lief mit ausgestreckten Armen auf mich zu, ergriff meine Hände und küßte sie.

»Ich habe Sie erwartet.«

»Wieso?«

»Sie wollen sich vergewissern, nicht wahr? Die Ungewißheit plagte Sie – Sie fragten sich, ob es richtig war, daß Sie mich mit dieser Aufgabe betrauten. O Zippora, habe ich Ihnen nicht bewiesen, daß ich sogar mein Leben für Sie aufs Spiel setzen würde?«

»Sie haben eine Vorliebe für dramatische Szenen. Haben Sie das Testament abgeliefert?«

»Bei Mr. Rosen senior persönlich. Er las es durch, billigte es, und jetzt befindet es sich in seiner Obhut.«

»Ich danke Ihnen.«

Er lächelte ironisch. »Sie können mir wirklich vertrauen.«

»Das weiß ich. Ich war nur ein wenig besorgt. Wir haben uns über das Ganze lustig gemacht, aber plötzlich habe ich das Gefühl, daß es gar nicht so komisch ist.«

»Darf ich Ihnen eine kleine Stärkung anbieten?«

»Nein, ich habe gerade zu Abend gegessen. Außerdem muß ich zurückgehen.«

»Ach, bleiben Sie doch noch ein bißchen.« Er hatte meine Hand ergriffen und zog mich an sich.

Das Haus schien mir zuzuflüstern, mich vollkommen gefangenzunehmen, und ich hatte Angst. Mir fiel alles ein, was ich jemals über Enderby gehört hatte. War es eine Ahnung? Vielleicht.

»Nein«, erklärte ich entschieden. »Ich wollte nur hören, daß alles in Ordnung ist.«

Er sah enttäuscht aus. »Dann begleite ich Sie.«

Als wir das Haus verließen, überkam mich ein Gefühl der Erleichterung.

»Ich weiß gar nicht, wie ich Ihnen für alles danken soll, das Sie für mich getan haben«, meinte ich.

»Sie müssen sich nicht bedanken. Ich würde für Sie alles tun, was Sie verlangen.«

»Sind Sie nicht etwas voreilig? Sie können ja gar nicht wissen, was ich verlangen würde.«

»Je schwieriger die Aufgabe, desto mehr würde es mich freuen, sie zu lösen.«

»An Ihren Antworten merkt man, daß Sie gewohnt sind, am französischen Hof Konversation zu machen.«

»Das ist möglich, aber das, was ich Ihnen sage, meine ich ernst.«

»Ich bin Ihnen jedenfalls dankbar. Und da damit meine Aufgabe erfüllt ist, werde ich wieder abreisen.«

»Bitte sagen Sie das nicht.«

»Aber ich muß unbedingt nach Hause zurück.«

»Noch nicht. Mein Gefühl sagt mir, daß die Angelegenheit noch nicht erledigt ist.«

»Glauben Sie, daß sich mein Onkel in Gefahr befindet?«

»Es wäre denkbar. Die Frau ist habgierig und glaubt, daß sie das Gut erben wird. Das einzige Hindernis, das zwischen ihr und dem Besitz steht, ist der gebrechliche alte Mann. Die Versuchung ist groß. Glauben Sie, daß Jessie ihr widerstehen kann?«

»Ich weiß nicht. Sie scheint ihn recht gern zu haben.«
»Sie hat ihren Liebhaber. Vielleicht wollen die beiden Eversleigh gemeinsam übernehmen.«
»Es wäre wahrscheinlich besser, wenn Jessie von dem Testament erfährt; damit sie weiß, daß das Papier, das er für sie unterschrieben hat, wertlos ist. Unter diesen Umständen hätte sie nichts davon, sein Leben zu verkürzen, wie Mr. Rosen sich ausdrückt. Im Gegenteil, sie würde ihn am Leben erhalten, um möglichst lang dieses angenehme Dasein zu genießen und inzwischen noch möglichst viel beiseite zu schaffen.«
»Das klingt vernünftig. Solange Sie da sind, befindet sich Lord Eversleigh in Sicherheit. Sie würde nichts unternehmen, was Sie bemerken könnten. Deshalb müssen Sie bleiben. Ihre Aufgabe ist noch nicht erfüllt.«
»Ich könnte ja Onkel Carl sagen, daß er Jessie über das Testament informieren muß.«
»Aber erst in einiger Zeit, nicht sofort. Erst muß er die Aufregungen des heutigen Tages überwunden haben.«
»Sie haben recht. Es tut mir leid, daß ich Sie in all das mit hineingezogen habe.«
»Es hat meinem Aufenthalt hier erst die richtige Würze verliehen.«
Wir hatten das Gebüsch erreicht.
»Gute Nacht«, sagte ich.
Er ergriff meine Hand und hielt sie lange in der seinen. Sein Lächeln war rätselhaft; am liebsten wäre ich bei ihm geblieben.
Es hätte mir eine Warnung sein müssen.
Als ich das Haus betrat, erblickte ich als erstes Evalina. Sie lief an mir vorbei die Treppe hinauf. Oben drehte sie sich um und sah mich beinahe boshaft an.
Das Mädchen steckt doch wirklich überall, dachte ich.
Als ich mein Zimmer betrat, bemerkte ich sofort, daß einige Dinge nicht mehr auf ihrem Platz lagen. Als ich den Schrank öffnete, wurde mein Verdacht zur Gewißheit.
Ich versperrte meine Tür und ging sehr nachdenklich zu Bett.
Evalina hatte von ihren Beobachtungen erzählt, und Jessie hatte offensichtlich Verdacht geschöpft. Ich war froh, daß Gerard das Testament zu Rosen gebracht hatte. Wenn ich es behalten hätte, hätte es derjenige, der mein Zimmer durchsucht hatte, bestimmt gefunden.

In der Nacht plagte mich ein Alptraum. Ich befand mich in Enderby, und plötzlich kamen von allen Seiten Gespenster auf mich zu. Eines von ihnen war Gerard. An seiner Kleidung klebte Erde, und er war leichenblaß.

Er hielt etwas in der Hand – eine Papierrolle – Onkel Carls Testament.

Er begann zu lachen, es klang so böse, und er sah mich starr mit seinen leuchtenden Augen an.

Dann rief jemand: »Gefahr... fliehe, so lange es noch möglich ist.«

Ich fuhr aus dem Schlaf hoch. Der Traum war entsetzlich realistisch gewesen.

Ich starrte in die Dunkelheit. Wer ist Gerard eigentlich? fragte ich mich. Was wußte ich schon von ihm? Wenn ich die letzten Tage überdachte, war mein Verhalten unerklärlich. Ich hatte Freundschaft mit einem Fremden geschlossen, ihm nach wenigen Stunden die Geheimnisse meiner Familie anvertraut und ihm das Testament übergeben.

Ich mußte den Verstand verloren haben. Die alte Zippora in mir klagte ihr neues Ich an. Aber was hätte ich wirklich tun sollen? Ich hätte nach Hause schreiben, den Meinen die Situation schildern und sie um Rat bitten können. Wenn Jean-Louis auch nicht in der Lage war zu reisen, so hätte doch Sabrina kommen können.

Das hätte die alte Zippora getan. Die neue Zippora war in dem Augenblick zum Leben erwacht, als Gerard d'Aubigné wie ein Geist vor ihr aufgetaucht war.

Dann faßte ich einen Entschluß. Morgen würde ich die Anwälte aufsuchen und mich davon überzeugen, daß Gerard ihnen das Testament tatsächlich übergeben hatte.

Meine kritische Einstellung mir selbst gegenüber hielt bis zum Morgen an. Ich hatte bei dem Elf-Uhr-Besuch keine Gelegenheit, meinem Onkel einen Wink zu geben. Jessie beobachtete uns die ganze Zeit scharf. Am Nachmittag ging ich in die Stadt.

Mr. Rosen empfing mich sehr liebenswürdig, und ich fragte ihn sofort, ob Monsieur Gerard d'Aubigné am Vortag das Testament abgeliefert habe.

»Selbstverständlich«, antwortete er. »Ein liebenswürdiger, sehr hilfsbereiter Gentleman. Jetzt müssen Sie sich keine Sorgen mehr machen, es ist alles in Ordnung.«

Ich schämte mich, weil ich Gerard mißtraut hatte.

Die Beschämung wuchs, als ich am Gasthaus vorbeikam und seinen Wagen erblickte.

Ich ging eilig die Straße entlang, als ich Pferdegetrappel hinter mir hörte.

Er hielt neben mir an und lächelte verschmitzt. »Sie hätten mir vertrauen können.«

Ich beschloß, offen mit ihm zu sprechen. »Ich mußte sichergehen.«

»Natürlich.«

Er half mir in den Wagen. »Und jetzt sind Sie zufriedengestellt.«

»Allerdings, und ich danke Ihnen aufrichtig für Ihre Hilfe.«

Der Tag, an dem der Jahrmarkt stattfand, war gekommen, ich hatte inzwischen Gerard jeden Tag getroffen. Ich mußte meinen Mangel an Vertrauen wiedergutmachen, und unsere Freundschaft hatte sich vertieft. Wahrscheinlich hatte er bemerkt, daß mich Gewissensbisse plagten, weil ich mich als verheiratete Frau so oft mit einem fremden Mann traf. Er wies immer wieder daraufhin, daß wir Zugvögel waren, daß es sich also bei unserer Bekanntschaft nur um ein flüchtiges Zwischenspiel in unserem Leben handelte. Unsere Wege würden sich bald trennen, aber es gab keinen Grund, warum wir nicht bis dahin angenehme Stunden miteinander verbringen sollten. Dieser Gedankengang war sehr beruhigend. Ich rief ihn mir jedesmal ins Gedächtnis, wenn mir wieder einmal auffiel, daß meine Freundschaft mit diesem Mann zu eng wurde, daß ich mich viel zu sehr mit ihm beschäftigte.

Und so kam der Jahrmarkt heran.

Die ganze Gemeinde muß dort versammelt gewesen sein. Jessie wurde von Amos begleitet; Onkel Carl hatte darauf bestanden. Und nach dem Mittagessen verschwanden alle Bedienten, die noch im Haus waren, ebenfalls zum Festplatz.

Ich war mit Gerard verabredet. Wir trafen uns beim Gebüsch und schlenderten nach Enderby hinüber.

»Meine gesamte Dienerschaft ist ausgeflogen«, sagte er. »Eine ausgezeichnete Gelegenheit, Ihnen das Haus zu zeigen. Kennen Sie es schon?«

»Nein, es wurde verkauft, bevor ich auf der Welt war. Meine Mutter lebte als Kind hier, aber ihre Tante, die sie aufgezogen hatte, starb, und ihr Mann war verzweifelt. Er ertrank, und niemand wußte, ob es sich um einen Unfall oder um Selbstmord handelte.«

»Sehen Sie sich Enderby doch einmal an.«

»Ich habe geglaubt, Sie wollten den Jahrmarkt besuchen?«

»Ich habe es mir überlegt – es ist wahrscheinlich die letzte Gelegenheit für Sie, Enderby kennenzulernen.«

Er hatte meinen Arm ergriffen und zog mich mit sich. Ich erinnerte mich an meinen Traum, in dem mich etwas gewarnt hatte. Es war, als kämpften zwei Wesen in mir: Das eine fühlte sich unwiderstehlich zum Haus hingezogen, Das andere warnte mich davor, Enderby zu betreten.

Gerard öffnete die Tür und führte mich in die Halle mit der gewölbten Decke und der schönen Täfelung. Es war so still, daß mein Herz wie wild zu klopfen begann. Gerard legte mir den Arm um die Schultern, und ich wich zurück. Er sagte: »Sie sahen plötzlich so verletzlich aus, als müsse man Sie beschützen.«

Ich lachte, aber es klang nicht echt. »Ich bin durchaus imstande, selbst auf mich achtzugeben.«

»Das weiß ich. Sie tun immer das, was Sie wollen.«

Mein Blick war zur Galerie gewandert.

»Ja«, bestätigte er, »das ist einer der Orte, an denen es spukt. Die Diener weigern sich, allein auf die Galerie zu gehen. Kommen Sie, Zippora, wir fürchten uns doch nicht vor Gespenstern.«

Er ergriff meine Hand, und wir stiegen die Treppe hinauf.

Oben öffnete er eine geschnitzte Tür, die sich knarrend in den Angeln drehte.

»Kommen Sie«, flüsterte er, und wir betraten die Galerie.

»Hier oben ist es kälter«, stellte ich fest.

»Das kommt von den Gespenstern.«

Er legte mir die Hände ums Gesicht und sah mich an.

»Sie sind ein bißchen ängstlich. O ja, leugnen Sie es nicht, meine vernünftige, selbstsichere Zippora. Gestehen Sie es nur, Enderby beeindruckt Sie.«

»Beeindruckt es Sie denn nicht?«

»Ich mag es. Es ist kein gewöhnliches Haus, aber wer will schon ein gewöhnliches Haus haben! Wenn ich hier bin, frage ich mich, ob die Geister der Verstorbenen wirklich an die Orte ihrer Verbrechen oder ihrer Triumphe zurückkehren. Wer kann das sagen? Es ist ein Geheimnis, und das macht das Haus so aufregend. Finden Sie es nicht faszinierend?«

»O doch.«

Wir standen am Geländer und sahen in die Halle hinunter. »Sie ist voller Schatten«, sagte er. »Warum?«

»Wegen der Bäume und Büsche, die zu nahe am Haus stehen und zu hoch sind. Schneiden Sie sie weg, legen Sie rund um das Haus Rasen an, und es wird hell sein.«

»Aber vielleicht wären die Gespenster damit nicht einverstanden. Kommen Sie, ich zeige Ihnen die übrigen Räume.«

»Wo befinden sich die Besitzer?«

»Auf Reisen. Sie haben mir das Haus während ihrer Abwesenheit zur Verfügung gestellt.«

»Aber es ist so weit von London entfernt...«

»Das spielt keine Rolle. Viel wichtiger ist, daß es nahe bei Eversleigh Court liegt und ich Sie dadurch kennengelernt habe, Zippora.«

»Ich werde bald nach Clavering zurückkehren. Hier ist alles erledigt, und mein Mann vermißt mich sicherlich.«

»Vergessen Sie das jetzt, leben Sie dem Augenblick. Die Vergangenheit ist voll von Bedauern über Versäumtes. Bedauern Sie nie etwas, Zippora. Und die Zukunft liegt in den Sternen. Deshalb ist es am besten, wenn man ganz dem Heute lebt.«

»Verallgemeinerungen stimmen nicht immer.«

Aber das Haus hatte mich schon in seinen Bann gezogen, ich hatte das Gefühl, nicht ich selbst zu sein. Wenn ich später versuchte, eine Entschuldigung für mich zu finden, redete ich mir ein, daß etwas von mir Besitz ergriffen hatte, als ich das Haus betrat.

Wir hatten die oberste Treppenstufe erreicht. Er öffnete eine Tür, und wir standen in einem Korridor.

»Wie still es hier ist«, bemerkte ich. »Es herrscht eine so merkwürdige Stimmung, als ob...«

»Vielleicht treiben sich die Gespenster heute im Haus herum. Ich glaube nicht, daß sie viel für die ewig schwatzenden Diener übrig haben. Sie bevorzugen die Stille.«

»Aber wir sind doch da.«

»Wir befinden uns auf einem Erkundungsgang, und die Gespenster wollen sicherlich beweisen, daß das Haus seinen Ruf zu Recht hat.«

Er öffnete eine Tür. Ich stand in einem Zimmer mit einem großen Himmelbett. Die Vorhänge waren aus weiß-goldenem Brokat.

Ich hatte den unheimlichen Eindruck, daß ich schon einmal hier gewesen war. Oder redete ich es mir später nur ein?

»Man hat mich in diesem Zimmer untergebracht«, sagte er. »Anscheinend werde ich als Ehrengast behandelt – es ist das Hochzeitszimmer.«

»Aber Sie haben ja keine Frau mit.«

Er hatte meine Hände ergriffen und sah mich unverwandt an. Ich versuchte, mich ihm zu entziehen, aber es gelang mir nicht.

Undeutlich entsann ich mich, daß ich schon von diesem Zimmer gehört hatte. Waren die Vorhänge nicht rot und aus schwerem Samt gewesen? Und dann waren sie durch weißgoldenen Brokat ersetzt worden. Warum nur?

Gerard legte die Arme um mich und drückte mich an sich. Ich fühlte, wie sein Herz schlug. Ich liebte ihn, ganz anders, als ich Jean-Louis liebte. Es war ein Gefühl, das ich noch nie erlebt, von dem ich nur in Romanen gelesen hatte. Tristan und Isolde, Abelard und Heloise, die überwältigende Leidenschaft, für die die Menschen alles opfern.

»Zippora.« Noch nie hatte jemand meinen Namen so ausgesprochen. Ich trieb in seinen Armen durch die Unendlichkeit; wir hatten die Welt und ihre Konventionen weit hinter uns gelassen. Wir waren zusammen, wir gehörten zueinander, und nichts konnte die Leidenschaft zähmen, die uns erfaßt hatte.

Ich stammelte: »Nein... nein... ich muß gehen.«

Er lachte leise, während er mich entkleidete. Ich wehrte mich, aber nicht ernstlich. Verzweifelt versuchte ich mich daran zu erinnern, daß ich Zippora Ransome war, die Frau von Jean-Louis, mit dem ich in glücklicher Ehe lebte... meine Familie...

Es hatte keinen Sinn... ich war nicht bei ihnen, sondern in Enderby, bei meinem Geliebten.

Ja, er war mein Geliebter. Ich war mir vom ersten Augenblick seiner ungeheuren Anziehungskraft bewußt gewesen. Es hatte keinen Sinn, Widerstand zu leisten. Ich ließ mich von seiner Leidenschaft mitreißen, und sie lehrte mich, daß ich eine zutiefst sinnliche Frau war.

Ich versuchte nicht mehr, ihn abzuwehren. Ich gehörte ihm, und er wußte es. Weil er die Frauen kannte, hatte er es vielleicht von Anfang an gewußt.

Nachher lagen wir nebeneinander auf dem Bett. Es war sehr still; aus der Ferne hörte man das Gelächter und das Geschrei des Jahrmarkts.

Meine Erinnerung an dieses Erlebnis würde für immer mit diesen Geräuschen verbunden bleiben.

Ich fuhr mir mit der Hand über das Gesicht – es war tränenfeucht. Wieso hatte ich geweint? Es waren Tränen des Glücks, aber auch der Scham.

Er zog mich an sich. »Ich liebe dich.«

»Ich liebe dich«, antwortete ich.

»Bist du glücklich, Zippora?«

»Ja und auch nein.«

»Es mußte geschehen.«

»Es hätte nicht dazu kommen dürfen.«

»Aber es ist doch geschehen.«

»O Gott«, betete ich laut. »Dreh die Zeit zurück, laß es wieder Nachmittag sein, laß mich in die entgegengesetzte Richtung gehen – fort von Enderby.«

Er liebkoste mich.

»Liebste, es mußte so kommen, ich habe es von Anfang an gewußt. Und es ist etwas, das uns niemand mehr nehmen kann. Ganz gleich, was sich daraus ergibt, es ist wert, daß man alle Folgen auf sich nimmt. Es gibt Menschen, die füreinander bestimmt sind, die zueinander gehören – es ist ihr Schicksal. Mach dir keine Vorwürfe, weil du plötzlich erwacht bist. Du hast viel zu lange geschlafen, geliebte Zippora.«

»Was habe ich getan? Mein Mann...«

»Kommt mit mir. Du mußt ihm nie mehr gegenübertreten.«

»Mein Heim, meinen Mann, meine Familie verlassen...«

»Für mich.«

»Das könnte ich nicht, es wäre Verrat.«

»Wir gehören zusammen, Zippora. Wir könnten miteinander ein herrliches Leben führen.«

»Nein, ich muß fort. Wir dürfen einander nie wiedersehen. Ich muß den heutigen Nachmittag aus meinem Gedächtnis streichen; es hat ihn nie gegeben. Ich muß zu meinem Mann, meiner Familie zurück. Wir müssen vergessen...«

»Glaubst du, daß ich je vergessen kann? Kannst du es denn?«

»Es wird mich mein Leben lang verfolgen, ich werde nie wieder Frieden finden. Aber vielleicht wache ich sofort auf und merke, daß ich alles nur geträumt habe.«

»Du willst wirklich, daß das aufwühlendste Erlebnis, das dir je widerfahren ist, nur ein Traum bleibt?«

»Ich weiß nicht. Aber ich muß fort. Wenn jemand kommt und mich hier findet...« Ich erhob mich halb, aber er zog mich aufs Bett zurück. Er lachte, und sein Lachen klang triumphierend.

Dann umarmte er mich wieder, und meine Entschlüsse lösten sich in nichts auf. Ich ertrank in einem Meer der Leidenschaft. Nichts anderes zählte.

Nachher blieb ich ermattet liegen und lauschte den Geräuschen des Jahrmarkts. Ich wußte, daß ich rettungslos verloren war.

Die Vorhänge um das Bett waren halb zugezogen, und das Sonnenlicht glitzerte auf ihnen.

Ich stand nicht auf. Ich blieb neben ihm liegen und hörte zu, wie er mir erklärte, daß wir beisammenbleiben würden. Wir konnten

Ende der Woche nach Frankreich reisen. Er würde mich glücklicher machen, als ich mir je erträumt hatte. Er wußte, daß er mir eine neue Welt eröffnet hatte. Er hatte mir eine Seite meines Wesens gezeigt, von der ich bis jetzt nichts geahnt hatte. Ich war mit Jean-Louis glücklich gewesen und hatte ein zufriedenes Leben geführt. So konnte es nie wieder werden, denn Gerard hatte mich in das Reich der Erotik eingeführt, und ich würde mich immer nach diesem Liebeserlebnis sehnen.

Wie lange lagen wir dort? Ich wußte es nicht, ich hatte kein Zeitgefühl mehr. Über unserer Leidenschaft vergaß ich alles. Doch ich wußte, daß es spät wurde, und selbst er dachte daran. Die Diener würden jeden Augenblick zurückkommen.

Es blieb nichts anderes übrig, ich mußte gehen. Ich kleidete mich an; meine Stimmung schwankte zwischen Triumph und Herausforderung. Wenn ich den Nachmittag ungeschehen machen könnte – würde ich es jetzt tun? Nein, ich hatte etwas erlebt, das ich nie für möglich gehalten hätte. Ich wollte nicht darauf verzichten, noch nicht, ich wollte noch eine Weile in meinem magischen Netz eingesponnen bleiben.

Er umarmte mich wieder, küßte mich zärtlich, streichelte mein Haar, sagte mir, daß er mich liebe.

»Wir müssen möglichst bald wieder zusammenkommen und alles besprechen.«

»Ich fahre nach Hause zurück. Ich muß.«

»Das lasse ich nicht zu. Wann kann ich dich wiedersehen? Heute abend? Komm zu den Sträuchern!«

Schließlich willigte ich ein.

Wir gingen die Treppe hinunter. Das Haus wirkte jetzt anders, irgendwie befriedigt, als würde es uns auslachen. Meine Fantasie spielte mir wieder einmal einen Streich.

Er begleitete mich nach Eversleigh. Beim Abschied küßte er mich leidenschaftlich.

»Wir gehören zusammen«, erinnerte er mich. »Vergiß das nie.«

Ich riß mich von ihm los und lief ins Haus.

Auf dem Weg zu meinem Zimmer kam ich an Onkel Carls Tür vorbei und warf einen Blick zu ihm hinein. Er saß in seinem Stuhl und sah grotesk aus – mit der langen Nase, dem spitzen Kinn, der pergamentartigen Haut und den lebhaften dunklen Augen.

»Bist du auf dem Jahrmarkt gewesen, Carlotta?« fragte er mich.

»Carlotta ist tot, Onkel, ich bin Zippora.«

»Natürlich, natürlich, du siehst ihr so ähnlich... Einen Augenblick lang lebte ich in der Vergangenheit.«

Ich war erschüttert. Man merkte es mir an. Er hatte unbewußt die Veränderung wahrgenommen und mich deshalb Carlotta genannt.

»Ist Jessie schon zu Hause?« fragte er.

»Sie ist wahrscheinlich noch auf dem Jahrmarkt.«

»Aber nicht mehr lang, darauf könnte ich schwören. Es ist Zeit fürs Abendessen.«

Ich ertrug den forschenden Blick seiner Augen nicht und ging auf mein Zimmer. Dort blickte ich in den Spiegel. Ja, ich sah anders aus, etwas an mir hatte sich verändert. Als leuchtete ich von innen her.

»Ich bin eine Ehebrecherin«, murmelte ich.

Mir fielen keine Entschuldigungen mehr ein – es gab ja auch keine. Denn am nächsten Nachmittag lag ich wieder mit meinem Geliebten in dem Bett mit den Brokatvorhängen. Ich war schlau, denn ich sagte mir: Ich habe mich bereits an Jean-Louis, an meiner Ehre vergangen und gegen meine Grundsätze verstoßen, daran ist nichts mehr zu ändern. Was spielt es da für eine Rolle, ob ich wieder bei ihm bin, ob ich wieder diese leidenschaftliche Erregung empfinde? Ich bin bereits eine Ehebrecherin, und es ist gleichgültig, wie oft ich der Versuchung erliege.

Dieser Nachmittag war noch schöner als der vorhergegangene. Vielleicht war es mir gelungen, mein Gewissen zu beschwichtigen. Ich hatte den Pfad der Untreue betreten – jetzt war es gleichgültig, wie weit ich ging.

Ich war in Gerard verliebt, und dieses Gefühl ließ sich nicht mit meiner Liebe zu Jean-Louis vergleichen. Jean-Louis war freundlich, rücksichtsvoll, zärtlich – kurz alles, was ich von einem Mann erwartet hatte, bevor ich Gerard kennenlernte. Vielleicht war Gerard weder so rücksichtsvoll noch so zärtlich wie Jean-Louis... ich wußte es nicht. Diese Tatsache erschreckte mich. Ich kannte diesen Mann überhaupt nicht, und dennoch konnte ich seiner körperlichen Anziehungskraft keinen Widerstand leisten.

Deshalb kehrte ich immer wieder zu dem weiß-goldenen Brokatbett zurück und machte die Erfahrung, daß ich mich selbst nie gekannt hatte. Ich war eine ausgesprochen sinnliche Frau; nachdem ich das anfängliche Entsetzen überwunden und mein Gewissen zum Schweigen gebracht hatte, gab ich mich meiner Leidenschaft hemmungslos hin.

Und während wir so auf dem Bett lagen, schienen die Geister dieses Hauses zu triumphieren, weil sie wußten, daß ich meinen Mann auf eine Art betrog, die ich nie für möglich gehalten hätte.

Ich dachte immerzu nur an eines: mit Gerard beisammen zu sein, mit ihm die Freuden der Liebe zu erleben. Ich war ein anderer Mensch geworden. Ich kannte mich selbst nicht mehr, aber wenn ich ehrlich war, mußte ich zugeben, daß ich diese Veränderung auf keinen Fall ungeschehen machen wollte.

Ich war vital und lebenslustig wie nie zuvor. Ich hatte mein ruhiges, gleichmäßiges Leben aufgegeben und Freuden kennengelernt, die mir bis jetzt fremd gewesen waren.

In den darauffolgenden Tagen kamen wir regelmäßig zusammen. Wir konnten uns natürlich nicht mehr im Haus aufhalten, aber es gab ein Häuschen, das zu Enderby gehörte und das zur Zeit unbewohnt war. Der Gärtner, der dort gelebt hatte, war plötzlich gestorben, und es wurde jetzt instand gesetzt, bevor sein Nachfolger einzog. Es standen Leitern herum, und überall lagen Hobelspäne. Aber die Einrichtung war vollständig vorhanden, und wir kamen jeden Abend nach dem Essen zusammen. Es wurde oft spät, ehe ich nach Eversleigh zurückkehrte.

Ich wußte, daß ich ein gefährliches Spiel trieb und daß ich mich verändert hatte. Manchmal merkte ich, daß sowohl Onkel Carl als auch Jessie mich scharf beobachteten. Beide hatten sicherlich mehr Erfahrung auf dem Gebiet der Erotik als ich und bemerkten die Auswirkung, die meine Erlebnisse auf mich hatten.

Onkel Carl nannte mich gelegentlich Carlotta, als wäre ich nicht mehr die Zippora, die er kennengelernt hatte; Jessie schien sich im geheimen über mich zu amüsieren.

Ich fragte mich, ob sie mit Onkel Carl oder mit Amos über mich sprach. Die Vorstellung war mir äußerst unangenehm, hinderte mich aber nicht daran, voller Vorfreude zu den Rendezvous mit meinem Geliebten zu eilen.

Ich wußte, daß es einmal ein Ende haben würde, daß ich nach Clavering zurückkehren mußte. Wir wußten es beide, und dieses Wissen steigerte unsere Leidenschaft.

Gelegentlich fuhren wir mit dem Wagen aus. Wir hielten in weit entfernten Wäldern, in die sicherlich niemand kam, der uns kannte, und liebten einander im Farnkraut unter den hohen Bäumen. Die Zeit, die uns blieb, war so kurz und ging so schnell vorbei; vielleicht waren wir deshalb so wild entschlossen, das Vergnügen bis zur Neige auszukosten. Wir ließen uns gehen; außer unserer wilden, leidenschaftlichen Liebe war nichts wichtig.

Er drängte mich ständig, bei ihm zu bleiben. Ich wußte, daß er zu den diplomatischen Kreisen am französischen Hof gehörte und daß er sich im Auftrag seines Königs in England aufhielt. Im Hinblick auf die Spannung zwischen unseren Ländern mußte er ein Spion sein; ich wußte, daß er Enderby zum Aufenthaltsort gewählt hatte, weil es abgelegen war, und daß er geheime Reisen an die Küste unternahm.

Anscheinend war ich nicht nur eine Ehebrecherin, sondern auch die Geliebte eines Staatsfeindes. Und dennoch, wenn ich einen Wunsch frei gehabt hätte, hätte ich mir gewünscht, mein bisheriges Leben auszulöschen und mit ihm von neuem zu beginnen.

Wir sprachen auch über Onkel Carls Testament. Er meinte: »Dein Onkel befindet sich in Lebensgefahr. Diese Frau besitzt ein Dokument, dank dessen sie überzeugt ist, die Erbin von Eversleigh zu sein. Es ist beinahe sicher, daß sie versuchen wird, ihr Erbe möglichst bald anzutreten.«

»Was soll ich deiner Meinung nach tun?«

»Sie muß erfahren, daß ein gültiges Testament beim Anwalt hinterlegt wurde.«

»Mein Onkel wird es ihr nie sagen.«

»Dann mußt du es tun. Im Augenblick besteht keine Gefahr für ihn, weil du hier bist. Wenn du aber abreisen solltest, ist sein Leben keinen Pfifferling wert. Sie muß es erfahren.«

»Sie würde ihn dazu bringen, ein neues Testament zu ihren Gunsten zu unterschreiben.«

»Dann mußt du ihr erklären, daß es ungültig wäre, denn nur ein von einem Anwalt aufgesetztes und von Zeugen unterschriebenes Testament ist rechtskräftig.«

»Das stimmt nicht ganz, nicht wahr?«

»Wahrscheinlich nicht. Ich kenne mich in den englischen Gesetzen zuwenig aus. Aber sie würde es glauben. Ich finde, daß man ihr deinen Onkel nicht auf Gedeih und Verderb ausliefern kann.«

Mehr sprachen wir über dieses Thema nicht, aber es ging mir nicht aus dem Sinn, und ich war besorgt. Ich hatte die Situation in Eversleigh vollkommen aus meinen Gedanken verdrängt und mich nur meinem Vergnügen hingegeben.

Eine Woche nach dem Jahrmarkt traf ein Bote aus Clavering mit einem Brief von meiner Mutter ein.

»Liebe Zippora,

ich freue mich, daß du Deinem Onkel helfen konntest. Es muß für Euch beide schön gewesen sein, einander kennenzulernen, aber jetzt habe ich schlechte Nachrichten für Dich. Du solltest möglichst bald nach Hause kommen. Der arme Jean-Louis ist ohne Dich ganz verloren, und der Arzt macht sich seinetwegen Sorgen. Anscheinend hatte er sich nicht nur das Bein gebrochen, sondern sich auch am Rückgrat verletzt. Er kann nur mühsam gehen und muß stets einen Stock benützen. Du weißt, wie aktiv er immer gewesen ist; seine Behinderung bedrückt ihn daher sehr, und ich finde, daß Du bei ihm sein solltest.«

Ich ließ den Brief sinken. Eine Rückgratverletzung. Es war tragisch. Er war ein tatkräftiger Mann, der an ein Leben im Freien gewöhnt war. Er geht am Stock – wie schlimm war es wirklich? Meine Mutter war sicherlich bestrebt, mir die Neuigkeit schonend beizubringen.

Ich mußte sofort zu ihm zurückkehren und ihm mein Leben widmen. Ich mußte das schreckliche Unrecht sühnen, das ich ihm angetan hatte.

Ich las weiter:

»Du weißt, wie sehr er an Dir hängt, Du bist sein ein und alles. Er sehnt sich schrecklich nach Dir, und er braucht Dich gerade jetzt so sehr.«

Ich würde sofort heimreisen. Bedrückt dachte ich daran, daß ich tatsächlich mit dem Gedanken gespielt hatte, meiner Verantwortung zu entgehen und Gerard nach Frankreich zu folgen. Ich schämte mich zutiefst. Der Brief meiner Mutter hatte mir alles wieder ins Gedächtnis gerufen... die Freundlichkeit, die Geduld und die Liebe, die mir Jean-Louis, mein rechtmäßiger Ehemann, stets entgegengebracht hatte.

Ich war verderbt, verkommen, schlecht – eine Ehebrecherin.

Ich ging nach Enderby hinüber, wo Gerard mich bereits erwartete.

»Ich muß sofort Reisevorbereitungen treffen«, sagte ich ihm ohne Umschweife. »Jean-Louis hat bei seinem Unfall nicht nur ein gebrochenes Bein, sondern auch eine Rückgratverletzung davongetragen. Ich frage mich, ob er etwa gelähmt ist.«

Gerard sah mich ungläubig an.

»Ja, ich habe einen Brief von meiner Mutter erhalten«, fuhr ich fort. »Ich werde so bald wie möglich heimreisen.«

Er drückte mich an sich, und in mir stieg wieder das Verlangen auf. Ich konnte ihn nicht verlassen. Ich lehnte den Kopf an seine Brust und versuchte, mir eine Zukunft ohne ihn vorzustellen, die trostlosen Jahre, die vor mir lagen.

»Auch ich muß abreisen«, sagte Gerard.

»Damit ist es zu Ende.«

»Das müßte nicht sein. Es liegt ganz an dir.«

»Jean-Louis ist hilfsbedürftig.«

»Und was ist mit mir, mit uns?«

»Er ist mein Mann. Ich habe gelobt, in guten und schlechten Zeiten bei ihm auszuharren. Wäre ich doch nie hierhergekommen.«

»Bedaure es nicht... du hast geliebt und dadurch gelebt.«

»Ich werde es mein Leben lang bedauern.«

»Wann willst du reisen?«

»Noch diese Woche.«

Er neigte den Kopf, dann ergriff er meine Hand und küßte sie. »Zippora, falls du es dir jemals überlegen solltest...«

»Willst du damit sagen, daß du auf mich warten wirst?«

Er nickte. »Aber du bist ja noch nicht fort. Ich habe immer noch Zeit, dich zu überreden.«

Ich schüttelte den Kopf. »Ich bin schwach und verderbt gewesen, aber es gibt Dinge, die ich einfach nicht tun kann.«

Er glaubte mir offensichtlich nicht. Ich hatte mich ihm so bereitwillig hingegeben, daß er davon überzeugt war, ich würde mein bisheriges Leben für ihn aufgeben.

Doch er täuschte sich. Ganz gleich, was geschah, ich würde zu Jean-Louis zurückkehren.

Ich hatte beschlossen, Onkel Carl zu warnen. Jessie gegenüber erwähnte ich meine bevorstehende Abreise nicht, weil ich zuerst mit ihm sprechen wollte; also suchte ich ihn am Nachmittag auf, als wir vor ihrer Neugier sicher waren.

Er freute sich, mich zu sehen, und in seine Augen trat der mutwillige Ausdruck, den ich nicht deuten konnte. Manchmal fragte ich mich, wie weit sein Geist in die Vergangenheit zurückwanderte, denn er verwechselte mich immer öfter mit jener Carlotta, die anscheinend einen so starken Eindruck auf ihn gemacht hatte.

Erst jetzt, als ich im Begriff war abzureisen, wurde mir klar, was in diesem Haus geschehen konnte. Ein Hilferuf, hatte Sabrina gemeint. Irgendwie war es wirklich einer. Natürlich bat er nicht um Hilfe – obwohl er sich sicherlich der Gefahr bewußt war, die ihm drohte. Er verhielt sich wie ein Zuschauer im Theater, der amüsiert das seltsame Verhalten der Menschen beobachtet, obwohl er eigentlich einer der Hauptdarsteller des Dramas ist.

Vielleicht war er zu alt, um sich noch Gedanken zu machen, und so lange Jessie für seine Bedürfnisse sorgte, verfolgte er interessiert, was sie als nächstes unternehmen würde.

Deshalb hatte ich mich entschlossen, offen mit ihm zu reden.

Zunächst erzählte ich ihm vom Brief meiner Mutter und knüpfte daran die Bemerkung, daß ich heimreisen müsse.

Er nickte. »Es tut mir leid, daß du uns so bald verläßt.«

»Ich werde wiederkommen... vielleicht mit Jean-Louis oder meiner Mutter oder mit Sabrina.«

»Das wäre schön. Ich hoffe, daß dir der Aufenthalt bei uns gefallen hat.«

»O ja, natürlich.«

Er lächelte. »Er hat dir jedenfalls gut getan, Carlotta.«

Ich sah ihn unverwandt an. »Ich bin Zippora.«

»Aber natürlich, ich war zerstreut. Meine Gedanken wandern immer öfter in die Vergangenheit. Wahrscheinlich kommt es daher, daß du ihr ähnlich siehst. Ich bemerke es mit jedem Tag mehr.«

»Onkel Carl, ich muß dir etwas mitteilen, was du bestimmt nicht gern hören wirst. Aber glaube mir, daß ich dabei nur an dein Bestes denke.«

Er verzog amüsiert die Lippen.

»Mein liebes Kind, du bist so gut zu mir, so freundlich, so sehr auf mein Wohlergehen bedacht. Du hast dir wirklich große Mühe gegeben, meinen Wunsch zu erfüllen. Ich finde, daß dein französischer Gentleman reizend ist. Du bist doch auch dieser Meinung, nicht wahr?«

Ich spürte, wie mir das Blut in die Wangen stieg, und dachte: Woher kann er es wissen? Hat Jessie mit ihm über mich gesprochen?

»Es war sehr freundlich von ihm, mich in die Stadt zu bringen und sich als Zeuge für das Testament zur Verfügung zu stellen. Und genau darüber wollte ich mit dir sprechen, Onkel Carl.«

»Das Testament ist jetzt in Ordnung, ich habe meine Pflicht getan, Eversleigh wird der Familie erhalten bleiben.«

»Dennoch mußt du mich anhören. Du darfst nie wieder so ein Dokument unterschreiben wie jenes, das Jessie dir vorgelegt hat. Weißt du, wenn jemand annimmt, daß ihn ein großes Erbe erwartet, dann ist er zu sehr vielem bereit, um es in die Hände zu bekommen.«

Er lachte, ein hohes, schrilles Lachen. Wieder einmal fragte ich mich, wieviel er begriffen hatte und wieweit seine Vergeßlichkeit und seine Senilität nur gespielt waren.

»Du meinst Jessie?« fragte er.

»Es ist eine große Versuchung, vor allem für jemanden, der nie viel besessen hat und sich um seine Zukunft sorgt.«

»Jessie würde immer eine Stelle bekommen.«

»Zweifellos, aber eine solche Gelegenheit wie hier bietet sich ihr kein zweites Mal. Ich will ganz offen mit dir reden, Onkel Carl.«

»Ich bekomme immer Angst, wenn die Leute ganz offen mit mir reden wollen. Ich glaube kaum, daß man jemals ganz offen ist.«

»Ich möchte dich nicht verlassen, solange sich die Situation auf Eversleigh nicht grundlegend geändert hat.«

»Es ist ja alles in Ordnung. Rosen hat das Testament.«

»Aber Jessie weiß es nicht und glaubt, daß ihr einmal alles zufallen wird. Es war unüberlegt von dir, dieses Stück Papier zu unterschreiben.«

»Allerdings, aber ich war nie sehr klug.«

»Ich mache mir deinetwegen Sorgen. Ich könnte nicht abreisen, wenn ich befürchten müßte, daß du dich in...«

»Einer schwierigen Lage?«

»In Gefahr befindest. Jessie muß erfahren, daß du ein Testament gemacht hast und...«

»Und daß ihr mein Tod nicht viel nützen würde.« Er war doch überaus scharfsinnig.

»Ja«, bestätigte ich.

»Du bist ein braves Mädchen, und ich freue mich, daß das alles eines Tages dir gehören wird. Du wirst Eversleigh gut führen, und deine Kinder werden das Gut so leiten, daß unsere Vorfahren anerkennend dazu nicken werden.«

»Du scherzst, Onkel Carl.«

»Das ganze Leben ist ja ein Scherz oder eine Komödie. Ich habe das Theater geliebt und wäre selbst gern Schauspieler geworden. Ein Eversleigh auf der Bühne... das wäre etwas Unerhörtes gewesen. Aber damit wären die Vorfahren sicherlich nicht einverstanden gewesen. Also tat ich das Nächstbeste: Ich saß in der Loge und sah zu. Das hat mir immer Spaß gemacht, Carlotta... ach nein, Zippora. Ich beobachte überhaupt gern, wie die Menschen sich verhalten, welche Rolle sie spielen.«

»Du willst damit sagen, daß du die Menschen manipulierst. Du schaffst eine bestimmte Situation und wartest ab, wie sie darauf reagieren.«

»Nein, so weit gehe ich nicht. Ich lasse zu, daß sich gewisse Vorgänge abspielen, und sehe dabei zu. Gelegentlich greife ich allerdings ein, aber das liegt in der Natur der Sache.«

»Onkel Carl, Jessie muß erfahren, daß du ein Testament unterschrieben hast und daß es beim Anwalt liegt. Dann wird sie dich hegen und pflegen, weil sie die Vorzüge ihrer Stellung in diesem Haus nur genießen kann, solange du hier der Herr bist.«

»Du bist klug und außerdem gut zu mir.«

»Du erlaubst mir also, ihr reinen Wein einzuschenken?«

»Mein liebes Kind, ich sage den Menschen nie, was sie tun sollen. Das würde mir ja den ganzen Spaß verderben. Sie müssen sich so verhalten, wie es ihrem Wesen entspricht.«

Er war ein merkwürdiger Mensch, der so leben wollte, wie es ihm behagte. Er mußte früher überaus aktiv gewesen sein. Sicherlich hatte er nach dem Tod seiner Frau die Freuden des Daseins voll ausgekostet. Jetzt war er alt, konnte sein Zimmer nicht mehr verlassen und schuf sich selbst seine Schattenspiele.

Er wußte sehr viel über uns – daß Jessie nur auf ihren Vorteil bedacht war, daß Amos ihr Geliebter war, vielleicht auch, was zwischen Gerard und mir vorgefallen war. All das interessierte ihn sehr.

Er hinderte mich nicht daran, Jessie von dem Testament zu erzählen, weil dieses Verhalten meinem Wesen entsprach.

Nach dem geordneten Leben, das ich in Clavering geführt hatte, waren die Zustände in Eversleigh für mich unglaublich. Ich war in eine fantastische, melodramatische Welt geraten, in der die Sünde etwas ganz Natürliches war.

Die Menschen hier waren amoralisch, verfügten weder über das Pflicht- noch über das Ehrgefühl, die bis jetzt mein Leben bestimmt hatten. Aber ich hatte kein Recht, sie zu verdammen, denn ich war nun nicht besser als sie.

Am nächsten Morgen fragte ich Jessie, ob ich unter vier Augen mit ihr sprechen könne, und sie führte mich etwas überrascht in den Wintersalon.

»Ich habe einen Brief von meiner Mutter erhalten«, begann ich. »Meinem Mann geht es nicht gut. Ich werde Ende der Woche abreisen.«

»Das tut mir leid. Sicherlich machen Sie sich große Sorgen um ihn. Haben Sie es Lordy schon gesagt?«

»Ja, aber ich muß noch etwas mit Ihnen besprechen.«

»Nur zu!«

»Ich möchte Gewißheit über Lord Eversleighs Gesundheitszustand haben.«

»Oh, er befindet sich bei bester Gesundheit.«

»Ich möchte die Meinung eines Arztes hören. Meine Familie erwartet sicherlich einen genauen Bericht, deshalb werde ich einen Arzt kommen lassen, der meinen Onkel von Kopf bis Fuß untersuchen soll.«

»Lordy wird nicht damit einverstanden sein.«

»Dennoch bestehe ich darauf.«

»Für sein Alter ist Lordy noch sehr gut beisammen.«
»Das möchte ich aus berufenem Mund hören.«
»Tun Sie, was Sie nicht lassen können.«
»Sie haben sich sicherlich gedacht, daß Lord Eversleigh mich aus einem bestimmten Grund kommen ließ.«
»Sie sind seine Verwandte – er wollte Sie kennenlernen.«
»Ja, aber er wollte noch etwas. Er hat ein Testament gemacht, das jetzt bei den Anwälten Rosen, Stead und Rosen in der Stadt deponiert ist.«

Ich beobachtete sie scharf. Sie blickte zu Boden, weil sie weder Zorn noch Unsicherheit erkennen lassen wollte.

»Sie führen hier ein sehr angenehmes Leben«, fuhr ich fort, »und es gibt keinen Grund, warum dieser Zustand nicht noch viele Jahre andauern sollte – solange Lord Eversleigh gesund und munter ist. Sie verstehen...«

Sie verstand. Unter der Schminke errötete sie heftig, denn ich hatte ihr gerade gesagt, daß ich ihr einen Mord zutraute.

Sehr rasch gewann sie ihre Selbstbeherrschung wieder. Sie war eine gute Schauspielerin, Onkel Carl wäre mit ihr zufrieden gewesen. »Oh, ich werde gut für ihn sorgen. Sie brauchen sich wirklich keine Gedanken zu machen. Er wird noch seinen hundertsten Geburtstag bei bester Gesundheit feiern.«

»Davon bin ich überzeugt; außerdem ist es ihm eine große Beruhigung, daß sein Testament ordnungsgemäß aufgesetzt und unterschrieben wurde. Ich habe dafür gesorgt, daß alles seine Richtigkeit hat. Sonst hätte es vielleicht Schwierigkeiten gegeben – Sie wissen ja, wie Anwälte sind. Aber dieses Testament haben sie selbst verfaßt, und deshalb wissen wir, daß es rechtsgültig ist.«

Sie haßte mich. Ihr Lächeln zeigte nur zu deutlich, wie sehr sie mich haßte. Ich war entschlossen, ein Gutachten des Arztes über den Gesundheitszustand meines Onkels einzuholen.

Ein Gutes hatte das Ganze: Ich dachte wenigstens eine Zeitlang nicht an meine verzweifelte Lage.

Die Zeit verging, der Tag der Abreise rückte näher. Gerard wartete immer noch darauf, daß ein Wunder geschah.

Der Arzt kam und blieb etwa eine Stunde bei Onkel Carl. Dann erklärte er, daß Carls Organe zufriedenstellend funktionierten. Daß er nicht gehen konnte, war auf fortgeschrittenen Rheumatismus zurückzuführen. Bei guter Pflege konnte er noch viele Jahre leben.

Ich berichtete Jessie über diese Diagnose. Sie hatte sich vom ersten Schrecken erholt und war seither mir gegenüber besonders freundlich.

»Das ist wirklich eine gute Nachricht«, meinte sie denn auch. »Sie können sicher sein, Liebste, daß er alles bekommen wird, was er braucht.« Das glaubte ich ihr, denn wenn er starb, war es zu Ende mit ihrem angenehmen Leben. Wahrscheinlich würde sie eine ganze Herde Schäflein ins Trockene bringen – aber das war Onkel Carls Angelegenheit.

Ob sie ihm Vorwürfe machte, weil er das Testament hinter ihrem Rücken aufgesetzt hatte, weiß ich nicht. Aber sie wußte, daß Onkel Carl kein Unfall zustoßen durfte, denn dann hatte sie mich auf dem Hals. Ich hatte mich wirklich verändert, war nun kühner, sonst wäre ich nicht so leicht mit Jessie fertiggeworden. Aber ich war auch toleranter, denn ich akzeptierte ihre Stellung in Eversleigh. Wie hätte ich sie auch verurteilen können...

Gerard war außer sich. Die Zeit verflog – in zwei Tagen würde ich auf dem Weg nach Clavering sein. Die Reitknechte, die mich begleiten sollten, waren in Eversleigh eingetroffen und die Reisevorbereitungen beinahe abgeschlossen.

Gerard und ich kamen noch immer zusammen; die Verzweiflung steigerte unsere Leidenschaft. Die drohende Trennung verlieh unseren Zusammenkünften eine Süße, die sie nie zuvor gehabt hatten.

Zwei Tage vor meiner Abreise ritt ich am Nachmittag zu dem Häuschen, das wir als Liebesnest benützten. Als ich eintraf, rief eine Stimme von drinnen: »Wer ist da?«

Es war nicht Gerards Stimme.

Eine junge Frau trat vor die Tür.

»Oh, Sie sind die Dame aus Eversleigh.«

Sie knickste respektvoll.

Ich überwand rasch meine Verblüffung; sie war offensichtlich die neue Pächterin.

»Ich sah, daß die Tür offenstand...«

»Es ist sehr freundlich von Ihnen, Mistreß, sich um uns zu kümmern. Ted und ich sind sehr froh, daß wir das Haus bekommen haben. Wir haben uns seit dem Tod von Barnaby darum bemüht. Und es ist wirklich schön instand gesetzt worden.«

»Ja, es sieht sehr hübsch aus.«

»Wir haben Glück gehabt. Ein Teil der Möbel ist noch gut zu gebrauchen. Wir haben bei meiner Mutter in sehr beengten Verhältnissen gewohnt; jetzt haben wir endlich genügend Platz. Wollen Sie sich den ersten Stock ansehen?«

Sie war so stolz auf ihr Haus, daß ich ihr den Wunsch nicht abschlagen konnte.

Also stieg ich hinter ihr die Treppe hinauf. Am Fenster hingen hübsche Chintzvorhänge.

Sie war meinem Blick gefolgt. »Ich habe sie heute morgen angebracht. Erstaunlich, was für einen Unterschied Vorhänge und ein kleiner Teppich machen. Das Bett war schon hier.«

Ich betrachtete das Bett, auf dem ich so leidenschaftliche Stunden erlebt hatte.

Von unten kam ein Geräusch; das mußte Gerard sein. Ich lief zur Stiege, um ihn zu warnen, bevor er etwas Unüberlegtes sagte.

Ich rief hinunter: »Wer ist da? Ich sehe mir gerade das Haus an.«

Er starrte wortlos herauf.

Ich fuhr fort: »Ach, Sie sind es, Monsieur d'Aubigné. Ich unterhalte mich gerade mit der neuen Pächterin.«

Er verbeugte sich vor der hübschen jungen Frau, die darüber heftig errötete.

»Ich bitte um Entschuldigung, weil ich hier eingedrungen bin. Die Tür stand offen, und ich wollte nachsehen, was los ist, weil das Haus längere Zeit leergestanden hat.«

»Es wurde für uns hergerichtet, Sir.«

»Die beiden jungen Leute sind so glücklich, weil sie es bekommen haben. Es war sehr freundlich von Ihnen, mir das Haus zu zeigen.«

Sie knickste wieder.

Gerard verbeugte sich vor mir, sagte »Guten Tag«, und wir gingen in verschiedene Richtungen davon.

Kurz darauf befand sich Gerard an meiner Seite.

»Wir haben also unseren Rendezvous-Platz verloren. Ich hatte mich so daran gewöhnt.«

»Wir waren sehr unvorsichtig; wie leicht hätte uns jemand entdecken können.«

»Wo sollen wir uns treffen? Wenn du mich wirklich am Freitag verläßt...«

»Ich muß es tun, Gerard.«

»Dann ist morgen unser letzter Tag. Wie soll ich ein Leben ohne dich ertragen?«

»Dasselbe frage ich mich.«

»Es gibt einen Ausweg.«

»Nein, Gerard, du mußt mich verstehen. Ich bin deine Geliebte gewesen, habe mein Ehegelübde gebrochen, Dinge getan, die ich nie für möglich gehalten hätte... aber das ist vorbei. Jean-Louis wird nie etwas davon erfahren. Ich werde zu ihm zurückkehren und versuchen, ihm eine gute Frau zu sein.«

Dann kam die letzte Nacht heran. Er wünschte sich so sehr, sie mit mir zu verbringen. Wenn das Häuschen noch unbewohnt gewesen wäre, hätte ich ihn dort getroffen und mich im ersten Morgengrauen nach Eversleigh zurückgeschlichen.

Obwohl ich wußte, daß Gerard verwegen und abenteuerlustig war, war ich keineswegs auf das gefaßt, was sich dann ereignete.

Ich wollte zeitig aufbrechen, so daß ich noch am gleichen Tag das Gasthaus erreichte, in dem ich auf der Herreise übernachtet hatte.

Ich ging also zeitig zu Bett. Von Onkel Carl hatte ich mich bereits verabschiedet, weil ich ihn nicht so früh wecken wollte; Jessie und Evalina wollten mit mir aufstehen.

Von Gerard hatte ich am Nachmittag Abschied genommen. Er hatte nicht mehr versucht, mich zu überreden; anscheinend hatte er die Zwecklosigkeit eingesehen.

Ich wollte gerade zu Bett gehen, als jemand an mein Fenster klopfte. Natürlich war es Gerard, der am Efeu heraufgeklettert war.

Ich öffnete das Fenster und lag im nächsten Augenblick in seinen Armen.

»Du hast doch nicht wirklich geglaubt, daß ich diese Nacht ohne dich verbringen würde?« fragte er.

Es war eine bittersüße Nacht. Das unerwartete Glück, mit ihm beisammen zu sein, die herzzerreißende Gewißheit, daß es das letzte Mal war – es war anders und neu.

Wir lagen nebeneinander und hörten, wie die Blätter der Bäume im sanften Nachtwind rauschten. Das Mondlicht fiel durchs Fenster. Ich wollte jeden dieser Augenblicke in meinem Gedächtnis bewahren, wie die Rosenblätter, die ich einst gepflückt und in meinem Gebetbuch gepreßt hatte.

»Du kannst mich nicht verlassen«, sagte er.

Ich schüttelte nur den Kopf.

Ich mußte im Morgengrauen aufstehen und die Reise antreten, die mich von meiner großen Liebe fortführte. Ich fragte mich, ob ich es schaffen würde, mit meiner Schuld zu leben, sie vor den anderen geheimzuhalten. Würde Jean-Louis merken, daß ich mich verändert hatte? Meine Mutter und Sabrina würde meine Verwandlung bestimmt nicht auffallen, denn sie waren davon überzeugt, daß ich mich in guten Händen befand. Ihre ganze Aufmerksamkeit hatte immer nur Dickon gegolten.

»Verlaß mich nicht«, flüsterte Gerard. »Wenn du nach Clavering zurückkehrst, wirst du merken, wie einsam du ohne mich bist. Du wirst einsehen, daß wir zusammengehören.«

»Ich werde einsam sein und mich verzweifelt nach dir sehnen. Aber jetzt gehöre ich an die Seite meines Mannes.«

»Wir wissen nicht, was die Zukunft bringt. Ich habe dir hier die Adresse meines Schlosses in Frankreich aufgeschrieben. Dort kannst du mich jederzeit erreichen.«

Die Welt sah nicht mehr ganz so düster aus. Auch wenn ich morgen Eversleigh verließ, würde ich Gerard doch nicht für ewig verlieren.

»Ich werde immer auf Wiedersehen hoffen«, fuhr er fort. »Jeden Tag werde ich auf Nachricht von dir warten...«

In diesem Augenblick hörte ich eine Bewegung vor der Tür. Das Knarren einer Diele, das Gefühl, daß sich jemand in der Nähe befand. Ich setzte mich auf.

»Was ist los?« fragte Gerard.

Ich legte den Finger auf die Lippen und ging zur Tür. Zum Glück hatte ich sie versperrt. Ich bildete mir ein, rasche Atemzüge zu hören; jemand belauschte uns.

Dann knarrte wieder ein Brett, und ich wußte, daß jemand vorsichtig den Korridor entlangschlich.

Gerard sah mich fragend an.

Ich kehrte ins Bett zurück. »Jemand war da draußen; er muß uns sprechen gehört haben.«

»Wir haben nur geflüstert.«

»Dennoch weiß jemand in diesem Haus, daß ich nicht allein bin.«

»Die Haushälterin? Die wird den Mund halten.«

»Ich weiß es nicht.« Ich fühlte mich unbehaglich.

Der Morgen graute nur zu rasch; ich mußte mich fertigmachen. Gerard hielt mich fest und bat mich immer wieder, es mir zu überlegen. Schließlich stieg er zum Fenster hinaus und kletterte am Efeu und an den Mauervorsprüngen hinunter.

Er blieb unten stehen und sah zu mir herauf, und ich konnte meinen Blick nicht von ihm losreißen. Ich wollte mir sein Bild für immer einprägen. Der Himmel wurde hell, ich ging hinunter. Die Reitknechte warteten schon.

Jessie und Evalina waren ebenfalls auf den Beinen. Sie beobachteten mich genau, und ich war überzeugt davon, daß eine von ihnen nachts vor meiner Tür gelauscht hatte. Eine von ihnen wußte, daß ich einen Liebhaber in meinem Zimmer gehabt hatte.

Die Heimreise verlief ohne besondere Zwischenfälle. Ich beachtete die Gegend, durch die wir ritten, überhaupt nicht, denn meine Gedanken waren bei Gerard.

Die Familie bereitete mir einen festlichen Empfang, und als Jean-Louis mir, auf einen Stock gestützt, entgegenhumpelte, bekam ich solche Gewissensbisse, daß ich in Tränen ausbrach. Er nahm gerührt an, daß es die Freude über das Wiedersehen war.

»Es war eine so endlos lange Zeit«, rief er. »Ich bin so glücklich, dich wiederzuhaben.«

»Und wie geht es dir, Jean-Louis? Was höre ich da von deinem Rückgrat?«

»Ach nichts, es ist nicht der Rede wert. Wenn ich zu schnell gehe, bekomme ich eine Art Hexenschuß, das ist alles.«

Ich spürte, daß er mich nur beruhigen wollte, und fühlte mich nur noch schuldbewußter.

Meine Mutter, Sabrina und Dickon erwarteten mich schon.

Die beiden Frauen umarmten mich liebevoll, während Dickon um uns herumhüpfte. »Wie war es?« rief er. »Erzähl uns von Eversleigh. Wann wirst du es übernehmen?«

»Hoffentlich erst in vielen Jahren. Onkel Carl wird noch sehr lange leben.«

»Woher weißt du das?« fragte Dickon.

»Weil ich den Arzt kommen ließ und er Onkel Carl ein gutes Attest ausstellte.«

»Einen Arzt?« fragte Sabrina. »Ist er denn krank?«

»Nein, aber unter den gegebenen Umständen war es notwendig.«

Meine Mutter lachte. »Du hast anscheinend eine sehr interessante Zeit verbracht.«

»Allerdings.«

»Du mußt uns alles erzählen.«

O nein, dachte ich, nicht alles.

Ich war wieder daheim. Es war, als kehrte ich aus einem Zauberreich in die banale Wirklichkeit zurück.

Sie erzählten mir, was während meiner Abwesenheit vorgefallen war; es wirkte so hausbacken und uninteressant.

»Mir sind die Wochen wie Jahre vorgekommen«, behauptete Jean-Louis.

Als ich dann in meinem Zimmer war, kam meine Mutter zu mir. Augenscheinlich wollte sie unter vier Augen mit mir sprechen.

»Jean-Louis?« fragte ich besorgt.

»Leider warst du nicht hier, als der Doktor erklärte, daß es eine

Rückgratverletzung ist. Aber er weiß auch nichts Genaues. Und der arme Jean-Louis hält sich so tapfer; er tut, als wäre es nichts Schlimmes, aber er hat bestimmt Schmerzen. Gut, daß du wieder da bist; er hat sich so sehr nach dir gesehnt. Irgendwie hat er sich eingeredet, daß dir etwas zustoßen und er dich verlieren würde. Also, ich halte diese Berichte über Wegelagerer ja für reichlich übertrieben.«

»Du hast recht. Wir erfahren nie von den tausenden Menschen, denen auf der Reise nichts zustößt; nur von den wenigen, die in Schwierigkeiten geraten.«

»Das habe ich ihm auch gesagt. Aber er hatte es sich in den Kopf gesetzt, daß etwas geschehen würde. Wahrscheinlich bedrückte ihn sein Leiden. Doch jetzt bist du zurück, Liebes, und damit ist alles wieder gut.«

Ich nahm also mein ruhiges Leben wieder auf. Ich stellte fest, daß Jean-Louis' Verletzung ärger war, als er zugeben wollte. Er litt offensichtlich oft Schmerzen, ohne es jedoch zu zeigen. Für ihn war im Augenblick das Wichtigste, daß ich wieder zu Hause war.

Meine Haltung ihm gegenüber hatte sich verändert; ich war zärtlicher und rücksichtsvoller als früher. Er bemerkte es und schrieb es seiner Behinderung zu.

Manchmal dachte ich nachts an Gerard, träumte von ihm. Der arme Jean-Louis, der es nie verstanden hatte, meine Leidenschaft zu wecken, war ein zärtlicher Liebhaber; aber im Geist erlebte ich immer wieder die leidenschaftlichen Stunden mit meinem Geliebten.

Und bald wußte ich: Ich war doch fruchtbar. Die Schuld – wenn man es so bezeichnen will – lag offensichtlich bei Jean-Louis. Ich war so sorglos gewesen, wir waren so oft zusammen gewesen, Gerard war ein so kraftvoller Mann, daß es an ein Wunder gegrenzt hätte, wäre ich nicht schwanger geworden.

Es war aber passiert, und ein paar Wochen nach meiner Heimkehr wußte ich mit Bestimmtheit, daß ich ein Kind erwartete, und es gab keinen Zweifel daran, wer der Vater war.

Da stand ich nun. Ich hatte nie gedacht, daß so etwas geschehen könne, weil ich mich für unfruchtbar gehalten hatte. Warum nimmt man eigentlich immer an, daß die Frau schuld ist, wenn ein Ehepaar kinderlos bleibt?

In meinem Fall traf es jedenfalls nicht zu.

Es gab nur eine Möglichkeit, wenn ich das Glück meiner Familie nicht gefährden wollte: Jean-Louis mußte glauben, daß es sein Kind war. Das würde sich ohne Schwierigkeiten bewerkstelligen lassen, vor allem, weil keiner meiner Angehörigen auf die Idee kommen würde, daß ich meinen Mann betrogen hatte.

Ich war drei Wochen abwesend gewesen. Es war ohne weiteres möglich, daß das Kind kurz vor meiner Abreise gezeugt worden war. Kein Mensch würde also beim Geburtsdatum Verdacht schöpfen.

Zuerst war ich ein wenig erschrocken, dann begann ich mich zu freuen. Ich hatte mich immer danach gesehnt, Mutter zu werden, und jetzt ging mein Wunsch endlich in Erfüllung. Das Kind würde den schrecklichen Kummer ein wenig lindern, den ich seit der Trennung von Gerard empfand. Und Jean-Louis würde sich so sehr darüber freuen, endlich Vater zu werden. Auch meine Mutter und Sabrina würden überglücklich sein, denn ihrer Meinung nach war der einzige Schönheitsfehler an meiner Ehe, daß ihr der Kindersegen fehlte.

Ich war die einzige, die wußte, daß es ein Kind der Liebe war. Es würde die Erinnerung an meine Sünde immer frisch erhalten.

Und wenn ich meiner Familie gestand, was ich getan hatte? Wenn ich ihnen sagte, wer der Vater meines Kindes war? Ich würde sie alle unglücklich machen. Nein, ich mußte die Täuschung aufrechterhalten.

Als ich Jean-Louis die Neuigkeit mitteilte, war er zutiefst gerührt.

»Du hast es dir ja immer gewünscht«, sagte ich, »das heißt, wir beide haben es uns gewünscht.«

»Du bist wunderbar«, antwortete er. »Du hast mich immer glücklich gemacht, und nun erfüllst du mir auch noch diesen Wunsch.«

Meine Mutter und Sabrina waren begeistert. Endlich ein Kind in der Familie!

Dickon zuckte die Schultern und tat, als interessiere es ihn nicht. »Babys sind schrecklich lästig«, erklärte er. »Sie schreien, und man muß ewig auf sie aufpassen.«

»Dickon, mein Liebling, du bist ja auch einmal ein Baby gewesen«, machte ihn Sabrina aufmerksam.

»Aber jetzt bin ich groß.«

»Das wird Zipporas Baby auch einmal sein.«

»Manchmal werden sie tot geboren«, meinte er hoffnungsvoll. »Früher hat man sie auf einem Hügel ausgesetzt, es waren die Römer oder die Stoiker oder so wer. Das war gut. Die Schwachen starben, und nur die Kräftigen blieben übrig.«

»Mein Baby wird jedenfalls auf keinem Hügel ausgesetzt werden«, erklärte ich. »Es wird im Kinderzimmer aufwachsen, wie es sich gehört.«

Dickon blickte mich finster an. Er hatte mir nie vergeben, daß ich ihn seinerzeit bei dem Scheunenbrand überführt hatte. Und dabei war der Brand schuld an Jean-Louis' Verletzung gewesen. Dennoch sprach nie jemand darüber, weil meine Mutter und Sabrina das Thema geflissentlich mieden.

Die Vorbereitungen für das Kind halfen mir, meinen Kummer zu vergessen. Ich hatte keine Zeit zum Grübeln, und das war gut.

Natürlich dachte ich oft an Gerard und an unser Zusammensein. Aber auch Onkel Carl fiel mir ein und wie er mich immer wieder Carlotta genannt hatte. War es wirklich nur Senilität gewesen?

Manchmal verlor ich mich in Fantastereien und redete mir ein, daß ich besessen war. Onkel Carl hatte von Carlotta gesagt: »Sie starb in der Blüte ihrer Jugend, sie hatte noch das ganze Leben vor sich.« Vielleicht war sie zurückgekehrt und hatte Besitz von meinem Körper ergriffen, und vielleicht war Gerard eine Reinkarnation ihres Geliebten von Enderby.

Eigentlich versuchte ich nur, mich mit diesen Überlegungen reinzuwaschen. Ich sagte: Ja, ich lernte ihn kennen, ich liebte ihn, ich gab mich ihm hin. Aber eigentlich war es nicht die vernünftige Zippora, die all das tat, sondern die tote, leidenschaftliche Carlotta.

Natürlich handelte es sich dabei um Hirngespinste, die nicht ernst zu nehmen waren. Ich hatte in Sinnlichkeit geschwelgt, Gerard hatte mich erweckt, mir gezeigt, wie ich wirklich war.

Sei vernünftig, ermahnte ich mich. Sieh den Tatsachen ins Auge. Du bist eine Ehebrecherin, die das Kind der Sünde unter dem Herzen trägt und es als das Kind ihres Mannes ausgibt.

Der Tag der Geburt kam. Es war ein kleines Mädchen, es war kräftig und gesund, und ich nannte es Charlotte.

Ich hatte zwar nicht den Namen Carlotta gewählt, aber einen sehr ähnlichen. Ein lebender Zeuge für die Zeit, da ich ein anderer Mensch gewesen war, da ich mich so verhielt, wie es meine tote Vorfahrin vielleicht getan hätte.

Da meine Mutter fand, Charlotte sei ein zu strenger Name, riefen wir das süße kleine Wesen Lottie.

4

Enthüllung in der Scheune

Seit Lotties Geburt waren zwei Jahre vergangen. Ich betete sie an. Sie war das Kind, nach dem ich mich so lange gesehnt hatte. Sie hatte mir geholfen, die Trennung von Gerard zu ertragen.

Natürlich machte ich Augenblicke tiefster Depression durch, wenn mir meine Schuld wieder bewußt wurde, aber Jean-Louis' Freude an dem Kind half mir immer rasch darüber hinweg.

Ich hatte Onkel Carl nicht wieder besucht, obwohl ich oft davon sprach. Er schrieb mir Briefe, aus denen ich entnehmen konnte, daß alles in Ordnung war. »Jessie betreut mich liebevoll«, schrieb er, und ich konnte geradezu hören, wie er dabei kicherte.

Jean-Louis machte sich Sorgen wegen der politischen Entwicklung auf dem Kontinent, und ich beteiligte mich mehr als früher an den Gesprächen, weil Gerard ja im diplomatischen Dienst tätig war.

Immer wieder kam die Rede auf Madame de Pompadour, die die treibende Kraft hinter dem französischen Thron war. Jean-Louis hatte einen jungen Mann namens James Fenton als Verwalter eingestellt, und das war ein Hinweis darauf, daß er die Arbeitslast nicht mehr allein bewältigen konnte. James Fenton war ein guter Verwalter, außerdem hatte er in der Armee gedient und kannte sich in militärischen Belangen aus. Er behauptete immer, daß ein Krieg uns alle beträfe. In England neigte man zur Sorglosigkeit, weil die Kriege nicht auf unserem Grund und Boden ausgetragen wurden. Wir hatten die letzten kriegerischen Auseinandersetzungen und die damit verbundenen Zerstörungen während des Bürgerkriegs erlebt, und was auf dem Kontinent geschah, interessierte uns wenig.

Ich dachte oft über Gerards Rolle nach, denn sein Aufenthalt in England hing sicherlich mit der politischen Situation zusammen. Zweifellos hatte er sich darüber informiert, wie England auf die Ereignisse auf dem Kontinent reagierte, und vielleicht hatte er auch unsere Küstenbefestigungen ausspioniert und darüber berichtet.

Ich hörte James aufmerksam zu; er bemerkte mein Interesse

und freute sich darüber. Jean-Louis, James und ich trugen oft hitzige Debatten über Recht und Unrecht und die möglichen Weiterungen des Konflikts aus.

»Die Pompadour regiert Frankreich«, behauptete James, »nicht so sehr durch ihren persönlichen Einfluß auf den König, sondern einfach, weil er zu faul zum Regieren ist. Er überläßt ihr gern die Staatsgeschäfte, und sie ist durchaus fähig, sie zu führen, aber vielleicht nicht immer zum Vorteil Frankreichs. Sie ist sehr klug, denn sie bewahrt sich ihre Macht über den König, indem sie alle seine Bedürfnisse befriedigt, bis zu den jungen Mädchen, die sie ihm ins Bett legt. Angeblich hat er eine Schwäche für sehr junge Mädchen. Der *Parc aux Cerfs* beweist es immerhin.«

Da ich noch nie vom Hirschpark gehört hatte, erklärte mir James, das sei eine Einrichtung, in der junge Mädchen aus allen Gesellschaftsschichten dazu erzogen würden, die sexuellen Wünsche des Königs zu erfüllen; die einzigen erforderlichen Voraussetzungen waren Schönheit und Sinnlichkeit.

Jean-Louis war es sichtlich unangenehm, daß solche Dinge in meiner Gegenwart zur Sprache kamen.

»Ich bedaure, daß ich diese Tatsachen erwähnen muß«, meinte James, »aber wenn Sie die Situation verstehen wollen, müssen Sie wissen, wieso die Pompadour soviel Macht hat.«

Es gab einen Pakt, der die *Alliance des Trois Cotillons* genannt wurde – das Bündnis der drei Unterröcke; dieser Ausdruck bezog sich auf den Vertrag zwischen Madame de Pompadour, Maria Theresia von Österreich und der Zarin Elisabeth von Rußland. Er war deshalb für uns wichtig, weil sofort nach seiner Unterzeichnung die Kriegserklärung erfolgte.

Gerards Heimat und die meine waren Feinde – sie waren es natürlich schon vorher gewesen, aber jetzt kämpften sie auf dem Schlachtfeld gegeneinander. Ich fragte mich, ob er vielleicht heimlich nach England zurückkehren würde. Eine Zeitlang hielt ich nach ihm Ausschau und wartete darauf, daß er plötzlich auftauchte. Natürlich geschah nichts dergleichen, und dann redete ich mir ein, daß das, was zwischen uns vorgefallen war, für ihn nicht so sehr viel bedeutete. War es nicht etwa so, daß er leidenschaftlich, dramatisch liebte... und dann zur Nächsten weiterzog?

Diesen Gedanken schob ich immer sehr energisch von mir. Ich hatte mich schamlos aufgeführt, aber für mich war es wenigstens keine *petite passion*, keine flüchtige Laune, gewesen.

Ich hatte eine ausgezeichnete Nanny für Lottie engagiert. Sie war die Großnichte von Nanny Curlew, und wir alle waren davon überzeugt, daß sie die Familientradition hochhalten würde.

So war es auch; sie erwies sich als wahrer Schatz. Dickon hatte schon vor einiger Zeit verächtlich abgelehnt, sich weiterhin von einer Nanny betreuen zu lassen. Seither erhielt er gemeinsam mit Tom, dem Sohn des Vikars, im Pfarrhaus Unterricht und sollte demnächst auf eine Schule geschickt werden.

Lottie wurde von Tag zu Tag hübscher. Sie hatte dunkelblaue Augen und unglaublich lange, beinahe schwarze Wimpern. »Ihre Augen sind dunkler als deine«, stellte meine Mutter fest. »Sie sind violett, so wie die Augen meiner Mutter Carlotta.«

Solche Bemerkungen brachten mich regelmäßig aus der Fassung, und ich konnte nur hoffen, daß es meiner Mutter nicht auffiel.

Außerdem hatte Lottie dichtes, dunkles, beinahe schwarzes Haar.

»Sie sieht aus wie eine französische Puppe«, meinte Sabrina.

»Wieso französisch?« fragte ich.

»Nun, Jean-Louis war ja daran beteiligt, nicht wahr? Manchmal hat man den Eindruck, daß du die alleinige Urheberschaft beanspruchst.«

Ich mußte vorsichtig sein und mich nicht aus Unachtsamkeit verraten. Charlotte konnte ohne weiteres französisch aussehen – zum Glück gehörten ihr leiblicher und ihr offizieller Vater derselben Nation an.

Jean-Louis betete sie an, und sie liebte ihn innig. Es rührte mich jedesmal, wenn er sie auf den Schultern trug, denn er mußte dann auf seinen Stock verzichten, und das bereitete ihm Schmerzen. Sie begann schon zu sprechen, und dabei war ihr Lieblingswort Lottie; sie verwendete es am häufigsten. Sie schien anzunehmen, daß alles Lottie gehörte; sie war anspruchsvoll, an allem interessiert, was um sie vorging, und sie liebte Kinderreime. Wenn wir sie ihr aufsagten oder vorsangen, beobachtete sie unsere Mundbewegungen genau und versuchte, sie nachzuahmen. Sie war der Mittelpunkt unseres Lebens. Jean-Louis sagte einmal: »Ich kann noch immer nicht fassen, daß wir wirklich ein Kind haben. Manchmal träume ich, daß es nur Einbildung war, wache ganz verzweifelt auf... und dann kommt sie herein.« Sie hatte sich nämlich angewöhnt, in aller Herrgottsfrühe in unserem Zimmer aufzutauchen.

Die Menschen redeten wohl über den Krieg, nahmen ihn aber nicht sehr ernst. Es hatte immer Kriege gegeben, und so lange sie sich nicht in unserem Land abspielten, interessierten wir uns nicht sehr für sie. Wenn wir einen Sieg errangen, feierten wir ihn, wenn wir eine Schlacht verloren, gingen wir über die Niederlage hinweg. Wir erfuhren jedoch, daß Admiral Byng hingerichtet worden war. Er hatte Minorca an die Franzosen verloren und wurde des Verrats und der Feigheit beschuldigt. Das Volk war entsetzt und sprach eine Zeitlang von nichts anderem. Premierminister Pitt hatte versucht, beim König eine Begnadigung zu erreichen, aber vergebens, und so wurde der Admiral in Portsmouth auf dem Achterdeck seines Schiffes erschossen.

Jean-Louis war empört. »Das ist barbarisch und ungerecht. Byng hat vielleicht infolge einer verfehlten Taktik versagt, aber deshalb darf er doch nicht hingerichtet werden.«

James Fenton behauptete, daß solche Hinrichtungen nicht der Gerechtigkeit, sondern anderen Zwecken dienten. Die Franzosen nahmen regen Anteil an diesem Ereignis; Voltaire behauptete, daß Byng nur gestorben war, »*pour encourager les autres*«. Andere wieder waren der Ansicht, daß Byng die Verantwortung gescheut hatte und erschossen worden war, damit seine Umgebung begriff, daß sich ein kriegführendes Land keine Zauderer leisten konnte.

Jedenfalls führte diese Affäre dazu, daß etlichen Leuten endlich klar wurde, was es bedeutete, im Krieg zu stehen.

»Welche Auswirkungen hat der Verlust von Minorca auf den Krieg?« fragte ich James.

»Die Franzosen werden stolz darauf sein, das ist alles.«

Bei solchen Gesprächen mußte ich immer an Gerard denken. Es war so merkwürdig, daß keiner von uns wußte, was der andere tat. Was er wohl sagen würde, wenn er erfuhr, daß er Vater war?

Als Lottie zwei Jahre alt war, konnte ich der Versuchung nicht mehr widerstehen, nach Eversleigh zurückzukehren.

Ich sprach mit meiner Mutter und Sabrina darüber. »Ich denke oft an Onkel Carl und seinen merkwürdigen Haushalt. Glaubt ihr nicht, daß ich ihn wieder einmal besuchen sollte?«

»Lottie ist noch etwas zu jung für eine Reise«, widersprach Sabrina.

»Ich würde sie hierlassen. Nanny kommt sehr gut mit ihr zurecht, und Jean-Louis ist nicht imstande, eine lange Reise durchzustehen, deshalb habe ich mir gedacht, ich könnte...«

»Du kannst auf keinen Fall allein reisen«, unterbrach mich meine Mutter.

»Ich habe es ja schon einmal getan.«

Während wir sprachen, kam Dickon herein. Er war beinahe

dreizehn, sehr groß für sein Alter, überheblich und arrogant. Er war mir im Lauf der Jahre nicht sympathischer geworden.

»Ich werde dich begleiten«, erklärte er.

»Das ist nicht notwendig; die Reitknechte genügen.«

Aber Dickon hatte sich diese Reise in den Kopf gesetzt, und da meine Mutter und Sabrina immer Himmel und Hölle in Bewegung setzten, um ihm seine Wünsche zu erfüllen, kamen sie auf die Idee, daß Sabrina und er mich begleiten sollten.

Ich schrieb also an Onkel Carl und erhielt eine begeisterte Antwort. Er freute sich darauf, uns zu sehen; wir sollten so bald wie möglich kommen.

Es war Frühling – die beste Jahreszeit für eine Reise. Die Tage waren lang und das Wetter verläßlich.

Dickon und Sabrina genossen die Reise. Allerdings wollte Dickon, daß wir schneller ritten; die Reitknechte erklärten ihm, dies sei nicht möglich, da das Sattelpferd kein höheres Tempo durchhalten konnte. »Dann soll einer mit ihm zurückbleiben«, meinte Dickon.

»Du weißt, daß wir beisammenbleiben sollen«, widersprach ich. »Man hat es dir oft genug erklärt!«

»Wegelagerer! Alle haben Angst vor Wegelagerern! Ich nicht.«

»Weil du noch nie mit welchen zusammengetroffen bist.«

»Ich würde sie in die Flucht schlagen.«

»Dickon!« ermahnte ihn Sabrina halb vorwurfsvoll, halb bewundernd; ich beachtete ihn einfach nicht.

Die Reise verlief ohne Zwischenfall, und diesmal trafen wir am frühen Nachmittag in Eversleigh ein.

Sabrina erinnerte sich gut an das Haus und schwankte zwischen Wiedersehensfreude und Wehmut. Wahrscheinlich fiel ihr vieles wieder ein, und manche dieser Erinnerungen waren nicht gerade angenehm. Sie hatte einen Teil ihrer Kindheit in Enderby verbracht, und bevor Onkel Carl Eversleigh übernommen hatte, war es ein sehr ordentlicher, gut geführter Besitz gewesen.

Jessie kam heraus, um uns zu begrüßen. Sie war etwas weniger auffallend gekleidet als bei meinem ersten Besuch – sie trug ein blaues Musselinkleid mit weißen Spitzenfichu und Spitzenmanschetten. Unter ihrem linken Auge prankte ein Schönheitspflästerchen – das war alles.

Evalina stand neben ihrer Mutter; sie war beinahe schon eine junge Frau. Wenn ich mich richtig erinnerte, war sie fünfzehn.

»Seine Lordschaft freut sich sehr über Ihren Besuch«, erklärte Jessie. »Er hat befohlen, daß ich Sie sofort nach Ihrer Ankunft zu ihm führe.«

Das klang ganz anders als vor drei Jahren. Anscheinend erteilte jetzt Seine Lordschaft die Befehle; damals war es zweifellos Jessie gewesen.

Evalina und Dickon begutachteten einander interessiert, aber Dickons Aufmerksamkeit galt vor allem dem Haus. Er war ungewöhnlich schweigsam, musterte seine Umgebung und war sichtlich beeindruckt.

»Ihre Zimmer sind bereit«, fuhr Jessie fort. »Außerdem würde ich gern wissen, ob Sie jetzt einen kleinen Imbiß zu sich nehmen oder bis zum Abendessen warten wollen.«

Sabrina zögerte, weil sie annahm, daß Dickon hungrig sein würde. Aber er war so mit seiner Umgebung beschäftigt, daß er ausnahmsweise nicht ans Essen dachte.

Also beschlossen wir zu warten.

»Wenn Sie mich dann zu seiner Lordschaft begleiten würden«, meinte Jessie.

Während unser Gepäck ins Haus getragen wurde, gingen wir zu Onkel Carl. Er saß in einem Stuhl am Fenster und sah genauso aus, wie ich ihn in Erinnerung hatte: pergamentartige, runzlige Haut und lebhafte, dunkle Augen.

Er drehte sich mit einem freudigen Ausruf zu uns um.

»Ihr seid da... kommt doch herein, ich freue mich so. Du bist Sabrina, Damaris' Tochter, und da ist auch meine liebe Zippora.«

Er ergriff meine Hand und hielt sie fest. »Und das...«

»Ist Richard, mein Sohn; wir nennen ihn Dickon«, antwortete Sabrina.

»Sehr gut, sehr gut. Hast du unseren Gästen einen Imbiß angeboten, Jessie?«

»Du hast doch selbst gesagt, daß ich sie sofort nach ihrem Eintreffen zu dir bringen soll. Außerdem wollen sie auf das Abendessen warten.«

»Sehr gut, sehr gut. Bring Stühle, Jessie.«

Sie gehorchte lächelnd; die Steine in ihren Ohrringen blitzten.

»Kann ich noch etwas für Sie tun, bevor ich Sie allein lasse? Wenn Sie auf Ihre Zimmer gehen wollen, müssen Sie nur klingeln, dann lasse ich sofort heißes Wasser hinaufbringen. Sie werden sich sicherlich nach der langen Reise waschen und umziehen wollen.« Sie drohte Onkel Carl schalkhaft mit dem Zeigefinger: »Vergiß nicht, daß sie müde sind.«

»Nein, ich werde daran denken. Es war wirklich freundlich von euch, mich zu besuchen. Wollt ihr gleich auf eure Zimmer gehen?«

»In einer Weile«, sagte ich. »Es ist wunderbar, wie gut du betreut wirst.«

Seine leuchtenden Augen sahen mich an. »Jessie bemüht sich sehr um mich – danke.« Bildete ich es mir nur ein, oder hatte er mir zugezwinkert?

Das Gespräch drehte sich hauptsächlich um die Vergangenheit. Sabrina kannte sich besser aus als ich, weil sie älter war und hier gelebt hatte. Dickon stand auf und ging im Zimmer herum. Er betrachtete die Täfelung und den schönen alten Kamin genau.

Onkel Carl erkundigte sich nach Jean-Louis und bedankte sich für meine Briefe. Es war ein sehr konventionelles Gespräch; überhaupt schien alles ganz anders als bei meinem ersten Besuch. Nach einiger Zeit klingelte Dickon, und Jessie holte uns höchstpersönlich ab, um uns in unsere Zimmer zu führen. Sie benahm sich, wie es sich gehörte, und tat nur gelegentlich so, als wäre sie die Hausherrin.

Ich bekam das gleiche Zimmer wie vor drei Jahren und wurde von bittersüßen Erinnerungen übermannt. Ich trat an das Fenster, durch das Gerard hereingekommen war; hinter mir stand das Bett, auf dem wir unsere letzte Nacht verbracht hatten.

Es wäre besser gewesen, wenn ich die Reise nicht unternommen hätte.

Dann kam Sabrina herein, setzte sich aufs Bett und lächelte mich an. »Ich hatte keinen so normalen Haushalt erwartet.«

»Ich auch nicht. Was hältst du von Jessie?«

»Zu auffallend, zu stark geschminkt.«

»Im Vergleich zu damals ist sie sehr zurückhaltend. Glaubst du, daß sie vornehm wirken will?«

»Vielleicht. Schließlich wird sie hier wirklich gebraucht. Sie leitet den Haushalt... und soweit ich es beurteilen kann, macht sie das nicht schlecht.«

»Ja, sie hat sich verändert.«

»Ach, wahrscheinlich wollte sie damals nur deutlich machen, wie sehr Onkel Carl auf sie angewiesen ist. Jetzt wissen es alle, und sie muß sich nicht mehr in Szene setzen. Wahrscheinlich war sie einmal Schauspielerin. Jetzt hat sie sich eben hier eingenistet.«

»Aber weißt du, daß sie Onkel Carl dazu gebracht hat, ein Dokument zu unterschreiben...«

»Ach, das ist lange her, und sie scheint sich mit ihrem Los abgefunden zu haben. Wir werden sie jedenfalls genau beobachten. Dickon ist übrigens von dem Haus fasziniert. Er will es morgen besichtigen.«

»Ich habe bemerkt, daß es ihn interessiert.«

»Er kann sich für alte Häuser wirklich begeistern. Er ist überhaupt gelegentlich sehr vernünftig. Ich weiß, daß du ihm die Geschichte mit dem Brand nicht verziehen hast... aber er darf auf gar keinen Fall das Gefühl haben, daß er an Jean-Louis' Unfall schuld ist, Zippora. Ich weiß, wie sehr Schuldgefühle ein feinfühliges Kind belasten können. Mir ist es selbst so gegangen.«

»Ich glaube nicht, daß irgend etwas Dickon belasten kann. Er denkt überhaupt nicht mehr daran.«

»Du siehst Dickon nicht richtig. Du findest, daß deine Mutter und ich ihn verwöhnen.«

»Ich kann deine Haltung verstehen; er ist ja dein Sohn.«

»Ich bin stolz auf ihn; er wird seinem Vater immer ähnlicher.«

Die arme Sabrina; ihr Leben war wirklich tragisch verlaufen. Ich trat zu ihr und küßte sie.

»Ich fühle mich in meine Kindheit zurückversetzt«, fuhr Sabrina fort, »ich kenne das Haus in- und auswendig.«

»Dennoch würde ich vorschlagen, daß wir nicht länger als zwei Wochen hierbleiben.«

»Wir sind doch gerade erst angekommen, Zippora, und du willst schon wieder nach Hause zurückkehren? Gib zu, daß du dich nach Lottie sehnst.«

»Das stimmt, ich möchte bei ihr sein.«

»Du wirst sehen, du wirst dich daran gewöhnen und dich hier noch sehr wohl fühlen.«

Ich nickte, obwohl ich die Reise bereute.

Ich verbrachte eine unruhige Nacht. Einmal fuhr ich aus dem Schlaf hoch, weil ich mir einbildete, jemand hätte ans Fenster geklopft. Ich stand auf; unsinnigerweise hoffte ich, daß es Gerard wäre. Natürlich hatte ich das Klopfen nur geträumt.

Am nächsten Tag war ich eine Zeitlang mit Onkel Carl allein. Er lächelte mir bedeutungsvoll zu, als teilten wir ein Geheimnis.

»Es ist schön, daß du gelegentlich herkommst, Zippora, aber du müßtest es dir zur Gewohnheit machen. Du mußt dich mit Eversleigh befassen, denn einmal wirst du hier die Herrin sein. Du erinnerst dich doch an das Testament?«

»Natürlich.«

»Übrigens führe ich seit deiner Abreise ein sehr angenehmes Leben. Du hast damals mit Jessie gesprochen, nicht wahr?«

»Ich habe sie nur darauf aufmerksam gemacht, daß ihr Wohlergehen von dem deinen abhängt.«

Er lachte.

»Also das war's! Deshalb verwöhnt sie mich so und bemüht sich, mir alle Aufregungen fernzuhalten. Sie muß dafür sorgen, daß ich am Leben bleibe, nicht wahr?«

»Sie muß sich um dich kümmern. Du hast doch nicht wieder einmal irgendein Dokument unterschrieben?«

Er schüttelte den Kopf. »Nichts. Sie hat mich auch nicht darum gebeten. Du scheinst ihr drastisch auseinandergesetzt zu haben, wie die Dinge liegen. Du bist ein kluges Mädchen, Zippora, und wirst bestimmt Eversleigh eine gute Herrin sein.«

»Hast du noch immer den gleichen Verwalter?«

»Ja, ich wüßte nicht, was ich ohne Amos Carew anfangen sollte.«

»Dann ist ja alles in schönster Ordnung.«

Ich wunderte mich darüber, daß es ihm nichts ausmachte, eine Haushälterin zu haben, die ihn loswerden wollte – oder, um es deutlich auszudrücken, die bereit war, ihn zu ermorden. Wie konnte er diese Frau nur ertragen? Die einzige Erklärung war ihre sexuelle Anziehungskraft, die sie zweifellos besaß und die sie bedenkenlos einsetzte.

Dennoch war ich nicht mehr besorgt. Onkel Carl würde bis zu seinem letzten Augenblick gut behandelt werden.

Dickon besichtigte tatsächlich das Haus vom Keller bis zum Dach. Auf Jessies Vorschlag hin führte Evalina ihn herum. Er war begeistert und bat um die Erlaubnis, Amos Carew begleiten zu dürfen, wenn dieser die Runde auf dem Gut machte. Von diesem Ausflug kam er mit leuchtenden Augen zurück.

»Es ist dreimal soviel wert wie Clavering.«

Er steckte sehr oft bei Amos Carew, und die beiden schlossen sogar Freundschaft. Amos erzählte Sabrina, daß Dickon ein sehr aufmerksamer Beobachter sei und Amos sogar ein paarmal bei der Arbeit geholfen habe. Es schien ihm Spaß zu machen, und er besaß eine natürliche Begabung dafür. »Er begreift sofort, wie ein Problem angepackt werden muß«, behauptete Amos.

Sabrina war sehr stolz auf ihren Sohn. Es war das erste Mal, daß Dickon sich für eine Arbeit interessierte. Der Vikar hatte sich darüber beklagt, er sei ein sehr unaufmerksamer Schüler.

Sabrina und ich ritten oft gemeinsam aus, obwohl diese Ausflüge bei uns melancholische Erinnerungen auslösten. Sabrina mied den See in der Nähe von Enderby. Sie hatte als Kind dort beim Eislaufen einen Unfall erlitten und war von ihrer Mutter gerettet worden; aber angeblich hatte dieses Ereignis zum Tod ihrer Mutter geführt. Und dennoch lenkte sie ihr Pferd beinahe jedesmal nach Enderby, als zöge das Haus, in dem sie glücklos gelebt hatte, sie magisch an. Ich verstand sie sehr gut, denn mir ging es ebenso. Als wir einmal zu Fuß unterwegs waren, standen wir unvermittelt vor dem zerbrochenen Zaun.

»Es ist ein düsteres Haus«, sagte Sabrina. »Ich weiß nicht, warum wir so oft hierherkommen.«

»Weil es etwas Faszinierendes an sich hat.«

»Faszinierend und zugleich abstoßend.«

»Ich bin müde. Setzen wir uns.«

Wir setzten uns und lehnten uns an die Reste des Zauns.

»Warum sie eigentlich diesen Fleck nicht in Ordnung bringen?« fragte Sabrina. »Hier befand sich einmal der Rosengarten. Wenn ich hier sitze und es so still ist, habe ich das Gefühl, zurück in meine Kindheit versetzt zu sein.«

Ich nickte, denn ich erlebte den Abend wieder, an dem ich Gerard kennengelernt hatte.

»Dir wird Eversleigh ja eines Tages gehören, Zippora.«

»Falls Onkel Carl es sich nicht anders überlegt.«

»Warum sollte er?«

»Jessie könnte ihn herumkriegen.«

»Da müßte sie sich zuerst mit seinen Anwälten auseinandersetzen, und das würde ihr bestimmt nicht leichtfallen. Übrigens haben deine Mutter und ich eingehend über Dickon gesprochen.«

Als ich lächelte, fügte sie hinzu: »Ich weiß, wir reden meist über ihn.«

»Ihr hängt eben sehr an dem Jungen.«

»Nun ja, wir machen uns Sorgen, was aus ihm werden soll, wenn er einmal erwachsen ist; denn wenn du Eversleigh übernimmst, wird dich Jean-Louis hierher begleiten. Er kann nicht gleichzeitig Clavering verwalten, obwohl du auch dieses Gut erben wirst. Du bist eine reiche Frau, Zippora, dir fallen gleich zwei Landsitze in den Schoß.«

»Clavering gehört meiner Mutter, und sie ist noch nicht alt.«

»Ja, ich weiß, aber wir haben doch darüber gesprochen. All das muß geregelt werden, und es hat keinen Sinn, so zu tun, als wäre man unsterblich und könnte die Entscheidung weit hinausschieben. Deine Mutter hat gemeint, sie könnte Clavering Dickon hinterlassen – falls du damit einverstanden bist und Eversleigh wirklich bekommst.«

»Ach, so ist das.«

»Ja weißt du, er erbt ja nur das, was ich von meinem Vater

bekommen habe, und der war keineswegs reich. Aber es käme ohnehin nur in Frage, wenn du Eversleigh übernimmst. Du kannst ja nicht an zwei Orten gleichzeitig sein.«

»Allerdings... Und was ist mit Jean-Louis?«

»Der würde bestimmt mit dir hierher ziehen.«

»Er hängt sehr an Clavering.«

»Ich weiß.«

»Er liebt das Gut. Er ist auf ihm aufgewachsen, genau wie ich, mit Ausnahme der Zeit, die ich in London verbrachte...«

Sabrina wandte sich ab. Sie ertrug es nicht, wenn der Tod meines Vaters erwähnt wurde.

Ich sprach schnell weiter. »Jean-Louis wird natürlich begreifen, daß wir nach Eversleigh übersiedeln müssen, wenn es einmal uns gehört. Ich werde mit ihm darüber reden.«

»Danke, Zippora. Wenn Dickon wirklich zum Gutsbesitzer geboren ist, wäre Clavering genau das Richtige für ihn.«

»Ja, es wäre die einzig denkbare Lösung, wenn und falls... Aber rechne nicht fest damit, Sabrina. Ich weiß, was für einen Eindruck du jetzt von Eversleigh hast: Mein Onkel ist ein alter Mann, den eine fürsorgliche Haushälterin in einem gut geführten Haushalt betreut. Wenn sie sich ein paar Freiheiten herausnimmt, tun wir gut daran, sie zu übersehen, weil sie wirklich tüchtig und Onkel Carl mit ihr zufrieden ist. Nur – vor drei Jahren hat es ganz anders ausgesehen.«

»Aber jetzt ist alles in Ordnung. Jessie hat begriffen, was für sie gut ist, und sie wird Onkel Carl so lange am Leben erhalten wie möglich.«

Als wir aufstanden, kam eine Frau vorüber. Sie war Mitte Dreißig, hatte ein frisches Gesicht und lächelte uns an.

»Guten Tag«, sagte sie zögernd.

Wir erwiderten den Gruß, und sie fuhr fort: »Ich habe Sie in den letzten Tagen öfter gesehen. Sie wohnen doch in Eversleigh, nicht wahr?«

Wir sagten ihr, wer wir waren, und sie erklärte: »Ich wohne in Enderby.«

Mein Herz begann wild zu pochen. Gerards Freunde – die Besitzer von Enderby, die ihm das Haus damals überlassen hatten. Vielleicht konnte ich etwas über ihn erfahren.

Sabrina sagte gerade: »Meine Eltern lebten in Enderby.«

»Oh, dann kennen Sie ja das Haus.«

»Wir konnten der Versuchung nicht widerstehen, einen Blick darauf zu werfen.«

»Kommen Sie doch mit mir und sehen Sie sich an, was wir daraus gemacht haben.«

Sabrina war genauso aufgeregt wie ich. »Das ist wirklich sehr freundlich von Ihnen.«

»Wir haben übrigens vor, ein paar Bäume fällen zu lassen, damit das Haus heller wird.«

»Meine Mutter tat das gleiche, als sie hier einzog.«

Die Frau führte uns liebenswürdig ins Haus.

Die Erinnerungen überwältigten mich. Ich hörte wieder die Geräusche des Jahrmarkts, sehnte mich schmerzhaft nach einem Zusammensein mit Gerard – ich wollte die Zeit zurückdrehen, die Treppe hinaufsteigen und das Schlafzimmer mit den weißgoldenen Brokatvorhängen betreten. Sabrina blickte zur Galerie auf.

Unsere Gastgeberin lachte. »Ach, dort oben spukt es angeblich. Man machte uns darauf aufmerksam, als wir das Haus kauften. Aber ich habe keine Angst vor Gespenstern; wenn uns eines besuchte, würde ich ihm gern ein Glas Wein anbieten.«

»Und nachdem Sie jetzt in dem Haus leben, sind Sie noch immer der gleichen Meinung?«

»Ich habe noch kein Gespenst bemerkt. Vielleicht bin ich nicht ihr Typ.«

»Es hängt wahrscheinlich sehr viel davon ab, wie man sich zu ihnen stellt«, meinte ich. »Als ich das letzte Mal hier war, lernte ich jemanden kennen, der hier wohnte...«

In diesem Augenblick erschien ein Mann oben auf der Treppe.

»Wir haben Besuch, Derek«, verkündete seine Frau. »Die Damen kennen Enderby von früher, ist das nicht interessant? Komm herunter und begrüße sie. Das ist mein Mann, Derek Forster, und ich heiße Isabel.«

Er war genauso freundlich wie seine Frau.

»Ich lasse Ihnen nur schnell ein Glas Wein bringen«, sagte sie. »Bitte, führe die Damen inzwischen in den Wintersalon, Derek.«

Im Salon stellte uns Sabrina vor: »Ich bin Sabrina Frenshaw, und das ist Zippora Ransome, die Tochter meiner Cousine.«

»Ich freue mich, Sie kennenzulernen«, antwortete er.

Seine Frau gesellte sich zu uns. »Die Erfrischungen kommen sofort. Bitte, nehmen Sie doch Platz, Mistreß –?« Sie sah Sabrina fragend an, und diese ergänzte »Frenshaw«.

»Mistreß Frenshaw hat ihre Kindheit in diesem Haus verbracht.«

»Dann sind Sie –«

»Ich hieß damals Sabrina Granthorn. Die Tochter von Jeremy Granthorn, dem das Haus einmal gehörte.«

»O ja, wir haben davon gehört. Das ist wirklich interessant.«

»Auch Zipporas Mutter lebte eine Zeitlang hier, weil sie von meiner Mutter aufgezogen wurde.«

Ich brannte darauf, von Gerard zu sprechen, deshalb sagte ich: »Als ich meinen Onkel das letzte Mal besuchte, lernte ich einen Ihrer Freunde kennen, der hier wohnte.«

Sie sahen einander verständnislos an.

»Gerard d'Aubigné.«

Keine Reaktion.

»Sie hatten ihm doch das Haus überlassen, während Sie auf Reisen waren.«

»Wir waren nie auf Reisen und haben nie jemandem das Haus überlassen.« Dann lächelte Mr. Forster plötzlich. »Wir wohnen erst seit eineinhalb Jahren hier. Wann lernten Sie denn den Herrn kennen?«

Ich war erleichtert, denn ich hatte schon befürchtet, daß Gerard damals wirklich aus dem Grab auferstanden war.

»Vor drei Jahren.«

»Das ist zweifellos die Erklärung. Gerard d'Aubigné, sagten Sie? Der Name klingt französisch.«

»Er war Franzose.«

»Ich habe die Vorbesitzer nie kennengelernt. Sie hatten es sehr eilig, von hier wegzukommen, und ließen das Haus durch einen Makler verkaufen. Ihre ganze Art wirkte sehr geheimnisvoll, und es hieß, daß sie für die Franzosen gearbeitet hatten. Die Anwesenheit Ihres Franzosen scheint diese Version zu bestätigen.«

»Ich habe die Besitzer nie kennengelernt; soviel ich weiß, überließen sie ihm das Haus für einige Zeit.«

»Wahrscheinlich waren es Spione. Nun, das kann man von uns bestimmt nicht sagen, nicht wahr, Derek?«

»Nein, wir sind eher alltägliche Leute.«

»Und Sie mögen das Haus?« fragte ich.

»Es ist eigenartig«, erklärte Derek.

»Ich finde, es ist anders als alle Häuser, die ich bisher kennengelernt habe«, ergänzte Isabel.

»Wir bekamen es sehr günstig«, fuhr Derek fort. »Es wäre unvernünftig gewesen, nicht zuzugreifen. Mein Bruder bestand außerdem darauf, daß wir es kaufen, weil er eine Praxis in der Stadt eröffnen will. Er ist nämlich Arzt.«

»Das Haus macht jetzt einen anderen Eindruck«, stellte Sabrina fest. »Wahrscheinlich hängt die Atmosphäre von den Menschen ab, die hier wohnen.«

»Das ist wohl unvermeidlich.«

Der Wein und das Kleingebäck waren ausgezeichnet, und wir bedauerten beide, daß wir schon gehen mußten.

»Wie lange bleiben Sie?« fragte Isabel.

»Nicht lange. Vielleicht vierzehn Tage.«

»Lord Eversleigh ist sehr alt«, sagte Sabrina, »und freut sich, seine Verwandten bei sich zu haben.«

Ich fragte mich, ob in der Stadt über die Verhältnisse in Eversleigh geklatscht wurde; wenn ja, dann hatte Isabel sicherlich davon gehört.

»Er hat eine Haushälterin, die das Regiment führt«, erwähnte Isabel auch prompt. Ich hatte also richtig vermutet.

Wir verabschiedeten uns, und die Forsters forderten uns auf, doch wiederzukommen, sobald unsere Zeit es erlaubte. Sie würden sich immer über unseren Besuch freuen.

Auf dem Heimweg nach Eversleigh waren wir uns darüber einig, daß wir einen sehr angenehmen Vormittag verbracht hatten.

Ich beschloß, Jethro zu besuchen, und zwar dann, wenn er voraussichtlich allein war. Sofern Onkel Carl jemandem vertraute, zweifellos ihm.

Beim Mittagessen war Jessie wieder gesprächiger. Anscheinend hatte sie zuerst vorsichtig sondiert, was Sabrina für ein Mensch war, und hatte jetzt Respekt vor ihr. Sie aß nicht mit uns wie bei meinem ersten Besuch, sondern sorgte immer geschäftig dafür, daß wir wohl versorgt waren. »Man kann sich heutzutage wirklich auf niemanden verlassen«, war ihre ständige Redensart.

Als wir uns erhoben, meinte Sabrina, daß sie zu den Forsters hinüberschauen wolle. Sie empfand sichtlich das Bedürfnis, über die Vergangenheit zu sprechen. Ich hatte nicht die Absicht, sie zu begleiten, denn ich konnte von ihnen doch nichts über Gerard erfahren.

Als ich an Jessie vorbeiging, sah sie mich vielsagend an. »Sie sehnen sich sicherlich nach Ihrer kleinen Tochter, Mistreß Ransome.«

Ich nickte.

»Sie muß schon über zwei Jahre alt sein, denn sie kam ja ungefähr neun Monate nach Ihrem Besuch bei uns zur Welt.« Und sie versetzte mir einen leichten Rippenstoß.

Ich spürte, wie mir das Blut ins Gesicht stieg, und sah zu Sabrina hinüber; zum Glück hatte sie nichts bemerkt. Also wandte ich mich wieder Jessie zu: »Ich werde ja bald wieder bei ihr sein.«

Damit verließ ich das Zimmer. Aber die Bemerkung hatte mich alarmiert. Was wollte Jessie damit sagen? Sie hatte mich vollkommen unbefangen angesehen, als ich mich ihr zugewandt hatte. Aber der Stoß? Nun ja, das war eine ihrer schlechten Gewohnheiten.

War ich überempfindlich? Ich war eine verheiratete Frau, und es war deshalb nichts Ungewöhnliches, wenn ich ein Kind bekam. Daß sie die neun Monate erwähnt hatte, konnte ein Zufall sein.

Ich suchte Jethro in seinem Häuschen auf.

»Ich habe mir schon gedacht, daß Sie zu mir kommen werden, Mistreß Zippora«, begrüßte er mich.

»Ich mußte mit dir sprechen, Jethro. Wie ist die Lage jetzt?«

»Es sieht so aus, als wäre alles in Ordnung. Seine Lordschaft ist glücklich, Jessie spielt sich auf, als wäre sie die Hausfrau... was sie ja eigentlich auch ist.«

»Ich hatte den Eindruck, daß sie etwas mehr Respekt zeigt.«

»Ja, das stimmt. Außerdem betreut sie Seine Lordschaft vorbildlich.«

»Auch das ist mir aufgefallen, und ich glaube nicht, daß sie uns damit etwas vormachen will. Sie ist wirklich bestrebt, ihn so lange wie möglich am Leben zu erhalten.«

»Sie hat sich nach Ihrer Abreise verändert, Mistreß Zippora. Ich weiß nicht, wie Sie es geschafft haben... aber irgendwie haben Sie sie beeinflußt.«

»Ich wies nur darauf hin, was für ein angenehmes Leben sie führen kann, solange Lord Eversleigh für sie sorgt.«

Jethros runzliges Gesicht verzog sich zu einem Grinsen.

»Nun, es hat gewirkt, und jetzt sind alle glücklich.«

Ich fragte mich, ob das auch auf Jessie zutraf, die eigentlich geplant hatte, Eversleigh in ihren Besitz zu bringen.

»Und was ist mit den Nachmittagsbesuchen bei Amos Carew?«

»Die finden immer noch statt, Mistreß Zippora.«

»Ich werde bald wieder abreisen, Jethro. Kannst du mich über die Entwicklung auf dem laufenden halten?«

Er sah mich verlegen an, und ich begriff, daß ich taktlos gewesen war. Natürlich konnte er weder lesen noch schreiben. Deshalb fuhr ich fort: »Vielleicht könntest du einen Boten schicken. Kennst du jemand Geeigneten?«

Er wiegte zweifelnd den Kopf. »Ich werde mein möglichstes tun, Mistreß Zippora.«

Dabei mußte ich es bewenden lassen.

Ich verließ Jethros Häuschen sehr nachdenklich, und da ich

keine Lust hatte, ins Haus zurückzukehren, wanderte ich in die entgegengesetzte Richtung.

Ich war tief in Gedanken versunken. Ich stellte mir vor, wie ich mit Jean-Louis hier leben würde, während Dickon Clavering bewirtschaftete. Unser Leben würde sich dadurch grundlegend ändern. Ich würde mich sofort von Jessie trennen müssen, ganz gleich, wie sie darauf reagierte. Ihre Bemerkung über Lotties Geburtsdatum ging mir nicht aus dem Sinn.

Während ich meinen Gedanken nachhing, hatte ich nicht bemerkt, daß dunkle Wolken aufgezogen waren. Jetzt donnerte es, und ich eilte zum Haus zurück, um noch vor dem Gewitter im Trockenen zu sein. Als ich noch etwa eine Viertelmeile von Eversleigh entfernt war, begann es zu regnen. Nicht weit von mir sah ich eine Scheune, also lief ich hinüber und flüchtete mich hinein. Der Regen würde sicherlich bald aufhören.

Dann stellte ich fest, daß ich nicht allein war.

Sie lagen im Heu – ein Pärchen. Ich sah weg, denn sie waren halb nackt und hielten einander so eng umschlungen, daß ich sie zuerst für eine einzige Person gehalten hatte.

Dann erst erkannte ich sie: Dickon und Evalina. Ich wollte kehrtmachen und die Scheune verlassen, aber meine Füße gehorchten mir nicht.

Ich stammelte: »Dickon... Evalina...«

Dickon sah mich an; er hielt Evalina immer noch in den Armen. Sie wandte mir den Kopf zu.

»Schauen Sie mich nicht so an«, rief sie. »Sie sind auch nicht besser. Wer im Glashaus sitzt, soll nicht mit Steinen werfen!«

Mir wurde übel. Ich drehte mich um und lief in den Regen hinaus.

In meinen Schuhen stand das Wasser, meine Kleidung war völlig durchnäßt, und meine Haare klebten am Kopf, als ich in die Halle trat. Jessie unterhielt sich gerade mit Sabrina.

»Mein Gott«, rief Jessie, »Sie sind ja durch und durch naß!«

»Du hättest den Regen abwarten sollen, Zippora«, tadelte mich Sabrina.

»Warum haben Sie sich nicht irgendwo untergestellt? Ziehen Sie die nassen Sachen aus und reiben Sie sich trocken. Soll ich Ihnen eine Tasse heiße Brühe bringen lassen?« schlug Jessie vor.

»Nein«, lehnte ich ab, »ich brauche nichts.«

Als ich die Treppe hinaufstieg, dachte ich: Nur rasch fort von hier!

Nachdem ich mich umgezogen hatte, ging ich in Sabrinas Zimmer.

»Ich möchte so bald wie möglich von hier fort«, erklärte ich heftig.

»Ich habe nichts dagegen«, antwortete sie. »Aber Dickon wird nicht einverstanden sein, er ist hier so glücklich.«

Dickon! dachte ich. Sprich nicht von Dickon! Ich sah immer noch sein Gesicht vor mir; er hatte mich in der Scheune geradezu unverschämt angestarrt.

Evalina würde ihm mein Geheimnis verraten. Wahrscheinlich war sie diejenige, die damals an meiner Tür gelauscht hatte.

Was wußte sie? Was hatte sie Dickon erzählt! Plötzlich bekam ich Angst wie nie zuvor in meinem Leben. Einige Stunden später traf ich sie und ihre Mutter in der Halle.

Sie sah mich herausfordernd an, als wollte sie sagen: Verrate mich ja nicht, oder ich zahle es dir heim. Es war eindeutige Erpressung, wie damals mit dem Türschlüssel.

»Mutter hat mir erzählt, daß Sie ganz durchnäßt nach Hause gekommen sind, Mistreß Ransome. Haben Sie sich wenigstens umgezogen? Sie wollen sich doch nicht erkälten, nicht wahr?«

»Ich bin dir für deine Besorgnis dankbar.«

Zwei Tage später verließen wir Eversleigh. Sabrina hatte nichts dagegen, nur Dickon schmollte.

»Mir scheint, du hast dich in das Haus tatsächlich verliebt«, meinte seine Mutter zärtlich.

»Es gefällt mir«, antwortete Dickon. »Es gefällt mir sogar sehr.«

Während des Ritts fragte ich mich immerzu, was Evalina ihm erzählt hatte.

5

Erntedankfest

Seit unserer Rückkehr aus Eversleigh war über ein Jahr vergangen. Es war für das Land ein ereignisreiches Jahr gewesen, denn Georg der Zweite starb, und sein Enkel bestieg nach ihm den Thron. Georg III. war zweiundzwanzig Jahre alt und stand unter dem Einfluß seiner Mutter und ihres Geliebten, Lord Bute. Man befürchtete allseits, daß diese Konstellation nichts Gutes für England verhieß.

Ich war so mit mir selbst beschäftigt, daß es mir gleich war, ob uns der zweite oder der dritte Georg regierte.

Ich war nicht wieder in Eversleigh gewesen. Manchmal hatte ich zwar ein schlechtes Gewissen, aber ich konnte mich nie dazu aufraffen. Die Vorstellung, Jessie und Evalina gegenüberzutreten, war so widerlich, daß ich immer neue Ausreden erfand. Im übrigen schrieb Onkel Carl öfter; er war zufrieden und wurde gut betreut; die letzte Feststellung hatte er unterstrichen. Was hatte das Leben schon einem alten Mann zu bieten, der nur noch zwischen Bett und Lehnstuhl hin und her wanderte?

Die Zeit verstrich schnell, und ich hatte die Hoffnung aufgegeben, Gerard jemals wiederzusehen. Ich dachte nicht mehr so oft an ihn, und allmählich kam mir das ganze Abenteuer unwirklich vor. Manchmal glaubte ich sogar, daß Lottie Jean-Louis' Tochter wäre. Sie war jetzt vier Jahre alt und wurde immer hübscher. Wahrscheinlich hält jede Mutter ihre Kinder für schöner und intelligenter als alle anderen, aber bei Lottie traf es wirklich zu. Die violetten Augen mit den dunklen Wimpern und das dunkle Lockenhaar hätten schon genügt, um sie zur Schönheit zu stempeln. Sie war zart, hatte ein ovales Gesicht und ein schmales Kinn. Mitunter wirkte sie älter, als sie war. Sie war ein kleiner, übermütiger Kobold, nicht boshaft, doch immer zu Schabernack aufgelegt. Natürlich beteten wir sie an.

Meine Mutter, die sich nur undeutlich an ihre Mutter – die legendäre Carlotta – erinnerte, behauptete, daß Lottie ihr ähnlich sähe.

Dickon hatte weder durch Worte noch durch Blicke jemals

angedeutet, daß er über die Ereignisse in Eversleigh Bescheid wußte. Er spielte auch nie auf den Zwischenfall in der Scheune an; vielleicht hatte er Evalina nie gefragt, was ihre Äußerung damals zu bedeuten hatte. Wahrscheinlich fand er, daß er und Evalina nichts Ungehöriges getan hatten.

Seit dem Besuch in Eversleigh hatte er sich jedoch verändert. Er war ernst und nachdenklich geworden und hatte durchgesetzt, daß man ihn nicht auf eine Schule schickte.

Nun interessierte er sich für die Leitung des Gutes.

»Du mußt aber deine Ausbildung abschließen, mein Liebling«, redete ihm Sabrina zu.

»Das werde ich auch tun; ich werde weiterhin zum alten Faulkner gehen. Aber ich will hierbleiben. Ich will bei dir und bei Tante Clarissa sein.«

Ich war verblüfft, wie geschickt er sie behandeln konnte. Er war von Natur aus eher verschlossen, und seine Erklärung, er wolle bei ihnen bleiben, versetzte die beiden in solche Verzückung, daß sie ihm alles zugestanden hätten.

Sie warfen einander verständnisvolle Blicke aus tränenumflorten Augen zu.

»Dann wollen wir es eben für ein Weilchen aufschieben«, beschloß meine Mutter. »Die Schule kann ruhig noch ein Jahr warten.«

Er war jetzt fünfzehn, sah aber aus wie achtzehn. Er war sehr rasch gewachsen und beinahe einen Meter neunzig groß. Er sah sehr gut aus, denn er hatte dichtes, hellblondes, gewelltes Haar und leuchtendblaue Augen; seine Zähne waren blendend weiß und sein Teint makellos; seine Gesichtszüge sahen aus wie gemeißelt – er hätte ohne weiteres ein griechischer Gott sein können. Eigentllich erinnerte er mich an Michelangelos David. Der einzige Schönheitsfehler war sein Gesichtsausdruck; wenn er kühl überlegte, dann sah er aus wie ein Fuchs, der listig, rücksichtslos und fest entschlossen war, sich über alles hinwegzusetzen, was ihm im Weg stand. Aber anscheinend war ich die einzige, die das bemerkte. Außerdem war er seit einiger Zeit körperlich zum Mann gereift. Er beobachtete die hübscheren Dienstmädchen scharf wie ein Fuchs, der sich an ein Huhn heranschleicht. Er entwickelte sich zu einem Mann, der sich jedes sexuelle Vergnügen zu verschaffen wußte. Dabei war sein Vater ein freundlicher, idealistischer Mensch gewesen, und Sabrina war von Natur aus gut. Aber durch die Nachsicht der beiden in Dickon vernarrten Frauen hatten sich seine negativen Eigenschaften ungewöhnlich stark entwickelt.

Doch zur Zeit arbeitete er zweifellos hart. Er hatte sich James Fenton angeschlossen, ritt mit ihm über Land und war über alles unterrichtet, was zwischen Verwalter und Pächtern vorging. Er steckte auch viel mit Jean-Louis zusammen, und das bedeutete, daß er beinahe jeden Tag zu uns herüberkam.

»Der Junge hat eine angeborene Begabung zum Gutsverwalter«, stellte Jean-Louis fest. »Ich war in seinem Alter genauso. Immer schon wollte ich Clavering bewirtschaften.«

»Die Änderung kommt nur etwas plötzlich«, warf ich ein. »Bis jetzt war er nicht sehr arbeitswillig.«

Meine Mutter und Sabrina waren natürlich begeistert und hielten ihn für ein wahres Wunderkind.

James Fenton war ein interessanter Gesprächspartner. Er hatte eine Zeitlang in Frankreich gelebt und wußte über das Land Bescheid. Jean-Louis bezeichnete ihn als sehr guten Verwalter und war froh, daß er sich auf ihn verlassen konnte, weil er selbst rasch ermüdete und ohne Stock überhaupt nicht mehr gehen konnte. Ich hegte den Verdacht, daß es ihm schlechter ging, aber er tat meine diesbezüglichen Fragen immer nur mit einem Achselzucken ab.

Wir verbrachten eine sehr friedliche Zeit, und ich wiegte mich schon in Sicherheit. Mein Leben mit Jean-Louis verlief reibungslos. Seit meinem Besuch in Eversleigh zeigte ich mich ihm gegenüber sehr aufmerksam, und er war mir dafür aufrichtig dankbar. Sicherlich nahm er an, daß meine Einstellung mit seiner Behinderung zusammenhing. Er liebte mich zärtlich und versicherte mir immer wieder, wie sehr er an mir hing. Ich konnte wirklich glücklich sein über einen solchen Ehemann. Manchmal fragte ich mich, wie mein Leben mit Gerard verlaufen wäre – wild, leidenschaftlich, stürmisch. Es wäre sicherlich zu Eifersuchtsszenen, Mißverständnissen, Streitigkeiten und anschließenden Versöhnungen gekommen. Und hätte unsere Liebe dieser Belastung standgehalten? Konnte die heftige Leidenschaft, die wir füreinander empfunden hatten, anhalten? Sicherlich hätte sie einmal nachgelassen. Manchmal überlegte ich mir sogar, ob nicht ein Teil ihres Reizes in der Tatsache bestanden hatte, daß sie verboten war. Ich sehnte mich noch immer nach der Sinnenlust, die ich mit Gerard geteilt hatte. Das gibt es nur einmal im Leben, sagte ich mir. Du hast es gehabt, hast es überwunden und bist mit einem blauen Auge davongekommen. Sei zufrieden!

Außerdem hatte ich meine Lottie – mein entzückendes, übermütiges Kind, das so ganz anders war als ich in ihrem Alter. »Du warst ein so braves kleines Mädchen, Zippora«, pflegte meine Mutter zu sagen. Und so verging die Zeit.

»Es ist wirklich gut, daß sich Dickon so sehr mit dem Gut beschäftigt«, sagte mir James Fenton. »Je älter er wird, desto nützlicher macht er sich, und da Jean-Louis jetzt rasch ermüdet, ist er mir wirklich eine große Hilfe.«

Dickon rechnete natürlich damit, daß Jean-Louis und ich eines Tages nach Eversleigh übersiedeln würden und er dann Clavering übernehmen würde. Deshalb sah er den Besitz jetzt mit ganz anderen Augen.

Wenn Lottie zu Bett gebracht worden war, saßen an den langen Sommerabenden Jean-Louis, James Fenton und ich beisammen und unterhielten uns. Gelegentlich kam auch Dickon dazu; aber wenn er sprach, dann nur über das Gut.

Eines Tages kam James' Cousin auf Besuch. Er war Soldat, kam aus Frankreich und blieb ein paar Tage bei James, bevor er zu seiner Familie in die Midlands weiterreiste. James brachte ihn zum Abendessen mit, und er erzählte von den Ereignissen auf dem Kontinent. Der Krieg dauerte zwar noch an, berichtete er, aber beide Gegner waren erschöpft und setzten keine frischen Truppen und kein neues Kriegsmaterial mehr ein. Die Armeen rückten vor, zogen sich wieder zurück, und keiner der beiden Parteien gelang ein entscheidender Durchbruch.

»Es ist ein wüstes Durcheinander, wie in den meisten Kriegen. Außerdem führt das ganze ohnehin zu nichts. Angeblich haben die Friedensverhandlungen schon begonnen.«

Ich wurde nachdenklich. Würde Gerard wiederkommen, sobald Frieden war?

»Die Leute hier nehmen keinen Anteil daran«, bemerkte James. »Für sie ist der Krieg etwas, das sich in weiter Ferne abspielt und sie nichts angeht.«

»Aber die Steuern, die sie dafür zahlen müssen, betreffen sie schon«, stellte sein Vetter richtig.

»Ach Gott, Steuern muß man immer zahlen.«

Der Besucher meinte nach kurzer Pause: »In Frankreich bereitet sich etwas vor.«

»Was?« fragte ich rasch.

Er sah mich mit gerunzelter Stirn an. »Das Volk ist unruhig. Sie sind so sehr gegen den König aufgebracht, daß er nicht wagt, sich in Paris zu zeigen. Er hat eine Straße von Versailles nach Compiègne bauen lassen, damit er nicht durch die Stadt fahren muß.«

»Wollen Sie damit sagen, daß er Angst vor seinem Volk hat?«

»Er steht ihm zu gleichgültig gegenüber, um Angst zu haben. Er verachtet es und interessiert sich nicht für seine Probleme.«

»Aber er braucht ja die Zustimmung des Volks, wenn er auf dem Thron bleiben will.«

»Die französische Monarchie unterscheidet sich von der unseren, und das gilt auch für die beiden Völker. Die Franzosen sind förmlicher, aber sie können auch schrecklicher sein. Sie sind leichter erregbar als wir, impulsiver. Obwohl ich annehme, daß auch wir uns erheben würden, wenn man uns zu sehr provoziert.«

»Was geht denn in Frankreich vor?« fragte ich. Ich dachte an das Château d'Aubigné.

»Der König ist verschwenderisch, nur auf das eigene Vergnügen bedacht. Er überläßt die Staatsgeschäfte der Pompadour, die vom Volk natürlich gehaßt wird. Der König interessiert sich nur für seine Ausschweifungen und den Parc aux Cerfs; außerdem lehnt er den Dauphin ab. Angeblich will er ihn nicht sehen, weil der Dauphin sein Nachfolger ist und ihn an seinen Tod erinnert. Sogar der Adel verändert sich; Leute mit Geld kaufen sich einen Adelstitel. Das alles gefällt mir nicht.«

»Sind die Zustände im ganzen Land so verworren?« fragte Jean-Louis.

»Beinahe überall. Als man den König einmal auf die wachsende Unruhe im Volk aufmerksam machte, hat er geantwortet: ›Ach, solange ich lebe, wird es noch halten.‹ – ›Und nach Ihnen, Sire?‹ fragte man ihn. ›Nach mir die Sintflut‹, antwortete er mit einem Achselzucken.«

»Wie schrecklich«, rief ich.

»Solche Dinge kommen immer wieder vor«, bemerkte Jean-Louis. »Wenn die Verzweiflung den Höhepunkt erreicht hat, kommt es zu einer gewaltsamen Veränderung, und dann geht es den Menschen wieder besser.«

»Hoffentlich haben Sie recht«, meinte James' Cousin.

In diesem Augenblick trat Hetty Hassock ein und bat James, am nächsten Morgen ihren Vater aufzusuchen.

»Sehr gern«, antwortete James. »Welche Zeit wäre Ihrem Vater recht? Sagen wir elf Uhr?«

»Das paßt sehr gut«, stimmte Hetty zu. Sie war ein sehr hübsches, etwas siebzehn Jahre altes Mädchen, das erst seit kurzem auf der Farm ihres Vaters lebte; bis dahin war sie bei einer Tante in London aufgewachsen.

Hetty entschuldigte sich, weil sie uns gestört hatte, und Jean-Louis forderte sie auf, sich einen Augenblick zu uns zu setzen. Hetty wurde rot, nahm aber Platz. James freute sich offensichtlich darüber.

»Darf ich Ihnen ein Glas Wein anbieten?« fragte Jean-Louis. Hetty lehnte dankend ab.

»Wie gefällt Ihnen das Leben auf der Farm?« fragte ich. »Es ist doch ganz anders als in London.«

»O ja, mir fehlt die Stadt sehr... Aber hier gibt es auch viel Interessantes, und außerdem bin ich gern im Kreis meiner Familie.«

»Die Hassocks hatten vier Mädchen und drei Jungen. Hetty war die weitaus hübscheste, und ihr Vater war sehr stolz auf sie. Er hatte erst neulich erwähnt, daß sie wie eine Dame erzogen worden war.

Während wir so plauderten, fiel mir James' Gesichtsausdruck auf. Er ließ Hetty nicht aus den Augen, und falls er nicht ohnehin schon bis über beide Ohren in sie verliebt war, so würde es sicherlich bald dazu kommen.

Später erzählte ich Jean-Louis von meiner Beobachtung, und er stimmte mir zu.

»Für James wäre es nur gut, wenn er heiratet, und Hetty würde sicherlich eine gute Ehefrau abgeben. Sie ist intelligent und hübsch und anders als die übrigen Mädchen hier. Sie würde gut zu James passen, und ich hoffe sehr, daß aus den beiden ein Paar wird.«

Es stellte sich heraus, daß Hassock mit James über einen Streifen Land zwischen seiner Farm und der von Burrows sprechen wollte. Irgendwann hatte es einmal Streit darüber gegeben, zu welcher Farm dieser Streifen gehörte. Mein Vater hatte, um Frieden zu stiften, seinerzeit ein salomonisches Urteil gefällt; keiner der beiden bekam ihn. Er lag seither brach.

Hassock hätte jetzt gern mehr Weizen angebaut und war davon überzeugt, daß Burrows nicht mehr an den alten Streit dachte. Er wollte den Zaun umlegen und den Boden umpflügen.

James und Jean-Louis besprachen die Angelegenheit. Sie waren beide der Meinung, daß es Unsinn war, fruchtbares Land brachliegen zu lassen, wenn Hassock, der ein besserer Farmer als Burrows war, es brauchte.

»Dann soll Hassock sich das Stück Land nehmen«, beschloß James. »Ich werde ihm sagen, daß er sich an die Arbeit machen kann; er soll gleich damit beginnen.«

James ritt zu Hassock hinüber, und ich war davon überzeugt, daß er die Gelegenheit benützte, um sich mit Hetty zu unterhalten.

Ein paar Tage später kam Dickon zu uns. Wir hatten bereits

gegessen, saßen aber noch bei Tisch und sprachen über dies und jenes. Dickon sah erregt aus, und mir fiel wieder auf, wie hübsch er war.

Er setzte sich unaufgefordert zu uns und fragte: »Wißt ihr eigentlich, was Hassock tut? Er hat den Zaun um das Niemandsland niedergerissen und will es offensichtlich bebauen.«

»Das stimmt«, antwortete James. »Er will sein Weizenfeld vergrößern.«

»Aber es gehört ihm doch nicht.«

»Er hat die Erlaubnis dazu erhalten.«

»Wer hat ihm die Erlaubnis erteilt?«

»Ich.«

»Und wer hat es Ihnen gestattet?« Dickons Stimme klang kalt.

»Ich«, mischte sich Jean-Louis ein. »James und ich sprachen darüber und fanden, daß es unsinnig sei, den Boden brach liegen zu lassen. Hassock wird sicherlich einen guten Ertrag herausholen.«

»Ich bin anderer Meinung«, erklärte Dickon.

»*Sie* sind anderer Meinung«, rief James. Er war unbeherrschter als Jean-Louis, und Dickons Benehmen war wirklich provokant.

»Allerdings«, bestätigte Dickon. »Burrows hat gleichfalls Anspruch auf das Land, und das habe ich ihm auch gesagt.«

»Dickon«, griff Jean-Louis wieder ein, »ich weiß, daß dir das Gut am Herzen liegt, und du bist uns eine große Hilfe, aber solche Dinge müssen James und ich entscheiden. Es ist unsere Aufgabe, das Gut richtig zu bewirtschaften.«

»Hassock muß sofort aufhören. Sie sollten es ihm sagen, James, bevor er zu weit geht.«

»Die Angelegenheit ist erledigt«, erklärte James. »Wenn Burrows unzufrieden ist, soll er herkommen und mit Jean-Louis und mir sprechen. Es hat keinen Sinn, die alten Streitigkeiten wieder aufzuwärmen, dazu ist der Acker zu unbedeutend.«

»Ich habe Burrows versprochen, daß er ihn bekommen wird, weil Hassock es sich anscheinend in den Kopf gesetzt hat, ihn an sich zu reißen.«

»An sich reißen!« James wurde allmählich wütend. »Das ist doch absurd. Sie haben uns ein paar Monate lang geholfen und glauben nun offenbar, daß Sie imstande sind, das Gut selbständig zu leiten. Sie setzen sich über unsere Entscheidungen hinweg, aber wir haben jahrelang Erfahrung auf diesem Gebiet.«

Dickon stand auf. »Wir werden ja sehen.«

Als er gegangen war, blickten wir einander ratlos an.

»Er läuft sicherlich zu meiner Mutter«, sagte ich.

»Lady Clarissa wird bestimmt finden, daß wir für die Gutsverwaltung zuständig sind«, meinte James.

»Hoffentlich! Aber sie neigt dazu, Dickon in allem recht zu geben.«

James schüttelte den Kopf. »In diesem Fall muß sie einsehen, daß wir recht haben.«

»Soll ich noch heute nachmittag mir ihr sprechen?« fragte ich.

»Ich begleite dich«, erklärte Jean-Louis.

Meine Mutter freute sich über unseren Besuch und erkundigte sich eingehend nach Lottie, die sie ganze zwei Tage nicht gesehen hatte.

»Eigentlich kommen wir wegen der Verwaltung des Gutes zu dir«, unterbrach ich sie. »James ist ziemlich verärgert.«

»Ach ja, Dickon hat mir erzählt, daß es zu Meinungsverschiedenheiten wegen des Brachlandes gekommen ist. Er hat es Burrows zugesprochen.«

»Das kann er nicht, denn Jean-Louis und James haben beschlossen, es Hassock zu überlassen.«

»Und wir haben ihm erlaubt, es sofort zu bebauen«, fügte Jean-Louis hinzu.

»Ach Gott«, seufzte meine Mutter, »wie schwierig sind diese Leute doch! Dein Vater, Zippora, behauptete immer, daß das Land praktisch wertlos ist.«

»Hassock wird dir das Gegenteil beweisen«, widersprach Jean-Louis.

»Aber Dickon hat es Burrows zugesprochen.«

»Mutter«, mischte ich mich ein, »Dickon kann überhaupt niemandem etwas versprechen. Nur weil man ihm etwas Einblick in die Leitung des Besitzes gewährt hat, glaubt er, das Gut gehört ihm. Es gehört dir, und Jean-Louis und James verwalten es. Es ist unmöglich, daß dieser Junge Befehle erteilt.«

»Laß ihn nur nicht hören, daß du ihn als Jungen bezeichnest.«

»Aber er ist einer. Bitte, sei doch vernünftig. Ich weiß, wie sehr du an ihm hängst. Aber...«

Sie sah aus, als wollte sie in Tränen ausbrechen. Vielleicht hatte sie das Gefühl, ich werfe ihr vor, daß sie diesen Jungen mir, ihrer eigenen Tochter, vorzog.

Ich trat schnell auf sie zu und legte ihr den Arm um die Schultern. »Mutter, du siehst doch ein, daß Jean-Louis und James freie Hand haben müssen. Ich weiß, daß das Gut dir gehört, aber du verstehst ja kaum etwas davon. Du kannst den Verwalter nicht vor den Pächtern bloßstellen, denn dann bricht hier das Chaos aus. Und nur weil dieser verwöhnte Junge sich plötzlich einmischt, kannst du ihm nicht nachgeben. Wenn du das tust, werden wir wahrscheinlich James verlieren.«

»Und das können wir uns nicht leisten«, fügte Jean-Louis hinzu. »Ich brauche ihn mehr denn je.«

Wieder stieg Zorn auf Dickon in mir hoch, der an dieser grotesken Situation schuld war.

Meine Mutter sah uns verzweifelt an. »Es war so wunderbar, ihm zuzusehen... er war so begeistert... interessierte sich für alles...«

»Das heißt noch lange nicht, daß er die Gutsverwaltung in die Hand nehmen kann, Mutter. Du erwägst doch nicht ernsthaft, ihm nachzugeben?«

Sie zögerte, und ich rief: »Also spielst du wirklich mit dem Gedanken. Dann übergib die Leitung des Besitzes doch gleich Dickon. James und Jean-Louis werden in diesem Fall kündigen.«

»Wie kannst du so etwas sagen, Zippora? Du und Jean-Louis, ihr seid ja meine Kinder...«

»Statt dessen hast du dann Dickon«, erwiderte ich zornig. Ich erkannte, daß ich Dickon haßte, und weil dieser Haß mit einer gewissen Unsicherheit verbunden war, reagierte ich ungewöhnlich heftig.

Meine Mutter war im Grunde eine sehr vernünftige Frau, und es kam nur selten vor, daß ihr Gefühl stärker war als ihr Verstand.

Sie erkannte ebenfalls, wie widersinnig die Situation war, und erfaßte wahrscheinlich auch, daß sie im Begriff war, die Liebe ihrer einzigen Tochter zu verlieren.

Als sie dann sprach, war sie ganz ruhig. »Natürlich wissen Jean-Louis und James am besten, was zu tun ist. Der arme Dickon wird nur sehr enttäuscht sein. Ein Jammer, daß das ausgerechnet dann geschehen muß, wenn er ein so leidenschaftliches Interesse an dem Besitz zeigt.«

Wir hatten gesiegt. Hassock würde das Brachland bebauen, Burrows würde sich damit abfinden müssen. Hoffentlich wurde ihm dadurch klar, daß Dickon keine Versprechungen machen konnte, da er nicht in der Lage war, sie zu halten.

Am nächsten Tag kam Dickon herüber, als wir noch bei Tisch saßen. Vermutlich hatte er soeben erst erfahren, wie meine Mutter sich entschieden hatte, denn sie pflegte unangenehme Aussprachen immer bis zum letzten Augenblick aufzuschieben.

Er funkelte uns an, und der Zorn, der in ihm schwelte, war unübersehbar. »Sie haben sich also an Lady Clavering gewandt?« fragte er James.

»Nein«, widersprach ich, »Jean-Louis und ich haben mit ihr gesprochen.«

»Und ihr habt sie dazu überredet, sich gegen mich zu stellen.«

»Niemand stellt sich gegen dich, Dickon«, sagte Jean-Louis begütigend. »Es geht nur darum, was für das Gut am besten ist.«

»Dieser Streifen Land, der seit Jahren brach liegt! Der soll sich für das Gut positiv auswirken?«

»Hassock bat darum, und James und ich erlaubten ihm, den Acker zu bebauen. Das konnten wir nicht widerrufen.«

»Warum nicht? Burrows hat das gleiche Recht darauf.«

»Hassock bat uns darum, Burrows nicht, also bekam ihn Hassock.«

»Natürlich Hassock!« Dickon sah James an. »Hassock liegt Ihnen besonders am Herzen. Das Mädchen...«

James stand auf. »Was wollen Sie damit sagen?«

»Ich will damit sagen, daß Sie der lieben kleinen Hetty nichts abschlagen können, und wenn sie Ihnen erzählt, daß ihr Papa dieses Stück Land möchte, dann bekommt es eben ihr Papa.«

»Hetty Hassock hat nichts damit zu tun. Ziehen Sie sie nicht in diese Angelegenheit hinein.«

»Sie steckt schon drinnen, da können Sie sagen, was Sie wollen. Ich habe ja schließlich Augen im Kopf.«

Jean-Louis griff ein. »Entweder du benimmst dich gesittet, Dikkon, oder du verläßt dieses Haus.«

Dickon verbeugte sich ironisch. »Ich habe nicht das Bedürfnis, hierzubleiben. Aber eines sage ich Ihnen, James Fenton: Diese Beleidigung vergesse ich Ihnen nie!«

»Mach dich nicht lächerlich, Dickon«, platzte ich heraus. »Niemand hat dich beleidigt. Burrows mag dich sicherlich, aber er erwartet nicht, daß ein Junge wie du wichtige Entscheidungen treffen kann.«

Er sah kurz zu mir herüber, dann wandte er seinen Blick wieder James zu, und der Haß in seinen Augen ließ mich erschauern.

Er drehte sich um und ging.

Jean-Louis schüttelte den Kopf. »Man müßte den Jungen auf eine Schule schicken.«

Nach der Heumahd erkältete sich Lotties Nanny, und daraus entwickelte sich eine Bronchitis. Sie fehlte uns sehr, weil sie eine wirklich tüchtige junge Frau war. Ich wollte Lottie keinem der Mädchen überlassen und betreute sie selbst.

James schlug mir vor, eine Aushilfskraft einzustellen. Ich begriff sehr schnell, wie er auf die Idee gekommen war.

»Hetty Hassock würde Ihnen gerne helfen«, meinte er. »Sie werden bestimmt mit ihr zufrieden sein.«

Ich lächelte insgeheim, weil James sich dadurch verraten hatte. Jean-Louis und ich hatten öfter darüber gesprochen. Wir mochten James; er war nicht nur ein guter Verwalter, sondern auch ein amüsanter Gesellschafter, der uns bei den Mahlzeiten mit seinen Geschichten unterhielt. Außerdem übernahm er unauffällig einen Großteil der Arbeit, die für Jean-Louis zu ermüdend war.

Also ließ ich Hetty kommen, die sich als reizende junge Frau entpuppte. Sie war zuerst zurückhaltend und scheu, aber nach kurzer Zeit wurden wir gute Freundinnen.

Es war ihr nicht leichtgefallen, sich an das Landleben zu gewöhnen, da sie doch in der Stadt aufgewachsen war.

»Natürlich kam ich im Sommer immer auf Besuch hierher, und ich hatte Spaß an der Heumahd und am Erntedankfest. Aber zu meinen Brüdern und Schwestern hatte ich keine sehr enge Beziehung.«

Das war leicht erklärlich. Tom Hassock war ein guter Farmer, mußte aber eine große Familie erhalten. Deshalb hatte die Schwester seiner Frau Hetty in ihre Obhut genommen und erzogen.

Tante Emily hatte eine gute Partie gemacht, erzählte Hetty, einen Kaufmann, der in Cheapside ein Stoffgeschäft führte. Die Ehe war kinderlos geblieben, und deshalb machten sie nach Hettys Geburt den Hassocks das Angebot, das Kind zu sich zu nehmen, um der Familie ein bißchen unter die Arme zu greifen. Der Farmer und seine Frau fanden, daß sich Hetty dadurch eine gute Chance bot, und brachten sie im Alter von zwei Jahren in die Hauptstadt.

Sie hatte in London eine Schule besucht, und ihre Garderobe zeugte nach Meinung der Familie Hassock von der Wohlhabenheit ihrer Zieheltern.

»Manchmal war es geradezu unangenehm für mich, meine Familie zu besuchen«, sagte sie. »Ich besaß um so viel mehr als sie und empfand es als ungerecht. Dennoch waren sie immer stolz auf mich. Vor allem mein Vater pflegte zu sagen: ›Hetty ist die Lady der Familie.‹«

»Darauf sollten auch Sie stolz sein. Sie brauchen sich nicht zu schämen, weil Sie Glück gehabt haben«, erklärte ich.

»Ich schäme mich auch nicht, ich finde nur manchmal, daß sie zuviel von mir erwarten. Als meine Tante starb, blieb ich bei meinem Onkel; aber nach seinem Tod übernahm sein Neffe das Geschäft... und er hatte eine Frau und vier Kinder. Für mich war kein Platz mehr, also kehrte ich heim.«

»Und inzwischen haben Sie sich daran gewöhnt, das Leben einer Farmerstochter zu führen.«

»Nicht ganz. Ich bin wirklich froh, daß ich auf einige Zeit von zu Hause fort bin.«

»Mit der Zeit gibt sich alles. Außerdem werden Sie ohnehin einmal heiraten.«

Sie wurde rot und blickte zu Boden.

Der Sommer war beinahe vorbei, und der Herbst lag in der Luft. Es war eine gute Ernte gewesen, und die Leute trafen mit Feuereifer Vorbereitungen für das Erntedankfest. Die Kirche wurde mit allem geschmückt, was die Erde hervorgebracht hatte, vom Kohl bis zu den Chrysanthemen. Das große Ereignis aber war das Fest selbst, das am Samstag stattfinden sollte.

Auf dem Gut war es Brauch, daß das Fest in Clavering Hall abgehalten wurde, damit alle Menschen, die auf dem Gut lebten, gemeinsam feiern konnten. Im Haus herrschte geschäftiges Treiben, und Dickon stürzte sich begeistert in die Vorbereitungen.

Der Streit um das Brachland hatte sein Interesse an Clavering nicht geschmälert; er ritt immer noch mit James Fenton über das Gut und ließ sich von Jean-Louis in die Verwaltungsarbeit einführen.

James freute sich über Dickons Haltung und gab ihm deutlich zu verstehen, daß ihm der Zwischenfall sehr unangenehm gewesen war. Dickon tat die Angelegenheit mit einem Achselzucken ab.

In der Küche wurde gebacken und gebraten, Dickon mixte den Punsch in der großen Bowle, die Farmer brachten Maiskolben und Weizengarben, die als Glücksbringer in der Halle aufgehängt wurden. Nach dem Fest wurden die Feldfrüchte an die Armen verteilt.

Wir hatten einige Musikanten engagiert; bei schlechtem Wetter sollte in der Halle getanzt werden, bei gutem im Freien.

Große Tische mit Erfrischungen wurden aufgestellt. Es würde eines der schönsten Erntedankfeste überhaupt werden, stellte meine Mutter fest.

Lotties Nanny war inzwischen genesen, aber da sie sehr geschwächt war, riet ich ihr, sie noch eine Zeitlang zu schonen; Hetty konnte bei uns bleiben, bis die Nanny wirklich zu Kräften gekommen war. Beide waren mit dieser Lösung einverstanden.

Zwei Tage vor dem Erntedankfest erhielt James einen Brief

seines Vetters, dessen Vater schwer krank war und James noch einmal sehen wollte.

»Sie müssen ihn besuchen, James«, redete ihm Jean-Louis zu. »Sie würden es sich nie verzeihen, wenn Sie hierblieben. Wir werden das Erntedankfest auch ohne Sie zustande bringen, wir haben ja genügend Helfer. Außerdem ist die meiste Arbeit schon getan, und da die Ernte eingebracht ist, können Sie ohne weiteres fort.«

James reiste einen Tag vor dem Fest ab.

Es wurde ein gelungenes, fröhliches Fest. Das Wetter war so gut, daß die Leute sich im Freien aufhalten konnten. Die Jungen tanzten auf dem Rasen, während die Alten in der Halle saßen und sich an dem Punsch, den Pasteten und den Bäckereien gütlich taten.

Dickon hatte sich mehr oder weniger als Organisator des Festes aufgeschwungen. Anscheinend kam es ihm sehr gelegen, daß James fort war. Meine Mutter und Sabrina beobachteten ihn voll Bewunderung. Er sah unglaublich gut aus, war zu jedermann liebenswürdig und machte bei den Volkstänzen so begeistert und geschickt mit, daß er allgemeinen Beifall erntete.

Er forderte nacheinander alle Farmersfrauen auf; diese Pflicht wäre eigentlich James zugefallen.

Um zehn Uhr hielt Jean-Louis eine kleine Ansprache, dankte den Leuten für ihre Arbeit, und dann sangen wir alle gemeinsam eine Hymne.

Danach gingen Jean-Louis und ich nach Hause.

»Ein sehr erfolgreiches Erntedankfest«, stellte er fest. »Ein Jammer, daß James nicht dabei sein konnte... denn die gute Ernte verdanken wir zum Großteil ihm.«

»Dickon hat es Spaß gemacht.«

»Ja, er scheint die damalige Auseinandersetzung vergessen zu haben. Es war ihm eine Lehre, würde ich sagen.«

»Hoffentlich.«

Die Zeit verging wie im Flug. Es war Ende Oktober, die Tage wurden kürzer, und der Herbstnebel, ein Vorbote des Winters, fiel ein. James war drei Wochen ausgeblieben. Sein Onkel war gestorben, und er hatte am Begräbnis teilgenommen. Hetty wohnte immer noch bei uns, obwohl sich die Nanny vollkommen erholt hatte. Ich hatte befürchtet, daß sie auf die Konkurrenz im Kinderzimmer eifersüchtig sein würde, aber sie mochte Hetty, und die beiden Frauen vertrugen sich gut.

Mich freute diese Entwicklung, denn ich hatte Hetty wirklich liebgewonnen, und sie fühlte sich bei uns wohler als im Haus ihres Vaters.

Doch dann fiel mir auf, daß sie betrübt wirkte und immer blasser wurde. Anscheinend hatte sie Kummer. Als ich sie aber einmal fragte, ob etwas nicht in Ordnung sei, erklärte sie mir nachdrücklich – wahrscheinlich zu nachdrücklich –, es ginge ihr gut.

Dennoch war ich davon überzeugt, daß etwas nicht stimmte. Manchmal glaubte ich, in ihren Augen Verzweiflung zu lesen.

Hetty besaß eine natürliche Würde, die es mir unmöglich machte, mich ihr aufzudrängen und Erklärungen zu verlangen, die sie offensichtlich nicht geben wollte. Mir kam vor, daß sie mich mied; schließlich war ich ernstlich besorgt und beschloß, sie nicht aus den Augen zu lassen.

Ich hätte am liebsten mit James über sie gesprochen, befürchtete aber, daß sie es mir übelnehmen würde. Ob es zwischen ihnen zu einer Meinungsverschiedenheit gekommen war? Ich sprach mit Jean-Louis darüber.

»Vermutlich ein Streit unter Liebesleuten«, meinte er. »Es ist immer am besten, wenn man sich da heraushält.«

»Du hast sicherlich recht, aber ich mache mir trotzdem Gedanken.«

Ich beobachtete sie also weiterhin, und das war mein Glück.

Es war November... ein milder, nebelverhangener Tag. Ich sah zum Fenster hinaus und erblickte Hetty, die das Haus verließ. Ich weiß nicht, ob es eine Ahnung war, oder ob mir ihre verzweifelte, entschlossene Haltung auffiel – jedenfalls beschloß ich, ihr zu folgen.

Ich warf mir einen Mantel um die Schultern und lief hinter ihr her. Sie verschwand gerade in Richtung auf den Fluß. Ich hielt mich in einiger Entfernung von ihr, damit sie mich nicht entdeckte. Falls es sich um ein Rendezvous mit James handelte, würde ich mich diskret entfernen – aber warum sollte sie sich so weit vom Haus mit ihm treffen? Er hatte ja jederzeit die Möglichkeit, zu uns zu kommen.

An dieser Stelle war der Fluß breit und reißend. Wir waren nur eine Viertelmeile von den Stromschnellen entfernt, bei denen vor wenigen Jahren ein Kind ertrunken war.

Besorgt beobachtete ich Hetty. Dann begriff ich plötzlich. Sie ließ den Mantel fallen und ging auf das Ufer zu.

»Hetty!« rief ich. »Hetty!«

Sie blieb stehen und sah sich um.

Ich lief zu ihr, ergriff sie am Arm und sah ihr ins Gesicht. Es war weiß, und ihre Augen waren dunkel vor Verzweiflung.

»Was tun Sie hier, Hetty?«

»Nichts, gar nichts«, stammelte sie. »Ich gehe am Fluß spazieren.«

»Nein, Hetty, das stimmt nicht. Sie müssen mir sagen, was Sie bedrückt, damit ich Ihnen helfen kann.«

»Es gibt keinen anderen Ausweg für mich. Lassen Sie mich gehen.«

»Sie wollten... ins Wasser gehen!«

»Ich habe lange darüber nachgedacht. Es fällt mir nicht leicht, aber ich werde es tun.«

»Was ist denn geschehen, Hetty? Erzählen Sie es mir doch. Wir werden sicher eine Lösung für Ihre Schwierigkeiten finden, ich verspreche es Ihnen. Sie dürfen nicht so reden, es ist nicht recht, und es ist auch unsinnig. Nichts ist so schlimm, als daß es nicht wieder in Ordnung gebracht werden könnte.«

»In meinem Fall kann nichts mehr in Ordnung gebracht werden. Ich kann es nicht ertragen, Mistreß Zippora. Ich habe tagelang gegrübelt, aber ich sehe keinen anderen Ausweg.«

»Erzählen Sie mir alles!«

»Ich bin verderbt, Sie ahnen gar nicht, wie.«

»Jeder von uns tut einmal etwas Unrechtes oder kann einer Versuchung nicht widerstehen. Dafür habe ich Verständnis, Hetty.«

»Ich bekomme ein Kind.«

»Ach so. Nun, James liebt Sie...«

Sie schüttelte den Kopf und starrte vor sich hin. »Es ist nicht von James!«

»Hetty!«

»Ich habe ja gewußt, daß Sie entsetzt sein werden. Ich habe keine andere Wahl mehr. Ich kann keinem von Ihnen in die Augen sehen. Ich weiß nicht, wie es so weit kommen konnte, ich verstehe mich selbst nicht. Aber es gibt keine Entschuldigung für mich, es war meine Schuld.«

»Ich habe geglaubt, Sie lieben James.«

»Doch, das tue ich.«

»Aber...«

»Sie können es nicht begreifen, wie sollten Sie auch? Nur jemand, der genauso verderbt ist wie ich, kann mich verstehen.«

»Ich bin auch nur ein schwacher Mensch, Hetty, und ich weiß, daß solche Verirrungen möglich sind.«

Wir setzten uns auf die Uferböschung, und sie wandte sich mir zu. »Es war beim Erntedankfest. Ich hatte zuviel Punsch getrunken, obwohl es mir damals nicht bewußt war. Ach, ich entschuldige mich schon wieder.«

»Sprechen Sie weiter. Wer...«

Aber sie mußte es mir nicht erzählen, ich wußte es ohnehin. Ich erinnerte mich an den haßerfüllten Blick, den er James zugeworfen hatte. Das also war seine Rache.

»Dickon?« fragte ich.

Sie schauderte, und ich wußte, daß ich es erraten hatte.

»Es war das Erntedankfest... der Punsch... der Tanz... Er tanzte mit mir, und dann führte er mich in den Garten, zum Gesträuch. Ich weiß nicht, wieso es so weit kam. Aber ich lag im Gras... ich kann nicht darüber sprechen. Es war... war so schamlos... Ich begriff zu spät, was geschah.«

Ich wandte mich ab, weil ich ihr Elend nicht mehr ertragen konnte. Sie war vollkommen verzweifelt. Ich mußte sie beruhigen, mit nach Hause nehmen, mit Jean-Louis darüber sprechen. Er würde Verständnis haben und versuchen, ihr zu helfen.

»Es gibt einen Ausweg«, tröstete ich sie.

»Nein. Ich kann meinen Eltern und Geschwistern nicht gegenübertreten... und schon gar nicht James. Nein, niemand kann mir helfen.«

»Sie dürfen nicht so reden, das ist unvernünftig. Schlimmstenfalls müssen Sie verreisen und das Baby anderswo zur Welt bringen. Mein Mann und ich würden Ihnen behilflich sein.«

»Sie sind die besten Menschen von der Welt.«

»So etwas kann jedem zustoßen... *jedem*, Hetty.«

»Es gibt keine Hilfe, drum ist's am besten, ich gehe ins Wasser. Vielleicht wird meine Leiche nie gefunden.«

»Ich hätte nie geglaubt, daß Sie sich so feig von uns wegstehlen wollen.«

»Wahrscheinlich bin ich feig, aber ich kann es meinen Eltern nicht gestehen. Sie waren so stolz auf mich. Sie wären entsetzt und würden sich meiner schämen.«

»Hetty, es ist nun einmal geschehen. Sie haben zuviel getrunken, Sie waren nicht ganz bei sich...«

»Es war nicht das einzige Mal.«

»Hetty! Warum...«

»Er drohte, es James zu sagen, wenn ich nicht nachgebe.«

»Erpressung!« Ich sah das schöne, grausame Gesicht vor mir. Er hatte mit seiner Tat mehr als ein Leben zerstört.

»Erst als er erfuhr, daß ich schwanger war, ließ er mich in Ruhe. Da war er anscheinend zufrieden.«

»Er ist ein Ungeheuer, Hetty. Sein Haß ist kalt und berechnend. Aber wir werden ihn überlisten, er wird sein Ziel nicht erreichen.«

»Wie wollen Sie das zustande bringen?«

»Indem Sie nicht davonlaufen, sondern sich den Tatsachen stellen und gemeinsam mit uns eine Lösung finden.«

»Das kann ich nicht.«

»Doch, Sie können es, wenn wir Ihnen zur Seite stehen.«

Sie fiel mir schluchzend um den Hals. Es waren Tränen der Erleichterung, weil sie in ihrer Verzweiflung nicht mehr allein war.

Sie vertraute mir. Vielleicht hatte mir meine eigene Erfahrung geholfen, sie zu verstehen, ihr die Hilfe angedeihen zu lassen, die sie brauchte.

Ich ging mit ihr ins Haus zurück, steckte sie ins Bett und sagte den Bediensteten, sie sei erkältet, und niemand solle sie stören.

Dann suchte ich Jean-Louis auf. Er machte gerade eine Ruhepause, wie er sie jetzt immer öfter brauchte. »Ich muß mit dir über etwas Entsetzliches sprechen«, begann ich. »Es geht um Hetty.«

»Sie hat in letzter Zeit sehr bedrückt ausgesehen. Hat es mit James zu tun?«

»Sie bekommt ein Kind.«

»Na ja, sie und James werden ja ohnehin heiraten. Sie sind nicht die ersten, die die Hochzeitsnacht vorweggenommen haben.«

»Es ist nicht so einfach. James ist nicht der Vater.«

»Großer Gott!«

»Sie hat es mir gerade gestanden. Jean-Louis, sie wollte ins Wasser gehen. Aber weil ich sie in letzter Zeit beobachtet habe, konnte ich es verhindern. Es ist beim Erntedankfest geschehen. Sie hatte zuviel Punsch getrunken, und er...«

»Weißt du, wer es war?«

»Dickon.«

»Großer Gott!« wiederholte er entsetzt. »Er ist ja noch ein Junge.«

»Einmal sollte man aufhören, immerzu »Er ist ja noch ein Junge« zu sagen. Er ist jung an Jahren, aber er hat reichlich Erfahrung. Was sollen wir jetzt tun, Jean-Louis? Hetty ist verzweifelt.«

»Könnte sie vielleicht Dickon heiraten?«

»Unmöglich! Außerdem haßt sie ihn.«

»Warum hat sie dann...«

»Begreifst du denn nicht, daß es ein Racheakt ist? Dickon weiß, daß James Hetty liebt. Dickon war zornig, weil ihr das Brachland Hassock zugesprochen habt. Deshalb hat er sich gerächt.«

»Das ist doch nicht möglich.«

»Doch, ich kenne den Jungen genau. Wenn Hetty ihn heiraten müßte, wäre es wirklich besser, sie ginge ins Wasser.«

»Wir könnten sie irgendwohin schicken, wo sie das Kind zur Welt bringen kann.«

»Daran habe ich auch schon gedacht, aber ich wüßte nicht, wohin sie gehen könnte. Ihr Leben ist zerstört... ihre Familie war so stolz auf sie, und jetzt geschieht so etwas. Und dabei liebt sie James.«

»Sie wird sich zu einem Entschluß durchringen.«

»Jean-Louis, und was wäre, wenn James sie wirklich liebt? Wenn er sie so sehr liebt, daß er...«

»Wenn er sie wirklich liebt, wird er sich ihrer annehmen, ganz gleich, was sie getan hat.«

»Wenn ich gefehlt hätte, Jean-Louis... würdest du mich dennoch lieben, würdest du dennoch zu mir halten?«

Ich konnte ihn dabei nicht ansehen. Ich hatte Angst, er könnte merken, wie heftig mein Herz pochte.

Er ergriff meine Hand und küßte sie. »Ganz gleich, was du tust, ich würde dich immer lieben und beschützen, soweit es in meiner Macht steht.«

»Ich danke dir, Liebster. Wir können nur hoffen, daß James' Liebe genausogroß ist wie die deine. Glaubst du, daß wir mit ihm darüber reden sollen?«

Er dachte lange nach. »Würde Hetty es wollen?«

»Nein, sie könnte sich nie dazu überwinden. Wahrscheinlich hat er ihr noch keinen Heiratsantrag gemacht. Nach dem Erntedankfest hat sich ihre Haltung ihm gegenüber sichtlich geändert. Wir sollten es James sagen, Jean-Louis. Es gibt so viel Unglück auf der Welt, weil die Menschen nicht miteinander reden. Wenn wir sie wegschicken, muß James es erfahren. Er soll die Möglichkeit haben, ihr seine Liebe zu beweisen.«

»Du hast recht.«

Wir besprachen noch, wie wir vorgehen wollten, und dann sandte Jean-Louis einen Boten zu James und ließ ihn bitten, möglichst bald zu uns zu kommen.

Als er erschien, sagte Jean-Louis: »Wir müssen mit Ihnen reden, James. Zippora hat heute etwas über Hetty erfahren.«

»Sie wollte ins Wasser gehen«, fuhr ich fort.

Er starrte mich ungläubig an.

»Es ist wahr. Ich konnte sie gerade noch zurückhalten, und dann hat sie mir erzählt, warum sie es versucht hatte.«

Er sprach noch immer nicht. Er war blaß geworden und hatte die Hände zu Fäusten geballt.

»Sie bekommt ein Kind«, sprach ich weiter. »Der armen Hetty ist etwas Schreckliches zugestoßen.«

James blickte zum Fenster hinaus, damit wir sein Gesicht nicht sehen konnten. Dann sagte er mit gepreßter Stimme: »Wollen sie damit andeuten, daß sie heiraten wird?«

»Nein.«

»Wer ist es?« fragte er. Er hatte sich uns zugewandt, und in seinen Augen flammte wilder Zorn. »Wer ist der Mann?«

Ich wagte nicht, es ihm zu sagen. Ich befürchtete, daß er Dickon umbringen würde. Jean-Louis nickte mir zu; er dachte das gleiche.

»Es ist beim Erntedankfest geschehen, James«, sagte ich. »Sie waren nicht dabei, und Hetty trank zuviel Punsch. Ein gewissenloser Mensch hat diesen Umstand ausgenützt.«

»Wer ist dieser gewissenlose Mensch?«

»James, Hetty ist zusammengebrochen; denken wir doch zuerst an sie. Ich habe sie ins Bett gesteckt und ihr ein Schlafmittel gegeben. Sie ist vollkommen verzweifelt. Jean-Louis und ich lieben sie und werden ihr auf jeden Fall helfen.«

»Was sagt sie dazu?«

»Hat sie mich erwähnt?«

»Ja. Sie liebt Sie. Eigentlich wollte sie Ihretwegen ins Wasser gehen. Ach James, was sollen wir tun? Sie hätten sehen sollen, in was für einem Zustand sie sich befand, als ich sie am Fluß einholte.«

Seine Gefühle spiegelten sich in seinem Gesicht wider. Im Augenblick dachte er nur an Hetty und hatte den Urheber des Unglücks vergessen, aber er würde sich schon noch an ihn erinnern. James war nicht der Mensch, der ein Unrecht schweigend einsteckte. Ich konnte die Stille nicht mehr ertragen und fragte: »Was werden Sie jetzt tun, James?«

Er schüttelte den Kopf.

»James, Sie sind der einzige Mensch, der ihr helfen kann. So etwas kann vorkommen, und Sie dürfen ihr keinen Vorwurf daraus machen. Sie ist noch so jung. Bitte, James, versuchen Sie, sich in ihre Lage zu versetzen. Es steht so viel auf dem Spiel – ich habe Angst um Hetty.«

Er antwortete immer noch nicht. Dann drehte er sich um und ging zur Tür. Ich lief ihm nach und faßte ihn am Arm. In ihm kämpften sichtlich die widersprechendsten Gefühle – Verwirrung, Verzweiflung, Wut, aber auch Liebe.

Er sah mich an. »Ich danke Ihnen, Zippora. Sie waren gut zu Hetty. Ich danke Ihnen, aber ich möchte jetzt allein sein.«

Ich nickte, und er verließ das Zimmer.

Jean-Louis und ich schwiegen einige Augenblicke, dann fragt ich: »Was geschieht, wenn er erfährt, daß es Dickon war?«

Jean-Louis schüttelte nur den Kopf. »Dickon darf nicht hierbleiben, er muß verreisen. Gott allein weiß, was James anstellen wird. Er darf es nicht erfahren.«

»Man kann es ihm nicht verheimlichen. Er wird es herausbekommen.«

»Aber nicht gleich. Und inzwischen muß Dickon von hier verschwinden.«

»Das wird er nicht tun. Er wird hierbleiben und sich über das Unglück freuen, das er angerichtet hat.«

»Das müssen wir verhindern. Ich muß meiner Mutter und Sabrina Angst einjagen, damit sie uns helfen.«

»Ja, das wäre eine Möglichkeit.«

»Wir haben keine Zeit zu verlieren. Ich gehe sofort hinüber.«

»Wir können nicht warten. Wenn James Hettys Verführer entdeckt, besteht die Gefahr, daß er ihn umbringt.«

»Damit hast du recht.«

»Komm mit! Auf dich werden sie hören. Mich halten sie vielleicht für zu impulsiv, aber dich sicherlich nicht.«

Zum Glück waren sowohl meine Mutter als auch Sabrina zu Hause. Als ich ihnen berichtete, was geschehen war, waren sie zuerst sprachlos.

»Ich glaube es nicht«, erklärte Sabrina dann.

»Das Mädchen hat das Ganze erfunden«, fügte meine Mutter hinzu.

»Hetty spricht die Wahrheit«, widersprach ich. »Ihr kennt doch Dickon, ihr wißt doch, wie er den Dienstmädchen nachstellt. Er könnte sich in Gefahr befinden, und deshalb bin ich herübergekommen.«

Sie erschraken. »In Gefahr? Willst du sagen...«

»Ja, ich meine James. Er liebt Hetty. Er wollte sie heiraten. Wenn er erfährt, daß Dickon der Verführer ist...«

Meine Mutter war blaß geworden. »Das ist schrecklich. Ich glaube keinesfalls...

»Fang jetzt nicht an, Dickon als Unschuldslamm hinzustellen. Ich möchte übrigens nicht, daß er ein Wort davon erfährt, sonst weigert er sich vielleicht, Clavering zu verlassen.«

»Das würde aber seine Unschuld beweisen«, warf Sabrina ein.

»Nein, es würde nur beweisen, daß er sich an der Verzweiflung seines Opfers weiden will.«

»Auch wenn er sich selbst dadurch in Gefahr bringt?«

»Es ist ihm gleich, ob er sich dadurch gefährdet. Ich möchte vermeiden, daß es hier zu einer Tragödie kommt. Bitte, fahrt mit Dickon fort, bis James sich beruhigt hat. Ich will nicht, daß Dickon hier ist, wenn James die Wahrheit erfährt.«

»Sie beschuldigt Dickon zu Unrecht.«

»Nein! Warum sollte sie? Ich kenne Dickon; er wollte sich für die Blamage mit dem Brachland rächen.«

Natürlich wußten sie, daß ich recht hatte, aber sie würden es nie zugeben. Es war mir jedoch geglückt, sie aufzurütteln.

»Hast du nicht erwähnt, Sabrina, daß du Bath besuchen möchtest, um die neuen Quellen zu sehen?«

»Allerdings.«

»Dann fahr hin, Sabrina, und nimm Dickon mit. *Bitte*. Du wirst ihn nicht lange überreden müssen, denn er reist gerne. Ich habe doch recht, Jean-Louis, nicht wahr?«

»Zippora hat recht. Sie hat sich Hettys angenommen. Das arme Mädchen wollte ins Wasser gehen.«

»O Gott«, murmelte meine Mutter.

»Weiß James davon?«

»Ja, aber er weiß nicht, wer sie verführt – oder besser gesagt, vergewaltigt hat.«

»Nein!«

»Wir haben jetzt keine Zeit, um Worte zu streiten. Dickon ist körperlich sicherlich imstande, ein Kind zu zeugen. Er befindet sich in Gefahr; schafft ihn von hier fort.«

Meine Mutter zitterte. »Ja, Sabrina, es bleibt uns nichts anderes übrig. Ich weiß, daß es nicht wahr ist, aber wenn James ihn verdächtigt...«

»Ich könnte in zwei Tagen abreisen«, erklärte Sabrina. »Er fährt sicherlich gern mit.«

»Gut, dann also in zwei Tagen«, bestimmte ich. »Aber keine Stunde länger.«

Jean-Louis und ich waren erschöpft, als wir nach Hause kamen. Hetty schlief noch immer friedlich, und ich wollte bei ihr sein, wenn sie erwachte.

James bekamen wir nicht zu Gesicht. Wahrscheinlich kämpfte er noch mit sich. Eigentlich war ich ganz froh darüber, daß wir nicht mit ihm sprechen mußten, weil ich so nicht in Gefahr geriet, Dickons Namen zu erwähnen.

Zwei Tage später ging ich nach Clavering Hall. Sabrina und Dickon waren auf zwei Wochen nach Bath gefahren.

Jean-Louis und ich waren zutiefst erleichtert.

Die arme Hetty sah aus wie ein Gespenst. Ich erklärte den Dienstboten, daß sie krank sei und deshalb auf ihrem Zimmer bleiben müsse. Natürlich hielt ich mich viel bei ihr auf. Manchmal sagte sie kein Wort, und manchmal brachen die Worte wie ein Sturzbach aus ihr hervor. Sie hatte immer schon Angst vor Dickon gehabt, weil er sie so frech musterte. Sie hatte sich am Erntedankfest gut unterhalten, aber immer wieder an James gedacht. Dann hatte ihr Dickon ein Glas Punsch aufgezwungen. Als er ihr noch ein Glas aufdrängen wollte, hatte sie abgelehnt, und er hatte gespottet: »Du bist doch wirklich nur ein einfältiges Landmädchen.«

Daraufhin hatte sie getrunken, und als ihr schwindlig wurde, hatte er sie in den Garten geführt, weil ihr die frische Luft angeblich gut tun würde. Dann waren sie plötzlich im Gesträuch, der Schwindel war immer stärker geworden... dann war es geschehen.

»Ich war so dumm«, rief sie. »Ich hätte es wissen müssen. Ich hielt mich für so gescheit! Und dann drohte er mir, er würde Lady Clavering erzählen, daß ich ihn ins Gebüsch gelockt hätte.« Sie hätte ihm geglaubt. ›Ihr Mädchen seid ja alle gleich‹, behauptete er. Damit zwang er mich, ihm immer wieder zu Willen zu sein. Erst als ich schwanger war, ließ er mich in Ruhe.«

»Das ist jetzt vorbei«, beruhigte ich sie. »Man muß das Vergangene sein lassen und neu beginnen.«

»Wie sollte ich das tun?«

»Mein Mann und ich werden einen Ausweg finden. Wir werden Sie an einen Ort schicken, wo Sie Ihr Kind zur Welt bringen können, und dann werden wir weitersehen.«

»Ich weiß wirklich nicht, was ich ohne Sie täte.«

»Sie müssen an das Kind denken, denn Sie schaden ihm, wenn Sie sich in Ihrem Kummer vergraben. Ist es erst einmal da, werden Sie es bestimmt lieb haben.«

»Aber ein Kind, das auf diese Art gezeugt wurde. *Sein* Kind.«

»Das Kind ist unschuldig. Sie müssen aufhören, sich zu quälen. Ich sagte Ihnen ja, daß wir uns Ihrer annehmen werden.«

Dann erschien eines Tages James bei uns. »Ich habe nicht viel Zeit«, sagte er. »Wo ist Hetty?«

»Hier bei uns. Das arme Mädchen befindet sich in einem fürchterlichen Zustand.«

»Ich danke Ihnen für alles, was Sie für Hetty getan haben. Und jetzt sagen Sie mir bitte, wer der Vater ist.«

»James, ich schätze Sie sehr. Mein Mann und ich mögen Sie und Hetty. Das Ganze ist eine schreckliche Geschichte, und ich bitte Sie nur, es nicht noch ärger zu machen. Die arme Hetty braucht jetzt sehr viel Zärtlichkeit und Liebe, verstehen Sie das denn nicht?«

»O doch, und ich will ja auch für sie sorgen.«

»Ich bin glücklich darüber, James.«

»Sie wissen ja, daß ich vorhatte, Hetty zu heiraten. Aber wie konnte sie nur...«

»Sie kann nichts dafür, James. Man hat sie betrunken gemacht. Sie konnte ihn nicht abwehren, er überrumpelte sie.«

»Wer war es?«

»Dickon.«

Er biß die Zähne zusammen, und sein Gesicht wurde blaß. Zum Glück war Dickon weit fort.

Er drehte sich um und wollte gehen. »Dickon ist nicht hier«, sagte ich. »Er ist mit seiner Mutter verreist und wird erst in einigen Wochen zurückkommen.«

»Er hat sich also aus dem Staub gemacht...«

»Nein. Er weiß nicht, daß Hetty Selbstmord begehen wollte.«

»Warum ist sie denn nicht zu mir gekommen?«

»Wie hätte sie das wagen können? Sie war davon überzeugt, daß Sie sie fortjagen würden.«

»Das hätte ich nie getan.«

»Ach James, helfen Sie mir doch, das arme Kind wieder glücklich zu machen.«

»Ich liebe sie, Zippora.«

»Und wie weit geht diese Liebe, James? Werden Sie mit ihr sprechen und ihr erklären, daß Sie sie lieben, daß Sie sich ihrer annehmen wollen, daß Sie Verständnis haben? Verständnis ist das Wichtigste. Sie ist nicht schuldig; wenn Sie hier gewesen wären, wäre es nie dazu gekommen.«

»Wo ist sie jetzt?«

»Oben in ihrem Zimmer.«

»Ich gehe zu ihr. Gott segne Sie, Zippora.«

James wollte also Hetty heiraten. Jean-Louis und ich waren glücklich darüber, doch dann kam ein harter Schlag.

Sie konnten unmöglich in Clavering bleiben. James würde sich Dickon gegenüber nie beherrschen können, und Hetty wollte ihn niemals wiedersehen. Wie schon erwähnt, war James' Onkel gestorben, und der Vetter hatte ihn aufgefordert, mit ihm gemeinsam die Farm des Verstorbenen zu führen.

Damit standen wir vor dem Problem, wie wir ohne James zurechtkommen sollten. Natürlich würden wir einen neuen Verwalter finden, aber James war überaus tüchtig gewesen, und da Jean-Louis immer schwächer wurde, brauchten wir einen wirklich guten Mann.

Schließlich fanden wir Tim Parker, der tatkräftig und arbeitswillig war, aber James fehlte uns an allen Ecken und Enden. Unser einziger Trost war, daß er und Hetty sich auf ihrer Farm wohl fühlten.

Drei Monate, nachdem sie uns verlassen hatten, erfuhren wir, daß Hetty eine Fehlgeburt gehabt hatte, und drei Monate danach teilten sie uns mit, daß sie wieder schwanger war.

Jetzt hatten sie die Möglichkeit, von vorn zu beginnen. Da James ein vernünftiger junger Mensch war, zog er einen Strich unter die Vergangenheit, und Hetty blühte wieder auf.

Dickon und Sabrina kehrten aus Bath zurück, und Dickon, der den Aufenthalt genossen hatte, begann sich wie ein Dandy zu kleiden.

Ich haßte und fürchtete ihn zugleich. Meine Mutter und Sabrina hingen mehr denn je an ihm. Er bekundete immer noch großes Interesse für das Gut und freundete sich mit Tim Parker an. Die Tatsache, daß er James aus dem Haus getrieben hatte, bereitete ihm sichtlich Vergnügen. Er hatte James gezeigt, daß einer, der ihm in die Quere kam, dafür bezahlen mußte.

Wir hatten gerade erst erfahren, daß Hetty einen Sohn geboren hatte, als ein junger Mann eintraf, der mich zu sprechen wünschte. Er war fast noch ein Junge und kam mir irgendwie bekannt vor.

Er wirkte befangen, richtete seine Botschaft jedoch ordentlich aus. »Mein Großvater schickt mich, ich bin von Eversleigh hierher geritten.«

»Dein Großvater?«

»Jethro, Mistreß.«

»Ach so.«

»Ich soll Ihnen bestellen, Mistreß, daß mein Großvater Sie bitten läßt, nach Eversleigh zu kommen. Im Haus stimmt etwas nicht, und Sie sollten einmal nach dem Rechten sehen.«

6

Die Verschwörung

Ich schickte Jethros Enkel mit Botschaften an Jethro und Onkel Carl zurück. Ende der Woche würde ich nach Eversleigh aufbrechen.

Jean-Louis wollte mich begleiten, aber das war nicht gut möglich. Tim Parker kannte sich noch nicht so weit aus, daß man ihn allein lassen konnte; außerdem war die Reise für Jean-Louis sicherlich zu anstrengend.

Jean-Louis schlug vor, ich sollte Sabrina oder meine Mutter mitnehmen. Aber seit der Affäre mit Hetty hatte sich mein Verhältnis zu ihnen gewandelt. Sie verziehen mir meine Abneigung gegen Dickon nicht und faßten sie als persönliche Beleidigung auf. Vielleicht hatte ich auch Angst vor den Andeutungen, die Jessie oder Evalina machen konnten. Ich beschloß also, wieder einmal allein zu reisen.

Jean-Louis erhob noch etliche Einwände, willigte aber schließlich unter der Bedingung ein, daß ich wieder sieben Reitknechte als Begleitung mitnahm.

Es war Frühling, die Tage waren lang, und wir kamen gut voran, so daß wir am zeitigen Nachmittag in Eversleigh eintrafen. Jessie erwartet uns und begrüßte mich freundlich. Sie war unauffälliger gekleidet als je zuvor; sie trug ein hellgraues, einfaches Kleid und so gut wie keine Schminke.

»Ich bin so froh, daß Sie da sind, ich habe mir solche Sorgen gemacht. Ich sagte ihm, daß ich Sie verständigen würde, aber als er das begriff, war er verzweifelt. Er wollte Sie nicht aufregen. Es geht ihm gar nicht gut, Sie werden es ja selbst sehen. Sie müssen müde sein; wollen Sie sich ein wenig ausruhen?«

»Nein, ich möchte sofort mit ihm sprechen.«

»Ich weiß nicht, wann Sie ihn sehen können, das hängt vom Arzt ab.«

»Der Arzt ist hier?«

»Er wollte nicht den Arzt aus dem Ort konsultieren, sondern ließ seinen eigenen Doktor kommen. Zum Glück hat Dr. Cabel seine Praxis schon aufgegeben und kann deshalb bei uns wohnen.«

»Was ist eigentlich geschehen?«

»Eine Art Anfall. Ich habe schon geglaubt, es ist das Ende. Zum Glück war Dr. Cabel im Haus. Ihr Onkel war schon längere Zeit leidend und entschloß sich auf mein Drängen, seinen alten Freund Dr. Cabel kommen zu lassen. Weil der Arzt davon überzeugt war, daß eine Krise im Anzug war, blieb er gleich hier.«

»Ich werde meinen Onkel lieber sofort aufsuchen.«

»Sie dürfen ihn nicht stören, wenn er schläft, denn man darf ihn auf keinen Fall aufregen. Würde es Ihnen etwas ausmachen, die Rückkehr des Arztes abzuwarten? Er unternimmt nur einen kleinen Spaziergang. Sobald er zurück ist, sage ich ihm, daß Sie hier sind. Ich führe Sie inzwischen in Ihr Zimmer, damit Sie sich waschen und umziehen können. Ich nehme an, Dr. Cabel wird Ihnen erlauben, ein paar Minuten mit Ihrem Onkel zu sprechen.«

»Das klingt ja, als ob mein Onkel sterbenskrank wäre.«

»Und ob, meine Liebe. Ich glaubte wirklich, es gehe mit ihm zu Ende. Aber jetzt bringe ich Sie auf Ihr Zimmer, und wenn Sie sich frisch gemacht und eine Kleinigkeit gegessen haben, werden Sie sich gleich besser fühlen.«

Das klang eigentlich recht vernünftig, doch Jethros Botschaft hatte mich mißtrauisch gemacht. Ich beschloß, sobald wie möglich Onkel Carl aufzusuchen. Also ging ich auf mein Zimmer, wusch mich, zog mich um und begab mich in den Wintersalon, wo Kuchen und Wein auf dem Tisch standen.

»Ich weiß nicht, wie hungrig Sie sind«, meinte Jessie, »aber vielleicht möchten Sie rasch eine Kleinigkeit essen.«

»Ich bin überhaupt nicht hungrig. Ich möchte über Lord Eversleighs Gesundheitszustand genau Bescheid wissen.«

»Das werden Sie, sobald Dr. Cabel hier ist. Er kann Sie viel genauer informieren als ich.«

»Seit wann ist Lord Eversleigh krank?«

»Er hatte den Anfall vor beinahe zwei Monaten.«

»Schon! Warum haben Sie mich nicht gleich verständigt?«

»Ich wollte es tun.« Sie blickte zu Boden, und ich hätte sie beinahe angeschrien ›Warum taten Sie es dann nicht?‹, doch ich schwieg und wartete ab. Sie griff geistesabwesend nach einem Stück Kuchen und aß es.

»Es ist eine schwere Verantwortung für Sie«, tastete ich mich vor.

Sie hörte auf zu kauen und blickte zur Decke. »Da haben Sie etwas Wahres gesagt. Aber ich habe ihn gern, und deshalb befolge ich alle Anordnungen des Arztes peinlich genau. Er war immer gut zu mir, also ist es das mindeste, was ich für ihn tun kann.«

Sie widerte mich an, und trotz ihrer Freundlichkeit traute ich ihr nicht über den Weg. Ich stand auf, denn ich war zu nervös, um lange sitzen bleiben zu können; außerdem hatte ich überhaupt keinen Appetit auf Wein und Kuchen.

»Ich gehe in den Garten, ich muß mir die Beine vertreten. Sobald Dr. Cabel wieder da ist, will ich mit ihm sprechen.«

Ich ging eine Weile im Garten herum, dann schlüpfte ich durch das Gesträuch.

Jethro erwartete mich schon. »Ich bin sehr froh, daß Sie gekommen sind, Mistreß Zippora.«

»Ich danke dir für deine Botschaft. Was ist hier eigentlich los?«

»Das möchte ich auch wissen. Es ist alles so merkwürdig.«

»Was meinst du mit merkwürdig?«

»Ich habe Seine Lordschaft seit dem Anfall nicht mehr gesehen, und der war vor zwei Monaten.«

»Konntest du nicht an einem Nachmittag zu ihm hineinschauen?«

»Ich traute mich nicht. Amos Carew ist sehr oft im Haus.«

»Willst du damit sagen, daß er ins Herrenhaus umgezogen ist?«

»Nein, das nicht. Er wohnt noch immer im Verwalterhaus, aber er ist sehr oft drüben.«

»Das heißt, er schläft dort.«

»Es scheint so, Mistreß Zippora. Ich habe ihn jeden Morgen aus dem Haus kommen gesehen.«

»Nachdem Lord Eversleigh seinen Anfall hatte?«

»Ja. Sie haben nie Dr. Forster geholt.«

»Dr. Forster?« wiederholte ich. Der Name kam mir irgendwie bekannt vor.

»Das ist der neue Arzt in der Stadt, er ist seit etwa zwei Jahren hier. Die Leute mögen ihn, weil er ein guter Arzt ist. Aber Seine Lordschaft ließ seinen eigenen Doktor kommen.»

»Ja, Dr. Cabel. Hatte er Lord Everleigh schon früher einmal behandelt?«

»Nein. Anscheinend ist Dr. Cabel ein alter Freund Seiner Lordschaft – das behaupten jedenfalls die Dienstmädchen –, dieser ließ ihn kommen, und weil Cabel seine Praxis schon aufgegeben hat, blieb er gleich im Haus. Angeblich vertraut Seine Lordschaft niemand anderem.«

»Das hat mir auch Jessie erzählt. Und was ist deiner Meinung nach daran seltsam? Lord Eversleigh hat einen Schlaganfall erlitten, wie viele Leute in diesem Alter, und läßt sich von seinem eigenen Arzt behandeln.«

»Ich weiß nicht recht, Mistreß Zippora, aber etwas stimmt dabei nicht. Ich durfte Seine Lordschaft seither kein einziges Mal besuchen.«

»Man darf ihn nicht aufregen.«

»Ich bin ein sehr friedlicher Mensch, und ich glaube, er würde gern mit mir sprechen. Er hat sich jedenfalls immer gefreut, wenn sich zu ihm gekommen bin. Obwohl er am Nachmittag meist schlief, machte es ihm nichts aus, wenn ich ihn weckte. Er sagte immer wieder: ›Besuch mich nur, so oft du willst, Jethro, und wenn ich schlafe, wecke mich ruhig auf.‹ Ich habe auch jetzt versucht, ihn zu sehen, und bin hinaufgeschlichen. Ich wußte, daß Jessie nicht im Haus war, und auch Dr. Cabel war ausgegangen. Aber es war mir nicht möglich, Seine Lordschaft zu sprechen.«

»Du willst damit sagen, daß du zu seinem Zimmer gegangen bist?«

Jethro nickte. »Die Tür war versperrt. Als wollten sie verhindern, daß jemand Seine Lordschaft besucht. Es war sehr merkwürdig, Mistreß. Und eines der Dienstmädchen, das oft mit meinem Enkel beisammen ist, hat ihm erzählt, daß Jessie den Raum selbst saubermacht und niemanden hineinläßt.«

»Könnte es nicht sein, daß er so schwer krank ist, daß ihn niemand stören darf?«

»Vielleicht, aber Jessie hat sich nie gern die Hände schmutzig gemacht, und es ist sicherlich schon lange her, seit sie einen Besen in der Hand gehabt hat. Wenn ich jetzt mit Ihnen darüber spreche, klingt alles eigentlich ganz natürlich. Nur habe ich mir damals wirklich Sorgen gemacht. Ich hoffe, ich habe Sie durch meine Botschaft nicht beunruhigt.«

»Du hast vollkommen richtig gehandelt, Jethro. Es ist sehr gut, daß ich hier bin und von Dr. Cabel erfahren kann, wie es meinem Onkel wirklich geht.«

Er sah erleichtert aus. Ich erkundigte mich weiter. »Was gibt es sonst Neues?«

»Ach ja, Evalina hat geheiratet.«

»Und ist fortgezogen?«

»Nicht weit weg. Erinnern Sie sich an Grasslands?«

»Natürlich, das ist das große Haus in der Nähe von Enderby.«

»Richtig. Sie ging als Haushälterin zum alten Andrew Mather, und schon wenige Monate darauf fand die Trauung statt.«

»Also ist Evalina jetzt die Herrin von Grasslands.«

»Sie ist eine echte Lady geworden und fährt in einer eigenen Kutsche herum. Angeblich hat sie den alten Mann richtig umgarnt;

sie ist so lange zu ihm ins Bett gekrochen, bis sie ihn dort hatte, wo sie ihn haben wollte. Sie hat viel von ihrer Mutter gelernt.«

»Und was ist mit Enderby?«

»Das gehört jetzt den Forsters.«

»Ach ja, ich erinnere mich. Ich habe sie einmal kennengelernt.«

»Der Dr. Forster, der seine Praxis in der Stadt hat, ist mit ihnen verwandt. Er hält sich oft in Enderby auf, obwohl ihm ein Haus in der Stadt gehört.«

»Nun, das waren jetzt eine ganze Menge Neuigkeiten. Ich werde dich wieder besuchen, nachdem ich mit Dr. Cabel gesprochen habe. Dann werde ich auch mehr über den Gesundheitszustand meines Onkels wissen.«

Ich kehrte ins Haus zurück, war aber noch nicht lange in meinem Zimmer, als es klopfte. Es war Jessie.

»Dr. Cabel ist jetzt hier. Er freut sich sehr darüber, daß Sie gekommen sind. Würden Sie zu ihm hinunterkommen?«

»Gern.«

Ich folgte ihr in einen der kleinen Salons, in dem uns Dr. Cabel erwartet. Als ich eintrat, erhob er sich und verbeugte sich. Er war groß, eine imposante Erscheinung, und sah aus wie der typische Arzt. Er war keineswegs mehr jung, wirkte aber noch sehr agil. Ich schätzte, daß er um etwa fünf oder zehn Jahre jünger war als mein Onkel.

Er ergriff meine Hand. »Ich freue mich sehr, daß Sie gekommen sind, Mistreß Ransome. Ich war immer schon der Meinung, daß man Sie verständigen müßte.«

»Wie geht es meinem Onkel? Ist er schwer krank?«

Dr. Cabel hob hilflos die Hände. »Ja und nein. Wenn Sie wissen wollen, ob er jeden Augenblick hinscheiden kann, muß ich mit ja antworten, aber das gilt für jeden von uns. Wenn Sie fragen, ob er noch sechs Monate, ein Jahr, zwei Jahre oder gar drei leben wird... es wäre möglich. Wie Sie wissen, hat er einen Anfall erlitten, bei einem Mann seines Alters immer eine ernstzunehmende Sache. Aber er hat ihn überlebt, und es spricht viel dafür, daß er am Leben bleibt.«

»Sie können also kaum etwas mit Bestimmtheit behaupten.«

Dr. Cabel schüttelte den Kopf. »Ich möchte Sie darauf vorbereiten, daß er sehr verändert ist. Er ist einseitig gelähmt... das ist oft die Folge von solchen Anfällen. Er kann die linke Hand nicht gebrauchen, und er kann nicht gehen. Er kann nur undeutlich sprechen... und er hat sich auch äußerlich verändert. Sie werden wahrscheinlich erschrecken, wenn sie ihn sehen. Lassen Sie es ihn aber nicht merken, damit er sich nicht neuerlich aufregt. Manchmal ist er bei klarem Verstand, gelegentlich ist er ein bißchen verwirrt. Er braucht sehr sorgfältige Pflege, und es ist ein Glück, daß er Mistreß Stirling hat.«

»Ich tue mein Bestes«, erklärte Jessie. »Er ist so verändert. Er war immer...«

»Er klammert sich eben ans Leben«, unterbrach sie der Arzt. »Schon die Tatsache, daß er den Anfall überlebt hat, ist ein Beweis dafür. Wir dürfen ihn auf keinen Fall überfordern. Sie müssen mich jetzt einen Augenblick entschuldigen; ich gehe zu ihm hinauf, überzeuge mich davon, daß alles in Ordnung ist, und dann können Sie nachkommen.«

Er stand auf und verließ das Zimmer.

»Er ist ein guter Mensch«, erklärte Jessie, »auch wenn er gern das Kommando führt. Manchmal läßt er nicht einmal mich ins Zimmer. Aber schließlich ist er der Arzt und muß wissen, was er tut.«

Ich schwieg. Ich hatte das Gefühl, daß mein Onkel bei Dr. Cabel in guten Händen war.

Als er zurückkehrte, schüttelte er den Kopf. »Er schläft, wie meist um diese Zeit. Ich werde in zehn Minuten wieder nachsehen, denn ich möchte ihn nicht wecken.«

Es war dämmrig geworden, und im Zimmer war es still. Dann fragte der Arzt: »Werden Sie länger hierbleiben, Mistreß Ransome?«

»Das weiß ich nicht. Meinem Mann geht es nicht sehr gut, und wir haben vor kurzer Zeit einen neuen Verwalter angestellt. Außerdem habe ich eine kleine Tochter...«

»Natürlich, Sie haben Pflichten Ihrer Familie gegenüber. Ich würde Sie jedenfalls über Lord Eversleighs Zustand auf dem laufenden halten.«

»Anscheinend kann ich hier wirklich nicht sehr viel tun.«

»Ich bin davon überzeugt, daß er sich über Ihren Besuch freut«, lächelte Jessie.

»Falls er Sie erkennt«, wandte Dr. Cabel ein.

»Halten Sie es für möglich, daß das nicht der Fall ist?«

Der Doktor hob wieder die Hände. »Wir haben es ja erlebt, nicht wahr, Mistreß Stirling? Gelegentlich erkennt er nicht einmal sie.«

»Allerdings«, stimmte Jessie zu, »und obwohl es dumm von mir ist, schmerzt es mich. Er war immer...«

Dr. Cabel neigte den Kopf zur Seite und sah mich aufmerksam an.

Er liebte großartige Gebärden, das war mir trotz meiner Besorgnis um einen Onkel aufgefallen. Aber er wirkte wirklich zuverlässig und erfahren.

Nach einiger Zeit stand er auf, um wieder nachzusehen. Da es inzwischen finster geworden war, nahm er eine Kerze mit.

»Es kommandiert mit uns allen herum«, meinte Jessie, als er draußen war. »Man könnte beinahe annehmen, daß das Haus ihm gehört. Aber ich mache mir nichts draus, weil er Lordy beinahe seine ganze Zeit widmet.«

Dr. Cabel kam zurück und nickte mir zu. »Kommen Sie jetzt.«

Ich ging hinter ihm die Treppe hinauf, dicht gefolgt von Jessie.

Vor der Tür wandte sich Dr. Cabel mir zu. »Sie können nicht lange bleiben. Ich werde Ihnen ein Zeichen geben, wenn ich finde, daß es genug ist, dann müssen Sie das Zimmer verlassen.«

Er öffnete leise die Tür, und wir schlichen auf Zehenspitzen hinein. Auf dem Kaminsims brannten zwei Kerzen.

Die Vorhänge um das Himmelbett waren halb zugezogen, so daß kaum Licht auf den Kranken fiel.

Dr. Cabel schob einen der Vorhänge zurück und winkte mir. Ich trat ans Bett, in dem mein Onkel mit geschlossenen Augen lag. Er trug eine Nachtmütze, die tief in die Stirn gezogen war. Trotz der Hinweise von Dr. Cabel erschrak ich, denn ich erinnerte mich daran, wie er bei meinem letzten Besuch ausgesehen hatte; jetzt waren die lebhaften dunklen Augen geschlossen; die Haut war genauso pergamentartig und runzlig wie damals.

Seine Hand lag auf der Decke, und ich erkannte den schweren Siegelring, den er immer getragen hatte.

»Ergreifen Sie seine Hand«, flüsterte der Arzt.

Ich gehorchte und spürte einen leichten Druck.

»Onkel«, flüsterte ich.

Seine Lippen bewegten sich, und ich glaubte, ein geflüstertes »Carlotta« zu vernehmen.

»Er versucht, mit Ihnen zu sprechen«, sagte Dr. Cabel.

»Er hält mich für meine Urgroßmutter, das war schon seinerzeit gelegentlich der Fall.«

»Sprechen Sie zu ihm.«

»Onkel Carl, ich bin hergekommen, um dich zu sehen. Ich hoffe, daß wir uns miteinander unterhalten können.«

Ich hob seine Hand und küßte sie, dabei bemerkte ich den braunen Fleck am Daumen. Er hatte mich selbst einmal darauf aufmerksam gemacht und ihn als Blume des Todes bezeichnet. »Alte Menschen bekommen solche Flecken«, hatte er mir erklärt.

Der Doktor berührte mich leicht am Arm und nickte vielsagend.

Ich mußte gehen.

Vor der Tür hob Dr. Cabel die Kerze, so daß das Licht auf mein Gesicht fiel.

»Jetzt sind Sie doch erschrocken, und dabei habe ich Sie gewarnt.«

Jessie tätschelte meinen Arm. »Vielleicht geht es ihm morgen ein bißchen besser. Was meinen Sie, Doktor?«

»Leicht möglich. Er weiß jetzt, daß Sie hier sind, und er hat sich offensichtlich darüber gefreut. Sie haben günstig auf ihn gewirkt.«

»Er hat mir die Hand gedrückt.«

»Und er hat zu sprechen versucht. Das ist ein gutes Zeichen, auch wenn er Sie für jemand andern gehalten hat.«

»Ich bin froh, daß ich bei ihm war. Aber jetzt möchte ich auf mein Zimmer gehen, ich bin sehr müde.«

»Gut, ich werde Sie begleiten und mich davon überzeugen, daß alles in Ordnung ist«, sagte Jessie. »Würden Sie uns eine Kerze anzünden, Doktor?«

Im Haus standen überall Kerzen herum. Ich beobachtete später, daß die Diener sie am Abend verteilten und am Morgen einsammelten.

Ich verabschiedete mich von Dr. Cabel, der hinunterging, während Jessie und ich zu meinem Zimmer hinaufstiegen.

Sie entzündete die vier Kerzen, die sich im Zimmer befanden, und sah sich um.

»Sie werden gut schlafen, Sie müssen ja erschöpft sein. Was halten Sie von Ihrem Onkel? Haben Sie erwartet, ihn so vorzufinden?«

»Sie hatten mich darauf vorbereitet.«

»Wenn ich bedenke, wie er noch vor zwei Monaten war... und jetzt – es ist tragisch.«

Sie blinzelte, als wolle sie eine Träne zerdrücken. Ich konnte mir gut vorstellen, daß sie beunruhigt war, denn mit seinem Tod endete auch ihr angenehmes Leben.

»Wenn Sie noch etwas brauchen...«

»Danke.«

»Also dann gute Nacht.«

Sie verließ das Zimmer, und ich überzeugte mich davon, daß der Schlüssel im Schloß steckte. Dann packte ich ein paar Kleinigkeiten aus. Der Raum war voller Schatten, die beinahe bedrohlich wirkten. Ich versperrte die Tür, zog mich aus und ging zu Bett. Ich versuchte einzuschlafen, es gelang mir aber lange nicht. Die Erinnerungen verfolgten mich.

Als ich am nächsten Morgen erwachte, fiel heller Sonnenschein ins Zimmer. Ich hatte verschlafen.

Kaum hatte ich die Augen geöffnet und die Tür aufgesperrt, als ein Mädchen mit heißem Wasser hereinkam.

»Mistreß Stirling hat befohlen, daß wir Sie schlafen lassen. Sie war der Meinung, Sie müßten todmüde sein.«

»Wie spät ist es?«

»Acht Uhr.«

Für gewöhnlich stand ich um sieben auf.

Ich zog mich an und ging hinunter. In der Halle fand ich Jessie, in ein Gespräch mit Dr. Cabel vertieft.

»Wie geht es Lord Eversleigh heute früh?« fragte ich.

»Nicht sehr gut, anscheinend hat ihn Ihr Besuch aufgeregt.«

»Das tut mir leid.«

»Sie müssen sich nicht entschuldigen. Natürlich freut er sich, aber jegliche Aufregung ist eben Gift für ihn. Wir müssen vorsichtig sein. Lassen Sie ihn heute in Ruhe, er schläft jetzt. Ich habe ihm ein Beruhigungsmittel verabreicht.«

»Dann ist es wohl auch besser, wenn ich nicht bei ihm im Zimmer Staub wische«, sagte Jessie. Und zu mir gewandt: »Ich tue es selbst, denn ich möchte nicht, daß eines der Mädchen dort herumtrampelt.«

»Lassen Sie den Staub ruhig liegen«, bestärkte sie der Arzt.

»Sie werden jetzt frühstücken wollen«, sagte Jessie zu mir, und ich folgte ihr in den Wintersalon. Auf dem Tisch befanden sich Haferbrot, Ale und Schinken. Jessie fuhr sich unbewußt mit der Zunge über die Lippen, als sie den Tisch überblickte.

»Sie sind sicherlich hungrig. Ich weiß, wie es auf Reisen ist, denn ich habe mir nie viel aus dem Gasthausessen gemacht.«

Ich aß ein wenig Schinken und Brot, die mir sehr gut schmeckten. Weil Jessie gern gut aß, sorgte sie auch für ausgezeichnetes Essen.

»Was werden Sie heute unternehmen?« fragte sie mich.

»Zuerst werde ich spazierengehen und am Nachmittag ein bißchen ausreiten; mein Pferd muß bewegt werden. Aber ich werde mich nicht weit vom Haus entfernen, denn ich möchte greifbar sein, falls mein Onkel aufwacht und mich sprechen will.«

»Das ist eine ausgezeichnete Idee.«

Zunächst suchte ich Jethro auf und erzählte ihm von meinem Besuch bei Onkel Carl; er war sehr erleichtert.

»Du hast wohl angenommen, Jethro, daß sie ihn weggezaubert haben.«

»Na ja, ich konnte ihn ja nicht sehen...«

»Er ist augenscheinlich sehr krank. Dr. Cabel scheint ein tüchtiger Arzt zu sein. Ich durfte nur kurz bei Onkel Carl bleiben, aber ich hoffe, daß ich ihm heute einen längeren Besuch abstatten kann. Vielleicht kann ich mich sogar ein wenig mit ihm unterhalten. Er hat gestern versucht zu sprechen.«

»Sie haben mir eine Zentnerlast von der Seele genommen, Mistreß Zippora, und ich hoffe nur, daß es richtig von mir war, Sie herzubitten.«

»Es war das einzig Richtige, Jethro.«

Darüber freute er sich sehr. Auf dem Gut ging alles seinen gewohnten Gang. Amos Carew beaufsichtigte die Leute streng, so wie immer. Lord Everleigh hatte sich ja nie um die Verwaltung des Besitzes gekümmert.

Ich verabschiedete mich von Jethro und kehrte ins Haus zurück.

Das Mittagessen nahm ich gemeinsam mit Jessie und dem Doktor ein. Nachher schlenderte er mit mir zum Stall hinüber.

»Lord Eversleigh wird wahrscheinlich erst später am Tag nach Ihnen fragen. Er schläft noch, und ich möchte ihn auf keinen Fall aus dem Schlummer reißen. Es ist wirklich eine Erleichterung für mich, daß jemand von seiner Familie anwesend ist.«

Er sah mich beinahe hilflos an. »Mistreß Stirlings Stellung... na ja, sie ist nicht ganz regulär, aber Eversleigh war offensichtlich schon immer so veranlagt. Er genoß das Leben auf seine Weise, und zwar eher unkonventionell. Dennoch ist es gut, daß diese Jessie im Haus ist. Er hat sie anscheinend sehr gemocht, denn er ist ruhiger, wenn sie sich im Zimmer befindet. Er hat sich an sie gewöhnt, außerdem ist sie wirklich eine gute Haushälterin. Das Wichtigste ist, daß Carl sich nicht aufregt; er braucht vor allem Ruhe.«

»Es ist ein Glück, daß Sie hierbleiben konnten.«

»Er wollte es... aber jeder andere Arzt hätte genausoviel für ihn tun können wie ich. Wie ich gehört habe, ist der Arzt in der Stadt sehr gut; mein Vorteil besteht darin, daß ich im Haus wohne.«

»Ich danke Ihnen jedenfalls, Dr. Cabel.«

»Welches Pferd gehört Ihnen?«

»Die braune Stute. Wir vertragen uns gut.«

»Sie reiten viel, Mistreß Ransome?«

»Ja, seit jeher.«

»Dann viel Vergnügen.«

Einer meiner Reitknechte trat zu mir; er traf gerade Vorbereitungen für die Rückkehr nach Clavering.

»Würdest du mein Pferd satteln, Jim?« bat ich ihn. »Ich reite aus. Wann brecht ihr auf?«

»In einer Stunde.«

»Richte zu Hause aus, ich werde euch bald kommen lassen, damit ihr mich zurückbegleitet.«

»Der Herr wird sich darüber freuen.«

Der Arzt sah uns wohlwollend zu, bis ich aus dem Stall ritt.

Einige Minuten später erblickte ich die Türme von Enderby.

Ich wußte, daß die Leute, die wir damals kennengelernt hatten, immer noch das Haus bewohnten, und beschloß, sie zu besuchen. Ich stieg also ab, und in diesem Augenblick begann mein Herz heftig zu pochen, denn ein Mann beugte sich über den Zaun, und ich glaubte einen Augenblick lang, daß es Gerard wäre. Dann erkannte ich meinen Irrtum.

Er war genauso groß wie Gerard, aber breiter gebaut und keineswegs elegant. Er trug eine kleine Perücke, die hinten mit einem schwarzen Samtband zusammengehalten war, sein Rock war weit und reichte bis knapp über die Knie, so daß man die Kniehose und die dunkelbraunen Strümpfe sah; er trug Schnallenschuhe, eine einfache weiße Krawatte und eine genauso einfache braune Weste. Sein Gesicht war streng, aber freundlich, und er wirkte zum Unterschied von Gerard sehr ernsthaft.

»Guten Tag«, rief er.

Ich erwiderte den Gruß.

»Wollen Sie zum Haus?«

»Ja.«

»Ach, Sie sind mit den Forsters bekannt?«

»Nur flüchtig. Ich wohne in Eversleigh Court.«

»Oh?« Er war offensichtlich interessiert.

»Lord Eversleigh ist ein entfernter Onkel von mir.«

»Soviel ich gehört habe, ist er sehr krank.« – »Ja.«

»Auch ich komme als Besucher nach Enderby.«

Ich band mein Pferd am Zaun fest, und wir gingen gemeinsam zum Haus.

»Hoffentlich erinnern sie sich noch an mich«, meinte ich.

»Ganz bestimmt, sie sprechen oft von Ihnen.«

»Von Ihnen?«

»Ja, ich bin oft hier. Ich bin nämlich Derek Forsters Bruder.«

»Dann sind Sie ja...«

»Der Arzt.«

»Ich habe schon viel von Ihnen gehört.«

»Hoffentlich nur Gutes.«

»Jedenfalls nichts Nachteiliges.«

»Mehr kann sich ein Arzt nicht wünschen.«

»Als ich zum ersten Mal hier war, fiel auch Ihr Name. Damals waren Sie noch nicht da.«

»Ich habe meine Praxis vor zwei Jahren eröffnet.«

Enderby sah verändert aus. Etliche Bäume waren gefällt und neuer Rasen angelegt worden. Dadurch wirkte das Haus freundlicher. Wahrscheinlich hatte es zur Zeit von Damaris genauso ausgesehen. Alle Düsterkeit war verschwunden.

Die Tür ging auf, und Isabel Forster kam heraus.

»Charles!« rief sie. »Und...«

»Ich habe Besuch mitgebracht«, erklärte er.

»Sie werden sich nicht mehr an mich erinnern«, griff ich rasch ein. »Ich bin Zippora Ransome.«

»Natürlich erinnere ich mich an Sie. Sie besuchten uns einmal vor langer Zeit. Sie sind eine Verwandte von Lord Eversleigh. Kommen Sie doch herein, Derek wird sich freuen. Wie geht es dir, Charles?«

Sie küßte ihn zärtlich auf die Wange.

Wir betraten die Halle, die jetzt wesentlich heller wirkte.

»Derek«, rief sie.

Ihr Mann kam die Treppe heruntergelaufen.

»Ihr erinnert euch doch aneinander?« fragte sie.

Er sah mich aufmerksam an, und ich nannte meinen Namen. Daraufhin hielt er mir lächelnd die Hand hin.

»Was für eine angenehme Überraschung! Kommen Sie herein. Sie sind bestimmt durstig.«

»Eigentlich nicht.«

»Ach, Sie müssen Isabel die Freude machen, ihren Holunderwein zu kosten. Wenn Sie ablehnen, bricht ihr das Herz.«

»Möchten Sie ein Glas?« fragte sie. Sie hatte ein so angenehmes, freundliches Gesicht, daß ich sie sofort ins Herz schloß.

»Gern«, antwortete ich.

»Soll ich dem Diener klingeln?« fragte Dr. Forster.

»Das ist nicht notwendig, Charles«, rief Derek. »Die Dienerschaft weiß Bescheid. In dem Augenblick, in dem ein Besucher eintrifft, wird der Holunderwein aufgetragen. Allerdings ändert sich das Zeremoniell manchmal. Gelegentlich gibt es auch Löwenzahnwein oder gar Schlehenschnaps.«

»Er übertreibt wieder einmal gräßlich«, stellte seine Frau fest. »Wie gefällt Ihnen das Haus jetzt, Mistreß Ransome? Hat es sich verändert?«

»Es wirkt heller und glücklicher.«

Ihr Lächeln war warm. »Ich verstehe genau, was Sie meinen.«

Bald darauf saßen wir in dem kleinen Raum, an den ich mich gut erinnerte, tranken Wein und knabberten Backwerk.

»Und wie geht es drüben in Eversleigh Court?« fragte Derek.

»Ich bin erst gestern angekommen.«

»Dann sind wir stolz, daß Sie uns so bald besuchen«, lachte Isabel.

»Sie waren letztes Mal so reizend zu mir.«

»Wir freuen uns über jeden Besuch. Aus der Nachbarschaft ist in dieser Beziehung nicht viel zu erwarten, nicht wahr, Derek?«

»Das stimmt leider. Es wäre anders, wenn in Eversleigh, Enderby und Grasslands Familien mit zahlreichen Mitgliedern lebten wie früher. Aber das ist vorbei. Wie geht es Lord Eversleigh?«

»Ich habe ihn nur kurz gesehen. Er hatte vor einiger Zeit einen Anfall.«

Dr. Forster nickte. »Wie ich gehört habe, befindet sich ständig ein Arzt im Haus.«

»Ja, Dr. Cabel, ein alter Freund meines Onkels. Onkel Carl muß sich nicht wohl gefühlt haben, denn er ließ ihn kommen, gerade noch rechtzeitig, ehe er den Anfall hatte.«

»Er muß recht alt sein.«

»Allerdings. Schon als ich vor einigen Jahren hier war, konnte er sein Zimmer nicht mehr verlassen. Eigentlich ein Wunder, daß er so lange durchgehalten hat.«

»Wir treffen gelegentlich die Haushälterin, und sie hat uns erzählt, daß sie einen sehr guten Verwalter drüben haben.«

»Das stimmt.«

»Es ist sicherlich sehr beruhigend für Sie, daß Ihr Onkel so gut betreut wird«, fuhr Isabel fort. »Die Tochter der Haushälterin hat übrigens Andrew Mather auf Grasslands geheiratet.«

»Eine wirklich sehr geschickte Familie«, bemerkte Derek.

»Aber Derek!« ermahnte ihn Isabel.

»Es heißt ja, daß in Eversleigh die Haushälterin *de facto* Hausherrin ist, während ihre Tochter Hausherrin *de jure* ist.«

»Derek!« Isabel war empört, weil er in meiner Gegenwart so offen sprach, und wandte sich an mich. »Sie müssen Derek verzeihen. Er denkt nie, bevor er spricht.«

»Er hat aber vollkommen recht. Onkel Carl schätzt Jessie Stirling sehr, sie betreut ihn mustergültig, und er erweist sich ihr gegenüber dankbar. Ich nehme an, Evalina behandelt ihren Herrn und Gebieter genauso.«

»Er muß an die Siebzig sein«, meinte Derek. »Und sie? Ganze sechzehn Lenze?«

»Sie ist etwas älter. Ich habe sie bei meinem ersten Besuch kennengelernt.«

»Andrew Mather ist gesund an Körper und Geist, dafür lege ich meine Hand ins Feuer«, erklärt Dr. Forster.

»Hören wir doch mit diesem Familientratsch auf«, entschied Isabel, »und sprechen wir von angenehmeren Dingen. Es ist schön, daß das erste Kind des Herrscherpaares ein Sohn ist. Angeblich ist der kleine Prinz von Wales kräftig und gesund, und seine Mutter hütet ihn wie ihren Augapfel.«

»Wenn wir schon bei den angenehmen Dingen sind«, meinte Dr. Forster, »müssen wir auch den Frieden von Fontainebleau erwähnen, der vergangenen November abgeschlossen wurde. Wir sind dabei recht gut weggekommen.«

»Allerdings«, stimmte ihm Derek zu. »Wir bekamen Kanada von den Franzosen und Florida von den Spaniern.«

»Ja, aber wir haben Gebiete in Ostindien verloren.«

»Dafür haben wir Senegal und einige Westindische Inseln behalten.«

»Ich finde, daß die Leute Mr. Pitt gegenüber ungerecht sind«, sagte Isabel, »und dabei war er so beliebt. Die Menschen vertrauten ihm, und nur, weil er eine Pension angenommen hat... Der arme Mann muß ja schließlich von etwas leben. Warum sollte er keine Pension bekommen?«

Sie sprachen dann über allerhand Tagesereignisse; anscheinend besuchten sie von Zeit zu Zeit London, und ich bekam langsam den Eindruck, daß ich bisher zu zurückgezogen gelebt hatte. Ich erfuhr so viel, indem ich ihnen zuhörte – auch unwichtige Dinge, wie den Preis für die Kutsche des Königs: siebentausendfünfhundertzweiundsechzig Pfund, vier Shilling und drei Pence. Isabel war über die Höhe des Betrages entsetzt und fand, daß man das Geld für etwas Nützlicheres hätte verwenden können. Außerdem war es im Drury Lane Theatre und in Covent Garden zu Skandalen gekommen, weil der Direktor sich geweigert hatte, die Leute nach dem ersten Akt zum halben Preis hereinzulassen; Lord Bute hatte abgedankt, Mr. Fox war geadelt worden und hieß jetzt Lord Holland, John Wilkes war in den Tower geworfen worden.

Ich fühlte mich bei den Forsters sehr wohl, mir tat die fröhliche Gesellschaft gut.

»Sie müssen uns bald wieder besuchen«, forderte mich Isabel auf, als ich mich verabschiedete.

Ich versprach es.

»Gehst du auch schon, Charles? Ich habe gedacht, du bleibst zum Abendessen.«

»Ich begleite Mistreß Ransome nach Eversleigh und komme dann zurück.«

»Das ist sehr freundlich von Ihnen, aber wirklich nicht notwendig«, wandte ich ein.

»Es ist nicht notwendig, macht mir aber Vergnügen«, lächelte der Arzt.

Sein Pferd stand im Stall, und er brachte es heraus, während ich meines losband.

»Sie werden uns doch wieder besuchen?« fragte er.

»Sicherlich, der Nachmittag war wirklich schön. Ihr Bruder und seine Frau sind ganz reizende Menschen.«

»Ein wunderbares Beispiel für die Vorteile des Ehestandes.« Ich sah ihn schnell an, denn mir schien, daß ein leicht zynischer Unterton in seiner Stimme lag. Ich begann über ihn nachzudenken. War er verheiratet? Er war nicht jung, etwa Anfang Vierzig – um ein paar Jahre älter als ich.

»Man fühlt sich bei ihnen wohl.«

»Ja, Derek hat Glück gehabt. Isabel ist ein entzückendes Wesen.«

»Und es ist erstaunlich, wie sie das Haus verändert hat. Es war früher so düster.«

»Es galt als Unglückshaus, soviel ich weiß. Zuerst hatten sie große Schwierigkeiten, überhaupt Diener zu bekommen, aber das hat sich geändert. Isabel bewies allen Unkenrufen zum Trotz sehr rasch, daß man in Enderby glücklich sein kann.«

»Sie mögen sie?«

»Das ist wohl selbstverständlich.«

»Und Sie haben ein Haus in der Stadt?«

»Ja, dort befindet sich meine Praxis.«

»Leben Sie gern hier?«

Er zögerte. »Für einen Arzt ist es nicht gerade eine ideale Gegend, sie ist zu dünn besiedelt. Meine Patienten leben weit verstreut; aber das Kinderheim befindet sich in der Nähe – und natürlich bin ich gern mit Derek und Isabel zusammen.«

»Wahrscheinlich sind Sie oft in Enderby.«

»Ich wohne praktisch hier. Sie freuen sich immer über mich, und wenn ich ein paar Tage lang nicht komme, gehen sie streng mit mir ins Gericht.«

Wir hatten Eversleigh erreicht, und ich verabschiedete mich von Dr. Forster.

Als ich zum Stall ritt, sah ich Jessie. Wahrscheinlich kehrte sie gerade von ihrem Besuch bei Amos Carew zurück.

Sie sah Dr. Forster nach, der sein Pferd gewendet hatte und nach Enderby zurückritt.

Jessie folgte mir in den Stall; ihr Gesicht war gerötet.

»Ich sah Ihren Freund davonreiten.«

»Meinen Freund? Ach, Sie meinen Dr. Forster.«

»Ich wußte gar nicht, daß Sie ihn kennen.«

»Ich habe ihn erst heute nachmittag kennengelernt.«

Ihre Hände zitterten leicht und ihr Atem ging schnell.

»Ach so, Sie haben ihn zum ersten Mal gesehen.«

Ich begriff plötzlich, daß sie ein Kreuzverhör mit mir veranstaltete, was mir gar nicht paßte. Ich saß ab, und einer der Stallknechte übernahm mein Pferd.

Ich lächelte Jessie kühl zu und ging so schnell zum Haus, daß sie mir nicht folgen konnte.

Als ich die Halle betrat, kam ein Mädchen die Treppe heruntergelaufen. »O Mistreß, wir haben Besuch...«

»Wen denn?«

In diesem Augenblick tauchte Jessie keuchend hinter mir auf, und das Mädchen wandte sich sofort an sie.

»Er will eine Weile bleiben, Mistreß.«

»Wer? Wer denn?« rief Jessie. Ich hatte sie noch nie so aufgeregt gesehen.

In diesem Augenblick erschien Dickon oben auf der Treppe. Er rief »Hallo« und lief uns entgegen.

Ich starrte ihn genauso entgeistert an wie Jessie.

Er lächelte. »Die Familie hat darauf bestanden, daß ich herkomme. Sie finden, du brauchst jemanden, der auf dich aufpaßt.«

Ich war empört und zornig.

Jessie riß sich zusammen. »Ich muß ein Zimmer für Sie zurechtmachen lassen. Sind Sie hungrig?«

»Sehr.« Dickon grinste.

Er wußte genau, was ich dachte, und genoß die Situation.

Beim Abendessen zeigte sich Dickon sehr gesprächig. Dr. Cabel und Jessie nahmen die Mahlzeit mit uns ein. Jessie hatte den ersten Schock überwunden und verhielt sich Dickon gegenüber sehr liebenswürdig, genau wie der Arzt.

»Man ließ mir keine Ruhe, bis ich mich auf den Weg machte«, erklärte Dickon. »Zipporas Mutter machte sich solche Sorgen um ihr Lämmchen, das allein unterwegs war.«

»Bei sieben Reitknechten kann man kaum von ›allein unterwegs‹ sprechen.«

»Sie findet, daß du nur dann nicht allein bist, wenn dich ein Familienmitglied begleitet. ›Ich werde erst wieder beruhigt sein‹, sagte sie, »wenn ich weiß, daß du mein kleines Mädchen behütest‹.«

»Du redest wirklich schrecklichen Unsinn, Dickon.«

»So etwas Ähnliches hat sie aber wirklich gesagt. Also packte ich ein paar Dinge ein und ritt herüber. Ich tat es gern, denn ich wollte das Haus unbedingt wiedersehen. Wie hieß doch der wunderbare Verwalter?«

»Amos Carew.«

»Ach ja, der alte Amos. Er ist hoffentlich noch hier?«

»O ja«, antwortete Jessie.

»Wir verstanden einander wirklich gut«, fuhr Dickon fort. »Ich werde ihn gleich morgen besuchen und ihn bitten, mich wieder auf dem Gut herumzuführen.«

»Er wird sich sicherlich darüber freuen«, sagte Jessie.

»Und dem armen Eversleigh geht es gar nicht gut?«

»So gut, wie es nach einem solchen Anfall möglich ist«, erklärte Dr. Cabel.

»Dann ist es ja wirklich ein Glück, daß er Sie hat, Doktor Cabel.«

»Ich tue gern für einen alten Freund alles, was in meiner Macht steht.«

»Natürlich, unter alten Freunden... Dabei fällt mir ein, daß ich ein vertrautes Gesicht vermisse. Ihre Tochter.« Er sah Jessie an.

Sie wurde rot. »Oh, Evalina geht es gut. Sie ist verheiratet und eine echte Lady.«

»Was Sie nicht sagen.«

»Allerdings. Sie ist Herrin von Grasslands.«

»Das ist wohl das dritte große Haus in der Gegend, nicht wahr?«

»Ja. Sie hat eine gute Partie gemacht.«

»Glauben Sie, daß sie sich freuen würde, wenn ich sie besuche?«

»Ganz bestimmt.«

Ich fand sein Lächeln widerlich und mußte an die Szene in der Scheune denken.

Nach Tisch – es war schon dämmerig – trat Dr. Cabel zu mir.

»Lord Eversleigh hat einen ruhigen Tag verbracht und ist jetzt bei Bewußtsein. Möchten Sie ihn für ein paar Minuten besuchen?«

»Ja, gern.«

Mir fiel auf, daß der Besuch um die gleiche Zeit wie am vorhergehenden Tag stattfand, und ich machte eine entsprechende Bemerkung.

»Ja, sein Tagesablauf ist immer der gleiche«, bestätigte Dr. Cabel. »Allerdings ändert er sich von Zeit zu Zeit, es könnte also ohne weiteres sein, daß Sie ihn dann vormittags besuchen müssen. Wollen wir jetzt gehen?«

Er entzündete eine Kerze.

Dickon kam uns auf der Treppe entgegen.

»Wir besuchen Lord Eversleigh«, sagte der Doktor.

Dickon nickte und wandte sich ab, während wir das Zimmer betraten. Der Arzt stellte die Kerze auf das Kaminsims, Jessie trat ans Bett.

Sie legte den Finger auf die Lippen.

»Schläft er?« flüsterte Dr. Cabel.

»Nein, aber er ist nicht ganz bei sich.«

»Es schadet ihm sicherlich nicht, wenn Sie ihn ansprechen«, sagte mir der Arzt. »Ich glaube, er erinnert sich daran, daß Sie ihn gestern besucht haben und freut sich auf Sie.«

Ich ging zum Bett. Er hatte das Gesicht abgewandt, und seine Nachtmütze saß wieder ein bißchen schief. Die Hand mit dem Siegelring lag auf der Decke. Ich beugte mich hinunter, um sie zu ergreifen, und in diesem Augenblick gab es am Fußende des Bettes eine Bewegung.

Dickon stand dort.

Jessie und der Arzt fuhren herum, und Jessie schrie leise auf.

Der Doktor trat schnell zu Dickon und flüsterte ihm etwas zu.

Jessie wandte sich an mich. »Er weiß, daß Sie hier sind – ergreifen Sie doch seine Hand.« Ich ergriff sie und küßte sie; dabei dachte ich daran, daß es eine Unverschämtheit von Dickon war, ins Zimmer zu kommen, obwohl wir ihm klar gemacht hatten, er sei unerwünscht.

Onkel Carls Finger schlossen sich um die meinen, er bewegte die Lippen, und ich bildete mir ein, meinen Namen zu verstehen.

Ich beugte mich über ihn.

»Ich bin hier, Onkel Carl. Du mußt gesund werden, ich möchte so vieles mit dir besprechen.«

Seine Augen waren geschlossen, und er bewegte leicht den Kopf. Der Arzt kehrte ans Bett zurück; anscheinend hatte er inzwischen Dickon dazu gebracht, das Zimmer zu verlassen.

Dr. Cabel zog die Augenbrauen hoch und nickte mir zu.

»Gehen Sie jetzt lieber.« Die Worte waren kaum zu hören.

Ich folgte ihm aus dem Zimmer, und Jessie schloß sich mir an.

»Das war ein bißchen aufregend«, meinte der Arzt.

»Sie meinen Dickons Eindringen?«

»Ja, denn wir müssen vorsichtig sein.«

»Ich glaube nicht, daß mein Onkel es bemerkt hat.«

»Doch, ich habe gespürt, wie seine Haltung sich verändert hat. Wir müssen ihn schonen; deshalb kann ich auch Ihnen nur dann gestatten, ihn zu besuchen, wenn es ihm besser geht.«

»Aber das Ganze spielte sich so rasch und ruhig ab, er kann es einfach nicht bemerkt haben.«

Dr. Cabel lächelte mich nachsichtig an – er fand offenbar, daß es keinen Sinn hatte, mit Laien über den Zustand des Kranken zu sprechen.

Dann sagte er zu Jessie: »Ich werde jetzt hineingehen. Vielleicht muß ich ihm ein Beruhigungsmittel geben.«

Ich verabschiedete mich von ihnen und erwähnte, daß ich in meinem Zimmer noch ein wenig lesen wolle.

Obwohl ich mich über Dickons Unbekümmertheit ärgerte, fand ich, daß die beiden zu viel Aufhebens davon machten. Onkel Carl war kaum imstande gewesen, mich zu erkennen, also konnte er Dickons Anwesenheit gar nicht wahrgenommen haben.

In meinem Zimmer versuchte ich zu lesen, war aber nicht dazu imstande. Dickons Besuch hatte mich aus der Ruhe gebracht. Eigentlich wollte ich an den angenehmen Nachmittag in Enderby denken, aber ich sah immer wieder die Szene im Krankenzimmer vor mir. Obwohl Onkel Carl in beinahe genau der gleichen Haltung wie am Tag zuvor gelegen war, hatte ich das Gefühl gehabt, daß etwas nicht in Ordnung war.

Ich mußte zu Bett gehen. Veilleicht konnte ich morgen wieder auf einen Sprung nach Enderby hinüber. Sie hatten ja gesagt, ich solle wiederkommen.

Ich mochte Isabel Forster sehr. Sie flößte mir Vertrauen ein. Enderby zog mich zwar an, gleichzeitig aber hatte ich Hemmungen. Ich mußte dort immerzu an Gerard denken und hätte gern gewußt, ob um das Himmelbett immer noch die gleichen Brokatvorhänge angebracht waren, oder ob Isabel Forster die Inneneinrichtung des Hauses genauso verändert hatte wie den Garten.

Ich lag im Bett, dachte an längst vergangene Abenteuer, an meine süße kleine Tochter, die mich manchmal an Gerard erinnerte. Ich wollte zurück nach Clavering, hier konnte ich doch nichts tun. Onkel Carl befand sich in den besten Händen, und man würde mich verständigen, wenn es ihm schlechter ginge.

Was Dickon jetzt machte? Er lag wohl kaum friedlich in seinem Bett. Würde er versuchen, Evalina wiederzusehen? Es war leicht zu erraten, was dann passierte. Außerdem war ich böse, weil er gewagt hatte, mir zu folgen und seine und meine Mutter dafür verantwortlich zu machen. Als ob Dickon jemals etwas getan hätte, wozu er keine Lust hatte.

Nein, Eversleigh faszinierte ihn, und vielleicht hatte er auch Sehnsucht nach Evalina gehabt. Die Tatsache, daß sie jetzt verheiratet war, würde ihn kaum beeindrucken.

Ich nickte ein, fuhr dann aber erschrocken hoch.

Ich hatte sehr lebhaft geträumt. Ich befand mich im Krankenzimmer, Jessie und Dr. Cabel waren ebenfalls anwesend, und ich sah auf meinen Onkel hinunter, dessen Hand auf der Decke lag.

Ich starrte die Hand mit dem unverwechselbaren Siegelring an. Dort, wo sich die Blume des Todes befunden hatte, war die Haut glatt und weiß. Ich setzte mich auf.

Es ist unwahrscheinlich, was man alles träumen kann. Aber ich hatte die Hand im Traum deutlich vor mir gesehen – es war naheliegend, daß mein Unterbewußtsein die Hand reproduzierte, die ich heute abend ergriffen hatte. War mir in diesem Augenblick vielleicht etwas aufgefallen und nur das plötzliche Auftauchen Dickons hatte mich abgelenkt?

Nein, das Ganze war reine Einbildung.

In dieser Nacht dauerte es lange, bis ich einschlief.

Als ich am nächsten Morgen aufwachte, waren die Traumbilder verblaßt. Ich war vor allem bestrebt, Dickon auszuweichen, und unternahm deshalb einen langen Spaziergang.

Zu Mittag trafen wir alle bei Tisch zusammen. Dickon war ausgezeichneter Laune. Er hatte zunächst das Haus inspiziert und war dann mit Amos ausgeritten.

»Was für eine Schatzkammer dieses Eversleigh doch ist!« rief er. »Im Lauf von vielen Jahrhunderten sind hier Unmengen von Kostbarkeiten zusammengetragen worden. Leider konnte ich ein paar Stücke nicht wiederfinden, die ich bei meinem letzten Besuch ins Herz geschlossen hatte. Ich habe Sie in Verdacht, Mistreß Jessie.« Er drohte ihr mit dem Finger; sie wurde blaß, und ihre Hände krampften sich um den Tischrand. »Ja, Sie haben sicherlich wie alle Frauen die Gewohnheit, die Möbel umzustellen.«

Sie entspannte sich. »Das stimmt, gelegentlich sorge ich für ein wenig Abwechslung.«

»Wie wir alle, sie verschönt den eintönigen Alltag. Als ich das letzte Mal hier war, beeindruckte mich die Jadesammlung sehr. Onkel Carl hat viele Reisen unternommen und dabei schöne Stücke erstanden. Ich nehme an, daß die Sammlung einen beträchtlichen Wert darstellt.«

»Er benahm sich vor seinem Anfall manchmal recht merkwürdig«, warf Jessie ein.

»Das ist nicht ungewöhnlich«, bestätigte der Arzt. »Litt er nicht unter der fixen Idee, daß er zu wenig Geld habe und einen Teil seines Besitzes veräußern müsse?... Ich glaube, Sie sprachen von Bildern.«

»Ich war meiner Sache nicht sicher«, meinte Jessie. »Er bekam öfters Besuch, und dann fehlte jedesmal ein Stück. Es war einfach verschwunden. Aber er pflegte auch Gegenstände zu verstecken.«

»Wie unangenehm«, sagte Dickon. »Wahrscheinlich hat er die Objekte aus Jade, die ich vermisse, auch irgendwo versteckt. Ich werde mich auf die Suche begeben, so etwas macht mir Spaß. Ich hoffe nur, daß er das Weihrauchgefäß nicht verkauft hat, denn es handelt sich um ein sehr wertvolles Stück, das ich besonders ins Herz geschlossen hatte.«

»Vermutlich ist es in einem Schrank gelandet«, erklärte Jessie. »Beschreiben Sie es mir, und ich werde die Dienstmädchen danach suchen lassen. Meist findet man diese Dinge dort, wo man es am wenigsten erwartet.«

»Ein neues Spiel – die Jagd nach Jade«, lachte Dickon. »Übrigens, ich hoffe, daß er sich gestern abend nicht zu sehr aufgeregt hat.«

»Na ja, er war ein bißchen beunruhigt«, gab der Doktor zu.

»Aber er hat mich doch nicht einmal angesehen. Er konnte es auch kaum, denn die Nachtmütze reichte ihm ja bis zu den Augen.«

»Wahrscheinlich war ihm Ihre Anwesenheit nicht richtig bewußt, aber er hat sicherlich gefühlt, daß etwas Ungewöhnliches geschehen ist. Glauben Sie mir, sein Zustand ist so bedenklich, daß ich nicht vorsichtig genug sein kann. Er braucht Ruhe, und deshalb bestehe ich darauf, bei Besuchen anwesend zu sein.«

»Es dürfen also nicht zu viele Besucher gleichzeitig zu ihm hinein?«

»Das ist ja einleuchtend.«

»Selbstverständlich.« Dann wechselte Dickon abrupt das Thema. »Es hat hier auch eine alte Truhe gegeben, die mir sehr gut gefallen hat. Sie befand sich in keinem sehr guten Zustand, aber die Messingbeschläge waren wirklich schön. Das Holz war stellenweise allerdings vermorscht, weil die Truhe vom Holzwurm befallen war. Sie stammte aus der Tudorzeit. Du weißt ja, Zippora, daß ich mich immer für alte Möbel interessiert habe.«

»Was ist mit dieser Truhe?« fragte ich.

»Ach, ich habe sie nur gesucht, das ist alles. Ich glaube mich zu erinnern, daß sie im Wintersalon steht, aber ich muß mich irren, denn dort steht jetzt eine Truhe aus einer viel späteren Periode. Vielleicht habe ich sie in einem anderen Zimmer gesehen. Was hast du heute nachmittag vor, Zippora? Ich nehme an, daß du Onkel Carl nicht besuchen wirst.«

Wir sahen beide Doktor Cabel an. »Nicht daran zu denken«, erklärte er. »Er hat heute einen sehr schlechten Tag.«

»Es sind zu viele Fremde im Haus«, stellte Dickon fest. Er lächelte, aber seine Augen glitzerten so merkwürdig, daß es mich fröstelte.

Ich war froh, als die Tafel aufgehoben wurde. Ich wollte fort von diesem Haus und fort von Dickon. Daher unternahm ich einen weiten Ritt und kehrte erst nach vier Uhr um. Auf dem Heimweg kam ich an Grasslands vorbei – ein sehr hübsches Haus, ungefähr so groß wie Enderby, aber viel freundlicher. Am Zaun war ein Pferd angebunden. Dickons Wallach.

Er hat keine Zeit verloren, sagte ich mir. Mein erster Impuls war, so rasch wie möglich weiterzureiten. Ich hatte überhaupt keine Lust, Evalina wiederzusehen. Dann überlegte ich mir, ob ich nicht doch mit Dickon reden sollte. Immerhin gehörte er zu meiner Familie, war meinetwegen hierher gekommen und war nichts als ein großer Junge. Solange er sich mit einem hübschen Mädchen amüsierte, war alles in Ordnung, aber wenn dieses Mädchen einen Ehemann hatte, konnte er in ernste Schwierigkeiten geraten.

Also entschloß ich mich zu einem Besuch in Grasslands. Ich band mein Pferd an, ging zur Eingangstür und klingelte.

Ein Mädchen öffnete und sah mich fragend an.

»Ist Mistreß Mather zu Hause?« erkundigte ich mich.

»Ja, Mistreß.«

»Dann sagen Sie ihr bitte, daß Mistreß Ransome da ist.«

»Kommen Sie bitte herein.« Das Mädchen führte mich in die Halle.

»Wir haben Besuch«, erklärte es, »aber ich werde Sie anmelden.«

Nach kurzer Zeit kam sie zurück und bat mich, ihr in den Salon zu folgen.

Evalina kam mir mit ausgestreckten Armen entgegen. Sie trug ein elegantes rosa Kleid, ihr Gesicht war dezent geschminkt und ihr Haar elegant frisiert. Sie strahlte vor Zufriedenheit und genoß sichtlich das Vergnügen, Hausherrin zu sein. In einem der Stühle saß ein Mann, den ich für den Hausherrn hielt, und in dem anderen Dickon.

»Was für eine Freude, Sie wiederzusehen«, zwitscherte Evalina affektiert. »Ich möchte Ihnen meinen Mann vorstellen, dem ich schon sehr viel von Ihnen erzählt habe.«

Ich tat, als verstünde ich die Anspielung nicht. Andrew Mather stand auf und kam, auf einen Stock gestützt, auf mich zu.

»Ich freue mich, Sie kennenzulernen.«

Seine blauen Augen blickten freundlich, sein Lächeln war herzlich.

»Unseren Besucher kennen Sie ja«, fuhr Evalina fort.

Dickon stand auf und verneigte sich spöttisch.

»Ja, ich habe dein Pferd gesehen«, gab ich zu.

»Welcher Scharfsinn«, murmelte er. »Eigentlich wurde ich hierhergeschickt, um ein Auge auf dich zu haben, aber mir kommt vor, wir haben die Rollen getauscht.«

»Trotzdem wäre es mir unmöglich, alle deine Aktivitäten zu überwachen.«

Evalina kicherte. »Setz dich doch wieder, Andrew, Liebster. Du weißt, daß dich das Stehen anstrengt.« Sie ergriff ihn am Arm und führte ihn liebevoll zu seinem Stuhl zurück.

»Sie verwöhnt mich viel zu sehr«, bemerkte er.

»Du verdienst es, verwöhnt zu werden.« Evalina drückte ihn in den Stuhl und küßte ihn auf die Stirn.

Er machte einen sehr glücklichen Eindruck.

»Nehmen Sie doch Platz, Mistreß Ransome«, forderte mich Evalina auf. »Wie finden Sie Eversleigh?«

»Lord Eversleigh dürfte schwer krank sein«, sagte Andrew.

»Meine Mutter pflegt ihn ausgezeichnet.«

»Das stimmt«, murmelte Dickon und warf Evalina einen verständnisinnigen Blick zu.

»Sie hat ihn immer gut betreut, genau wie ich meinen Andrew.«

Sie übertrieb, und dadurch bekam man den Eindruck, daß etwas nicht stimmte. Genau wie bei ihrer Mutter.

»Es hat Sie wohl überrascht, daß ich schon verheiratet bin.«

»Keineswegs.«

»Nun ja, ich meine, so gut verheiratet.«

»Ich freue mich, daß Sie glücklich sind; außerdem ist es bestimmt sehr angenehm für Sie, daß Sie Ihre Mutter in der Nähe haben.«

»Das stimmt. Darf ich Ihnen eine Erfrischung anbieten?«

»Nein, danke. Ich wollte nur meine Glückwünsche zur Hochzeit aussprechen.«

»Das ist sehr freundlich von Ihnen«, sagte Andrew Mather.

Er sah überaus zufrieden aus, und mir fiel ein, daß Onkel Carl mit Jessie auch sehr zufrieden gewesen war. Was hatten diese

Frauen an sich, daß ihre Männer bereit waren, einen sehr hohen Preis für ihre Zufriedenheit zu bezahlen? Aber ich war Evalina gegenüber unfair. Anscheinend hing sie wirklich an ihrem Mann. Doch dann dachte ich an Jessie, die Onkel Carl gegenüber so lieb und zärtlich tat und die Nachmittage mit Amos Carew verbrachte.

Vielleicht war ich Evalina gegenüber voreingenommen. Vielleicht hatte sie sich inzwischen zu ihrem Vorteil verändert.

»Das Haus ist sehr wohnlich«, sagte ich.

»Wir mögen es jedenfalls, nicht wahr, Evalina?« antwortete Andrew. Dann wandte er sich an Dickon. »Es hat Ihnen anscheinend auch sehr gut gefallen.«

»Ich habe nur ausgedrückt, was ich empfinde: daß das Haus einen eigenen Zauber ausstrahlt. Ihre Frau zeigte mir alles, und es handelte sich dabei um eine faszinierende Entdeckungsreise.«

Er sah sie an, und sie erwiderte den Blick. Also setzten sie die seinerzeitige Beziehung fort. In einer solchen Situation fühlte sich Dickon so recht in seinem Element: ein alter, verliebter Ehemann, eine viel jüngere, bestimmt nicht sehr tugendhafte Ehefrau, und der fröhliche Schürzenjäger, der alles mitnimmt.

»Ich habe Ihrem Cousin gerade vorgeschlagen, sich die Truhe anzusehen, die in einem der Schlafzimmer steht. Ich bin davon überzeugt, daß sie aus dem dreizehnten Jahrhundert stammt, sie ist sehr schlicht und sicherlich echt gotisch.«

»Sie würde mich wirklich interessieren«, bestätigte Dickon.

»Andrew hat sehr viel für alte Dinge übrig«, schmollte Evalina. »Er würde mich bestimmt noch mehr lieben, wenn ich alt wäre.«

Andrew lächelte ihr zärtlich zu.

Dickon seufzte. »Leider werden die Menschen im Gegensatz zu den Dingen im Lauf der Jahre nicht schöner.«

»Aber vielleicht interessanter«, schlug ich vor. »Interessieren Sie sich nur für antike Möbel, Mr. Mather?«

»Hauptsächlich. Aber ich interessiere mich ganz allgemein für Kunstgegenstände.«

»Soviel ich gehört habe, besitzen Sie eine sehr schöne Sammlung«, bemerkte Dickon.

»Leider ist sie nicht so umfassend, wie ich gern möchte. Sie verstehen augenscheinlich selbst sehr viel davon. Sehen Sie sich doch einmal die Truhe an.«

Evalina sprang auf. »Ich zeige sie ihm sofort, dann kann er dir gleich sagen, was er davon hält. Also entschuldigen Sie uns bitte, wir werden bald zurück sein.« Sie sah Dickon schelmisch an.

»Wir werden uns beeilen«, versicherte er.

Also blieb ich mit Andrew Mather allein. Ich konnte nicht umhin, mir vorzustellen, wie die beiden die Gelegenheit benützten, um eine Verabredung zu treffen.

»Eigentlich überrascht es mich, daß Dickon ein Sachverständiger für antike Möbel sein soll. Ich wüßte nicht, wo er sich dieses Wissen angeeignet hätte.«

»Er hat Gefühl dafür, das merkt man deutlich. Er ist natürlich sehr jung und verfügt deshalb nicht über Erfahrung, aber es gibt Menschen, die einen Instinkt für Antiquitäten haben. Deshalb möchte ich gern wissen, was er von der Truhe hält.«

»Sie beschäftigen sich viel mit Ihrer Sammlung, nicht wahr?«

»Ja, denn wenn man körperlich behindert ist, tut es gut, Interessengebiete zu haben, die nicht anstrengend sind. Ich war immer schon ein Kunstliebhaber und habe in Italien gelebt. Dort lernte ich auch Lord Eversleigh kennen.«

»Ich wußte nicht, daß Sie bekannt sind.«

»Wir hielten uns beide einige Monate in Florenz auf, dem Mekka der Kunstliebhaber. Als ich mir ein Haus in England zulegen wollte, machte er mich auf Grasslands aufmerksam.«

»Liegt das schon lange zurück?«

»Lange vor seiner Krankheit.«

»Haben Sie ihn nach seinem Anfall gesehen?«

»Nein, sein Arzt läßt keine Besucher zu ihm. Vorher besuchte ich ihn gelegentlich, aber es war für uns beide recht mühsam. Er konnte das Haus überhaupt nicht verlassen, und ich mich nur unter Schmerzen fortbewegen. Ich kann zwar mit Hilfe eines Stocks gehen, habe aber keine Lust zu weiten Spaziergängen. Die Ärzte finden auch, daß ich zwar Bewegung machen, mich aber nicht überanstrengen soll.«

»Kennen Sie Dr. Cabel?«

»Nein, ich habe ihn nie kennengelernt. Er widmet sich ausschließlich Lord Eversleigh Ich selbst konsultiere Dr. Forster.«

»Dr. Forster! Den kenne ich.«

»Ein ausgezeichneter Arzt. Mir wäre es lieb, wenn er sich Lord Eversleigh einmal anschaute.«

»Würde das nicht gegen das ärztliche Ethos verstoßen?«

»Wahrscheinlich, weil er einen eigenen Arzt hat. Andererseits befindet sich Dr. Cabel bereits im Ruhestand und Dr. Forster ist ein relativ junger Mann. Er ist über die neuesten Fortschritte der Medizin sicherlich besser im Bilde.«

»Ich verstehe Ihren Standpunkt... aber ich sehe keine Möglichkeit, Ihren Vorschlag in die Tat umzusetzen.«

»Macht nichts. Obwohl er mir wirklich geholfen hat. Er interessiert sich für jeden seiner Patienten und flößt dadurch viel Vertrauen ein.«

»Lord Eversleigh ist kaum bei Bewußtsein. Er scheint mich zwar zu erkennen, aber bis jetzt hat er nie mehr als meinen Namen gesagt.«

»Wahrscheinlich ist es ein Glück, daß er überhaupt noch am Leben ist. Die wenigsten Patienten überleben solche Anfälle. Dr. Forster vertraue ich blindlings. Außerdem ist er ein wirklich guter Mensch. Ich habe erst vor ein paar Wochen zufällig erfahren, daß er ein Heim für uneheliche Kinder leitet.«

»Das wußte ich nicht. Ich habe nur kurz mit ihm gesprochen – allerdings erwähnte er dabei ein Fürsorgeheim.«

»Ja, er investiert sehr viel Arbeit in dieses Heim. Angeblich hat er großes Verständnis für Kinder.«

»Hat er denn keine eigenen?«

»Ich glaube nicht. Soviel ich weiß, war er einmal verheiratet, aber dann stieß ihm ein Unglück zu. Seine Frau starb, oder so ähnlich, und danach baute er das Heim. Er kann relativ viel Zeit dort verbringen, weil seine Praxis nicht allzu groß ist.«

Evalina kehrte mit Dickon zurück. Sie sah erhitzt aus, und einer der Knöpfe an ihrem Kleid stand offen. Dickon war genauso ruhig und beherrscht wie immer. Da ich Andrew Mather mochte, wuchs meine Abscheu vor den beiden.

»Wie hat Ihnen die Truhe gefallen?« fragte Andrew.

»Sehr interessant«, antwortete Dickon. »Allerdings etwas primitiv. Übrigens ist der Gegenstand, der in der Truhe liegt, wirklich schön. Warum haben Sie ihn verpackt und bewahren ihn unter Schloß und Riegel auf? Haben Sie Angst, man könnte ihn stehlen?«

»Was für ein Gegenstand soll das sein?«

Evalina mischte sich ein. »Ach, nichts Besonderes. Eines der alten Stücke, die überall im Haus herumliegen.«

»Ich wußte gar nicht, daß sich in der Truhe etwas befindet.«

»Und dabei handelt es sich um eine Kostbarkeit«, erklärte Dikkon.

Andrew sah ihn verblüfft an, und Dickon machte sich erbötig, das Stück zu holen.

»Verschieben wir es auf ein anderes Mal«, widersprach Evalina. »Ich habe genug von den Gesprächen über alte Sachen.«

Dickon verließ das Zimmer.

Evalina fuhr erbost fort. »Wenn wir wenigstens einmal etwas Vernünftiges unternehmen könnten.«

»Was möchtest du denn gern unternehmen?« fragte Andrew liebevoll.

»Einen Ball oder ein Bankett geben... etwas, das ich organisieren kann.«

»Wir werden ja sehen.«

Ich stand auf. »Ich muß jetzt gehen.«

»Es war schön, daß Sie uns besucht haben«, sagte Andrew.

»Ja, es hat mich auch sehr gefreut«, stimmte Evalina zu. »Ich erinnere mich noch gut an unser letztes Beisammensein.« In ihren Augen lag eine kaum verhüllte Drohung.

Dickon kam mit einer Bronzestatuette zurück, die er Andrew reichte. Andrew schnappte nach Luft. »Wo haben Sie die her?«

»Aus der Truhe.«

Andrew drehte sie hin und her. »Ich könnte schwören, daß ich die Figur kenne. Ich habe sie vor einigen Jahren in Florenz gesehen. Angeblich stammt sie von einem Schüler Michelangelos.«

»Deshalb wirkt sie so vollkommen«, sagte Dickon.

»Und sie fand sich in meiner Truhe? Unmöglich. Wie sollte sie dort hineinkommen? Sie gehört Lord Eversleigh. Jedenfalls stand sie in seinem Haus, als ich ihn das letztemal besuchte. Wir wollten sie beide erstehen, aber er konnte mich überbieten. Dennoch... ich verstehe nicht.«

Evalina setzte sich auf einen Schemel und lehnte den Kopf an die Knie ihres Mannes.

»Ich gestehe lieber. Obwohl ich meiner Mutter schwören mußte, es nicht zu verraten. Die Statue gehört ihr, und ich bewahre sie nur für sie auf.«

»Hier?« fragte Andrew ungläubig. »Lord Eversleigh schätzte dieses Stück außerordentlich.«

»Deshalb hat er es ihr ja geschenkt. Er wollte ihr etwas Wertvolles überlassen. Vielleicht nahm er an, sie könne es nach seinem Tod verkaufen. Sie hat es bei uns deponiert. Wäre es in Eversleigh Court geblieben, hätte man es ihr nach Lord Eversleighs Tod vermutlich weggenommen. Es tut mir leid. Habe ich etwas Unrechtes getan?«

Andrew strich ihr über das Haar. »Natürlich nicht. Allerdings müßte sie beweisen können, daß er es ihr geschenkt hat.«

»Wie soll sie das? Sie kann kaum von ihm verlangen, daß er ihr solche Schenkungen schriftlich bestätigt. Es handelt sich um ein paar Sachen, die ich verpackt und hier aufgehoben habe. Damit habe ich doch niemandem geschadet.«

»Nein, das nicht, aber dieses Stück ist sehr wertvoll. Deine Mutter kann das bestimmt nicht richtig beurteilen.«

»Ach, sie hat mir gesagt, daß Lordy ihr sicherlich keinen wertlosen Plunder schenken wird. Ein paar von den Dingen, die er ihr zugedacht hat, hat sie im Haus stehengelassen und hofft, daß sie sie behalten kann. Sie hat mir nur die Gegenstände gegeben, die sie für etwas Besonderes hält.«

Andrew musterte die Statuette immer noch.

»Ein erlesenes Kunstwerk. Es macht mir Freude, daß ich es eine Zeitlang besitzen darf.«

Evalina nahm ihm die Figur entschlossen aus den Händen.

»Nein, ich räume das weg. Ich habe meiner Mutter versprochen, daß ich die Figur sicher aufbewahren werde.«

Die Atmosphäre war gespannt. Evalina warf Dickon einen mißbilligenden Blick zu; die ganze Szene ging ihr offensichtlich gegen den Strich. Dickons Gesichtsausdruck war unergründlich.

Ich bedankte mich für ihre Gastfreundschaft und verließ das Haus.

Dickon zog vor zu bleiben.

Beim Abendessen war Dickon stiller als sonst. Als es dämmerte, durfte ich Onkel Carl wieder besuchen. Es war das gleiche Ritual; der kurze Besuch in Begleitung von Jessie und dem Arzt, der Händedruck, mein gemurmelter Name, und viel zu früh die Aufforderung, das Zimmer zu verlassen. Ich fragte mich, ob ich jemals mit meinem Onkel sprechen könne.

Ich zog mich zeitig zurück, setzte mich ans Fenster, sah hinaus und überdachte die Ereignisse des Nachmittags.

Hatte mein Onkel wirklich diese Wertgegenstände Jessie geschenkt? Nichts hinderte sie daran, solche Kostbarkeiten aus dem Haus zu schaffen.

Natürlich war Evalinas Erklärung absolut einleuchtend. Was würde eigentlich geschehen, wenn mein Onkel starb? Wahrscheinlich hatten Rosen, Stead und Rosen für diesen Fall genaue Anweisungen. Würden sie ins Haus kommen und den Besitz schätzen? Konnten sie feststellen, ob etwas fehlte? Er hatte selbstverständlich das Recht, Geschenke zu machen. Aber wie wollte Jessie das beweisen?

Die Situation war ungewöhnlich und schwierig. Etwas mußte geschehen, aber ich wußte nicht was. Vielleicht sollte ich die Anwälte aufsuchen. Wenn nur jemand dagewesen wäre, den ich um Rat fragen konnte.

Mir fielen die Forsters ein. Aber ich kannte sie kaum, ich hatte sie bloß zweimal gesehen, daher konnte ich ihnen nicht mit meinen privaten Sorgen lästig fallen.

Meine Mutter hatte mir immer geraten: »Wenn du dich in einer schwierigen Situation befindest, laß dir Zeit. Überschlafe jeden Entschluß.« Mein Vater war da anders, impulsiver gewesen.

Ich schlief wieder einmal sehr unruhig. Irgendwann weckte mich ein Geräusch. Ich setzte mich auf und sah auf die Uhr. Zwei Uhr – und jemand kam über den Rasen auf das Haus zu.

Ich sprang aus dem Bett, lief zum Fenster und sah gerade noch eine Gestalt im Haus verschwinden.

Natürlich fiel mir sofort Amos Carew ein, der Jessie besuchte. Jethro hatte es ja erwähnt. Andererseits konnte es natürlich auch Dickon sein; es war ihm durchaus zuzutrauen, daß er in der Nacht zu Evalina hinüberschlich. Womöglich vergnügte er sich in einem der Gästezimmer mit ihr – eine Situation wie in einer Erzählung von Boccaccio. Sie hatte sich jedoch am Nachmittag über ihn geärgert und verhielt sich daraufhin ihm gegenüber vielleicht kühler.

Ich ging zur Tür und lauschte. Leise Schritte kamen die Treppe herauf. Wenn er Dickon war, mußte er an meinem Zimmer vorüber, um das seine zu erreichen.

Dann hörte ich, wie eine Tür geöffnet und geschlossen wurde.

Also war es doch nicht Dickon gewesen.

Ich ging ins Bett zurück. Augenscheinlich hatte Amos Carew wieder einmal Jessie besucht.

Am nächsten Morgen trieb sich Jessie in der Halle herum, als ich zu meinem Morgenspaziergang herunterkam.

»Hallo«, begrüßte sie mich, »schon unterwegs?«

»Ja.« Ich zögerte. »Ich frage mich, ob es viel Sinn für mich hat, hierzubleiben. Lord Eversleigh hat bestimmt nicht erfaßt, daß ich da bin.«

»O doch, er kann es nur nicht ausdrücken. Aber ich verstehe Sie sehr gut... wir sind alle sehr enttäuscht.«

»Sein Zustand hat sich vermutlich seit dem Anfall nicht verändert.«

Sie nickte.

»Es gibt so viele neue Erkenntnisse in der Medizin«, fuhr ich fort, »Manchmal ist man versucht, an Wunder zu glauben.«

»Deshalb bin ich ja so froh, daß Dr. Cabel bei uns wohnt.«

»Ich habe darüber nachgedacht. Er hat sich zur Ruhe gesetzt, ist ein alter Freund meines Onkels, und der ist sicherlich froh darüber, daß er ihn hat. Aber inzwischen hat die Medizin bedeutende Fortschritte gemacht, und deshalb habe ich mir überlegt, ob wir nicht einen jüngeren Arzt zuziehen sollten.«

Sie hatte sich abgewandt und schwieg eine Weile. Als sie dann sprach, zitterte ihre Stimme ein wenig.

»Sie meinen es bestimmt sehr gut. Sie können sich ja denken, was er mir bedeutet. Ich weiß, daß er Ihrer Meinung nach für mich nur eine Altersversorgung ist. Natürlich denke ich auch daran, aber das ist nicht alles. Ich habe den alten Kerl gern gehabt... ich habe ihn immer noch gern, und ich kann ihn aus meinem Leben nicht wegdenken. Meine Zukunft ist gesichert...«

Ja, dachte ich, italienische Renaissancestatuetten, die du für schlechte Zeiten in Sicherheit gebracht hast.

»Ich mag ihn. Ich habe ihn gefragt: ›Sollten wir nicht noch einen Arzt kommen lassen?‹ Seine Antwort war: ›Dr. Cabel ist der beste Arzt, den ich kenne. Ich habe kein Vertrauen zu diesen modernen Quacksalbern.‹ Das waren seine Worte: Quacksalber.«

»Wann hat er das gesagt?« fragte ich schnell.

»Oh, vor dem Anfall. Als er sich nicht wohl fühlte.«

»Ich verstehe. Aber er würde es jetzt ja kaum merken. Wenn wir Dr. Forster kommen lassen...«

»Sie meinen den Arzt aus der Stadt?«

»Ja, ich habe ihn in Enderby kennengelernt. Die Forsters sind sehr nette Leute. Ich sehe nicht ein, warum wir ihn nicht konsultieren sollten. Vier Augen sehen mehr als zwei.«

»Dann würden wir wahrscheinlich Dr. Cabel verlieren. Ärzte mögen keine Konkurrenz, sie verlangen absolutes Vertrauen.«

»Das entspräche aber nicht der ärztlichen Ethik.«

»Na ja, ich weiß nicht recht. Bitte unternehmen Sie noch nichts. Vielleicht kann ich Lordy und Dr. Cabel ein bißchen aushorchen.«

»Wollen Sie damit sagen, daß Sie Lord Eversleigh fragen wollen? Er würde Sie doch nicht verstehen.«

»Ach, das glaube ich nicht. Sie machen sich Sorgen, und dabei findet Dr. Cabel, daß er bei dem Kranken Wunder gewirkt hat.«

»Wenn ich ihn nur öfter sehen könnte. Diese kurzen Besuche bei Kerzenlicht, abends, wenn er noch dazu wahrscheinlich müde ist.«

»Es ist sein Wunsch, daß Besucher nur in der Dämmerung zu ihm gelassen werden. Er hat sich sehr verändert. Sein Gesicht ist verzerrt, der Mund schief. Die Haare gehen ihm aus, deshalb trägt er jetzt auch immer die Nachtmütze. Er war sehr eitel und sehr auf sein Äußeres bedacht. Ich hüte mich davor, ihm einen Spiegel zu bringen.«

»Dennoch würde ich ihn gern einmal bei Tageslicht sehen.«

»Sie würden ihn kaum wiedererkennen; er sieht mitleiderregend aus.«

»Dr. Forster genießt einen guten Ruf.«

»Sie sind genauso besorgt wie ich. Ich bete jeden Tag für ihn.« Bei diesen Worten bekreuzigte sie sich. Ich wäre nie auf die Idee gekommen, daß Jessie fromm war, und hatte das goldene Kreuz, das sie am Hals trug, immer nur für ein Schmuckstück und nicht für einen Ausdruck ihrer Gläubigkeit gehalten.

»Ich werde jetzt ein wenig spazierengehen«, sagte ich, nickte ihr zu und verließ das Haus. Als ich mich umdrehte, stand sie noch immer in der Tür, sah mir nach und spielte mit dem Kreuz an ihrem Hals.

Ich marschierte in die Richtung, in der die Stadt lag. Es war zu spät, um noch am Vormittag den Anwalt aufzusuchen. Außerdem war ich nicht sicher, ob ich damit das Richtige tat. Mr. Rosen war nicht übermäßig taktvoll, und wenn er Jessie oder Dr. Cabel aufregte, übertrug sich diese Stimmung vielleicht auf Onkel Carl, so daß sich sein Zustand verschlechterte.

Wenn ich nur jemanden um Rat fragen könnte. Anscheinend blieb mir nichts übrig, als zu warten. Zu meinem Pech konnte ich mich immer in die Lage der anderen versetzen, und das machte es mir schwer, eine Entscheidung zu treffen.

Jessie war zwar unmoralisch und unterhielt zu zwei Männern gleichzeitig Beziehungen, aber dennoch betreute sie meinen Onkel gut. Das gleiche galt für Evalina. Zweifellos machte sie Andrew Mather glücklich. Wenn sie sexuelle Befriedigung außerhalb der Ehe suchte – nun, solange ihr Mann nichts davon ahnte...

Ich kehrte nach Hause zurück, ohne zu einem Entschluß gelangt zu sein. Beim Mittagessen war Dr. Cabel unverändert liebenswürdig zu mir, so daß ich annahm, daß Jessie meinen Vorschlag nicht erwähnt hatte. Dickon war guter Dinge und erzählte, daß er am Nachmittag nach Grasslands hinüberschauen wolle.

»Andrew zeigt mir gern seine Schätze«, erklärte er übermütig.

Ich ging nach Enderby hinüber und hoffte, daß ich zufällig auf einen der Forsters stoßen würde. Aber ich hatte Pech und mußte unverrichteter Dinge umkehren.

Nach dem Abendessen besuchte ich Onkel Carl wieder.

»Es geht ihm heute etwas besser«, sagte Dr. Cabel auf der Treppe. »Anscheinend tut ihm Ihr Besuch gut. Wir werden sehen, wie er reagiert, wenn Sie etwas länger bleiben.«

Als ich ans Bett trat, zuckten seine Finger leicht, und ich ergriff seine Hand.

»Onkel Carl«, sagte ich, »ich bin Zippora.«

Seine Augen waren halb geschlossen, sein Mund an einer Seite leicht verzerrt, seine Nase spitzer. Er hatte sich verändert, und was mich am meisten störte, war, daß die lebhaften schwarzen Augen, die mich immer so beeindruckt hatten, jetzt nie auf mich gerichtet waren.

»Zippora...« flüsterte er.

»Lieber Onkel, als ich erfuhr, daß es dir nicht gut geht, bin ich zu dir gekommen. Aber es geht dir jetzt besser und du weißt, daß ich bei dir bin.«

Er drückte meine Hand und nickte.

»Gute... gute Menschen...«

»Ja, du hast die bestmögliche Pflege.«

»Guter Arzt... Freund...«

Seine Hände zuckten, und er stöhnte. »Geh nicht... guter Ralph... er soll nicht...«

Ich nehme an, daß dieser Ralph Dr. Cabel war. Anscheinend hatte er erfahren, daß ich einen zweiten Arzt zuziehen wollte.

»Nein, nein, wir bleiben alle bei dir«, tröstete ich ihn.

Er hatte den Kopf gehoben, der auf dem dünnen Hals hin und her schwankte, und ich hatte das Bedürfnis, ihn zu beruhigen.

»Ruh dich jetzt aus«, sagte ich.

Dr. Cabel trat neben mich.

»Aber, aber, alter Freund«, sagte er. »Ich bin hier. Dein alter Freund Ralph ist immer bei dir und wird dich nie verlassen. Du brauchst keine Angst zu haben. Du vertraust mir doch, nicht wahr?«

Dann bedeutete er mir zu gehen, und ich stand auf.

»Ergreifen Sie seine Hand«, flüsterte er.

Ich griff nach der Hand meines Onkels und küßte sie. »Gute Nacht, lieber Onkel, ich komme morgen wieder.«

Er ließ sich mit geschlossenen Augen in die Kissen zurückfallen.

Ich ging auf mein Zimmer, befand mich jedoch noch auf der Treppe, als Jessie und Dr. Cabel aus dem Zimmer meines Onkels traten.

Dr. Cabel machte Jessie Vorwürfe. »Was haben Sie ihm erzählt? Daß ich ihn verlassen will? Wie konnten Sie nur auf die Idee kommen?«

Jessie war den Tränen nahe. »Ich habe nur vorgeschlagen, daß wir einen zweiten Arzt zuziehen... ich habe nicht gedacht, daß er es mitbekommt.«

»Sie wissen sehr gut, daß er so manches begreift. Ich würde morgen meine Koffer packen, wenn ich davon überzeugt wäre, daß er mich nicht mehr braucht.«

»Bitte, tun Sie das nicht, Doktor Cabel. Mistreß Ransome und ich haben darüber gesprochen, und ich hielt es für eine gute Idee.«

»Das Wichtigste ist derzeit, daß er nicht aufgeregt wird. Ich kenne ihn seit vielen Jahren und weiß, was gut für ihn ist. Ich hatte gehofft, daß Mistreß Ransome heute mit ihm sprechen kann. Um Himmels willen, Miß Stirling, seien Sie ihm gegenüber vorsichtig.«

»Ich verspreche es Ihnen.« Ich ging in mein Zimmer. Zwar fühlte ich mich schuldbewußt, aber ein Gefühl des Unbehagens überwog.

Am nächsten Tag ging ich in die Stadt und suchte Rosen, Stead und Rosen auf. Man führte mich sofort in das Büro von Mr. Rosen senior, der mich so herzlich begrüßte, wie es einem Mann seiner Art möglich war.

»Ich freue mich, Sie wiederzusehen, Mistreß Ransome. Wie geht es Lord Eversleigh?«

»Ich sehe ihn immer nur kurz; Sie wissen ja, daß er sehr krank ist.«

»Allerdings, aber er hat einen Arzt im Haus wohnen.«

»Es gibt da ein paar Dinge, über die ich mir den Kopf zerbreche. Haben Sie Eversleigh in letzter Zeit besucht?«

»Mein Neffe war vor einiger Zeit dort, kurz nachdem Lord Eversleigh den Anfall hatte, und sprach mit dem Arzt. Lord Eversleigh konnte damals niemanden empfangen, und wir einigten uns darauf, daß wir seine Angelegenheiten weiterhin betreuen. Die Rechnungen und die Löhne des Personals waren ja immer schon von uns bezahlt worden.«

»Und Sie sind damit einverstanden, wie der Haushalt geführt wird? Ich meine, ob die Ausgaben nicht erheblich gestiegen sind?«

»Ganz bestimmt nicht. Die Haushälterin scheint sehr vernünftig und sparsam zu sein. Der Arzt beansprucht überhaupt kein Honorar; er dürfte recht wohlhabend sein.«

»Ich wollte mich nur vergewissern, daß Ihnen nichts Ungewöhnliches aufgefallen ist.«

»Die Situation ist nicht gerade ideal, aber unter den gegebenen Umständen muß man sich damit zufrieden geben. Übrigens bin ich sehr froh, daß Sie hier sind. Sie wissen ja, daß Sie seine Erbin sind, und es ist gut, wenn Sie sich selbst vom Stand der Dinge überzeugen.«

»Dennoch sind die Verhältnisse etwas verwirrend. Ich habe noch kein Wort mit meinem Onkel wechseln können.«

»Er ist infolge des Anfalls teilweise gelähmt und kann kaum sprechen. Das kommt oft vor.«

»Eigentlich wollte ich nur von Ihnen hören, daß auf Eversleigh alles mit rechten Dingen zugeht.«

»Natürlich wäre es mir lieber, wenn ein Familienmitglied im Haus nach dem Rechten sähe. Aber der Arzt hat einen sehr guten Eindruck auf meinen Neffen gemacht und, wie gesagt, auch die Haushälterin scheint vertrauenswürdig zu sein. Es wäre ideal, wenn Sie länger hierbleiben könnten, aber ich sehe ein, daß Sie Ihrer Familie gegenüber Verpflichtungen haben.«

Als ich mich verabschiedete, ergriff er meine Hand und hielt sie fest.

»Sie können versichert sein, daß wir Sie über jede Veränderung sofort unterrichten werden.«

Ich bedankte mich und verließ ihn sehr erleichtert. Diesmal kam ich zu spät zum Mittagessen; Jessie, der Arzt und Dickon saßen schon bei Tisch.

»Es ist ein so schöner Tag«, erklärte ich, »ich bin weiter gegangen, als ich vorhatte.«

»Schweinebraten muß heiß gegessen werden«, bemerkte Jessie ein bißchen scharf. Für sie war es unbegreiflich, daß es jemand nicht eilig hatte, zu seinem Essen zu kommen.

Dickon zeigte sich sehr gesprächig, war zu allen freundlich und anscheinend etwas aufgekratzt. War Evalina daran schuld oder hatte er vielleicht gar ein neues Verhältnis angefangen?

Ich erkundigte mich nach dem Zustand Lord Eversleighs und erfuhr, daß er vergangenen Abend einen leichten Rückfall erlitten hatte.

»Es tut mir so leid, Mistreß Ransome. Gerade dann, wenn er Anzeichen für eine Besserung zeigt, muß so etwas eintreten.«

Dr. Cabel sah Jessie ärgerlich an, die sich daraufhin intensiver als sonst mit ihrem Essen beschäftigte.

»Ich habe einen herrlichen Vormittag verbracht«, erzählte Dikkon. »Ich machte einen Spazierritt in eine neue Richtung und entdeckte ein wunderbares altes Gasthaus. Leider habe ich den Namen vergessen. Es war sehr romantisch, und ich nahm einen kleinen Imbiß ein.«

»Was hat man Ihnen serviert?« erkundigte sich Jessie neugierig.

»Reifen Stilton mit warmem, dunklen, knusprigen Gerstenbrot.«

»Sie müssen viel Butter drauftun«, riet ihm Jessie, »und dann eine ordentliche Portion Käse dazu essen.«

Sie schien in Gedanken den Käse auf der Zunge zergehen zu lassen.

»Genauso war es, und dazu gab es hausgemachten Apfelwein. Köstlich.«

»Und von dort sind Sie direkt zu unserem Mittagstisch gekommen, Master Fenshaw? Mir ist gar nicht aufgefallen, daß Sie weniger Appetit hätten.«

»Sie wissen ja, ich bin ein starker Esser.«

»Das gefällt mir an Ihnen. Ich kann Leute nicht leiden, die im Essen nur herumstochern.«

»Das Gasthaus war gut besucht, auch ein Hufschmied war da. Er war ziemlich schlechter Laune, und die anderen zogen ihn damit auf. Einer von ihnen behauptete, daß sie jedes Jahr eine Wette darüber abschließen, ob ihn jemand in der Weihnachtszeit zum Lächeln bringen kann. Bis jetzt hat noch niemand diese Wette gewonnen. Dennoch war nicht zu übersehen, daß sie ihn mochten, und ich fand auch heraus, warum. Er ist ein großartiger Geschichtenerzähler.«

»Hat er eine Geschichte erzählt, während du dort warst?« erkundigte ich mich.

»O ja, aber es war weniger die Geschichte, die uns fesselte, als die Art, wie er sie erzählte. Wir waren alle ganz Ohr.«

»Erzähl sie uns doch!«

»Ach, ich bin kein guter Erzähler.«

»Aber jetzt haben Sie uns schon Appetit darauf gemacht«, meinte Dr. Cabel.

»Schön, dann versuche ich es. Im Dorf lebte ein Mann mit seiner Tochter, die ihm den Haushalt führte. Er war ein Geizhals und überhaupt ein unangenehmer Mensch. Seine Tochter hatte es nicht leicht mit ihm; er vergrämte ihr alle Freier, damit er sie nicht als Haushälterin verlor. Seine Frau hatte er schon ins Grab gebracht. Nun, eines Tages war der Mann verschwunden. Er sei zu seinem Bruder nach Schottland gereist, behauptete die Tochter. Sie ließ das Haus herrichten, legte sich einen Liebhaber zu, und die beiden beschlossen zu heiraten, solange der Alte nicht da war. So würde er bei seiner Rückkehr vor vollendeten Tatsachen stehen. Die Hochzeitsvorbereitungen wurden getroffen, und das ganze Dorf freute sich mit dem jungen Paar. Aber plötzlich änderte sich die Lage schlagartig.«

»Der Alte kam zurück«, sagte ich.

»Ja, irgendwie schon...«

»Ach, Dickon, spann uns nicht so auf die Folter.«

»Er kam zurück, aber nicht in menschlicher Gestalt.«

»Ein Gespenst«, rief Jessie und erblaßte.

Zwischen _____ durch:

Fenshaw ist ein starker Esser – nach seinem Imbiß ist er direkt zum Mittagstisch geeilt. Hier beginnt er, von seinen Erlebnissen in der Gaststätte zu erzählen.
So sorgt er bei uns Lesern für zweierlei: Einerseits weckt sein Beispiel den kleinen Hunger zwischendurch – andererseits macht er Appetit auf die folgende Geschichte. Wie lösen wir das Problem? Wir lesen weiter und bereiten uns nebenbei den...

Zwischen_____durch:

Die geschmackvolle Trinksuppe für den kleinen Appetit. – In Sekundenschnelle zubereitet. Einfach mit kochendem Wasser übergießen, umrühren, fertig.
Viele Sorten – viel Abwechslung.
Guten Appetit!

Dickons Stimme wurde leiser. »Der Alte trieb sich in der Nähe des Brunnens herum. Mehrere Leute sahen ihn, aber er verschwand jedesmal, wenn sie ihm in die Nähe kamen. Dann sah ihn auch die Tochter, schrie bei diesem Anblick auf und fiel in Ohnmacht. Also, um es kurz zu machen, der Alte war gar nicht nach Schottland gereist. Er war in den Brunnen gefallen, wobei seine Tochter vermutlich ein wenig nachgeholfen hatte. Sie legte ein Geständnis ab. Er war beim Wasserholen ausgeglitten, hineingefallen. Sie hatte ihn schreien lassen und nicht herausgeholt.«

Jessie hielt sich die Hand vor den Mund.

»Man fand den Leichnam tatsächlich im Brunnen. Da man nicht beweisen konnte, daß die Tochter ihm einen Stoß versetzt hatte, ließ man die Sache auf sich beruhen und begrub ihn auf dem Friedhof. Daraufhin erschien er nie mehr wieder, denn er hatte nur ein richtiges Grab haben wollen. Wahrscheinlich hatte er im Jenseits begriffen, daß er seiner Tochter das Leben zur Hölle gemacht hatte; deshalb wollte er sich nicht an ihr rächen, sondern nur in geweihter Erde begraben sein. Und sobald er das erreicht hatte, ließ er sie in Frieden.«

Dickon lehnte sich zurück, und Jessie starrte auf ihren Teller.

Die nächsten beiden Tage vergingen ohne besondere Vorkommnisse. Ich durfte Onkel Carl erst am zweiten Tag wieder besuchen; er hielt meine Hand fest und sprach ein paar Worte.

»Es geht ihm besser«, stellte Dr. Cabel mit leuchtenden Augen fest. »Ich kann Ihnen gar nicht sagen, wie glücklich mich diese Fortschritte machen.«

Ich ging nach Enderby hinüber und erfuhr zu meiner Enttäuschung, daß Derek und Isabel auf einige Tage nach London gefahren waren.

Am zweiten Tag stieß ich im Wintersalon auf Jessie und Daisy Button, die Köchin. Letztere war eine dicke, gutmütige Frau, die nur dann beleidigt war, wenn man ihre Kochkünste nicht schätzte. Da Jessie gutes Essen über alles liebte, kamen die beiden Frauen vorzüglich miteinander aus.

Daisy Button konnte angeblich erkennen, daß ein Mädchen schwanger war, noch bevor das Mädchen selbst es wußte, und sie konnte auch das Geschlecht des Kindes erraten. Ihre Großmutter war eine Hexe gewesen, und Daisy konnte wahrsagen.

Als ich eintrat, stand Daisy auf, knickste und sagte, sie habe mit Mistreß Stirling den Küchenzettel besprochen. Allerdings war heute beinahe der ganze Pudding in die Küche zurückgebracht worden; hatte er uns denn nicht geschmeckt?

Ich konnte sie beruhigen; wir hatten alle dem Roastbeef so herzhaft zugesprochen, daß wir vom wirklich köstlichen Pudding nur noch kosten konnten.

Ich sah, daß in Daisys Schürzentasche Spielkarten steckten; wahrscheinlich hatte sie Jessie die Karten gelegt.

»Wie ich sehe, haben Sie Ihre Karten bei sich«, sagte ich. »Haben Sie wahrgesagt?«

»Mistreß Stirling bat mich um einen kleinen Blick in die Zukunft.«

»Und steht ihr etwas Gutes bevor?«

»Es könnte nicht besser sein. Eine rosige Zukunft voller Liebe und Geld. Außerdem wird sie eine Reise unternehmen.«

»Ach, Sie wollen uns verlassen, Jessie?«

»Nicht, solange man mich braucht.«

»Nein, das gilt für die fernere Zukunft«, erklärte Daisy. »Sie wird einen reichen Fremden kennenlernen und bei ihm Frieden und Glück finden.«

»Das klingt ja großartig.«

Jessie überraschte mich. Ich hatte sie für eine harte, berechnende Frau gehalten. Das war sie wahrscheinlich auch, aber außerdem war sie religiös und abergläubisch. Dickons Geschichte vom Mann im Brunnen hatte sie wirklich erschüttert, und jetzt strahlte sie über Daisys Prophezeiung.

Es war Abend, ich wollte gerade zu Onkel Carl hinaufgehen, als ich aus der Küche aufgeregte Stimmen hörte.

Auch Dr. Cabel und Jessie waren stehengeblieben und horchten. Dann kam ein Mädchen heraufgelaufen.

»May hat etwas gesehen«, rief sie.

»Was hat sie gesehen?« fragte Jessie.

»Wir können kein vernünftiges Wort aus ihr herausbekommen, sie ist völlig hysterisch.«

Jessie sah den Doktor an, und er sagte: »Ich sehe rasch nach ihr.«

Wir gingen in die Küche hinunter. May lehnte in einem Stuhl, die Köchin hatte ein Glas mit Brandy in der Hand und versuchte, ihn May einzuflößen.

»Was ist hier eigentlich los?« erkundigte sich Dr. Cabel, während er der Köchin den Brandy wegnahm.

»Ich habe ein Gespenst gesehen, Sir«, antwortete May.

»Was soll der Unsinn?« fragte der Arzt scharf.

»Doch, Sir, ich habe ihn gesehen, so wie ich Sie jetzt sehe. Er stand oben auf der Treppe und löste sich plötzlich in Nichts auf.«

»Aber, aber, May, du hast bestimmt einen der Diener gesehen.«
»Mit dem Hut und dem Mantel Seiner Lordschaft?«
»Seiner Lordschaft?«
»Doch, es stimmt. Ich habe ihn oft so gesehen, bevor er krank wurde.«
»Und er verschwand?«
»Das tun Gespenster ja für gewöhnlich, Sir.«
»Ein schlechtes Zeichen«, orakelte Daisy. »Es bedeutet einen Todesfall im Haus, ich habe es schon lange gespürt. Wahrscheinlich wird es Seine Lordschaft sein. Glauben Sie mir, unser guter Herr wird nicht mehr lange unter uns weilen.«
»Hör mit dem Unsinn auf!« befahl Dr. Cabel. »May hat einen der Diener gesehen – wenn sie sich das Ganze nicht überhaupt eingebildet hat. Ich werde dir jetzt etwas zu trinken geben, May, und dann legst du dich schön brav ins Bett.«
»Ich habe Angst, Sir, ich möchte so was nicht noch einmal erleben.«
»Du hast überhaupt nichts erlebt, deine Fantasie ist mit dir durchgegangen.« Er beugte sich über sie. »Um Himmels willen, du hast ja getrunken.«
»Ich habe ihr ein Glas von meinem Schlehenwein gegeben«, erklärte Daisy. »Aber von dem haben wir alle getrunken.«
»Vielleicht ist Ihr Schlehenwein doch stärker als Sie annehmen, Mistreß Button.«
»Damit können Sie sogar recht haben, Sir.«
Der Arzt lächelte. »Ich würde vorschlagen, daß Sie in Zukunft kleinere Mengen ausschenken.«
»Aber wir trinken immer die gleiche Menge.«
»Der Wein ist nicht jedes Jahr gleich.«
»Das stimmt, Sir.«
»Wir sollten May auf ihr Zimmer bringen, so daß der Arzt ihr ein Schlafmittel geben kann«, schlug ich vor.
Jessie ging mit May nach oben.
Mir fiel auf, wie gedrückt Jessies Stimmung war; anscheinend hatte sie wirklich Angst.
Dickon hörte sehr aufmerksam zu, als ich ihm von Mays Erlebnis erzählte. Er hatte die Mädchen sofort nach seiner Ankunft genau gemustert, stand jetzt mit einigen von ihnen auf gutem Fuß (sie warfen ihm unübersehbar verliebte Blicke zu) und machte sich wahrscheinlich in dunklen Winkeln an sie heran.
Beim Essen unterhielten wir uns ausführlich über Mays Abenteuer.

»Die Mädchen sind sehr abergläubisch«, behauptete Dickon. »May hat sich das Ganze bestimmt nur eingebildet.«

»Natürlich«, stimmte ihm Jessie zu. »Sie sah einen Schatten und redete sich alles übrige ein.«

»Sie war aber sehr erschrocken«, wandte ich ein.

»Das ist doch begreiflich«, fand Dickon. »Was hat das arme Ding überhaupt gesehen? Das heißt, was glaubt es gesehen zu haben?«

»Sie erzählte eine verworrene Geschichte über einen Mann mit Mantel«, bemerkte der Doktor.

»Und Hut.«

»Sie findet, daß er Lord Eversleigh ähnlich gesehen hat«, ergänzte ich.

»Wahrscheinlich hat sie ihn einmal in Mantel und Hut gesehen«, mutmaßte Dr. Cabel.

»Und die Köchin schwört darauf, daß die Erscheinung der Todesengel war«, fuhr ich fort.

»Jetzt wird's interessant«, lachte Dickon. »Also ein Unheilsbote?«

»Daisy erzählt immerzu alle möglichen Schauergeschichten«, erklärte Jessie. »Wenn sie keine so gute Köchin wäre...«

»Guten Köchinnen muß man kleine Schwächen nachsehen«, bemerkte Dickon. »Erzählen Sie mir doch mehr über diesen Todesengel.«

Der Arzt mischte sich ungeduldig ein. »Das ist alles nur Weibergeschwätz. Am besten, wir vergessen es.«

»Damit haben Sie sicherlich recht, Doktor«, gab Dickon zu. »Aber es ist doch merkwürdig, wie sehr wir uns für übernatürliche Phänomene interessieren, auch wenn wir eigentlich wissen müßten, daß das alles nur Einbildung ist.«

»Das Mädchen wird sich wieder beruhigen. Ich habe ihr ein Schlafmittel verabreicht, und morgen früh ist alles wieder in Ordnung. Ich hoffe nur, daß dieses Thema damit abgetan ist.«

Seine Hoffnung ging nicht in Erfüllung, denn das Gespenst erschien noch in der gleichen Nacht zum zweiten Mal. Diesmal war Jessie das Opfer. Wir hörten einen gellenden Schrei in der Halle und waren im nächsten Augenblick dort versammelt. Ich hatte gerade Onkel Carl besucht und war danach vor die Tür getreten, um etwas frische Luft zu schnappen.

Jessie war halb ohnmächtig zu Boden gesunken. Ihr Gesicht war leichenblaß, so daß die geschminkten Wangen an einen bemalten Puppenkopf erinnerten.

Dr. Cabel kniete neben sie nieder. »Machen Sie Platz«, rief er, denn die Dienerschaft drängte sich um die beiden.

»Was ist geschehen?« fragte ich.

»Mistreß Stirling ist in Ohnmacht gefallen«, erklärte der Arzt. »Aber sie wird gleich zu sich kommen; ich nehme an, daß die Hitze daran schuld ist.«

Es war kein heißer Tag gewesen, und in dem Haus mit den dicken Steinmauern war es ohnehin immer angenehm kühl.

Jessie schlug die Augen auf und schrie: »Wo ist er? Ich habe ihn gesehen.«

»Alles in Ordnung, es wird Ihnen sofort besser gehen«, beruhigte sie Dr. Cabel. »Die Hitze war zuviel für Sie.«

»Ich habe ihn gesehen... er stand auf der Treppe... und sah genauso aus wie früher...«

»Es ist am besten, wenn wir sie ins Bett bringen«, beschloß der Arzt. »Sie braucht Ruhe.«

Er winkte einem der Diener, und der Mann half ihm, Jessie auf die Füße zu stellen.

»So ist's recht«, lobte Dr. Cabel sie. »Jetzt gehen Sie schön brav ins Bett. Ich gebe Ihnen ein Mittel, und dann werden Sie tief und traumlos schlafen.«

»Es war schrecklich«, murmelte Jessie.

»Denken Sie nicht mehr daran«, ermahnte sie der Arzt.

Dickon erschien oben auf der Treppe und lief zu uns herunter. »Was ist geschehen?«

»Jessie ist ohnmächtig geworden.«

»Um Himmels willen. Sie ist doch nicht krank?«

Dr. Cabel bedeutete ihm zu schweigen. Daraufhin schob Dickon den Diener zur Seite und ergriff Jessies Arm.

»Ja, gehen Sie zu Bett«, redete er ihr zu, »da gehören Sie hin.«

Jessie schauderte. »Ich habe ihn gesehen, mit meinen eigenen Augen. Er war es, das kann ich beschwören.«

»Seine Pflege hat Sie überanstrengt«, sagte der Arzt.

»Aber ich bin noch nie ohnmächtig geworden.«

»Denken Sie nicht mehr darüber nach und lassen Sie sich auf Ihr Zimmer bringen.«

Ich folgte der Prozession. Jessie lag im Bett unter einem großen Kruzifix, das an der Wand hing, und obwohl wieder etwas Farbe in ihr Gesicht zurückgekehrt war, lag in ihren Augen immer noch das Grauen.

»Ich bringe Ihnen jetzt das Schlafmittel«, versprach Dr. Cabel, »und dann lassen wir Sie allein.«

»Ich will aber nicht allein bleiben.«

»Ich bleibe bei Ihnen, bis Sie eingeschlafen sind«, beruhigte ich sie.

Dickon blieb auch im Zimmer, setzte sich ans Bett und beobachtete Jessie.

»Ich habe ihn ganz deutlich gesehen«, beteuerte sie, »er sah genauso aus wie früher.«

»Manchmal spielt uns die Beleuchtung einen Streich«, erklärte ich.

»Die Halle ist kaum beleuchtet.«

»Deshalb haben Sie ja geglaubt, diese Erscheinung zu sehen. Bei Tageslicht hätten Sie erkannt, daß niemand dort oben steht.«

»Aber ich habe ihn gesehen. Was will er von mir?«

Dickon beugte sich über das Bett. »Die Köchin glaubt, daß einer von uns sterben wird und daß er es ankündigen will.«

»Lord Eversleigh ist sehr krank«, warf ich ein. »Dr. Cabel rechnet jeden Augenblick mit seinem Tod.«

»Der Schmied hat erwähnt, daß die Leute, die kein ordentliches Begräbnis gehabt haben, wiederkommen.« Jessie erschauerte von neuem.

»Hoffentlich kommt der Doktor bald mit seiner Medizin«, bemerkte ich.

Dickon griff nach Jessies Hand und hielt sie fest. »Sie dürfen sich nicht so aufregen, sonst sind Sie Ihren Aufgaben nicht gewachsen. Sie könnten sogar krank werden; Sie müssen auf sich aufpassen, Jessie.«

»Sie sind so gut zu mir.«

In diesem Augenblick trat der Arzt ein, Jessie trank die Medizin, die er ihr reichte, und ich blieb bei ihr, bis sie eingeschlafen war.

Jessie erholte sich rasch von dem Schrecken und war nach wenigen Tagen wieder die alte. Ich war jetzt fest entschlossen, so bald wie möglich heimzureiten. Das Haus bedrückte mich, und meine Besuche bei Onkel Carl waren meiner Ansicht nach vollkommen nutzlos. Er befand sich immer in dem gleichen Dämmerzustand, und meine Anwesenheit schien überhaupt keine Wirkung zu zeigen.

Ich sehnte mich nach Lottie, Jean-Louis und dem Frieden von Clavering.

Ein paarmal war ich nach Enderby hinübergegangen, doch die Forsters hielten sich noch in London auf.

Einmal kam ich an Grasslands vorbei und sah, daß Dickons Pferd vor dem Haus stand. Hoffentlich benahm er sich dem wirklich lieben Andrew Mather gegenüber anständig. Ich hätte Andrew gern wiedergesehen, aber da ich dabei zwangsläufig auch Evalinas Anwesenheit in Kauf nehmen mußte, verzichtete ich auf das Vergnügen.

Oft ertappte ich Dickon dabei, wie er mich spöttisch musterte. Ich fragte mich, ob er vielleicht wieder einen seiner Pläne ausheckte, und war beunruhigt.

Sollte ich Dr. Cabel erzählen, daß ich nach Clavering zurückkehren wollte? Warum eigentlich nicht? Die Anwälte fanden, daß auf Eversleigh alles in Ordnung war. Natürlich gab es das Problem mit der außer Haus gebrachten wertvollen Statuette, und es war durchaus möglich, daß Jessie weitere Wertgegenstände wegschaffte, um für ihr Alter vorzusorgen. Aber Onkel Carl war immer sehr großzügig zu ihr gewesen, es konnten also ebenso Geschenke von ihm sein.

Eine Möglichkeit war, ein Inventar aufnehmen zu lassen; ich konnte die Anwälte damit betrauen. Das wäre aber gleichbedeutend mit einem Mißtrauensvotum Jessie gegenüber gewesen. Wenn wir sie dadurch verärgerten und sie Eversleigh verließ, war die Aufregung für meinen Onkel wahrscheinlich zu groß.

Ohne es zu bemerken, war ich wieder einmal nach Enderby hinübergewandert. Ich hoffte immer noch, die Forsters vor meiner Abreise sprechen zu können, mußte mich aber leider davon überzeugen, daß sie noch nicht zurückgekehrt waren.

Geistesabwesend schlenderte ich zu der Stelle, an der ich Gerard einst kennengelernt hatte. Im Sonnenlicht glitzerte etwas im hohen Gras. Ich lief hin und sah ein in die Erde gestecktes Kreuz.

Was konnte das bedeuten? Es sah beinahe so aus, als hätte jemand ein Grab bezeichnen wollen, und zwar vor nicht allzulanger Zeit.

Ich richtete mich wieder auf; mir war unheimlich zumute. Als wäre ich blindlings in etwas hineingetappt und begänne erst jetzt, das volle Ausmaß der Entdeckung zu begreifen. Ich hatte nur einen Gedanken: Möglichst rasch fort von hier!

Als ich ein paar Schritte gegangen war, bildete ich mir ein, hinter mir ein Geräusch zu vernehmen. Daraufhin begann ich zu laufen. Um möglichst rasch in Eversleigh zu sein, nahm ich die Abkürzung durch das Gehölz. Und hier glaubte ich wieder, Schritte hinter mir zu hören.

Endlich lichteten sich die Bäume, und bald darauf war ich im Freien. Erst als mich eine gehörige Entfernung vom Wäldchen trennte, wagte ich stehenzubleiben und mich umzudrehen.

In diesem Augenblick tauchte mein Verfolger auf: Dickon. Er schlenderte auf mich zu und begrüßte mich mit einem fröhlichen »Hallo«.

Ich reagierte nicht auf seinen Gruß, sondern fragte: »Du bist doch gerade aus dem Wald gekommen – hast du dort jemanden gesehen?«

Er zog erstaunt die Augenbrauen hoch.

Ich stammelte: »Ich habe nur gemeint... es verirrt sich selten jemand dorthin.«

»Gehst du zum Haus zurück?« fragte er.

Ich nickte.

»Dann begleite ich dich.« Er schien nicht zu bemerken, daß ich immer noch zitterte, und ich wußte nicht recht, was ich von seinem plötzlichen Erscheinen halten sollte. Hatte er mich aus Übermut verfolgt?

Dann fiel mir auf, daß sein Rock nicht richtig saß. Dickon war immer sehr elegant gekleidet, und deshalb war nicht zu übersehen, daß er etwas in der Innentasche stecken hatte, das sie ausbeulte.

Als sein Rock bei einem plötzlichen Windstoß vorne auseinanderklaffte, sah ich den Gegenstand: eine Pistole.

Ich war wirklich erschüttert. Wozu brauchte er eine Pistole? Er hatte sich in letzter Zeit überhaupt verändert, seine Augen glitzerten gelegentlich, als befände er sich auf der Jagd. Zuerst hatte ich angenommen, daß er Beziehungen zu einem Mädchen in Eversleigh angeknüpft hatte und die Abwechslung genoß, aber das konnte nicht zutreffen, denn er war an Liebesabenteuer aller Art gewöhnt.

Warum um alles in der Welt schleppte er eine Pistole mit sich herum? Worauf wollte er schießen? Auf Kaninchen oder Vögel? Aus Freude am Töten?

Und wo hatte er die Waffe her? Etwa aus der Waffenkammer in Eversleigh?

Kaum war ich allein, machte ich mich auf die Suche nach der Waffenkammer und fand sie auch bald. Sie war mit Waffen aller Art vollgeräumt, und ich hatte natürlich keine Möglichkeit festzustellen, ob etwas fehlte. Dickon konnte die Pistole auch ohne weiteres aus Clavering mitgebracht haben.

Als ich mich wieder in meinem Zimmer befand, klopfte es, und auf mein »Herein« trat Jessie ein.

»Ich hoffe, ich störe Sie nicht, Mistreß Ransome, aber ich soll Ihnen etwas von Amos Carew ausrichten. Er läßt Sie bitten, morgen nachmittag zu ihm zu kommen, denn er möchte Ihnen etwas zeigen. Er erwartet Sie zwischen drei und vier, aber wenn Ihnen die Zeit nicht paßt, müssen Sie nur sagen, wann Sie kommen wollen.«

»Es ist schon recht, ich werde ihn zur vorgeschlagenen Stunde aufsuchen. Ich hoffe, Sie haben den kleinen Schock inzwischen überwunden.«

»Ich weiß gar nicht, was in mich gefahren ist. Wahrscheinlich dachte ich noch an die Geschichte, die die kleine May erzählt hat, und in der ungewissen Beleuchtung habe ich mir dann eingebildet, etwas zu sehen. Ich schäme mich wirklich, denn so etwas sieht mir überhaupt nicht ähnlich.«

In dieser Nacht weckte mich neuerlich ein Geräusch. Es gab jemanden im Haus, der nächtliche Besuche abstattete, und zwar wieder um zwei Uhr, wie beim ersten Mal.

Am nächsten Nachmittag ging ich zu Amos' Haus hinüber. Es sah hübsch aus; davor lag eine große Rasenfläche und neben der Eingangstür blühten Blumen.

Amos öffnete die Tür, noch ehe ich klopfte. Er führte mich in das behaglich eingerichtete Wohnzimmer und bot mir einen Stuhl an.

»Es ist sehr freundlich von Ihnen, Mistreß Ransome, daß Sie mich besuchen«, begann er.

»Keineswegs. Es interessiert mich, weshalb Sie mit mir sprechen wollen.«

Er sah mich ein bißchen verlegen an. »Das ist nicht leicht zu erklären. Es geht um – um das Herrenhaus.«

»Und?«

»Es kann nicht so weitergehen. Seine Lordschaft wird trotz aller Versprechungen des Arztes immer schwächer.«

»Da haben Sie recht.«

»Und ich mache mir Gedanken darüber, was aus mir wird, wenn er nicht mehr am Leben ist. Das klingt natürlich herzlos, aber ich mache mir Sorgen. Ich muß an meine Zukunft denken.«

»Ich verstehe Sie vollkommen.«

»Nun, wenn Seine Lordschaft stirbt, geht der Besitz an Sie über.«

»Woher wollen Sie das wissen?«

»Seine Lordschaft hat es Jessie erklärt. Er hat ihr überhaupt kaum etwas verschwiegen. Und ich muß gestehen, daß auch sie sich Sorgen macht. Für uns beide könnten schwere Zeiten kommen.«

»Wie gesagt, ich verstehe Sie sehr gut, aber mit diesen Fragen können wir uns erst später befassen. Es könnte ja sein, daß mein Onkel es sich anders überlegt hat. Wir können nicht Vorsorge für einen Fall treffen, der noch gar nicht eingetreten ist.«

»Jessie behauptet, daß er den Besitz Ihnen hinterlassen hat, und sie muß es wissen. Deshalb wollte ich mit Ihnen darüber sprechen, was ich zu erwarten habe.«

»Wenn alles zutrifft, wie Sie behaupten, werden mein Mann und ich bestimmt niemanden wegschicken, der bisher tüchtige Arbeit geleistet hat. Aber ich kann nicht über etwas verfügen, das nicht mir gehört. Man kann nie wissen, was noch geschieht.«

Er nickte ernst. »Ich möchte Ihnen zeigen, wie gut ich alles instand halte. Nicht nur das Haus, auch den Garten. Ich liefere sogar das Gemüse für das Herrenhaus. Ich habe gehofft, daß Sie ihn sich ansehen werden.«

»Ich bin davon überzeugt, daß alles in bester Ordnung ist.«

»Aber ich würde Ihnen den Garten wirklich gern zeigen.«

Also stand ich auf, und er führte mich durch einen Korridor in den Garten, in dem tiefe Stille herrschte.

»Obwohl Sie nicht weit vom Herrenhaus wohnen, hat man hier das Gefühl von vollkommener Abgeschiedenheit«, stellte ich fest.

Er antwortete nicht, sondern sah mich nur merkwürdig an. Ob er mich vielleicht aus einem ganz anderen Grund herbestellt hatte? Es war bestimmt am besten, wenn ich mich möglichst rasch unter irgendeinem Vorwand verabschiedete und ins Herrenhaus zurückkehrte.

»Ich möchte Ihnen vor allem die Bäume zeigen«, sagte er. »Das Obst ist heuer ganz besonders gut geraten.«

Seine Stimme klang fremd, irgendwie gepreßt.

Und dann hörte ich ein Geräusch; jemand klopfte an die Tür. Dann folgten Schritte, und im nächsten Augenblick tauchte Dickon auf.

»Ich habe geklopft, aber die Tür stand offen. Oh, hallo Zippora. Ich möchte mit Ihnen sprechen, Amos.«

»Ich bin beschäftigt.«

»Das macht nichts, ich warte gern. Sie zeigen Zippora den Garten, nicht wahr? Du mußt nämlich wissen, Zippora, daß er auf seinen Garten sehr stolz ist.«

»Es ist wohl besser, wenn ich euch jetzt euer Gespräch führen lasse«, trat ich den Rückzug an.

Dickon grinste. »Ich vertreibe dich doch hoffentlich nicht?«

»Keineswegs, ich wollte ohnehin gehen.«

Amos schien sich in sein Schicksal zu ergeben; es war ihm nicht anzumerken, ob er sich ärgerte oder sich freute. Wahrscheinlich ging ihm Dickon allmählich auf die Nerven.

Während ich ins Haus zurückkehrte, dachte ich darüber nach,

wie oft Dickon in letzter Zeit dort aufgetaucht war, wo ich mich gerade befand. Als würde er mich verfolgen. Diesmal war ich allerdings froh darüber gewesen. Ich hatte im Garten tatsächlich Angst gehabt, obwohl es keinen logischen Grund dafür gab. Wahrscheinlich regte mich die Situation in Eversleigh mehr auf, als ich mir eingestehen wollte.

Als ich die Halle betrat, stieß ich auf Jessie. Sie schrak bei meinem Anblick zusammen und wurde blaß.

»Geht es Ihnen gut?« fragte ich.

»Ja. Haben Sie mit Amos gesprochen?«

»Ja.«

»Und ging alles in Ordnung?«

Ich zog die Augenbrauen hoch. Es war nicht das erstemal, daß sie versuchte, mich ins Kreuzverhör zu nehmen, und ich empfand das unwiderstehliche Bedürfnis, sie in ihre Schranken zu verweisen.

»Wir haben uns unterhalten«, antwortete ich daher kühl und ließ sie stehen. Ich konnte spüren, wie sie mir nachsah.

Um mich abzulenken, griff ich in meinem Zimmer nach ein paar Kleidungsstücken, die auszubessern waren. Natürlich hätte ich sie einem der Mädchen geben können, aber ich brauchte jetzt eine Beschäftigung. Da ich kein Nähzeug bei mir hatte, ging ich zu Jessies Zimmer, um sie um welches zu bitten.

Ich klopfte, und als niemand antwortete, trat ich ein. Das erste, was ich sah, war der leere Fleck an der Wand, wo früher das Kruzifix gehangen hatte. Es war verschwunden – und ich wußte auch, wohin. Jessie hatte es bei Enderby in die Erde gesteckt.

Ich vergaß das Nähzeug und kehrte in mein Zimmer zurück.

Was hat das alles zu bedeuten, fragte ich mich. Es konnte nur eines heißen: daß sich dort ein Grab befand. Wessen Grab? War es möglich...

Ich mußte die Wahrheit herausbekommen.

Wenn nur jemand dagewesen wäre, an den ich mich um Hilfe wenden konnte. Konnte ich den ruhigen, vernünftigen Dr. Forster darum bitten? Nein. Für mich kamen nur die Anwälte in Frage, denn Mr. Rosen war über die Situation in Eversleigh Court informiert.

Und was sollte ich ihm sagen? Die Haushälterin hat ein Kreuz in die Erde gesteckt?

Ich brauchte stichhaltige Beweise.

Es war bald Zeit zum Abendessen, und dann folgte der Besuch

im Krankenzimmer. Ich mußte aufpassen und nicht mehr so leichtgläubig sein, denn ich hatte es mit skrupellosen Leuten zu tun. Und was für eine Rolle spielte Dickon in dieser Intrige?

Sobald ich mehr Beweismaterial in der Hand hatte, konnte ich Mr. Rosen aufsuchen; er würde veranlassen, daß der Fleck Erde, in dem das Kruzifix steckte, aufgegraben wurde, und dann würde sich ja herausstellen, warum Jessie so tat, als befände sich dort ein Grab.

Dann stiegen Zweifel in mir auf. War die Wand wirklich leer gewesen, oder hatte ich es mir nur eingebildet? Ich beschloß, bei der nächsten sich bietenden Gelegenheit in Jessies Zimmer zu schlüpfen und mich nochmals zu vergewissern.

Die Gelegenheit ergab sich eine halbe Stunde vor dem Abendessen, als Jessie in der Küche die Zubereitung der mahlzeit überwachte. Ich lief zu ihrem Zimmer und sah hinein.

Das Kruzifix hing an der Wand.

Ich konnte es kaum glauben – hatte ich mich wirklich so getäuscht? Spielte mir meine Fantasie einen Streich?

Ich nahm mir vor, am nächsten Tag nach Enderby hinüberzugehen. Wenn das Kruzifix dort war, gehörte es nicht Jessie, und ich hatte mir den leeren Fleck an der Wand nur eingebildet. Aber wie war das möglich? Ich war eine vernünftige Frau mit gesundem Menschenverstand; jedenfalls hatte ich das bis jetzt angenommen.

Es war Nacht, aber ich konnte nicht schlafen. Ich hatte den Abend recht gut überstanden, obwohl Dr. Cabel beim Essen bemerkt hatte: »Sie wirken heute etwas nachdenklich, Mistreß Ransome.«

»Ich bin müde und werde zeitig zu Bett gehen.«

Onkel Carl hatte ich nicht sehen dürfen, weil er laut Dr. Cabel tief und fest schlief und es nicht gut gewesen wäre, ihn zu stören.

»Es muß etwas in der Luft liegen«, meinte der Arzt. »Sie sind beide müde, wahrscheinlich ist es das Wetter.«

Also ging ich zeitig auf mein Zimmer und auch zu Bett, machte aber kein Auge zu. Ich hatte mich dazu entschlossen, am nächsten Tag Mr. Rosen aufzusuchen. Vorher wollte ich mich allerdings vergewissern, ob das Kruzifix noch im Boden von Enderby steckte.

Um halb zwei war ich noch immer hellwach, als ich das Knarren der Haustür hörte. Ich stand auf und trat ans Fenster. Ein Mann in einem langen Mantel trat aus dem Haus; es handelte sich weder um Amos noch um Dickon. Wer war es also?

Er überquerte den Rasen, und in diesem Augenblick hatte ich eine Idee. Ich schlüpfte in meinen Morgenrock, öffnete die Tür einen Spalt und lauschte. Als alles still blieb, ging ich in den Korridor hinüber, an dem sich Onkel Carls Zimmer befand, und betrat es.

Das Mondlicht fiel in das Zimmer, so daß ich die Einrichtung deutlich erkennen konnte, auch das Himmelbett mit den halb zugezogenen Vorhängen.

Ich trat ans Bett – eigentlich war ich auf den Anblick gefaßt gewesen, der sich mir bot. Das Bett war leer.

Plötzlich fügten sich die einzelnen Steine zu einem Bild zusammen.

Der Mann im Bett war nicht mein Onkel.

Ich sah mich im Zimmer um und öffnete einen der Schränke. Außer den Kleidungsstücken befanden sich Tiegel, Wattebäusche und Pinsel in ihm – das Handwerkszeug eines Schauspielers.

Schauspieler – sie hatten ein Drama oder besser eine Posse für mich inszeniert.

Sie waren alle, ohne Ausnahme, Schauspieler. Der Arzt, der Mann im Bett – und Jessie war die Souffleuse.

Das war der Beweis, den ich brauchte. Mr. Rosen würde morgen Augen machen.

Sie waren erfinderisch und verzweifelt. Auf keinen Fall durften sie vor meinem Besuch bei Mr. Rosen merken, daß ich ihnen auf die Schliche gekommen war.

Der falsche Lord Eversleigh würde bald zurückkommen. Wahrscheinlich ging er jede Nacht spazieren, um sich ein bißchen Bewegung zu verschaffen.

Ich geriet plötzlich in Panik, lief zur Tür und spähte hinaus. Zum Glück war alles still.

Gegenüber der Tür befand sich ein Fenster mit schweren Vorhängen. Ich versuchte, mich hinter ihnen zu verstecken – es ging. Also beschloß ich zu warten, bis der Schauspieler, der die Rolle meines Onkels übernommen hatte, zurückkehrte.

Ich stand lange Zeit frierend und verkrampft in meiner Nische, aber mein Warten lohnte sich.

Kurz nach zwei Uhr knarrte die Tür, und gleich darauf kamen Schritte die Treppe herauf.

Ich lugte durch den Spalt in den Vorhängen und sah ihn in seinem Zimmer verschwinden.

Ich schlich in mein Zimmer zurück.

Was für einen ungeheuren Betrug sie doch inszeniert hatten! Und was war mit Onkel Carl geschehen? Er war sicherlich tot und lag bei Enderby begraben, dort, wo ich das Kruzifix gesehen hatte.

Ich war in Versuchung, mir einem Spaten zu beschaffen und das Grab selbst auszuheben.

Das war natürlich nicht möglich, ich würde es nie allein schaffen, sondern brauchte Hilfe.

Aber wen konnte ich mich wenden? Immer wieder fiel mir Dr. Forster ein. Konnte ich ihn wirklich in die Angelegenheit hineinziehen? Mir war überhaupt nicht klar, wieso ich ausgerechnet auf ihn kam.

Nein, Mr. Rosen war der richtige Mann für mich, obwohl ich mir nicht recht vorstellen konnte, wie er auf die bizzare Geschichte reagieren würde.

An Schlaf war unter diesen Umständen natürlich nicht mehr zu denken. Ich lag wach im Bett und wartete ungeduldig darauf, daß es endlich hell wurde.

Im Morgengrauen stand ich auf, und als ich nach meinem Morgenrock griff, sah ich, daß ein Knopf an ihm fehlte.

Ich erschrak zutiefst. Was war, wenn ich ihn im sogenannten Krankenzimmer verloren hatte? Dann wußten sie, daß ich dort gewesen war, und ich befand mich in Gefahr.

Also mußte ich mich vollkommen normal benehmen. Ich ging zum Frühstück hinunter; Dickon saß bereits am Tisch. Er lächelte mir beinahe gönnerhaft zu; wenn er von anderem Charakter gewesen wäre, hätte ich mich ihm anvertrauen können, aber so...

»Du bist heute außerordentlich zeitig wach«, stellte er fest.

»Nein.«

»Und du siehst nachdenklich aus.«

Ich zuckte die Schultern.

»Ich könnte schwören, daß du an die Abenteuer denkst, die der Tag dir bringen wird.«

Wußte er etwas?

»Sie werden bestimmt nicht so aufregend sein wie die deinen.«

Er lachte. »Eigentlich wäre es schön, Zippora, wenn du mich ein bißchen gern hättest. Deine Mutter und meine Mutter nehmen es sich sehr zu Herzen, daß du mich gar nicht magst.«

»Wenn du Wert auf meine Achtung legst, mußt du sie dir verdienen.«

»Das ist mir leider klar.«

Ich stand auf.

»Schon? Du hast ja kaum etwas gegessen.«

»Ich habe genug.«

Damit verließ ich das Zimmer.

Ich brauchte mein Pferd für den Besuch in der Stadt. Allerdings wollte ich den Umweg über Enderby machen, um zu sehen, ob das Kreuz noch da war.

Seit ich beschlossen hatte, etwas zu unternehmen, fühlte ich mich besser. Langsam fügte sich eines zum anderen. Mein Onkel war gestorben. Hatte dabei jemand seine Hand im Spiel gehabt? Kaum, denn Jessie wußte, daß er ihr als Lebender weit nützlicher war denn als Toter. Warum hatte sie dann die Schauspieler geholt? Damit sie weiterhin das angenehme Leben in Eversleigh genießen und sich noch rasch die Taschen füllen konnte. Ich dachte an die Statuette in Grasslands. Mr. Rosen bot sich ein weites Feld zur Betätigung.

Ich hatte Enderby erreicht, stieg vom Pferd und band es an einen Busch, denn ich konnte vom Sattel aus nicht sehen, ob das Kreuz noch da war. Also drang ich ein paar Schritte in das Gebüsch ein und stand vor der Stelle, an der ich das Kreuz gefunden hatte. Es war fort.

Jetzt war ich meiner Sache gewiß. Jessie hatte es dorthin gebracht, weil das Gespenst ihr wirklich Angst eingejagt hatte. Dann hatte sie erkannt, wie dumm sie gewesen war, und hatte es wieder entfernt.

Ich kehrte zu meinem Pferd zurück und stieg auf. Das Gelände zwischen Enderby und Eversleigh ist sehr einsam. Ich kam zu einem kleinen Wäldchen, das ich im Schritt durchqueren mußte.

Dann hörte ich ein Geräusch, und obwohl ich es nicht definieren konnte, erschreckte es mich. Außer mir befand sich noch jemand im Wald, und ich begriff instinktiv, daß mir Gefahr drohte. Während ich noch überlegte, ob ich weiterreiten oder nach Enderby zurückgaloppieren sollte, kam ein Mann auf mich zu. Er hielt eine Pistole in der Hand, den er auf mich richtete. Vor dem Gesicht trug er eine Maske; den Zweispitz hatte er tief in die Stirn gezogen, wie ein Wegelagerer.

Ich starrte in die Mündung der Pistole und stammelte: »Ich habe fast kein Geld bei mir.«

Er sprach nicht, sondern hob die Pistole, und ich begriff, daß er es nicht auf mein Geld, sondern auf mein Leben abgesehen hatte. Dann hörte ich den Schuß und glitt vom Pferd. Meine Ohren dröhnten, und ich sah Blutspritzer auf den Bäumen.

Langsam kam ich wieder zu mir – ich war also nicht tot.

Ein Körper lag im Gras, und daneben stand ein Mann mit einer Pistole in der Hand. Das kann doch nicht wahr sein, dachte ich, denn dieser Mann war Dickon.

»Alles in Ordnung, Zippora«, rief er mir zu, »ich habe ihn erwischt, gerade rechtzeitig. Zum ersten Mal im Leben habe ich einen Menschen getötet.«

»Du...« Mehr brachte ich nicht heraus.

Er kniete neben der Gestalt im Gras nieder. »Tot, genau ins Herz. Ein guter Schuß.«

»Wer... Was?«

»Hast du denn nicht begriffen, was gespielt wurde? Nein, anscheinend bist du zu spät dahintergekommen. Ich habe vom ersten Augenblick an gewußt... Aber gehen wir, wir haben viel zu erledigen.«

Dickon hatte mir also das Leben gerettet.

Zunächst ritten wir in die Stadt zu den Anwälten. Mr. Rosen senior hörte sich regungslos Dickons Bericht an.

»Ich habe Amos Carew erschossen«, begann er. »Er hatte sich als Wegelagerer verkleidet und wollte Zippora ermorden.«

Mr. Rosens Augenbrauen stiegen immer höher, während er zuhörte. »Klarer Fall von Notwehr«, erklärte er schließlich. »Niemand kann Sie anklagen.«

»Ich habe vom ersten Augenblick an gewußt, daß etwas nicht stimmt«, erzählte Dickon. »Diese komplizierten Vorbereitungen, bevor man den alten Mann sehen durfte! Als ich unerwartet ins Zimmer kam, gerieten sie vollkommen aus dem Häuschen. Also begann ich mich umzusehen. Dabei entdeckte ich, daß die Wertgegenstände allmählich aus dem Haus verschwanden. Ich glaube, das war der Hauptgrund für die Komödie mit dem falschen Lord Eversleigh. Sie wollten, daß Jessie so lange Haushälterin blieb, bis sie bestimmte Gegenstände mit Gewinn an den Mann gebracht hatten... aber dazu brauchten sie Zeit.«

»Sie?«

»Jessie, Amos Carew und die beiden Männer, die die Rollen des Arztes und des Kranken gespielt haben.«

»Eine ganze Bande.«

»Sie brauchten so viele Leute. Sie wußten, daß Zippora allmählich den Betrug durchschaute. Wahrscheinlich war Amos die treibende Kraft; er war auch der skrupelloseste von ihnen. Die Haushälterin wollte sicherlich nur noch eine Zeitlang das gute Leben genießen. Aber sie war Amos hörig und gehorchte ihm widerspruchslos. Sie erkannten also, das Zippora ihnen auf der Spur war, aber an mich dachten sie nicht. Sie kannten mich als leichtfertig, und ich tat alles, um meinen Ruf gerecht zu werden. Etliches erfuhr ich von Evalina, die nicht so verschwiegen war, wie sie hätte sein sollen. Auch in Amos' Haus befinden sich Gegenstände aus Eversleigh; ich entdeckte sie, als ich ihn einmal besuchte. Wahrscheinlich fanden sie nicht so schnell Käufer dafür. Und als sie merkten, daß sie Zippora nicht mehr täuschen konnten, beschlossen sie, sie ins Jenseits zu befördern. Aber sie hatten die Rechnung ohne mich gemacht, denn ich war fest entschlossen, den Auftrag unserer Mütter auszuführen und sie zu beschützen.«

»So verdankt Mistreß Ransome ihr Leben also Ihnen.«

Dickon lächelte boshaft. »Offenkundig. Ich habe sie sogar zweimal gerettet. Als sie Amos besuchte, hatte dieser die Absicht, sie zu ermorden. Wahrscheinlich hätte er das Ganze so arrangiert, als hätte ein Bandit sie erschossen. Und heute früh hörte ich, wie sie von einem Knopf sprachen, der ihnen verraten hatte, daß Zippora im Krankenzimmer gewesen war, und daß sie jetzt nicht mehr warten könnten.«

»Ja«, bestätigte ich, »ich war vergangene Nacht dort. Das Zimmer war leer. Der ›Kranke‹ unternahm gerade einen Spaziergang. Dabei mußte ich den Knopf von meinem Morgenrock verloren haben.«

Mr. Rosen räusperte sich. »Sie haben mir da wirklich eine außergewöhnliche Geschichte erzählt. Jetzt müssen wir Lord Eversleighs Leichnam suchen. Wenn es Mord war...«

»Ich glaube nicht, daß Jessie einen Mord zugelassen hätte«, wandte ich ein. »Es handelt sich sicherlich nur um Betrug.«

Onkel Carls Leichnam fand sich tatsächlich dort, wo Jessie das Kreuz aufgestellt hatte. Und zwar hatten sie ihn in der Truhe begraben, die Dickon im Wintersalon vermißt hatte.

Die Ärzte bestätigten, daß Onkel Carl eines natürlichen Todes gestorben war, daß es sich nicht um Mord handelte. Allerdings hatte Amos es auf Onkel Carls Vermögen abgesehen gehabt, deshalb hatte er Jessie nach Eversleigh gebracht. Sie hatte zuerst ihre Rolle Onkel Carl gegenüber ausgezeichnet gespielt, dann aber immer mehr Angst bekommen, als sie bemerkte, daß sie nicht nur einen alten Mann umgarnen, sondern bei einem Riesenbetrug mithelfen sollte.

Das Gespenst hatte Jessie zutiefst erschreckt; natürlich war es niemand anderer gewesen als Dickon. Er hatte ein paar alte Sachen von Onkel Carl gefunden und sich verkleidet. »Ich habe mir gedacht, daß es uns vielleicht weiterhelfen kann«, meinte er bescheiden, und das war ja auch der Fall gewesen.

Amos war tot, und Jessie war mit den beiden Schauspielern

geflüchtet. Wir stellten in Amos' Haus zahlreiche Wertgegenstände sicher und entrissen auch Evalina etliche, obwohl diese empört beteuerte, sie habe sie nur für ihre Mutter aufbewahrt.

Rosen, Stead und Rosen erledigten alles; Onkel Carl wurde in der Familiengruft beigesetzt, und ich wurde Besitzerin von Eversleigh.

Dickon und ich kehrten nach Clavering zurück. Dickon war sehr zufrieden mit sich; in Eversleigh wurde er als Held gefeiert. Daß er einen Wegelagerer getötet hatte, der ja eigentlich gar keiner war, wurde als Wohltat für die Menschheit angesehen. Außerdem hatte er sich als sehr scharfsinnig erwiesen.

Als wir nach unserer Heimkehr alles erzählt hatten, befanden sich meine Mutter und Sabrina im siebenten Himmel. Sie ließen sich immer wieder über unsere Abenteuer berichten.

»Das Ganze ist unglaublich«, staunte meine Mutter.

»Ein Glück, daß Dickon dabei war«, rief Sabrina.

»Wir sind sehr stolz auf dich, Dickon«, erklärten sie einstimmig.

Dickon sonnte sich in ihrer Bewunderung. »Du mußt jetzt deine Einstellung mir gegenüber revidieren, Zippora«, stellte er fest. »Du darfst nie vergessen, daß ich dir das Leben gerettet habe.«

»Ich frage mich, warum du es überhaupt getan hast.«

»Das kann ich dir erklären. Wenn du gestorben wärst, hätte weiß Gott wer Eversleigh bekommen. Sabrina wäre deshalb nicht in Frage gekommen, weil sie es mir, dem Sohn eines verdammten Jakobiten, hinterlassen hätte. Auch deine Mutter schied aus, weil sie es mir hätte vermachen können. Wer also? Irgendein weit entferntes Familienmitglied wahrscheinlich. Von meinem Standpunkt aus mußte ich also dafür sorgen, daß du Eversleigh bekommst, weil dann Clavering mir zufällt. Außerdem hatte ich noch einen Grund.«

»Und zwar?«

»Du wirst es nicht glauben, aber ich mag dich, Zippora. Du bist nicht so, wie du dich gibst, nicht wahr? Und diese zweite Zippora mag ich.«

Damit gab er mir zu verstehen, daß er über meine Liebesaffäre mit Gerard Bescheid wußte.

Ich hätte ihm dankbar sein müssen, aber ich konnte es nicht. Ich mochte ihn genausowenig wie früher.

7

Herrin auf Eversleigh

Zu Beginn des folgenden Jahres übersiedelten wir nach Eversleigh. Jean-Louis tat es nur ungern, denn er war in Clavering aufgewachsen und fühlte sich dort zu Hause, aber er sah ein, daß uns nichts anderes übrigblieb, denn Eversleigh war der ungleich wertvollere Besitz. Außerdem wußte er, daß meine Mutter und Sabrina glücklich waren, weil Clavering jetzt endgültig Dickon zufiel.

»Es wäre unvernünftig, auf Eversleigh zu verzichten«, sagte meine Mutter, »und ich bin davon überzeugt, daß Zippora unserer Meinung ist.«

Das war ich, aber einer der Gründe für die Bereitwilligkeit, mit der ich Clavering verließ, war die Tatsache, daß ich dann Dickon nicht mehr täglich sehen mußte.

Lottie genoß die Übersiedlung. Sie war jetzt acht Jahre alt, ein liebreizendes, impulsives, zärtliches, unberechenbares Geschöpf. Sie hatte große, veilchenblaue Augen, dichte dunkle Wimpern und beinahe tiefschwarzes Haar – eine unwiderstehliches Kombination.

Meine Mutter meinte: »Sie dürfte ihrer Urgroßmutter nachgeraten. Du und Jean-Louis, ihr wart immer ruhige, vernünftige Kinder, während sie im Wesen Carlotta gleicht. Du wirst auf sie aufpassen müssen, Zippora.«

»Das habe ich auch vor.«

Ich sah meine Mutter wehmütig an. Sie hatte ein schlechtes Gewissen, weil sie Dickon mehr liebte als mich.

Manchmal dachte ich darüber nach, wieso ruhigen, nüchternen, unkomplizierten Menschen nicht soviel Zuneigung entgegengebracht wird wie den unberechenbaren, flatterhaften Naturen. Carlotta hatte jeden, der sie kennenlernte, tief beeindruckt, und dabei hatte sie keineswegs ein konventionelles Leben geführt. Meine Mutter und Sabrina liebten Dickon wohl sehr, obwohl sie zugeben mußten, daß er nicht immer dieser Bewunderung würdig war.

»Lottie braucht ein Geschwisterchen«, behauptete meine Mutter oft. »Es ist wirklich schade...«

»Wir haben wenigstens ein Kind«, antwortete ich jedesmal.

Damit beruhigte ich mich selbst; auch wenn ich Unrecht getan hatte, so war doch Lottie die positive Folge.

Wir bereitete also die Übersiedlung vor. Dickon wollte in das Haus einziehen, das wir räumten. Dagegen hatten meine Mutter und Sabrina heftig protestiert; warum wollte er unbedingt ein eigenes Haus haben, warum konnte er nicht weiterhin bei ihnen wohnen?

»Weil ich jetzt der Verwalter bin, und deshalb im Verwalterhaus leben muß«, erklärte Dickon kategorisch.

Natürlich gaben sie nach – wenn er etwas wollte, dann setzte er es auch durch.

Ich mochte nicht daran denken, daß er von nun an das Haus bewohnen würde, in dem Jean-Louis und ich glücklich gewesen waren. Jean-Louis verstand mich, wie immer, und tröstete mich: »Das Haus gehört nicht mehr uns, und wir werden es vergessen.«

Während der Fahrt nach Eversleigh – Lottie saß zwischen uns in der Kutsche – fiel mir auf, wie müde und bedrückt Jean-Louis aussah, und ich empfand tiefe Zärtlichkeit für ihn. Ich hatte ihn zwar betrogen, aber ich hatte es durch mein liebevolles Verhalten nach meiner Rückkehr sicherlich wieder gutgemacht, und Lottie war sein ein und alles.

Sie genoß die Reise, geriet über alles, was sie sah, in Verzückung und verkürzte uns dadurch die lange Fahrt.

Das Haus sah anders aus – wahrscheinlich, weil ich es jetzt mit den Augen der Hausherrin betrachtete. Unwillkürlich mußte ich an die lange Reihe meiner Ahnen denken, und Stolz erfüllte mich.

Wir stiegen aus, und ich blieb einen Augenblick bewundernd stehen. Das Haus war etwa zweihundert Jahre alt, war also zur Zeit Elisabeths erbaut worden, und wies daher den für die damalige Zeit typischen E-förmigen Grundriß auf, bei dem die Halle in der Mitte liegt und sich zu beiden Seiten Flügel anschließen.

Der alte Jethro kam aus den Ställen gelaufen. »Ich habe die Kutsche kommen gehört«, erklärte er.

»Das ist Jethro«, sagte ich zu Jean-Louis, »der alte, treue Vertraute meines Onkels.«

»Sie werden zufrieden sein, Mistreß Zippora, die Diener haben sich wirklich Mühe gegeben«, berichtete Jethro.

»Sind es immer noch die gleichen?« fragte ich.

»Die meisten haben sich aus dem Staub gemacht, sie müssen Freunde von Jessie gewesen sein. Aber meine Frau hat Mädchen aus dem Dorf eingestellt, die Ihnen zur Hand gehen werden, bis Sie einen Überblick gewonnen haben.«

»Danke, Jethro.«

Wir traten in die Halle.

»Was ist das?« rief Lottie und lief zum Kamin.

»Unser Stammbaum, Lottie«, erklärte ich ihr. »Vor über hundert Jahren ließ ihn der damalige Schloßherr über den Kamin malen, und seither ist er ständig weitergeführt worden.«

»Und ich werde auch einen Zweig bekommen, nicht wahr?«

»Natürlich.«

»Und dann wird auch mein Mann dazukommen... wer immer das sein wird. Ich weiß schon, man muß etwas unter das Kopfkissen legen, und zwar am Weihnachtsabend oder zu Allerheiligen, und wenn man aufwacht, sieht man das Gesicht seines zukünftigen Mannes vor sich. Ich kann es kaum erwarten.«

»Aber Lottie«, wies ich sie zurecht, »du bist gerade erst in deinem neuen Zuhause eingetroffen und denkst an nichts anderes als an deinen Ehemann.«

»Der Stammbaum hat mich darauf gebracht. Wohin führt diese Treppe?«

»Weißt du was, wir lassen uns von Mrs. Jethro unsere Zimmer zeigen, und dann erforschst du das Haus.«

»Ich will es aber sofort erforschen.«

»Dein Vater ist jetzt ein bißchen müde.«

Sie war zerknirscht. »Tut dir dein Bein wieder weh, Papa? Es tut mir so leid, du hättest doch das zweite Kissen in der Kutsche nehmen sollen.«

»Es ist nichts, Kleines«, widersprach Jean-Louis. »Aber deine Mutter hat recht, gehen wir zuerst auf unsere Zimmer.«

»Wie aufregend das ist, ein Haus, das dir allein gehört, Mama.« Sie breitete die Arme aus, als wollte sie es umarmen. »Wie fühlst du dich, wenn du daran denkst?«

»Das Haus gehört uns allen«, erklärte ich entschieden. »Und jetzt marsch in dein Zimmer.«

Mrs. Jethro hatte das größte Schlafzimmer für uns zurechtmachen lassen. Es war der Raum, in dem mein Onkel die letzten Jahre seines Lebens verbracht hatte.

Jean-Louis ließ sich müde auf das Bett fallen. Ich trat zu ihm und legte ihm den Arm um die Schultern. Gleichzeitig verdrängte ich energisch die Erinnerung an Gerard, die in mir aufstieg.

»Ich liebe dich so sehr, Jean-Louis. Ich werde mich bemühen, dich hier glücklich zu machen.« Er sah mich an – als verstünde er, was in mir vorging.

Noch an unserem Ankunftstag kamen die Forsters von Enderby herüber, um zu fragen, ob sie uns irgendwie behilflich sein könnten.

Ich stellte ihnen Jean-Louis vor, und sie schlossen sofort Freundschaft. Jean-Louis erwähnte, daß er einen Verwalter brauche, und Derek versprach, ihm bei der Suche behilflich zu sein. Bis wir jemand Geeigneten gefunden hatten, wollte er selbst Jean-Louis an die Hand gehen.

Dieser Besuch heiterte Jean-Louis sichtlich auf. Er hatte sich wahrscheinlich Sorgen gemacht, ob er es schaffen würde, Eversleigh zu leiten.

Lottie war sofort zur Koppel verschwunden, in der sie auf ihrem Pony herumritt. Sie liebte Pferde, und wir hatten vor, das Pony demnächst durch ein richtiges Reitpferd zu ersetzen. Darauf freute sie sich schon.

Natürlich sprachen die Forsters über die Vorgänge in Eversleigh – ich war davon überzeugt, daß sie noch jahrelang das Hauptgesprächsthema in der ganzen Gegend sein würden.

Nachdem wir jedes Detail eingehend erörtert hatten, meinte Isabel: »Ein Glück, daß Ihr junger Verwandter rechtzeitig eingegriffen hat, sonst hätte dieser Amos Carew Sie tatsächlich umgebracht.«

»Allerdings«, gab ich zu.

»Wir würden ihn gern kennenlernen, er muß ein interessanter Mensch sein.«

»Diese Gelegenheit wird sich sicherlich einmal ergeben«, sagte Jean-Louis.

»Oh –«, begann ich beinahe protestierend.

»Du nimmst doch nicht an, daß Dickon uns nicht besuchen wird?« fragte Jean-Louis. »Nach seiner Rückkehr aus Eversleigh sprach er wochenlang von nichts anderem.«

»Er muß sich jetzt doch um Clavering kümmern.« Dann wandte ich mich an Isabel und Derek: »Wir langweilen Sie sicherlich mit unseren Familiengeschichten.«

»Keineswegs, uns interessiert alles, und wir freuen uns sehr darüber, daß Sie jetzt hier leben werden.«

»Gefällt es Ihnen immer noch in Enderby?«

»O ja, ich nehme an, daß wir die Gespenster ein für allemal vertrieben haben.«

»Und wie geht es Dr. Forster?«

»Sehr gut, er hat richtig bei uns Fuß gefaßt. Außerdem kann er von hier aus das Heim bequem überwachen.«

»Wo liegt es überhaupt?«

»Kaum eine Meile entfernt, an der Küste. Er besucht es etwa jeden zweiten Tag. Er hängt sehr daran.«

»Es muß ihm viel Arbeit machen.«

»Aber diese Arbeit verschafft ihm Befriedigung.«

»Handelt es sich dabei um ein Altersheim?« fragte Jean-Louis.

»Ganz im Gegenteil: es ist ein Heim für Mütter und Babys. Eigentlich ist es ein Entbindungsheim.«

»Er ist wirklich ein guter Mensch«, stellte Isabel fest.

»Laß ihn das nur nicht hören, Isabel«, ermahnte sie ihr Mann.

»Aber es stimmt, er hat sehr viel Gutes getan. Er hat vielen Müttern und Kindern buchstäblich das Leben gerettet.«

»Das ist sehr edel von ihm«, sagte ich.

»Er hält es für seine Lebensaufgabe. Er ist nämlich so wohlhabend, daß er mit seinem Vermögen sehr gut privatisieren könnte.«

Derek lächelte uns um Entschuldigung bittend an. »Isabel ist eine begeisterte Anhängerin meines Bruders. Er hat dieses Heim mit dem Kapital aus seinem Erbe errichtet.«

In diesem Augenblick kam Lottie aufgeregt hereingelaufen. Als sie die Besucher sah, blieb sie verblüfft stehen.

»Das ist unsere Tochter«, sagte ich. »Begrüße unsere Gäste, Lottie.«

Ich war stolz auf sie, denn sie war wirklich bezaubernd, besonders wenn sie lächelte. Als die Vorstellung vorüber war, platzte sie aufgeregt heraus: »Ich habe mich umgesehen.«

»Und was hast du entdeckt?« fragte Jean-Louis.

»Es gibt in der Nähe zwei schöne große Häuser.«

»Eines davon ist bestimmt Enderby«, sagte Derek und beschrieb es.

Lottie nickte. »Aber in dem anderen habe ich das Baby gefunden, und es war so süß. Es lag im Garten in einer Wiege... und ich mußte einfach hingehen und es ansehen.«

»O Lottie, das darf man doch nicht.«

»Ach, es hat gar nichts ausgemacht. Ein Kindermädchen und eine Dame waren im Garten...«

»Das ist Grasslands«, stellte Isabel fest.

»Also, ich habe mit dem Baby gespielt; es mag mich. Es ist ein kleiner Junge und heißt Richard.«

»Das ist das Kind der Mathers«, erklärte Isabel. »Der Kleine ist etwa sechs Monate alt.«

»Die Dame war sehr freundlich«, plauderte Lottie weiter. »Ich darf so oft zu ihr kommen, wie ich will. Sie hat sich darüber gefreut, daß wir jetzt in Eversleigh wohnen, denn die kennt dich, Mama.«

»Das stimmt«, bestätigte ich nachdenklich. Mir war gar nicht wohl zumute.

In den nächsten Tagen war ich sehr beschäftigt und war Isabel und Mrs. Jethro für ihre Hilfe aufrichtig dankbar. Mrs. Jethro empfahl mir einige Mädchen aus dem Dorf als Ersatz für die Dienstboten, die mit Jessie verschwunden waren, und auch die Diener der Forsters konnten mir vertrauenswürdige Personen namhaft machen. Dadurch war schon nach kurzer Zeit das Hauspersonal komplett, was mir die Arbeit wesentlich erleichterte.

Natürlich gab es immer noch Probleme. Lottie braucht eine Gouvernante. In Clavering war Lottie im Pfarrhaus unterrichtet worden, aber dafür war sie jetzt schon zu groß. Dennoch war das vorrangige Problem, einen erstklassigen Verwalter zu finden.

»Es wird schwierig sein, jemanden aufzutreiben, dem ich so vertrauen kann wie seinerzeit James Fenton«, sagte Jean-Louis. »Inzwischen muß ich eben sehen, wie ich allein zurechtkomme.«

Wir befanden uns wirklich in einer schwierigen Lage. Vor seinem Unfall hätte Jean-Louis mühelos jeden Besitz leiten können. Jetzt konnten wir nicht allzu lange warten – es ging über seine Kräfte. Dabei waren wir beide durch die schlechte Erfahrung mit Amos Carew mißtrauisch geworden, so daß uns eine Entscheidung nicht leicht fiel. Ich träumte noch immer manchmal, daß mir ein maskierter Mann mit einer Pistole gegenüberstand. Allerdings war in meinen Träumen der Maskierte immer Dickon.

Eines Nachmittags besprach ich gerade mit Mrs. Jethro Haushaltsfragen, als ein Mädchen einen Besuch meldete.

Ich war davon überzeugt, daß es sich um Isabel handelte, so daß ich nicht nach dem Namen der Besucherin fragte.

»Sie wartet im Wintersalon, Madam«, fügte das Mädchen hinzu.

Ich lief hinunter und riß die Tür auf; doch dann blieb ich wie angewurzelt stehen. Die Frau, die sich aus dem Stuhl erhob, war Evalina.

Sie trat lächelnd auf mich zu. »Es gehört sich doch, daß ich meine neue Nachbarin aufsuche.«

»Das ist sehr freundlich von Ihnen.« stammelte ich.

»Es ist ja nicht weit, nicht wahr?«

Ich nickte. »»Kann ich Ihnen eine Erfrischung anbieten?«

»Nein, danke, ich werde zu dick. Ich bin einfach zu naschhaft.«

»Bitte, nehmen Sie doch Platz.«

Als wir beide am Tisch saßen, eröffnete sie das Gespräch. »Wenn man recht bedenkt, ist gar nicht soviel Zeit vergangen, seit wir uns das letzte Mal gesehen haben.«

»Wie ich gehört habe, haben Sie einen kleinen Sohn.«

»Ja, meinen kleinen Richard.« Sie sah mir in die Augen. »Wir sind so glücklich – es gibt doch nichts Schöneres als ein eigenes Kind. Mein armer Andrew ist außer sich vor Freude, wie Sie sich vorstellen können. Er hat nie zu hoffen gewagt, daß er noch Vater werden würde; aber das Leben hält die unwahrscheinlichsten Überraschungen bereit, nicht wahr?«

»Ich kann seine Freude sehr gut verstehen.«

»Ihrem Mann muß es ähnlich ergangen sein, als Sie ihm mitteilten, Sie wären in anderen Umständen. Diese Männer! Sie sind ganz wild auf Nachwuchs, vor allem, wenn sie schon alle Hoffnung aufgegeben haben.«

»Ihr kleiner Junge hat Sie beide sicher sehr glücklich gemacht.«

»Ja, genau wie bei Ihnen Ihr kleines Mädchen. Sie ist eine richtige Schönheit. Warten Sie nur, bis sie ein bißchen älter ist. Die Verehrer werden sie nur so umschwirren – wie Bienen den Honig. Ich habe Andrew erzählt, wie süß sie ist; sie lächelt so schelmisch wie eine Französin.«

Sie hatte es darauf angelegt, mich aus der Ruhe zu bringen. Wäre ich nur in Clavering geblieben!

Aber ich hatte nicht vor, mich durch ihre Andeutungen einschüchtern zu lassen.

»Wie geht es Ihrer Mutter?« erkundigte ich mich.

»Ich habe bis jetzt noch nichts von ihr gehört. Es würde mich nicht wundern, wenn sie ins Ausland gegangen wäre. Sie war eigentlich gar nicht schuld an dem Ganzen, sondern es steckte Amos dahinter. Sie hat immer getan, was er wollte. Manche Männer bringen das fertig. Wir beide haben Glück gehabt, und wir haben außerdem unsere Kinder. Komisch, wie gut sie sich sofort vertragen haben. Mein kleiner Richard lachte Ihre Lottie immerzu an, und das ist sonst gar nicht seine Gewohnheit. Als wüßten sie, daß sie von der gleichen Art sind.«

»Von der gleichen Art?«

»Ja, als wären sie Kameraden. Kinder sind darin oft merkwürdig.«

Sie sah mir frech ins Gesicht. Ich erinnerte mich an Dickons Aufenthalt hier – wollte sie mir damit etwas Bestimmtes zu verstehen geben? Daß sie und ich von der gleichen Art waren?

Sie fuhr langsam fort: »Ich werde nie vergessen, wie wir einander kennengelernt haben. Sie besuchten ganz unerwartet Eversleigh... zu der Zeit, als der Franzose in Enderby wohnte. Er war wirklich charmant, nicht wahr? Na ja, er ist nicht mehr da, und die jetzigen Bewohner von Enderby sind von ganz anderem Schlag. Die Forsters passen eigentlich nicht in so ein Haus. Aber der Doktor ist ein echter Gentleman. Haben Sie ihn schon kennengelernt? Er würde Ihnen gefallen. Er ist zwar ganz anders als der Franzose, ein bißchen düster, doch Abwechslung schadet nie, nicht wahr?«

»Wovon sprechen Sie eigentlich?« fragte ich unvermittelt.

»Ach, von nichts Besonderem, ich rede einfach so drauflos. Andrew hört das gern, er lacht darüber. Er ist mir überhaupt sehr dankbar. Das gehört sich auch, nachdem ich ihm einen Sohn geschenkt habe. Er war davon überzeugt, daß er nie Kinder haben würde.«

Ich stand auf. »Sie müssen mich entschuldigen, aber wir sind erst vor kurzer Zeit übersiedelt, und ich habe noch sehr viel Arbeit.«

Sie zog die Handschuhe an, während sie sich erhob. Sie hatte sich für den Besuch betont korrekt gekleidet.

»Ach, wir sind ja jetzt Nachbarn. Wir werden noch oft Gelegenheit haben, miteinander zu plaudern.«

Als sie mir die Hand reichte, lächelte sie zwar, ihr Blick war aber beinahe drohend. Ich begleitete sie zur Tür und sah ihr nach; ich war ernstlich beunruhigt.

Isabel brachte mich auf die Idee, zum Einstand eine Gesellschaft zu geben. Wir freundeten uns immer mehr an. Und ich fühlte mich in ihrer Gegenwart wohl. Sie wußte über die Vorgänge in der Umgebung Bescheid und stand mit den meisten Nachbarn auf gutem Fuß.

Sie meinte, daß wir einige in der Gegend ansässige Familien kennenlernen sollten. Es gab nur drei Herrenhäuser, aber auch die Pächter waren durchwegs nette Leute, und die meisten Farmen gehörten ohnehin zu Eversleigh.

Daraufhin erklärte ich: »Schön, dann geben wir eine Party.«

Isabel war begeistert. »Ich habe gehört, daß früher alljährlich eine Party auf Eversleigh stattfand.«

»Das war wahrscheinlich zu Carletons Zeiten. Vielleicht hat auch General Eversleigh die Tradition fortgesetzt.«

»Der letzte Lord Eversleigh hörte jedoch damit auf.«

»Erstens war er krank, und zweitens hatte Jessie bestimmt keine Lust, die halbe Nachbarschaft einzuladen.«

»Aber dann hätten sie sich doch als Haushälterin aufspielen können.«

»Anscheinend hatte sie sich das nicht getraut. Aber ich halte es für eine gute Idee, die alten Bräuche wieder aufleben zu lassen; Sie müssen mir helfen, die Einladungsliste zusammenzustellen.«

Die nächste Stunde verging mit dieser angenehmen Tätigkeit. Wir nahmen auch Dr. Forster und beide Mr. Rosen in die Liste auf. Während wir noch damit beschäftigt waren, erschien plötzlich Dr. Forster.

Ich hatte ganz vergessen, wie groß er war und wie melancholisch er aussah. Eigentlich hatte ich nicht viel für unglückliche Menschen übrig, mich zogen lebhafte Leute wie Gerard und Lottie viel mehr an. Aber Charles Forster hatte mich vom ersten Augenblick an fasziniert, so daß ich herausbekommen wollte, warum er so verzweifelt wirkte. Er hatte ein hageres Gesicht mit hohen Backenknochen und tiefliegenden grauen Augen. Die graue, glatt nach hinten gekämmte Perücke, die im Nacken mit einem schwarzen Samtband zusammengehalten war, war vielleicht nicht mehr ganz modern, aber er schien sich über Modefragen souverän hinwegzusetzen. Sein dunkelblauer Rock war weit geschnitten und reichte bis zu den Knien, so daß man die einfache Stoffhose nicht sah; seine langen, kräftigen Beine steckten in hellbraunen Strümpfen, und auf seinem Kopf saß ein einfacher Dreispitz.

»Charles«, rief Isabel strahlend. »Wie schön, daß du da bist. Das hier ist Mistreß Zippora Ransome; ihr habt einander vor einiger Zeit kennengelernt.«

Er ergriff meine Hand, und wir sahen einander an.

»Sie haben mich bestimmt schon vergessen«, sagte ich.

»Keineswegs. Sie wohnten damals in Eversleigh.«

»Ja, und jetzt lebe ich dort.«

»Dann ist also die unglückselige Angelegenheit endgültig erledigt.«

»Soweit das möglich ist.«

Isabel schenkte bereits ein Glas Wein ein. »Du mußt eine Kleinigkeit zu dir nehmen, Charles. Er vernachlässigt sich sträflich, müssen Sie wissen.«

»Isabel behandelt mich, als wäre sie eine Glucke und ich ein verirrtes Küken.«

»Mit einem Küken hätte ich dich bestimmt niemals verglichen«, widersprach Isabel. »Was gibt es Neues?«

»Meine Neuigkeiten bleiben immer gleich, deshalb sind sie nie neu. Ein paar weitere Fälle im Heim, und wenn alles gut geht, haben wir heute abend fünf Bewohner mehr.«

»Ich habe von Ihrem Heim gehört«, sagte ich. »Die Arbeit muß Sie sehr befriedigen.«

»Nicht immer, nur gelegentlich. Aber so ist eben das Leben.«

»Ja, es gibt nicht nur schöne Augenblicke. Dagegen kann man nichts tun. Wir können uns nur freuen, wenn uns etwas Gutes widerfährt, und in schlechten Zeiten darauf hoffen, daß sie vorübergehen.«

»Hast du mit den Heiminsassen viel Arbeit?« erkundigte sich Isabel. »Wie ich gehört habe, gibt es bei euch etliche Krankenfälle.»

»Nicht mehr als sonst. Ich war gerade in Grasslands, und da es von dort nicht weit nach Enderby ist, habe ich beschlossen, bei euch hineinzuschauen.«

»Ich hätte dir auch nicht geraten, es nicht zu tun. Geht es um Andrew Mather?«

»Ja, sein Herz ist nicht ganz in Ordnung und wird eines Tages versagen. Aber er verfügt zum Glück über einen ausgeprägten Lebenswillen, und daran haben sicherlich seine junge Frau und das Kind Anteil. Er ist ein glücklicher Mensch und wird sich bis zum letzten Augenblick ans Leben klammern.«

»Und das hilft wirklich?« fragte ich.

»Und ob! Es gibt Menschen, die nur deshalb sterben, weil ihnen der Wille zum Leben fehlt. Das wird bei Andrew Mather nie der Fall sein.«

»Merkwürdig«, bemerkte Isabel, »daß ein solches Mädchen einem Mann wie Andrew so viel bedeuten kann.«

»Ja«, sinnierte der Arzt, »vor seiner Heirat war er schon im Begriff aufzugeben und sich mit der Rolle eines Invaliden abzufinden. Dann kommt das Mädchen daher, bezaubert ihn, und obwohl sie bestimmt nicht aus altruistischen Gründen gehandelt hat, schenkt sie ihm wieder Freude am Leben.«

»Das erinnert mich an ein Sprichwort; ich kann es nur noch ungefähr: ›Im schlechtesten Menschen gibt es ein bißchen Gutes, und im besten Menschen gibt es ein bißchen Schlechtes, daher steht uns nicht zu, über andere zu urteilen‹.«

»Wie wahr«, bestätigte der Arzt. »Ich bin jedenfalls mit den Auswirkungen von Andrews Heirat auf seine Gesundheit sehr zufrieden, und dank dem Kind kann er auch noch hundert werden.«

»Übrigens«, warf ich ein, »wir geben eine Begrüßungsparty, und ich hoffe, daß wir auch Sie dabei sehen dürfen.«

»Ich komme gern.«

Bald darauf verabschiedete ich mich, weil mich zu Hause viel Arbeit erwartete. Aber ich hatte vor, Isabel demnächst wieder aufzusuchen.

»Sind Sie zu Pferd unterwegs?« fragte Dr. Forster.
»Ja.«
»Dann begleite ich Sie nach Hause.«
Während des Rittes unterhielten wir uns über verschiedene Themen – die Gegend, das Heim, seine Praxis, unsere Übersiedlung nach Eversleigh. Auf dem letzten Stück des Weges kam uns eine Reiterin entgegen. Ich war nicht sehr glücklich, als ich Evalina erkannte. Sie hielt ihr Pferd vor uns an.
»Guten Tag allerseits. Ein herrlicher Tag für einen Spazierritt.«
»Guten Tag«, erwiderte ich kühl und gab meinem Pferd die Peitsche. Dr. Forster verbeugte sich vor Evalina und folgte mir. Ich spürte, wie mir die Röte ins Gesicht stieg. Der Ausdruck in Evalinas Augen beunruhigte mich, denn er schien zu besagen: ›Wir sind vom gleichen Schrot und Korn.‹
Eins war jedenfalls sicher: Auf die Gästeliste würde ich sie nicht setzen. Ich wollte nicht mit ihr verkehren.
Der Arzt ritt jetzt neben mir. »Sie sehen verärgert aus.«
»Daran ist diese Frau schuld. Sie erinnert mich...«
»Man kann sie nicht für die Missetaten ihrer Mutter verantwortlich machen. Aber ich kann mir vorstellen, wie Ihnen zumute ist.«
»Ich werde sie nicht nach Eversleigh einladen.«
»Sie meinen zur Party. Ich halte es für ausgeschlossen, daß ihr Mann kommen kann. Die Ehe tut ihm zwar gut, aber er ist trotzdem alt. Solche Festlichkeiten sind nichts für ihn, und er würde das sofort einsehen.«
»Dann erwartet er gar keine Einladung.«
»Bestimmt nicht.«
Wir hatten angehalten, und er sah mich wieder unverwandt an. »Ich hoffe, daß Sie eines Tages mein Heim besuchen werden.«
»Sehr gern.«
Er verbeugte sich und wendete sein Pferd.

Die Vorbereitungen nahmen ihren Lauf. Jean-Louis hielt das Fest für eine ausgezeichnete Gelegenheit, die Leute zusammenzubringen und ihnen zu zeigen, daß wir Eversleigh wieder zum Mittelpunkt der Gemeinde machen wollten, wie es zur Zeit von Carleton, Leigh und General Carl der Fall gewesen war. Die Farmer waren sehr zufrieden, denn sie sprachen lieber mit dem Grundbesitzer als mit einem Verwalter über ihre Schwierigkeiten. Es war ein Schock für sie gewesen, daß Amos Carew ein Verbrecher war; und obwohl sie für den Gesprächsstoff, den er ihnen lieferte, dankbar waren, zogen sie normale Zustände auf dem Gut vor.

Isabel erzählte mir, daß Andrew Mather einen schweren Rheumatismusanfall hatte und bettlägerig war; ein Grund mehr, ihm keine Einladung zu schicken.

Die neue Köchin, Mrs. Baines, war in ihrem Element; die Dienerschaft kam nicht zu Atem, während sie die Räume mit Hilfe des Gärtners schmückten; und überall im Haus duftete es nach den köstlichsten Speisen.

Lottie schien überall gleichzeitig zu sein; sie probierte zehnmal täglich ihr Kleid an, tanzte mit imaginären Partnern durch den Ballsaal, naschte in der Küche von den Kuchen und Süßigkeiten und ging Mrs. Baines auf die Nerven.

»Am liebsten hätte ich jeden Tag eine Party«, sagte sie.

»Das wäre dann doch zuviel«, behauptete ich.

»Dann wenigstens einmal in der Woche.«

Der Unterricht, den ich ihr jeden Tag erteilt hatte, ruhte. Ich hatte sie darauf aufmerksam gemacht, daß wir uns sofort nach der Party um eine Gouvernante für sie umsehen würden, und Lottie hatte dabei das Gesicht verzogen.

Etwa drei Tage vor dem großen Ereignis besuchte ich Isabel und traf unterwegs Evalina.

»Oh, guten Tag«, rief sie. »Ihre Party macht Ihnen sicherlich einen Haufen Arbeit.«

»Damit haben Sie recht. Guten Tag.« Ich wollte weitergehen, aber sie vertrat mir den Weg.

»Wie ich gehört habe, sind alle Nachbarn dazu eingeladen, und dennoch gibt es Ausnahmen.«

»Es ist natürlich unmöglich, alle einzuladen.«

»Unmöglich: Ich würde es eher als unnachbarlich bezeichnen.«

»Wenn Sie darauf anspielen, daß Sie keine Einladung erhalten haben – soviel ich weiß, könnte Ihr Mann gar nicht ausgehen.«

»Aber ich kann es.«

»Ich hatte nicht angenommen, daß Sie ohne ihn kommen würden.«

»Andrew ist ein sehr liebevoller Ehemann, er würde mir bestimmt das Vergnügen gönnen.«

Ihr Grinsen war ausgesprochen unangenehm. Ich entdeckte, daß ich Jessie ihrer Tochter bei weitem vorzog.

»Na ja«, antwortete ich nicht sehr überzeugend, »die Einladungen sind alle schon verschickt.«

»Sie haben noch genügend Zeit, eine weitere Einladung auszusenden.«

Das war zuviel. Sie bat um eine Einladung. Bat? Sie forderte.

»Es würde doch wirklich komisch aussehen, wenn ich nicht dabei bin, finden Sie nicht? Die Leute würden sich fragen, warum ich nicht gekommen bin. Ich müßte mir eine Ausrede einfallen lassen, und das täte ich gar nicht gern.«

Es war eine glatte Erpressung. Sie lächelte mich süß und hilflos an, als drängte ich sie in eine Lage, die ihr äußerst unangenehm war.

Plötzlich hatte ich Angst vor ihr, vor den Dingen, die sie Jean-Louis erzählen konnte. Ich liebte ihn und ich war bereit, alles zu tun, um ihm Kummer zu ersparen. Er durfte nie von Gerard erfahren.

Ich schämte mich meiner selbst, als ich antwortete: »Wie Sie sehr richtig bemerken, ist es noch nicht zu spät, falls Sie wirklich kommen möchten.«

»Oh, ich danke Ihnen. Ich bekomme also meine Einladung? Sie wissen ja, daß Sie auf Andrew nicht zählen können.«

Die Party war im Gang. Es war ein herrlicher, warmer Frühlingstag gewesen, und die Gäste fanden, es sei wie in alten Zeiten. Die Farmer und ihre Familien freuten sich darüber, daß die Leitung des Gutes wieder in den Händen der »Familie« lag. Der arme Onkel Carl war bereits ein kranker Mann gewesen, als er in Eversleigh eintraf, und hatte sich kaum um den Besitz gekümmert. Jean-Louis hingegen hatte schon ein Landgut geleitet, und die Leute stellten sehr bald fest, daß er etwas von seiner Aufgabe verstand.

Viele von ihnen erinnerten sich an meine Mutter, und ein paar ganz Alte hatten sogar noch den großen Carleton Eversleigh erlebt, der den Besitz vor Cromwell gerettet hatte.

Es war also ein sehr fröhliches Fest, bis Evalina eintraf.

Man konnte von den Anwesenden nicht erwarten, daß sie vergaßen, wer sie war. Sie war die Tochter der niederträchtigen Jessie, die den guten Lord Eversleigh mit Amos Carew betrogen hatte.

Allerdings dachten nur die Älteren so; die jungen Männer fanden Evalina unwiderstehlich. Ich ließ sie nicht aus den Augen, weil ich verhindern wollte, daß sie mit Jean-Louis sprach. Aber er unterhielt sich so angeregt mit den Farmern, daß er sonst für niemand Zeit hatte.

In der großen Halle stand auf einem Podium eines der neuen Klaviere, und ein paar Geigenspieler waren auch anwesend. Die Tische waren mit Köstlichkeiten überladen, und die Gäste konnten davon nehmen, soviel sie wollten. Natürlich gab es ein paar unter ihnen, die ihre Teller immer wieder füllten, aber Mrs. Baines war überglücklich, wenn ihre Erzeugnisse regen Zuspruch fanden.

Die Musik drang auch ins Freie, wo unsere Gäste teils spazierengingen, teils an Tischen saßen und sich unterhielten, während die Jugend tanzte.

Unvermittelt stand Charles Forster neben mir. »Macht Ihnen so etwas Spaß?« erkundigte er sich. »Nein, die Frage ist nicht fair. Diese Fröhlichkeit entspricht nicht Ihrem Geschmack, nicht wahr?«

»Leider bin ich ein ziemlich ernsthafter Mensch.«

»Natürlich, und Sie müssen sich auch mit ernsthaften Dingen befassen. Obwohl dieses Fest im Grunde eine ernsthafte Angelegenheit ist. Sie sagen damit den Pächtern, daß Sie nicht vorhaben, große Veränderungen vorzunehmen, sondern das Gut so führen wollen, wie es immer schon der Fall war.«

»Das stimmt«, bestätigte ich. »Ich bin einfach keine Dame der Gesellschaft. Wollen wir ein bißchen spazierengehen? Die kühle Nachtluft tut nach dem heißen Tag gut.«

Während wir durch den Park schlenderten, bemerkte er: »Sie sind die richtige Gesellschaft für Isabel, sie hat eine Freundin gebraucht.«

»Eigentlich ist es umgekehrt, ich muß ihr für ihre Freundschaft dankbar sein.«

»Isabel ist wirklich eine großartige Frau. Sie ist ruhig, freundlich und sehr vernünftig.«

»Sie hängen sehr an den beiden, nicht wahr?«

»Sie sind meine Familie. Sie sind hierher übersiedelt, um in meiner Nähe zu sein, nachdem ich das Heim erstanden hatte. Es war ein Gelegenheitskauf; ein vernachlässigtes altes Haus am Meer, das aber genau meinen Vorstellungen entsprach. Auch die einsame Lage war wichtig.«

»Warum bestanden Sie gerade darauf?«

»Weil Einsamkeit meinen Patienten guttut.«

»Es handelt sich dabei um junge Mütter, nicht wahr?«

»Um unglückliche junge Mütter.«

»Unglückliche?«

»Ja, deshalb sind sie hier. Das Heim nimmt Menschen auf, die sich in einer verzweifelten Lage befinden.«

»Es ist also für einsame Frauen bestimmt.«

»Sie sind meist einsam.«

»Und unverheiratet?«

»Einige von ihnen sind nicht verheiratet.«

»Da vollbringen Sie wirklich etwas Großartiges. Isabel sagte –«

»Ach, Sie dürfen nicht auf Isabel hören. Sie entwirft ein vollkommen falsches Bild von mir.«

»Aber man darf doch jemanden loben, der es verdient.«

»Wenn man es so sieht, dann verdient jeder von uns gelegentlich ein bißchen Lob. Es kommt auf das Resultat an, wenn man seinen guten Taten seine schlechten Taten gegenüberstellt.«

»Was wollen Sie damit sagen?«

»Ich spreche wieder einmal in Rätseln und langweile Sie damit.«

Ich beugte mich zu ihm und berührte leicht seine Hand. »Sie langweilen mich nicht im geringsten.«

In diesem Augenblick schlenderte Evalina Arm in Arm mit einem jungen Farmerssohn vorbei. Sie sah mich lächelnd an.

»Wir amüsieren uns großartig, nicht wahr?«

Damit zerstörte sie den Zauber des Augenblicks – indem sie uns beide in einem Atemzug nannte.

Ich bat Dr. Forster, mich ins Haus zu bringen, obwohl ich gern noch länger mit ihm geplaudert hätte.

Jean-Louis war immer noch in ein Gespräch vertieft. Ich trat zu ihm, und er ergriff lächelnd meine Hand.

»Alles geht großartig, ein sehr gelungener Abend. Es war eine ausgezeichnete Idee, uns bei unseren Pächtern so einzuführen.«

Ja, ein gelungener Abend, eine ausgezeichnete Idee – bis Evalina wie die Schlange im Paradies aufgetaucht war.

Eines der Mädchen drängte sich zwischen den Gästen zu mir durch.

»Ja, Rose?«

»Ein Diener von Grasslands steht draußen, Madam. Er läßt den Arzt bitten, hinüberzukommen. Mr. Mather geht es schlechter.«

Andrew Mather starb in der gleichen Nacht an einem Herzanfall. Charles Forster berichtete mir am nächsten Tag darüber, als er uns besuchte, um sich für die Einladung zur Party zu bedanken, und mich bat, ihn nach Enderby zu begleiten.

Unterwegs erzählte er mir, was vorgefallen war.

»Als ich in Grasslands eintraf, war er bereits bewußtlos, und es war klar, daß er kaum noch eine Stunde zu leben hatte. Seine Frau war verzweifelt und zutiefst unglücklich. Außerdem hat sie offenbar Angst; wahrscheinlich hat sie sich darauf verlassen, daß er immer für sie sorgen wird.«

»Meiner Meinung nach kann Evalina sehr gut allein für sich sorgen.«

»Ja, wenn man an ihre Mutter denkt, kommt man unwillkürlich

auf diese Idee. Aber sie sah irgendwie rührend und verletzlich aus.« War womöglich auch er Evalinas Faszination erlegen?

Ich mußte zugeben, daß sie sehr anziehend war; eine gewisse Hilflosigkeit, die man vielleicht auch Weiblichkeit nennen konnte, erregt das Interesse der Männer aller Altersstufen. Sogar Charles Forster, von dem ich es nie angenommen hatte, ließ sich dadurch beeindrucken.

»Es kam jedenfalls nicht unerwartet«, fuhr er fort. »Ich hatte beide darauf aufmerksam gemacht, daß Mathers Herz nicht in Ordnung ist.«

Isabel begrüßte mich herzlich, beglückwünschte mich zum Erfolg meiner Party, und dann sprachen wir über Andrew Mathers Tod.

»Der arme Andrew«, sagte Isabel. »Aber er war wenigstens die letzten Monate seines Lebens glücklich. Es war ein herzerfreuender Anblick, wenn man ihn mit dem Kind sah.«

»Wie wird es jetzt weitergehen? Grasslands ist kein großer Besitz, sie haben ja nur zwei Pächter!«

»Stimmt. Allerdings ist Jack Trent ein guter Verwalter. Ich nehme an, daß er den Besitz weiterhin betreuen wird, falls Evalina hierbleibt.«

»Was sollte sie sonst tun?«

»Sie könnte das Gut verkaufen und sich anderswo niederlassen.«

Das wäre für mich die angenehmste Lösung gewesen.

In den nächsten Tagen trafen die Mitglieder von Andrews Familie in Grasslands ein. Unter ihnen war ein etwa vierzigjähriger, verbissen aussehender, unfreundlicher Mann. Evalina erzählte Isabel, die ihr kondolierte, daß dieser Mann ein Neffe von Andrew war; sie schien über seine Anwesenheit nicht gerade glücklich.

Eine Woche nach Andrews Tod fand das Begräbnis statt. Jean-Louis und ich wohnten dem Trauergottesdienst in der Kirche bei; nachher sprach uns Evalina an und bat uns, mit den übrigen Trauergästen nach Grasslands zu kommen. Sie sah in ihrem schwarzen Kleid sehr erbarmungswürdig aus und hatte den Trauerschleier vors Gesicht gezogen.

»Bitte kommen Sie doch«, sagte sie. Es klang beinahe wie ein Befehl; aber vielleicht bildete ich mir auch nur ein, daß sie in letzter Zeit in herrischem Ton mit mir sprach.

Da wir die Einladung nicht gut abschlagen konnten, begleiteten wir sie.

In der Halle, in der Erfrischungen gereicht wurden, herrschte eine sehr gedrückte Stimmung. Der Neffe hatte anscheinend die Formalitäten erledigt, was ich für selbstverständlich hielt, weil er nach Evalina und dem Kind ja Andrews nächster Verwandter war.

Ich war froh, als wir uns verabschiedeten. Der Notar war im Begriff, das Testament zu verlesen, und damit hatten wir ja nichts zu tun.

Jean-Louis und ich gingen sehr langsam nach Eversleigh zurück. Ich mußte mich seinem Tempo anpassen, da ihm das Gehen immer schwerer fiel.

»Das arme Kind«, bemerkte er, »sie ist noch so jung.«

»Jeder bedauert Evalina«, platzte ich unwillig heraus. »Sie ist die Tochter ihrer Mutter und daher absolut imstande, für sich zu sorgen.«

»Soviel wir wissen, hat sie nie etwas Unrechtes getan. Das arme Mädchen kann nichts dafür, daß sie eine solche Mutter hatte.«

»Sie muß gewußt haben, daß ihre Mutter Wertgegenstände aus Eversleigh stahl, denn sie versteckte sie ja in Grasslands.«

»Das ist leicht erklärlich. Ihre Mutter redete ihr ein, daß es sich um Geschenke handle.«

Ich schwieg. Zuerst Charles und jetzt Jean-Louis – die Männer fielen immer auf Typen wie Evalina herein.

Vielleicht hatte ich sie doch falsch beurteilt, denn am nächsten Tag sandte sie mir durch einen Diener eine Botschaft – sie wollte mich sprechen. »Sie kennen den Ort, an dem Lord Eversleigh begraben wurde. Es ist sehr einsam und von Enderby aus nicht zu sehen. Bitte, warten Sie dort um zwei Uhr auf mich.«

Der Ton klang ziemlich energisch, und einen Augenblick lang spielte ich mit dem Gedanken, nicht hinzugehen; aber dann überlegte ich es mir. Ich gestand mir, daß ich mich unsicher fühlte und Angst hatte.

Sie wartete schon auf mich; sie ging verzweifelt und unruhig auf und ab.

»Sie wollten etwas mit mir besprechen?« fragte ich.

Sie nickte. »Es geht um John Mather, den Neffen meines Mannes. Andrew würde nie damit einverstanden sein, er würde keine Ruhe im Grab finden. Er stand immer auf meiner Seite, und das Kind...«

»Was ist mit dem Neffen?«

»Andrew hat alles ausnahmslos mir zu treuen Händen hinterlassen, damit ich es für Richard verwalte. Alles gehört Richard – das Gut, das Geld, alles. Aber der Neffe will das Testament anfechten.«

»Das kann er doch nicht.«

»Er ist anderer Meinung und behauptet, daß ich Andrew hintergangen habe, daß er unfähig war, Kinder zu zeugen, und daß Richard deshalb nicht sein Kind sein kann.«

»Ach, er will Ihnen nur Angst einjagen.«

»Er schlägt mir vor, ihm Grassland zu überschreiben; dafür würde er mir ein kleines Einkommen auf Lebenszeit aussetzen, und wir würden uns beide viel Unannehmlichkeiten ersparen.«

Es folgte ein kurzes Schweigen, während dem sie mich flehend ansah.

»Und was erwarten Sie von mir?«

»Bitte, sagen Sie mir, was ich tun soll.«

»Woher soll ich das wissen? Sie sind Andrews Witwe, die Mutter seines Kindes – der Neffe redet Unsinn.«

»Aber wenn er beweisen kann...«

»Was meinen Sie damit?«

»Na ja, wenn Richard... *Sie* wissen ja, daß selbst dem anständigsten Menschen so etwas zustoßen kann. Sie müssen mir helfen und mir sagen, was ich tun soll.«

»Heißt das, daß Richard nicht Andrews Sohn ist?«

Sie schwieg. In diesem Augenblick begriff ich und sagte, ohne zu überlegen: »Richard ist Dickons Kind.«

Sie verbarg das Gesicht in den Händen. »Sie werden mir und dem Kind alles wegnehmen. Und dabei wollte Andrew, daß wir zwei es bekommen. Er liebte Richard, das Kind hat einen neuen Menschen aus ihm gemacht. Ganz gleich, wessen Sohn Richard ist, er machte Andrew glücklich.«

»Das war nicht zu übersehen.«

»Auch ich machte ihn glücklich, und er war gut zu mir. Er verwöhnte mich... und als herauskam, was für ein Mensch meine Mutter in Wirklichkeit war, machte er mir nie einen Vorwurf daraus. Er sagte immer nur: ›Mein armes kleines Mädchen!‹ Er begriff, daß ich anders sein wollte als meine Mutter, gut und ehrbar wie Sie. Allerdings änderte sich meine Einstellung zu Ihnen, als sie hierher übersiedelten.«

In mir stieg Haß gegen sie auf, und gleichzeitig tat sie mir leid, denn sie hatte wirklich Angst. Sie war ebenfalls eines von Dickons Opfern; aber konnte ich ihm daraus einen Vorwurf machen? Evalina gehörte zu den Mädchen, die mit dem Erstbesten ins Bett gingen. Beinahe herausfordernd sah sie mich an. Anscheinend vertraute sie mir wie ein Kind und bat mich um meine Hilfe – nein, sie forderte sie. Ich mußte mich mit ihrem Problem befassen, sonst würde sie mir das Leben zur Hölle machen.

Merkwürdigerweise empfand ich wirklich das Bedürfnis, ihr zu helfen. Ich fragte daher: »Andrew hat die Tatsache, daß er Vater wurde, nie in Frage gestellt, nicht wahr?«

»Nein, er hielt es für ein Wunder. Die Ärzte hatten ihm erklärt, daß er nie Kinder haben könne, und das stimmte. Schön, aber ich wollte ein Kind haben, daraus kann mir niemand einen Vorwurf machen. Daher kam es soweit, er glaubte, daß es sein Kind wäre, und ich schadete niemandem damit. Er wurde dadurch ein neuer Mensch, er war beinahe verrückt vor Freude. ›Ein Junge‹, sagte er immer wieder, ›mein eigener Sohn.‹ Ich war tatsächlich stolz darauf, daß ich ihm einen Sohn geschenkt hatte. Er überschüttete mich mit Geschenken, so froh war er. Können Sie mir vielleicht sagen, was daran schlecht sein soll?«

»Es bewirkte offensichtlich viel Gutes. Warum machen Sie sich dann solche Sorgen?«

»Wegen des Neffen. Er droht mir mit allem möglichen, spricht von Anwälten...«

»Er kann Ihnen nichts anhaben, es gibt ja das Testament.«

»Das stimmt, darauf hat Andrew geachtet. Er machte das Testament kurz nach Richards Geburt und sagte mir: ›Jetzt ist alles geordnet, der Besitz fällt an dich und den Jungen.‹«

»Der Neffe kann ganz bestimmt nichts unternehmen.«

»Aber wenn er beweisen könnte, daß Andrew nicht fähig war, Kinder zu zeugen?«

»Niemand kann das mit Sicherheit wissen.«

»Dann darf niemand erfahren, daß Richard nicht...«

»Das darf niemand erfahren.«

»Aber Sie wissen es jetzt.«

Wir sahen einander unverwandt an; zwischen uns war alles klar. Ich war unendlich erleichtert, weil ich sie nicht mehr fürchten mußte. Ich hatte sie genauso in der Hand wie sie mich.

Aber jetzt wollte ich ihr helfen. Ich sah sie allmählich als armseliges, kleines Wesen, das in einer Welt aufgewachsen war, in der es verzweifelt ums Überleben kämpfen mußte.

Deshalb wiederholte ich: »Er kann Ihnen überhaupt nichts tun. Andrew hat das Testament verfaßt, und John kann nicht beweisen, daß Richard nicht Andrews Sohn ist. Vielleicht ist er sogar tatsächlich sein Kind. Der Neffe versucht Sie einzuschüchtern. Sie dürfen ihm nicht zeigen, daß Sie Angst vor ihm haben. Außerdem müssen Sie einen Anwalt aufsuchen, am besten Mr. Rosen.«

»Würden Sie mich begleiten? Sie können um so viel besser sprechen als ich.«

Beinahe hätte ich laut gelacht. Wenn ich daran dachte, wie sehr sie mich verunsichert hatte, welche Angst ich ihretwegen empfunden hatte, wirkte die Szene beinahe komisch.

Wir erpreßten einander gegenseitig. Wir hatten ein Abkommen geschlossen: kein Wort von meinen Untaten und kein Wort von den deinen.

»Schön, gehen wir morgen zu Rosen, Stead und Rosen. Ich werde Mr. Rosen senior den Sachverhalt erklären, und damit werden Ihre Sorgen für immer zu Ende sein.«

8

Ein Besuch in London

Es kam so, wie ich prophezeit hatte. Mr. Rosen übernahm die Angelegenheit ruhig und sachkundig; das Testament war in Ordnung, Mr. Mather hatte sehr klar ausgedrückt, was er wollte. Mit Ausnahme von einigen Legaten – darunter eines für den Neffen – ging alles an Evalina, die es für Richard verwalten sollte. »Eine vollkommen eindeutige Angelegenheit«, verkündete Mr. Rosen. »Ich werde mit dem Herrn sprechen, der Einwände erhebt.«

Nach diesem Gespräch verschwand der Herr sang- und klanglos. »Dem habe ich die Leviten gelesen«, bemerkte Mr. Rosen zu mir. »Er hat anscheinend geglaubt, daß er eine rechtsunkundige Frau hereinlegen kann.«

Als Evalina sich von Mr. Rosen verabschiedete, schärfte er ihr ein: »Es war vollkommen richtig, daß Sie zu mir gekommen sind. Sollten Sie jemals wieder Schwierigkeiten haben, bin ich jederzeit gern bereit, Ihnen zu helfen.«

Evalina war mir dankbar; sie hielt mich offensichtlich für eine sehr kluge Frau. Aber ich hörte aus allem, was sie sagte, eine Anspielung auf Gerard heraus. In diesem Fall: wie klug Sie sind, wie geschickt Sie Ihre Spuren verwischt haben, Jean-Louis kommt gar nicht auf die Idee.

Evalina führte auch ohne Andrew ein sehr angenehmes Leben; es war nicht zu übersehen, wie sehr sie an ihrem Kind hing. Zwar gingen Gerüchte über ihre Beziehungen zu Tom Trent um, aber eigentlich war niemand darüber empört. Sie war eine junge Frau ohne Ehemann, die eine starke Vorliebe für das andere Geschlecht hatte, und sie fand allenthalben Gegenliebe.

Da wir so nahe Nachbarn waren, traf ich oft mit ihr zusammen. Sie kam zu Kirchenversammlungen und zeigte deutlich, daß sie ein geachtetes Mitglied der Gemeinschaft werden wollte, mit meiner Unterstützung. Diese Erwartung ging in Erfüllung – teils weil sie mir leid tat, teils weil ich es für richtig hielt. Die Menschen sollten nicht ewig daran denken, daß sie die Tochter ihrer Mutter war.

In den Briefen aus Clavering stand immer wieder, wie großartig Dickon das Gut leitete. Er war voll Schwung und Begeisterung, und es machte meiner Mutter und Sabrina Freude zu beobachten, wie er brauchbare Neuerungen einführte. »Wir möchten Euch gern zu Weihnachten wiedersehen«, schrieb meine Mutter dann. »Ich sehne mich so nach den kleinen Lottie. Wir müssen uns darüber einigen, ob Ihr nach Clavering kommt oder wir nach Eversleigh fahren. Übrigens traf hier ein Brief für Dich und Jean-Louis ein, den ich beilege.«

Ich sah den Brief an und erkannte die Handschrift, die uns einmal sehr vertraut gewesen war.

»Er ist von James Fenton«, rief ich.

Wir lasen den Brief gemeinsam. James hatte die Absicht, eine Woche im »Schwarzen Schwan« in London zu logieren und fragte, ob wir ihn aufsuchen könnten. Er schrieb uns rechtzeitig, damit wir alle notwendigen Vorbereitungen treffen konnten. Natürlich hätte er auch nach Clavering kommen können, aber der Gedanke an ein Zusammentreffen mit Dickon hielt ihn zurück.

»Wir müssen fahren«, sagte ich zu Jean-Louis. »Wir haben genügend Zeit; er bleibt bis Dienstag dort.«

Jean-Louis war unglücklich. Er sah keine Möglichkeit, Hals über Kopf abzureisen, denn wir hatten ja keinen Verwalter. Außerdem war ihm die Reise nach London zu beschwerlich.

»Ich werde ihm schreiben und ihm mitteilen, daß wir jetzt in Eversleigh leben«, schlug er vor. »Ich sehe nicht ein, warum er nicht nach Eversleigh kommen sollte.«

Ich sagte nichts, war aber fest entschlossen, James Fenton in London aufzusuchen. Am Nachmittag besuchte ich Isabel, weil ich mich daran gewöhnt hatte, alle Probleme mit ihr zu besprechen.

»Wenn Sie ihn erreichen wollen, müssen Sie Ende nächster Woche fahren; die Reise nach London dauert zwei Tage. Sie könnten Zimmer im ›Schwarzen Schwan‹ bestellen.«

»Ja, aber ich kann nicht gut allein fahren.«

»Derek und ich können Sie ohne weiteres begleiten. Wir hatten ohnehin eine Reise nach London geplant; außerdem steigen wir immer im ›Schwarzen Schwan‹ ab. Wir werden unsere Reise um ein paar Tage vorverlegen, das ist alles.«

»Ach, Isabel, das wäre wunderbar. Jean-Louis hätte bestimmt keine Einwände, wenn ich mit euch reise.«

Kurz darauf gesellte sich Derek zu uns, und wir unterbreiteten ihm unseren Plan.

»Ich halte es für sehr wichtig, mit James zu sprechen«, erklärte ich. »Vielleicht kann er uns jemanden als Stütze für Jean-Louis empfehlen. Nach den Erfahrungen mit Amos Carew sind wir eben mißtrauisch.«

»Wer wäre das nicht? Amos besaß übrigens ausgezeichnete Empfehlungen.

»Um die Wahrheit zu sagen: ich will versuchen, James für den Verwalterposten in Eversleigh zu gewinnen.«

Als Jean-Louis erfuhr, daß ich mit den Forsters nach London reisen konnte, war er erleichtert, denn er wußte, wieviel Wert ich auf diese Reise legte.

Am Tag vor unserer Abreise ging ich nach Enderby hinüber, um die letzten Vorbereitungen zu besprechen, und traf dort Charles Forster an.

»Es gibt etwas Neues«, rief Isabel. »Erzähl es ihr, Charles.«

»Es geht um London«, sagte er. »Ich wollte Sie fragen, ob Sie etwas dagegen haben, wenn ich mich der Gesellschaft anschließe.«

»Es wäre für uns alle ein echtes Vergnügen«, versicherte ich.

»Da siehst du, Charles«, meinte Derek, »ich habe dir ja gesagt, daß Zippora sich freuen wird.«

Nachdem wir noch einige Einzelheiten besprochen hatten, kehre ich zu Jean-Louis zurück und berichtete ihm von der Neuigkeit. Jean-Louis war begeistert: »Je mehr Männer euch begleiten, desto besser.«

Es war ein kühler Junimorgen, als wir uns in glänzender Stimmung auf den Weg machten. Die Luft war so frisch, daß wir uns über den wärmenden Sonnenschein am Vormittag freuten.

»Das ist das beste Reisewetter«, stellte Charles fest. »Im August war die Hitze unerträglich.«

»Kommen Sie oft nach London?« erkundigte ich mich.

»Gelegentlich, wenn ich Medikamente und Apparate brauche. Aber ich besuche die Stadt nur, wenn es unvermeidlich ist.«

»Sie mögen London nicht?«

»Oh, es ist eine große, lebendige, interessante Stadt, aber sie führt bei mir zu gewissen Assoziationen...«

»Etwas, das Sie vergessen möchten?«

Ich war zu weit gegangen. Er nickte zwar, aber sein Gesichtsausdruck war kalt und förmlich geworden; ein Hinweis darauf, daß ich dieses Thema fallenlassen sollte.

Während dieser Reise beschäftigte ich mich in Gedanken sehr viel mit Charles Forster. Ich war davon überzeugt, daß es in seinem Leben eine Tragödie gegeben hatte, die der Grund für seine Melancholie war. Es war auch merkwürdig, daß die sonst so gesprächige Isabel in bezug auf ihren Schwager nur erwähnt hatte, er sei ein guter Mensch, den sie sehr bewundere.

Die Reise verlief ohne Zwischenfälle, das Wetter blieb gut, Derek hatte überall Zimmer vorbestellt, und so erreichten wir ohne Schwierigkeiten den »Schwarzen Schwan«.

James Fenton logierte bereits seit einigen Tagen dort und freute sich sehr, mich zu sehen. Er sah gut aus und erwiderte auf meine Fragen nach Hetty und den Kindern, daß es ihnen allen gutgehe.

Am Vormittag des nächsten Tages gingen die Forsters aus, und gaben mir dadurch Gelegenheit, mit James unter vier Augen zu sprechen.

Er war erstaunt, daß wir nach Eversleigh übersiedelt waren. Jetzt begriff er erst, warum ich persönlich nach London gekommen war, statt zu schreiben.

»Wie geht es Jean-Louis?« wollte er wissen.

»Er hat sich nie ganz von seinem Unfall erholt. Er klagt zwar nicht, sieht aber oft sehr müde aus. Eversleigh geht wahrscheinlich über seine Kräfte.«

»Es ist größer als Clavering, nicht wahr?«

»Viel größer. Deshalb suchen wir jetzt auch einen Verwalter.«

Ein sehnsüchtiger Ausdruck trat in seine Augen, und mein Herz klopfte schneller.

»Es sollte nicht schwer sein, jemanden zu finden«, meinte er.

Ich berichtete ihm kurz von den Ereignissen auf Eversleigh und erwähnte, daß wir seither vorsichtig wären.

»Mein Gott, Mistreß Zippora, da haben Sie ja noch mal Glück gehabt.«

»Das merkwürdige daran ist, daß ausgerechnet Dickon mich gerettet hat.«

Seine Hände verkrampften sich. »Na ja, es ist alles noch gutgegangen«, sagte er schließlich. »Wenn ich von einem guten Verwalter höre, den ich empfehlen kann...«

Meine Hoffnung schwand. Ich hatte mir eingebildet, daß ich nur mit James reden müßte, um ihn für uns zu gewinnen.

»Wie geht es Ihnen auf der Farm?« erkundigte ich mich.

Er schwieg einige Augenblicke, und dieses Schweigen war vielsagend. »Recht gut«, meinte er dann. »Natürlich wäre ich lieber mein eigener Herr, weil mein Vetter und ich oft verschiedener Meinung sind.«

»Es klappt also nicht so recht?« Ich versuchte, möglichst gleichmütig zu sprechen.

»O nein, es geht schon, es ist nur... Ich vermisse einiges.«

»Eversleigh ist ein wirklich schöner Besitz. Sie sollten ihn sich einmal ansehen. Jean-Louis spricht oft von Ihnen. Er behauptet, Sie wären der beste Verwalter, den es gibt.« Dann gab ich mir einen Ruck. »Könnten Sie nicht zu uns zurückkommen, James? Sie hätten ein schönes Haus, alle Annehmlichkeiten, die Sie wollen...«

Er schüttelte den Kopf. »Ich will nicht lange herumreden. Ich würde sehr gern zu Ihnen kommen, denn ich denke oft an die schöne Zeit, als ich mit Jean-Louis zusammenarbeitete. Aber in Eversleigh besteht die Möglichkeit, mit Dickon zusammenzutreffen.«

»Bis jetzt hat er uns noch nicht besucht, und ich glaube nicht, daß er es häufig tun wird.«

»Ich weiß nicht, ob ich mich beherrschen könnte, wenn er plötzlich vor mir steht. Nein, ich bleibe, wo ich bin, auch wenn es nicht ideal ist. Wäre nicht Dickon, würde ich sofort kommen.«

»James, Sie ahnen nicht, wie dringend wir Sie brauchen.«

»Tut mir leid, aber es geht nicht, es hat keinen Sinn, Mistreß Zippora. Aber ich werde mich umhören, und wenn ich einen geeigneten Mann finde, schicke ich ihn zu Ihnen.«

Mehr konnte ich offensichtlich nicht erreichen.

»Könnten Sie nicht wenigstens Jean-Louis besuchen? Er würde sich so darüber freuen.«

Er versprach, meinen Vorschlag zu überlegen. Schließlich entschied er sich dafür, uns zu begleiten.

Die Forsters und James hatten Freundschaft geschlossen, und Isabel schlug vor, daß wir den Aufenthalt in London dazu benützen sollten, ins Theater zu gehen, am besten ins Drury Lane.

Wir waren alle einverstanden, und daher saß ich am Abend neben Charles im Parkett und bewunderte den großen Garrick. Charles, der offenbar früher viel ins Theater gegangen war, erzählte mir von Vorstellungen, die er einst miterlebt hatte. Seine Melancholie war so gut wie verflogen.

Das Stück und die Schauspieler rissen mich mit, und er freute sich über meine Begeisterung. »Ich habe früher mit Schauspielern verkehrt, und ich kann Ihnen sagen, daß sie kein leichtes Leben führen. Wenn sie sich für den Applaus bedanken, lachen sie so vergnügt, als hätten sie keine Sorgen, aber das täuscht. Die Wirklichkeit sieht anders aus.«

»Aber Sie sind doch nie auf einer Bühne aufgetreten?«

Er lachte. »Ich? Um Himmels willen, nein.« Dann wurde sein Gesicht wieder starr und seine Stimmung düster.

Nach dem Theater gingen wir zu Fuß zum ›Schwan‹ zurück.

»Wir sind nicht in Gefahr, weil wir so viele sind«, bemerkte Derek. »Nach Einbruch der Dunkelheit treiben sich hier zahllose Taschendiebe herum.

Charles bot mir seinen Arm, während wir durch die engen Gassen gingen, nicht nur, um mich zu beschützen, sondern auch, um mich davor zu bewahren, von den vorüberrasselnden Kutschen bespritzt zu werden.

Im ›Schwan‹ nahmen wir noch ein Souper aus kaltem Wildbraten, Taubenpastete und Muskatwein ein, und alles schmeckte köstlich. Es machte Spaß, in London zu leben, und ich erinnerte mich an meine Kindheit, als meine Eltern ein Haus in der Albemarle Street besaßen und wir den größten Teil des Jahres dort verbrachten. Mein Vater war ein Stadtmensch gewesen; er hielt sich viel in seinen Klubs und den Häusern seiner Spielpartner auf, und wahrscheinlich hatte ich von ihm die Liebe zur Stadt geerbt.

Wir sprachen über das Stück. Charles hatte seine trübe Stimmung wieder überwunden und ging detailliert auf die positiven und negativen Seiten der Aufführung ein.

»Sie sind so sachkundig«, sagte ich.

»Das stimmt«, bestätigte Isabel. »Wenn Charles dabei ist, macht ein Theaterbesuch noch einmal so viel Spaß.«

»Soll das ein Seitenhieb auf mich sein?« erkundigte sich Derek.

»Natürlich nicht, mein Dummer!«

Wir lachten, und dann sprachen wir über die Heimreise.

»Uns bleibt nur noch ein Tag in London, ist euch das klar?« fragte Derek.

»Ich muß morgen noch einiges erledigen«, erklärte James.

»Und wir haben den Chensons versprochen, sie zu besuchen«, erinnerte Isabel ihren Mann. »Sie wissen zwar nicht, daß du mitgekommen bist, Charles, aber sie werden sich bestimmt freuen, dich zu sehen, und ich würde auch Sie gern mit ihnen bekannt machen, Zippora.«

Charles widersprach. »Sie erwarten weder Zippora noch mich. Zippora hat neulich erwähnt, daß sie Ranelagh nicht kennt, und ich wollte ihr vorschlagen, mit mir dorthin zu fahren.«

Ich spürte, wie ich rot wurde. Alle Blicke waren auf mich gerichtet, und ich versuchte, meine Begeisterung nicht allzu offen zu zeigen, als ich mich bereit erklärte, mir Ranelagh anzusehen.

Es war der glücklichste Tag seit meiner Affäre mit Gerard. Ich brachte es endlich fertig, alles zu vergessen, was mir seit Jahren auf der Seele lag. In meinem Unterbewußtsein lauerte nämlich ständig die Angst, daß meine Sünde doch einmal ans Tageslicht kommen könnte. Charles Forster aber brachte mich dazu, diese Angst zu vergessen, und ich wieder bemühte mich, seine Melancholie zu vertreiben.

Wir unterhielten uns glänzend. Charles konnte ein blendender Gesellschafter sein, und das Gespräch mit ihm machte mir bewußt, wie einförmig mein Leben war. Ich konnte mich undeutlich daran erinnern, daß mein Vater manchmal mit mir geplaudert hatte. Er war zwar nie so ernst gewesen wie Charles, aber er sprach ebenfalls über Tagesereignisse. Meine Mutter, Sabrina und Jean-Louis hingegen hatten mich immer vor der großen Welt abgeschirmt.

Charles kannte London sehr gut und erklärte mir alles, was wir sahen. Zuerst ritt er mit mir kreuz und quer durch die Straßen, denn er fand, daß man Ranelagh nicht bei Tageslicht besuchen solle. Es sollte bezaubern, wie eine verschleierte Schöne, die nicht für den grellen Sonnenschein geschaffen ist.

»Das wirft ein neues Licht auf Ihren Charakter«, stellte ich fest. »Ich hätte angenommen, daß Sie die nackte Wahrheit vorziehen.«

»Manchmal ist es besser, sie zu verhüllen.«

»Sie sind also doch ein Romantiker?«

»Anscheinend haben Sie sich schon ein Bild von mir gemacht – fantasielos, streng, stets der Schattenseite des Lebens bewußt. Stimmt das?«

»Sie wirken oft traurig. Aber hinter dieser Traurigkeit spürt man die Fröhlichkeit, die nur darauf wartet, hervorbrechen zu dürfen.«

Er neigte lächelnd den Kopf zur Seite. »Heute, an diesem ganz besonderen Tag, werde ich dieser Fröhlichkeit freien Lauf lassen.«

»Wie sehen Ihre Pläne für heute überhaupt aus?«

»Zuerst reiten wir zu einem Gasthaus, in dem man die besten Rinderpasteten ganz Londons bekommt. Mögen Sie Rinderpastete? Ach, Sie zögern – urteilen Sie erst, wenn Sie die Pastete im ›Regenbogen‹ probiert haben. Sollten Sie etwas anderes vorziehen, es gibt auch ausgezeichnete Braten, denn es ist ein Feinschmeckerlokal. Wollen Sie sich ohne Vorbehalt meiner Führung anvertrauen?«

»Ich bin Ihnen ausgeliefert.«

Im »Regenbogen« übergaben wir unsere Pferde den Stallknechten und betraten den Speisesaal. Die Frau des Wirtes erschien; sie war sehr zuvorkommend, und ich merkte, daß sie Charles gut kannte.

»Ich habe eine Bekannte mitgebracht, damit sie Ihre Rinderpastete kennenlernt«, sagte er.

»Und ich könnte wetten, daß Sie dazu Williams selbstgemachten Apfelwein trinken wollen.«

Charles bestellte, und wir nahmen Platz.

»Ich habe den Eindruck, daß Ihnen der Ritt durch die große Stadt gefallen hat.«

»London hat noch nie so aufregend auf mich gewirkt, obwohl ich mich daran erinnern kann, daß wir hier lebten. Mein Vater nahm mich manchmal bei seinen Ausfahrten mit.«

»Jetzt sind Sie traurig. Sie haben sehr an Ihrem Vater gehangen, nicht wahr?«

»Er war ein wunderbarer Mensch, jedenfalls in meinen Augen, obgleich er ein Spieler war. Meine Mutter war die Vernünftigere. Er ist sinnlos gestorben – in einem Duell.«

»Denken Sie heute an nichts Trauriges, bitte.«

»Wenn Sie mir versprechen, auch nur an Fröhliches zu denken.«

»Abgemacht.«

Das Essen wurde aufgetragen, es schmeckte ausgezeichnet.

Er sprach wieder über London, über den unglaublichen Gegensatz zwischen Reichtum und Armut, über Verbrecher, Schuldner, Kranke, Hilflose.

»Sie sind immer ganz in Ihrer Arbeit aufgegangen, nicht wahr?«

»Für mich ist sie wie eine Krücke, sie hilft mir durchs Dasein. Wenn ich müde und traurig bin und das Leben mir kaum lebenswert erscheint, arbeite ich, und dann fühle ich mich wieder besser.«

Ich hätte ihn so viel fragen wollen, ergründen, welche Tragödie sein Leben überschattete. Aber wir hatten beschlossen, den Tag zu genießen, und ich verschob die Fragen auf ein anderes Mal. Also erkundigte ich mich: »Und wie kommen wir nach Ranelagh? Reiten wir?«

»Um Himmels willen, nein. Wir halten uns an die traditionellen Fahrzeuge. Wir warten, bis die Dämmerung einbricht, und fahren mit einem Boot den Fluß hinauf. Dann legen wir in Ranelagh an, gehen über die verzauberten Wiesen, und dann erwartet uns in der Rotunde ein besonderer Genuß. Wir werden ein junges Genie hören, das eine kurze Tournee durch unser Land absolviert. Der Knabe ist erst acht Jahre alt und Klaviervirtuose sowie Komponist.«

»Wie ist das möglich?«

»Es handelt sich anscheinend um ein Wunderkind. Ich bin neugierig, ob es wirklich so gut ist, wie man behauptet. Der Junge ist mit seinem Vater und seiner Schwester aus Salzburg gekommen. Anscheinend eine musikalische Familie. Er wird eigene Kompositionen auf dem Cembalo vortragen.«

»Ich freue mich schon darauf.«

»Außer Werken des genialen Wolfgang Amadeus Mozart werden wir den Chor aus *Acis und Galatea* und ›O glückliches Paar‹ aus *Alexanders Fest* hören. Soviel ich weiß, singt Tenducci die Soli.«

»Sicher wird es ein großartiger Abend. Ich begreife gar nicht, wie Sie auf dem Land leben können, wenn Ihnen London so viele Vergnügungen bietet.«

»Ich habe meine Gründe.« Der Unterton in seiner Stimme sagte mir, daß ich keine weiteren Fragen zu diesem Thema stellen durfte.

Wir genossen das Essen im »Regenbogen«, dann gingen wir zum Fluß hinunter.

Dort mieteten wir ein Boot und wurden an Westminster vorbei nach Hampton gerudert.

»Dieser rote Backsteinbau vor uns, Hampton Court, spielt in der Geschichte des Landes eine wichtige Rolle«, erklärte mir Charles. »Die Tudors liebten ihn, und auch König Wilhelm und Maria hielten sich gern hier auf. Durch die vielen Umbauten wurde er zu einem wirklich sehenswerten Schloß.«

»Ich würde ihn gern besichtigen.«

»Angeblich steckt er voller Gespenster. Der Geist von Katherine Howard soll in der Galerie umgehen, durch die sie zum König lief, als sie von der Anklage gegen sich erfuhr. Das arme Mädchen erinnerte sich sicherlich an das traurige Los ihrer Cousine Anne Boleyn und ahnte, daß es ihr ebenso ergehen würde.«

»Es muß in dem Schloß doch auch angenehme Ereignisse gegeben haben.«

»Leider halten sich traurige Erinnerungen viel länger. Unser König Georg sucht Hampton Court angeblich deshalb nicht auf, weil sein Vater ihm einmal in den Staatsgemächern eine Ohrfeige versetzt hat. Da dies in Gegenwart von Höflingen geschah, fühlte er sich zutiefst gedemütigt und will die Räume nicht wieder betreten.«

»Der arme George hat noch etliche andere Demütigungen einstecken müssen.«

»Wahrscheinlich fordert er durch seine Art die Behandlung heraus.«

»Für einen König muß sie doppelt schwer zu ertragen sein.«

»Verschwenden wir unser Mitleid nicht an ihn, es hilft ihm doch nicht. Ich würde gern auch Windsor besuchen, aber wenn wir unser Wunderkind in Ranelagh hören wollen, haben wir für nichts anderes Zeit.«

Es war ein glücklicher Tag; wir fuhren den Fluß entlang, inmitten der Boote mit vielen Menschen, die die gleiche Idee gehabt hatten, die lachten, einander zuriefen oder sogar musizierten.

Als es dunkel wurde, langten wir in Ranelagh ein.

Der Vergnügungspark war das reine Märchenland. Tausende goldener Lampen beleuchteten die Wege, und als wir an Land stiegen, hörten wir Klänge von einem hinter Bäumen verborgenen Orchester.

Charles bot mir den Arm, und wir gingen über die Kieswege, die zu beiden Seiten von Hecken und Bäumen begrenzt waren. »Jedes Jahr kommen neue Attraktionen dazu«, stellte Charles fest. »Es ist kaum zwanzig Jahre her, daß das Gebiet Lord Ranelagh abgekauft wurde, und seither sind hier wahre Wunder gewirkt worden.«

Wir gingen an Grotten, Rasenflächen, Tempeln, Kolonnaden und Rotunden vorbei, in denen Statuen standen. Die Lampen waren zu Sternenbildern arrangiert. Es war eine warme, schöne Nacht, daher nahmen wir an einem der Tische unter den Bäumen Platz, aßen eine Kleinigkeit, beobachteten die Vorübergehenden und machten uns schließlich auf den Weg zum Konzert.

Die Musik überwältigte mich. Ich hörte zum erstenmal ein Cello, das Instrument, das erst kurz zuvor bei uns eingeführt worden war. Höhepunkt des Abends war der Auftritt des Wunderkindes; auf die Bühne kam eine zarte Gestalt, wie ein Erwachsener mit einem blauen Rock, bestickter Weste, weißer Krawatte und Spitzenmanschetten bekleidet. Da der Rock offenstand, konnte man die weißen Kniehosen sehen; dazu trug er weiße Seidenstrümpfe und schwarze Schuhe mit Silberschnallen. Er trug eine weiße, gekräuselte Perücke, die im Nacken mit einem schwarzen Samtband zusammengehalten war. In dieser Erwachsenenkleidung wirkte der Kleine noch kindlicher.

Sehr selbstsicher setzte er sich ans Cembalo; im Publikum trat nachsichtige Stille ein – man war darauf gefaßt, ein fleißiges Kind spielen zu hören.

Doch wir hatten uns geirrt! Der Junge entführte uns auf den Flügeln seiner zarten, beglückenden, geheimnisvollen Musik in eine bessere, schönere Welt. Ich warf Charles einen Blick zu. Er saß verzaubert, regungslos da.

Als Mozart sein Spiel endete, herrschte einige Augenblicke Stille, bis tosender Applaus einsetzte.

Der Junge verbeugte sich ruhig und verließ würdevoll das Podium. Im Hintergrund erwartete ihn ein Mann – vermutlich sein Vater.

Wir wollten nichts weiter hören, wollten uns den Eindruck bewahren, den die Komposition dieses Kindes und sein Vortrag auf uns gemacht hatten.

»Es war wunderbar«, seufzte ich.

Noch ganz im Bann des Gehörten verließen wir die Rotunde, um vor der Heimfahrt ein wenig die frische Luft zu genießen, als eine Stimme »Charles« rief.

Eine Dame kam auf uns zu. Sie trug ein elegantes Kleid aus blauer Seide, das vorne den bestickten Unterrock aus weißem Satin freiließ. Auf ihrem Kopf saß ein kunstvoller weißer Strohhut, der mit einem meterlangen Seidenband in der Farbe des Kleides geschmückt war.

Die Frau rief ihrem Gefährten zu: »Ralph, hier bin ich. Weißt du, wen ich entdeckt habe? Charles Forster.«

Hinter ihr tauchte jetzt ein Mann in einem verschnürten, mit breiten Manschetten versehenen Samtrock auf; unter dem Arm trug er einen Zweispitz.

»Charles!« rief er. »Was für eine angenehme Überraschung. Ich habe dich seit Ewigkeiten nicht gesehen, seit... hm...«

Charles unterbrach ihn. »Ich begleite eine Freundin meiner Schwester, Mistreß Ransome. Dr. Lang und Frau.«

Wir verbeugten uns.

»Kommen Sie auch von der Rotunde?« fragte die Dame. »Haben Sie das Wunderkind gesehen? Wirklich interessant. Wie wäre es mit einem kleinen Souper?«

»Wir haben schon vor der Vorstellung gegessen, und ich muß Mistreß Ransome jetzt zu ihren Freunden zurückbringen.«

»Ach, Charles, so eilig wird es doch nicht sein. Wir haben erst kürzlich von dir gesprochen, nicht wahr, Ralph? Was für ein Unsinn, daß du dich auf dem Land vergräbst! Du solltest zurückkehren; was früher war, ist vergessen. Wenn du heute zurückkämst, würde sich kaum mehr jemand an die Ereignisse von damals erinnern.«

Charles war blaß geworden; der Zauber des Abends war gebrochen.

Ralph stimmte seiner Frau zu. »Sybil hat recht, Charles. Aber wir wollen jetzt von angenehmen Dingen sprechen. Deine Begleiterin und du, ihr müßt mit uns essen. Wir haben einen Tisch bei den Kolonnaden bestellt; dort sitzt es sich sehr angenehm, und im Hintergrund hört man das Orchester.«

»Nein, danke«, erwiderte Charles. »Es tut mir leid, aber wir müssen jetzt aufbrechen. Auf Wiedersehen!«

»Bleibst du lange in der Stadt?«

»Nein, ich reise morgen ab.«

»Schade, ich hätte mich gerne mit dir unterhalten. Könntest du nicht mit Mistreß Ransome vor deiner Abreise bei uns vorbeikommen?«

»Danke, aber dafür fehlt mir die Zeit. Auf Wiedersehen!«

Charles ergriff meinen Arm. Ich spürte die Spannung in seinem Körper. Auf dem Heimweg schwieg er; der Abend war ihm verdorben. Das wunderbare Gefühl der Kameradschaft, das uns an diesem zauberhaften Tag verbunden hatte, war dahin; er war zurückhaltend, geistesabwesend und schien mich überhaupt kaum zu bemerken.

Die Heimreise nach Eversleigh war ermüdend. Ich ritt meist zwischen Isabel und James, und der einzige Lichtblick war die Freude darüber, daß James mitgekommen war. Jean-Louis würde sicherlich glücklich sein, ihn wiederzusehen.

Ich verabschiedete mich gerade von den Forsters, die nach Enderby weiterritten, als Jethro aus dem Haus gelaufen kam. Er merkte sofort, daß etwas vorgefallen war.

»Was ist los, Jethro?« fragte ich.

»Der Herr...«

Eine eiskalte Hand griff nach meinem Herzen.

»Es war ein Unfall, er ist vom Pferd gestürzt...«

»Ist er...?«

»Nein, nein, Mistreß, er ist nicht...«

»Wie schlimm ist es, Jethro?«

»Es geschah vor zwei Tagen, und er hat seither das Bett nicht mehr verlassen. Der Arzt, der Dr. Forster vertritt, war bei ihm.«

Ich nickte ungeduldig. »Ich gehe sofort zu ihm.«

»Erschrecken Sie nicht, Mistreß. Das Pferd warf ihn ab, aber es war nicht schuld; er ist gelegentlich wegen seines schlechten Beins unsicher.«

Charles trat neben mich. »Ich bleibe hier, falls Sie mich brauchen. Reitet inzwischen voraus, Derek, ich komme dann nach.«

Ich lief in unser Schlafzimmer. Jean-Louis lag im Bett, sein Gesicht war blaß und schmerzverzerrt. Aber seine Augen leuchteten auf, als er mich sah. Ich küßte ihn und kniete neben dem Bett nieder.

»Wie ist es denn geschehen, Liebster?«

»Es war meine Schuld, ich paßte nicht auf. Das steife Bein und die Rückenschmerzen – na ja, da hat mich Tessa abgeworfen.«

»Und der Arzt?«

»Er will, daß Dr. Forster mich auch noch untersucht. Es sieht nicht sehr gut aus, obwohl er sich nicht festlegen will. Er fürchtet, daß ich nie wieder gehen kann.«

»O Jean-Louis! Und ich war nicht da!«

Ich dachte an den Tag: das Mittagessen im »Regenbogen«, die Fahrt den Fluß entlang und der zauberhafte Abend. Und während ich mich vergnügte, litt Jean-Louis böse Schmerzen.

»Du darfst dich nicht aufregen, Zippora. Vielleicht stellt sich alles als nicht so arg heraus; der Doktor denkt allerdings an einen Rollstuhl. Ich kann jedenfalls vorläufig die Beine nicht mehr bewegen.«

Er blickte auf, weil Charles ins Zimmer getreten war.

»Ich wollte nach Ihnen sehen. Was ist eigentlich passiert?«

Jean-Louis berichtete kurz.

»Ich möchte Sie untersuchen.« Dann wandte sich Charles an mich: »Vielleicht sollten Sie inzwischen das Zimmer verlassen.«

Ich ging auf den Korridor hinaus. Der arme Jean-Louis. Warum mußte ausgerechnet ihm so etwas zustoßen, er war ein so guter Mensch. Wenn Dickon damals nicht Hassocks Scheune in Brand gesteckt hätte, wäre das alles nicht geschehen. Mein Haß auf Dickon wurde wieder stärker.

Plötzlich wurde mir bewußt, daß ich unseren Gast vergessen hatte. Ich lief hinunter, um mich zu entschuldigen, aber er hatte volles Verständnis für meine Lage. Er würde sich von einem Diener in sein Zimmer führen lassen und Jean-Louis aufsuchen, sobald dieser in der Lage war, ihn zu sehen.

Ich wusch mir in einem der Gästezimmer den Reisestaub von Gesicht und Händen und wartete dann in der Halle auf Charles.

Endlich kam er herunter. »Er ist schwer verletzt. Ich weiß nicht, ob er je wieder gehen kann. Aber schlimmer ist, daß er ständig Schmerzen leiden wird. Natürlich werde ich alles tun, um die Schmerzen zu lindern. Ich lasse Ihnen Laudanum und Morphium hier und werde Ihnen genau erklären, wieviel er davon nehmen darf. Sie müssen mit der Dosierung äußerst vorsichtig sein.«

»Ich danke Ihnen.«

Er legte mir die Hand auf die Schulter. »Eine traurige Heimkehr. Es ist ein Jammer. Aber reiben Sie sich nicht nutzlos auf, ich werde alles tun, was ich kann... für Sie beide.«

Damit ergriff er meine Hände, beugte sich vor und küßte mich auf die Stirn. Ich konnte kaum dem Wunsch widerstehen, mich ihm in die Arme zu werfen. Er sollte mich festhalten, mich vor der Grausamkeit der Welt schützen.

Im nächsten Augenblick hatte ich mich wieder in der Gewalt.

»Reiben Sie sich nicht auf«, wiederholte er. »Es wird schon gutgehen.« Damit verließ er das Haus.

Ich kehre zu Jean-Louis zurück.

»Was hat der Arzt gesagt?«

»Auch er kann die Schwere der Verletzung noch nicht abschätzen. Aber er wird dich behandeln, und ich habe großes Vertrauen zu ihm.«

»Ich auch«, pflichtete er mir bei.

»Er meint, daß du vielleicht Schmerzen haben wirst, und wird dir etwas geben, um sie zu lindern. Und ich werde ständig bei dir sein, Jean-Louis.«

»Meine Zippora, meine Liebste.«

Ich hielt seine Hand fest, und er sagte: »Du darfst nicht weinen.«

Mir war gar nicht bewußt gewesen, daß mir die Tränen über die Wangen liefen.

»Zippora, sieh mich an. Was immer auch geschieht, ich bin mit meinem Leben zufrieden. Ich verdanke deiner Mutter so viel... aber dir verdanke ich noch viel mehr. Du bist der Mensch, der mich glücklich gemacht hat, und dieses Bewußtsein ist stärker als alles andere.«

Einen Augenblick lang dachte ich: Er weiß es, er gibt mir zu verstehen, daß er es weiß.

Aber nein. Er konnte nicht wissen, daß seine geliebte Lottie nicht sein Kind war. Er sprach gerade von ihr. »Sie war so gut zu mir, saß die ganze Zeit in diesem Zimmer und betreute mich. Ich mußte sie wegschicken, damit sie ein bißchen an die Luft kommt. Ich habe die beste Familie der Welt.«

Ich sah in seine guten, freundlichen Augen und betete, daß er keine Schmerzen leiden möge.

Es gibt nichts Schlechtes, das nicht auch sein Gutes hat. Trotz allem genossen Jean-Louis und James ihr Wiedersehen. Sie unterhielten sich stundenlang miteinander, und Lottie, die sofort James ins Herz geschlossen hatte, zeigte ihm das Gut.

Drei Tage nach unserer Rückkehr suchte James mich auf.

»Ich habe mir Verschiedenes überlegt, Zippora. Jean-Louis ist bewegungsunfähig; wie soll es mit Eversleigh weitergehen?«

»Ich muß sofort einen guten Verwalter finden, das ist selbstverständlich.«

»Also, ich habe gedacht... aber es hängt natürlich von Hetty ab... ich muß zuerst mir ihr sprechen...«

»O James!«

»Ja, er braucht jemanden, mit dem er sich wirklich versteht. Ich komme, Zippora, vorausgesetzt, daß Hetty sich dazu entschließen kann. Aber ich werde ihr alles erklären, und ich bin davon überzeugt, daß sie einverstanden sein wird.«

»Ach, James, das ist das Schönste, das Sie mir sagen konnten.«

»Dann ist es also abgemacht, und falls sich später Schwierigkeiten ergeben, müssen wir eben sehen, wie wir mit ihnen fertig werden.«

9

Das Geheimfach

Weihnachten stand vor der Tür. Die letzten Monate waren bedrükkend gewesen. Jean-Louis litt tatsächlich große Schmerzen, und ich war froh, daß Charles mir wenigstens Laudanum für ihn gegeben hatte. Er war überhaupt der fürsorglichste Arzt, den man sich denken konnte. Wenn man ihn rief, kam er sofort und sprach nicht nur Jean-Louis, sondern auch mir Trost zu. Seine Anwesenheit allein genügte, um den Kranken zu beruhigen.

Jean-Louis bemühte sich sehr, sich zu beherrschen, und ich war jedesmal gerührt, wenn er versuchte, mich über seine Schmerzen hinwegzutäuschen. Charles hatte mich darauf aufmerksam gemacht, daß Jean-Louis in Versuchung geraten könnte, eine größere Dosis Laudanum zu nehmen, wenn die Schmerzen unerträglich würden, und daß ich das unbedingt verhindern müßte. Ich sollte das Mittel in einem versperrten Kästchen aufbewahren, zu dem nur ich den Schlüssel besaß, und Jean-Louis immer nur die vorgeschriebene Menge geben.

»Jean-Louis würde sich nie das Leben nehmen«, widersprach ich.

»Meine liebe Zippora, Sie wissen nicht, was ihm bevorsteht.«

Der Zustand wäre unerträglich geworden, hätte Jean-Louis nicht auch lange schmerzfreie Perioden gehabt. Mitunter ging es ihm eine ganze Woche leidlich gut.

Ich hatte eine Gouvernante für Lottie engagiert, Madeleine Carter, die darauf bestand, daß sich Lottie jeden Morgen pünktlich im Lehrzimmer einfand. Unsere Tochter war nicht sehr eifrig; Miß Carter behauptete, sie habe einen Schmetterlingsverstand, der von einem Gegenstand zum nächsten flattere. »Sie müßte sich mehr konzentrieren, dann kämen wir weiter«, meinte sie.

Madeleine Carter war die unverheiratete Schwester eines Vikars, dem sie bis zu seinem unerwartet frühen Tod den Haushalt geführt hatte. Danach hatte sie mittellos dagestanden und mußte den einzigen Beruf ergreifen, der für sie in Frage kam. Sie war steif, streng und sehr tüchtig, genau das, was Lottie brauchte.

Unser größter Glücksfall jedoch war, daß James Fenton den

Verwalterposten übernommen hatte. Er hatte Hetty dazu überreden können, nach Eversleigh zu übersiedeln. Sie traf mit ihren beiden Kindern ein, und wir freuten uns alle über das Wiedersehen. Sie wollte jedoch auf keinen Fall mit Dickon zusammentreffen, und da meine Mutter, Sabrina und er uns zu Weihnachten besuchen sollten, hatten wir ausgemacht, daß die Fentons die Feiertage bei James' Cousin verbringen und erst zurückkommen würden, wenn unser Besuch abgereist war.

Meine Freundschaft mit den Forsters hatte sich weiter vertieft, und wir besuchten einander oft. Charles Forster hielt sich häufig in Enderby auf und kam mindestens zweimal in der Woche nach Eversleigh, um Jean-Louis zu behandeln.

Auch Evalina war friedfertig geworden. Seit ich ihr bei dem Testament geholfen hatte, verhielt sie sich stets freundlich. Sie fühlte sich in Grasslands wohl, war davon überzeugt, daß ihr niemand mehr ihr Zuhause streitig machen konnte, liebte ihr Kind von ganzem Herzen und hatte an Tom Brent einen guten Verwalter, und vielleicht auch mehr.

Am Tag vor Weihnachten trafen unsere Gäste ein. Lottie und ich hatten uns sehr bemüht, eine festliche Atmosphäre im Haus zu schaffen; dank eines besonderen Glücksfalls ging es Jean-Louis gerade ausgezeichnet. Er konnte sogar mit Hilfe eines Stocks im Zimmer herumgehen, und ich hatte geplant, daß zwei Diener ihn am Weihnachtstag in die Halle hinuntertragen sollten. Ich hoffte, der schmerzfreie Zustand würde eine Zeitlang anhalten.

Lottie hing zärtlich an ihm. Wenn sie sein Zimmer betrat, leuchteten seine Augen auf; sie brachte ihm jedesmal etwas mit, das sie auf ihren Spaziergängen oder Ausritten gepflückt hatte. Diesmal war es ein Stechpalmenzweig, dessen Beeren genauso rot waren wie ihre Wangen.

»Der hier hatte die meisten Beeren, Papa, deshalb habe ich ihn für dich aufgehoben.« Sie plauderte fröhlich weiter. »Das hier ist wilde Klematis. Miß Carter zwingt mich, die Namen zu lernen, sie weiß alles, aber deine Tochter ist ungebildet. Wußtest du das, Papa?«

Er hatte Tränen in den Augen, als er nach ihrer Hand griff. Seit seinem Unfall war er sehr leicht gerührt. »Meine Tochter ist das liebste, beste Mädchen der Welt.«

Sie legte den Kopf schief. »Miß Carter würde sagen, daß es davon abhängt, was man unter ›bestem‹ versteht. Die Beste beim Springen, Klettern, Reiten... ja. Jedoch bestimmt nicht die Beste in

Mathematik. Manchmal bin ich sogar schlimm, und das paßt gar nicht zur Vorstellung von einem besten Mädchen.«

Ihr Geplauder stimmte ihn fröhlich, und sie wußte es. Sie war zwar oft rebellisch oder launenhaft, aber sie hatte ein warmes, liebevolles Herz.

Lottie und ich stellten gemeinsam die Liste der Speisen auf, die wir unseren Gästen vorsetzen wollten. Wir hatten auch Gesellschaftsspiele geplant. Bei dieser Aussicht funkelten Lotties Augen. Wir brauchten viele Leute – die Forsters würden kommen, und was war mit Evalina Mather?

»Unser Haus steht zu Weihnachten jedem offen.«

»Glaubst du, daß die Musikanten schon am Heiligen Abend kommen werden, Mutter?«

»Wir werden ihnen außer Geld auch Punsch und Weihnachtsbäckerei versprechen, so daß sie nicht widerstehen können.«

Sie klatschte aufgeregt in die Hände, hielt sich aber plötzlich die Hand vor den Mund.

»Was ist denn los?«

»Ich möchte gern Miß Carter tanzen sehen.«

»Vielleicht tut sie es. Die Menschen bereiten einem oft Überraschungen.«

Ich war sehr glücklich, als ich meine Mutter endlich wiedersah. Sie umarmte mich, dann suchte sie Jean-Louis auf, und ihr Blick war voll Mitleid. Erst jetzt wurde mir klar, wie sehr er sich seit unserem Fortgehen von Clavering verändert hatte.

Sabrina war noch genauso schön wie früher, und Dickon war mit seinen neunzehn Jahren ein erwachsener Mann.

»Es tut gut, dich wiederzusehen, Zippora«, rief er. »Und Lottie ist ein großes Mädchen geworden.« Er hob sie hoch und blickte zu ihr auf.

»Laß mich sofort wieder hinunter«, befahl sie lachend.

»Erst, wenn ich einen Kuß bekommen habe.«

»Erpresser! Also schön.« Sie küßte ihn auf die Stirn.

»Das genügt nicht, das war kein zärtlicher Begrüßungskuß.«

»Laß mich runter, laß mich runter«, kreischte Lottie.

Es störte mich, daß er sie nicht losließ, und die Nachsicht, mit der seine und meine Mutter die Szene beobachteten, ärgerte mich.

Endlich küßte ihn Lottie noch einmal, und er stellte sie nieder.

»Jetzt mußt du Miß Carter kennenlernen«, sagte sie, als sie wieder festen Boden unter den Füßen hatte.

»Ich freue mich immer, eine Dame kennenzulernen.«

»Miß Carter ist meine Gouvernante.«

»Das schließt nicht aus, daß sie eine Dame ist.«

»Ach, sie ist ganz in Ordnung. Sie erinnert mich ununterbrochen daran, daß ich eine Dame bin. Und im Unterricht ist sie sehr gut.«

»Eigentlich solltest du gut sein.«

»Ich will damit sagen, daß sie eine gute Lehrerin ist.«

»Die die schlimmste kleine Schülerin hat, die es gibt.«

Ich versuchte, die Neckerei zu überhören, und erkundigte mich bei meiner Mutter danach, was es in Clavering Neues gab.

Sowohl meine Mutter als auch Sabrina behaupteten, daß Dickon seine Sache als Verwalter großartig mache.

»Eigentlich tut es mir leid, daß er nicht auf eine Schule geht«, gestand Sabrina, »aber er hat in diesem Fall seinen Kopf durchgesetzt.«

»Nicht nur in diesem Fall«, bemerkte ich.

»Dickon schätzt dich sehr, Zippora«, mischte sich meine Mutter ein. »Er wird hier in seinem Element sein, weil er mit Jean-Louis und eurem Verwalter sachliche Gespräche führen kann.«

»Unser Verwalter ist mit seiner Familie verreist, und das halte ich für gut.«

»Du hältst das für gut, wenn es Jean-Louis so schlecht geht?«

»Unser Verwalter ist James Fenton, Mutter. Weder er noch seine Frau wollten Dickon wiedersehen.«

Meine Mutter schaute hilfesuchend zu Sabrina hinüber, und sie griff sofort sein. »Ach, das liegt ja schon so lange zurück.«

»Und ihr seid inzwischen zur Überzeugung gelangt, daß Dickon sich damals nur einen Spaß geleistet hat.«

Meine Mutter war empört. »Auf diese Idee wäre ich nie gekommen. Aber so etwas kommt immer wieder vor, und man sollte Vergangenes begraben sein lassen.«

Es hatte keinen Sinn, sie würden es nie einsehen. Dickon war für sie die personifizierte Vollkommenheit, und ich wollte nicht am ersten Tag ihrer Anwesenheit einen Streit vom Zaun brechen.

Also lenkte ich ab, indem ich ihnen Madeleine Carter vorstellte, die meiner Mutter sehr gut gefiel. »Sie scheint eine vernünftige junge Frau zu sein«, bemerkte sie.

Sabrina fügte hinzu: »Und sie ist sicherlich imstande, Lottie in Zaum zu halten.«

Der respektlose Dickon nannte sie die Heilige Jungfrau Madeleine, er fragte Lottie, ob sie schon den Heiligenschein um ihr Haupt bemerkt hätte.

Lottie lachte. »Du darfst dich nicht über sie lustig machen, Cousin Dickon. Sie ist sehr gut.«

»Und du magst gute Menschen?«
»Natürlich.«
»Was für ein Pech. Dann magst du mich ja nicht.«
Lottie nickte ernsthaft, und Dickon brach in schallendes Gelächter aus.

Er war darauf aus, Lottie zu bezaubern – eigentlich war er darauf aus, uns alle zu bezaubern, sogar Madeleine Carter.

Der Weihnachtstag brach klar und kalt an, aber zu Mittag hatte die Wintersonne den Rauhreif zum Schmelzen gebracht, und der Wind hatte nachgelassen, so daß es im Freien sehr angenehm war. Lottie und Miß Carter ritten in Begleitung von Dickon aus.

Ich war froh darüber, daß Miß Carter mit von der Partie war, denn sie würde sicherlich mit Dickon fertig werden. Am Abend zuvor war er nach Grasslands hinübergeritten, und ich hatte erwartet, daß er erst spät nachts zurückkommen würde. Zu meiner Überraschung war er eine Stunde später wieder da gewesen. Im Grunde hatte ich nichts dagegen, wenn er diese Beziehung wieder aufnahm; dadurch würde er weniger Zeit für Lottie haben.

Am Nachmittag kamen die Weihnachtssinger nach Eversleigh. Lottie hatte ihretwegen auf einer zeitigen Rückkehr bestanden. Sie war es dann auch, die den Sängern Kuchen und Punsch anbot.

Jean-Louis fühlte sich so gut, daß zwei Diener ihn in die Halle hinuntertrugen. Ich saß die meiste Zeit neben ihm und ließ ihn nicht aus den Augen, weil ich Angst um ihn hatte.

Er durchschaute mich und wollte mich beruhigen. »Mach dir keine Sorgen, Zippora! Wenn ich eine Dosis Laudanum brauche, werde ich es dir sagen. Und jetzt denke nicht mehr daran.«

Lottie brachte Jean-Louis ein Glas Punsch. »Er wird dir guttun, Papa«, meinte sie lächelnd, nahm einen Schluck und reichte ihm dann das Glas.

Er murmelte »Gott segne dich, Kind.«

Nach dem Abendessen begann der Tanz. Die große Halle war überfüllt, denn alle Pächter waren mit ihren Familien gekommen. Natürlich hatten die Musikanten der Verlockung von Punsch und Bäckereien nicht widerstehen können; in den Pausen sprachen sie diesen Köstlichkeiten auch eifrig zu.

Die Forsters und Charles waren ebenfalls anwesend und hatten ihre Pächter mitgebracht, und Grasslands war durch Evalina und Tom Brent vertreten. Dickon beobachtete Evalina, aber sie kümmerte sich nicht um ihn.

Ich tanzte mit Charles Forster, der kein sehr geübter Tänzer war – zum Unterschied von Dickon, der von allen Anwesenden bewundert wurde. Er engagierte für jeden Tanz eine andere Partnerin, als wäre er der Gastgeber. Zuerst ärgerte ich mich darüber, daß er sich in diese Rolle gedrängt hatte, dann sah ich jedoch ein, daß ich zu empfindlich war. Schließlich gehörte er zur Familie und vertrat in dieser Eigenschaft den an den Rollstuhl gefesselten Jean-Louis.

Charles erwähnte, daß er sich freue, Jean-Louis in der Halle zu sehen.

»Sie haben also nichts dagegen, daß er sich heruntertragen ließ?«

»Ganz im Gegenteil, je normaler sein Leben ist, desto besser für ihn.«

»Es wäre schrecklich für mich gewesen, wenn es ihm heute schlecht gegangen wäre.«

Wir lächelten einander zu, und ich bemerkte kaum, daß Dickon und Evalina an uns vorbeitanzten.

Charles führte mich zu Jean-Louis zurück, und wir plauderten miteinander. Jean-Louis behauptete, das Laudanum verleihe ihm neue Kraft.

»Das tut es nicht«, widersprach Charles, »aber es verschafft Ihnen Atempausen zwischen den Anfällen, und dadurch werden Sie kräftiger und widerstandsfähiger.«

»Dann tut es mir also gut?«

»In kleinen Quantitäten. Zippora hat Ihnen bestimmt gesagt, daß Sie die vorgeschriebene Menge nie überschreiten dürfen.«

»Sie wacht über die Flasche wie ein feuerspeiender Drache.«

In diesem Augenblick tauchte Evalina bei uns auf. »Ich hätte gern etwas mit Ihnen besprochen, Mistreß Ransome.«

Charles entfernte sich taktvoll, und sie fuhr fort: »Ich weiß, daß ich es eigentlich bei mir zu Hause machen müßte. Aber heute sind alle hier versammelt, und ich möchte, daß es alle erfahren. Sicherlich wird man behaupten, daß es zu früh ist... aber warum sollten wir warten?«

»Sie meinen doch nicht...«

Sie strahlte mich an. »Allerdings. Tom und ich... na ja, wir sehen nicht ein, warum wir nicht sollten. Er verwaltet das Gut, das mir gehört, aber das macht ihm nichts aus. Deshalb finde ich, wir sollten es ganz richtig und offiziell machen. Wenn Sie also nichts dagegen haben...«

Ich sah Jean-Louis an, der mir lächelnd zunickte.

In diesem Augenblick tanzte Dickon mit Miß Carter vorbei, die sehr graziös wirkte. Sie war plötzlich ein anderer Mensch; eine vorwitzige Locke hing ihr in die Stirn.

Lottie kam zu uns gelaufen. Sie packte mich am Arm und lachte so heftig, daß sie kaum sprechen konnte. »Habt ihr Miß Carter gesehen?«

»Ich habe es dir ja gesagt«, antwortete ich lachend. »Aber jetzt sei ruhig, Evalina will etwas bekanntgeben.«

Lottie klatschte in die Hände. »Fein! Geht es darum, daß sie Tom Brent heiraten wird?«

Ich war überrascht, denn ich hatte nicht angenommen, daß sie von dieser Beziehung etwas wußte. Anscheinend mußte ich zur Kenntnis nehmen, daß Lottie langsam erwachsen wurde.

Ich stand auf und klatschte in die Hände. Als es in der Halle still geworden war, sagte ich: »Mistreß Mather möchte uns etwas mitteilen.«

Evalina, die Tom Brent an der Hand gefaßt hatte, trat vor.

»Ich weiß, daß über uns geredet wurde. Aber damit soll jetzt endgültig Schluß sein; Tom und ich werden heiraten.«

Dickon rief nach einer kurzen Stille der Verblüffung: »Das muß gefeiert werden; ich bringe einen Toast auf das Brautpaar aus.«

Während die Gäste ihre Gläser füllten, trat Dickon zu Evalina. Er hob sein Glas und sah sie dabei an. Sie erwiderte den Blick herausfordernd und triumphierend. Dickons Lippen verzogen sich zu einem amüsierten Lächeln.

Meine Mutter, Sabrina und Dickon reisten zum vorgesehenen Zeitpunkt ab. Lottie versuchte, sie zum Bleiben zu überreden.

Dickon gab wieder einmal an. »Meine liebe Cousine, ich habe ein Gut zu leiten, ich kann nicht so lange von zu Hause wegbleiben.«

Als sie fort waren und unser Leben wieder in den gewohnten Bahnen verlief, überkam mich eine gewisse Erleichterung. James und Hetty kehrten kurz darauf zurück, und Lottie beschäftigte sich wieder mit deren Kindern, die sie ins Herz geschlossen hatte.

Es war ein harter Winter, und Jean-Louis' Anfälle mehrten sich. Charles war oft bei uns, und unsere Freundschaft vertiefte sich. Unmerklich wurde mehr als Freundschaft daraus, und ich freute mich jedesmal, wenn ich ihn sah. Diese Freude wurde nur dadurch getrübt, daß er immer dann kam, wenn sich Jean-Louis schlechter fühlte. Manchmal holte ich die Medizin persönlich aus seiner Ordination in der Stadt und lernte sein Haus kennen. Es wirkte eher bedrückend; der einzige Trost war, daß er eine tüchtige Haushälterin hatte, die sehr gut für ihn sorgte.

Evalina und Tom heirateten zu Ostern, als der Frühling schon in der Luft lag. Aber diesmal konnte ich mich nicht an der erwachenden Natur freuen, denn Jean-Louis ging es schlechter. Ich schlief jetzt im Ankleidezimmer und mußte oft nachts aufstehen, um ihm Laudanum zu verabreichen. Den Schlüssel zu dem Medizinschränkchen bewahrte ich in einem Geheimfach in meinem Schreibtisch auf. Dieser Schlüssel verfolgte mich bis in den Schlaf, ich träumte immer wieder, daß ich ihn verloren hatte, und wachte dann schweißgebadet auf. Weil der Traum so lebhaft war, stand ich jedesmal auf und sah nach, ob der Schlüssel noch an seinem Platz lag.

Eines Nachts hörte ich ein Geräusch aus dem Schlafzimmer. Ich blickte durch die offene Tür hinüber; Jean-Louis saß im Rollstuhl, hatte das Gesicht in den Händen vergraben und seine Schultern zuckten.

Ich lief zu ihm. »Was ist geschehen, Jean-Louis?«

»Ich wollte dich nicht wecken, ich habe mich bemüht, ganz leise zu sein.«

»Das ist doch Unsinn, ich will dir ja helfen. Hast du wieder Schmerzen?«

Er schüttelte den Kopf. »Alles ist so sinnlos.«

»Was meinst du damit?«

»Ganz einfach: Ich liege im Bett oder sitze in diesem Stuhl und tauge zu nichts. Es wäre besser, wenn ich nicht mehr am Leben wäre.«

»So etwas darfst du nicht einmal denken.«

»Aber es ist doch wahr. Ich bereite dir nur Sorgen, du kommst meinetwegen um deinen Schlaf, verbringst deine ganze Zeit bei mir... ich bin zu einer Belastung für euch alle geworden.«

»Du weißt nicht, wie weh du mir tust, Jean-Louis, wenn du so sprichst. Ich will dich doch pflegen, verstehst du das denn nicht? Du gibst meinem Leben Sinn, ich will nichts anderes.«

»O Zippora«, murmelte er.

»Du mußt mich doch verstehen, Jean-Louis.«

»Ich werde dich immer verstehen, ganz gleich, was geschieht... ich verstehe alles.«

Was meinte er damit? Wußte er vielleicht, was zwischen Gerard und mir vorgefallen war? Konnte ich es wagen, ihm alles zu erzählen und endlich mein Herz zu erleichtern?

Im letzten Augenblick beherrschte ich mich. Wenn ich mich irrte, wenn er nichts ahnte, konnte ein solches Geständnis seinen Tod bedeuten.

»Ich habe gesehen, wie du leidest, Zippora, wenn ich einen Anfall habe. Das möchte ich dir ersparen.«

»Natürlich leide ich darunter, am liebsten möchte ich dir einen

Teil deiner Schmerzen abnehmen. Aber das ist kein Grund zur Verzweiflung, Liebster.«

»Gott segne dich, mein Liebling. Du hast mich glücklich gemacht; und für dich war die Zeit, die wir zusammen verbracht haben, doch auch schön, nicht wahr?«

»O ja, Liebster.«

»Ich danke dir. Siehst du, ich möchte, daß du nur glückliche Erinnerungen an mich hast, und ich fürchte, wenn es so weitergeht, werden die düsteren Eindrücke überwiegen. Was wäre denn, wenn ich die Dosis verdopple oder verdreifache? Ich würde einschlafen, selig einschlafen und nie mehr Schmerzen leiden.«

»Du darfst nicht so reden, Jean-Louis. Es klingt, als wolltest du nicht bei uns bleiben.«

»Nur weil ich dir Kummer ersparen will, Liebste.«

»Denkst du nicht daran, wie groß mein Kummer wäre, wenn du diesen Schlaf herbeiführst?«

»Sicher wärst du eine Zeitlang traurig, doch dann würdest du wieder lernen, glücklich zu sein.«

»Von alldem will ich nichts mehr hören, Jean-Louis.«

»Ich bin so undankbar. Ihr bemüht euch alle so sehr um mich, und was kann ich euch dafür bieten? Nichts. Ich bin zu nichts mehr nütze, Zippora, machen wir uns doch nichts vor.«

»Bitte, hör auf! Zwischen den Anfällen führst du ein ganz normales Leben und erfreust dich an so vielem. Dann unterstützt du auch James bei seiner Arbeit, bist also gar nicht unnütz.«

»Das stimmt, aber wenn es schlimmer wird, und ich nur noch Schmerzen habe... würdest du mir dann helfen, Zippora, wenn es zu arg wird?«

»Bitte, verlange das nicht von mir.«

»Ich denke oft daran. In der Flasche liegt die Erlösung; wenn es unerträglich wird und du mir hilfst...«

»Komm, geh wieder ins Bett. Ich werde mich zu dir legen.«

Die ganze Nacht lag ich neben ihm und hielt seine Hand, bis er endlich einschlief.

In einem ihrer Briefe schlug meine Mutter uns vor, Lottie zu Besuch nach Clavering zu schicken. »Die liebe Miß Carter könnte sie ja begleiten«, schrieb sie, »dann versäumt sie ihren Unterricht nicht. Wir würden uns sehr freuen, denn wir sehnen uns oft nach ihr.«

Lottie war von dem Vorschlag begeistert. Jean-Louis' Krankheit bedrückte sie sicherlich, und es würde ihr bestimmt gut tun, einige Zeit in einer anderen Umgebung zu leben.

Sie reiste also Ende Juli in Begleitung von Miß Carter und sechs Reitknechten ab. Die Reitknechte sollten am Tag nach ihrer Ankunft in Clavering wieder zurückreiten.

Als ich Jean-Louis aufsuchte, meinte er lächelnd: »Ich bin froh, daß sie fort ist.«

»Mach mir nichts vor, Jean-Louis, du trennst dich sehr ungern von ihr.«

»Sie fehlt mir, aber für sie ist es besser, wenn sie mich nicht dauernd vor Augen hat.«

»Du sollst nicht so sprechen.«

»Es ist aber die Wahrheit.« Seine Stimme klang schroff, und das bedeutete jedesmal, daß ein Anfall bevorstand. »Ich bin eine Last für euch alle.«

»Unsinn! Möchtest du eine Partie Schach spielen?«

»Eigentlich hättest du sie begleiten sollen.«

»Ich ziehe Eversleigh vor und habe überhaupt keine Sehnsucht nach Clavering. Du weißt, daß ich Dickon nicht mag. Und bei meiner Mutter und Sabrina dreht sich alles um ihn.«

»Hoffentlich wird das für Lottie nicht langweilig.«

»Lottie wird von Miß Carter unterrichtet, die bestimmt nicht zuläßt, daß sie ihre Schulstunden schwänzt.«

»Madeleine ist sehr streng.«

»Hoffentlich nicht zu sehr. Gelegentlich macht sie der armen Lottie die Hölle heiß. Das Kind soll keinesfalls glauben, daß es schon durch eine läßliche Sünde seine unsterbliche Seele gefährdet.«

»Führt denn Madeleine ein so vorbildliches Leben?«

»Und ob! Sie liest die Bibel, legt sie aus und setzt danach ihre Lebensregeln fest. Eine sehr einfache Methode.«

»Vielleicht war sie nie Versuchungen ausgesetzt.«

»Wir wollen ihr zugute halten, daß sie ein korrekter Mensch und eine ausgezeichnete Lehrerin ist. Ein wenig Strenge schadet Lottie bestimmt nicht. Und jetzt hole ich rasch das Schachbrett.«

Während der Partie kam der nächste Anfall. Ich lief ins Ankleidezimmer, holte die Flasche und verabreichte Jean-Louis die vorgeschriebene Dosis. Die Wirkung trat beinahe augenblicklich ein; die Schmerzen ließen nach, und bald darauf schlief er friedlich.

Als ich die Flasche wieder wegschloß, bemerkte ich, daß nur noch ein kleiner Rest in ihr war. Da Jean-Louis jetzt schlief, war es am besten, wenn ich sofort Nachschub von Charles holte.

Ich sperrte die Flasche in das Kästchen, verbarg den Schlüssel im Geheimfach, zog mein Reitkleid an, ging in den Stall, sattelte mein Pferd und ritt in die Stadt.

Zu meinem Glück war Charles zu Hause. Er führte mich in sein Wohnzimmer, und ich erklärte, weswegen ich gekommen war.

»Ich habe ihm gerade erst eine Dosis verabreicht«, schloß ich, »und jetzt schläft er.«

»Er wird nicht vor morgen früh aufwachen«, bemerkte Charles. »Aber Sie sehen erschöpft aus.«

Ich sah ihn an, das Mitgefühl und die Zärtlichkeit, die in seinem Blick lagen, raubten mir den letzten Rest von Selbstbeherrschung. Ich wandte mich ab, aber er ergriff meine Schultern und drehte mich zu sich.

»O Zippora«, sagte er, und im nächsten Augenblick lag ich an seiner Brust, seine Arme umschlossen mich, und er küßte mein Haar.

»Ich kann es nicht mehr ertragen, es geht Jean-Louis von Tag zu Tag schlechter.«

»Das war zu erwarten.«

»Kann man denn nichts für ihn tun?«

»Wir tun ohnehin alles, was möglich ist. Organisch ist er ja gesund, er hat sogar eine sehr zähe Konstitution.«

»Er kann diese rasenden Schmerzen nicht mehr lang durchstehen.«

»Ich habe alles versucht...«

»Ich weiß.«

»Weißt du auch, daß ich dich liebe, Zippora?«

Ich antwortete nicht. Ich wußte es schon seit langem. Wußte er, daß auch ich ihn liebte?«

»Du bist mir eine solche Stütze, Charles«, flüsterte ich endlich.

»Ich bin froh, daß ich es dir gesagt habe«, antwortete er. »Wenn du nur frei wärst. Trotzdem, ich mußte dir meine Gefühle offenbaren. Und eines Tages werden wir einander gehören, Zippora.«

Ich konnte es nicht ertragen, daß er so sprach, daß er von der Zeit redete, da Jean-Louis nicht mehr unter uns weilen würde. Als warteten wir auf seinen Tod... als erhofften wir ihn.

»Ich könnte auf diese Art nie glücklich sein. Wenn Jean-Louis stirbt, müßte ich immer daran denken, daß ich ihm untreu gewesen bin.«

»Das geht vorbei.«

»Glaubst du wirklich, daß man es jemals vergessen kann?«

»Nein, du hast recht. Wir können eine Zeitlang vergessen, was wir getan haben, aber dann holen uns unsere Gewissensbisse ein.«

»Ich muß jetzt gehen. Gib mir das Laudanum, dann reite ich zurück. Es ist besser so.«

Er schüttelte den Kopf. »Was ist dabei, wenn du noch eine Weile bleibst? Jean-Louis schläft und bemerkt gar nicht, wann du zurückkommst. Bleib noch bei mir, Zippora.«

Er trat auf mich zu, doch ich wehrte ihn ab, denn ich hatte Angst vor meinen Gefühlen. In mir erwachte das gleiche überwältigende Verlangen, das mich in Gerards Arme getrieben hatte, und ich mußte mich mit aller Kraft beherrschen, um ihm nicht nachzugeben.

Gerard und Charles waren grundverschieden, und dennoch übten sie die gleiche Anziehungskraft auf mich aus. Sie weckten in mir die brennende Leidenschaft, die ich bei Jean-Louis nie empfunden hatte. Gerard war fröhlich gewesen, hatte nur die positiven Seiten des Lebens gesehen, hatte gern und oft gelacht. Charles war düster, ein Geheimnis bedrückte ihn, er nahm das Leben und die Liebe ernst.

Ich mußte vorsichtig sein, obwohl ich nicht annahm, daß ich mich von meiner Leidenschaft hinreißen lassen würde, solange Jean-Louis krank an sein Bett gefesselt war. Ich liebte Charles, ich hatte Gerard geliebt, und ich liebte auch Jean-Louis. Wahrhaftig, ich war ein schwacher Charakter.

»Ich muß mit dir sprechen«, sagte Charles. »Noch nie habe ich für eine Frau das empfunden, was ich für dich empfinde. Du weißt, daß ich schon einmal verheiratet war?«

Ich schüttelte den Kopf.

»Ich habe angenommen, Isabel hätte es erwähnt.«

»Isabel spricht sehr viel von dir... aber sie beschränkt sich auf Tatsachen, die ich ohnehin weiß.«

»Ich möchte dir davon erzählen, Zippora. Schon seit langem wollte ich dir mein Herz ausschütten, dir erklären, warum ich manchmal in Trübsal versinke. Ich kann meiner Schuld nie entfliehen. Du sollst wissen, wie ich wirklich bin, Zippora. Zwischen uns darf es keine Geheimnisse geben.

Es ist zehn Jahre her. Damals war ich jung und ehrgeizig, ganz anders als heute. Ich hatte meine Praxis in London, und meine Patienten waren durchwegs reiche Leute. Ich hatte bereits einen guten Ruf, als ich Dorinda kennenlernte. Es war im Theater; bei einer Aufführung von *King Lear* mit Garrick wurde ich Dorinda vorgestellt.

Sie war sehr schön – goldblondes Haar, blaue Augen, ein Puppengesicht. Außerdem war sie fröhlich und vital und bezauberte mich sofort. Sie kam gern mit Schauspielern zusammen; später erfuhr ich, daß sie viele von ihnen finanziell unterstützte. Sie hatte von ihrem Vater ein großes Vermögen geerbt; ihre Mutter war kurz nach ihrer Geburt gestorben.

Ich muß für sie eine neue Erfahrung gewesen sein. Ich war ernst, ein ehrgeiziger Arzt – und sie hatte ihr Leben unter leichtlebigen Künstlern und reichen Müßiggängern verbracht.

Ich weiß noch heute nicht, warum sie meinen Antrag annahm, vermutlich, weil ich einen so starken Kontrast zu ihren anderen Verehrern darstellte. Erst nach unserer Hochzeit entdeckte ich, daß meine Frau eine der reichsten Erbinnen des Landes und auf Grund ihrer Erziehung vollkommen ungeeignet für das Leben war, das ich ihr als Arzt bieten konnte. Sie verstand nicht, daß ich meine Arbeit brauchte. Ich hätte es doch gar nicht nötig, behauptete sie. Sie hatte noch nie über Geld nachgedacht; es war einfach da. Außerdem waren meine Patienten ihrer Meinung nach ausnahmslos Simulanten, die sich nur interessant machen wollten, indem sie krank spielten. Mein Beruf langweilte sie.

Mir war rasch klar, was für einen Fehler ich begangen hatte. Dorinda ärgerte sich besonders, wenn ich, wie es meine Gewohnheit war, am Abend das Haus verließ, um die Armenviertel aufzusuchen. Nur dort hatte ich das Gefühl, etwas wirklich Nützliches zu tun.

Nach einiger Zeit bemerkte ich, daß Dorindas Verhalten immer seltsamer wurde. Und dann, eines Abends... Ich war bei einer armen Frau gewesen, die an einer unheilbaren Krankheit litt. Diese Visite hatte länger gedauert als vorgesehen, und als ich nach Hause kam, war Dorinda bereits ins Theater gegangen.

Als sie dann spät nachts heimkehrte, war sie schlechter Laune und beschimpfte mich laut und heftig. Schließlich warf sie eine Statuette nach mir, verfehlte mich aber und traf statt dessen den Spiegel. Ich höre noch immer das Klirren des zersplitternden Glases. Dann ergriff sie ein Papiermesser und ging auf mich los. Es war keine scharfe Waffe, aber ich sah Mordlust in ihren Augen. Natürlich war ich stärker als sie und entriß ihr das Messer. Plötzlich brach sie zusammen, und ich verabreichte ihr ein Beruhigungsmittel.

Am nächsten Tag suchte ich ihren Vetter auf, und der riet mir zu Vorsicht. Dorindas Mutter hatte man nämlich in eine geschlossene Anstalt gebracht, wie er sich ausdrückte. Dorindas Großmutter hatte einen Mord begangen. Anscheinend war der Wahnsinn in der Familie erblich, und zwar in der weiblichen Linie. Sie hatten gehofft, daß Dorinda nicht davon betroffen sei, denn sie hatte erst spät, als Erwachsene, Anfälle bekommen, noch dazu selten und in abgeschwächter Form.

›Warum hat mich niemand gewarnt?‹ fragte ich.

Der Mann antwortete mir nicht. Anscheinend war die Familie froh gewesen, daß ein Gatte die Verantwortung für die Kranke übernahm; außerdem hielten sie Dorindas Vermögen für ein ausreichendes Trostpflaster.

Du kannst dir vorstellen, was ich in diesem Augenblick empfand! Verheiratet mit einer Wahnsinnigen!

›Sie sind Arzt‹, sagte der Vetter. ›Wir waren der Meinung, daß für Dorinda eine Ehe mit Ihnen die ideale Lösung ist. Sie können sie behandeln, und sie würde sich ständig unter fachkundiger Aufsicht befinden.‹

Ich kann dir nicht sagen, wie verzweifelt ich war. Und dann kam das Schlimmste: Dorinda war schwanger. Ich wälzte mich schlaflos im Bett und überlegte, was ich tun sollte. Wenn Dorindas Kind ein Mädchen war, würde es genauso krank sein wie alle seine weiblichen Vorfahren.

Als Arzt hatte ich die Möglichkeit, Dorindas Schwangerschaft zu unterbrechen. Natürlich beging ich damit einen Mord, aber das war noch immer besser, als ein krankes Geschöpf heranwachsen zu lassen. Schließlich entschloß ich mich zur Abtreibung. Aber mir muß dabei ein Fehler unterlaufen sein, denn ich tötete nicht nur mein Kind, sondern auch Dorinda.

Das ist meine Geschichte, Zippora. Ich konnte das Kind nicht am Leben lassen... und dennoch, wer gab mir das Recht zu töten? Damals glaubte ich, das Richtige zu tun. Ich wußte nicht, daß es zu Komplikationen kommen würde. Heute sage ich mir, daß Dorinda auch bei einer normalen Geburt infolge ihrer Konstitution gestorben wäre. Aber das war und ist keine Entschuldigung.«

»Wie sehr mußt du gelitten haben, Charles. Ich bin überzeugt, daß du nichts Unrechtes getan hast.«

»Weißt du – sie besaß ein großes Vermögen, und ich erbte es. Es war allgemein bekannt, daß Dorinda und ich Differenzen hatten. Die Menschen, die sie kannten, begriffen meine Reaktion, denn sie wußten von Dorindas seltsamen Anfällen. Man brachte mir da und dort Mitgefühl entgegen – aber der Makel blieb, denn Dorinda war gestorben durch mich, und ich war nun ein reicher Witwer.«

Wir schwiegen beide eine Zeitlang. Ich hörte geradezu die Menschen über ihn reden, ihn andeutungsweise verdächtigen und immer wieder darauf hinweisen, daß er an Dorindas Tod schuld trug.

»Meine engsten Freunde wußten, daß ich mir nie viel aus Geld gemacht hatte, daß ich überrascht gewesen war, als ich von Dorindas Reichtum erfuhr. Aber das Getuschel verstummte nicht. Es wäre vielleicht sogar zu einem Verfahren gekommen, aber das wußte ihre Familie zu verhindern, die nicht wollte, daß die fatale Erbanlage öffentlich besprochen wurde. Du kannst dir vorstellen, daß mir eine Untersuchung lieber gewesen wäre. Ich hätte zugegeben, daß ich eine Abtreibung vorgenommen hatte, um dem Kind ein Leben in geistiger Umnachtung zu ersparen. Jeder Richter hätte diese Argumentation akzeptiert. Aber so verließ ich London und baute mit dem Erbe das Heim, das ich heute noch führe.«

»Ich verstehe dich und bin froh, daß du endlich gesprochen hast. Du machst dir unnötige Vorwürfe; du mußtest damals eine Entscheidung treffen und hast das Richtige getan.«

»Aber jedes Leben ist heilig, und wir haben nicht das Recht, es auszulöschen. Es ist und bleibt Mord.«

»Dann sanktioniert auch das Gesetz den Mord – an Menschen, die es als Bedrohung für die Gesellschaft bezeichnet. Du hast nichts anderes getan; du mußt deine Handlungsweise in diesem Licht sehen.«

»Das wird mir nie gelingen.«

»Wie viele Leben hast du durch das Wirken in deinem Heim schon gerettet?«

»Du versuchst mich zu trösten. Ich habe gewußt, daß du Verständnis für mich haben wirst. Eines Tages...«

»Sprich nicht weiter! Ich kann Jean-Louis nicht noch einmal betrügen.« Und dann erzählte ich ihm von Gerard.

Jetzt tröstete er mich. Er war nicht entsetzt, sondern stellte nur ruhig fest: »Das alles war ganz natürlich. Du bist eine temperamentvolle Frau und brauchst die Erfüllung in der Leidenschaft.«

»Ich habe meinen Mann betrogen.«

»Und du warst deshalb um so liebevoller und geduldiger mit ihm. Niemand hätte ihn besser pflegen können.«

»Weißt du, daß Lottie nicht Jean-Louis' Kind ist?«

»Bist du sicher?«

»Vollkommen sicher. Jean-Louis ist nicht zeugungsfähig. Und kaum war ich mit Gerard zusammen, wurde ich schwanger. Jean-Louis darf es niemals erfahren. Er betet Lottie an und ist stolz auf sie; er hat sich immer Kinder gewünscht.«

Charles ergriff meine Hand und küßte sie. »Wir sind beide Sünder, fühlen wir uns deshalb zueinander hingezogen? Wir brauchen einander, Zippora, und eines Tages werden wir für immer vereint sein.«

Er schloß mich in die Arme, und ich klammerte mich an ihn.

Wir wußten beide, daß es unvermeidlich war. Wir kämpften gegen unser Gefühl an, bis unser Widerstand zerbrach. Wir sehnten uns so verzweifelt danach, miteinander glücklich zu sein, und wäre es nur für einen kurzen Augenblick.

Er erzählte mir nicht, daß die Haushälterin an dem Tag, an dem ich neues Laudanum holen wollte, nicht anwesend sein würde. Als ich das Haus betrat, erkannte ich an der Stille, daß wir allein waren.

Er war erregt, beinahe fröhlich, als hätte er alle seine Sorgen vergessen. Seine Stimmung wirkte ansteckend.

»Wir können uns nicht ewig gegen das Unvermeidliche wehren, Zippora«, sagte er.

Ich schüttelte den Kopf. »Ich muß nach Hause.«

Doch er nahm mir den Mantel ab und drückte mich an sich. »Wir tun niemandem damit weh.«

»Ich muß gehen«, wiederholte ich, aber meine Stimme besaß keine Überzeugungskraft.

Ich ließ es zu, daß er mich hinaufführte, mich entkleidete und mich nahm. Wieder überwältigte mich die Leidenschaft, wieder wurde meine sinnliche Lust befriedigt. Und ich wurde damit zum zweiten Mal zur Ehebrecherin.

Nachher lagen wir still nebeneinander, und meine Gedanken wanderten in die Vergangenheit. Die Beziehung zu Gerard war so ganz anders gewesen als das Verhältnis mit Charles. Damals war es eine unbeschwerte, leichtsinnige Affäre gewesen; diesmal war es eine feierliche, ernsthafte Beziehung.

»Einmal wird alles gut werden, nicht wahr, Zippora?« fragte Charles beinahe ängstlich.

Es war ein Versprechen, ein Band, das uns zusammenhielt. Wir wollten Jean-Louis nicht erwähnen, denn wir hätten von seinem Ende sprechen müssen. Aber wir wußten, daß wir für immer zueinander gehörten.

Nachdem der erste Schritt getan war, brannte unsere Leidenschaft lichterloh. Wir warteten nicht mehr auf Gelegenheiten, sondern schufen sie. Es gab die Tage, an denen die Haushälterin ihre Schwester besuchte. Aber wir kamen auch im Wald in der Nähe des Hauses zusammen und suchten versteckte Plätzchen, an denen uns niemand überraschen konnte.

Charles hatte sich verändert, er wirkte fröhlicher, als hätte er wieder Hoffnung gefaßt.

Auch an mir war diese Leidenschaft nicht spurlos vorübergegangen. Isabel beobachtete mich unauffällig und meinte eines

Tages: »Du siehst besser aus, Zippora. Ich bin froh, denn du wirktest zuletzt sehr müde und abgespannt.«

»Man gewöhnt sich eben an alles«, antwortete ich und hoffte nur, daß meine Stimme dabei nicht zu fröhlich klang. Ich war zeitweise unglaublich glücklich. Wenn ich dann an Jean-Louis' Bett saß, fühlte ich mich allerdings zutiefst schuldbewußt, obwohl er offensichtlich nichts merkte.

»Du bist so gut zu mir, Zippora«, sagte er einmal, »so geduldig, auch wenn ich es dir nicht immer leicht mache. Aber wenn die Anfälle kommen, kann ich nicht anders. Mein einziger Trost ist dann du.«

Einmal trafen Charles und ich überraschend Evalina im Wald. Wir waren noch damit beschäftigt, welkes Laub von unserer Kleidung zu entfernen, und ich zitterte bei der Vorstellung, daß sie hätte früher kommen können.

Funkelten ihre Augen boshaft? Die alte Evalina ließ sich doch nie verleugnen.

»Und wie geht es Ihrem Mann?« erkundigte sie sich.

Hörte ich einen Unterton heraus?

»Es geht ihm im Augenblick recht gut; vier schmerzfreie Tage sind geradezu ein Wunder.«

Sie nickte lächelnd. »Es tut Ihnen gut, etwas an die Luft zu kommen, das braucht man. Auch ich gehe gerne spazieren – ich erwarte wieder ein Kind.«

»Herzlichen Glückwunsch!«

»Dann auf Wiedersehen.«

Nachdem wir uns verabschiedet hatten, fragte Charles: »Stimmt etwas nicht?«

»Ob sie uns nachspioniert?«

»Nein, sie ist nur spazierengegangen.«

»Ich muß immer daran denken, wie sie und ihre Mutter mich in Eversleigh beobachtet haben.«

»Sie hat sich verändert, ist eine wirklich gute Hausfrau, ihrem kleinen Sohn eine vorbildliche Mutter und scheint eine glückliche Ehe zu führen.«

»Aber sie hat uns zusammen gesehen.«

»Warum sollten wir nicht auch spazierengehen?«

»Wahrscheinlich macht mich das Schuldbewußtsein so ängstlich.«

Lottie kehrte sehr aufgeräumt aus Clavering zurück. Die Ferien waren herrlich gewesen, und sie erzählte Jean-Louis stundenlang von Sabrina, Clarissa und Dickon. Er hörte ihr gern zu und ihre Anwesenheit heiterte ihn auf.

Die Gouvernante wirkte strenger denn je.

»Miß Carter bemüht sich deshalb gut zu sein, weil sie davon überzeugt ist, daß sie sonst auf ewig im Höllenfeuer schmoren muß,« erzählte mir Lottie.

»Die arme Miß Carter.«

»Warum arm? Sie wird direkt in den Himmel kommen; ihrer Meinung nach kommen alle anderen in die Hölle.«

»Manchmal glaube ich, daß es für Miß Carter eine Enttäuschung wäre, wenn niemand in die Hölle käme.«

»Lottie, hör auf, dir darüber Gedanken zu machen. Wenn du gut, freundlich und rücksichtsvoll bist – und das bist du fast immer – bist du vor dem Höllenfeuer sicher.«

Sie lachte mit mir, aber ich fragte mich, ob Miß Carter nicht zu fanatisch war, um ein junges Mädchen zu betreuen.

Ich hätte gern mit Jean-Louis darüber gesprochen, aber natürlich konnte ich ihn nicht mit solchen Problemen belasten, und wenn ich mit Charles beisammen war, gingen unsere Gedanken in eine andere Richtung. Ich beriet mich mit Isabel über dieses Problem, und sie fand, daß es für Lottie gar nicht schlecht sei, wenn sie sich Gedanken über ihre Verhaltensweise machte.

Hetty kam oft zu uns, um mir zu helfen. Ich gewann sie sehr lieb, denn sie war freundlich und geduldig.

Einmal, als ich unter dem Vorwand, Laudanum zu holen, zu Charles wollte, mußte ich feststellen, daß schon eine frische Flasche im Schränkchen stand.

»Ich wollte Ihnen die Mühe ersparen, selbst in die Stadt zu fahren«, erklärte Hetty. »Ich weiß, wo Sie den Schlüssel aufbewahren, und bemerkte neulich, als Sie Ihrem Mann das Mittel reichten, daß die Flasche beinahe leer war.«

Ich wußte nicht recht, was ich antworten sollte, und fragte mich, was Charles gedacht hatte, als Hetty statt meiner vor ihm stand. Natürlich mußte ich mein Rendezvous mit ihm aufschieben und war böse auf die arme Hetty, die nichts dafür konnte, sondern nur gefällig sein wollte.

Sie war einmal anwesend, als Jean-Louis einen Anfall erlitt und ich ihm die Medizin gab. Als er dann endlich schlief, saßen wir beide im Ankleidezimmer und unterhielten uns leise.

»Das Leben ist traurig«, sagte sie. »Wie anders war Jean-Louis, als ich ihn kennenlernte. Seit damals hat sich überhaupt viel verändert.«

»Aber jetzt sind Sie doch glücklich?«
Sie zögerte. »Ich kann es nie vergessen.«
»Sie müssen darüber hinwegkommen, es ist endgültig vorbei!«
»Nein, solche Dinge brennen sich für immer ins Gedächtnis.«
»Aber es hat sich doch alles zum Guten gewendet. Sie sind mit James verheiratet und haben Ihre Kinder.«
»Ja, aber die Erinnerung läßt sich nicht abschütteln. Manchmal frage ich mich... ob ich nicht vielleicht doch bereit war...«
»Was wollen Sie damit sagen?«
»Ich ging damals mit ihm in den Garten... ich denke manchmal an ihn...«
»Dickon! Er ist von Grund auf böse, er ist gewissenlos – und dennoch – er hat mir das Leben gerettet.«
»Sehen Sie, nichts ist tiefschwarz oder reinweiß. Nichts ist ganz gut oder ganz böse. Ich haßte ihn, haßte ihn wirklich, starb beinahe vor Scham, und dennoch...«
»Denken Sie nicht so viel über sich selbst nach, Hetty, Sie machen sich nur das Leben schwer.«
Ausgerechnet ich stellte das fest, deren Leben überaus kompliziert geworden war. Was würde Hetty sagen, falls sie durch Zufall erfuhr, wie Charles und ich zueinander standen? Und wenn sie es schon wußte? Wenn wir uns verraten hatten?

Die folgenden Wochen gingen ereignislos dahin. Jean-Louis' Anfälle nahmen an Häufigkeit zu, Charles und ich gingen ganz in unserer Liebe auf.
Der Sommer verging, es wurde Herbst. Meine Mutter schrieb, daß ich ihnen Lottie und die Gouvernante wieder schicken sollte. Es war für das Kind besser, wenn es Weihnachten nicht unter einem Dach mit einem Todkranken verbrachte.
Also fuhren Lottie und Miß Carter nach Clavering, und wir feierten in Eversleigh sehr ruhige Weihnachten. Hetty, James, Isabel, Derek und Charles kamen am Christtag herüber; Jean-Louis fühlte sich nicht sehr wohl und ließ sich nicht in die Halle hinuntertragen, aber alle Gäste suchten ihn in seinem Zimmer auf, und da er schmerzfrei war, wurde es auch für ihn ein schöner Tag.
Evalina war hochschwanger und zog es vor, das Haus nicht zu verlassen. Tom besuchte uns mit dem kleinen Richard, der ein sehr liebes Kind war und uns mit seinem fröhlichen Geplauder unterhielt. Ich fand, daß er Dickon ähnlich sah.
Das Wetter wurde kalt, und es wurde schwierig, die Räume warmzuhalten. In alten Häusern zieht es immer, und Eversleigh

stellte da keine Ausnahme dar. Hohe, gewölbte Decken sind ja sehr schön, aber nicht einmal das kräftige Kaminfeuer kann solche Zimmer wirklich durchwärmen.

Jean-Louis litt unter der Kälte. Nach einer besonders schlechten Nacht im Februar hatte ich die Laudanum-Dosis erhöhen müssen, weil ihm das normale Quantum nicht mehr half. Er war so erschöpft, daß er nur noch flüsterte: »Ich bin froh, daß ich endlich wieder schlafen konnte, denn nur im Schlaf finde ich Vergessen.«

»Ruh dich aus, sprich nicht so viel.«

»Jetzt fühle ich mich wohl. Du sitzt neben mir, und die flackernden Flammen beleuchten dein Gesicht. So sollte es immer sein... Zippora neben mir, keine Schmerzen, nichts.«

Er schloß die Augen, dann sah er mich plötzlich an. »Du bewahrst den Schlüssel im Geheimfach auf, nicht wahr?«

Ich war so erschrocken, daß ich nicht antwortete.

Er lachte leise. »Also habe ich richtig geraten.«

»Wer hat dir gesagt, daß sich der Schlüssel dort befindet?«

»Ich bin kein Kind, das man mit Ausflüchten abspeisen kann, Zippora. Ich denke oft, daß es besser wäre, wenn ich so viel von dem Zeug trinke, daß ich nie mehr aufwache.«

»Du sollst nicht so reden, Jean-Louis.«

»Nur noch eine Frage, dann höre ich damit auf. Wäre es nicht besser, Zippora? Gib es ehrlich zu.«

»Nein!«

»Schön, reden wir nicht mehr davon. Du solltest dein Leben genießen, Zippora, nicht deine Zeit in einem Krankenzimmer verbringen.«

»Aber ich gehöre zu dir, Jean-Louis, und ich möchte bei dir sein.«

Er schloß die Augen und schlief wieder ein, und ich betete, daß die Schmerzen nicht wiederkommen sollten.

In dieser Nacht wälzte ich mich schlaflos im Bett und dachte über alles nach – Jean-Louis, Charles, die Tatsache, daß ich eine Ehebrecherin war. Das Leben war so kompliziert, und es war so schwer zu entscheiden, was falsch und was richtig war.

Plötzlich hörte ich im Nebenzimmer ein Geräusch. Jean-Louis stand leise und mühsam auf. Hatte er wieder einen Anfall? Nein, das war nicht möglich, denn dann hätte er nicht die Kraft gehabt, das Bett zu verlassen.

Dann hörte ich Schritte und das leise Pochen seines Stocks. Jean-Louis kam in den Ankleideraum. Er ging sehr vorsichtig und tastete sich im schwachen Licht, das durch das Fenster hereinfiel, weiter. Dann erreichte er den Schreibtisch, öffnete das Geheimfach, griff nach dem Schränkchen und sperrte es auf.

Ich müßte jetzt aufstehen, ihm das Laudanum wegnehmen, ihn beruhigen. Dann dachte ich an sein schmerzverzerrtes Gesicht, an die Jahre, die vor ihm lagen und ihm nichts als Qualen bringen würden. War es so nicht besser?

Er kehrte in sein Zimmer zurück, und ich blieb regungslos liegen. Nur die offenstehende Tür des Schränkchens war ein Beweis dafür, daß ich nicht geträumt hatte.

Im Schlafzimmer atmete Jean-Louis röchelnd. Dann war plötzlich Stille.

Ich stand auf, entzündete eine Kerze und ging zu Jean-Louis hinüber.

Um seinen Mund lag ein glückliches Lächeln; die Furchen, die die Schmerzen in sein Gesicht gegraben hatten, waren weggewischt. Er sah wieder jung und unbeschwert aus.

Jean-Louis war von seinen Leiden erlöst.

10

Erpressung

Ich weiß nicht, wie lange ich so stand und ihn ansah. Ich war betäubt und zutiefst unglücklich. Er war immer so freundlich und gut zu mir gewesen, und wie hatte ich es ihm vergolten?

Ich sank auf die Knie und vergrub das Gesicht in den Laken. In meinem Kopf jagten die Bilder aus unserer gemeinsamen Vergangenheit vorüber, aus der Zeit, in der wir miteinander glücklich gewesen waren.

Als ich mich endlich steif und erfroren erhob, war es beinahe vier Uhr.

Ich mußte Charles kommen lassen, obwohl er für Jean-Louis nichts mehr tun konnte.

Aber ich konnte mich zu keinem Entschluß durchringen. Ich wollte zum letzten Mal mit Jean-Louis allein sein. So blieb ich bis um sechs Uhr bei ihm sitzen; dann klingelte ich.

Die erste, die reagierte, war Miß Carter. Sie hatte die Haare zu zwei Zöpfen gebunden und mit rosa Wollbändchen zusammengebunden.

»Mein Mann ist heute nacht gestorben«, sagte ich.

Sie wurde blaß, schloß die Augen und bewegte die Lippen, als bete sie. Dann erklärte sie: »Ich hole Hilfe.«

»Schicken Sie vor allem jemanden um den Arzt«, befahl ich.

Sie lief aus dem Zimmer, und ich bemerkte erst jetzt die Laudanum-Flasche, die Jean-Louis auf den Tisch gestellt hatte. Ich sperrte sie in das Schränkchen.

Es war eine große Erleichterung für mich, als Charles eintraf. Er ging direkt zum Bett, musterte Jean-Louis, ergriff seine Hand und schob seine Lider hinauf.

»Er ist schon eine ganze Weile tot«, stellte er fest.

Er beugte sich über den Toten.

»Er hat es getan, Charles. Er holte sich die Flasche aus dem Schränkchen.«

»Ich habe geglaubt...«

»Ja, ich hatte den Schlüssel im Geheimfach versteckt, aber er wußte, wo er sich befand... es war klar, daß ich ihn dort hineintun würde. Er hat erst gestern abend davon gesprochen, daß es für ihn das Beste wäre. Ich habe ihm gesagt, er dürfte nicht einmal daran denken, aber er war wahrscheinlich schon fest entschlossen.«

»Wo ist die Flasche?«

»Ich habe sie wieder eingeschlossen.«

»Bring sie mir.«

Ich gehorchte, und er schüttelte sie. »Mein Gott, wann hast du sie geholt? Vor zwei Tagen? Die Menge hätte gereicht, um drei Menschen ins Jenseits zu befördern.«

»Er konnte die Schmerzen nicht mehr ertragen.«

»Zippora, wir müssen vermeiden, daß die Leute zu reden beginnen. Es darf nicht bekannt werden, daß er an einer Überdosis Laudanum gestorben ist. Es würde heißen...«

»Daß ich es ihm gegeben habe?«

»Du weißt, wie die Menschen sind.«

»Charles, du glaubst doch nicht...«

»Natürlich nicht. Ich kann mir vorstellen, wie es geschah.«

»Wenn man es genau nimmt, habe ich ihn getötet. Ich wußte, daß er es tun wollte, und ließ es geschehen. Das ist doch Mord, nicht wahr?«

»Sag so etwas nicht, sei um Himmels willen vorsichtig. Jean-Louis ist tot, weil das Leben für ihn unerträglich wurde. Er litt große Schmerzen, und das wirkte sich natürlich auf sein Herz aus. Er ist an Herzversagen gestorben, und ich hatte dieses Ende schon längere Zeit erwartet.«

Ich sehnte mich danach, daß er mich in die Arme nahm, mich tröstete. Er sah mich traurig an. »Wir werden eine Zeitlang sehr vorsichtig sein müssen.«

Jean-Louis wurde im Mausoleum von Eversleigh beigesetzt. Alle unsere Pächter waren zum Begräbnis gekommen, denn er war sehr beliebt gewesen. »Der arme Herr«, hieß es allgemein, »mußte so viel erdulden. Jetzt ist er endlich erlöst.«

Endlich erlöst – so mußte ich es auch sehen.

Ich kam nur selten mit Charles zusammen, denn ich hatte jetzt keinen Grund mehr, ihn in seiner Praxis aufzusuchen. Gelegentlich sahen wir einander in Enderby und konnten miteinander reden. Einmal trafen wir uns im Wald in einiger Entfernung vom Haus.

»Jetzt könnten wir endlich heiraten«, sagte Charles bei dieser Gelegenheit, »doch wir müssen ein Jahr warten. Und vorläufig ist es besser, wenn wir nicht zu oft miteinander gesehen werden.«

Lottie machte mir Sorgen, weil ihre Trauer um Jean-Louis so maßlos war. Sie suchte nicht einmal mehr Hetty und die Kinder auf. Ich sprach mit Isabel darüber, und sie schlug vor, Lottie in Charles' Heim helfen zu lassen. »Das wäre eine Ablenkung, und Charles braucht ohnehin Hilfskräfte, die die Betten machen, Essen austeilen, saubermachen und so weiter. Wenn Sie wollen, rede ich mit Charles.«

Ich war einverstanden, und das Ergebnis war, daß Lottie und Miß Carter jeden zweiten Tag im Heim arbeiteten.

Diese Betätigung schien Lottie gutzutun, denn sie lebte wieder auf und erzählte mir viel von den Müttern und ihren Kindern.

Aus Clavering trafen häufig Briefe ein. Sie wollten uns besuchen, sobald es das Wetter zuließ. Jedesmal waren direkt an Lottie adressierte Briefe dabei, die sie in ihr Zimmer nahm, um sie dort zu lesen. Wenn sie dann auftauchte, hatte sie strahlende Augen.

Ich befand mich in einer Art Trance. Die Tage nahmen kein Ende, ich schlug die Zeit mit unwichtigen Tätigkeiten tot und sagte mir immer wieder: Auch das wird vorübergehen.

Charles und ich wollten in einem Jahr heiraten. Wir mußten versuchen, einen Strich unter die Vergangenheit zu ziehen und ein vollkommen neues Leben zu beginnen.

Ende März, an einem regnerischen Tag, kamen Lottie und Miß Carter aus dem Heim nach Hause. Sie waren geritten und dabei bis auf die Haut durchnäßt.

»Du mußt dich sofort umziehen«, sagte ich.

Ich begleitete sie in ihr Zimmer und suchte frische Sachen heraus, während sie aus den nassen Kleidern schlüpfte.

Als ich mich umdrehte, sah ich, daß sie eine Goldkette um den Hals trug, an der ein Ring hing. Die Kette kannte ich, denn ich hatte sie ihr selbst geschenkt, aber der Ring war mir unbekannt.

Ich sah ihn mir genauer an; um einen Saphir waren Diamanten angeordnet. Ich warf Lottie einen fragenden Blick zu.

Sie wurde rot. »Ich bin verlobt, und das ist mein Verlobungsring.«

»Verlobt! In deinem Alter!«

»Ich werde an meinem sechzehnten Geburtstag heiraten.«

»Lottie! Was soll das heißen? Wer...«

»Er ist schön, nicht wahr? Wir haben ihn gemeinsam in London ausgesucht.«

»Wer?«

Sie sah mich verschmitzt an. »Du wirst überrascht sein.«

»Heraus damit!«

»Dickon.«

»Dickon!« Das Zimmer drehte sich um mich.

»Ich habe dir gesagt, daß du überrascht sein wirst. Dickon hat gemeint, daß wir es dir noch nicht erzählen sollen, deshalb trage ich den Ring unter dem Kleid.«

»Aber das ist doch absurd.«

»Warum?«

»Er ist viel zu alt für dich.«

»Das stimmt nicht. Dickon ist gar nicht alt, er ist um zehn Jahre älter als ich, das ist überhaupt nichts.«

»Du mußt ihm den Ring zurückschicken.«

»Das werde ich nicht tun.«

»Dieser Unsinn muß aufhören.«

»Warum ist meine Liebe Unsinn?«

»Das verstehst du nicht.«

»O doch, du hältst mich für ein Kind. Außerdem möchtest du, daß ich möglichst lang als Kind gelte, damit du jünger wirkst.«

»Nein, Lottie, du irrst dich. Von mir aus heirate, wen du willst, aber nicht Dickon.«

»Warum magst du ihn nicht, wenn er sonst überall so beliebt ist? Großmutter und Tante Sabrina fanden es wunderbar, und wir veranstalteten eine kleine Feier, nur unter uns. Sei mir nicht böse, Mutter! Auch wenn ich einmal verheiratet bin, werde ich immer deine kleine Lottie bleiben.«

Ich war so entsetzt, daß ich nicht antworten konnte.

Sie zog trockene Sachen an, nahm den Ring von der Kette und steckte ihn an.

»Jetzt müssen wir es ja nicht mehr geheimhalten«, meinte sie.

Ich fand noch immer keine Worte, sondern schloß sie nur in die Arme. Sie hielt es für Zustimmung.

Dann ging ich auf mein Zimmer und schrieb an Dickon.

»So kann es nicht weitergehen! Ich werde nie meine Zustimmung zu eurer Heirat geben, denn Du wirst sie unglücklich machen. Deine Motive sind mir klar; du betrachtest diese Ehe als Möglichkeit, in den Besitz von Eversleigh zu gelangen. Wenn Lottie Dich gegen meinen Willen heiratet, erbt sie Eversleigh niemals. Zippora.«

Diese Botschaft übergab ich einem Reitknecht mit dem Auftrag, sie sofort nach Clavering zu bringen.

Nach kaum einer Woche traf er in Eversleigh ein. Ich befand mich gerade in der Halle, als er hereinplatzte.

»Du scheinst überrascht«, stellte er fest. »Dabei klang dein Brief recht dringlich.«

»Du willst mit mir sprechen?«

»Mit dir natürlich und mit meiner angebeteten Lottie. Aber zuerst möchte ich mit dir irgendwo reden, wo uns niemand stört.«

»Komm mit ins Wohnzimmer, aber sei leise. Ich möchte vorläufig nicht, daß man erfährt, wer gekommen ist.«

»Du meinst mit ›man‹ Lottie?«

Er setzte sich, schlug die wohlgeformten Beine übereinander, schnippte ein Staubkörnchen von seinem Ärmel und sah mich nachsichtig an.

»Ich war entsetzt, als ich erfuhr, was sich in Clavering abgespielt hat«, begann ich.

»Für eine Frau mit deiner Erfahrung bist du sehr leicht aus der Fassung zu bringen, Zippora.«

Die Anspielung war nicht zu überhören.

»Du mußt eines verstehen«, fuhr ich unbeeindruckt fort. »Eine Verlobung zwischen dir und Lottie ist undenkbar.»

»Da irrst du dich. Wir sind einander versprochen, wie es so schön heißt, und wir haben geschworen, daß uns nichts auf der Welt trennen wird.«

»Doch, ich.«

»Das glaube ich nicht, Zippora. Im Grunde genommen bist du sehr vernünftig. Ich bewundere dich, wie du weißt. Zuerst hatte ich zwar den Eindruck, daß du ein bißchen langsam reagierst, aber jetzt weiß ich es besser. Du hast ein sehr gefährliches Leben geführt, und meine Bewunderung für dich ist dadurch nur gestiegen.«

»Schenk dir dein Lob, ich kann es nicht erwidern.«

»Weißt du, daß du sehr undankbar bist? Hast du vergessen, daß ich dir einmal das Leben gerettet habe?«

»Du vergißt es jedenfalls nicht. Und ich bin überzeugt, daß du deine Gründe dafür hattest, mich zu retten.«

»Aber, aber... ich mag dich ja. Genauso wie Eversleigh.«

»Du bist ein Zyniker.«

»Ich spreche nur die Wahrheit. Das sollte mir deine Sympathie sichern.«

»Hör mit dem Unsinn auf, Dickon. Bitte erkläre Lottie, daß es nicht ernst gemeint war, weil sie noch ein Kind ist. Stell es als ein Spiel dar. Aber sei behutsam und verletze sie nicht.«

»Es ist kein Spiel. Sie ist zwar jung, und ich muß ihr noch fünf oder sechs Jahre lang den Hof machen. Das halte ich jedoch für günstig. Du hättest Jean-Louis wahrscheinlich nie geheiratet, wenn ihr nicht von Jugend auf davon überzeugt gewesen wärt, daß ihr füreinander bestimmt seid. Genauso will ich es mit Lottie halten. Im Laufe der Jahre werde ich sie immer mehr für mich einnehmen, und wenn sie sechzehn ist, wird ihr klar sein, daß sie ohne mich nicht leben kann.«

»Du willst nur Eversleigh und nimmst an, daß Lottie es erben wird.«

»Natürlich.«

»Wenn Lottie dich heiratet, bekommt sie Eversleigh nicht.«

»Das glaube ich nicht. Du rechnest damit, daß du den Arzt heiraten wirst und nicht zu alt bist, um noch ein Kind zu bekommen. Du könntest es sogar schaffen. Habe ich recht?«

»Nein.«

»Hör zu, Zippora, du wirst uns deinen Segen geben, du hast keine andere Wahl. Erstens mußt du an deinen Ruf und zweitens an den des Doktors denken, der noch wichtiger ist.«

»Vielleicht hörst du jetzt endlich auf, Unsinn zu reden.«

»Es ist kein Unsinn. Ich werde ein bißchen zurückgreifen. Zunächst einmal: Ich weiß von deiner kleinen Affäre mit dem Franzosen. Was wird Lottie sagen, wenn sie erfährt, daß ihr Vater nicht Jean-Louis, sondern ein unbekannter Gentleman war? Zugegeben, er war charmant und attraktiv, aber unsere liebe kleine Lottie ist ein Kind der Sünde, nicht wahr! Und ihre Mutter ist eine Ehebrecherin.«

»Schweig!«

»Ich habe ja gewußt, daß du es nicht publik machen willst. Du hast es sehr gut geheimgehalten, und ich bewundere dich. Aber ich wußte es die ganze Zeit, denn ich bin ein guter Beobachter und habe außerdem meine Spione.«

Natürlich! Evalina! Wahrscheinlich hatte sie gesehen, wie Gerard in mein Zimmer kletterte... oder es verließ. Und sie gab die Information an den Menschen weiter, der mir damit den größten Schaden zufügen konnte.

»Das ist noch nicht alles. Du bist nicht die Frau, die demütig erträgt, was ihr das Schicksal auferlegt, du gestaltest dein Leben nach deinen Vorstellungen. Aber dafür muß man bezahlen. Ich weiß von dir und dem Arzt, Zippora, auch wenn ihr euch jetzt noch so gesittet und ehrbar benehmt. Ein Arzt muß einen guten Ruf haben – und es hat schon in der Vergangenheit Gerüchte über ihn gegeben. O ja, ich weiß alles über den Doktor und seine wahnsinnige Frau. Er hat Glück gehabt und ist mit einem blauen Auge davongekommen. Danach entwickelte er sich zum Philanthropen, betreibt ein Heim für gefallene Mädchen und ihre Kinder – ein wirklich edelmütiger Mensch. Und dann verliebt er sich. Der arme Jean-Louis steht ihm im

Weg, aber der arme Jean-Louis ist schwer krank. Der Arzt sorgt aufopfernd für ihn, und eines Tages stirbt Jean-Louis. Der Arzt stellt fest, daß er an Herzversagen gestorben ist. Ich habe jedoch den Verdacht, daß eine Überdosis Laudanum seinen Tod verursacht hat.«

»Das ist einfach lächerlich.«

»Ich nehme an, daß man es durch eine Autopsie beweisen könnte. Die Sachverständigen sind sehr kluge Leute.«

»Willst du damit sagen, daß du...«

»Ich bin gewohnt, meinen Willen durchzusetzen, Zippora. Ich will Lottie heiraten und Eversleigh übernehmen. Natürlich könntest du dich mir in den Weg stellen, und deshalb führe ich dir vor Augen, wie unvernünftig das von dir wäre.«

»Das ist Erpressung.«

»Mir ist es gleich, wie ich mein Ziel erreiche.«

Ich wandte mich ab, denn ich war erschrocken, um ihm antworten zu können.

Dickon lächelte, kalt und unverschämt; er hatte seine Trümpfe aufgedeckt, die er erbarmungslos ausspielen würde, um mich und vor allem Charles zugrunde zu richten.

Charles konnte sich keinen zweiten Skandal leisten. Dann wäre er als Arzt erledigt. Wie konnte ich jemals beweisen, daß Jean-Louis das Laudanum selbst genommen hatte? Dickon stand auf und legte mir die Hand auf den Arm. »Überlege es dir, Zippora. Du wirst dich wundern, was für ein guter Schwiegersohn ich sein kann. Ich habe dich immer gern gemocht. Und jetzt werde ich Lottie mitteilen, daß ich hier bin.«

Ich wußte nicht, was ich tun sollte. Ich konnte Charles nicht damit belasten. Vielleicht würde er sagen: »Lassen wir es darauf ankommen. Erzählen wir selbst Lottie alles und überlassen wir ihr die Entscheidung, ob sie einen solchen Mann heiraten will.«

Lottie war noch ein Kind, und ihr Gefühl für Dickon war bestimmt nichts anderes als Schwärmerei. Aber was konnte ich tun? Und wenn ich sie wegschickte, wenn sie eine ganz neue Welt kennenlernte? Wäre diese Maßnahme geeignet, sie Dickon zu entfremden? Eigentlich hatte ich es schon lange vorgehabt, von dem Tag an, als Charles und ich beschlossen hatten, einmal zu heiraten.

Ich öffnete das kleine Ebenholzkästchen, das ich immer sorgfältig versperrt hielt, und entnahm einen Zettel, auf dem nur »Gerard d'Aubigné, Château d'Aubigné, Eure, Frankreich« stand.

Würde er sich entsinnen? Sicherlich. Es war ein Strohhalm, an den ich mich da klammerte. Ich griff nach Tinte und Papier und begann zu schreiben, und dabei überwältigte mich die Erinnerung.

»Wir haben ein Kind«, schrieb ich, »eine reizende kleine Tochter, die sich jetzt in Gefahr befindet. Wenn Du sie auf Dein Schloß einlädst, würde sie die Einladung wahrscheinlich annehmen, denn sie wird bestimmt ihren Vater kennenlernen wollen.«

Dann versiegelte ich den Brief, und ließ Jethros Enkel kommen; ich war davon überzeugt, daß ich ihm vertrauen konnte.

Ich erklärte ihm, daß es so bald wie möglich nach Frankreich reisen müsse, daß es sich aber um einen geheimen Auftrag handle und daher niemand erfahren dürfe, wohin ich ihn geschickt hatte. Er solle den Brief Gerard d'Aubigné und sonst niemandem aushändigen. Wenn er Gerard nicht finden konnte oder erfuhr, daß dieser außerhalb von Frankreich lebte oder tot war, mußte er mir den Brief wieder zurückbringen.

Die Augen des Jungen funkelten, als ich ihm den Brief übergab. Wie jeder Junge träumte er von Reisen und Abenteuern.

Dickon verließ unser Haus nicht so bald. Ich haßte ihn, weil er unser Schicksal in der Hand hielt. Wie konnte ich Lottie vor ihm retten, ohne Charles zu gefährden?

Ich ritt in die Stadt, denn ich mußte mit Charles darüber sprechen. Er hörte mich schweigend an. »Gibt es denn etwas, das der Teufelsbraten nicht weiß?«

»Er hat ja zugegeben, daß er seine Spione hat. Vielleicht hat ihm Evalina erzählt, daß sie uns damals im Wald getroffen hat. Sogar Hetty kann ihm ungewollt etwas verraten haben, denn er hat auch sie bezaubert. Dickon übt eine unheimliche Macht auf Frauen aus. Er würde Lottie unglücklich machen, wenn sie ihn heiratet. Er will ja nur Eversleigh haben, und wenn er das erreicht hat, würde er sich nicht mehr um sie kümmern, und ihr damit das Herz brechen. Was sollen wir tun, Charles?«

»Wir können uns zum Kampf stellen.«

»Dann wird er behaupten, daß wir Jean-Louis umgebracht haben. Damit ist deine Tätigkeit als Arzt am Ende.«

»Wir müssen nachdenken; auf keinen Fall dürfen wir jetzt etwas Unüberlegtes tun.«

»Ich habe schon etwas unternommen, Charles. Ich habe Lotties Vater geschrieben und ihn gebeten, sie auf sein Schloß einzuladen. Dadurch ist sie für einige Zeit Dickons Einfluß entzogen.«

»Vielleicht haben wir damit Erfolg. Inzwischen können wir nichts tun als abwarten.«

Ich ritt langsam nach Eversleigh zurück. Als ich das Haus betrat, fiel mir die unnatürliche Stille auf; weit und breit war niemand zu sehen.

Dann blickte ich zum Fenster hinaus und entdeckte den Feuerschein und den Rauch. Ich lief in die Halle hinunter, wo mir eine alte Dienerin in den Weg trat.

»Haben Sie gesehen, das Heim brennt!« rief sie. »Die anderen sind schon alle hinübergelaufen, um zu helfen.«

Ich rannte in den Stall und galoppierte kurz darauf zum Heim hinüber.

11

Die Entscheidung

Ich konnte nicht glauben, daß es Wirklichkeit war. Es war so unerwartet, so plötzlich gekommen und es hat mein Glück zerstört.

Charles hatte sein Leben geopfert wie ein Held, als er die Frauen und Kinder aus dem brennenden Heim holte. Es war ihm tatsächlich gelungen, die Mehrzahl von ihnen zu retten. Doch er war dabei umgekommen.

Die Forsters brachten mich nach Enderby, denn ihre Trauer war auch die meine. Sie hatten gewußt, wie es um Charles und mich stand, und sie hatten sich darüber gefreut, daß er wieder glücklich war.

Die Mütter und ihre Kinder wurden in einem anderen Institut untergebracht, denn der Brand hatte das Heim bis auf die Grundmauern zerstört. Durch eine Ironie des Schicksals war Dickon der Held des Tages. Er hatte eine Löschmannschaft zusammengestellt und sich ein paarmal in das Flammeninferno gestürzt. Überall lobte man seine Tapferkeit.

In den darauffolgenden Tagen konnte ich nur daran denken, daß ich Charles für immer verloren hatte. Unser gemeinsames Leben blieb ein Traum.

Ich kehrte nach Eversleigh zurück und stand vor dem Problem, wie es jetzt weitergehen sollte. Zwar mußte ich nicht mehr auf Charles Rücksicht nehmen, falls ich mich Dickon stellte, aber er konnte mich immer noch erpressen, mich wegen Mordes vor Gericht bringen.

Ich wollte nur eines: Lottie vor ihm retten, aber wie konnte ich das bewerkstelligen? Wenn ich als Mörderin verurteilt wurde, trieb ich sie dadurch nur um so mehr in Dickons Arme.

Es hatte sich noch eine Tragödie abgespielt, denn am Morgen nach dem Brand stellten wir fest, daß Miß Carter verschwunden war. Man hatte sie kurz vor dem Ausbruch des Feuers im Heim gesehen, also war anzunehmen, daß sie sich unter den Opfern befand. Lottie war sehr betrübt, denn obwohl sie oft über Miß Carter gespottet hatte, hatte sie sie doch ins Herz geschlossen.

Mir stellten sich noch weitere Probleme – was würde geschehen, wenn James Fenton und Dickon zusammentrafen, was unvermeidlich war? Würde James kündigen?

Dann suchte mich Dickon in meinem Zimmer auf. Er war genauso freundlich und lässig wie immer.

»Dieses Feuer war wirklich eine große Tragödie. Das Lebenswerk des Arztes ist in Rauch und Asche aufgegangen.«

»Seine Laufbahn, die du vernichten wolltest, ist damit zu Ende.«

»Ich hätte sie nur vernichtet, wenn er nicht vernünftig gewesen wäre. Ich gab ihm die Möglichkeit, sich anders zu entscheiden.«

»Das Leben bringt so viele Tragödien mit sich. Kannst du uns nicht wenigstens eine Zeitlang in Frieden lassen?«

»Nichts lieber als das, Cousinchen. Wir werden alle glücklich und zufrieden in Eversleigh leben.«

»Ist es dir wirklich so viel wert, Dickon?«

»Seit ich es das erste Mal sah, wollte ich es besitzen. Außerdem wäre es nur gerecht, wenn es mir zufällt, denn ich bin der einzige männliche Erbe. Onkel Carl hat nicht richtig gehandelt, als er es dir hinterließ, ohne meine Ansprüche zu berücksichtigen. Ich weiß, daß mein Vater ein verdammter Jakobit war, aber das gilt auch für deinen Großvater. Eversleigh gehört nach Fug und Recht mir, und ich werde es mir nehmen.«

»Indem du Lottie als Mittel zum Zweck benützt.«

»Ich werde ihr ein idealer Ehemann sein.«

»Ich kenne dich, du wirst ihr nie treu sein.«

Er zog die Augenbrauen hoch. »Untreue spielt überhaupt keine Rolle, wenn der Betrogene es nicht erfährt, das wissen wir doch, nicht wahr?«

»Man darf nicht aus Berechnung heiraten. Du hast Lotties Unerfahrenheit ausgenützt und vor ihr den Helden gespielt.«

»Ich bin von Natur aus ein Freibeuter, und Lottie war eine Herausforderung für mich. Schade, daß du deinen Arzt verloren hast.«

»Infolge seines Todes kannst du mich nicht mehr so wirkungsvoll erpressen, denn ich muß jetzt nur noch an mich denken. Es ist mir ziemlich gleichgültig, was aus mir wird. Deshalb werde ich Lottie alles erzählen: daß du mich erpreßt, daß du sie nur heiraten willst, weil sie Eversleigh erbt, daß ich sie dann enterben würde.«

»Und wem würdest du Eversleigh hinterlassen? Einem Außenstehenden? Das bringst du nicht übers Herz, genausowenig wie Onkel Carl. Ich bin der rechtmäßige Erbe; vielleicht bin ich ein Schurke, aber das sind wir schließlich alle irgendwie. Wir sind alle

Sünder, auch wenn wir noch so tugendhaft tun. Übrigens: Deine Miß Carter hat den Brand im Heim gelegt.«

»Das glaube ich nicht.«

»Es stimmt aber. Ich hätte sie herausholen können, aber sie wollte nicht gerettet werden. Sie war ja auch eine Herausforderung gewesen, der ich nicht widerstehen konnte. Die steife, tugendhafte Jungfrau.«

»Willst du damit sagen, daß du...«

»Richtig, du hast es erraten. Die Dame verlor in Clavering ihre Unschuld. Ich habe so meine Methoden, um tugendhafte Jungfrauen zu verführen.«

»Du bist ein Teufel.«

»Allerdings. Hinterher hat es mir sogar leid getan, aber sie war einfach zu bigott. Ich mußte meine Methode an ihr ausprobieren. Natürlich war sie nachher davon überzeugt, daß sie in der Hölle landen würde. Sie war ein bißchen verrückt. Einmal, als die Gärtner in Clavering Laub verbrannten, versuchte sie, ins Feuer zu springen. Damals rettete ich sie und redete ihr gut zu, aber sie war von dem Gedanken an Selbstvernichtung besessen. Natürlich hätte sie nicht so viele Menschen in den Tod mitnehmen müssen, aber ihrer Meinung nach waren alle diese gefallenen Mädchen genauso verderbt wie sie selbst. Das galt auch für den Doktor; sie hat euch beiden in meinem Auftrag nachspioniert. Sie wußte von eurem Verhältnis, sie sah nach Jean-Louis' Tod die Laudanum-Flasche auf dem Tisch, und sie erzählte mir alles. Sie war sehr gesprächig, wenn es um Sünde ging. Sie war eine Fanatikerin. Sie stand mit einem brennenden Holzscheit auf einem Sims, schwenkte es und rief Gott zum Zeugen für ihre Buße an. ›Gib mir die Hand‹, sagte ich, ›ich bringe dich in Sicherheit‹ – ›Laß mich in Ruhe‹, antwortete sie, ›ich rette meine Seele. Ich büße meine Sünde, indem ich in diesem Feuer sterbe und andere Sünder mit mir nehme‹.«

»Wie schrecklich.«

»Ich hätte übrigens auch deinen Charles retten können. Aber er war wie der Kapitän, der sein sinkendes Schiff nicht verlassen will. Ein edelmütiger Mann. Und dabei ein Sünder, wie wir alle. Wahrscheinlich bildete er sich wie die arme Madeleine ein, daß er mit dem Flammentod seine Sünden büße.«

Endlich kehrte Dickon nach Clavering zurück. Er ergriff meine Hände beinahe zärtlich, als er sich verabschiedete.

»Vergiß nicht, daß du den guten Ruf deines Arztes in diesen Händen hältst, genau wie deinen eigenen. Zerstöre sie nicht. Und vergiß nicht, daß ich immer bemüht sein werde, dir Freude zu bereiten.«

»Das kannst du am besten erreichen, indem du nach Clavering reitest und nie wieder hierher kommst.«

»Eines Tages wirst du anderer Meinung sein. Aber jetzt muß ich mich von meiner süßen Lottie verabschieden und sie meiner ewigen Ergebenheit versichern.«

Wie sehr haßte ich ihn – er sah so gut aus, war so höflich, für viele, die ihm ihr Leben verdankten, war er sogar ein Held. Er hatte überhaupt kein Aufheben um seine Taten gemacht, sie mit einem Achselzucken abgetan, als wäre es etwas Selbstverständliches.

Als er endlich davonritt, sah ich ihm mit unglaublicher Erleichterung nach.

Jetzt waren die Tage lang und inhaltsleer. Ich konnte Isabel und Derek nicht besuchen, denn meine Anwesenheit erinnerte sie an Charles und stimmte sie traurig.

Evalina besuchte mich mit ihrem kleinen Sohn, der ein reizendes Kind war.

»Er ist seinem Vater wie aus dem Gesicht geschnitten«, behauptete sie. Dann sah sie mich voller Mitgefühl an.

»Das mit dem Doktor tut mir leid. Er war ein guter Mensch, ein liebevoller Mann, aber ich war immer der Meinung, daß er zu ernst für Sie war. Sie brauchen jemanden, der Sie zum Lachen bringt, denn Sie sind ein bißchen zu streng. Jemanden wie den Franzosen damals, können Sie sich erinnern?«

Am liebsten hätte ich sie hinausgeworfen, aber ich wußte, daß sie es gut meinte.

James Fenton war sehr bedrückt; diese Stimmung hielt so lange an, daß sie nicht nur durch Jean-Louis' Tod verursacht sein konnte.

Ich fragte Hetty aus, und sie erzählte mir, daß sein sehnlichster Wunsch immer eine eigene Farm gewesen war, die er mit niemandem teilen mußte. »Und jetzt hätte er das erforderliche Geld beisammen«, fügte sie hinzu.

»Heißt das, daß er kündigen will?«

»Wir werden Sie nie verlassen, solange Sie uns brauchen.«

Ich wußte, daß ich sie eigentlich fortschicken sollte, weil sie sich dann ihren größten Wunsch erfüllen konnten. Aber wie sollte ich Eversleigh ohne James leiten?

Ich war verzweifelt. Ich hatte Jean-Louis und Charles verloren, und sogar Lottie war mir entglitten, weil sie nur noch an Dickon dachte. Immer wieder überlegte ich mir, was ich tun, wie ich mich Dickon und Lottie gegenüber verhalten sollte, aber ich gelangte nie zu einem Entschluß.

Dann meldete mir eines Tages ein Dienstmädchen, daß mich ein Besucher in der Halle erwartete.

Als ich ihn sah, erfaßte mich Erregung, wie ich sie lange nicht mehr empfunden hatte.

Er hatte sich ein wenig verändert, denn auch er war älter geworden. Er trug eine blendendweiße, gelockte Perücke, so daß seine leuchtenden Augen noch dunkler wirkten. Den federgeschmückten Hut hielt er in der Hand; er war wesentlich eleganter gekleidet als alle Männer in weitem Umkreis.

Ich lief die Treppe hinunter, und er kam mir entgegen, ergriff meine Hände und küßte sie. Ich hatte ganz vergessen, wie er auf mich wirkte. Ich war plötzlich wieder jung, leichtsinnig und leidenschaftlich.

»Endlich hast du mich gerufen.«

»Und du bist gekommen.«

»Hast du etwas anderes erwartet? Noch dazu, wo wir eine Tochter haben?«

»Ich muß unter vier Augen mit dir sprechen, Gerard, denn ich muß dir viel erklären. Bist du allein gekommen?«

»Nein, ich habe zwei Bediente bei mir, die bei den Pferden warten.«

»Ich werde ihnen ein Quartier anweisen lassen, aber zuerst muß ich mit dir reden.«

Ich führte ihn in den Wintersalon und schloß die Tür.

»Warum hast du mich nicht wissen lassen, daß wir eine Tochter haben?« fragte er.

»Wie konnte ich? Mein Mann hielt Lottie für sein Kind und liebte sie sehr.«

»Wo ist sie jetzt? Ich möchte sie sehen.«

»Das wirst du auch, aber du mußt mir helfen.«

»Was ist denn geschehen?«

»Das muß ich dir eben erklären; bitte, Gerard, hör mich ruhig an.«

Ich berichtete ihm so kurz wie möglich. Am schwersten fiel mir, ihn davon zu überzeugen, daß Dickon ein Bösewicht war. Aber schließlich sah er es ein und erklärte ausdrücklich, daß er mir gegen ihn beistehen wolle.

»Natürlich werde ich Lottie sagen, daß du ihr Vater bist. Aber zuerst solltet ihr einander unbefangen kennenlernen, denn ich bin davon überzeugt, daß sie dich mögen wird. Und dann, wenn sie alles weiß, solltest du sie mit nach Frankreich nehmen. Du kannst ja behaupten, daß du ihr deine Heimat, dein Schloß, zeigen willst, und du muß dafür sorgen, daß sie einen möglichst guten Eindruck davon bekommt. Sie muß begreifen, daß es noch andere Dinge gibt als Clavering, Dickon und Eversleigh. Sie soll Menschen kennenlernen, ein Stück von der Welt sehen.«

Ich konnte ihn überzeugen und er versprach: »Ich werde mein Bestes tun.«

»Dann werde ich jetzt dein Zimmer herrichten lassen, und Lottie erzählen, daß wir Besuch aus Frankreich haben.«

Natürlich war Lottie von ihm fasziniert. Er war noch genauso charmant wie seinerzeit, und die Jahre hatten seine Anziehungskraft eher verstärkt.

Bereits nach einer Woche konnte ich Lottie reinen Wein einschenken. Zuerst sah sie mich ungläubig an. Dieser aufregende, faszinierende Mann war ihr Vater? Er hatte ihr von seinem Schloß, vom Leben am französischen Hof, von Paris, von Frankreich erzählt, und seine Schilderungen waren so lebendig gewesen, daß er in ihr den Wunsch geweckt hatte, das alles mit eigenen Augen zu sehen.

Sie war begeistert, wagte aber nicht, es zu zeigen, weil sie Jean-Louis gegenüber nicht treulos scheinen wollte. Und auch mich begann sie in einem gänzlich neuen Licht zu sehen.

Sie hatte eine wichtige Erfahrung gemacht: Im Leben gab es nichts absolut Gutes oder absolut Schlechtes, kein reines Schwarz oder reines Weiß, und die Menschen waren nicht immer das, was sie zu sein schienen.

Jetzt erst sagte ihr Gerard, daß er die Absicht hatte, ihr seine Heimat zu zeigen. Er wollte wissen, was sie davon hielt.

Es war genau das, was sie brauchte. Ihr Horizont würde sich erweitern, sie würde aus der Enge ihrer Kindheit in die große weite Welt kommen. Sie würde Menschen kennenlernen, die faszinierender waren als Dickon.

Sie war außer sich vor Freude. »Es tut mir so leid, daß ich dich verlasse, Mama.« Das war ihr einziger Kummer. »Du bist dann allein...«

»Du wirst ja wiederkommen.«

»Ja, natürlich, ich muß zurückkommen, damit ich Dickon heiraten kann.«

Sie hatte tagelang seinen Namen nicht erwähnt.

Als sie sich verabschiedeten, versprach Lottie, mir zu schreiben und mir von all den aufregenden Dingen zu berichten, die sie erleben würde.

»Auch ich werde schreiben«, sagte Gerard, »um dir zu sagen, wie du uns fehlst.«

Ich sah ihnen nach und war zutiefst unglücklich. Gerards Besuch hatte alle alten Erinnerungen aufleben lassen. Ich hatte Jean-Louis und Charles geliebt, aber mein Gefühl für Gerard war von ganz anderer Art gewesen, und seine Anwesenheit hatte es neuerlich in mir geweckt. In ihm fand ich meine Jugend wieder; ich konnte ihn nie vergessen. Ob ich ihn wohl jemals wiedersehen würde?

Die Tage schleppten sich dahin, und mir fehlte Lottie sehr. Beinahe zwei Wochen vergingen, ehe ich von ihr hörte.

Sie war außer sich vor Glück. Sie war in Versailles gewesen, Gerard hatte sie dem alternden König vorgestellt, der freundliche Worte an sie gerichtet hatte, und sie hatte den jungen Dauphin kennengelernt. Wenn sie mir nur das Kleid zeigen könnte, daß ihr Vater ihr für die Vorstellung bei Hof hatte machen lassen. Ein so prächtiges Kleid hatte es noch nie gegeben.

In ihrem Brief erwähnte sie Dickon mit keinem Wort.

Gleichzeitig traf ein Brief von Gerard ein. Er war nicht lang, aber so bedeutungsvoll, daß ich meinen Augen nicht traute. Ich mußte ihn dreimal lesen, ehe ich ihn wirklich erfaßte.

Gerard hatte all die Jahre an mich gedacht und war immer wieder in Versuchung gewesen, mich zu besuchen. Es ging aber nicht, denn er war verheiratet. Er war sehr jung verheiratet worden, wie es damals Brauch war. Es war keine Liebesehe gewesen, und er hatte vor seiner Frau kein Geheimnis aus seinen Amouren gemacht. Nur mich hatte er verschwiegen, denn mit mir war es etwas anderes gewesen. Seine Frau war vor fünf Jahren gestorben, und er war jetzt frei. Er war von seiner Tochter entzückt, er wollte sie nie mehr von seiner Seite lassen, und er fand, daß Lottie beide Eltern brauchte. Wir wußten, daß wir zusammenpaßten – würde ich also erwägen, mein Heim in England aufzugeben, um Madame la Comtesse d'Aubigné zu werden?

Ich zögerte einen Augenblick. Ich war wieder jung und verliebt und hatte nur einen Wunsch: mit meinem Geliebten vereint zu sein.

Dann dachte ich an Eversleigh, an meine Verantwortung.

Unter der Leitung von James würde der Besitz sicherlich in guten Händen sein... Aber James wollte seine eigene Farm haben.

Und dann wußte ich plötzlich, was ich zu tun hatte.

Ich schrieb an Dickon und bat ihn, sofort zu mir zu kommen. Ich hatte einen Entschluß gefaßt und wollte mit ihm darüber sprechen.

Dann suchte ich James und Hetty auf.

»Ich weiß, daß Sie eine eigene Farm haben möchten, James.«

»Wir würden Sie nie im Stich lassen«, warf Hetty sofort ein.

»Aber wenn ich es Ihnen ermögliche?«

»Wollen Sie damit sagen, daß Sie jemanden anderen gefunden haben?«

»Beantworten Sie meine Frage – wenn ich es Ihnen ermögliche, würden Sie sich dann eine eigene Farm kaufen?«

Sie sahen mich verblüfft an.

»Es könnte zu gewissen Veränderungen auf Eversleigh kommen. Ich möchte noch nicht darüber sprechen, ich möchte nur, daß Sie mir die Frage beantworten, James. Würden Sie sich eine eigene Farm kaufen, wenn Sie wüßten, daß Sie mir damit nicht schaden?«

»Sie wissen genau, daß jeder Mann am liebsten sein eigener Herr ist«, antwortete James.

»Mehr wollte ich nicht wissen. Sie waren mir immer gute Freunde, und ich werde Ihnen stets dankbar sein.«

»Was ist denn geschehen?« fragte Hetty. »Sie sehen aus, als hätte sich ein Wunder ereignet.«

»Vielleicht ist das wirklich der Fall. Sie müssen noch ein wenig Geduld haben. Wenn alles gut geht, erfahren Sie es ohnehin sehr bald.«

Dickon war seiner Sache sicher; er war davon überzeugt, daß ich inzwischen vernünftig geworden war.

»Was würdest du dazu sagen, Dickon«, fragte ich, »wenn ich dir Eversleigh übertrage?«

Ich hatte Dickon noch nie sprachlos erlebt; diesmal war es der Fall. Er sah mich mißtrauisch an.

»Ich meine es ernst. Schließlich willst du ja vor allem Eversleigh haben. Du würdest Lottie ohne weiteres für Eversleigh aufgeben, nicht wahr?«

»Was du da sagst, Zippora, klingt recht amüsant, aber unverständlich. Das ist eines der wenigen Themen, über die ich mich nicht lustigmachen möchte.«

»Lottie befindet sich mit ihrem Vater in Frankreich.«

»Was soll das bedeuten, Zippora?«

»Sehr einfach. Du wolltest Lottie heiraten, um Eversleigh zu bekommen. Ich weiß, daß du das Gut ausgezeichnet leiten kannst. Würdest du also auf Lottie verzichten, wenn du Eversleigh ohnehin bekämst?«

»Das heißt, ich soll nicht weiter um sie werben?«

»Das heißt, du sollst ihr nicht mehr schreiben, ihr nicht einreden, daß du sie heiraten willst – und dafür bekommst du Eversleigh.«

»Bitte, erkläre dich genauer.«

»James Fenton will sich eine Farm kaufen. Lotties Vater hat mich um meine Hand gebeten, und ich werde ihn heiraten. Deshalb übergebe ich dir Eversleigh, Dickon, denn schließlich und endlich bist du der männliche Erbe.«

Er starrte mich an, dann breitete sich ein Lächeln über sein Gesicht.

»Eversleigh«, murmelte er; seine Stimme klang zärtlicher als je zuvor.

»Du wirst einen Verwalter für Clavering finden müssen, denn du mußt mit Clarissa und Sabrina nach Eversleigh übersiedeln. Du wirst hier das Regiment führen, das ist ja das, was du mit allen Mitteln erreichen wolltest.« Ich lachte plötzlich. »Es ist genau das Gegenteil von belohnter Tugend.«

Er sah mich bewundernd an. »Ich liebe dich wirklich, Zippora.«

Philippa Carr, besser bekannt als Victoria Holt
eine Meisterin des historischen Liebesromans

Victoria Holt wurde 1906 als Eleanor Alice Burford Hibberts in London geboren. Ihre Zuneigung zu Büchern entdeckte sie durch ihren Vater, einen englischen Kaufmann. Von ihrer unerschöpflichen Phantasie inspiriert, begann sie unter Pseudonym zu schreiben.

Victoria Holt, bei uns auch unter dem Pseudonym Philippa Carr bekannt, bedient sich der Vergangenheit, um den Leser in ihre Welt der menschlichen Schicksale zu entführen. Hoch über den Dächern von London schreibt die international bekannte Autorin ihre inzwischen zu Weltbestsellern gewordenen Bücher.

Spannungsgeladene Romane entstehen vor einem detailliert geschilderten, historischen Hintergrund. In farbenprächtigen Szenen läßt sie Geschichte lebendig werden. Durch eine Fülle ungewöhnlicher Konflikte gelingt es der Autorin in jedem ihrer Bücher, ihre Leser erneut zu fesseln. Ihr Einfallsreichtum und ihre Fähigkeit, menschliche Verhaltensweisen anschaulich und nachvollziehbar zu schildern, lassen Victoria Holts Bücher zu jener Art von Schmökern werden, die man bis zur letzten Seite nicht mehr aus der Hand legt.

Victoria Holt
Pseudonyme:
Philippa Carr, Jean Plaidy
Verzeichnis lieferbarer Titel

(Stand Juni 1991)

Die Ashington-Perlen
Die Braut von Pendorric (01/5729)
Die Dame und der Dandy (01/6557)
Die Erbin und der Lord (01/6623)
Der Fluch der Opale (04/36)
Fluch der Seele
Fluch der Seide
Die Gefangene des Throns (01/8198)
Die geheime Frau (04/16)
Geheimnis einer Nachtigall
Das Geheimnis im alten Park
Geheimnis im Kloster (01/5927)
Die Halbschwestern (01/6851)
Harriet – sanfte Siegerin
Das Haus der tausend Laternen (01/5404)
Herrin auf Mellyn
Im Schatten der Krone (01/8069)
Im Schatten des Luchses
Im Schatten des Zweifels (01/7628)
Im Sturmwind (01/6803)
Das Licht und die Finsternis
In der Nacht des siebten Mondes
Der indische Fächer
Die Insel Eden
Die Königin gibt Rechenschaft
Königsthron und Guillotine. Das Schicksal der Marie Antoinette.
Die Lady und der Dämon
Meine Feindin, die Königin
Die Rache der Pharaonen
Sarabande (01/6288)
Der scharlachrote Mantel (01/7702)
Das Schloß am Meer (01/5006)
Der Schloßherr

Die Schöne des Hofes (01/7863)
Die siebente Jungfrau (01/5478)
Sommermond (01/7996)
Der springende Löwe (01/5958)
Sturmnacht (01/6055)
Tanz der Masken
Der Teufel zu Pferde
Treibsand
Unter dem Herbstmond
Die venezianische Tochter (01/6683)
Verlorene Spur
Das Vermächtnis der Landowers
Der Zigeuner und das Mädchen (01/7812)
Das Zimmer des roten Traums (01/6461)

2 bzw. 3 Romane in einem Band

Die Braut von Pendorric / Die siebente Jungfrau / Die Rache der Pharaonen (23/6)
Die Dame und der Dandy / Die Erbin und der Lord
Geheimnis im Kloster / Der springende Löwe (23/36)
Der Fluch der Opale / Das Haus der tausend Laternen / Die geheime Frau (23/18)
Sturmnacht / Sarabande (23/53)
Das Vermächtnis der Landowers / Die Lady und der Dämon

Die Bandnummern der Heyne-Taschenbücher sind jeweils in Klammern angegeben.

Susan Howatch

Die bewegenden, mitreißenden Gesellschaftsromane der englischen Bestseller-Autorin Ein faszinierendes Lesevergnügen

01/7908

01/5715

01/5820

01/5859

01/5920

01/5974

01/6015

_____ **Wilhelm Heyne Verlag München** _____

BARBARA CARTLAND

Die unbestrittene Königin des historischen Liebesromans

Prinzessin zwischen Thron und Liebe
Roman

01/6869

Wende des Schicksals
Roman

01/6961

Mit den Waffen der Liebe
Roman

01/7657

Rache des Herzens
Roman

01/7759

Die Liebe siegt
Roman

01/7901

Irrweg der Liebe
Roman

01/7970

Lohn der Liebe
Roman

01/8050

Dornen der Liebe
Roman

01/8133